Der Tausendjährige Rosenstrauch

Deutsche Gedichte

Ausgewählt und eingeleitet
von Felix Braun

WILHELM HEYNE VERLAG
MÜNCHEN

HEYNE ALLGEMEINE REIHE
NR. 01/7933

Dieser Band erschien bereits
in der Reihe „Ex Libris" mit
der Band-Nr. 09/32.

10. Auflage dieser Ausgabe

Lizenzausgabe mit freundlicher Genehmigung
des Paul Zsolnay Verlages Wien/Darmstadt

Wilhelm Heyne Verlag GmbH & Co. KG, München
Printed in Germany 2000
Umschlaggestaltung: Atelier Ingrid Schütz, München
Gesamtherstellung: Friedrich Pustet, Regensburg

ISBN 3-453-03642-5

Der tausendjährige Rosenstrauch

VORSPRUCH

Der Wunsch, die schönsten deutschen Gedichte in einem Band gesammelt zu besitzen, hat vielfache Wege zu seiner endgültigen Erfüllung gesucht, ohne diese jedoch je ganz zu erreichen. Wohl sind vortreffliche Anthologien geschaffen worden, allein in jeder fehlte etwas uns am Herzen Liegendes und störte so die reine Freude an der Gabe, die eben zu ergänzen blieb. Wenn nun hier ein neuer Versuch gewagt wird, das Vollkommene zu ergründen und das Vollständige zu finden, so kann, dies ist dem Herausgeber bewußt, der oder jener Einwand, wie er ihn selbst gegen frühere Werke solcher Art erhob, unmöglich vermieden werden. Immer wird jemand gerade das vermissen, was ihm das Liebste ist, und Liebe, die ihr Eigentum sucht, anerkennt keine Gegengründe. Nur aus den Werken nicht mehr lebender Dichter wurde das den Auswählenden als das Schönste Dünkende erlesen. In welchem Sinn aber galt dieses Schönste? Im zwiefachen: der Anschaulichkeit und der Musik. Getragen von dem Strom der Musik, in dem sich die Welt spiegelt, Sonne und Sterne, Berge und Wälder, menschliches und göttliches Angesicht, zieht das Gedicht aus der Seele des Dichters in die des Lesers. Nicht das Gesagte, nicht das Geträumte: das in der Spiegelung Verwandelte wird sein Besitz. Der Dichter ist wie der Maler ein Seher, wie der Musiker ein Lauschender, wie der Priester ein aus dem Glauben Wissender. Sein Reich bleibt von dieser Welt; er aber, wie ein Hirte, hält dort Ausschau, wo es in andere Sphären überzugehen scheint; jedoch keineswegs, wie die Romantiker es wähnten, bloß in Zwielicht und Dämmerung. Dichten heißt Übertragen. Wie aus der Sprache, die wir reden, die hohe der Poesie wird, so aus dem Bild, das wir schauen, das Sinnbild, das wir ahnen. Sprache, Musik, Bild und Sinnbild: diese sind die vier Elemente der lyrischen Kunst.

Eine Tochter der Musik ist die Lyrik. In einem meiner Gedichte habe ich die Musik das fünfte Welt-Element genannt. Daran hat Lyrik teil. In alten Zeiten war der Vers die einzige anerkannte Sprache, nicht allein in der Dichtung, sondern auch in der Theologie, der Philosophie. Die Dichter waren zugleich Musiker. Die Chöre des griechischen Dramas wurden von den Dichtern komponiert, von den Schauspielern gesungen. Das Wort „Minnesang" bestärkt dieses Wissen auch für das christliche Mittelalter. Die Neumen für die Lieder Oswalds von Wolkenstein haben sich erhalten. Und diese Rhythmik ist vor unserer Zeit nicht verstummt. Wenn Goethe ein Gedicht in sich aufkommen fühlte, hat er nicht selten eine Art Gesang ohne Worte vor sich hin gemurmelt. Fast dasselbe wird von Schiller erzählt. Als Bettina Brentano Hölderlin in seinem Turm in Tübingen aufsuchen wollte, hörte sie nicht auf dem Weg zu ihm ein Singen laut ertönen? Er war es, der sang. Sogar in meiner Frühzeit konnte Ähnliches vernommen werden. Rilke, der nicht musikalisch war, trug seine Gedichte so vor, daß sie wie gesungen klangen; auch von Stefan George wird ein Skandieren berichtet, und besonders von dem großen irischen Lyriker Yeats.

Lyrik ist Gesang. Wie ist das geschehen, daß die Worte aufgezeichnet wurden? Die alten Dichter haben sie nicht geschrieben, sondern Hörer der Nachwelt haben sie bewahrt. Homers Epen wurden auswendig vorgesungen und so oft gehört, daß auch die Empfänger sie auswendig wußten. Spät erst, in Alexandrien, sind sie Schrift geworden. Ich möchte jungen Dichtern eines zu bedenken geben: daß Schreiben nicht Dichten ist. Vollends nicht das auf der Schreibmaschine. Eher kommt dem Dichter das Diktaphon nahe. Es ist bedeutend für Goethe, daß er so viel diktiert hat. Er hat dafür seine Stimme erhoben, die Stimme des Gesangs, auch wenn sie Prosa sprach.

Der Standort des Dichters ist derselbe geblieben, seit der erste Gesang die Seele eines Menschen überkommen. Das zu erkennen, war die beste Lehre, die aus den Betrachtungen so vieler Gedichtbücher sich erwies. Der Unterschied der Zeiten, von dem Wissenschaft und Kritik so Entschiedenes auszusagen pflegen, tritt wohl zutage, aber das Wesentliche des Dichtertums und der Kunst überhaupt berührt er nicht. Wenn der Marner es beklagt, daß Walther von der Vogelweide und andere große Zeitgenossen nicht mehr unter den Mitlebenden weilen, so ist dies unsere Klage um Rilke und Hofmannsthal. Das Gedicht des Meisters Alexander, das einen langen Kindheitstag im Erdbeerschlag beschreibt, nur in der Sprache hebt es sich von unserem heutigen Leben ab. Wie Himmel und Erde dieselben sind, als die sie der einsame Dichter ferner Jahrhunderte geschaut und gefühlt, so auch das Dasein des Menschen, die Liebe, das Leid und der Tod. Wie der Schiffer, der Bauer, der Weber eine währende Gestalt hat, so der Dichter. „Ein für alle Male ists Orpheus, wenn es singt." Rainer Maria Rilke hat diese Wahrheit an seinem eigenen Wandel erfahren. Wie der Priester durch die Weihung den Heiland in sich hat, der das Priestertum in ihm vollzieht, so der Dichter, wer er auch sei, den Orpheus. In diesem Sinn rechtfertigt es sich, Anthologien zusammenzustellen: denn alle Gedichte rühren von demselben Dichter her. Wer unser Buch so liest, wird mehr als nur Verse in sich aufnehmen: das Wesen der Poesie selbst muß ihm aufgehen.

Manches nur zu sehr Bekannte wird er wiederfinden. Dieses betrachte er mit neuen Augen. Was ihm die Schule oder Gewöhnung entwertet, nun lerne er es würdigen. Ein so großes Meisterwerk wie „Die Kraniche des Ibykus" möge sich ihm offenbaren wie den ersten, die es für sich entdeckten. Ein Kinderlied, wie das von den unzählbaren Sternen, unser Nachtgebet „Müde bin ich, geh zur Ruh", manches Volkslied, das er auswendig weiß, lese er so, wie wenn er es noch gar nicht gekannt hätte, und er wird im Unscheinbarsten den unsterblichen Glanz hervorleuchten sehen. Wie das Paradies ist auch die deutsche Lyrik ein Zweistromland: die Ströme des Kunstgedichtes und des Volksliedes machen sie gemeinsam fruchtbar. In Goethe mündeten beide Ströme zum erstenmal herrlich ineinander, um sich dann wieder in einen klassischen und einen romantischen Arm zu teilen. Aber seither glückte das Ineinanderfließen noch oft: am schönsten in Mörike. Doch auch wo sie getrennt dahingezogen — hier durch Hölderin, Platen, George, dort durch Claudius, Eichendorff, Brentano —, welche Himmel und welche Blumen, welche Liebe und welche Schönheit strahlen sie wider!

In diesem Buch soll nichts anderes walten als die Erscheinung des Dichters in ihren reinen Erfüllungen. Das Auge, das zum erstenmal in die Welt blickt; das Herz, das zum erstenmal in Liebe bangt; der Geist, der zum erstenmal das Leben und den Tod aus der Vergänglichkeit birgt und zu dauerndem Gleichnis gestaltet: diese drei vollbrächten das Gedicht noch nicht ohne die Gnade der Seele, die in allen Sprachen und zu allen Zeiten das gleiche erhofft, geliebt und geglaubt hat.

Nicht ohne meiner Schwester Käthe Braun-Prager für ihre beratende Hilfe gedankt zu haben, möchte ich dieses Buch zu den Lesern entlassen. Ihr Anteil an der Auslese war vielfach bestärkend, oft entscheidend, im Zweifel fruchtbar. Auch danke ich für manchen Ratschlag den Dichtern Wilhelm Waldstein und Johann Gunert sowie anderen Freunden.

Hier endet die Aufgabe des Sammlers, und die des Lesers beginnt. Für sich wird er suchen und vielleicht auch entbehren, was er liebt. Abends verläßt der Wanderer den Wald, um in dem Haus einzukehren, darin das ersehnte Licht leuchtet.

Ein weißer Glanz ruht über Land und Meer,
Und duftend schwebt der Äther ohne Wolken.

Goethe

Ein tief Gemüt bestimmt sich selbst zum Leid.

Raimund

DAS WESSOBRUNNER GEBET

Das erfuhr ich mit den Menschen, höchstes Wissen:
Daß Erde nicht war noch Überhimmel,
Noch Baum, noch Berg war, noch ein einziger Bach,
Noch Sonne schien,
Noch Mond leuchtete, noch das herrliche Meer;
Da nichts war an Enden und Wenden:
Da war doch der eine, allmächtige Gott,
Der Mannen Mildester, und auch manche mit ihm
Göttliche Geister, und der heilige Gott —

Nachdichtung von Felix Braun

DU BIST MIN, ICH BIN DIN

Du bist min, ich bin din:
Des solt du gewis sin.
Du bist beslozzen
In minem herzen;
Verlorn ist daz sluzzelin:
Du muost immer drinne sin.

Unbekannter Dichter

ICH ZOCH MIR EINEN VALKEN

Ich zoch mir einen valken
Mere danne ein jar.
Do ich in gezamete,
Als ich in wolte han,

Und ich im sin gevidere
Mit golde wol bewant,
Er huop sich uf vil hohe
Und floug in anderiu lant.

Sit sach ich den valken
Schone vliegen:
Er fuorte an sinem fuoze
Sidine riemen,

Und was im sin gevidere
Alrot guldin.
Got sende si zesamene
Die geliebe wellen gerne sin.

Der von Kürenberg

AHI NU KUMET UNS DIU ZIT

Ahi nu kumet uns diu zit,
Der kleinen vogelline sanc.
Ez gruonet wol diu linde breit,
Zergangen ist der winter lanc.
Nu siht man bluomen wol getan;
An der heide üebent si ir schin.
Des wirt vil manic herze fro:
Des selben troestet sich daz herze min.

Dietmar von Aist

WURZE DES WALDES

Wurze des waldes
Und erze des goldes
Und elliu abgründe
Diu sint dir, Herre, künde:
Diu stent in diner hende.
Alles himelesches her
Dazn möht dich niht volloben an ein ende.

Spervogel

IN HIMELRICHE EIN HUS STAT

In himelriche ein hus stat,
Ein guldin wec darin gat.
Diu siule diu sint mermelin,
Die zieret uns trehtin
Mit edelem gesteine.
Da enkunt nieman in
        Ern si vor allen sunden also reine.

Spervogel

DASS ICH UNGLÜCK HABE, DAS IST BEKANNT

Daß ich Unglück habe, das ist bekannt.
Fand einst einen lauteren Quell im Land,
Aus dem ein kühles Wasser rann
Mit Kräften heil- und wundersam.
Da löschte mancher seinen Durst
Und trank aus der hohlen Hand —
Ich hielt mein Näpflein in den Strahl:
        Das Wasser sprang von seinem Rand.

Spervogel

Nachdichtung von Wilhelm von Scholz

NIEMEN IST EIN SAELEC MAN

Niemen ist ein saelec man,
Ze dirre werlte, wan der eine,
Der nie liebes teil gewan
Und auch darnach gedenket kleine.
Das Herze ist fri von senden not,
Die manegen bringet uf den tot,
Der schoene heil gedienet hat
Und sich des ane muoz began:
Dem libe nicht so nahe gat,
Als ich mich leider mol entstan,
Wand ich denselben Kumber han.

Hartmann von der Ouwe

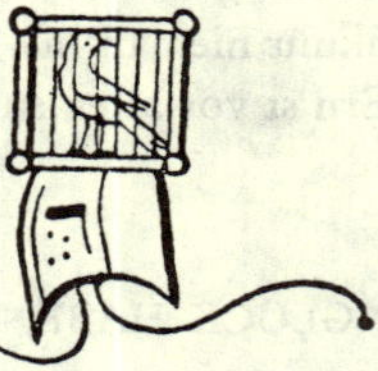

UNDER DER LINDEN

„Under der linden
An der heide,
Da unser zweier bette was,
Da muget ir vinden
Schone beide
Gebrochen bluomen unde gras.

Vor dem walde in einem tal,
Tandaradei,
Schone sanc diu nahtegal.

Ich kam gegangen
Zuo der ouwe:
Do was min friedel komen e.
Da wart ich enpfangen,
Here frouwe,
Daz ich bin saelic iemer me.
Kuster mich? wol tusentstunt:
Tandaradei,
Seht wie rot mir ist der munt.

Do het er gemachet
Also riche
Von bluomen eine bettestat.
Des wirt noch gelachet
Innecliche,
Kumt iemen an daz selbe pfat.
Bi den rosen er wol mac,
Tandaradei,
Merken wa mirz houbet lac.

Daz er bi mir laege,
Wessez iemen
(Nu enwelle got!), so schamt ich mich.
Wes er mit mir pflaege,
Niemer niemen
Bevinde daz, wan er unt ich,
Und ein kleinez vogellin:
Tandaradei,
Daz mac wol getriuwe sin.“

Walther von der Vogelweide

ICH SAZ UF EIME STEINE

Ich saz uf eime steine,
Und dahte bein mit beine:
Dar uf satzt ich den ellenbogen:
Ich hete in mine hant gesmogen
Daz kinne und ein min wange.
Do dahte ich mir vil ange,
Wie man zer welte solte leben:
Deheinen rat kond ich gegeben,
Wie man driu dinc erwurbe,
Der deheines niht verdurbe.
Diu zwei sint ere und varnde guot,
Der ietweders dem andern schaden tuot:
Daz dritte ist gotes hulde,
Der zweier übergulde.
Die wolte ich gerne in einen schrin.
Ja leider desn mac niht gesin,
Daz guot und werltlich ere
Und gotes hulde mere
Zesamene in ein herze komen.
Stig unde wege sint in benomen:
Untriuwe ist in der saze,
Gewalt vert uf der straze:
Fride unde reht sint sere wunt.
Diu driu enhabent geleites niht, diu zwei enwerden
e gesunt.

Walther von der Vogelweide

ICH HORTE EIN WAZZER

Ich horte ein wazzer diezen
Und sach die vische fliezen;

Ich sach swaz in der werlte was,
Velt walt loup ror unde gras,
Swaz kriuchet unde fliuget
Und bein zer erde biuget,
Daz sach ich, unde sage iu daz:
Der keinez lebet ane haz.
Daz wilt und daz gewürme
Die stritent starke stürme,
Sam tuont die vogel under in;
Wan daz sie habent einen sin:
Si diuhten sich ze nihte,
Si enschüefen starc gerihte.
Si kiesent künege unde reht,
Si setzent herren unde kneht.
So we dir, tiuschiu zunge,
Wie stet din ordenunge!
Daz nu diu mugge ir künec hat,
Und daz din ere also zergat.
Bekera dich, bekere.
Die cirken sint ze here,
Die armen künege dringent dich:
Philippe setze en weisen uf, und heiz sie treten
hinder sich.

Walther von der Vogelweide

UNS HAT DER WINTER GESCHAT ÜBER AL

Uns hat der winter geschat über al:
Heide unde walt diu sint beide nu val,
Da manic stimme vil suoze inne hal.
Saehe ich die megde an der straze den bal
Werfen! so kaeme uns der vogele schal.

Möhte ich verslafen des winters zit!
Wache ich die wile, so han ich sin nit,
Daz sin gewalt ist so breit und so wit.
Weizgot er lat doch dem meien den strit:
So lise ich bluomen da rife nu lit.

Walther von der Vogelweide

DO DER SUMER KOMEN WAS

Do der sumer komen was
Und die bluomen durch daz gras
Wünneclichen sprungen,
Alda die vogele sungen,
Dar kom ich gegangen
An einen anger langen,
Da ein luter brunne entspranc;
Vor dem walde was sin ganc,
Da diu nahtegale sanc.

Bi dem brunnen stuont ein boum,
Da gesach ich einen troum.
Ich was zuo dem brunnen
Gegangen von der sunnen,
Daz diu linde maere
Den küelen schaten baere.
Bi dem brunnen ich gesaz,
Miner swaere ich gar vergaz,
Schier entslief ich umbe daz.

Do beduhte mich zehant
Wie mir dienten elliu lant,
Wie min sele waere
Ze himel ane swaere,
Und wie der lip solte
Gebaren swie er wolte.

Dane was mir niht ze we.
Got der waldes swiez erge:
Schoener troum enwart nie me.

Gerne slief ich iemer da,
Wan ein unsaeligiu kra
Diu begunde schrien.
Daz alle kra gedien
Als ich in des günne!
Si nam mir michel wünne.
Von ir schrienne ich erschrac:
Wan daz da niht steines lac,
So waer ez ir suontac.

Wan ein wunderaltez wip
Diu getroste mir den lip.
Die begund ich eiden:
Nu hat si mir bescheiden
Waz der troum bediute.
Daz hoeret, lieben liute.
Zwen und einer daz sint dri:
Dannoch seite si mir da bi
Daz min dume ein vinger si.

Walther von der Vogelweide

EIN MEISTER LAS

Ein meister las,
Troum unde spiegelglas,
Daz sie zem winde
Bi der staete sin gezalt.
Loup unde gras,
Daz ie min fröide was,
Swiez nu erwinde,

Iz dunket mich also gestalt;
Dar zuo die bluomen manicvalt,
Diu heide rot, der grüene walt.
Der vogele sanc ein truric ende hat;
Dar zuo der linde
Süeze und linde.
So we dir, Werlt, wie dirz gebende stat.

Ein tumber wan
Den ich zer werlte han,
Derst wandelbaere,
Wand er boesez ende git:
Ich solt in lan,
Wan ich mich wol verstan,
Daz er iht gebaere
Miner sele grozen nit:
Min armes leben in sorgen lit:
Der buoze waere michel zit.
Nu führte ich siecher man den grimmen tot,
Daz er mit swaere
An mir gebaere.
Vor vohrten bleichent mir diu wangen rot.

Wie sol ein man
Der niuwan sünden kan,
. . . . gedingen
Oder gewinnen hohen muot?
Sit ich gewan
Den muot daz ich began
Zer werlte dingen
Merken übel unde guot,
Do greif ich, als ein tore tuot,
Zer winstern hant reht in die gluot,

Und merte ie dem tiefel sinen schal.
Des muoz ich ringen
Mit geringen:
Nu ringe und senfte ouch Jesus minen val.

Heiliger Krist,
Sit du gewaltic bist
Der werlte gemeine,
Die nach dir gebildet sint,
Gip mir den list
Daz ich in kurzer frist
Alsam gemeine
Dich sam diniu erwelten kint.
Ich was mit sehenden ougen blint
Und aller guoten dinge ein kint,
Swiech mine missetat der werlte hal.
Mach e mich reine,
E min gebeine
Versenke sich in daz verlorne tal.

Walther von der Vogelweide

OWE WAR SINT VERSWUNDEN ALLIU MINIU JAR

Owe war sint verswunden alliu miniu jar?
Ist mir min leben getroumet, oder ist ez war?
Daz ich ie wande daz iht waere, was daz iht?
Dar nach han ich geslafen und enweiz es niht.
Nu bin ich erwachet, und ist mir unbekant
Daz mir hie vor was kündic als min ander hant.
Liut unde lant, da ich von kinde bin erzogen,
Die sint mir frömde worden reht als ez si gelogen.
Die mine gespilen waren, die sint traege unt alt;
Bereitet ist daz velt, verhouwen ist der walt:

Wan daz daz wazzer fliuzet als ez wilenȥ floz,
Für war ich wande min unglücke würde groz.
Mich grüezet maneger trage, der mich bekande e wol.
Diu werlt ist allenthalben ungenaden vol.
Als ich gedenke an manegen wünneclichen tac,
Die mir sint enpfallen als in daz mer ein slac.
Iemer mere owe.

Owe wie jaemerliche junge liute tuont
Den vil unriuwecliche ir gemüete stuont,
Die kunnen niuwan sorgen: we wie tuont sie so?
Swar ich zer werlte kere, da ist nieman fro:
Tanzen unde singen, zergat mit sorgen gar:
Nie kristenman gesach so jaemerlichiu schar.
Nu merket wie den frowen ir gebende stat:
Die stolzen ritter tragent dörpelliche wat.
Uns sint unsenfte brieve her von Rome komen,
Uns ist erloubet truren und fröide gar benomen.
Daz müet mich inneclichen (wir lebten ie viel wol),
Daz ich nu für min lachen weinen kiesen sol.
Die wilden vogele betrüebet unser klage:
Waz wunders ist, ob ich da von vil gar verzage?
Waz spriche ich tumber man durch minen boesen zorn?
Swer dirre wünne volget, der hat jene dort verlorn.
Iemer mer owe.

Owe wie uns mit süezen dingen ist vergeben!
Ich sihe die gallen mitten in dem honege sweben.
Diu Werlt ist uzen schoene, wiz grüen unde rot,
Und innan swarzer varwe, vinster sam der tot.
Swen si nu habe verleitet, der schowe sinen trost:
Er wirt mit swacher buoze grozer sünde erlost.
Dar an gedenket, ritter, ez ist iuwer dinc:
Ir traget die liehten helme und manegen herten rinc,

Dar zuo die vesten schilte und diu gewihten swert.
Wolte got, waer ich der sigenünfte wert!
So wolte ich notic man verdienen richen solt.
Ioch meine ich niht die huoben noch der herren golt:
Ich wolte saelden krone eweclichen tragen:
Die möhte ein soldenaere mit sime sper bejagen.
Möht ich die lieben reise gevaren über se,
So wolte ich denne singen „wol" und niemer mer
„owe".

Walther von der Vogelweide

WOL GELOBTER GOT, WIE SELTEN ICH DICH PRISE

Vil wol gelobter got, wie selten ich dich prise!
Sît ich von dir beide wort hânunde wise,
Wie getar ich so gefreveln under dîne rîse?
Ichn tuon din rechten were, ihn hân sie wâren minne
Ze mînem ebenkristen, herre vater, noch ze dir.
So holt enwart ich in derkeinem nie sô mir.
Krist, vater unde sun, dîn geist berihte mîne sinne,
Wie solt ich den geminnen der mir übele tuot?
Mir muoz der iemer lieber sîn der mir ist guot.
Vergib mir anders mîne schulde, ich wil noch haben
den muot.

Walther von der Vogelweide

OWE, SOL ABIR MIR UMMIR ME

Owe, sol abir mir ummir me
Geluhtin durch di naht
Noch wizir danne ein sne
Ir lip vil wol geslaht?

Der trouc di ougin min.
Ich wande iz solde sin
Des liehtin manin schin.
Do tagite iz.

„Owe, sol aber er mir ummir me
Den morgin hie betagin,
Als uns di naht enge,
Daz wir niht durfin klagin:
‚Owe, nu ist iz tac',
Als er mit klage phlac,
Do er jungist bi mir lac?
Do tagite iz."

Owe, sie kuste ane zal
In deme slafe mich.
Do vielin hin zutal
Ir trene nidir sich.
Jedoch getrost ich sie,
Daz sie ir weinin lie
Und nuch al ummevie.
Do tagite iz.

„Owe, daz er so dicke sich
Bi mir irsehin hat!
Als er undahte mich,
So wolde er sundir wat
Min arme schowin bloz.
Iz was ein wundir groz
Daz in des nie virdroz.
Do tagite iz."

Heinrich von Morungen

TAGLIED

„Sine klawen durh die wolken sint geslagen,
Er stiget uf mit grozer kraft;
Ich sih in grawen tägelich, als er wil tagen,
Den tac, der in gesellescaft

Erwenden wil, dem werden man,
Den ich mit sorgen in verliez.
Ich bringe in hinnen, ob ich kan:
Siu manegiu tugend mich daz leisten hiez."

„Wahter, du singest daz mir manege freude nimt
Und meret mine klage.
Maere, du bringest, der mich leider nicht gezimt
Iemer morgens gegen dem tage.
Diu solt du mir versivigen gar:
Daz biute ich den triuwen din,
Des lohn ich dir als ich getar.
So blibet hie der trutgeselle min."

„Er muoz et hinnen balde und ane sumen sich:
Nu gib im urloup, süezes wip.
Laze in minnen her nach so verholne dich
Daz er behalte er und den lip.
Er gab sich miner triwe also
Daz ih in brachte ouch wider dan.
Ez ist nu tac: naht was ez, do
Mit drucke an brust din kus mirn angewan."

„Swoz dir gevalle, wahter, sinc und la den hie
Der minne braht und minne empfienc.
Von dinem schalle ist er und ich erschrocken ie,
So nieder morgenstern uf gienc.
Uf in der her nach minne ist komen,
Noch ninder luhte tages lieht:
Du hast in dicke mir benommen
Von blanken armen und uz herzen nieht."

Von den blicken die der tac tut durh diu glas,
Und do der wahter warnen sanc,
Sie muose erschricken durh den der da bi ir was.
Ihr brüstelin an brust sie dwanc.

Der riter ellens niht vergaz,
(Des wold in wenden wahters don):
Urlong nah unde naher baz
Mit kusse und anders gab in minne lon.

Wolfram von Eschenbach

DES LEBENS VERGÄNGLICHKEIT

Ich war kaum ein Kind. Nun sind alle meine Tage
Entflogen mit dem Wind, daß ich stillsteh und klage.
Würd es nur helfen — doch es hilft ja nicht —
Was ich alles wohl täte, das Heil zu erflehen!
Das Leben ist nur Unstete. Ihr habt es gesehen:
Der Tod löscht es aus wie ein flackerndes Licht.
Weh uns! daß wir so selten denken daran
Und daß es keiner je abwenden kann!
Wir leben und vergessen so leicht aller Sorgen.
Aber uns ist die bittere Galle im Honig verborgen.

Wohl dem, der wirbt um das ewige Leben,
Da niemand stirbt! Denn ihm wird gegeben
Nach seinem Willen ein Gut, das nimmer zergeht.
Da ist ganze Wonne und Lieb ohne Haß,
Ewig strahlt dort die Sonne. O bedenket das,
Wie dort alles in Seligkeit, Fröhlichkeit steht:
Da ist rechte Freude und heimlich Gemach
Und kein stickiges Haus und kein triefendes Dach.
Da machen die Jahre nicht Junge zu Alten
Dahin geht unser Weg, wills Gott, der soll alles walten!

Wir flehen zu unserer Frauen mit Gebet und Begehren,
Daß wir es schauen, daß uns tu gewähren

Der vielmilde Gott, den ihr Leib einst umgab.
Er umfaßt ohnegleichen den Raum und die Zeit,
Seine Kraft mag reichen noch weiter als weit.
Nun schauet das Wunder, das mit ihm sich begab!
Alle anderen Wunder sind nichts als ein Wind:
Sie ist Christes Mutter vom Himmel und doch sein Kind,
Und ist hehre Jungfrau, von Reinheit verschönt.
Gott hat Himmel und Welt mit ihrer Tugend gekrönt.

Wir sind Pilgerscharen und ziehen dahin,
In Sünden erfahren ist unser Sinn,
Dessen Trotz keiner zu brechen vermag.
Wir fahren eine Straßen, die dunkel schon wird,
Und dürfen nicht nachlassen, bis der himmlische Wirt
Die Herberge öffnet, die wir suchen manchen Tag.
Es schmilzt Leib und Dasein wie schlechtes Zinn.
Es geht auf den Abend des Lebens. Der Morgen ist hin.
Zeit wird es zur Einkehr uns Armen und Toren:
Faßt die Nacht uns in Sünden, so sind wir verloren.

Der von Kolmas
Nachdichtung von Wilhelm von Scholz

DER WALT STUONT ALLER GRISE

Der walt stuont aller grise
Vor sne und ouch vor ise;
Derst in liehter varwe gar.
Nemt sin war,
Stolziu kint,
Und reiet da die bluomen sint.

Uf manegem grüenem rise
Horte ich süeze wise

Singen kleiniu vogelin.
Bluomen schin
Ich da vant,
Heide hat ir lieht gewant.

Ich bin holt dem meien.
Dar inne sach ich reien
Min liep in der linden schat.
Manic blat
Ir da wac
Für den sunnenheizen tac.

Nithart von Riuental

UF DEM BERGE UND IN DEM TAL

Uf dem berge und in dem tal
Hebt sich aber der vogele schal,
Hiwer als e
Grüener kle.
Rume ez, winder: du tuost we.

Die buome, die do stuonden gris,
Die habent alle ir niuwez ris
Vogele vol.
Daz tuot wol.
Da von nimt der meie den zol.

Ein altiu mit dem tode vaht
Beide tac und ouch die naht.
Diu spranc sider
Als ein wider
Und stiez die jungen alle nider.

Nithart von Riuental

MIT FROELICHEM LIBE MIT ARMEN UMBEVANGEN

Mit froelichem libe mit armen umbevangen,
Ze herzen gedrücket, wie sanfte daz tuot,
Von trostlichem wibe mit roeselehten wangen,
Vor liebe gelachet, daz fröuwet den muot.
Da sint zwei herze und ein einiger lip,
Mit worte underscheiden, ein man und ein wip:
Da muoz diu sorge ze stücken zerbrechen.
So lat sie diu liebe uz ietwederes munde
Bi langer zite ein wort niht ensprechen.
Da mac man küssen den süezesten munt
Der ie noch manne von frowen wart kunt.

Ein twingen von frouwen machet mannes herze
Bi wilen truric und bi wilen fro.
Swer sie sol schouwen sunder huote smerze,
Fröid ob aller fröide er vindet da ho.
Swa sich vier arme gesliezen enein,
Nie süezer fröide der sunne überschein.
Swer solhen trost weiz an lieplichem wibe,
Ja enist ze der werlte niht bezzerre fröide
Da mite man baz die sorge vertribe.
Da wirt gedruht von zwein herzen so na,
Loup wart nie so dünne dez stat funde da.

Swa sich vier ougen so rehte gerne sehen,
Da müezen zwei herze ouch ein ander holt si.
Sie grüezent sich tougen, swaz in mac geschehen,
Fröide unde truren wont in beidez bi.
Da brennet diu minne vor liebe als ein gluot,
Dannoch groezer wunder diu minne da tuot.
Sie lat sich münde an ein ander vergezzen.

Alda hat diu minne mit maneger fröide
Sorge unde truren vil gar übersezzen,
Alda hat diu liebe die minne überwegen.
Wol iren saelden dien zühten des pflegen!

Kristan von Hamle

ICH WOLTE DAZ DER ANGER SPRECHEN SOLTE

Ich wolte daz der anger sprechen solte
Als der sitich in dem glas
Und er mir danne rehte sagen wolte
Wie gar sanfte im hiure was,
Do min frowe bluomen las
Ob im und ir minneclichen füeze
Ruorten uf sin grüenez gras.

Her Anger, waz ir fröide iuch muostet nieten,
Do min frouwe kom gegan
Und ir wizen hende begunde bieten
Nach iuwern bluomen wolgetan!
Erloubet mir, her grüener Plan,
Daz ich mine füeze setzen müeze
Da min frowe hat gegan.

Her Anger, bitet daz mir sül swaere büezen
Ein wip nach der min herze ste:
So wünsch ich daz sie mit blozen vüezen
Noch hiure müeze uf iu ge:
So geschadet iu niemer sne.
Wirdet mir von ir ein lieplich grüeze,
So gruont min herze als iuwer kle.

Kristan von Hamle

ICH FRÖWE MICH MANIGER BLUOMEN ROT

Ich fröwe mich maniger bluomen rot
Die uns der meie bringen wil:
Die stuonden e in grozer not,
Der winter tet in leides vil.
Der mei wils uns ergetzen wol
Mit manigem wünneclichem tage:
Des ist diu welt fröiden vol.

Waz hilfet mich diu sumerzit
Und die vil liehten langen tage?
Min trost an einer frowen lit
Von der ich grozen kumber trage.
Wil si mir geben hohen muot,
Da tuot si tugentlichen an
Und daz min fröide wirdet guot.

Swann ich mich von der lieben scheide,
So muoz min fröide ein ende han.
Owe, so stirbe ich liht von leide
Daz ich es ie mit ir began.
Ichn weiz niht, frowe, waz minne sint:
Mich lat diu liebe sere engelten
Daz ich der jare bin ein kint.

König Konrat der junge

AUS „BESCHEIDENHEIT"

Der masse wort hant solche kraft
Daß elliu himelherschaft
Gegen den worten nigent
So sie ze himele stigent.

Alle menschen sind verlorn,
Siu werden dristunt geborn.
Diu muoter hie das mensche gebirt,
Von toufe ez danne reine wirt,
Der tot gebirt uns hin ze gote,
Swie er doch si ein scharpher bote.

Swer mit sünden si geladen,
Der sol sintherze in riuwe baden.

So das wazzer uf ze berge gat,
So mac des sünders werden rat.
Ich mein, soz fliuzet tougen
Vom herzen zuo den ougen.
Diz wazzer hat vil lisen fluz,
Und hoert Got durh der himele duz.

Vridanc

SCHÖNHEIT UND GÜTE

Von grozer schoene wirt ein lip
Sunder guete niht wiplich wip.
Und ist iht ir schoene niht guete bi,
So muoz si sin des lobes vri.

Swelch frouwe hoch gemuete treit,
Da bi guete, daz ist ein kleit
Daz vrowe noch pezzer nie getruoc.
Und ist es guot? Ja, guot genuoc:

So guot, daz man mir des muoz sehen,
Daz pezzer kleit wart nie gesehen.
Swelch vrowe schoene ane guete hat,
Der ist der lip voll missetat.

Ulrich von Liechtenstein

IN DEM WALDE

In dem walde süeze doene
Singent kleiniu vogelin.
An der heide bluomen schoene
Blüeent gegen des meienschin.
Also blüet min hoher muot
Mit gedanken gegen ir guete,
Diu mir richet min gemuete,
Sam der troum den armen tuot.

Ez ist ein vil hoch gedinge,
Den ich gegen ihr tugend trage,
Daz mir noch an ihr gelinge,
Daz ich saelde an ihr bejage.
Dez gedingen bin ich vro.
Got geb, daß ichz wol verende,
Daz si mir den wan icht wende,
Der mich freut so rehte ho.

Sie vil süeze, valsches ane,
Vri vor allem wandel gar,
Laze mich in liebem wane,
Die will ez niht baz envar:
Daz die vreude lange wer,
Daz ich weinens iht erwache,
Daz ich gen dem troste lache,
Des ich von ir hulden ger.

Ulrich von Liechtenstein

AIN MENSCH ...

Ain mensch von achzen jaren klueg
das hat mir all mein freud geswaigt,
dem kund ich nye entwynnen gnueg
seyd mir ain aug sein wandel zaigt.
an underlass hab ich kain rue
mich zwingt ir mündlin spat und frue,
das sich als lieplich auff und zue
mit worten süess kan lencken.

Wie verr ich pin, mir nahent schir
ir rains gesicht durch alle land,
ir zärtlich blick umbvahent mir
mein hertz in rechter lieb bekant.
ach got, und wesst sy mein gedanck,
wann ich vor ir senlichen kranck
hert stan, und tar in kainem wanck
mich desgeleichen rencken.

Weiplicher weib nie mensch gesach
so liederlich an tadels punt.
ir schön gepär tuet mir ungemach
von höch der schaitel über ab den grund,
wann ich bedenck so gar die mass,
kürtz, leng, smel, prait, zbar tuen und lass,
wer möcht der lieben sein gehass?
o wolt sy mich bedencken.

Oswald von Wolkenstein

HIE BEVOR DO WIR KINT WAREN

Hie bevor do wir kint waren
Und diu zit was in den jaren

Daz wir liefen uf die wisen,
Von jenen wider her ze disen:
Da wir under stunden
Viol funden,
Da siht man nu rinder bisen.

Ich gedenk wol daz wir sazen
In den bluomen unde mazen
Welch diu schoenest möhte sin.
Do schein unser kintlich schin
Mit dem niuwen kranze
Zuo dem tanze.
Alsus gat diu zit von hin.

Seht do lief wir ertber suochen
Von der tannen zuo der buochen
Über stoc und über stein
Der wile daz diu sunne schein.
Do rief ein waltwiser
Durch diu riser:
„Wol dan, kinder, und gat hein."

Wir enpfiengen alle masen
Gester do wir ertber lasen:
Daz was uns ein kintlich spil.
Do erhorte wir so vil
Unsern hirte rüefen
Unde wüefen:
„Kinder, hie gat slangen vil."

Ez gienc ein kint in dem krute,
Daz erschrac und rief vil lute:
„Kinder, hie lief ein slang in,
Der beiz unser pherdelin:
Daz ne heilet nimmer.
Er müez immer
Suren unde unsaelic sin!"

„Wol dan, gat hin uz dem walde.
Unde enilet ir niht balde,
Iu geschiht als ich iu sage:
Erwerbet ir niht bi dem tage
Daz ir den walt rumet,
Ir versumet
Iuch und wirt iur vreuden klage.

Wizzet ir daz vünf juncvrouwen
Sich versumten in den ouwen
Unz der künic den sal besloz?
Ir klag und ir schade was groz,
Wande die stocwarten
Von in zarten,
Daz si stuonden kleider bloz."

Meister Alexander

ERN KAN NIHT WOL ROSEN PFLEGEN

Ern kan niht wol rosen pflegen
Swer so hüetet daz ein regen
Ir zwi niht mac begiezen.
Uf den rosen solte sin
Ein tou, dar nach ein sunnen schin,
So möhten sie entsliezen.
Nu stet ein rose, dast min klage,
Verborgen in so dickem hage
Daz ir selten vröude birt.
Des muoz sie truren durch die not,
Ir bleichet ouch ir varwe rot,
Ob ir niht baz entrumet wirt.

Meister Alexander

LEBT VON DER VOGELWEIDE

Lebt von der Vogelweide
Noch min meister her Walther,
Der Venis, der von Rugge, zwene Regimar,
Heinrich der Veldeggaere, Wahsmuot, Rubin,
Nithart,
Die sungen von der heide,
Von dem minne werden her,
Von den vogeln, wie die bluomen sint gevar.
Sanges meister lebent noch: si sint in todes vart.
Die toten mit den toten, lebende mit den lebenden
sin!
Ich vorder iezuo ze geziuge
Von Heinberc den herren min,
Dem sint rede wort und rime in sprüchen kunt,
Daz ich mit sange nieman triuge.
Lihte vinde ich einen vunt
Den si vunden hant die vor mir sint gewesen:
Ich muoz uz ir garten und ir sprüchen bluomen lesen.

Konrad Marner

O SELE MIN

O sele min,
Ge uz, — g o t in!
Sinc, al min iht,
In gotes niht,
O sinc in die gruntlosen Fluot!
Fliuh ich von dir,
Du kumst ze mir;
Verliuse ich mich,
So vinde ich dich,
O überwesentlichez guot!

Ein Mystiker

KINDISCHE LIEBE

Ich hielt am Arm sie fest, zu fest gewiß,
Sie wehrte sich und biß
In meine Hand.

Wollt sie mir wehe tun? Ei, das ging fehl,
Da ichs, mein Seel,
Als Lust empfand.

Ihr Beißen war so angenehm und lind,
Daß es mir keinen Schmerz gemacht hat, als nur den,
Daß es vergehn
Mußt so geschwind.

Johannes Hadlaub

WIRD EIN MENSCH ZU EINER STUND

Wird ein Mensch zu einer Stund
Von wahrer Minne recht wund,
Der wird nimmermehr wohl gesund,
Er küsse denn denselben Mund,
Von dem seine Seel ist worden wund.

Mechthild von Magdeburg

ES KUMPT EIN SCHIFF GELADEN

Es kumpt ein schiff geladen
Recht uff sin höchstes port,
Es bringt uns den sune des vatters,
Daz ewig wore wort.

Uff ainem stillen wage
Kumpt uns das schiffelin,
Es bringt uns riche gabe,
Die heren künigin.

Maria, du edler rose,
Aller sälden ein zwy
Du schöner zitenlose,
Mach uns von sünden fry.

Daz schifflin daz gat stille
Und bringt uns richen last,
Der segel ist die minne,
Der hailig gaist der mast.

Johannes Tauler

LEBEN UND TOD SPRECHEN

So spricht das Leben:
Die Welt ist mein,
Mich preisen die Blumen und Vögelein,
Ich bin der Tag und der Sonnenschein.
So spricht das Leben:
Die Welt ist mein.

So spricht der Tod:
Die Welt ist mein.
Dein Leuchten ist nur eitel Pracht,
Sinkt Stern und Mond in ewige Nacht.
So spricht der Tod:
Die Welt ist mein.

So spricht das Leben:
Die Welt ist mein,
Und machst du Särge aus Marmelstein,
Kannst doch nicht sargen die Liebe ein.
So spricht das Leben:
Die Welt ist mein.

So spricht der Tod:
Die Welt ist mein.
Ich habe ein großes Grab gemacht,
Ich habe die Pest und den Krieg erdacht.
So spricht der Tod:
Die Welt ist mein.

So spricht das Leben:
Die Welt ist mein,
Ein jedes Grab muß ein Acker sein.
Mein ewiger Samen fällt hinein.
So spricht das Leben:
Die Welt ist mein.

Unbekannter Dichter

JESAIA DEM PROPHETEN DAS GESCHACH

Jesaia dem Propheten das geschach,
Daß er im geist den Herren sitzen sach,
Auf einem hohen thron in hellem glanz:
Seines kleides saum den chor füllet ganz.
Es stunden zween Seraph bei ihm daran.
Sechs flügel sah er einen jeden han.
Mit zween verborgen die ihr antlitz klar.
Mit zween bedeckten sie die füße gar,
Und mit den andern zween sie flogen frei.
Gen ander ruften sie mit groß Geschrei:
Heilig ist Gott der HERRE Zebaoth.
Heilig ist Gott der HERRE Zebaoth.
Heilig ist Gott der HERRE Zebaoth.
Sein ehr die ganze welt erfüllet hat.

Von dem geschrei zittert schwell und balken gar.
Das haus auch ganz voll rauchs und nebel war.

Martin Luther

EIN KINDERLIED AUF DIE WEIHNACHTEN

Vom himel hoch da kom ich her.
Der guten mer bring ich so viel,
Ich bring euch gute, neue mer.
Davon ich singen und sagen wil:

Euch ist ein kindlein heut geborn,
Von einer Jungfrau auserkorn,
Ein kindelein so zart und fein.
Das sol eur freud und wonne sein.

Es ist der HERR Christ unser Gott.
Der wil euch fürn aus aller not.
Er wil eur Heiland selber sein,
Von allen sunden machen rein.

Er bringt euch alle seligkeit,
Die Gott der Vater hat bereit,
Das ir mit uns im himelreich,
Solt leben nu und ewigleich.

So merket nu das zeichen recht,
Die krippen, windelein so schlecht.
Da findet ihr das Kind gelegt,
Das alle welt erhelt und tregt.

Des laßt uns alle frölich sein
Und mit den Hirten gehen hinein,
Zu sehen, was Gott uns hat beschert,
Mit seinen lieben Son verehrt.

Merk auf mein herz und sich dort hin.
Was ligt doch in dem krippelin?
Wes ist das schöne kindelin?
Es ist das liebe Jhesulin.

Bis willekom du edler gast.
Den Sunder nicht verschmehet hast.
Und kömst ins elend her zu mir.
Wie sol ich imer danken dir?

Ach HERR, du schöpfer aller ding.
Wie bistu worden so gering,
Das du da ligst auf dürrem gras,
Davon ein rind und esel aß.

Und wer die welt viel mal so weit,
Von edelstein und gold bereit,
So wer sie doch dir viel zu klein,
Zu sein ein enges wigelein.

Der sammet und die seiden dein,
Das ist grob heu und windelein,
Dar auf du König so groß und reich
Herprangst, als wers dein Himelreich.

Das hat also gefallen dir
Die warheit anzuzeigen mir,
Wie aller welt macht, ehr und gut
Für dir nichts gilt, nichts hilft, noch thut.

Ach mein herzliebes Jhesulin
Mach dir ein rein sanft bettelin
Zu rugen in meins herzen schrein,
Das ich nimer vergesse dein.

Davon ich allzeit frölich sei,
Zu springen, singen immer frei
Das rechte Sussaninne schon,
Mit herzen lust den süßen thon.

Lob, ehr sei Gott im höchsten thron,
Der uns schenkt seinen einigen Son.
Des freuen sich der Engel schar
Und singen uns solchs neues jar.

Luther

ES IST EIN REIS ENTSPRUNGEN

Es ist ein Reis entsprungen
Aus einer Wurzel zart,
Als uns die Alten sungen,
Aus Jesse kam die Art
Und hat ein Blümlein bracht
Mitten im kalten Winter
Wohl zu der halben Nacht.

Das Reislein, das ich meine,
Darvon Isaias sagt,
Ist Maria, die reine,
Die uns das Blümlein bracht.
Aus Gottes ewgem Rat
Hat sie ein Kind geboren
Und blieb ein reine Magd.

Volkslied

ICH HORT EIN SICHELLIN RAUSCHEN

Ich hort ein sichellin rauschen,
Und klingen wol durch das korn,
Ich hort eine feine magt klagen:
Sie het ir lieb verlorn.

„La rauschen, lieb, la rauschen!
Ich acht nit, wie es ge;
Ich hab mir ein bulen erworben
In feiel und grünem kle.“

„Hast du ein bulen erworben
In feiel und grünem kle,
So ste ich hie alleine,
Tut meinem Herzen we!“

Volkslied

ES IST EIN SCHNEE GEFALLEN

Es ist ein Schnee gefallen,
Und ist es doch nicht Zeit.
Man wirft mich mit den Ballen,
Der Weg ist mir verschneit.

Mein Haus hat keinen Giebel,
Es ist mir worden alt;
Zerbrochen sind die Riegel,
Mein Stüblein ist mir kalt.

Ach Lieb, laß dichs erbarmen,
Daß ich so elend bin,
Und schleuß mich in dein Arme,
So fährt der Winter hin.

Volkslied

DAS MÜHLENRAD

Dort hoch auf jenem Berge
Da geht ein Mühlenrad,
Das mahlet nichts denn Liebe
Die Nacht bis an den Tag.

Die Mühle ist zerbrochen,
Die Liebe hat ein End;
So gesegen dich Gott, mein feines Lieb,
Jetz fahr ich ins Elend.

Volkslied

NACH MEINER LIEB

Nach meiner Lieb viel hundert Knaben trachten,
Allein der, den ich lieb, will mein nicht achten.
Ach weh mir armen Maid, vor Lieb muß ich ver-
schmachten.

Jeder begehrt zu mir sich zu verpflichten,
Allein der, den ich lieb, tut mich vernichten.
Ach weh mir armen Maid, was soll ich dann an-
richten?

All andre tun mir Gutes viel verjehen,
Allein der, den ich lieb, mag mich nicht sehen.
Ach weh mir armen Maid, wie muß mir dann
geschehen.

Von allen keiner mag mir widerstreben,
Allein der, den ich lieb, will sich nicht geben.
Ach weh mir armen Maid, was soll mir dann das
Leben?

Unbekannter Dichter

DAS HIMMLISCHE JERUSALEM

Jerusalem, du hochgebaute Stadt,
Wollt Gott, ich wär in dir.
Mein brünstig Herz so groß Verlangen hat
Und ist nicht mehr bei mir.

Weit über Berg und Tale,
Weit über blaches Feld,
Schwingt es sich über alle
Und eilt aus dieser Welt.

O schöner Tag und noch viel schönre Stund,
Wann wirst du kommen schier,
Da ich mit Lust, mit freiem Freudenmund
Die Seele geb von mir
In Gottes treue Hände
Zum auserwählten Pfand,
Daß sie mit Heil anlände
In jenem Vaterland.

Im Augenblick wird sie erheben sich
Bis an das Firmament,
Wann sie verläßt so sanft, so wunderlich
Die Stätt der Element.
Wie auf Eliä Wagen
Hebt sie der Engel Schar,
Die sie in Händen tragen,
Umgeben ganz und gar.

Was für ein Volk, was für ein edle Schar
Kömmt dort gezogen schon.
Was in der Welt von Auserwählten war,
Seh ich, die beste Kron,
Die Jesus mir, der Herre,
Entgegen hat gesandt,
Da ich noch war so ferre
In meinem Tränenland.

Johann Matthäus Mayfarth

TRUTZNACHTIGALL

Wann Morgenröt sich zieret
Mit zartem Rosenglanz
Und sittsam sich verlieret
Der nächtlich Sternentanz;
Gleich lüstet mich spazieren
In grünen Lorbeerwald,
Allda dann musizieren
Die Pfeiflein mannigfalt.

Der hohle Wald ertönet
Ob ihrem krausen Sang,
Mit Stauden stolz gekrönet
Die Grüfte geben Klang.
Die Bächlein krumm geflochten
Auch lieblich stimmen ein,
Von Steinlein angefochten
Gar süßlich sausen drein.

Doch süßer noch erklinget
Ein sonders Vögelein,
So seinen Sang vollbringet
Bei Mond- und Sonnenschein.
Trutznachtigall mit Namen
Es nunmehr wird genannt
Und vielen wild- und zahmen
Obsieget unbekannt.

Trutznachtigall mans nennet,
Ist wund von süßem Pfeil,
In Lieb es lieblich brennet,
Wird nie der Wunden heil.
Geld, Pomp und Pracht auf Erden,
Lust, Freuden es verspott
Und achtets für Beschwerden,
Sucht nur den lieben Gott.

Nur klinglets allerorten
Von Gott und Gottes Sohn,
Und nur zu'n Himmelspforten
Verweisets allen Ton,
Von Bäum zu'n Bäumen springet,
Durchstreichet Berg und Tal,
In Feld und Wälden singet,
Weiß keiner Noten Zahl.

Es tut gar manche Fahrten,
Verwechslet Ort und Luft,
Sichs etwan setzt in Garten
Betrübt an hohler Kluft;
Bald frisch und freudig singlet
Zusamt der süßen Lerch
Und lobend Gott umzinglet
Den Öl- und ander Berg.

Auch schwebets auf den Weiden
Und will bei'n Hirten sein,
Da Cedron kommt entscheiden
Die grünen Wiesen rein;
Tut zierlich sammen raffen
Die Verslein in Bezwang
Und setzet sich zu'n Schafen,
Pfeift manchen Hirtensang.

Auch wieder da nicht bleibet,
Sichs hebt in Wind hinein,
Die leere Luft zertreibet
Mit schwanken Federlein,
Sich setzt an grober Eichen
Zur schnöden Schädelstatt,
Will kaum von dannen weichen,
Wird Kreuz noch Peinen satt.

Mit ihm will mich erschwingen
Und manchem schwebend ob
Den Lorbeerkranz ersingen
In teutschem Gotteslob.
Dem Leser nicht verdrieße
Der Zeit noch Stunden lang,
Hoff, ihm es noch ersprieße
Zu gleichem Zithersang.

Friedrich von Spee
(gekürzt)

LIEBGESANG DES GESPONS JESU ZUM ANFANG DER SOMMERZEIT

Der trübe Winter ist fürbei,
Die Kranich wiederkehren;
Nun reget sich der Vogelschrei,
Die Nester sich vermehren;
Laub mit Gemach,
Nun schleicht an Tag,
Die Blümlein sich nun melden;
Wie Schlänglein krumm
Gehn lächelnd um
Die Bächlein kühl in Wälden.

Der Brünnlein klar und Quellen rein
Viel hie, viel dort erscheinen,
All silberweiße Töchterlein
Der hohe Berg und Steinen;
In großer Meng
Sie mit Gedräng
Wie Pfeil von Felsen zielen;
Bald rauschens her
Nit ohn Geplärr
Und mit den Steinen spielen.

Die Jägerin Diana stolz,
Auch Wald- und Wiesennymphen
Nun wieder frisch im grünen Holz
Gehn spielen, scherz- und schimpfen.
Die reine Sonn
Schmückt ihre Kron,
Den Köcher füllt mit Pfeilen;
Ihr beste Roß
Läßt laufen los
Auf marmerglatten Meilen.

Mit ihr die kühlen Sommerwind,
All Jüngling still von Sitten,
In Lust zu spielen sind gesinnt
Auf Wolken leicht beritten;
Die Bäum und Äst
Auch tun das Best,
Bereichen sich mit Schatten,
Da sich verhalt
Das Wild im Wald,
Wanns pflegt von Hitz ermatten.

Die Meng der Vöglein hören laßt
Ihr Schir- und Tire-Lire,
Da sauset auch so mancher Ast,
Als ob er musiziere;

Die Zweiglein schwank
Zum Vogelsang
Sich auf und nieder neigen,
Auch höret man
Im Grünen gahn
Spazieren Laut und Geigen.

Wo man nur schaut, fast alle Welt
Zu Freuden tut sich rüsten,
Zum Scherzen alles ist gestellt,
Schwebt alles fast in Lüsten;
Nur ich allein,
Ich leide Pein,
Ohn End werd ich gequälet,
Seit ich mit Dir,
Und Du mit mir,
O Jesu, Dich vermählet.

Nichts schmecket mir auf ganzer Welt
Als Jesu Lieb alleine;
Noch Spiel noch Scherz mir je gefällt,
Bis lang er mir erscheine;
Und zwar nun frei
Mit starkem Schrei
Ruf ihm so manche Stunden,
Doch nie kein Tritt
Sich nahet nit,
Sollt michs nicht hart verwunden?

Was nutzet mir dann schöne Zeit?
Was Glanz und Schein der Sonnen?
Was Bäum, gar lieblich ausgebreit't?
Was Klang der klaren Bronnen?
Was Atem lind
Der kühle Wind?

Was Bächlein, krumm geleitet?
Was edler Mai,
Was Vogelschrei,
Was Felder, grün gespreitet?

Ach Jesu, Jesu, treuer Held,
Wie kränkest mich so sehre!
Bin je doch hart und hart gequält,
Ach, nicht mich so beschwere!
Ja, willst du sehn
All Pein und Pön
Im Augenblick vergangen,
Mein Augen beid
Nur führ zur Weid
Auf dein so schönen Wangen.

Spee

GEISTLICHES LIED AUF ALLE STUNDEN DES TAGS GERICHTET

Sooft du schlagen hörst die Stund,
So lobe Gott mit Herz und Mund!

1 Uhr
Ein Glaub allein, ein Gott allein,
Dem leben wir und sterben;
Wer in dem einen Glaub wird sein,
Soll einen Gott erwerben.

2 Uhr
Zwo Tafeln und zwei Testament
Muß man nicht überschreiten;
Will drin studieren bis zum End,
Zum Himmel sie mich leiten.

3 Uhr
Es sind in Gott Personen drei,
Mans anders nicht muß halten;
Die Einigkeit, glaub ich darbei,
Bleibt dennoch unzerspalten.

4 Uhr
Wanns viere schlägt, dünkt mich, es kling',
Die Wahrheit muß ich sagen,
Als wärens die vier letzten Ding;
Mein Sünd mich stark verklagen.

5 Uhr
Fünf Christi Wunden rosenrot,
Wer wollt sie nicht verehren?
O Gott, in aller meiner Not
Will mich zu ihnen kehren.

6 Uhr
Zu Kana sind zur Hochzeit gut
Sechs Wasserkrüg gestanden;
Der Herr bald Wein draus machen tut,
Ach, käm er uns zu Handen!

7 Uhr
Ich denk der sieben Sakrament,
Der sieben Wort imgleichen,
Die Jesus sprach an seinem End,
Da er von hinn sollt weichen.

8 Uhr
Acht Seligkeiten zählet man,
Darnach wir müssen streben;
Wohl dem, der sie all haben kann,
In Freuden wird er leben.

9 Uhr
Der Engel Chör sind eben neun,
Die singen alle droben;
Ach, möcht ich doch bei ihnen sein,
Wollt Gott so freudig loben!

10 Uhr
Der zehn Gebot vergess' ich nit,
Die führen uns zum Leben;
Wollt Gott, sie niemand überschritt;
Mein Blut ich drum wollt geben.

11 Uhr
Von Eilfen find ich sonders nicht,
Nur daß man geht zum Essen;
Laßt nehmen dann, was zugericht't,
Und Gottes nicht vergessen.

12 Uhr
Zwölf Boten sendet unser Herr,
Die Völker zu bekehren;
Gereiset sind sie weit und fer,
Den Glauben zu vermehren.

Nun bitt ich sie von Herzensgrund,
Sie bringen mir zuwegen,
Als oft ich hör des Tages Stund,
Mir komm der Gottessegen. Amen.

Spee

LIED DES EINSIEDELS

Komm, Trost der Nacht, o Nachtigall!
Laß deine Stimm mit Freudenschall
Aufs lieblichste erklingen;

Komm, komm und lob den Schöpfer dein,
Weil andre Vögel schlafen fein
Und nicht mehr mögen singen;
Laß dein Stimmlein
Laut erschallen, denn vor allen
Kannst du loben
Gott im Himmel hoch dort oben.

Echo, der wilde Widerhall,
Will sein bei diesem Freudenschall
Und lässet sich auch hören;
Verweist uns alle Müdigkeit,
Der wir ergeben allezeit,
Lehrt uns den Schlaf betören.
Drum dein Stimmlein
Laß erschallen, denn vor allen
Kannst du loben
Gott im Himmel hoch dort oben.

Die Sterne, so am Himmel stehn,
Sich lassen Gott zum Lobe sehn
Und Ehre ihm beweisen;
Die Eul auch, die nicht singen kann,
Zeigt doch mit ihrem Heulen an,
Daß sie auch Gott tu preisen.
Drum dein Stimmlein
Laß erschallen, denn vor allen
Kannst du loben
Gott im Himmel hoch dort oben.

Nur her, mein liebstes Vögelein,
Wir wollen nicht die faulsten sein
Und schlafen liegen bleiben,
Vielmehr bis daß die Morgenröt
Erfreuet diese Wälderöd,

In Gottes Lob vertreiben;
Laß dein Stimmlein
Laut erschallen, denn vor allen
Kannst du loben
Gott im Himmel hoch dort oben.

Hans Jacob Christoffel von Grimmelshausen
(gekürzt)

NUN RUHEN ALLE WÄLDER

Nun ruhen alle Wälder,
Vieh, Menschen, Stadt und Felder,
Es schläft die ganze Welt:
Ihr aber, meine Sinnen,
Auf, auf! ihr sollt beginnen,
Was eurem Schöpfer wohlgefällt.

Wo bist du, Sonne, blieben?
Die Nacht hat dich vertrieben,
Die Nacht, des Tages Feind:
Fahr hin, ein ander Sonne,
Mein Jesus, meine Wonne,
Gar hell in meinem Herzen scheint.

Der Tag ist nun vergangen,
Die güldnen Sternlein prangen
Am blauen Himmelssaal:
Also werd ich auch stehen,
Wenn mich wird heißen gehen
Mein Gott aus diesem Jammertal.

Der Leib eilt nun zur Ruhe,
Legt ab das Kleid und Schuhe,
Das Bild der Sterblichkeit,
Die ich zieh aus, dagegen
Wird Christus mir anlegen
Den Rock der Ehr und Herrlichkeit.

Das Häupt, die Füß und Hände
Sind froh, daß nun zu Ende
Die Arbeit kommen sei:
Herz, freu dich, du sollst werden
Vom Elend dieser Erden
Und von der Sünden Arbeit frei.

Nun geht, ihr matten Glieder,
Geht hin und legt euch nieder,
Der Betten ihr begehrt:
Es kommen Stund und Zeiten,
Da man euch wird bereiten
Zur Ruh ein Bettlein in der Erd.

Auch euch, ihr meine Lieben,
Soll heute nicht betrüben
Ein Unfall noch Gefahr!
Gott laß euch ruhig schlafen,
Stell euch die güldnen Waffen
Ums Bett und seiner Helden Schar!

Paul Gerhardt

DANKLIED FÜR DIE VERKÜNDIGUNG DES FRIEDENS

Gott Lob! nun ist erschollen
Das edle Fried- und Freudenwort,
Daß nunmehr ruhen sollen
Die Spieß und Schwerter und ihr Mord.
Wohlauf und nimm nun wieder
Dein Saitenspiel hervor,
O Deutschland, und sing Lieder
Im hohen vollen Chor!

Erhebe dein Gemüte
Zu deinem Gott und sprich:
Herr, deine Gnad und Güte
Bleibt dennoch ewiglich.

Wir haben nichts verdienet
Als schwere Straf und großen Zorn,
Weil stets bei uns noch grünet
Der freche schnöde Sündendorn.

Wir sind fürwahr geschlagen
Mit harter scharfer Rut,
Und dennoch muß man fragen:
Wer ist, der Buße tut?
Wir sind und bleiben böse;
Gott ist und bleibet treu,
Hilf, daß sich bei uns löse
Der Krieg und sein Geschrei.

Sei tausendmal willkommen,
Du teure, werte Friedensgab!
Jetzt sehn wir, was für Frommen
Dein Bei-uns-Wohnen in sich hab.
In dich hat Gott versenket
All unser Glück und Heil;
Wer dich betrübt und kränket,
Der drückt ihm selbst den Pfeil
Des Herzleids in das Herze
Und löscht aus Unverstand
Die güldne Freudenkerze
Mit seiner eignen Hand.

Das drückt uns nimmer besser
In unsre Seel und Herz hinein
Als ihr zerstörten Schlösser
Und Städte voller Schutt und Stein;

Ihr vormals schönen Felder,
Mit frischer Saat bestreut,
Itzt aber lauter Wälder
Und dürre wüste Heid;
Ihr Gräber, voller Leichen
Und blutgem Heldenschweiß,
Der Helden, derengleichen
Auf Erden man nicht weiß.

Hier trübe deine Sinnen,
O Mensch! und laß den Tränenbach
Aus beiden Augen rinnen;
Geh in dein Herz und denke nach:
Was Gott bisher gesendet,
Das hast du ausgelacht;
Nun hat er sich gewendet
Und väterlich bedacht,
Vom Grimm und scharfen Dringen
Zu deinem Heil zu ruhn,
Ob er dich möchte zwingen
Mit Lieb und Gutestun.

Ach, laß dich doch erwecken!
Wach auf! wach auf! du harte Welt,
Eh als das harte Schrecken
Dich schnell und plötzlich überfällt!
Wer aber Christum liebet,
Sei unerschrocknes Muts;
Der Friede, so er giebet,
Bedeutet alles Guts.
Er will die Lehre geben:
Das Ende naht herzu,
Da sollt ihr bei Gott leben
In ewgem Fried und Ruh.

Gerhardt

GEDANKEN ÜBER DIE ZEIT

Ihr lebet in der Zeit und kennt doch keine Zeit;
So wißt, ihr Menschen, nicht, von und in was ihr seid.
Dies wißt ihr, daß ihr seid in einer Zeit geboren
Und daß ihr werdet auch in einer Zeit verloren.
Was aber war die Zeit, die euch in sich gebracht?
Und was wird diese sein, die euch zu nichts mehr macht?
Die Zeit ist was und nichts, der Mensch in gleichem Falle,
Doch was dasselbe was und nichts sei, zweifeln alle.
Die Zeit, die stirbt in sich und zeugt sich auch aus sich.
Dies kömmt aus mir und dir, von dem du bist und ich.
Der Mensch ist in der Zeit; sie ist in ihm ingleichen,
Doch aber muß der Mensch, wenn sie noch bleibet, weichen.
Die Zeit ist, was ihr seid, und ihr seid, was die Zeit,
Nur daß ihr wenger noch, als was die Zeit ist, seid.
Ach, daß doch jene Zeit, die ohne Zeit ist, käme
Und uns aus dieser Zeit in ihre Zeiten nähme,
Und aus uns selbsten uns, daß wir gleich könnten sein,
Wie der itzt jener Zeit, die keine Zeit geht ein!

Paul Fleming

AN SICH SELBST

Sei dennoch unverzagt. Gib dennoch unverloren.
Weich keinem Glücke aus. Steh höher als der Neid.
Vergnüge dich an dir und acht es für kein Leid,
Hat sich gleich wider dich Glück, Ort und Zeit
verschworen.

Was dich betrübt und labt, halt alles für erkoren.
Nimm dein Verhängnis an. Laß alles unbereut.

Tu, was getan muß sein, und eh man dirs gebeut.
Was du noch hoffen kannst, das wird noch stets
geboren.

Was klagt, was lobt man doch? Sein Unglück und
sein Glücke
Ist ihm ein jeder selbst. Schau alle Sachen an:
Dies alles ist in dir, laß deinen eiteln Wahn,

Und eh du förder gehst, so geh in dich zurücke.
Wer sein selbst Meister ist und sich beherrschen kann,
Dem ist die weite Welt und alles untertan.

Fleming

AN EINEN GEWISSEN BAUM

Ich will zu deiner Hut ein' eigne Dryas stellen,
Daß kein gehörnter Hirsch, kein Eber auf dich ein
Zu dringen sich verwegt mit seiner Waffen Dräun
Und daß kein feindlichs Beil dich etwa möge fällen.

So steh Sylvan zur Wehr mit seinen Waldgesellen.
Der Boden gibt dir Saft, der Himmel Sonnenschein,
Und dein gekraustes Haar soll stets durchsprungen
sein
Von aller Vögel Art, der lieblichen, der hellen.

Ich muß nun weit von dir, nun weit von der dahin,
Mit der ich unter dir oft froh gewesen bin,
Der schönen Basilen, die mir mein Herze quälet,

Von dem dein stummer Mund viel weiß und dennoch schweigt,
Darauf dein grüner Arm mit allen Fingern zeigt,
Und ein bewegter Zweig dem andern es erzählet.

Fleming

DER TOD

Der Tod ist unser Vater, von dem uns neu empfängt
Das Erdgrab, unser Mutter, und uns in ihr vermengt;
Wann nun der Tag wird kummen, und da wird sein die Zeit,
Gebiert uns diese Mutter zur Welt der Ewigkeit.

Friedrich von Logau

DER TOD CHRISTI

Da das Leben ging und starb, fing das Sterben an zu leben;
Dann der Tod hat durch den Tod in den Tod sich müssen geben.

Logau

SPRÜCHE

Weißt du, was in dieser Welt
Mir am meisten wohlgefällt?
Daß die Zeit sich selbst verzehret
Und die Welt nicht ewig währet.

Hoffnung ist ein fester Stab
Und Geduld ein Reisekleid,
Da man mit durch Welt und Grab
Wandert in die Ewigkeit.

Logau

STERBLIED

Schöner Himmelssaal,
Vaterland der Frommen,
Die aus großer Qual
Dieses Lebens kommen
Und von keiner Lust
In der Welt gewußt,

Sei mir hoch gegrüßt!
Dich such ich vor allen,
Weil ich öd und wüst
In der Welt muß wallen
Und von Kreuz und Pein
Nie befreit kann sein.

Trüg ich durch den Tod
Nicht nach dir Verlangen,
O, in meiner Not
Wär ich längst vergangen;
Du bist, einig du,
Nichts sonst, meine Ruh.

Gott, du kennst vorhin
Alles, was mich kränket
Und woran mein Sinn
Tag und Nacht gedenket,
Niemand weiß um mich
Als nur du und ich.

O wie werd ich mich
Dort an dir erquicken!
Du wirst mich, und ich
Werde dich anblicken,
Ewig, herrlich, reich
Und den Engeln gleich.

Schöner Himmelssaal,
Vaterland der Frommen,
Ende meiner Qual,
Heiß mich zu dir kommen,
Denn ich wünsch allein
Bald bei dir zu sein.

Simon Dach

DAS GROSSE LICHT

Die wir in Todes Schatten
So lang gesessen sind
Und kein Erleuchtung hatten,
In Gottes Sachen blind,
Und konnten nichts verstehen,
Nicht Gnaden noch Gericht,
Sehn über uns aufgehen
Anjetzt ein großes Licht.

Ein Licht, dadurch wir schauen
In Gottes Herz hinein,
Daß er in Zuvertrauen
Der Unser nun will sein,
Ein Licht, das heftig brennet
In unser Fleisch und Blut,
Daß sich ein Mensch erkennet
Und was für Sünd er tut.

Ein Licht, das plötzlich fähret
Tief in der Gräber Nacht
Und uns den Tod erkläret
Mit aller seiner Macht,
Das uns vor Augen malet,
Wie nichts sei Welt und Zeit
Und wie vor allen strahlet
Der Glanz der Ewigkeit.

Dach

ABEND

Der schnelle Tag ist hin; die Nacht schwingt ihre Fahn
Und führt die Sternen auf. Der Menschen müde Scharen
Verlassen Feld und Werk; wo Tier und Vogel waren,
Traurt itzt die Einsamkeit. Wie ist die Zeit vertan!

Der Port naht mehr und mehr sich zu der Glieder Kahn.
Gleichwie dies Licht verfiel, so wird in wenig Jahren
Ich, du, und was man hat, und was man sieht, hinfahren.
Dies Leben kömmt mir vor als eine Rennebahn.

Laß, höchster Gott! mich doch nicht auf dem Laufplatz gleiten,
Laß mich nicht Ach, nicht Pracht, nicht Lust, nicht Angst verleiten!
Dein ewig heller Glanz sei vor und neben mir!
Laß, wenn der müde Leib entschläft, die Seele wachen,

Und wenn der letzte Tag wird mit mir Abend machen,
So reiß mich aus dem Tal der Finsternis zu dir!

Andreas Gryphius

AN DIE STERNEN

Ihr Lichter, die ich nicht auf Erden satt kann schauen,
Ihr Fackeln, die ihr Nacht und schwarze Wolken trennt,
Als Diamante spielt und ohn Aufhören brennt,
Ihr Blumen, die ihr schmückt des großen Himmels Auen,

Ihr Wächter, die als Gott die Welt auf wollte bauen,
Sein Wort, die Weisheit selbst, mit rechtem Namen nennt,
Die Gott allein recht mißt, die Gott allein recht kennt
(Wir blinden Sterblichen! was wollen wir uns trauen!)

Ihr Bürgen meiner Lust! wie manche schöne Nacht
Hab ich, in dem ich euch betrachtete, gewacht?
Herolden dieser Zeit! wenn wird es doch geschehen,

Daß ich, der eurer nicht allhier vergessen kann,
Euch, deren Liebe mir steckt Herz und Geister an,
Von andern Sorgen frei werd unter mir besehen?

Gryphius

EITELKEIT

Du siehst, wohin du siehst, nur Eitelkeit auf Erden,
Was dieser heute baut, reißt jener morgen ein;
Wo jetzund Städte stehn, wird eine Wiese sein,
Auf der ein Schäferskind wird spielen mit den Herden.

Was jetzund prächtig blüht, soll bald zertreten
werden;
Was jetzt so pocht und trotzt, ist morgen Asch und
Bein;
Nichts ist, das ewig sei, kein Erz, kein Marmorstein.
Jetzt lacht das Glück uns an, bald donnern die
Beschwerden.
Der hohen Taten Ruhm muß wie ein Traum vergehn.
Soll denn das Spiel der Zeit, der leichte Mensch
bestehn?
Ach, was ist alles dies, was wir vor köstlich achten,
Als schlechte Nichtigkeit, als Schatten, Staub und
Wind,
Als eine Wiesenblum, die man nicht wieder findt!
Noch will, was ewig ist, kein einig Mensch betrachten.

Gryphius

WAS SIND WIR MENSCHEN DOCH

Was sind wir Menschen doch? ein Wohnhaus grimmer
Schmerzen,
Ein Ball des falschen Glücks, ein Irrlicht dieser Zeit,
Ein Schauplatz herber Angst und Widerwärtigkeit,
Ein bald verschmelzter Schnee und abgebrannte
Kerzen.
Dies Leben fleucht davon wie ein Geschwätz und
Scherzen.
Die vor uns abgelegt des schwachen Leibes Kleid
Und in das Totenbuch der großen Sterblichkeit
Längst eingeschrieben sind, sind uns aus Sinn und
Herzen.

Gleich wie ein eitel Traum leicht aus der Acht hinfällt
Und wie ein Strom verschießt, den keine Macht
aufhält,
So muß auch unser Nam, Lob, Ehr und Ruhm
verschwinden.

Was itzund Atem holt, muß mit der Luft entfliehn,
Was nach uns kommen wird, wird uns ins Grab
nachziehn.
Was sag ich? Wir vergehn, wie Rauch vor starken
Winden.

Gryphius

DER CHERUBINISCHE WANDERSMANN

Der Himmel ist in dir

Halt an, wo läufst du hin, der Himmel ist in dir:
Suchst du Gott anderswo, du fehlst ihn für und für.

Die Rose

Die Rose, welche hier dein äußres Auge sieht,
Die hat in Ewigkeit vor Gott also geblüht.

Du selbst mußt Sonne sein

Ich selbst muß Sonne sein, ich muß mit meinen
Strahlen
Das farbenlose Meer der ganzen Gottheit malen.

Zufall und Wesen

Mensch, werde wesentlich: denn wann die Welt vergeht,
So fällt der Zufall weg, das Wesen, das besteht.

Der geistliche Berg

Ich bin ein Berg in Gott und muß mich selber steigen,
Daferne Gott mir soll sein liebes Antlitz zeigen.

Eins ist so alt als das andre

Ein Kind, das auf der Welt nur eine Stunde bleibt,
Das wird so alt, als man Methusalem beschreibt.

Die Wunder-Geburt

Maria ist Kristall, ihr Sohn ist himmlisch Licht:
Drum dringt er ganz durch sie und öffnet sie doch nicht.

Alle Heiligen sind ein Heiliger

Die Heilgen alle sind ein Heiliger allein,
Weil sie ein Herz, Geist, Sinn in einem Leibe sein.

Was man liebt, in das verwandelt man sich

Mensch, was du liebst, in das wirst du verwandelt werden,
Gott wirst du, liebst du Gott, und Erde, liebst du Erden.

Gott hat kein Muster als sich selbst

Fragst du, warum mich Gott nach seinem Bildnis machte?
Ich sag, es war niemand, der ihm ein anders brachte.

Die Schönheit kommt von Liebe

Die Schönheit kommt von Lieb; auch Gottes Angesicht
Hat seine Lieblichkeit von ihr, sonst glänzt' es nicht.

Wie die Person, so das Verdienst

Die Braut verdient sich mehr mit einem Kuß um Gott,
Als alle Mietlinge mit Arbeit bis in Tod.

Die Liebe Gottes ist wesentlich

Die Liebe gegen Gott steht nicht in Süßigkeit,
Süß ist ein Zufall nur: sie steht in Wesenheit.

Die Liebe ist Gott gemeiner als Weisheit

Die Liebe geht zu Gott unangesagt hinein,
Verstand und hoher Witz muß lang im Vorhof sein.

Beschluß

Freund, es ist auch genug. Im Fall du mehr willst lesen,
So geh und werde selbst die Schrift und selbst das Wesen.

Angelus Silesius

WO SIND DIE STUNDEN

Wo sind die Stunden
Der süßen Zeit,
Da ich zuerst empfunden,
Wie deine Lieblichkeit
Mich dir verbunden?
Sie sind verrauscht, es bleibet doch dabei,
Daß alle Lust vergänglich sei.

Ich schwamm in Freude,
Der Liebe Hand
Spann mir ein Kleid von Seide —
Das Blatt hat sich gewandt,
Ich geh im Leide.
Ich wein itzund, daß Lieb und Sonnenschein
Stets voller Angst und Sorgen sein.
Christian Hofmann von Hofmannswaldau

GEDANKEN BEI ANTRETUNG DES FÜNFZIGSTEN JAHRES

Mein Auge hat den alten Glanz verloren,
Ich bin nicht mehr, wie ich vor diesem war.
Es klinget mir fast stündlich in den Ohren:
Vergiß der Welt und denk auf deine Bahr.
Und ich empfinde nun aus meines Lebens Jahren,
Daß fünfzig schwächer sind als fünfundzwanzig waren.

Du hast, mein Gott, mich in des Vaters Lenden
Als rohen Zeug genädig angeschaut,
Und nachmals auch in den verdeckten Wänden,
Ohn alles Licht, durch Allmacht aufgebaut,
Du hast als Steuermann und Leitstern mich geführet,
Wo man der Wellen Sturm und Berge Schrecken spüret.

Du hast den Dorn in Rosen mir verkehret
Und Kieselstein zu Kristallin gemacht,
Dein Segen hat den Unwert mir verzehret
Und Schlackenwerk zu gleichem Erz gemacht.
Du hast als Nulle mich den Zahlen zugesellet.
Der Welt Gepränge gilt, nachdem es Gott gefället.

Ich bin zu schlecht, für dieses Dank zu sagen,
Es ist zu schlecht, was ich dir bringen kann.
Nimm diesen doch, den du hast jung getragen,
Als Adlern, jetzt auch in dem Alter an.
Ach, stütze Leib und Geist und laß bei grauen Haaren
Nicht grüne Sündenlust sich meinem Herzen paaren.

Denn führe mich zu der erwählten Menge
Und in das Licht durch eine kurze Nacht:
Ich suche nicht ein großes Leich-Gepränge,
Aus Eitelkeit und stolzer Pracht erwacht.
Ich will kein ander Wort um meinen Leichstein haben
Als dies: der Kern ist weg, die Schalen sind vergraben.

Hofmannswaldau

ABSCHIED

Es ist genug! Mein matter Sinn
Sehnt sich dahin,
Wo meine Väter schlafen.
Ich hab es endlich guten Fug,
Es ist genug!
Ich muß mir Rast verschaffen.

Ich bin ermüdt, ich hab geführt
Des Tages Bürd,
Es muß eins Abend werden.
Erlös mich, Herr, spann aus den Pflug,
Es ist genug!
Nimm von mir die Beschwerden.

Nun gute Nacht, ihr meine Freund,
Ihr meine Feind,
Ihr Guten und ihr Bösen!

Euch folg die Treu, euch folg der Trug,
Es ist genug!
Mein Gott will mich auflösen.

So nimm nur, Herr, hin meine Seel,
Die ich befehl
In deine Hand und Pflege.
Schreib ein sie in dein Lebensbuch,
Es ist genug!
Daß ich mich schlafen lege.

Herzog Anton Ulrich von Braunschweig

BRAUTGRABLIED

Dein Traufest wandelt sich
Zum Trauerfest für dich.
Dein Kirchgang ist zum Grabe,
Der Sarg dein Hochzeitskleid,
Schmerz deine Morgengabe.
Beständig ist der Unbestand
In dieses Lebens Jammerland.

Das Weinen ist der Wein.
Wir sollten Gäste sein
An ihrem Freudentage
Und stellen uns jetzt ein
Zu tiefer Trauerklage.
Beständig ist der Unbestand
In dieses Lebens Jammerland.

Die Laut ist ohne Laut.
Leid ist das Lied der Braut.
Der Totenglocken Klingen
Zeigt, wem man dich vertraut,

Wie unser Händeringen.
Beständig ist der Unbestand
In dieses Lebens Jammerland.

Schon öffnet sich das Tor,
Der Bräutigam tritt vor —
O Traufest, schrecklich allen!
Man hört in vollem Chor:
Der Braut ein Grablied hallen.
Beständig ist der Unbestand
In dieses Lebens Jammerland.

Georg Philipp Harsdörffer

AM ABEND, ALS ES KÜHLE WAR

Am Abend, als es kühle war,
Ward Adams Fallen offenbar.
Am Abend drücket ihn der Heiland nieder;
Am Abend kam die Taube wieder
Und trug ein Ölblatt in dem Munde.
O schöne Zeit, o Abendstunde!

Der Friedensschluß ist nun mit Gott gemacht,
Denn Jesus hat sein Kreuz vollbracht.
Sein Leichnam kömmt zur Ruh.
Ach, liebe Seele, bitte du;
Geh, lasse dir den toten Jesum schenken,
O heilsames, o köstlichs Angedenken!

Christian Friedrich Henrici

AUF CHRISTUS' MENSCH-WERDIGE WUNDERTAT

Die Süßheit selbst an Brüsten säuget.
Die Weisheit wird ein kleines Kind.
Die Allmacht man mit Windeln bindt.
Gott hier sein Herz leibhaftig zeiget,

Ja solches gar zu uns herneiget.
Das Himmelreich im Stall sich findt.
Hie dient das Engel-Hofgesind.
Dies alles uns zu Trost erzweiget.

Die Keuschheit einen Sohn gebar,
Der doch schon vor den Sternen war.
Was Er nicht war, das ist Er worden:

Und was Er war, das blieb er noch:
Daß Er in diesem neuen Orden
Von uns wegnähm das Sünden-Joch.

Katharina Regina von Greiffenberg

KIRSCHBLÜTE BEI DER NACHT

Ich sahe mit betrachtendem Gemüte
Jüngst einen Kirschbaum, welcher blühte,
In kühler Nacht beim Mondenschein;
Ich glaubt, es könne nichts von größrer Weiße sein.
Es schien, als wär ein Schnee gefallen;
Ein jeder, auch der kleinste Ast,
Trug gleichsam eine rechte Last
Von zierlich weißen runden Ballen.
Es ist kein Schwan so weiß, da nämlich jedes Blatt,
Indem daselbst des Mondes sanftes Licht
Selbst durch die zarten Blätter bricht,
Sogar den Schatten weiß und sonder Schwärze hat.
Unmöglich, dacht ich, kann auf Erden
Was Weißres aufgefunden werden.

Indem ich nun bald hin, bald her
Im Schatten dieses Baumes gehe,
Sah ich von ungefähr
Durch alle Blumen in die Höhe

Und ward noch einen weißern Schein,
Der tausendmal so weiß, der tausendmal so klar,
Fast halb darob erstaunt, gewahr.
Der Blüte Schnee schien schwarz zu sein
Bei diesem weißen Glanz. Es fiel mir ins Gesicht
Von einem hellen Stern ein weißes Licht,
Das mir recht in die Seele strahlte.

Wie sehr ich mich an Gott im Irdischen ergötze,
Dacht ich, hat er dennoch weit größre Schätze.
Die größte Schönheit dieser Erden
Kann mit der himmlischen doch nicht verglichen
werden.

Barthold Heinrich Brockes

WINTERGEDANKEN

Wie hat es diese Nacht gereift!
Mein Gott, wie grimmig stark muß es gefroren haben!
Wie schwirrt und schreit, wie knirrt und pfeift
Der Schnee bei jedem Tritt! Mit den jetzt trägen Naben
Knarrt, stockt und schleppt der Räder starres Rund,
Ja weigert gleichsam sich, den kalten Grund
Wie sonst im Drehen zu berühren.
Fast alles drohet, zu erfrieren,
Fast alles droht für Kälte zu vergehn.

Wie blendend weiß ist alles, was ich schau,
Sowohl in Tiefen als in Höhn;
Wie schwarz, wie dick, wie dunkelgrau
Hingegen ist der ganze Kreis der Luft,
Zumal da das noch niedre Sonnenlicht
Annoch nicht durch die Nacht des dicken Nebels bricht.

Es scheint, als könne man in einem greisen Duft
Die Kälte selbst anjetzt recht sichtbar sehn;
Sie fänget überall ergrimmt an zu regieren.
Drei Elemente selber müssen
Ihr schwer tyrannisch Joch verspüren
Und deren Bürger all das strenge Szepter küssen,
Das allem, was da lebt, Verlähmung, Pein und Tod,
Ja selber der Natur den Untergang fast droht. —

Laß aber, lieber Mensch, auch du, soviel an dir,
Dein Herz zum Mitleid doch bewegen,
Damit dein Liebesfeur dein armer Nachbar spür;
Komm, lindre seine Not mit deinem Segen.
Such ihm in scharfem Frost ein Labsal zu bereiten,
Damit, wie Hiob spricht, auch seine Seiten,
Wenn sie, durch deine Hülf erwärmt, dich preisen
Und so durch dich dem Schöpfer Dank erweisen.

Brockes

ALS ER SICH DER EHMALS VON FLAVIEN GENOSSNEN GUNST NOCH ERINNERTE

Erinnert euch mit mir, ihr Blumen, Bäum und Schatten
Der oft mit Flavien gehaltnen Abendlust!
Die Bäche gleißen noch von Flammen treuer Brust,
In der wir wertes Paar des Himmels Vorschmack hatten.
O goldne Frühlingszeit! Mein Herz, was kommt dir ein?
Du liebest Flavien; sie ist ja nicht mehr dein.
Hier war es, wo ihr Haupt mir oft die Achsel drückte,
Verschweigt ihr Linden mehr, als ich nicht sagen darf;

Hier war es, wo sie mich mit Klee und Quendel
warf,
Und wo ich ihr die Schoß voll junger Blüten pflückte.
Da war noch gute Zeit! Mein Herz, was kommt
dir ein?
Betrübt dich Flavia? Sie ist ja nicht mehr dein.

Johann Christian Günther

FRAGMENT

Dein armer Dichter kommt schon wieder
Und fällt mit seiner Bürde nieder
Und sieht dich, weil er sonst nichts kann,
Mit Augen voller Schwermut an.

Er hat kein Blut mehr zu den Tränen
Und kann vor Schwachheit nicht mehr schrein;
Mein Heiland, laß das stumme Sehnen
Ein Opfer um Erbarmung sein.

Jetzt schmerzt, jetzt sticht mich mein Gewissen,
Jetzt nagt es mit geheimen Bissen
Den Geist, der vor sich selbst erschrickt,
In dem er rückwärts denkt und blickt.

Günther

ABENDLIED

Der Feierabend ist gemacht,
Die Arbeit schläft, der Traum erwacht,
Die Sonne führt die Pferde trinken;
Der Erdkreis wandert zu der Ruh,
Die Nacht drückt ihm die Augen zu,
Die schon dem süßen Schlafe winken.

Ich, Schöpfer, deine Kreatur,
Bekenne, daß ich auf der Spur
Der Sünder diesen Tag gewandelt;
Ich habe dein Verbot verletzt,
Mich dir in allem widersetzt
Und wider meine Pflicht gehandelt.

Doch weil ein Quintchen Vaterhuld
Vieltausend Zentner meiner Schuld
Durch dein Erbarmen überwieget,
So gib Genade vor das Recht
Und zürne nicht auf deinen Knecht,
Der sich an deine Füße schmieget.

Der Beichte folgt das Gnadenwort:
Steh auf, mein Sohn, und wandre fort!
Die Missetat ist dir erlassen;
Drum kann mein Glaube ganz getrost,
Ist Welt und Satan schon erbost,
Bei deiner Wahrheit Anker fassen.

Mein Abendopfer ist ein Lied,
Das dir zu danken sich bemüht,
Die Brust entzündet Andachtskerzen;
Gefällt dir dieser Brandaltar,
So mache die Verheißung wahr:
Gott heilet die zerschlagnen Herzen.

Du bester Anwalt, Jesu Christ,
Der in den Schwachen mächtig ist,
Komm und vollführe meine Sache!
Beweise, daß dein teures Blut
Was ich verbrochen, wieder gut
Und auch die Sünder selig mache.

Du Geist der Wahrheit breite dich
Mit deinen Gaben über mich!
Dein Wort sei meines Fußes Leuchte!
Vergönne mir dein Gnadenlicht
Auf meinen Wegen, daß ich nicht
Mir selber zur Verdammnis leuchte!

Das müde Haupt sinkt auf den Pfühl,
Doch wo ich ruhig schlafen will,
So muß ich deinen Engel bitten;
Der kann durch seine starke Wacht
Mich vor dem Ungetüm der Nacht
Um meine Lagerstatt behüten.

Soll mir der Pfühl ein Leichenstein,
Der Schlaf ein Schlaf zum Tode sein,
Ja, soll das Bette mich begraben,
So laß den Leichnam in der Gruft,
Bis ihn die letzte Stimme ruft,
Den Geist im Himmel Frieden haben.

Will aber deine Gütigkeit,
Die alle Morgen sich erneut,
Mir heute noch das Leben borgen:
So wecke zeitlich mich darauf,
Nicht aber durch ein Unglück auf
Und laß mich für das Danklied sorgen.

Günther

DER SEELEN UNSTERBLICHKEIT

Seele, wirf den Kummer hin,
Deiner Hoheit nachzudenken,

Und laß dir den freien Sinn
Durch des Leibes Last nicht kränken;
Diese Bürde, so man trägt,
Wird in kurzem abgelegt.

Die Gefangenschaft vergeht,
Stahl und Fessel müssen brechen;
Unsers Lebens Alphabet
Ist ja noch wohl auszusprechen;
Macht doch auch die ganze Zeit
Keinen Punkt der Ewigkeit . . .

Günther

STERBEGEDICHT

Zeuch aus, gefangne Seele!
Weil Stahl und Kerker bricht;
Des Leibes Jammerhöhle
Hemmt deine Freiheit nicht;
Das Grab, mein Ruhekissen,
Begräbt die Sklaverei;
Da nun der Strick zerrissen,
So wird der Vogel frei.

Mein Ohr vernimmt das Zeichen,
So mir zu Schiffe ruft,
Laßt nun die Segel streichen,
Der Hafen meiner Gruft
Macht, daß ich nicht mehr strande,
Der Himmel wird mein Haus;
Wohlan! wir sind am Lande,
Steig, müder Geist! steig aus.

Günther

TROST-ARIA

Endlich bleibt nicht ewig aus,
Endlich wird der Trost erscheinen,
Endlich grünt der Hoffnungsstrauß,
Endlich hört man auf zu weinen.
Endlich bricht der Tränen Krug,
Endlich spricht der Tod: Genug!

Endlich wird aus Wasser Wein,
Endlich kommt die rechte Stunde,
Endlich fällt der Kerker ein,
Endlich heilt die tiefe Wunde.
Endlich macht die Sklaverei
Den gefangnen Joseph frei.

Endlich, endlich kann der Neid,
Endlich auch Herodes sterben,
Endlich Davids Hirtenkleid
Seinen Saum in Purpur färben,
Endlich macht die Zeit den Saul
Zur Verfolgung schwach und faul.

Endlich nimmt der Lebenslauf
Unsres Elends auch ein Ende,
Endlich steht der Heiland auf,
Der das Joch der Knechtschaft wende,
Endlich machen vierzig Jahr
Die Verheißung zeitig wahr.

Endlich blüht die Aloe,
Endlich trägt der Palmbaum Früchte,
Endlich schwindet Furcht und Weh,
Endlich wird der Schmerz zunichte,
Endlich sieht man Gottes Tal:
Endlich endlich kommt einmal.

Günther

DER WUNSCH

Du holder Gott der süß'sten Lust auf Erden,
Der schönsten Göttin schöner Sohn!
Komm, lehre mich die Kunst, geliebt zu werden;
Die leichte Kunst, zu lieben, weiß ich schon.

Komm ebenfalls und bilde Phillis' Lachen,
Cythere, gib ihr Unterricht!
Denn Phillis weiß die Kunst, verliebt zu machen,
Die leichte Kunst, zu lieben, weiß sie nicht.

Friedrich von Hagedorn

DIE EHRE GOTTES AUS DER NATUR

Die Himmel rühmen des Ewigen Ehre,
Ihr Schall pflanzt seinen Namen fort.
Ihn rühmt der Erdkreis, ihn preisen die Meere;
Vernimm, o Mensch, ihr göttlich Wort!

Wer trägt der Himmel unzählbare Sterne?
Wer führt die Sonn aus ihrem Zelt?
Sie kömmt und leuchtet und lacht uns von ferne,
Und läuft den Weg, gleich als ein Held.

Vernimms und siehe die Wunder der Werke,
Die die Natur dir aufgestellt!
Verkündigt Weisheit und Ordnung und Stärke
Dir nicht den Herrn, den Herrn der Welt?

Kannst du der Wesen unzählbare Heere,
Den kleinsten Staub fühllos beschaun?
Durch wen ist alles? O gib ihm die Ehre!
Mir, ruft der Herr, sollst du vertraun.

Mein ist die Kraft, mein ist Himmel und Erde;
An meinen Werken kennst du mich.
Ich bins und werde sein, der ich sein werde,
Dein Gott und Vater ewiglich.

Ich bin dein Schöpfer, bin Weisheit und Güte,
Ein Gott der Ordnung und dein Heil;
Ich bins! Mich liebe von ganzem Gemüte,
Und nimm an meiner Gnade teil.

Christian Fürchtegott Gellert

DIE NACHT

Du verstörst uns nicht, o Nacht!
Sieh! wir trinken im Gebüsche;
Und ein kühler Wind erwacht,
Daß er unsern Wein erfrische!

Mutter holder Dunkelheit,
Nacht, Vertraute süßer Sorgen,
Die betrogner Wachsamkeit
Viele Küsse schon verborgen!

Dir allein sei mitbewußt,
Welch Vergnügen mich berausche,
Wann ich an geliebter Brust
Unter Tau und Blumen lausche!

Johann Peter Uz
(gekürzt)

DER GELÄHMTE KRANICH

Der Herbst entlaubte schon den bunten Hain,
Und streut' aus kalter Luft Reif auf die Flur:
Als am Gestad ein Heer von Kranichen
Zusammen kam, um in ein wirtbar Land,
Jenseits des Meers, zu ziehn. Ein Kranich, den
Des Jägers Pfeil am Fuß getroffen, saß
Allein, betrübt und stumm, und mehrte nicht
Das wilde Lustgeschrei der Schwärmenden
Und war der laute Spott der frohen Schar.

Ich bin durch meine Schuld nicht lahm, dacht er,
In sich gekehrt, ich half so viel als ihr
Zum Wohl von unserm Staat. Mich trifft mit Recht
Spott und Verachtung nicht. Nur ach! wie wirds
Mir auf der Reis' ergehn! Mir, dem der Schmerz
Mut und Vermögen raubt zum weiten Flug!
Ich Unglückseliger! das Wasser wird
Bald mein gewisses Grab. Warum erschoß
Der Grausame mich nicht? — Indessen weht
Gewogner Wind vom Land ins Meer. Die Schar
Beginnt, geordnet, itzt die Reis', und eilt
Mit schnellen Flügeln fort und schreit vor Lust.
Der Kranke nur blieb weit zurück, und ruht'
Auf Lotos-Blättern oft, womit die See
Bestreuet war, und seufzt' vor Gram und Schmerz.
Nach vielem Ruhn sah er das bessre Land,
Den gütgern Himmel, der ihn plötzlich heilt.
Die Vorsicht leitet ihn beglückt dahin;
Und vielen Spöttern ward die Flut zum Grab.

Ihr, die die schwere Hand des Unglücks drückt,
Ihr Redlichen, die ihr, mit Harm erfüllt,

Das Leben oft verwünscht, verzaget nicht
Und wagt die Reise durch das Leben nur:
Jenseit des Ufers gibts ein besser Land;
Gefilde voller Lust erwarten euch.

Ewald Christian von Kleist

AN EIN JUNGES MÄDCHEN

Du kleine Blondine
Bezauberst ja schon!
Die sprechende Miene
Kann bitten, kann drohn.

Schon hebet den Schleier
Die wachsende Brust;
Die Blicke sind Feuer
Und tötende Lust.

Schon ladet zum Küßchen
Der schwellende Mund,
Schon wölbet dein Füßchen
Sich niedlich und rund.

Du singest, du spielest,
Du tanzest, wie schön!
Und willst, was du fühlest,
Dir selbst nicht gestehn.

Die Mutter mag sagen,
Du seist noch zu klein:
Du darfst es nur wagen,
Es nicht mehr zu sein.

Noch kleiner, Rosette,
Ist Amor als du.
Oh! laß ihm zum Bette
Dein Herzchen doch zu!

Christian Felix Weiße

GOTTES GÜTE

Für wen schuf deine Güte,
Herr, diese Welt so schön?
Für wen ist Blum und Blüte
In Tälern und auf Höhn?
Für wen ist hohe Wonne
Da, wo das Saatfeld wallt?
Für wen bescheint die Sonne
Die Wiesen und den Wald?

Für wen tönt das Getümmel
Der Herden auf der Au?
Für wen wölbt sich der Himmel
So heiter und so blau?
Für wen sind Tal und Gründe
So lieblich anzusehn?
Für wen gehn kühle Winde,
Für wen ist alles schön?

Uns gabst du ein Vermögen,
Die Schönheit einzusehn,
Uns Menschen, deinen Segen
Zu fühlen, zu verstehn;
Uns sollte all die Wonne
Ein Ruf der Liebe sein,
Mit jeder Morgensonne
Dir unser Herz zu weihn!

Nun sieh, o Gott, wir weihen
Ein Herz voll Dankbarkeit
Dir, der uns liebt, und freuen
Uns deiner Gütigkeit!
Du hauchtest nicht vergebens
Ein fühlend Herz uns ein:
Ein Vorhof jenes Lebens
Soll uns die Erde sein.

Johann Wilhelm Ludwig Gleim

DER ZÜRCHERSEE

Schön ist, Mutter Natur, deiner Erfindung Pracht
Auf die Fluren verstreut, schöner ein froh Gesicht,
Das den großen Gedanken
Deiner Schöpfung noch einmal denkt.

Von des schimmernden Sees Traubengestaden her,
Oder, flohest du schon wieder zum Himmel auf,
Komm in rötendem Strahle
Auf dem Flügel der Abendluft.

Komm, und lehre mein Lied jugendlich heiter sein,
Süße Freude, wie du! gleich dem beseelteren
Schnellen Jauchzen des Jünglings,
Sanft, der fühlenden Fanny gleich.

Schon lag hinter uns weit Uto, an dessen Fuß
Zürich in ruhigem Tal freie Bewohner nährt;
    Schon war manches Gebirge
        Voll von Reben vorbeigeflohn.

Jetzt entwölkte sich fern silberner Alpen Höh,
Und der Jünglinge Herz schlug schon empfindender,
    Schon verriet es beredter
        Sich der schönen Begleiterin.

Jetzo nahm uns die Au in die beschattenden
Kühlen Arme des Walds, welcher die Insel krönt;
    Da, da kamest du, Freude!
        Volles Maßes auf uns herab!

Süß ist, fröhlicher Lenz, deiner Begeistrung Hauch,
Wenn die Flut dich gebiert, wenn sich dein Odem sanft
    In der Jünglinge Herzen,
        Und die Herzen der Mädchen gießt.

Ach, du machst das Gefühl siegend, es steigt durch dich
Jede blühende Brust schöner, und bebender,
    Lauter redet der Liebe,
        Nun entzauberter Mund durch dich!

Lieblich winket der Wein, wenn er Empfindungen,
Beßre, sanftere Luft, wenn er Gedanken winkt,
    Im sokratischen Becher
        Von der tauenden Ros umkränzt;

Reizvoll klinget des Ruhms lockender Silberton
In das schlagende Herz; und die Unsterblichkeit
    Ist ein großer Gedanke,
        Ist des Schweißes der Edlen wert!

Aber süßer ist noch, schöner und reizender,
In dem Arme des Freunds wissen ein Freund zu sein!
So das Leben genießen,
Nicht unwürdig der Ewigkeit!

Treuer Zärtlichkeit voll, in den Umschattungen,
In den Lüften des Walds, und mit gesenktem Blick
Auf die silberne Welle,
Tat ich schweigend den frommen Wunsch:

Wäret ihr auch bei uns, die ihr mich ferne liebt,
In des Vaterlands Schoß einsam von mir verstreut,
Die in seligen Stunden
Meine suchende Seele fand.

O so bauten wir hier Hütten der Freundschaft uns!
Ewig wohnten wir hier, ewig! Der Schattenwald
Wandelt' uns sich in Tempe,
Jenes Tal im Elyseum!

Friedrich Gottlieb Klopstock

DER VORHOF UND DER TEMPEL

Wer ermüdet, hinauf zu der Heerschar der Gestirne
In die Höhen zu schaun, wo der Lichtfuß sich herabsenkt,
Wo der Blitzglanz Fomahant und Antar, wo des Leun Herz
Sich ergeußt ins Gefild hin, wo die Ähr' und die Winzerin strahlt!

Mit Graun füllt und Ehrfurcht der Anblick, mit Entzückung
Das Herz des, der sich da freut, wo Freud ist, nicht allein ihn
Ihr Phantom täuscht. Ich steh hier in dem Vorhof der Gottheit.
Beflügelt von dem Tod eilt mein Geist einst in den Tempel.

Mitternacht, höre du meinen Gesang, Morgenstern,
Finde du preisend oft, dankend mich, Tränen im Blick,
Bote des Tags! Wirst du darauf Abendstern, find' auch dann
Über Gott den erstaunt, welcher sein Heil nie begreift!

Klopstock

DER TOD

O Anblick der Glanznacht, Sternheere,
Wie erhebt ihr! wie entzückst du, Anschauung
Der herrlichen Welt! Gott Schöpfer!
Wie erhaben bist Du, Gott Schöpfer!
Wie freut sich des Emporschauens zum Sternheer, wer empfindet,
Wie gering er, und wer Gott, welch ein Staub er, und wer Gott,
Sein Gott ist! O sei dann, Gefühl
Der Entzückung, wenn auch ich sterbe, mit mir!

Was erschreckst du denn so, Tod, des Beladnen Schlaf?
O bewölke den Genuß himmlischer Freude nicht mehr!
Ich sink in den Staub, Gottes Saat! Was schreckst
Den Unsterblichen du, täuschender Tod?
Mit hinab, o mein Leib, denn zur Verwesung!

In ihr Tal sanken hinab die Gefallnen
Vom Beginn her! mit hinab, o mein Staub,
Zur Heerschar, die entschlief.

Klopstock

DIE FRÜHEN GRÄBER

Willkommen, o silberner Mond,
Schöner stiller Gefährt der Nacht!
Du entfliehst? Eile nicht, bleib, Gedankenfreund!
Sehet, er bleibt, das Gewölk wallte nur hin.

Des Maies Erwachen ist nur
Schöner noch wie die Sommernacht,
Wenn ihm Tau, hell wie Licht, aus der Locke träuft,
Und zu dem Hügel herauf rötlich er kömmt.

Ihr Edleren, ach, es bewächst
Eure Male schon ernstes Moos!
O wie war glücklich ich, als ich noch mit euch
Sahe sich röten den Tag, schimmern die Nacht!

Klopstock

DIE HÖHEREN STUFEN

Oft bin ich schon im Traume dort, wo wir nicht länger träumen.
Auf dem Jupiter war, eilet' ich jetzt
In Gefilde, wie sonst niemals mein Auge sah,
Nie Gedanken mir bildeten.

Rings um mich war mehr Anmut, als an dem Wald und dem Strome
Auf der Erd ist. Auch quoll Feuer herab
Von Gebirgen, doch wars mildere Glut, die sich
Morgenrötlich ins Tal ergoß.

Wolken schwanden vor mir, und ich sahe lebende Wesen
Sehr verschiedner Gestalt. Jede Gestalt
Wurd oft anders; es schien, daß sie an Schönheit sich
Übertraf, wenn sie änderte.

Dieser Unsterblichen Leib glich heiteren Düften, aus denen
Sanfter Schimmer sich goß, ähnlich dem Blick
Des, der Wahres erforscht oder, Erfindung, sich
Deiner seligen Stunde freut.
Manchmal ahmten sie nach Ansichten des Wonnegefildes,
Wenn sie neue Gestalt wurden. Die sank
Zur Erquickung auch wohl dann in das Feuer hin,
Das dem Haupt der Berg' entrann.

Sprachen vielleicht die Unsterblichen durch die geänderte Bildung?
War es also: wieviel konnten sie dann
Sagen, welches Gefühl! redeten sie von Gott:
Welcher Freuden Ergießungen!

Forschend betrachtet' ich lang die erhabnen Wesen, die ringsher
Mich umgaben. Jetzt stand nach mir ein Geist,
Eingehüllet in Glanz, menschlicher Bildung, sprach
Tönend, wie noch kein Laut mir scholl:
Diese sind Bewohner des Jupiter. Aber es wallen
Drei von ihnen nun bald scheidend hinauf
Zu der Sonne. Denn oft steigen wir Glücklichen
Höher, werden dann glücklicher.

Sprachs, und zwischen den auf- und untergehenden Monden
Schwebten die Scheidenden schon freudig empor.

Jener, welcher mit mir redete, folgt', und ich
Sah erwachend den Abendstern.

Klopstock

DAS WIEDERSEHEN

Der Weltraum fernt mich weit von Dir,
So fernt mich nicht die Zeit.
Wer überlebt das Siebzigste
Schon hat, ist nah bei Dir.

Lang sah ich, Meta, schon Dein Grab
Und seine Linde wehn;
Die Linde wehet einst auch mir,
Streut ihre Blum auch mir.

Nicht mir! Das ist mein Schatten nur,
Worauf die Blüte sinkt,
So wie es nur Dein Schatten war,
Worauf sie oft schon sank.

Dann kenn ich auch die höhre Welt,
In der Du lange warst;
Dann sehn wir froh die Linde wehn,
Die unsre Gräber kühlt.

Dann . . . Aber, ach, ich weiß ja nicht,
Was Du schon lange weißt;
Nur daß es, hell von Ahnungen,
Mir um die Seele schwebt,

Mit wonnevollen Hoffnungen
Die Abendröte kommt,
Mit frohem, tiefem Vorgefühl
Die Sonnen auferstehn!

Klopstock

AUS DER VORZEIT

In dem Maie war ihr eben das zwölfte Jahr
Mit dem Morgen dahin geflohn.
Dreizehn Jahre, nur sie fehlten den siebzigen,
Die den Frühling er wiedersah.
Schön war die Laube, der Baum neben der Laube schön;
Blüte duftete gegen sie.
Konnt' er es ahnen? Er saß, glühend vor Fröhlichkeit,
Bei dem Reh in der Laube Duft,
Zittert', ahnete nichts. Hell war ihr schwarzes Aug,
Als zuvor er es niemals sah.
Bald verstummt' er nicht mehr, stammelte, redete,
Kosete, blickte begeisterter:
„Diesen Finger, nur ihn ... Schlank ist Dein Wuchs, und leicht
Senket der Tritt sich der Gehenden.
Ach, den kleinen, nur ihn ... Rötlich die Wang, und doch
Ist die Lippe noch lieblicher!
Diesen schönsten, nur ihn gib mir!“ Sie gab zuletzt
Alle Finger dem Flehenden,
Zögerte länger nicht mehr, wandte sich, sagt': „Ich
Bin ganz Dein!“ leise dem Glücklichen.
Idas Stimme war Luft; Ida, du atmetest
Leichte Töne, die zauberten.
Küsse kannt er noch nicht; aber er küßt' ihr doch
Schnell die lebenden Blicke weg.
Und nun bleiben sie stehn, schweigen. Die Schwester ruft
In den kühleren Schattengang.

Klopstock

LOSREISSUNG

Weiche von mir, Gedanke des Kriegs, du belastest
Schwer mir den Geist! Du umziehst ihn wie die
Wolke,
Die den weckenden Strahl einkerkert,
Den uns die Frühe gebar.

Steckest ihn an mit Trauer, mit Gram, mit des
Abscheus
Pestiger Glut, daß, verzweifelnd an der Menschheit,
Er erbebet und, ach, nichts Edles
Mehr in den Sterblichen sieht!

Kehre mir nie, Gedanke! zurück, in den Stunden
Selbst nicht zurück, wenn am schnellsten du dich
regest
Und vom leisesten Hauch der Stimme
Deiner Gefährten erwachst.

Schöne Natur, Begeisterung sei mir dein Anschaun!
Schönheit der Kunst, werd auch du mir zur
Beseelung!
Völkerruhe, die war, einst wieder
Freuen wird, sei mir Genuß!

Schöne Natur ... O, blühen vielleicht mir noch
Blumen?
Ihr seid gewelkt, doch ist süß mir die Erinnerung.
Auch des heiteren Tags Weissagung
Hellet den trüben mir auf.

Aber wenn ihr nun wieder mir blüht, wenn er
wirklich
Leuchtet, so strömt mir Erquickung, so durchwall er
Mit Gefühl mich, das tiefre Labung
Sei, wie der Flüchtige kennt.

Höret! Wer tönt von Siege mir dort, von Gemorde?
Aber er ist, o der Unhold! schon entflohen;
Denn ich bannet ihn in die Öde
Samt den Gespensten der Schlacht!

Lebender Scherz sei unser Genoß, und das sanfte
Lächeln, dies geh in dem Auge wie der junge
Morgen auf; der Gesang erhebt; ihr
Kränzet die Traub im Kristall,

Weckt zu Gespräch, des Freude den Ernst nicht verscheuchet;
Freundschaft und Pflicht, die nur handelt und nicht redet,
Sei von allem, was uns veredelt,
Unser geliebteres Ziel!

Forschung, die still in dem sich verliert, was schon lange
War, und was wird, in der Schöpfung Labyrinthe,
Du bist Quelle mir auch, von der mir
Wonne der Einsamkeit rinnt.

Hat sich mein Geist in der Wahrheit vertieft, die auch fern nur
Spuren mir zeigt am Beherrscher der Erschaffnen,
O, so töne man rings von Kriege,
Kriege! ich höre dann nicht.

Klopstock

AN DIE NACHKOMMENDEN FREUNDE

Unter Blumen, im Dufte des rötlichen Abends, in frohes
Lebens Genuß,

Das mit glücklicher Täuschung zu jugendlichem sich dichtet,
Ruh ich und denke den Tod.
Wer schon öfter als siebzigmal die Lenze verblühn, sich
Immer einsamer sah,
Sollte der Vergesser des Todes sein, des Geleiters
In die schönere Welt?
Wünschet' ich mir den Beginn zu erleben des neuen Jahrhunderts:
Wäre der Wunsch nicht ein Tor?
Denn oft säumet zwischen dem Tod und dem Leben ein Schlummer-
Leben, ist nicht Leben, nicht Tod.
Und wie würde das mich bewölken, der immer sich jedem
Schlummer entriß!
Trennung von den Geliebten, o könnt ich deiner vergessen,
So vergäß ich des Todes mit dir.
Doch nichts Schreckliches hat der Gestorbne. Nicht den Verwesten
Sehn wir, sehn nicht Gebein;
Stumme Gestalt nur erblicken wir, bleiche. Ist denn des Maïes
Blume nicht auch und die Lilie weiß?
Und entfloh nicht die Seele des blumenähnlichen Toten
In die Gefilde des Lichts,
Zu den Bewohnern des Abendsterns, der Winzerin, Majas
Oder Apollos empor,
Oder vielleicht zu jenes Kometen, der, flammend vor Eile,
Einst um die Sonne sich schwang,

Welche der schöneren, die der Erde strahlet, ihn sandte
Auf der unendlichen Bahn?
Glänzender flog der Komet und beinah der sendenden Sonne
Unaufhaltbar, so schnell
Schwang der Liebende sich. Er liebt die Erde. Wie freut er,
Als er endlich näher ihr schwebt,
Da sich des Wiedersehns! Zu der Erde schallt ihm die Stimme
Aus den jungen Hainen hinab,
Aus den Talen der Hügel, der Berge nicht; und die Winde
Heißt er mit leiserem Fittiche wehn;
Alle Stürme sind ihm verstummt, und am ehernen Ufer
Schweigt das geebnete Meer.

Klopstock

DER MENSCH

Empfangen und genähret
Vom Weibe wunderbar
Kömmt er und sieht und höret,
Und nimmt des Trugs nicht wahr;
Gelüstet und begehret
Und bringt sein Tränlein dar;
Verachtet und verehret,
Hat Freude und Gefahr;

Glaubt, zweifelt, wähnt und lehret,
Hält nichts und alles wahr;
Erbauet und zerstöret,
Und quält sich immerdar;
Schläft, wachet, wächst und zehret,
Trägt braun und graues Haar.
Und alles dieses währet,
Wenns hoch kommt, achtzig Jahr.
Denn legt er sich zu seinen Vätern nieder,
Und er kömmt nimmer wieder.

Matthias Claudius

DIE STERNSEHERIN LISE

Ich sehe oft um Mitternacht,
Wenn ich mein Werk getan
Und niemand mehr im Hause wacht,
Die Stern am Himmel an.

Sie gehn da, hin und her zerstreut,
Als Lämmer auf der Flur;
In Rudeln auch, und aufgereiht
Wie Perlen an der Schnur;

Und funkeln alle weit und breit,
Und funkeln rein und schön;
Ich seh die große Herrlichkeit,
Und kann mich satt nicht sehn.

Dann saget, unterm Himmels-Zelt,
Mein Herz mir in der Brust:
„Es gibt was Bessers in der Welt,
Als all ihr Schmerz und Lust."

Ich werf mich auf mein Lager hin,
Und liege lange wach,
Und suche es in meinem Sinn,
Und sehne mich darnach.

Claudius

ABENDLIED

Der Mond ist aufgegangen,
Die goldnen Sternlein prangen
Am Himmel hell und klar;
Der Wald steht schwarz und schweiget,
Und aus den Wiesen steiget
Der weiße Nebel wunderbar.

Wie ist die Welt so stille,
Und in der Dämmrung Hülle
So traulich und so hold!
Als eine stille Kammer,
Wo ihr des Tages Jammer
Verschlafen und vergessen sollt.

Seht ihr den Mond dort stehen? —
Er ist nur halb zu sehen,
Und ist doch rund und schön!
So sind wohl manche Sachen,
Die wir getrost belachen,
Weil unsre Augen sie nicht sehn.

Wir stolze Menschenkinder
Sind eitel arme Sünder,
Und wissen gar nicht viel;
Wir spinnen Luftgespinste,
Und suchen viele Künste,
Und kommen weiter von dem Ziel.

Gott, laß uns d e i n Heil schauen,
Auf nichts Vergänglichs trauen,
Nicht Eitelkeit uns freun!
Laß uns einfältig werden,
Und vor dir hier auf Erden
Wie Kinder fromm und fröhlich sein!

Wollst endlich sonder Grämen
Aus dieser Welt uns nehmen
Durch einen sanften Tod!
Und, wenn du uns genommen,
Laß uns in Himmel kommen,
Du unser Herr und unser Gott!

So legt euch denn, ihr Brüder,
In Gottes Namen nieder;
Kalt ist der Abendhauch.
Verschon uns, Gott! mit Strafen,
Und laß uns ruhig schlafen!
Und unsern kranken Nachbar auch!

Claudius

SPRUCH AUS DEM GÜLDENEN UND SILBERNEN ABC

In dir ein edler Sklave ist,
Dem du die Freiheit schuldig bist.

Claudius

DER TOD

Ach, es ist so dunkel in des Todes Kammer,
Tönt so traurig, wenn er sich bewegt
Und nun aufhebt seinen schweren Hammer
Und die Stunde schlägt.

Claudius

DER TOD UND DAS MÄDCHEN

Das Mädchen

Vorüber! Ach, vorüber!
Geh wilder Knochenmann!
Ich bin noch jung, geh Lieber!
Und rühre mich nicht an.

Der Tod

Gib deine Hand, du schön und zart Gebild!
Bin Freund, und komme nicht, zu strafen.
Sei gutes Muts! ich bin nicht wild,
Sollst sanft in meinen Armen schlafen!

Claudius

BEI DEM GRABE MEINES VATERS

Friede sei um diesen Grabstein her!
Sanfter Friede Gottes! Ach, sie haben
Einen guten Mann begraben,
Und mir war er mehr;

Träufte mir von Segen, dieser Mann,
Wie ein milder Stern aus bessern Welten!
Und ich kanns ihm nicht vergelten,
Was er mir getan.

Er entschlief; sie gruben ihn hier ein.
Leiser, süßer Trost, von Gott gegeben,
Und ein Ahnden von dem ewgen Leben
Düft um sein Gebein!

Bis ihn Jesus Christus, groß und hehr!
Freundlich wird erwecken — ach, sie haben
Einen guten Mann begraben,
Und mir war er mehr.

Claudius

BEI IHREM GRABE

Diese Leiche hüte Gott!
Wir vertrauen sie der Erde,
Daß sie hier von aller Not
Ruh und wieder Asche werde.

Da liegt sie, die Augen zu
Unterm Kranz, im Sterbekleide!
Lieg und schlaf in Frieden du,
Unsre Lieb und unsre Freude!

Gras und Blumen gehn herfür,
Alle Samenkörner treiben,
Treiben — und sie wird auch hier
In der Gruft nicht immer bleiben.

Ausgesät nur, ausgesät
Wurden alle die, die starben;
Wind und Regenzeit vergeht,
Und es kommt ein Tag der Garben.

Alle Mängel abgetan,
Wird sie dann in bessern Kränzen
Still einhergehn und fortan
Unverweslich sein und glänzen.

Claudius

DIE ELTERN AM GRABE

Die Mutter

Wenn man ihn auf immer hier begrübe,
Und es wäre nun um ihn geschehn;
Wenn er ewig in dem Grabe bliebe,
Und ich sollte ihn nicht wieder sehn,
Müßte ohne Hoffnung von dem Grabe gehn —
Unser Vater, o Gott der Liebe!
Laß ihn wieder auferstehn.

Der Vater

Er ist nicht auf immer hier begraben,
Es ist nicht um ihn geschehn!
Armes Heimchen, du darfst Hoffnung haben,
Wirst gewiß ihn wieder sehn,
Und kannst fröhlich von dem Grabe gehn.

Denn die Gabe aller Gaben
Stirbt nicht, und muß auferstehn.

Claudius

AN —, ALS IHM DIE — STARB

Der Säemann säet den Samen,
Die Erd empfängt ihn, und über ein kleines
Keimet die Blume herauf —

Du liebtest sie. Was auch dies Leben
Sonst für Gewinn hat, war klein dir geachtet,
Und sie entschlummerte dir!

Was weinest du neben dem Grabe,
Und hebst die Hände zur Wolke des Todes
Und der Verwesung empor?

Wie Gras auf dem Felde sind Menschen
Dahin, wie Blätter! Nur wenige Tage
Gehn wir verkleidet einher!

Der Adler besuchet die Erde,
Doch säumt nicht, schüttelt vom Flügel den Staub, und
Kehret zur Sonne zurück!

Claudius

MOTETT

Der Mensch lebt und bestehet
Nur eine kleine Zeit,
Und alle Welt vergehet
Mit ihrer Herrlichkeit.
Es ist nur Einer ewig und an allen Enden
Und wir an seinen Händen.

Claudius

ANDENKEN DES WANDSBECKER BOTEN

Der Bote ging in schlichtem Gewand,
Mit geschältem Stab in der biedern Hand,
Ging forschend wohl auf und forschend wohl ab,
Von der Wiege des Menschen bis an sein Grab.
Er sprach bei den Frommen gar freundlich ein,
Bat freundlich die andern, auch fromm zu sein,
Und sahn sie sein redliches, ernstes Gesicht,
So zürnten auch selbst die Toren ihm nicht.
Doch wußten nur wenige, denen er hold,
Daß im hölzernen Stabe gediegenes Gold,
Daß heimliche Kraft in dem hölzernen Stab,
Zu erhellen im Lichte des Himmels das Grab.

Nun ruhet er selbst in der kühligen Gruft,
Bis die Stimme des hehren Erweckers ihn ruft;

O, gönnet ihm Ruh in dem heiligen Schrein
Und sammelt die Ernten des Säemanns ein!
Er säte das Wort und sein Leben war Frucht,
Er führete lächelnd zu heiliger Zucht;
O, spendet ihm Blumen aufs einsame Grab
Und schauet getrost in die Ruhstätt hinab!
Und begrüßet mit Wünschen sein trauliches Weib,
Die zartere Seel in dem zarteren Leib;
Die mit ihm in heiliger Liebe gepaart,
In Tränen der großen Vereinigung harrt.

Friedrich Leopold Graf zu Stolberg

FRÜHLINGSLIED

Die Luft ist blau, das Tal ist grün,
Die kleinen Maienglocken blühn
Und Schlüsselblumen drunter;
Der Wiesengrund
Ist schon so bunt
Und malt sich täglich bunter.

Drum komme, wem der Mai gefällt,
Und freue sich der schönen Welt
Und Gottes Vatergüte,
Die diese Pracht,
Hervorgebracht,
Den Baum und seine Blüte.

Ludwig Christoph Heinrich Hölty

DIE MAINACHT

Wenn der silberne Mond durch die Gesträuche blickt
Und sein schlummerndes Licht über den Rasen geußt
Und die Nachtigall flötet,
Wandl ich traurig von Busch zu Busch.

Selig preis ich dich dann, flötende Nachtigall,
Weil dein Weibchen mit dir wohnet in einem Nest,
Ihrem singenden Gatten
Tausend trauliche Küsse gibt.

Überschattet von Laub, girret ein Taubenpaar
Sein Entzücken mir vor; aber ich wende mich,
Suche dunkle Gesträuche,
Und die einsame Träne rinnt.

Wann, o lächelndes Bild, welches wie Morgenrot
Durch die Seele mir strahlt, find ich auf Erden dich?
Und die einsame Träne
Bebt mir heißer die Wang herab!

Hölty

DIE LIEBE

Eine Schale des Harms, eine der Freuden wog
Gott dem Menschengeschlecht; aber der lastende
Kummer senket die Schale;
Immer hebet die andere sich.

Irren, traurigen Tritts wanken wir unsern Weg
Durch das Leben hinab, bis sich die Liebe naht,
Eine Fülle der Freuden
In die steigende Schale geußt.

Wie dem Pilger der Quell silbern entgegen rinnt,
Wie der Regen des Mais über die Blüten träuft,
Naht die Liebe: des Jünglings
Seele zittert und huldigt ihr!

Nähm er Kronen und Gold, mißte der Liebe? Gold
Ist ihm fliegende Spreu; Kronen ein Flittertand;

Alle Hoheit der Erde
Sonder herzliche Liebe, Staub!

Los der Engel! Kein Sturm düstert die Seelenruh
Des Beglückten! Der Tag hüllt sich in lichtes Blau;
Kuß und Flüstern und Lächeln
Flügelt Stunden an Stunden fort!

Herrscher neideten ihn, kosteten sie des Glücks,
Das dem Liebenden ward, würfen den Königsstab
Aus den Händen und suchten
Sich ein friedliches Hüttendach.

Unter Rosengesträuch spielet ein Quell und mischt
Dem begegnenden Bach Silber. So strömen flugs
Seel und Seele zusammen,
Wann allmächtige Liebe naht.

Hölty

DER ALTE LANDMANN AN SEINEN SOHN

Üb immer Treu und Redlichkeit
Bis an dein kühles Grab,
Und weiche keinen Finger breit
Von Gottes Wegen ab.
Dann wirst du wie auf grünen Aun
Durchs Pilgerleben gehn,
Dann kannst du sonder Furcht und Graun
Dem Tod ins Auge sehn.

Dann wird die Sichel und der Pflug
In deiner Hand so leicht,
Dann singest du beim Wasserkrug,
Als wär dir Wein gereicht.

Dem Bösewicht wird alles schwer,
Er tue, was er tu!
Der Teufel treibt ihn hin und her
Und läßt ihm keine Ruh.

Der schöne Frühling lacht ihm nicht,
Ihm lacht kein Ährenfeld;
Er ist auf Lug und Trug erpicht
Und wünscht sich nichts als Geld.
Der Wind im Hain, das Laub am Baum
Saust ihm Entsetzen zu;
Er findet nach des Lebens Traum
Im Grabe keine Ruh.

Dann muß er in der Geisterstund
Aus seinem Grabe gehn
Und oft als schwarzer Kettenhund
Vor seiner Haustür stehn.
Die Spinnerinnen, die, das Rad
Im Arm, nach Hause gehn,
Erzittern wie ein Espenblatt,
Wenn sie ihn liegen sehn.

Und jede Spinnestube spricht
Von diesem Abenteu'r
Und wünscht den toten Bösewicht
Ins tiefste Höllenfeu'r.
Der alte Kunz war bis ans Grab
Ein rechter Höllenbrand;
Er pflügte seinem Nachbar ab
Und stahl ihm vieles Land.

Nun pflügt er als ein Feuermann
Auf seines Nachbars Flur
Und mißt das Feld hinab, hinan
Mit einer glühnden Schnur;

Er brennet wie ein Schober Stroh
Dem glühnden Pfluge nach
Und pflügt und brennet lichterloh
Bis an den hellen Tag.

Der Amtmann, der im Weine floß,
Der Bauern schlug halbkrumm,
Trabt nun auf einem glühnden Roß
In jenem Wald herum.
Der Pfarrer, der aufs Tanzen schalt
Und Filz und Wuchrer war,
Steht nun als schwarze Spukgestalt
Am nächtlichen Altar.

Üb immer Treu und Redlichkeit
Bis an dein kühles Grab,
Und weiche keinen Finger breit
Von Gottes Wegen ab;
Dann suchen Enkel deine Gruft
Und weinen Tränen drauf,
Und Sommerblumen, voll von Duft,
Blühn aus den Tränen auf!

Hölty

ELEGIE BEI DEM GRABE MEINES VATERS

Selig alle, die im Herrn entschliefen,
Selig, Vater, selig bist auch du!
Engel brachten dir den Kranz und riefen;
Und du gingst in Gottes Ruh!

Wandelst über Millionen Sternen,
Siehst die Handvoll Staub, die Erde, nicht;
Schwebst, im Wink, durch tausend Sonnenfernen,
Schauest Gottes Angesicht!

Siehst das Buch der Welten aufgeschlagen,
Trinkest durstig aus dem Lebensquell;
Nächte, voll von Labyrinthen, tagen
Und dein Blick wird himmelhell.

Doch in deiner Überwinderkrone
Senkst du noch den Engelblick auf mich;
Betest für mich an Jehovas Throne;
Und Jehova höret dich.

Schwebe, wann der Tropfen Zeit verrinnet,
Den mir Gott aus seiner Urne gab,
Schwebe, wenn mein Todeskampf beginnet,
Auf mein Sterbebett herab!

Daß mir deine Palme Kühlung wehe,
Kühlung, wie von Lebensbäumen träuft;
Daß ich sonder Graun die Täler sehe,
Wo die Auferstehung reift!

Daß ich mit dir durch die Himmel schwebe,
Wonnestrahlend und beglückt, wie du;
Und auf einem Sterne mit dir lebe,
Und in Gottes Schoße ruh!

Grün indessen, Strauch der Rosenblume,
Deinen Purpur auf sein Grab zu streun;
Schlummre, wie im stillen Heiligtume,
Hingesäetes Gebein!

Hölty

AUFTRAG

Ihr Freunde, hänget, wann ich gestorben bin,
Die kleine Harfe hinter dem Altar auf,
Wo an der Wand die Totenkränze
Manches verstorbenen Mädchens schimmern.

Der Küster zeigt dann freundlich dem Reisenden
Die kleine Harfe, rauscht mit dem roten Band,
Das, an der Harfe festgeschlungen,
Unter den goldenen Saiten flattert.

„Oft", sagt er staunend, „tönen im Abendrot
Von selbst die Saiten leise wie Bienenton:
Die Kinder, hergelockt vom Kirchhof,
Hörtens, und sahn, wie die Kränze bebten."

Hölty (letzte Strophe von Voß)

DER HERBSTGANG

Die Bäume stehn der Frucht entladen,
Und gelbes Laub verweht ins Tal;
Das Stoppelfeld in Schimmerfaden
Erglänzt am niedern Mittagsstrahl.
Es kreist der Vögel Schwarm und ziehet;
Das Vieh verlangt zum Stall und fliehet
Die magern Aun, vom Reife fahl.

O geh am sanften Scheidetage
Des Jahrs zu guter Letzt hinaus,
Und nenn ihn Sommertag, und trage
Den letzten schwer gefundnen Strauß.
Bald steigt Gewölk, und schwarz dahinter
Der Sturm, und sein Genoß, der Winter,
Und hüllt in Flocken Feld und Haus.

Ein weiser Mann, ihr Lieben, haschet
Die Freuden im Vorüberfliehn,
Empfängt was kommt, unüberraschet,
Und pflückt die Blumen, weil sie blühn.
Und sind die Blumen auch verschwunden:
So steht am Winterherd umwunden
Sein Festpokal mit Immergrün.

Noch trocken führt durch Tal und Hügel
Der längstvertraute Sommerpfad.
Nur rötlich hängt am Wasserspiegel
Der Baum, den grün ihr neulich saht.
Doch grünt der Kamp von Winterkorne;
Doch grünt, beim Rot der Hagedorne
Und Spillbeern, unsre Lagerstatt!

So still an warmer Sonne liegend,
Sehn wir das bunte Feld hinan,
Und dort, auf schwarzer Brache pflügend,
Mit Lustgepfeif, den Ackersmann:
Die Krähn in frischer Furche schwärmen
Dem Pfluge nach, und schrein und lärmen;
Und dampfend zieht das Gaulgespann.

Natur, wie schön in jedem Kleide!
Auch noch im Sterbekleid wie schön!
Sie mischt in Wehmut sanfte Freude
Und lächelt tränend noch im Gehn.
Du, welkes Laub, das niederschauert,
Du, Blümchen, lispelst: Nicht getrauert!
Wir werden schöner auferstehn!

Johann Heinrich Voß

TODESGEDANKEN IM WINTER

O wie freudenleer und weiße
Liegt die vormals grüne Flur!
Unter einem Kleid von Eise
Kämpft die alternde Natur.
In den Tälern, auf der Höh,
Glänzt der silberweiße Schnee,
Und die Wasserströme müssen
Unter einem Panzer fließen.

Wie der Berg den kahlen Gipfel
Einsam in die Lüfte streckt,
Und des Baums entlaubten Wipfel
Reif und Schneegestöber deckt!
Seinen blätterlosen Ast
Drückt des scharfen Frostes Last,
Unter ihrer weißen Decke
Bücket sich die Rosenhecke.

Wie auf dem beschneiten Felde
Gleich dem Reh der Wandrer läuft
Und mit hohler Hand die Kälte
Von erstarrten Fingern streift!
Horche, wie das scheue Wild
Hungrig in den Wäldern brüllt!
Wie der stolze Hirsch, beschneiet,
Um gefrorne Quellen schreiet!

Ach! so schau ich nach den Höhen,
Wo in einer wärmern Welt
Keine Eisgebirge stehen
Und der Schnee nicht wieder fällt.
Engel, holet mich hinauf!
Denn es stockt der Säfte Lauf,

Und um starrende Gesträuche
Irr ich kalt, wie eine Leiche.

Welche namenlose Wonne,
Wenn kein Auge weiter weint,
Und die ewge Frühlingssonne
An dem neuen Himmel scheint!
Hell, wie Schnee im Sonnenschein,
Werden unsre Kleider sein;
Und die vollen Seelen müssen
Von Gesängen überfließen.

Christian Friedrich Daniel Schubart

SONETT

In die Nacht der Tannen und der Eichen,
Die das Kind der Freude schauernd flieht,
Such ich oft, von Kummer abgemüht,
Aus der Welt Gerassel wegzuschleichen.
Könnt ich nur wie allen Meinesgleichen
Auch sogar der Wildnis, die mich sieht
Und den Sinn zu neuer Arbeit zieht,
Bis ins Nichts hinein zur Ruh entweichen!

Dennoch ist so heimlich kein Revier,
Ist auch nicht ein Felsenspalt so öde,
Daß mich nicht wie überall, auch hier
Liebe, die Verfolgerin, befehde,
Daß ich nicht mit i h r von Molly rede
Oder S i e , die Schwätzerin, mit mir.

Gottfried August Bürger

DAS HOHE LIED VON DER EINZIGEN, IN GEIST UND HERZEN EMPFANGEN AM ALTARE DER VERMÄHLUNG

Hört von meiner Auserwählten,
Höret an mein schönstes Lied!
Ha, ein Lied des Neubeseelten
Von der süßen Anvermählten,
Die ihm endlich Gott beschied!
Wie aus tiefer Ohnmacht Banden,
Wie aus Graus und Moderduft
In verschloßner Totengruft,
Fühlt er froh sich auferstanden
Zu des Frühlings Licht und Luft.

Zepter, Diademe, Thronen,
Gold und Silber hab ich nicht:
Hätten auch, ihr voll zu lohnen,
Silber, Gold und Perlenkronen
Ein genügendes Gewicht.
Was ich habe, will ich geben;
Ihrem Namen, den mein Lied
Schüchtern sonst zu nennen mied,
Will ich schaffen Glanz und Leben
Durch mein höchstes Feierlied.

Schweig, o Chor der Nachtigallen!
Mir nur lausche jedes Ohr!
Murmelbach, hör auf zu wallen!
Winde, laßt die Flügel fallen,
Rasselt nicht durch Laub und Rohr!
Halt in jedem Elemente,
Halt in Garten, Hain und Flur
Jeden Laut, der irgend nur
Meine Feier stören könnte,
Halt den Odem an, Natur!

Glorreich wie des Äthers Bogen,
Weich gefiedert wie der Schwan,
Auf des Wohllauts Silberwogen
Majestätisch fortgezogen,
Wall, o Lied, des Ruhmes Bahn!
Denn bis zu den letzten Tagen,
Die der kleinste Hauch erlebt,
Der von deutscher Lippe schwebt,
Sollst du deren Namen tragen,
Welche mich zum Gott erhebt.

Hohe Namen zu erkiesen
Ziemt dir wohl, o Lautenspiel!
Nie wird die zu hoch gepriesen,
Die so herrlich sich erwiesen,
Herrlich ohne Maß und Ziel:
Daß sie trotz dem Hohngeschreie,
Trotz der Hoffnung Untergang,
Gegen Sturm und Wogendrang
Mir gehalten Lieb und Treue,
Mehr als hundert Monden lang.

Und warum, warum gehalten?
Konnt ich wie der Großsultan
Über Millionen schalten?

War ich unter Mannsgestalten
Ein Apoll des Vatikan?
War ich Herzog großer Geister,
Prangend in dem Kranz von Licht,
Den die Hand der Fama flicht?
War ich holder Künste Meister?
Ach, das alles war ich nicht!

Zwar — ich hätt in Jünglingstagen,
Mit beglückter Liebe Kraft
Lenkend meinen Kämpferwagen,
Hundert mit Gesang geschlagen,
Tausende mit Wissenschaft!
Doch des Herzens Los, zu darben,
Und der Gram, der mich verzehrt,
Hatten Trieb und Kraft zerstört.
Meiner Palmen Keime starben
Eines mildern Lenzes wert.

Sie, mit aller Götter Gnaden
Hoch an Seel und Leib geschmückt,
Schön und wert, Alcibiaden
Zur Umarmung einzuladen,
Hätt ein Beßrer leicht beglückt.
Hymen hätte zur Belohnung
Sie im Freudenchor umschwebt
Und ein Leben ihr gewebt,
Wie es in Kronions Wohnung
Hebe mit Alciden lebt.

Dennoch, ohne je zu wanken,
Käm ihr ganzes Heil auch um,
Schlangen ihrer Liebe Ranken
Um den hingewelkten Kranken
Unablöslich sich herum.

Schmelzend im Bekümmernisse,
Daß der Eumeniden Schar,
Die um ihn gelagert war,
Nicht in Höllenglut ihn risse,
Bot sie sich zum Schirme dar. —

Sieh, o Blöder, auf und nieder,
Sieh mit meinem Sinn den Bau
Und den Eingang ihrer Glieder!
Wende dann das Auge wieder,
Sprich: Ich sah nur eine Frau!
Sieh das Leben und das Weben
Dieser Graziengestalt,
Sieh es ruhig an und kalt!
Fühle nicht das Wonnebeben
Vor der Anmut Allgewalt!

Nahe dich dem Taumelkreise,
Wo ihr Nelkenatem weht;
Wo ihr warmes Leben leise,
Nach Magnetenstromes Weise,
Dir an Leib und Seele geht!
Arm und Arm dann umeinander!
Aneinander Brust und Brust!
Wenn du dann in heißer Lust —
Ha, du bist ein Salamander,
Wenn du nicht zerlodern mußt! —

Ohne Wandel durch die Jahre,
Durch den Wechsel aller Zeit,
Leuchtet hoch das reine, klare
Geistigschöne, Gute, Wahre
Dieser Seel in Ewigkeit.

Lebensgeist, von Gott gehauchet,
Odem, Wärme, Licht zu Rat,
Kraft zu jeder Edeltat,
Selig, wer in dich sich tauchet,
Du, der Seelen Labebad!

Durch den Balsam ihres Kusses
Höhnt das Leben Sarg und Grab;
Stark im Segen des Genusses
Gibts der Flut des Zeitenflusses
Keine seiner Blüten ab.
Rosig hebt es sich und golden,
Wie des Morgens lichtes Haupt,
Seiner Jugend nie beraubt,
Aus dem Bette dieser Holden,
Mit verjüngtem Schmuck umlaubt.

Singt mir nicht das Lied von andern!
Andre sind für mich nicht da:
Sollt ich auch, gleich Alexandern,
Durch die Welt erobernd wandern
West- und osthin, fern und nah.
Andre füllen andrer Herzen;
Andre reizen andrer Sinn.
Wann ich erst ein andrer bin,
Dann sind andrer Lust und Schmerzen
Mir Verlust auch und Gewinn.

Herr des Schicksals, deine Hände
Wandten meinen Untergang!
Nun hat alle Fehd ein Ende;
Dich, o neue Sonnenwende,
Grüßet jubelnd mein Gesang!

Hymen, den ich benedeie,
Der du mich der langen Last
Endlich nun entladen hast,
Habe Dank für deine Weihe!
Sei willkommen, Himmelsgast!

Sei willkommen, Fackelschwinger!
Sei gegrüßt im Freudenchor,
Schuldversöhner, Grambezwinger!
Sei gesegnet, Wiederbringer
Aller Huld, die ich verlor!
Ach, von Gott und Welt vergeben
Und vergessen werd ich sehn
Alles, was nicht recht geschehn,
Wann im neusten schönsten Leben
Gott und Welt mich wandeln sehn.

Schände nun nicht mehr die Blume
Meiner Freuden, niedre Schmach!
Schleiche, bis zum Heiligtume
Frommer Unschuld, nicht dem Ruhme
Meiner Auserwählten nach!
Stirb nunmehr, verworfne Schlange!
Längst verheertest du genug!
Ihres Retters Adlerflug
Rauscht heran im Waffenklange
Dessen, der den Python schlug.

Lange hab ich mich gesehnet,
Lange hatt ein stummer Drang
Meinen Busen ausgedehnet.
Endlich hast du sie gekrönet
Meine Sehnsucht, o Gesang!

Ach! dies bange, süße Drücken
Macht vielleicht ihr Segensstand
Nur der jungen Frau bekannt.
Trägt sie so nicht vom Entzücken
Der Vermählungsnacht das Pfand?

Ah, nun bist du mir geboren
Schön, ein geistiger Adon!
Tanzet nun, in Lust verloren,
Ihr, der Liebe goldne Horen,
Tanzt um meinen schönsten Sohn!
Segnet ihn, ihr Pierinnen!
Laß, o süße Melodie,
Laß ihn, Schwester Harmonie,
Jedes Ohr und Herz gewinnen,
Jede Götterphantasie!

Nimm, o Sohn, das Meistersiegel
Der Vollendung an die Stirn!
Ewig strahlen dir die Flügel,
Meines Geistes helle Spiegel,
Wie der Liebe Nachtgestirn!
Schweb, o Liebling, nun hinnieder,
Schweb in deiner Herrlichkeit
Stolz hinab den Strom der Zeit!
Keiner wird von nun an wieder
Deiner Töne Pomp geweiht.

Bürger (gekürzt)

NACH DEM ERSTEN NÄCHTLICHEN BESUCHE

Bin ich nüchtern, bin ich trunken?
Wach ich oder träum ich nur?
Bin ich aus der Welt gesunken?
Bin ich anderer Natur?

Fühlt' ein Mädchen schon so was?
Wie begreif ich alles das?

Weiß ich, daß die Rosen blühen?
Hör ich jene Raben schrein?
Fühl ich, wie die Wangen glühen?
Schmeck ich einen Tropfen Wein?
Seh ich dieses Morgenrot? —
Tot sind alle Sinnen, tot!

Alle seid ihr denn gestillet?
Alle? Habet alle Dank!
Könnt ich so in mich gehüllet,
Ohne Speis und ohne Trank,
Nur so sitzen Tag für Tag
Bis zum letzten Herzensschlag.

In die Nacht der Freude fliehet
Meine Seele wieder hin!
Hört und schmeckt und fühlt und siehet
Mit dem feinen innern Sinn!
O Gedächtnis! schon in dir
Liegt ein ganzer Himmel mir!

Worte, wie sie abgerissen
Kaum ein Seufzer von ihm stieß,
Hör ich wieder, fühl ihn küssen:
Welche Sprache sagt, wie süß?
Seh ein Tränchen — komm herab!
Meine Lippe küßt dich ab!

Wie ich noch so vor ihm stehe,
Immer spreche: Gute Nacht!
Bald ihn stockend wieder flehe:
Bleibe, bis der Hahn erwacht!

Wie mein Fuß bei jedem Schritt
Wanket und mein Liebster mit!

Wie ich nun, an seine Seite
Festgeklammert, küssend ihn
Durch den Garten hinbegleite!
Bald uns halten, bald uns ziehn!
Wie da Mond und Sterne stehn,
Unserm Abschied zuzusehn!

Ach, da sind wir an der Türe!
Bebend hält er in der Hand
Schon den Schlüssel! — Wart, ich spüre
Jemand gehen, Amarant!
Warte nur ein bißchen doch!
Einen Kuß zum Abschied noch!

Ich verliere, ich verliere
Mich in diesem Labyrinth!
Träumt ich je, daß ich erführe,
Was für Freuden Freuden sind?
Wenn die Freude töten kann,
Triffst du nie mich wieder an.

Leopold Friedrich Günther Goeckingk

GESELLSCHAFTSLIED

Freut euch des Lebens,
Weil noch das Lämpchen glüht,
Pflücket die Rose,
Eh sie verblüht.

Man schafft so gern sich Sorg und Müh,
Sucht Dornen auf und findet sie;

Und läßt das Veilchen unbemerkt,
Das uns am Wege blüht.

Freut euch des Lebens,
Weil noch das Lämpchen glüht,
Pflücket die Rose,
Eh sie verblüht.

Und wenn der Pfad sich furchtbar engt
Und Mißgeschick uns plagt und drängt,
So reicht die Freundschaft schwesterlich
Dem Redlichen die Hand.

Freut euch des Lebens,
Weil noch das Lämpchen glüht,
Pflücket die Rose,
Eh sie verblüht.

Sie trocknet ihm die Tränen ab
Und streut ihm Blumen bis ins Grab;
Sie wandelt Nacht in Dämmerung
Und Dämmerung in Licht.

Freut euch des Lebens,
Weil noch das Lämpchen glüht,
Pflücket die Rose,
Eh sie verblüht.

Johann Martin Usteri

LIED, ZU SINGEN BEI EINER WASSERFAHRT

Wir ruhen, vom Wasser gewiegt,
Im Kreise vertraulich und enge;
Durch Eintracht wie Blumengehänge
Verknüpft und in Reihen gefügt;

Uns sondert von lästiger Menge
Die Flut, die den Nachen umschmiegt.

So gleiten, im Raume vereint,
Wir auf der Vergänglichkeit Wellen,
Wo Freunde sich innig gesellen
Zum Freunde, der redlich es meint:
Getrost, weil die dunkelsten Stellen
Ein Glanz aus der Höhe bescheint.

Ach, trüg uns die fährliche Flut
Des Lebens so friedlich und leise!
O drohte nie Trennung dem Kreise,
Der, sorglos um Zukunft, hier ruht!
O nähm uns am Ziele der Reise
Elysiums Busen in Hut!

Verhallen mag unser Gesang,
Wie Flötenhauch schwinden das Leben;
Mit Jubel und Seufzer verschweben
Des Daseins zerfließender Klang!
Der Geist wird verklärt sich erheben,
Wenn Lethe sein Fahrzeug verschlang.

Johann Gaudenz von Salis-Seewis

HERBSTLIED

Bunt sind schon die Wälder,
Gelb die Stoppelfelder,
Und der Herbst beginnt.
Rote Blätter fallen,
Graue Nebel wallen,
Kühler weht der Wind.

Wie die volle Traube,
Aus dem Rebenlaube,
Purpurfarbig strahlt!
Am Geländer reifen
Pfirsiche mit Streifen
Rot und weiß bemalt.

Sieh! Wie hier die Dirne
Emsig Pflaum und Birne
In ihr Körbchen legt!
Dort, mit leichten Schritten,
Jene goldne Quitten
In den Landhof trägt! —

Geige tönt und Flöte
Bei der Abendröte
Und im Mondenglanz;
Junge Winzerinnen
Winken und beginnen
Deutschen Ringeltanz.

Salis-Seewis

DER EISTANZ

Wir schweben, wir wallen auf hallendem Meer,
Auf Silberkristallen dahin und daher:
Der Stahl ist uns Fittich, der Himmel uns Dach,
Die Lüfte sind heilig und schweben uns nach.
So gleiten wir, Brüder, mit fröhlichem Sinn
Auf eherner Tiefe das Leben dahin.

Wer wölbte dich oben, du goldenes Haus,
Und legte den Boden mit Demant uns aus?
Und gab uns den flüchtigen Funken im Stahl,
Zu tanzen, zu schweben im himmlischen Saal?

So schweben wir, Brüder, mit fröhlichem Sinn
Im himmlischen Saale das Leben dahin.

Da stand sie, die Sonne, in Düfte gehüllt!
Da rauchen die Berge, da schwebet ihr Bild!
Da ging sie danieder, und siehe, der Mond,
Wie silbern er über und unter uns wohnt!
So wallen wir, Brüder, mit fröhlichem Sinn
Durch Mond und durch Sonne das Leben dahin.

Seht auf nun, da brennen im himmlischen Meer
Die Funken und brennen im Frost um uns her.
Der oben den Himmel mit Sonnen besteckt,
Hats unten mit Blumen des Frostes gedeckt.
Wir gleiten, o Brüder, mit fröhlichem Sinn
Auf Sternengefilden das Leben dahin.

Er macht' uns geräumig den luftigen Saal
Und gab uns in Nöten die Füße von Stahl
Und gab uns im Froste das wärmende Herz,
Zu stehn auf den Fluten, zu schweben im Scherz.
Wir streben, o Brüder, mit ehernem Sinn
Auf Fluten und Abgrund das Leben dahin.

Da kommt sie, die Göttin, und schwebet, ein Schwan,
In lieblichen Wellen hinab und hinan,
Gestalt, wie der Juno, mit rosigem Knie;
Die Lüfte, sie fühlen, sie tragen sie.

Im Schimmer des Mondes, im schweigenden Tanz
Wie fließet ihr Schleier, wie schwebet ihr Kranz!
Die liebenden Sterne, sie sanken hinab
Zum Schleier, zum Kranz, der sie liebend umgab.

Sie schwebte vorüber, da klang sie den Stahl,
Da klangen und sangen im himmlischen Saal

Die Sterne: da hat sich errötend ihr Bild
Wohin dort? in silberne Düfte gehüllt.

Johann Gottfried Herder

DISTICHON

Wer für andre nur weiß, der trägt wie ein Blinder die Fackel,
Leuchtet voran und geht selber in ewiger Nacht.

Herder

ALLWILLS ERSTES GEISTLICHES LIED

Wie die Lebensflamme brennt!
Gott, Du hast sie angezündet,
Ach, und Deine Liebe gönnt
Mir das Glück, das sie empfindet.

Aber brenn ich ewig nur?
Gott, Du siehst den Wunsch der Seele;
Brenn ich ewig, ewig nur,
Daß ich andre wärm, mich quäle?

Ach, wo brennt sie, himmlisch schön,
Die mir wird in meinem Leben,
Was das Glück sei, zu verstehn,
Was du seist, zu kosten geben!

Bis dahin ist all mein Tun
Ein Gekett von Peinigungen,
All mein Glück ein taubes Ruhn,
Meine Lust, mein Dank erzwungen.

Du erkennst mein Innerstes,
Dieses Herzens heftig Schlagen,

Ich ersticke seine Klagen,
Aber Gott, Du kennest es.

Es ist wahr, ich schmeckte schon
Augenblicke voll Entzücken,
Aber Gott, — in Augenblicken,
Steht denn da Dein ganzer Lohn?

Funken waren das von Freuden,
Vögel, die verkündten Land,
Wenn die Seele ihrer Leiden
Höh und Tief nicht mehr verstand.

Aber gäb es keine Flammen?
Und betrög uns denn Dein Wort,
Sucht uns wie das Kind die Ammen
Einzuschläfern fort und fort?

Nein, ich schreie — Vater, Retter,
Dieses Herz will ausgefüllt,
Will gesättigt sein; zerschmetter
Lieber sonst Dein Ebenbild!

Soll ich ewig harren, streben,
Hoffen und vertraun in Wind?
Nein, ich laß Dich nicht, mein Leben,
Du beseligst denn Dein Kind!

Jakob Michael Reinhold Lenz

AN ***

In der Nacht im kalten Winter
Wirds so schwarz und graulich nicht,
Als in meinem armen Herzen
Fern von deinem Angesicht.

Aber wenn es wieder lächelt
In die Seele mir hinein,
Werd ich jung und neugeboren,
Wie das Feld im Sonnenschein.

Du allein gibt Trost und Freude;
Wärst du nicht in dieser Welt,
Stracks fiel alle Lust zusammen,
Wie ein Feuerwerk zerfällt.

Wenn die schöne Flamm erlöschet,
Die das all gezaubert hat,
Bleiben Rauch und Brände stehen
Von der königlichen Stadt.

Lenz

HEIDENRÖSLEIN

Sah ein Knab ein Röslein stehn,
Röslein auf der Heiden,
War so jung und morgenschön,
Lief er schnell es nah zu sehn,
Sahs mit vielen Freuden.
Röslein, Röslein, Röslein rot,
Röslein auf der Heiden.

Knabe sprach: ich breche dich,
Röslein auf der Heiden!

Röslein sprach: ich steche dich,
Daß du ewig denkst an mich,
Und ich wills nicht leiden.
Röslein, Röslein, Röslein rot,
Röslein auf der Heiden.

Und der wilde Knabe brach
's Röslein auf der Heiden;
Röslein wehrte sich und stach,
Half ihm doch kein Weh und Ach,
Mußt es eben leiden.
Röslein, Röslein, Röslein rot,
Röslein auf der Heiden.

Johann Wolfgang Goethe

WILLKOMMEN UND ABSCHIED

Es schlug mein Herz, geschwind zu Pferde!
Es war getan fast eh gedacht;
Der Abend wiegte schon die Erde
Und an den Bergen hing die Nacht:
Schon stand im Nebelkleid die Eiche,
Ein aufgetürmter Riese, da,
Wo Finsternis aus dem Gesträuche
Mit hundert schwarzen Augen sah.

Der Mond von einem Wolkenhügel
Sah kläglich aus dem Duft hervor,
Die Winde schwangen leise Flügel,
Umsaus'ten schauerlich mein Ohr;
Die Nacht schuf tausend Ungeheuer;
Doch frisch und fröhlich war mein Mut:
In meinen Adern welches Feuer!
In meinem Herzen welche Glut!

Dich sah ich, und die milde Freude
Floß von dem süßen Blick auf mich;
Ganz war mein Herz an deiner Seite
Und jeder Atemzug für dich.
Ein rosenfarbnes Frühlingswetter
Umgab das liebliche Gesicht,
Und Zärtlichkeit für mich — ihr Götter!
Ich hofft es, ich verdient es nicht!

Doch ach, schon mit der Morgensonne
Verengt der Abschied mir das Herz:
In deinen Küssen welche Wonne!
In deinem Auge welcher Schmerz!
Ich ging, du standst und sahst zur Erden,
Und sahst mir nach mit nassem Blick:
Und doch, welch Glück, geliebt zu werden!
Und lieben, Götter, welch ein Glück!

Goethe

BRAUTNACHT

Im Schlafgemach, entfernt vom Feste,
Sitzt Amor dir getreu und bebt,
Daß nicht die List mutwillger Gäste
Des Brautbetts Frieden untergräbt.
Es blinkt mit mystisch heilgem Schimmer
Vor ihm der Flammen blasses Gold;
Ein Weihrauchwirbel füllt das Zimmer,
Damit ihr recht genießen sollt.

Wie schlägt dein Herz beim Schlag der Stunde,
Der deiner Gäste Lärm verjagt;
Wie glühst du nach dem schönen Munde,
Der bald verstummt und nichts versagt.

Du eilst um alles zu vollenden
Mit ihr ins Heiligtum hinein;
Das Feuer in des Wächters Händen
Wird wie ein Nachtlicht still und klein.

Wie bebt vor deiner Küsse Menge
Ihr Busen und ihr voll Gesicht;
Zum Zittern wird nun ihre Strenge,
Denn deine Kühnheit wird zur Pflicht.
Schnell hilft dir Amor sie entkleiden
Und ist nicht halb so schnell als du;
Dann hält er schalkhaft und bescheiden
Sich fest die beiden Augen zu.

Goethe

HARZREISE IM WINTER

Dem Geier gleich,
Der auf schweren Morgenwolken
Mit sanftem Fittig ruhend
Nach Beute schaut,
Schwebe mein Lied.

Denn ein Gott hat
Jedem seine Bahn
Vorgezeichnet,
Die der Glückliche
Rasch zum freudigen
Ziele rennt:
Wem aber Unglück
Das Herz zusammenzog,
Er sträubt vergebens
Sich gegen die Schranken
Des ehernen Fadens,

Den doch die bittre Schere
Nur einmal löst.

In Dickichts-Schauer
Drängt sich das rauhe Wild,
Und mit den Sperlingen
Haben längst die Reichen
In ihre Sümpfe sich gesenkt.

Leicht ists folgen dem Wagen,
Den Fortuna führt,
Wie der gemächliche Troß
Auf gebesserten Wegen
Hinter des Fürsten Einzug.

Aber abseits wer ists?
Ins Gebüsch verliert sich sein Pfad,
Hinter ihm schlagen
Die Sträuche zusammen,
Das Gras steht wieder auf,
Die Öde verschlingt ihn.

Ach, wer heilet die Schmerzen
Des, dem Balsam zu Gift ward?
Der sich Menschenhaß
Aus der Fülle der Liebe trank?
Erst verachtet, nun ein Verächter,
Zehrt er heimlich auf
Seinen eignen Wert
In ung'nügender Selbstsucht.

Ist auf deinem Psalter,
Vater der Liebe, ein Ton
Seinem Ohre vernehmlich,
So erquicke sein Herz!

Öffne den umwölkten Blick
Über die tausend Quellen
Neben dem Durstenden
In der Wüste.

Der du der Freuden viel schaffst,
Jedem ein überfließend Maß,
Segne die Brüder der Jagd
Auf der Fährte des Wilds
Mit jugendlichem Übermut
Fröhlicher Mordsucht,
Späte Rächer des Unbills,
Dem schon Jahre vergeblich
Wehrt mit Knütteln der Bauer.

Aber den Einsamen hüll
In deine Goldwolken!
Umgib mit Wintergrün,
Bis die Rose wieder heranreift,
Die feuchten Haare,
O Liebe, deines Dichters!

Mit der dämmernden Fackel
Leuchtest du ihm
Durch die Furten bei Nacht,
Über grundlose Wege
Auf öden Gefilden;
Mit dem tausendfarbigen Morgen
Lachst du ins Herz ihm;
Mit dem beizenden Sturm
Trägst du ihn hoch empor;
Winterströme stürzen vom Felsen
In seine Psalmen,
Und Altar des lieblichsten Danks
Wird ihm des gefürchteten Gipfels

Schneebehangner Scheitel,
Den mit Geisterreihen
Kränzten ahnende Völker.

Du stehst mit unerforschtem Busen
Geheimnisvoll offenbar
Über der erstaunten Welt
Und schaust aus Wolken
Auf ihre Reiche und Herrlichkeit,
Die du aus den Adern deiner Brüder
Neben dir wässerst.

Goethe

DER FISCHER

Das Wasser rauscht', das Wasser schwoll,
Ein Fischer saß daran,
Sah nach dem Angel ruhevoll,
Kühl bis ans Herz hinan.
Und wie er sitzt und wie er lauscht,
Teilt sich die Flut empor;
Aus dem bewegten Wasser rauscht
Ein feuchtes Weib hervor.

Sie sang zu ihm, sie sprach zu ihm:
Was lockst du meine Brut
Mit Menschenwitz und Menschenlist
Hinauf in Todesglut?
Ach wüßtest du, wies Fischlein ist
So wohlig auf dem Grund,
Du stiegst herunter, wie du bist,
Und würdest erst gesund.

Labt sich die liebe Sonne nicht,
Der Mond sich nicht im Meer?

Kehrt wellenatmend ihr Gesicht
Nicht doppelt schöner her?
Lockt dich der tiefe Himmel nicht,
Das feuchtverklärte Blau?
Lockt dich dein eigen Angesicht
Nicht her in ewgen Tau?

Das Wasser rauscht', das Wasser schwoll,
Netzt' ihm den nackten Fuß;
Sein Herz wuchs ihm so sehnsuchtsvoll,
Wie bei der Liebsten Gruß.
Sie sprach zu ihm, sie sang zu ihm;
Da war's um ihn geschehn:
Halb zog sie ihn, halb sank er hin,
Und ward nicht mehr gesehn.

Goethe

AUF DEM SEE

Und frische Nahrung, neues Blut
Saug ich aus freier Welt;
Wie ist Natur so hold und gut,
Die mich am Busen hält!
Die Welle wieget unsern Kahn
Im Rudertakt hinauf,
Und Berge, wolkig himmelan,
Begegnen unserm Lauf.

Aug, mein Aug, was sinkst du nieder?
Goldne Träume, kommt ihr wieder?
Weg, du Traum! so gold du bist;
Hier auch Lieb und Leben ist.

Auf der Welle blinken
Tausend schwebende Sterne,

Weiche Nebel trinken
Rings die türmende Ferne;
Morgenwind umflügelt
Die beschattete Bucht,
Und im See bespiegelt
Sich die reifende Frucht.

Goethe

AN DEN MOND

Füllest wieder Busch und Tal
Still mit Nebelglanz,
Lösest endlich auch einmal
Meine Seele ganz;

Breitest über mein Gefild
Lindernd deinen Blick,
Wie des Freundes Auge mild
Über mein Geschick.

Jeden Nachklang fühlt mein Herz
Froh- und trüber Zeit,
Wandle zwischen Freud und Schmerz
In der Einsamkeit.

Fließe, fließe, lieber Fluß!
Nimmer werd ich froh,
So verrauschte Scherz und Kuß
Und die Treue so.

Ich besaß es doch einmal,
Was so köstlich ist!
Daß man doch zu seiner Qual
Nimmer es vergißt!

Rausche, Fluß, das Tal entlang,
Ohne Rast und Ruh,
Rausche, flüstre meinem Sang
Melodien zu,

Wenn du in der Winternacht
Wütend überschwillst,
Oder um die Frühlingspracht
Junger Knospen quillst.

Selig, wer sich vor der Welt
Ohne Haß verschließt,
Einen Freund am Busen hält
Und mit dem genießt,

Was, von Menschen nicht gewußt
Oder nicht bedacht,
Durch das Labyrinth der Brust
Wandelt in der Nacht.

Goethe

AN CHARLOTTE VON STEIN

Warum gabst du uns die tiefen Blicke,
Unsre Zukunft ahndungsvoll zu schaun,
Unsrer Liebe, unserm Erdenglücke
Wähnend selig nimmer hinzutraun?
Warum gabst uns, Schicksal, die Gefühle,
Uns einander in das Herz zu sehn,
Um durch all die seltenen Gewühle
Unser wahr Verhältnis auszuspähn?

Ach, so viele tausend Menschen kenne
Dumpf sich treibend, kaum ihr eige
Schweben zwecklos hin und her u
Hoffnungslos in unversehnen S

Jauchzen wieder, wenn der schnellen Freuden
Unerwart'te Morgenröte tagt;
Nur uns armen liebevollen Beiden
Ist das wechselseitge Glück versagt,
Uns zu lieben, ohn uns zu verstehen,
In dem andern sehn was er nie war,
Immer frisch auf Traumglück auszugehen
Und zu schwanken auch in Traumgefahr.

Glücklich, den ein leerer Traum beschäftigt,
Glücklich, dem die Ahndung eitel wär!
Jede Gegenwart und jeder Blick bekräftigt
Traum und Ahnung leider uns noch mehr.
Sag, was will das Schicksal uns bereiten?
Sag, wie band es uns so rein genau?
Ach, du warst in abgelebten Zeiten
Meine Schwester oder meine Frau.

Kanntest jeden Zug in meinem Wesen,
Spähtest, wie die reinste Nerve klingt,
Konntest mich mit Einem Blicke lesen,
Den so schwer ein sterblich Aug durchdringt;
Tropftest Mäßigung dem heißen Blute,
Richtetest den wilden irren Lauf,
Und in deinen Engelsarmen ruhte
Die zerstörte Brust sich wieder auf;

Hieltest zauberleicht ihn angebunden
Und vergaukeltest ihm manchen Tag.
Welche Seligkeit glich jenen Wonnestunden,
Da er dankbar dir zu Füßen lag,
Fühlt' sein Herz an deinem Herzen schwellen,
Fühlte sich in deinem Auge gut,
Alle seine Sinnen sich erhellen
Und beruhigen sein brausend Blut!

Und von allem dem schwebt ein Erinnern
Nur noch um das ungewisse Herz,
Fühlt die alte Wahrheit ewig gleich im Innern,
Und der neue Zustand wird ihm Schmerz.
Und wir scheinen uns nur halb beseelet,
Dämmernd ist um uns der hellste Tag.
Glücklich, daß das Schicksal, das uns quälet,
Uns doch nicht verändern mag!

Goethe

WANDERERS NACHTLIED

Der du von dem Himmel bist,
Alles Leid und Schmerzen stillest,
Den, der doppelt elend ist,
Doppelt mit Erquickung füllest,
Ach ich bin des Treibens müde!
Was soll all der Schmerz und Lust?
Süßer Friede,
Komm, ach komm in meine Brust!

Goethe

EIN GLEICHES

Über allen Gipfeln
Ist Ruh.
In allen Wipfeln
Spürest du
Kaum einen Hauch;
Die Vögelein schweigen im Walde.
Warte nur, balde
Ruhest du auch.

Goethe

MIGNON

Kennst du das Land, wo die Zitronen blühn,
Im dunkeln Laub die Gold-Orangen glühn,
Ein sanfter Wind vom blauen Himmel weht,
Die Myrte still und hoch der Lorbeer steht,
Kennst du es wohl?
    Dahin! Dahin
Möcht ich mit dir, o mein Geliebter, ziehn.

Kennst du das Haus? Auf Säulen ruht sein Dach,
Es glänzt der Saal, es schimmert das Gemach,
Und Marmorbilder stehn und sehn mich an:
Was hat man dir, du armes Kind, getan?
Kennst du es wohl?
    Dahin! Dahin
Möcht ich mit dir, o mein Beschützer, ziehn.

Kennst du den Berg und seinen Wolkensteg?
Das Maultier sucht im Nebel seinen Weg;
In Höhlen wohnt der Drachen alte Brut;
Es stürzt der Fels und über ihn die Flut,
Kennst du ihn wohl?
    Dahin! Dahin
Geht unser Weg! o Vater, laß uns ziehn!

Goethe

MIGNON

Heiß mich nicht reden, heiß mich schweigen,
Denn mein Geheimnis ist mir Pflicht;
Ich möchte dir mein ganzes Innre zeigen,
Allein das Schicksal will es nicht.

Zur rechten Zeit vertreibt der Sonne Lauf
Die finstre Nacht, und sie muß sich erhellen;
Der harte Fels schließt seinen Busen auf,
Mißgönnt der Erde nicht die tiefverborgnen Quellen.

Ein jeder sucht im Arm des Freundes Ruh,
Dort kann die Brust in Klagen sich ergießen;
Allein ein Schwur drückt mir die Lippen zu,
Und nur ein Gott vermag sie aufzuschließen.

Goethe

HARFENSPIELER

Wer nie sein Brot mit Tränen aß,
Wer nie die kummervollen Nächte
Auf seinem Bette weinend saß,
Der kennt euch nicht, ihr himmlischen Mächte.

Ihr führt ins Leben uns hinein,
Ihr laßt den Armen schluldig werden,
Dann überlaßt ihr ihn der Pein:
Denn alle Schuld rächt sich auf Erden.

Ihm färbt der Morgensonne Licht
Den reinen Horizont mit Flammen,
Und über seinem schuldigen Haupte bricht
Das schöne Bild der ganzen Welt zusammen.

Goethe

EUPHROSYNE

Auch von des höchsten Gebirgs beeis'ten zackigen Gipfeln
Schwindet Purpur und Glanz scheidender Sonne hinweg.

Lange verhüllt schon Nacht das Tal und die Pfade des Wandrers,
Der, am tosenden Strom, auf zu der Hütte sich sehnt,
Zu dem Ziele des Tags, der stillen hirtlichen Wohnung;
Und der göttliche Schlaf eilet gefällig voraus,
Dieser holde Geselle des Reisenden. Daß er auch heute,
Segnend, kränze das Haupt mir mit dem heiligen Mohn!
Aber was leuchtet mir dort vom Felsen glänzend herüber,
Und erhellet den Duft schäumender Ströme so hold?
Strahlt die Sonne vielleicht durch heimliche Spalten und Klüfte?
Denn kein irdischer Glanz ist es, der wandelnde, dort.
Näher wälzt sich die Wolke, sie glüht. Ich staune dem Wunder!
Wird der rosige Strahl nicht ein bewegtes Gebild?
Welche Göttin nahet sich mir? und welche der Musen
Suchet den treuen Freund, selbst in dem grausen Geklüft?
Schöne Göttin! enthülle dich mir, und täusche, verschwindend,
Nicht den begeisterten Sinn, nicht das gerührte Gemüt.
Nenne, wenn du es darfst vor einem Sterblichen, deinen
Göttlichen Namen; wo nicht: rege bedeutend mich auf,
Daß ich fühle, welche du seist von den ewigen Töchtern

Zeus', und der Dichter sogleich preise dich würdig im Lied.
„Kennst du mich, Guter, nicht mehr? Und käme diese Gestalt dir,
Die du doch sonst geliebt, schon als ein fremdes Gebild?
Zwar der Erde gehör ich nicht mehr, und trauernd entschwang sich
Schon der schaudernde Geist jugendlich frohem Genuß;
Aber ich hoffte mein Bild noch fest in des Freundes Erinnrung
Eingeschrieben, und noch schön durch die Liebe verklärt.
Ja, schon sagt mir gerührt dein Blick, mir sagt es die Träne:
Euphrosyne, sie ist noch von dem Freunde gekannt.
Sieh, die scheidende zieht durch Wald und grauses Gebirge,
Sucht den wandernden Mann, ach! in der Ferne noch auf;
Sucht den Lehrer, den Freund, den Vater, blicket noch einmal
Nach dem leichten Gerüst irdischer Freuden zurück.
Laß mich der Tage gedenken, da mich, das Kind, du dem Spiele
Jener täuschenden Kunst reizender Musen geweiht.
Laß mich der Stunde gedenken und jedes kleineren Umstands;
Ach, wer ruft nicht so gern Unwiederbringliches an!
Jenes süße Gedränge der leichtesten irdischen Tage,
Ach, wer schätzt ihn genug, diesen vereilenden Wert!
Klein erscheinet es nun, doch ach! nicht kleinlich dem Herzen;

Macht die Liebe, die Kunst jegliches Kleine doch groß.
Denkst du der Stunde noch wohl, wie, auf dem Brettergerüste,
Du mich der höheren Kunst ernstere Stufen geführt?
Knabe schien ich, ein rührendes Kind, du nanntest mich Arthur,
Und belebtest in mir britisches Dichter-Gebild,
Drohtest mit grimmiger Glut den armen Augen, und wandtest
Selbst den tränenden Blick, innig getäuschet, hinweg.
Ach! da warst du so hold und schütztest ein trauriges Leben,
Das die verwegene Flucht endlich dem Knaben entriß.
Freundlich faßtest du mich, den Zerschmetterten, trugst mich von dannen,
Und ich heuchelte lang, dir an dem Busen, den Tod.
Endlich schlug die Augen ich auf, und sah dich, in ernste,
Stille Betrachtung versenkt, über den Liebling geneigt.
Kindlich strebt' ich empor, und küßte die Hände dir dankbar,
Reichte zum reinen Kuß dir den gefälligen Mund.
Fragte: warum, mein Vater, so ernst? und hab ich gefehlet,
O! so zeige mir an, wie mir das Bessre gelingt.
Keine Mühe verdrießt mich bei dir, und alles und jedes
Wiederhol' ich so gern, wenn du mich leitest und lehrst.
Aber du faßtest mich stark und drücktest mich fester im Arme,

Und es schauderte mir tief in dem Busen das Herz.
Nein! mein liebliches Kind, so riefst du, alles und jedes,
Wie du es heute gezeigt, zeig es auch morgen der Stadt.
Rühre sie alle, wie mich du gerührt, und es fließen, zum Beifall,
Dir von dem trockensten Aug herrliche Tränen herab.
Aber am tiefsten trafst du doch mich, den Freund, der im Arm dich
Hält, den selber der Schein früherer Leiche geschreckt.
Ach, Natur, wie sicher und groß in allem erscheinst du!
Himmel und Erde befolgt ewiges, festes Gesetz,
Jahre folgen auf Jahre, dem Frühling reichet der Sommer,
Und dem reichlichen Herbst traulich der Winter die Hand.
Felsen stehen gegründet, es stürzt sich das ewige Wasser,
Aus der bewölkten Kluft, schäumend und brausend hinab.
Fichten grünen so fort, und selbst die entlaubten Gebüsche
Hegen, im Winter schon, heimliche Knospen am Zweig.
Alles entsteht und vergeht nach Gesetz; doch über des Menschen
Leben, dem köstlichen Schatz, herrschet ein schwankendes Los.
Nicht dem blühenden nickt der willig scheidende Vater,
Seinem trefflichen Sohn, freundlich vom Rande der Gruft;

Nicht der Jüngere schließt dem Älteren immer das Auge,
Das sich willig gesenkt, kräftig dem Schwächeren zu.
Öfter, ach! verkehrt das Geschick die Ordnung der Tage;
Hülflos klaget ein Greis Kinder und Enkel umsonst,
Steht ein beschädigter Stamm, dem rings zerschmetterte Zweige
Um die Seiten umher strömende Schlossen gestreckt.
Und so, liebliches Kind, durchdrang mich die tiefe Betrachtung,
Als du zur Leiche verstellt über die Arme mir hingst;
Aber freudig seh ich dich mir, in dem Glanze der Jugend,
Vielgeliebtes Geschöpf, wieder am Herzen belebt.
Springe fröhlich dahin, verstellter Knabe! Das Mädchen
Wächst zur Freude der Welt, mir zum Entzücken heran.
Immer strebe so fort, und deine natürlichen Gaben
Bilde, bei jeglichem Schritt steigenden Lebens, die Kunst.
Sei mir lange zur Lust, und eh mein Auge sich schließet,
Wünsch ich dein schönes Talent glücklich vollendet zu sehn. —
Also sprachst du, und nie vergaß ich der wichtigen Stunde!
Deutend entwickelt' ich mich an dem erhabenen Wort.
O wie sprach ich so gerne zum Volk die rührenden Reden,
Die du, voller Gehalt, kindlichen Lippen vertraut!
O wie bildet' ich mich an deinen Augen, und suchte
Dich im tiefen Gedräng staunender Hörer heraus!

Doch dort wirst du nun sein, und stehn, und nimmer
bewegt sich
Euphrosyne hervor, dir zu erheitern den Blick.
Du vernimmst sie nicht mehr, die Töne des
wachsenden Zöglings,
Die du zu liebendem Schmerz frühe, so frühe!
gestimmt.
Andere kommen und gehn: es werden dir andre
gefallen,
Selbst dem großen Talent drängt sich ein größeres
nach.
Aber du, vergesse mich nicht! Wenn eine dir jemals
Sich im verworrnen Geschäft heiter entgegen
bewegt,
Deinem Winke sich fügt, an deinem Lächeln sich
freuet,
Und am Platze sich nur, den du bestimmtest,
gefällt;
Wenn sie Mühe nicht spart noch Fleiß, wenn tätig der
Kräfte,
Selbst bis zur Pforte des Grabs, freudiges Opfer
sie bringt;
Guter! dann gedenkest du mein, und rufest auch spät
noch:
Euphrosyne, sie ist wieder erstanden vor mir!
Vieles sagt ich noch gern; doch ach! die Scheidende
weilt nicht,
Wie sie wollte; mich führt streng ein gebietender
Gott.
Lebe wohl! Schon zieht mich's dahin in
schwankendem Eilen.
Einen Wunsch nur vernimm, freundlich gewähre
mir ihn:
Laß nicht ungerühmt mich zu den Schatten
hinabgehn!

Nur die Muse gewährt einiges Leben dem Tod.
Denn gestaltlos schweben umher in Persephoneias
Reiche, massenweis, Schatten von Namen getrennt;
Wen der Dichter aber gerühmt, der wandelt, gestaltet,
Einzeln, gesellet dem Chor aller Heroen sich zu.
Freudig tret ich einher, von deinem Liede verkündet,
Und der Göttin Blick weilet gefällig auf mir.
Mild empfängt sie mich dann, und nennt mich; es winken die hohen
Göttlichen Frauen mich an, immer die nächsten am Thron.
Penelopeia redet zu mir, die treuste der Weiber,
Auch Euadne, gelehnt auf den geliebten Gemahl.
Jüngere nahen sich dann, zu früh herunter gesandte,
Und beklagen mit mir unser gemeines Geschick.
Wenn Antigone kommt, die schwesterlichste der Seelen,
Und Polyxena, trüb noch von dem bräutlichen Tod,
Seh ich als Schwestern sie an und trete würdig zu ihnen;
Denn der tragischen Kunst holde Geschöpfe sind sie.
Bildete doch ein Dichter auch mich; und seine Gesänge,
Ja, sie vollenden an mir, was mir das Leben versagt."
Also sprach sie, und noch bewegte der liebliche Mund sich
Weiter zu reden; allein schwirrend versagte der Ton.
Denn aus dem Purpurgewölk, dem schwebenden, immer bewegten,
Trat der herrliche Gott Hermes gelassen hervor,
Mild erhob er den Stab und deutete; wallend verschlangen

Wachsende Wolken, im Zug, beide Gestalten vor mir.
Tiefer liegt die Nacht um mich her; die stürzenden Wasser
Brausen gewaltiger nun neben dem schlüpfrigen Pfad.
Unbezwingliche Trauer befällt mich, entkräftender Jammer,
Und ein moosiger Fels stützet den Sinkenden nur.
Wehmut reißt durch die Saiten der Brust; die nächtlichen Tränen
Fließen, und über dem Wald kündet der Morgen sich an.

Goethe

RÖMISCHE ELEGIEN

V

Froh empfind ich mich nun auf klassischem Boden begeistert;
Vor- und Mitwelt spricht lauter und reizender mir.
Hier befolg ich den Rat, durchblättre die Werke der Alten
Mit geschäftiger Hand täglich mit neuem Genuß.
Aber die Nächte hindurch hält Amor mich anders beschäftigt;
Werd ich auch halb nur gelehrt, bin ich doch doppelt beglückt.
Und belehr ich mich nicht, indem ich des lieblichen Busens
Formen spähe, die Hand leite die Hüften hinab?
Dann versteh ich den Marmor erst recht; ich denk und vergleiche,
Sehe mit fühlendem Aug, fühle mit sehender Hand.

Raubt die Liebste denn gleich mir einige Stunden des Tages,
Gibt für Stunden der Nacht mir zur Entschädigung hin.
Wird doch nicht immer geküßt, es wird vernünftig gesprochen;
Überfällt sie der Schlaf, lieg ich und denke mir viel.
Oftmals hab ich auch schon in ihren Armen gedichtet,
Und des Hexameters Maß leise mit fingernder Hand
Ihr auf dem Rücken gezählt. Sie atmet in lieblichem Schlummer,
Und es durchglüht ihr Hauch mir bis ins Tiefste die Brust.
Amor schürt die Lamp indes und denket der Zeiten,
Da er den nämlichen Dienst seinen Triumvirn getan.

Goethe

DIE BRAUT VON KORINTH

Nach Korinthus von Athen gezogen
Kam ein Jüngling, dort noch unbekannt.
Einen Bürger hofft' er sich gewogen;
Beide Väter waren gastverwandt,
Hatten frühe schon
Töchterchen und Sohn
Braut und Bräutigam voraus genannt.

Aber wird er auch willkommen scheinen,
Wenn er teuer nicht die Gunst erkauft?
Er ist noch ein Heide mit den Seinen,
Und sie sind schon Christen und getauft.
Keimt ein Glaube neu,
Wird oft Lieb' und Treu'
Wie ein böses Unkraut ausgerauft.

Und schon lag das ganze Haus im Stillen,
Vater, Töchter, nur die Mutter wacht;
Sie empfängt den Gast mit bestem Willen,
Gleich ins Prunkgemach wird er gebracht.
Wein und Essen prangt,
Eh er es verlangt:
So versorgend wünscht sie gute Nacht.

Aber bei dem wohlbestellten Essen
Wird die Lust der Speise nicht erregt:
Müdigkeit läßt Speis' und Trank vergessen,
Daß er angekleidet sich aufs Bette legt;
Und er schlummert fast,
Als ein seltner Gast
Sich zur offnen Tür hereinbewegt.

Denn er sieht, bei seiner Lampe Schimmer
Tritt, mit weißem Schleier und Gewand,
Sittsam still ein Mädchen in das Zimmer,
Um die Stirn ein schwarz- und goldnes Band.
Wie sie ihn erblickt,
Hebt sie, die erschrickt,
Mit Erstaunen eine weiße Hand.

„Bin ich", rief sie aus, „so fremd im Hause,
Daß ich von dem Gaste nichts vernahm?
Ach, so hält man mich in meiner Klause!
Und nun überfällt mich hier die Scham.
Ruhe nur so fort
Auf dem Lager dort,
Und ich gehe schnell, so wie ich kam."

„Bleibe, schönes Mädchen!" ruft der Knabe,
Rafft von seinem Lager sich geschwind:
„Hier ist Ceres', hier ist Bacchus' Gabe,

Und du bringst den Amor, liebes Kind!
Bist vor Schrecken blaß!
Liebe, komm und laß,
Laß uns sehn, wie froh die Götter sind!"

„Ferne bleib, o Jüngling, bleibe stehen!
Ich gehöre nicht den Freuden an.
Schon der letzte Schritt ist, ach! geschehen
Durch der guten Mutter kranken Wahn,
Die genesend schwur:
Jugend und Natur
Sei dem Himmel künftig untertan.

Und der alten Götter bunt Gewimmel
Hat sogleich das stille Haus geleert.
Unsichtbar wird einer nur im Himmel,
Und ein Heiland wird am Kreuz verehrt;
Opfer fallen hier,
Weder Lamm noch Stier,
Aber Menschenopfer unerhört."

Und er fragt und wäget alle Worte,
Deren keines seinem Geist entgeht.
„Ist es möglich, daß am stillen Orte
Die geliebte Braut hier vor mir steht?
Sei die Meine nur!
Unsrer Väter Schwur
Hat vom Himmel Segen uns erfleht."

„Mich erhältst du nicht, du gute Seele!
Meiner zweiten Schwester gönnt man dich.
Wenn ich mich in stiller Klause quäle,
Ach! in ihren Armen denk an mich,
Die an dich nur denkt,
Die sich liebend kränkt;
In die Erde bald verbirgt sie sich."

„Nein! bei dieser Flamme sei's geschworen,
Gütig zeigt sie Hymen uns voraus;
Bist der Freude nicht und mir verloren,
Kommst mit mir in meines Vaters Haus.
Liebchen, bleibe hier!
Feire gleich mit mir
Unerwartet unsern Hochzeitsschmaus!"

Und schon wechseln sie der Treue Zeichen;
Golden reicht sie ihm die Kette dar,
Und er will ihr eine Schale reichen,
Silbern, künstlich, wie nicht eine war.
„Die ist nicht für mich;
Doch, ich bitte dich,
Eine Locke gib von deinem Haar."

Eben schlug die dumpfe Geisterstunde,
Und nun schien es ihr erst wohl zu sein.
Gierig schlürfte sie mit blassem Munde
Nun den dunkel blutgefärbten Wein;
Doch vom Weizenbrot,
Das er freundlich bot,
Nahm sie nicht den kleinsten Bissen ein.

Und dem Jüngling reichte sie die Schale,
Der, wie sie, nun hastig lüstern trank.
Liebe fordert er beim stillen Mahle:
Ach, sein armes Herz war liebeskrank.
Doch sie widersteht,
Wie er immer fleht,
Bis er weinend auf das Bette sank.

Und sie kommt und wirft sich zu ihm nieder:
„Ach, wie ungern seh' ich dich gequält!
Aber ach! berührst du meine Glieder,

Fühlst du schaudernd, was ich dir verhehlt.
Wie der Schnee so weiß,
Aber kalt wie Eis
Ist das Liebchen, das du dir erwählt."

Heftig faßt er sie mit starken Armen,
Von der Liebe Jugendkraft durchmannt:
„Hoffe doch, bei mir noch zu erwarmen,
Wärst du selbst mir aus dem Grab gesandt!
Wechselhauch und Kuß!
Liebesüberfluß!
Brennst du nicht und fühlest mich entbrannt?"

Liebe schließet fester sie zusammen,
Tränen mischen sich in ihre Lust;
Gierig saugt sie seines Mundes Flammen,
Eins ist nur im andern sich bewußt.
Seine Liebeswut
Wärmt ihr starres Blut,
Doch es schlägt kein Herz in ihrer Brust.

Unterdessen schleichet auf dem Gange
Häuslich spät die Mutter noch vorbei,
Horchet an der Tür und horchet lange,
Welch ein sonderbarer Ton es sei:
Klag- und Wonnelaut
Bräutigams und Braut,
Und des Liebestammelns Raserei.

Unbeweglich bleibt sie an der Türe,
Weil sie erst sich überzeugen muß,
Und sie hört die höchsten Liebesschwüre,
Lieb' und Schmeichelworte, mit Verdruß:
„Still! Der Hahn erwacht! —
Aber morgen Nacht
Bist du wieder da?" — und Kuß auf Kuß.

Länger hält die Mutter nicht das Zürnen,
Öffnet das bekannte Schloß geschwind:
„Gibt es hier im Hause solche Dirnen,
Die dem Fremden gleich zu Willen sind?“ —
So zur Tür hinein.
Bei der Lampe Schein
Sieht sie — Gott! sie sieht ihr eigen Kind.

Und der Jüngling will im ersten Schrecken
Mit des Mädchens eignem Schleierflor,
Mit dem Teppich die Geliebte decken;
Doch sie windet gleich sich selbst hervor.
Wie mit Geist's Gewalt
Hebet die Gestalt
Lang und langsam sich im Bett empor.

„Mutter! Mutter!“ spricht sie hohle Worte:
„So mißgönnt Ihr mir die schöne Nacht!
Ihr vertreibt mich von dem warmen Orte,
Bin ich zur Verzweiflung nur erwacht!
Ist's Euch nicht genug,
Daß ins Leichentuch,
Daß Ihr früh mich in das Grab gebracht?

Aber aus der schwerbedeckten Enge
Treibet mich ein eigenes Gericht.
Eurer Priester summende Gesänge
Und ihr Segen haben kein Gewicht:
Salz und Wasser kühlt
Nicht, wo Jugend fühlt,
Ach! die Erde kühlt die Liebe nicht.

Dieser Jüngling war mir erst versprochen,
Als noch Venus' heitrer Tempel stand.
Mutter, habt Ihr doch das Wort gebrochen,

Weil ein fremd', ein falsch' Gelübd Euch band!
Doch kein Gott erhört,
Wenn die Mutter schwört,
Zu versagen ihrer Tochter Hand.

Aus dem Grabe werd' ich ausgetrieben,
Noch zu suchen das vermißte Gut,
Noch den schon verlornen Mann zu lieben
Und zu saugen seines Herzens Blut.
Ist's um den geschehn,
Muß nach andern gehn,
Und das junge Volk erliegt der Wut.

Schöner Jüngling, kannst nicht länger leben,
Du versiechest nun an diesem Ort,
Meine Kette hab' ich dir gegeben,
Deine Locke nehm' ich mit mir fort.
Sieh sie an genau,
Morgen bist du grau,
Und nur braun erscheinst du wieder dort.

Höre, Mutter, nun die letzte Bitte:
Einen Scheiterhaufen schichte du!
Öffne meine bange kleine Hütte,
Bring in Flammen Liebende zur Ruh'!
Wenn der Funke sprüht,
Wenn die Asche glüht,
Eilen wir den alten Göttern zu."

Goethe

DER GOTT UND DIE BAJADERE

Indische Legende

Mahadöh, der Herr der Erde,
Kommt herab zum sechstenmal,
Daß er Unsersgleichen werde,
Mit zu fühlen Freud und Qual.
Er bequemt sich hier zu wohnen,
Läßt sich alles selbst geschehn.
Soll er strafen oder schonen,
Muß er Menschen menschlich sehn.
Und hat er die Stadt sich als Wandrer betrachtet,
Die Großen belauert, auf Kleine geachtet,
Verläßt er sie abends, um weiter zu gehn.

Als er nun hinausgegangen,
Wo die letzten Häuser sind,
Sieht er, mit gemalten Wangen,
Ein verlornes schönes Kind.
Grüß dich, Jungfrau! — Dank der Ehre!
Wart, ich komme gleich hinaus. —
Und wer bist du? — Bajadere,
Und dies ist der Liebe Haus.
Sie rührt sich die Zimbeln zum Tanze zu schlagen;
Sie weiß sich so lieblich im Kreise zu tragen,
Sie neigt sich und biegt sich, und reicht ihm den Strauß.

Schmeichelnd zieht sie ihn zur Schwelle,
Lebhaft ihn ins Haus hinein.
Schöner Fremdling, lampenhelle
Soll sogleich die Hütte sein.

Bist du müd, ich will dich laben,
Lindern deiner Füße Schmerz.
Was du willst, das sollst du haben,
Ruhe, Freuden oder Scherz.
Sie lindert geschäftig geheuchelte Leiden.
Der Göttliche lächelt; er siehet mit Freuden
Durch tiefes Verderben ein menschliches Herz.

Und er fordert Sklavendienste;
Immer heitrer wird sie nur,
Und des Mädchens frühe Künste
Werden nach und nach Natur.
Und so stellet auf die Blüte
Bald und bald die Frucht sich ein;
Ist Gehorsam im Gemüte,
Wird nicht fern die Liebe sein.
Aber, sie schärfer und schärfer zu prüfen,
Wählet der Kenner der Höhen und Tiefen
Lust und Entsetzen und grimmige Pein.

Und er küßt die bunten Wangen,
Und sie fühlt der Liebe Qual,
Und das Mädchen steht gefangen,
Und sie weint zum erstenmal;
Sinkt zu seinen Füßen nieder,
Nicht um Wollust noch Gewinst,
Ach! und die gelenken Glieder
Sie versagen allen Dienst.
Und so zu des Lagers vergnüglicher Feier
Bereiten den dunklen behaglichen Schleier
Die nächtlichen Stunden das schöne Gespinst.

Spät entschlummert unter Scherzen,
Früh erwacht nach kurzer Rast,

Findet sie an ihrem Herzen
Tot den vielgeliebten Gast.
Schreiend stürzt sie auf ihn nieder,
Aber nicht erweckt sie ihn,
Und man trägt die starren Glieder
Bald zur Flammengrube hin.
Sie höret den Priester, die Totengesänge,
Sie raset und rennet und teilet die Menge.
Wer bist du? was drängt zu der Grube dich hin?

Bei der Bahre stürzt sie nieder,
Ihr Geschrei durchdringt die Luft:
Meinen Gatten will ich wieder!
Und ich such ihn in der Gruft.
Soll zu Asche mir zerfallen
Dieser Glieder Götterpracht?
Mein! er war es, mein vor allen!
Ach, nur Eine süße Nacht!
Es singen die Priester: Wir tragen die Alten,
Nach langem Ermatten und spätem Erkalten,
Wir tragen die Jugend, noch eh sie's gedacht.

Höre deiner Priester Lehre:
Dieser war dein Gatte nicht.
Lebst du doch als Bajadere,
Und so hast du keine Pflicht.
Nur dem Körper folgt der Schatten
In das stille Totenreich;
Nur die Gattin folgt dem Gatten:
Das ist Pflicht und Ruhm zugleich.
Ertöne, Drommete, zu heiliger Klage!
O nehmet, ihr Götter! die Zierde der Tage,
O nehmet den Jüngling in Flammen zu euch!

So das Chor, das ohn' Erbarmen
Mehret ihres Herzens Not;

Und mit ausgestreckten Armen
Springt sie in den heißen Tod.
Doch der Götter-Jüngling hebet
Aus der Flamme sich empor,
Und in seinen Armen schwebet
Die Geliebte mit hervor.
Es freut sich die Gottheit der reuigen Sünder;
Unsterbliche heben verlorene Kinder
Mit feurigen Armen zum Himmel empor.

Goethe

ZUEIGNUNG
(Aus „Faust“)

Ihr naht euch wieder, schwankende Gestalten,
Die früh sich einst dem trüben Blick gezeigt.
Versuch ich wohl, euch diesmal festzuhalten?
Fühl ich mein Herz noch jenem Wahn geneigt?
Ihr drängt euch zu! Nun gut, so mögt ihr walten,
Wie ihr aus Dunst und Nebel um mich steigt;
Mein Busen fühlt sich jugendlich erschüttert
Vom Zauberhauch, der euren Zug umwittert.

Ihr bringt mit euch die Bilder froher Tage,
Und manche liebe Schatten steigen auf;
Gleich einer alten, halbverklungnen Sage,
Kommt erste Lieb und Freundschaft mit herauf;
Der Schmerz wird neu, es wiederholt die Klage
Des Lebens labyrinthisch irren Lauf,
Und nennt die Guten, die, um schöne Stunden
Vom Glück getäuscht, vor mir hinweggeschwunden.

Sie hören nicht die folgenden Gesänge,
Die Seelen, denen ich die ersten sang;
Zerstoben ist das freundliche Gedränge,
Verklungen, ach! der erste Widerklang.

Mein Lied ertönt der unbekannten Menge,
Ihr Beifall selbst macht meinem Herzen bang;
Und was sich sonst an meinem Lied erfreuet,
Wenn es noch lebt, irrt in der Welt zerstreuet.

Und mich ergreift ein längst entwöhntes Sehnen
Nach jenem stillen, ernsten Geisterreich;
Es schwebet nun in unbestimmten Tönen
Mein lispelnd Lied, der Aeolsharfe gleich;
Ein Schauer faßt mich, Träne folgt den Tränen,
Das strenge Herz, es fühlt sich mild und weich;
Was ich besitze, seh ich wie im weiten,
Und was verschwand, wird mir zu Wirklichkeiten.

Goethe

EPOCHE

Mit Flammenschrift war innigst eingeschrieben
  Petrarcas Brust vor allen andern Tagen,
  Karfreitag. Ebenso, ich darfs wohl sagen,
  Ist mir Advent von Achtzehnhundertsieben.

Ich fing nicht an, ich fuhr nur fort zu lieben
  Sie, die ich früh im Herzen schon getragen,
  Dann wieder weislich aus dem Sinn geschlagen,
  Der ich nun wieder bin ans Herz getrieben.

Petrarcas Liebe, die unendlich hohe,
  War leider unbelohnt und gar zu traurig,
  Ein Herzensweh, ein ewiger Karfreitag;

Doch stets erscheine, fort und fort, die frohe,
  Süß, unter Palmenjubel, wonneschaurig,
  Der Herrin Ankunft mir, ein ewger Maitag.

Goethe

MÄCHTIGES ÜBERRASCHEN

Ein Strom entrauscht umwölktem Felsensaale
Dem Ozean sich eilig zu verbinden;
Was auch sich spiegeln mag von Grund zu Gründen,
Er wandelt unaufhaltsam fort zu Tale.

Dämonisch aber stürzt mit einem Male —
Ihr folgen Berg und Wald in Wirbelwinden —
Sich Oreas, Behagen dort zu finden,
Und hemmt den Lauf, begrenzt die weite Schale.

Die Welle sprüht, und staunt zurück und weichet,
Und schwillt bergan, sich immer selbst zu trinken;
Gehemmt ist nun zum Vater hin das Streben.

Sie schwankt und ruht, zum See zurückgedeichet;
Gestirne, spiegelnd sich, beschaun das Blinken
Des Wellenschlags am Fels, ein neues Leben.

Goethe

WER VON DER SCHÖNEN ZU SCHEIDEN VERDAMMT IST

Wer von der Schönen zu scheiden verdammt ist,
Fliehe mit abgewendetem Blick!
Wie er, sie schauend, im Tiefsten entflammt ist,
Zieht sie, ach! reißt sie ihn ewig zurück.

Frage dich nicht in der Nähe der Süßen:
Scheidet sie? scheid ich? Ein grimmiger Schmerz
Fasset im Krampf dich, du liegst ihr zu Füßen,
Und die Verzweiflung zerreißt dir das Herz.

Kannst du dann weinen und siehst sie durch Tränen,
Fernende Tränen, als wäre sie fern:
Bleib! Noch ist's möglich! Der Liebe, dem Sehnen
Neigt sich der Nacht unbeweglichster Stern.

Fasse sie wieder! Empfindet selbander
Euer Besitzen und euren Verlust!
Schlägt nicht ein Wetterstrahl euch auseinander,
Inniger dränget sich Brust nur an Brust.

Wer von der Schönen zu scheiden verdammt ist,
Fliehe mit abgewendetem Blick!
Wie er, sie schauend, im Tiefsten entflammt ist,
Zieht sie, ach! reißt sie ihn ewig zurück.

Goethe

SPRÜCHE IN REIMEN

Spät erklingt, was früh erklang,
Glück und Unglück wird Gesang.

Wär nicht das Auge sonnenhaft,
Die Sonne könnt es nie erblicken;
Läg nicht in uns des Gottes eigne Kraft,
Wie könnt uns Göttliches entzücken?

Goethe

AUS „WESTÖSTLICHER DIWAN“

Hatem

Locken, haltet mich gefangen
In dem Kreise des Gesichts!
Euch geliebten braunen Schlangen
Zu erwidern hab ich nichts.

Nur dies Herz, es ist von Dauer,
Schwillt in jugendlichstem Flor;
Unter Schnee und Nebelschauer
Rast ein Ätna dir hervor.

Du beschämst wie Morgenröte
Jener Gipfel ernste Wand,
Und noch einmal fühlet Hatem
Frühlingshauch und Sommerbrand.

Schenke her! Noch eine Flasche!
Diesen Becher bring ich ihr!
Findet sie ein Häufchen Asche
Sagt sie: der verbrannte mir.

Suleika

Als ich auf dem Euphrat schiffte,
Streifte sich der goldne Ring
Fingerab in Wasserklüfte,
Den ich jüngst von dir empfing.
Also träumt ich. Morgenröte
Blitzt ins Auge durch den Baum,
Sag Poete, sag Prophete!
Was bedeutet dieser Traum?

Hatem

Dies zu deuten bin erbötig!
Hab ich dir nicht oft erzählt,
Wie der Doge von Venedig
Mit dem Meere sich vermählt?

So von deinen Fingergliedern
Fiel der Ring dem Euphrat zu.
Ach, zu tausend Himmelsliedern,
Süßer Traum, begeisterst du!

Mich, der von den Indostanen
Streifte bis Damaskus hin,
Um mit neuen Karawanen
Bis ans Rote Meer zu ziehn,

Mich vermählst du deinem Flusse,
Der Terrasse, diesem Hain;
Hier soll bis zum letzten Kusse
Dir mein Geist gewidmet sein.

Suleika spricht

Der Spiegel sagt mir, ich bin schön!
Ihr sagt: zu altern sei auch mein Geschick.
Vor Gott muß alles ewig stehn,
In mir liebt Ihn, für diesen Augenblick.

In tausend Formen

In tausend Formen magst du dich verstecken,
Doch, Allerliebste, gleich erkenn ich dich;
Du magst mit Zauberschleiern dich bedecken,
Allgegenwärtge, gleich erkenn ich dich.

In der Zypresse reinstem, jungem Streben,
Allschöngewachsne, gleich erkenn ich dich;
In des Kanales reinem Wellenleben,
Allschmeichelhafte, wohl erkenn ich dich.

Wenn steigend sich der Wasserstrahl entfaltet,
Allspielende, wie froh erkenn ich dich;
Wenn Wolke sich gestaltend umgestaltet,
Allmannigfaltge, dort erkenn ich dich.

An des geblümten Schleiers Wiesenteppich,
Allbuntbesternte, schön erkenn ich dich;
Und greift umher ein tausendarmger Eppich,
O Allumklammernde, da kenn ich dich.

Wenn am Gebirg der Morgen sich entzündet,
Gleich, Allerheiternde, begrüß ich dich;
Dann über mir der Himmel rein sich ründet,
Allherzerweiternde, dann atm ich dich.

Was ich mit äußerm Sinn, mit innerm kenne,
Du Allbelehrende, kenn ich durch dich;
Und wenn ich Allahs Namenhundert nenne,
Mit jedem klingt ein Name nach für dich.

Selige Sehnsucht

Sagt es niemand, nur den Weisen,
Weil die Menge gleich verhöhnet:
Das Lebendge will ich preisen,
Das nach Flammentod sich sehnet.

In der Liebesnächte Kühlung,
Die dich zeugte, wo du zeugtest,
Überfällt dich fremde Fühlung,
Wenn die stille Kerze leuchtet.

Nicht mehr bleibest du umfangen
In der Finsternis Beschattung,
Und dich reißet neu Verlangen
Auf zu höherer Begattung.

Keine Ferne macht dich schwierig,
Kommst geflogen und gebannt,
Und zuletzt, des Lichts begierig,
Bist du, Schmetterling, verbrannt.

Und solange du das nicht hast,
Dieses: Stirb und werde!,
Bist du nur ein trüber Gast
Auf der dunklen Erde.

Goethe

Berechtigte Männer

Nach der Schlacht von Bedr, unterm Sternenhimmel

Mahomet spricht

Seine Toten mag der Feind betrauern:
Denn sie liegen ohne Wiederkehren;
Unsre Brüder sollt ihr nicht bedauern:
Denn sie wandeln über jenen Sphären.

Die Planeten haben alle sieben
Die metallnen Tore weit getan,
Und schon klopfen die verklärten Lieben
Paradieses Pforten kühnlich an.

Finden, ungehofft und überglücklich,
Herrlichkeiten, die mein Flug berührt,
Als das Wunderpferd mich augenblicklich
Durch die Himmel alle durchgeführt.

Weisheitsbaum an Baum, zypresseragend
Heben Äpfel goldner Zierd empor,
Lebensbäume breite Schatten schlagend
Decken Blumensitz und Kräuterflor.

Und nun bringt ein süßer Wind von Osten
Hergeführt die Himmelsmädchenschar;
Mit den Augen fängst du an zu kosten,
Schon der Anblick sättigt ganz und gar.

Forschend stehn sie, was du unternahmest?
Große Plane? fährlich blutgen Strauß?
Daß du Held seist, sehn sie, weil du kamest;
Welch ein Held du seist? sie forschens aus.

Und sie sehn es bald an deiner Wunden,
Die sich selbst ein Ehrendenkmal schreibt.
Glück und Hoheit, alles ist verschwunden,
Nur die Wunde für den Glauben bleibt.

Führen zu Kiosken dich und Lauben,
Säulenreich von buntem Lichtgestein,
Und zum edlen Saft verklärter Trauben
Laden sie mit Nippen freundlich ein.

Jüngling! mehr als Jüngling bist willkommen!
Alle sind wie alle licht und klar;
Hast du Eine dir ans Herz genommen,
Herrin, Freundin ist sie deiner Schar.

Doch die allertrefflichste gefällt sich
Keineswegs in solchen Herrlichkeiten:
Heiter, neidlos, redlich unterhält dich
Von den mannigfaltgen andrer Trefflichkeiten.

Eine führt dich zu der andern Schmause,
Den sich jede äußerst ausersinnt;
Viele Frauen hast und Ruh im Hause,
Wert, daß man darob das Paradies gewinnt.

Und so schicke dich in diesen Frieden:
Denn du kannst ihn weiter nicht vertauschen;
Solche Mädchen werden nicht ermüden,
Solche Weine werden nicht berauschen.

*

Und so war das Wenige zu melden
Wie der selge Muselmann sich brüstet:
Paradies der Männer Glaubenshelden
Ist hiemit vollkommen ausgerüstet.

Vermächtnis altpersischen Glaubens

Welch Vermächtnis, Brüder, sollt euch kommen,
Von dem Scheidenden, dem armen Frommen,
Den ihr Jüngeren geduldig nährtet,
Seine letzten Tage pflegend ehrtet?

Wenn wir oft gesehn den König reiten,
Gold an ihm und Gold an allen Seiten,
Edelstein auf ihn und seine Großen
Ausgesät wie dichte Hagelschloßen,

Habt ihr jemals ihn darum beneidet?
Und nicht herrlicher den Blick geweidet,
Wenn die Sonne sich auf Morgenflügeln
Darnawends unzählgen Gipfelhügeln

Bogenhaft hervorhob? Wer enthielte
Sich des Blicks dahin? Ich fühlte, fühlte
Tausendmal, in so viel Lebenstagen,
Mich mit ihr, der kommenden, getragen,

Gott auf seinem Throne zu erkennen,
Ihn den Herrn des Lebensquells zu nennen,
Jenes hohen Anblicks wert zu handeln
Und in seinem Lichte fortzuwandeln.

Aber stieg der Feuerkreis vollendet,
Stand ich als in Finsternis geblendet,
Schlug den Busen, die erfrischten Glieder
Warf ich, Stirn voran, zur Erde nieder.

Und nun sei ein heiliges Vermächtnis
Brüderlichem Wollen und Gedächtnis:
Schwerer Dienste tägliche Bewahrung,
Sonst bedarf es keiner Offenbarung.

Regt ein Neugeborner fromme Hände,
Daß man ihn sogleich zur Sonne wende,
Tauche Leib und Geist im Freudenbade!
Fühlen wird es jeden Morgens Gnade.

Dem Lebendgen übergebt die Toten,
Selbst die Tiere deckt mit Schutt und Boden,
Und, soweit sich eure Kraft erstrecket,
Was euch unrein dünkt, es sei bedecket.

Grabet euer Feld ins zierlich Reine,
Daß die Sonne gern den Fleiß bescheine;
Wenn ihr Bäume pflanzt, so seis in Reihen,
Denn sie läßt Geordnetes gedeihen.

Auch dem Wasser darf es in Kanälen
Nie am Laufe, nie an Reine fehlen;
Wie euch Senderud aus Bergrevieren
Rein entspringt, soll er sich rein verlieren.

Sanften Fall des Wassers nicht zu schwächen,
Sorgt, die Gräben fleißig auszustechen;
Rohr und Binse, Molch und Salamander,
Ungeschöpfe, tilgt sie miteinander!

Habt ihr Erd und Wasser so im Reinen,
Wird die Sonne gern durch Lüfte scheinen,
Wo sie, ihrer würdig aufgenommen,
Leben wirkt, dem Leben Heil und Frommen.

Ihr, von Müh zu Mühe so gepeinigt,
Seid getrost, nun ist das All gereinigt,
Und nun darf der Mensch als Priester wagen
Gottes Gleichnis aus dem Stein zu schlagen.

Wo die Flamme brennt erkennet freudig,
Hell ist Nacht und Glieder sind geschmeidig.
An des Herdes raschen Feuerkräften
Reift das Rohe Tier- und Pflanzensäften.

Schleppt ihr Holz herbei, so tuts mit Wonne,
Denn ihr tragt den Samen irdscher Sonne;
Pflückt ihr Pambeh, mögt ihr traulich sagen:
Diese wird als Docht das Heilge tragen.

Werdet ihr in jeder Lampe Brennen
Fromm den Abglanz höhern Lichts erkennen,
Soll euch nie ein Mißgeschick verwehren
Gottes Thron am Morgen zu verehren.

Da ist unsers Daseins Kaisersiegel,
Uns und Engeln reiner Gottesspiegel,
Und was nur am Lob des Höchsten stammelt
Ist in Kreis' um Kreise dort versammelt.

Will dem Ufer Senderuds entsagen,
Auf dem Darnawend die Flügel schlagen,
Wie sie tagt, ihr freudig zu begegnen
Und von dorther ewig euch zu segnen.

Goethe

DEM AUFGEHENDEN VOLLMONDE

Willst du mich sogleich verlassen!
Warst im Augenblick so nah!
Dich umfinstern Wolkenmassen
Und nun bist du gar nicht da.

Doch du fühlst wie ich betrübt bin,
Blinkt dein Rand herauf als Stern!
Zeugest mir daß ich geliebt bin,
Sei das Liebchen noch so fern.

So hinan denn! hell und heller,
Reiner Bahn, in voller Pracht!
Schlägt mein Herz auch schmerzlich schneller,
Überselig ist die Nacht.

Goethe

FRÜH, WENN TAL, GEBIRG UND GARTEN

Früh, wenn Tal, Gebirg und Garten
Nebelschleiern sich enthüllen,
Und dem sehnlichsten Erwarten
Blumenkelche bunt sich füllen;

Wenn der Äther, Wolken tragend,
Mit dem klaren Tage streitet,
Und ein Ostwind, sie verjagend,
Blaue Sonnenbahn bereitet;

Dankst du dann, am Blick dich weidend,
Reiner Brust der Großen, Holden,
Wird die Sonne, rötlich scheidend,
Rings den Horizont vergolden.

Goethe

ST. NEPOMUKS VORABEND

Lichtlein schwimmen auf dem Strome,
Kinder singen auf der Brücken,
Glocke, Glöckchen fügt vom Dome
Sich der Andacht, dem Entzücken.

Lichtlein schwinden, Sterne schwinden;
Also löste sich die Seele
Unsres Heilgen, nicht verkünden
Durft er anvertraute Fehle.

Lichtlein, schwimmet! spielt, ihr Kinder!
Kinder-Chor, o! singe, singe!
Und verkündiget nicht minder,
Was den Stern zu Sternen bringe.

Goethe

SCHWEBENDER GENIUS ÜBER DER ERDKUGEL

mit der einen Hand nach unten, mit der andern nach oben deutend

Und wenn mich am Tag die Ferne
Blauer Berge sehnlich zieht,
Nachts das Übermaß der Sterne
Prächtig mir zu Häupten glüht —

Alle Tag und alle Nächte
Rühm ich so des Menschen Los;
Denkt er ewig sich ins Rechte,
Ist er ewig schön und groß.

Goethe

AUS „URWORTE. ORPHISCH“

Dämon

Wie an dem Tag, der dich der Welt verliehen,
Die Sonne stand zum Gruße der Planeten,
Bist alsobald und fort und fort gediehen
Nach dem Gesetz, wonach du angetreten.
So mußt du sein, dir kannst du nicht entfliehen,
So sagten schon Sybillen, so Propheten;
Und keine Zeit und keine Macht zerstückelt
Geprägte Form, die lebend sich entwickelt.

Hoffnung

Doch solcher Grenze, solcher ehrnen Mauer
Höchst widerwärtge Pforte wird entriegelt,
Sie stehe nur mit alter Felsendauer!
Ein Wesen regt sich leicht und ungezügelt:
Aus Wolkendecke, Nebel, Regenschauer
Erhebt sie uns, mit ihr, durch sie beflügelt,

Ihr kennt sie wohl, sie schwärmt durch alle Zonen;
Ein Flügelschlag — und hinter uns Äonen!

Goethe

DAUER IM WECHSEL

Hielte diesen frühen Segen,
Ach, nur Eine Stunde fest!
Aber vollen Blütenregen
Schüttelt schon der laue West.
Soll ich mich des Grünen freuen,
Dem ich Schatten erst verdankt?
Bald wird Sturm auch das zerstreuen,
Wenn es falb im Herbst geschwankt.

Willst du nach den Früchten greifen,
Eilig nimm dein Teil davon!
Diese fangen an zu reifen,
Und die andern keimen schon;
Gleich mit jedem Regengusse
Ändert sich dein holdes Tal,
Ach, und in demselben Flusse
Schwimmst du nicht zum zweitenmal.

Du nun selbst! Was felsenfeste
Sich vor dir hervorgetan,
Mauern siehst du, siehst Paläste
Stets mit andern Augen an.
Weggeschwunden ist die Lippe,
Die im Kusse sonst genas,
Jener Fuß, der an der Klippe
Sich mit Gemsenfreche maß.

Jene Hand, die gern und milde
Sich bewegte wohlzutun,

Das gegliederte Gebilde,
Alles ist ein andres nun.
Und was sich an jener Stelle
Nun mit deinem Namen nennt;
Kam herbei wie eine Welle,
Und so eilts zum Element.

Laß den Anfang mit dem Ende
Sich in Eins zusammenziehn!
Schneller als die Gegenstände
Selber dich vorüberfliehn!
Danke, daß die Gunst der Musen
Unvergängliches verheißt,
Den Gehalt in deinem Busen
Und die Form in deinem Geist.

Goethe

EINS UND ALLES

Im Grenzenlosen sich zu finden
Wird gern der Einzelne verschwinden,
Da löst sich aller Überdruß;
Statt heißem Wünschen, wildem Wollen,
Statt lästgem Fordern, strengem Sollen
Sich aufzugeben ist Genuß.

Weltseele komm uns zu durchdringen!
Dann mit dem Weltgeist selbst zu ringen,
Wird unsrer Kräfte Hochberuf.
Teilnehmend führen gute Geister,
Gelinde leitend höchste Meister
Zu dem, der alles schafft und schuf.

Um umzuschaffen das Geschaffne,
Damit sichs nicht zum Starren waffne,

Wirkt ewiges lebendiges Tun.
Und was nicht war, nun will es werden,
Zu reinen Sonnen, farbigen Erden,
In keinem Falle darf es ruhn.

Es soll sich regen, schaffend handeln,
Erst sich gestalten, dann verwandeln,
Nur scheinbar stehts Momente still.
Das Ewige regt sich fort in allen;
Denn alles muß in Nichts zerfallen,
Wenn es im Sein beharren will.

Goethe

VERMÄCHTNIS

Kein Wesen kann zu nichts zerfallen!
Das Ewge regt sich fort in allen,
Am Sein erhalte dich beglückt!
Das Sein ist ewig: denn Gesetze
Bewahren die lebendgen Schätze,
Aus welchen sich das All geschmückt.

Das Wahre war schon längst gefunden,
Hat edle Geisterschaft verbunden;
Das alte Wahre faß es an!
Verdank es Erdensohn dem Weisen
Der ihr die Sonne zu umkreisen
Und dem Geschwister wies die Bahn.

Sofort nun wende dich nach innen,
Das Zentrum findest du da drinnen,
Woran kein Edler zweifeln mag.
Wirst keine Regel da vermissen:
Denn das selbständige Gewissen
Ist Sonne deinem Sittentag.

Den Sinnen hast du dann zu trauen,
Kein Falsches lassen sie dich schauen,
Wenn dein Verstand dich wach erhält.
Mit frischem Blick bemerke freudig
Und wandle sicher wie geschmeidig
Durch Auen reichbegabter Welt.

Genieße mäßig Füll und Segen,
Vernunft sei überall zugegen,
Wo Leben sich des Lebens freut.
Dann ist Vergangenheit beständig,
Das Künftige voraus lebendig,
Der Augenblick ist Ewigkeit.

Und war es endlich dir gelungen,
Und bist du vom Gefühl durchdrungen:
Was fruchtbar ist, allein ist wahr,
Du prüfst das allgemeine Walten,
Es wird nach seiner Weise schalten,
Geselle dich zur kleinsten Schar.

Und wie von alters her, im stillen,
Ein Liebewerk nach eignem Willen
Der Philosoph, der Dichter schuf,
So wirst du schönste Gunst erzielen:
Denn edlen Seelen vorzufühlen,
Ist wünschenswertester Beruf.

Goethe

CHORUS MYSTICUS

Alles Vergängliche
Ist nur ein Gleichnis;
Das Unzulängliche,
Hier wird's Ereignis;

Das Unbeschreibliche,
Hier ists getan;
Das Ewig-Weibliche
Zieht uns hinan.

Goethe

OSTWIND
(Aus „Westöstlicher Diwan“)

Was bedeutet die Bewegung?
Bringt der Ost mir frohe Kunde?
Seiner Schwingen frische Regung
Kühlt des Herzens tiefe Wunde.

Kosend spielt er mit dem Staube,
Jagt ihn auf in leichten Wölkchen,
Treibt zur sichern Rebenlaube
Der Insekten frohes Völkchen.

Lindert sanft der Sonne Glühen,
Kühlt auch mir die heißen Wangen,
Küßt die Reben noch im Fliehen,
Die auf Feld und Hügel prangen.

Und mich soll sein leises Flüstern
Von dem Freunde lieblich grüßen;
Eh noch diese Hügel düstern,
Sitz ich still zu seinen Füßen.

Und du magst nun weiter ziehen!
Diene Frohen und Betrübten.
Dort, wo hohe Mauern glühen,
Finde ich den Vielgeliebten.

Ach, die wahre Herzenskunde,
Liebeshauch, erfrischtes Leben
Wird mir nur aus seinem Munde,
Kann mir nur sein Atem geben.

Marianne von Willemer

WESTWIND
(Aus „Westöstlicher Diwan")

Ach, um deine feuchten Schwingen,
West, wie sehr ich dich beneide:
Denn du kannst ihm Kunde bringen
Was ich durch die Trennung leide.

Die Bewegung deiner Flügel
Weckt im Busen stilles Sehnen;
Blumen, Augen, Wald und Hügel
Stehn bei deinem Hauch in Tränen.

Doch dein mildes sanftes Wehen
Kühlt die wunden Augenlider;
Ach, für Leid müßt ich vergehen,
Hofft' ich nicht, wir sehn uns wieder.

Geh denn hin zu meinem Lieben,
Spreche sanft zu seinem Herzen;
Doch vermeid ihn zu betrüben,
Und verschweig ihm meine Schmerzen.

Sag ihm, aber sag's bescheiden:
Seine Liebe sei mein Leben,
Freudiges Gefühl uns beiden
Wird mir seine Nähe geben.

Willemer

AN DIE FREUDE

Freude, schöner Götterfunken,
Tochter aus Elysium,
Wir betreten feuertrunken,
Himmlische, dein Heiligtum.
Deine Zauber binden wieder,
Was die Mode streng geteilt;
Alle Menschen werden Brüder,
Wo dein sanfter Flügel weilt.

Chor:

Seid umschlungen, Millionen!
Diesen Kuß der ganzen Welt!
Brüder — überm Sternenzelt
Muß ein lieber Vater wohnen.

Wem der große Wurf gelungen,
Eines Freundes Freund zu sein,
Wer ein holdes Weib errungen,
Mische seinen Jubel ein!
Ja — wer auch nur eine Seele
Sein nennt auf dem Erdenrund!
Und wers nie gekonnt, der stehle
Weinend sich aus diesem Bund.

Chor:

Was den großen Ring bewohnet,
Huldige der Sympathie!
Zu den Sternen leitet sie,
Wo der Unbekannte thronet.

Freude trinken alle Wesen
An den Brüsten der Natur;
Alle Guten, alle Bösen
Folgen ihrer Rosenspur.
Küsse gab sie uns und Reben,
Einen Freund, geprüft im Tod;
Wollust ward dem Wurm gegeben,
Und der Cherub steht vor Gott.

Chor:

Ihr stürzt nieder, Millionen?
Ahndest du den Schöpfer, Welt?
Such ihn überm Sternenzelt!
Über Sternen muß er wohnen.

Friedrich Schiller
(gekürzt)

NAENIE

Auch das Schöne muß sterben! Das Menschen und Götter bezwinget,
Nicht die eherne Brust rührt es des stygischen Zeus.
Einmal nur erweichte die Liebe den Schattenbeherrscher,
Und an der Schwelle noch, streng, rief er zurück sein Geschenk.
Nicht stillt Aphrodite dem schönen Knaben die Wunde,

Die in den zierlichen Leib grausam der Eber geritzt.
Nicht errettet den göttlichen Held die unsterbliche Mutter,
Wann er, am skäischen Tor fallend, sein Schicksal erfüllt.
Aber sie steigt aus dem Meer mit allen Töchtern des Nereus,
Und die Klage hebt an um den verherrlichten Sohn.
Siehe, da weinen die Götter, es weinen die Göttinnen alle,
Daß das Schöne vergeht, daß das Vollkommene stirbt.
Auch ein Klaglied zu sein im Mund der Geliebten, ist herrlich,
Denn das Gemeine geht klanglos zum Orkus hinab.

Schiller

DISTICHEN

Das Distichon

Im Hexameter steigt des Springquells flüssige Säule,
Im Pentameter drauf fällt sie melodisch herab.

Das Kind in der Wiege

Glücklicher Säugling! dir ist ein unendlicher Raum noch die Wiege,
Werde Mann, und dir wird eng die unendliche Welt.

Sprache

Warum kann der lebendige Geist dem Geist nicht erscheinen?
Spricht die Seele, so spricht, ach! schon die Seele nicht mehr.

An den Dichter

Laß die Sprache dir sein, was der Körper den Liebenden. Er nur
Ists, der die Wesen trennt und der die Wesen vereint.

Der Meister

Jeden anderen Meister erkennt man an dem, was er ausspricht;
Was er weise verschweigt, zeigt mir den Meister des Stils.

An die Muse

Was ich ohne dich wäre, ich weiß es nicht. Aber mir schaudert,
Seh' ich, was ohne dich Hundert und Tausende sind.

Schiller

DAS VERSCHLEIERTE BILD ZU SAIS

Ein Jüngling, den des Wissens heißer Durst
Nach Sais in Ägypten trieb, der Priester
Geheime Weisheit zu erlernen, hatte
Schon manchen Grad mit schnellem Geist durcheilt;
Stets riß ihn seine Forschbegierde weiter,
Und kaum besänftigte der Hierophant
Den ungeduldig Strebenden, „Was hab' ich,
Wenn ich nicht alles habe", sprach der Jüngling;
„Gibts etwa hier ein Weniger und Mehr?
Ist deine Wahrheit, wie der Sinne Glück,
Nur eine Summe, die man größer, kleiner
Besitzen kann und immer doch besitzt?
Ist sie nicht eine einz'ge, ungeteilte?

Nimm einen Ton aus einer Harmonie,
Nimm eine Farbe aus dem Regenbogen,
Und alles, was dir bleibt, ist nichts, solang
Das schöne All der Töne fehlt und Farben.“

Indem sie einst so sprachen, standen sie
In einer einsamen Rotonde still,
Wo ein verschleiert Bild von Riesengröße
Dem Jüngling in die Augen fiel. Verwundert
Blickt er den Führer an und spricht: „Was ist’s,
Das hinter diesem Schleier sich verbirgt?“ —
„Die Wahrheit“, ist die Antwort. „Wie?“ ruft jener,
„Nach Wahrheit streb’ ich ja allein, und diese
Gerade ist es, die man mir verhüllt?“
„Das mache mit der Gottheit aus“, versetzt
Der Hierophant. „Kein Sterblicher, sagt sie,
Rückt diesen Schleier, bis ich selbst ihn hebe.
Und wer mit ungeweihter, schuld’ger Hand
Den heiligen, verbotnen früher hebt,
Der, spricht die Gottheit“ — „Nun?“ — „Der *sieht* die Wahrheit.«
„Ein seltsamer Orakelspruch! Du selbst,
Du hattest also niemals ihn gehoben?“ —
„Ich? Wahrlich nicht! Und war auch nie dazu
Versucht.“ — „Das fass’ ich nicht. Wenn von der Wahrheit
Nur diese dünne Scheidewand mich trennte“ —
„Und ein Gesetz“, fällt ihm sein Führer ein.
„Gewichtiger, mein Sohn, als du es meinst,
Ist diese dünne Flut — für deine Hand
Zwar leicht, doch zentnerschwer für dein Gewissen.“

Der Jüngling ging gedankenvoll nach Hause;
Ihm raubt des Wissens brennende Begier
Den Schlaf, er wälzt sich glühend auf dem Lager
Und rafft sich auf um Mitternacht. Zum Tempel

Führt unfreiwillig ihn der scheue Tritt.
Leicht war es ihm, die Mauer zu ersteigen,
Und mitten in das Innere der Rotonde
Trägt ein beherzter Sprung den Wagenden.

Hier steht er nun, und grauenvoll umfängt
Den Einsamen die lebenlose Stille,
Die nur der Tritte hohler Widerhall
In den geheimen Grüften unterbricht.
Von oben durch der Kuppel Öffnung wirft
Der Mond den bleichen, silberblauen Schein,
Und furchtbar, wie ein gegenwärt'ger Gott,
Erglänzt durch des Gewölbes Finsternisse
In ihrem langen Schleier die Gestalt.

Er tritt hinan mit ungewissem Schritt;
Schon will die freche Hand das Heilige berühren,
Da zuckt es heiß und kühl durch sein Gebein
Und stößt ihn weg mit unsichtbarem Arme.
Unglücklicher, was willst du tun? so ruft
In seinem Innern eine treue Stimme.
Versuchen den Allheiligen willst du?
Kein Sterblicher, sprach des Orakels Mund,
Rückt diesen Schleier, bis ich selbst ihn hebe.
Doch setzte nicht derselbe Mund hinzu:
„Wer diesen Schleier hebt, soll Wahrheit schauen?"
Schauen!
Gellt ihm ein langes Echo spottend nach.
Er spricht's und hat den Schleier aufgedeckt.
„Nun", fragt ihr, „und was zeigte sich ihm hier?"
Ich weiß es nicht. Besinnungslos und bleich,
So fanden ihn am andern Tag die Priester
Am Fußgestell der Isis ausgestreckt.
Was er allda gesehen und erfahren,
Hat seine Zunge nie bekannt. Auf ewig

War seines Lebens Heiterkeit dahin,
Ihn riß ein tiefer Gram zum frühen Grabe.
„Weh dem", dies war sein warnungsvolles Wort,
Wenn ungestüme Frager in ihn drangen,
„Weh dem, der zu der Wahrheit geht durch Schuld!
Sie wird ihm nimmermehr erfreulich sein."

Schiller

DIE KRANICHE DES IBYKUS

Zum Kampf der Wagen und Gesänge,
Der auf Korinthus' Landesenge
Der Griechen Stämme froh vereint,
Zog Ibykus, der Götterfreund.
Ihm schenkte des Gesanges Gabe,
Der Lieder süßen Mund Apoll;
So wandert er, an leichtem Stabe,
Aus Rhegium, des Gottes voll.

Schon winkt auf hohem Bergesrücken
Akrokorinth des Wandrers Blicken,
Und in Poseidons Fichtenhain
Tritt er mit frommem Schauder ein.
Nichts regt sich um ihn her, nur Schwärme
Von Kranichen begleiten ihn,
Die fernhin nach des Südens Wärme
In graulichtem Geschwader ziehn.

„Seid mir gegrüßt, befreundte Scharen!
Die mir zur See Begleiter waren,
Zum guten Zeichen nehm ich euch,
Mein Los, es ist dem euren gleich.
Von fern her kommen wir gezogen
Und flehen um ein wirtlich Dach —
Sei uns der Gastliche gewogen,
Der von dem Fremdling wehrt die Schmach!"

Und munter fördert er die Schritte
Und sieht sich in des Waldes Mitte;
Da sperren auf gedrangem Steg
Zwei Mörder plötzlich seinen Weg.
Zum Kampfe muß er sich bereiten,
Doch bald ermattet sinkt die Hand.
Sie hat der Leier zarte Saiten,
Doch nie des Bogens Kraft gespannt.

Er ruft die Menschen an, die Götter,
Sein Flehen dringt zu keinem Retter;
Wie weit er auch die Stimme schickt,
Nichts Lebendes wird hier erblickt.
„So muß ich hier verlassen sterben,
Auf fremdem Boden, unbeweint,
Durch böser Buben Hand verderben,
Wo auch kein Rächer mir erscheint!"

Und schwer getroffen sinkt er nieder,
Da rauscht der Kraniche Gefieder;
Er hört, schon kann er nicht mehr sehn,
Die nahen Stimmen furchtbar krähn.
„Von euch, ihr Kraniche dort oben,
Wenn keine andre Stimme spricht,
Sei meines Mordes Klag' erhoben!"
Er ruft es, und sein Auge bricht.

Der nackte Leichnam wird gefunden,
Und bald, obgleich entstellt von Wunden,
Erkennt der Gastfreund in Korinth
Die Züge, die ihm teuer sind.
„Und muß ich so dich wiederfinden,
Und hoffte mit der Fichte Kranz
Des Sängers Schläfe zu umwinden,
Bestrahlt von seines Ruhmes Glanz!"

Und jammernd hörens alle Gäste,
Versammelt bei Poseidons Feste,
Ganz Griechenland ergreift der Schmerz,
Verloren hat ihn jedes Herz.
Und stürmend drängt sich zum Prytanen
Das Volk, es fordert seine Wut,
Zu rächen des Erschlagnen Manen,
Zu sühnen mit des Mörders Blut.

Doch wo die Spur, die aus der Menge,
Der Völker flutendem Gedränge,
Gelocket von der Spiele Pracht,
Den schwarzen Täter kenntlich macht?
Sinds Räuber, die ihn feig erschlagen?
Tats neidisch ein verborgner Feind?
Nur Helios vermags zu sagen,
Der alles Irdische bescheint.

Er geht vielleicht mit frechem Schritte
Jetzt eben durch der Griechen Mitte,
Und während ihn die Rache sucht,
Genießt er seines Frevels Frucht,
Auf ihres eignen Tempels Schwelle
Trotzt er vielleicht den Göttern, mengt
Sich dreist in jene Menschenwelle,
Die dort sich zum Theater drängt.

Denn Bank an Bank gedränget sitzen,
Es brechen fast der Bühne Stützen,
Herbeigeströmt von fern und nah,
Der Griechen Völker wartend da.
Dumpfbrausend, wie des Meeres Wogen,
Von Menschen wimmelnd, wächst der Bau
In weiter stets geschweiftem Bogen
Hinauf bis in des Himmels Blau.

Wer zählt die Völker, nennt die Namen,
Die gastlich hier zusammenkamen?
Von Theseus' Stadt, von Aulis' Strand,
Von Phocis, vom Spartanerland,
Von Asiens entlegner Küste,
Von allen Inseln kamen sie
Und horchen von dem Schaugerüste
Des Chores grauser Melodie,

Der, streng und ernst, nach alter Sitte,
Mit langsam abgemeßnem Schritte
Hervortritt aus dem Hintergrund,
Umwandelnd des Theaters Rund.
So schreiten keine irdschen Weiber,
Die zeugete kein sterblich Haus!
Es steigt das Riesenmaß der Leiber
Hoch über Menschliches hinaus.

Ein schwarzer Mantel schlägt die Lenden,
Sie schwingen in entfleischten Händen
Der Fackel düsterrote Glut,
In ihren Wangen fließt kein Blut;
Und wo die Haare lieblich flattern,
Um Menschenstirnen freundlich wehn,
Da sieht man Schlangen hier und Nattern
Die giftgeschwollnen Bäuche blähn.

Und schauerlich, gedreht im Kreise,
Beginnen sie des Hymnus Weise,
Der durch das Herz zerreißend dringt,
Die Bande um den Frevler schlingt.
Besinnungraubend, herzbetörend
Schallt der Erinnyen Gesang,
Er schallt, des Hörers Mark verzehrend,
Und duldet nicht der Leier Klang:

„Wohl dem, der frei von Schuld und Fehle
Bewahrt die kindlich reine Seele!
Ihm dürfen wir nicht rächend nahn,
Er wandelt frei des Lebens Bahn.
Doch wehe, wehe, wer verstohlen
Des Mordes schwere Tat vollbracht!
Wir heften uns an seine Sohlen,
Das furchtbare Geschlecht der Nacht.

Und glaubt er fliehend zu entspringen,
Geflügelt sind wir da, die Schlingen
Ihm werfend um den flüchtgen Fuß,
Daß er zu Boden fallen muß.
So jagen wir ihn, ohn Ermatten,
Versöhnen kann uns keine Reu,
Ihn fort und fort bis zu den Schatten
Und geben ihn auch dort nicht frei."

So singend, tanzen sie den Reigen,
Und Stille, wie des Todes Schweigen,
Liegt überm ganzen Hause schwer,
Als ob die Gottheit nahe wär.
Und feierlich, nach alter Sitte,
Umwandelnd des Theaters Rund,
Mit langsam abgemeßnem Schritte,
Verschwinden sie im Hintergrund.

Und zwischen Trug und Wahrheit schwebet
Noch zweifelnd jede Brust und bebet
Und huldiget der furchtbarn Macht,
Die richtend im Verborgnen wacht,
Die unerforschlich, unergründet
Des Schicksals dunkeln Knäuel flicht,
Dem tiefen Herzen sich verkündet,
Doch fliehet vor dem Sonnenlicht.

Da hört man auf den höchsten Stufen
Auf einmal eine Stimme rufen:
„Sieh da, sieh da, Timotheus,
Die Kraniche des Ibykus!" —
Und finster plötzlich wird der Himmel,
Und über dem Theater hin
Sieht man in schwärzlichtem Gewimmel
Ein Kranichheer vorüberziehn.

„Des Ibykus!" — Der teure Name
Rührt jede Brust mit neuem Grame,
Und wie im Meere Well auf Well,
So läufts von Mund zu Munde schnell:
„Des Ibykus? den wir beweinen,
Den eine Mörderhand erschlug!
Was ists mit dem? was kann er meinen?
Was ists mit diesem Kranichzug?" —

Und lauter immer wird die Frage,
Und ahnend fliegts mit Blitzesschlage
Durch alle Herzen: „Gebet acht,
Das ist der Eumeniden Macht!
Der fromme Dichter wird gerochen,
Der Mörder bietet selbst sich dar!
Ergreift ihn, der das Wort gesprochen,
Und ihn, an dens gerichtet war!"

Doch dem war kaum das Wort entfahren,
Möcht ers im Busen gern bewahren;
Umsonst! Der schreckenbleiche Mund
Macht schnell die Schuldbewußten kund.
Man reißt und schleppt sie vor den Richter,
Die Szene wird zum Tribunal,
Und es gestehn die Bösewichter,
Getroffen von der Rache Strahl.

Schiller

DER GRAF VON HABSBURG

Zu Aachen in seiner Kaiserpracht,
Im altertümlichen Saale,
Saß König Rudolfs heilige Macht
Beim festlichen Krönungsmahle.
Die Speisen trug der Pfalzgraf des Rheins,
Es schenkte der Böhme des perlenden Weins,
Und alle die Wähler, die sieben,
Wie der Sterne Chor um die Sonne sich stellt,
Umstanden geschäftig den Herrscher der Welt,
Die Würde des Amtes zu üben.

Und rings erfüllte den hohen Balkon
Das Volk in freudgem Gedränge;
Laut mischte sich in der Posaunen Ton
Das jauchzende Rufen der Menge;
Denn geendigt nach langem verderblichen Streit
War die kaiserlose, die schreckliche Zeit,
Und ein Richter war wieder auf Erden.
Nicht blind mehr waltet der eiserne Speer,
Nicht fürchtet der Schwache, der Friedliche mehr,
Des Mächtigen Beute zu werden.

Und der Kaiser ergreift den goldnen Pokal
Und spricht mit zufriedenen Blicken:
„Wohl glänzet das Fest, wohl pranget das Mahl,
Mein königlich Herz zu entzücken;
Doch den Sänger vermiß ich, den Bringer der Lust,
Der mit süßem Klang mir bewege die Brust
Und mit göttlich erhabenen Lehren.
So hab ichs gehalten von Jugend an,
Und was ich als Ritter gepflegt und getan,
Nicht will ichs als Kaiser entbehren."

Und sieh! in der Fürsten umgebenden Kreis
Trat der Sänger im langen Talare;
Ihm glänzte die Locke silberweiß,
Gebleicht von der Fülle der Jahre.
„Süßer Wohllaut schläft in der Saiten Gold,
Der Sänger singt von der Minne Sold,
Er preiset das Höchste, das Beste,
Was das Herz sich wünscht, was der Sinn begehrt;
Doch sage, was ist des Kaisers wert
An seinem herrlichsten Feste?" —

„Nicht gebieten werd ich dem Sänger", spricht
Der Herrscher mit lächelndem Munde,
„Er steht in des größeren Herren Pflicht,
Er gehorcht der gebietenden Stunde.
Wie in den Lüften der Sturmwind saust,
Man weiß nicht von wannen er kommt und braust,
Wie der Quell aus verborgenen Tiefen,
So des Sängers Lied aus dem Innern schallt
Und wecket der dunklen Gefühle Gewalt,
Die im Herzen wunderbar schliefen."

Und der Sänger rasch in die Saiten fällt
Und beginnt sie mächtig zu schlagen:
„Aufs Waidwerk hinaus ritt ein edler Held,
Den flüchtigen Gemsbock zu jagen.
Ihm folgte der Knapp mit dem Jägergeschoß,
Und als er auf seinem stattlichen Roß
In eine Au kommt geritten,
Ein Glöcklein hört er erklingen fern:
Ein Priester war's mit dem Leib des Herrn,
Voran kam der Meßner geschritten.

Und der Graf zur Erde sich neiget hin,
Das Haupt mit Demut entblößet,

Zu verehren mit gläubigem Christensinn,
Was alle Menschen erlöset.
Ein Bächlein aber rauschte durchs Feld,
Von des Gießbachs reißenden Fluten geschwellt,
Das hemmte der Wanderer Tritte;
Und beiseit legt jener das Sakrament,
Von den Füßen zieht er die Schuhe behend,
Damit er das Bächlein durchschritte.

,Was schaffst du?' redet der Graf ihn an,
Der ihn verwundert betrachtet.
,Herr ich walle zu einem sterbenden Mann,
Der nach der Himmelskost schmachtet;
Und da ich mich nahe des Baches Steg,
Da hat ihn der strömende Gießbach hinweg
Im Strudel der Wellen gerissen.
Drum, daß dem Lechzenden werde sein Heil,
So will ich das Wässerlein jetzt in Eil
Durchwaten mit nackenden Füßen.'

Da setzt ihn der Graf auf sein ritterlich Pferd
Und reicht ihm die prächtigen Zäume,
Daß er labe den Kranken, der sein begehrt,
Und die heilige Pflicht nicht versäume.
Und er selber auf seines Knappen Tier
Vergnüget noch weiter des Jagens Begier;
Der andre die Reise vollführet,
Und am nächsten Morgen, mit dankendem Blick,
Da bringt er dem Grafen sein Roß zurück,
Bescheiden am Zügel geführet.

,Nicht wolle das Gott', rief mit Demutsinn
Der Graf, ,daß zum Streiten und Jagen
Das Roß ich beschritte fürderhin,
Das meinen Schöpfer getragen!

Und magst dus nicht haben zu eignem Gewinnst,
So bleib es gewidmet dem göttlichen Dienst!
Denn ich hab es dem ja gegeben,
Von dem ich Ehre und irdisches Gut
Zu Lehen trage und Leib und Blut
Und Seele und Atem und Leben.'

So mög auch Gott, der allmächtige Hort,
Der das Flehen der Schwachen erhöret,
Zu Ehren Euch bringen hier wie dort,
So wie Ihr jetzt ihn geehret.
Ihr seid ein mächtiger Graf, bekannt
Durch ritterlich Walten im Schweizer Land;
Euch blühn sechs liebliche Töchter.
So mögen sie", rief er begeistert aus,
„Sechs Kronen Euch bringen in Euer Haus
Und glänzen die spätsten Geschlechter!"

Und mit sinnendem Haupt saß der Kaiser da,
Als dächt er vergangener Zeiten;
Jetzt, da er dem Sänger ins Auge sah,
Da ergreift ihn der Worte Bedeuten,
Die Züge des Priesters erkennt er schnell,
Und verbirgt der Tränen stürzenden Quell
In des Mantels purpurnen Falten.
Und alles blickte den Kaiser an,
Und erkannte den Grafen, der das getan,
Und verehrte das göttliche Walten.

Schiller

NADOWESSIERS TOTENLIED

Seht, da sitzt er auf der Matte,
Aufrecht sitzt er da,
Mit dem Anstand, den er hatte,
Als er's Licht noch sah.

Doch wo ist die Kraft der Fäuste,
Wo des Atems Hauch,
Der noch jüngst zum großen Geiste
Blies der Pfeife Rauch?

Wo die Augen, falkenhelle,
Die des Renntiers Spur
Zählten auf den Grases Welle,
Auf dem Tau der Flur?

Diese Schenkel, die behender
Flohen durch den Schnee
Als der Hirsch, der Zwanzigender,
Als des Berges Reh?

Diese Arme, die den Bogen
Spannten, streng und straff?
Seht, das Leben ist entflogen!
Seht, sie hängen schlaff!

Wohl ihm, er ist hingegangen,
Wo mit Mais die Felder prangen,
Wo kein Schnee mehr ist,
Der von selber sprießt;

Wo mit Vögeln alle Sträuche,
Wo der Wald mit Wild,
Wo mit Fischen alle Teiche
Lustig sind gefüllt.

Mit den Geistern speist er droben,
Ließ uns hier allein,
Daß wir seine Taten loben
Und ihn scharren ein.

Bringet her die letzten Gaben,
Stimmt die Totenklag'!
Alles sei mit ihm begraben,
Was ihn freuen mag.

Legt ihm unters Haupt die Beile,
Die er tapfer schwang,
Auch des Bären fette Keule,
Denn der Weg ist lang;

Farben auch, den Leib zu malen,
Steckt ihm in die Hand,
Daß er rötlich möge strahlen
In der Seelen Land.

Schiller

DITHYRAMBE

Nimmer, das glaubt mir, erscheinen die Götter,
Nimmer allein.
Kaum, daß ich Bacchus, den lustigen, habe,
Kommt auch schon Amor, der lächelnde Knabe,
Phöbus, der herrliche, findet sich ein.
Sie nahen, sie kommen, die Himmlischen alle,
Mit Göttern erfüllt sich die irdische Halle.

Sagt, wie bewirt ich, der Erdgeborne,
Himmlischen Chor?
Schenket mir euer unsterbliches Leben,
Götter! Was kann euch der Sterbliche geben?
Hebet zu eurem Olymp mich empor!
Die Freude, sie wohnt nur in Jupiters Saale;
O füllet mit Nektar, o reicht mir die Schale!

Reich ihm die Schale! Schenke dem Dichter,
Hebe, nur ein!
Netz ihm die Augen mit himmlischem Taue,
Daß er den Styx, den verhaßten, nicht schaue,
Einer der Unsern sich dünke zu sein.
Sie rauschet, sie perlet, die himmlische Quelle,
Der Busen wird ruhig, das Auge wird helle.

Schiller

DAS MÄDCHEN AUS DER FREMDE

In einem Tal bei armen Hirten
Erschien mit jedem jungen Jahr,
Sobald die ersten Lerchen schwirrten,
Ein Mädchen, schön und wunderbar.

Sie war nicht in dem Tal geboren,
Man wußte nicht, woher sie kam;
Und schnell war ihre Spur verloren,
Sobald das Mädchen Abschied nahm.

Beseligend war ihre Nähe,
Und alle Herzen wurden weit;
Doch eine Würde, eine Höhe
Entfernte die Vertraulichkeit.

Sie brachte Blumen mit und Früchte,
Gereift auf einer andern Flur,
In einem andern Sonnenlichte,
In einer glücklichern Natur.

Und teilte jedem eine Gabe,
Dem Früchte, jenem Blumen aus;
Der Jüngling und der Greis am Stabe,
Ein jeder ging beschenkt nach Haus.

Willkommen waren alle Gäste;
Doch nahte sich ein liebend Paar,
Dem reichte sie der Gaben beste,
Der Blumen allerschönste dar.

Schiller

DER PILGRIM

Noch in meines Lebens Lenze
War ich, und ich wandert aus,
Und der Jugend frohe Tänze
Ließ ich in des Vaters Haus.

All mein Erbteil, meine Habe
Warf ich fröhlich glaubend hin,
Und am leichten Pilgerstabe
Zog ich fort mit Kindersinn.

Denn mich trieb ein mächtig Hoffen
Und ein dunkles Glaubenswort.
Wandle, riefs, der Weg ist offen,
Immer nach dem Aufgang fort.

Bis zu einer goldnen Pforten
Du gelangst, da gehst du ein,
Denn das Irdische wird dorten
Himmlisch, unvergänglich sein.

Abend wards und wurde Morgen,
Nimmer, nimmer stand ich still;
Aber immer bliebs verborgen,
Was ich suche, was ich will.

Berge lagen mir im Wege,
Ströme hemmten meinen Fuß,
Über Schlünde baut ich Stege,
Brücken durch den wilden Fluß.

Und zu eines Stroms Gestaden
Kam ich, der nach Morgen floß;
Froh vertrauend seinem Faden,
Warf ich mich in seinen Schoß.

Hin zu einem großen Meere
Trieb mich seiner Wellen Spiel;
Vor mir liegts in weiter Leere,
Näher bin ich nicht dem Ziel.

Ach, kein Steg will dahin führen,
Ach, der Himmel über mir
Will die Erde nie berühren,
Und das Dort ist niemals Hier!

Schiller

SEHNSUCHT

Ach, aus dieses Tales Gründen,
Die der kalte Nebel drückt,
Könnt ich doch den Ausgang finden,
Ach, wie fühlt ich mich beglückt!
Dort erblick ich schöne Hügel,
Ewig jung und ewig grün!
Hätt ich Schwingen, hätt ich Flügel,
Nach den Hügeln zög ich hin.

Harmonien hör ich klingen,
Töne süßer Himmelsruh,
Und die leichten Winde bringen
Mir der Düfte Balsam zu.
Goldne Früchte seh ich glühen,
Winkend zwischen dunkelm Laub,
Und die Blumen, die dort blühen,
Werden keines Winters Raub.

Ach, wie schön muß sichs ergehen
Dort im ewgen Sonnenschein!
Und die Luft auf jenen Höhen —
O, wie labend muß sie sein!
Doch mir wehrt des Stromes Toben,
Der ergrimmt dazwischen braust;
Seine Wellen sind gehoben,
Daß die Seele mir ergraust.

Einen Nachen seh ich schwanken,
Aber, ach! der Fährmann fehlt.
Frisch hinein und ohne Wanken!
Seine Segel sind beseelt.
Du mußt glauben, du mußt wagen,
Denn die Götter leihn kein Pfand;
Nur ein Wunder kann dich tragen
In das schöne Wunderland.

Schiller

MORGENGRUSS DER GELIEBTEN

So wie ich Morgens auf die Augen schlage,
Die vielgeliebten Züge sie erblicken,
Die mir mit stillempfundenem Entzücken
Umkränzten einst des Lebens goldne Tage.

Der Mensch weiß nicht, was mit dem letzten Schlage
Des Herzens das Geschick ihm kann entrücken.
Der Tod geht um ihn her, wie dunkle Sage,
Die tausend Lebensklänge dumpf ersticken.

Wie anders sich erschloß des Morgens Pforte,
Als mir noch tönten ihrer Stimme Worte,
Als sie mit leisen, heißersehnten Tritten

In meine Kammer liebend kam geschritten!
O dieser Paradiesestage Wonnen,
Wie sind sie alle nun in nichts zerronnen!

Wilhelm von Humboldt

LEBENSLAUF

Größeres wolltest auch du, aber die Liebe zwingt
All uns nieder, das Leid beuget gewaltiger,
Und es kehret umsonst nicht
Unser Bogen, woher er kommt.

Aufwärts oder hinab! wehet in heiliger Nacht,
Wo die stumme Natur werdende Tage sinnt,
Weht im nüchternen Orkus
Nicht ein liebender Atem auch?

Dies erfuhr ich. Denn nie, sterblichen Meistern gleich,
Habt ihr Himmlischen, ihr Alleserhaltenden,
Daß ich wüßte, mit Vorsicht
Mich des ebenen Pfads geführt.

Alles prüfe der Mensch, sagen die Himmlischen,
Daß er, kräftig genährt, danken für alles lern
Und verstehe die Freiheit,
Aufzubrechen, wohin er will.

Friedrich Hölderlin

SCHICKSALSLIED

Ihr wandelt droben im Licht
Auf weichem Boden, selige Genien!
Glänzende Götterlüfte
Rühren euch leicht,
Wie die Finger der Künstlerin
Heilige Saiten.

Schicksallos, wie der schlafende
Säugling, atmen die Himmlischen;
Keusch bewahrt
In bescheidener Knospe,
Blühet ewig
Ihnen der Geist,
Und die seligen Augen
Blicken in stiller
Ewiger Klarheit.

Doch uns ist gegeben,
Auf keiner Stätte zu ruhn,
Es schwinden, es fallen
Die leidenden Menschen
Blindlings von einer
Stunde zur andern,
Wie Wasser von Klippe
Zu Klippe geworfen,
Jahrlang ins Ungewisse hinab.

Hölderlin

DA ICH EIN KNABE WAR

Da ich ein Knabe war,
Rettet' ein Gott mich oft
Vom Geschrei und der Rute der Menschen.

Da spielt' ich sicher und gut
Mit den Blumen des Hains,
Und die Lüftchen des Himmels
Spielten mit mir.

Und wie du das Herz
Der Pflanzen erfreust,
Wenn sie entgegen dir
Die zarten Arme strecken,
So hast du mein Herz erfreut,
Vater Helios! und, wie Endymion,
War ich dein Liebling,
Heilige Luna!

O all ihr treuen,
Freundlichen Götter!
Daß ihr wüßtet,
Wie euch meine Seele geliebt!

Zwar damals ruft ich noch nicht
Euch mit Namen, auch ihr
Nanntet mich nie, wie die Menschen sich nennen,
Als kennten sie sich.

Doch kannt ich euch besser,
Als ich je Menschen gekannt,
Ich verstand die Stille des Äthers,
Des Menschen Wort verstand ich nie.

Mich erzog der Wohllaut
Des säuselnden Hains,
Und lieben lernt ich
Unter den Blumen.

Im Arme der Götter wuchs ich groß.

Hölderlin

MENSCHENBEIFALL

Ist nicht heilig mein Herz, schöneren Lebens voll,
Seit ich liebe? Warum achtetet ihr mich mehr,
Da ich stolzer und wilder,
Wortereicher und leerer war?

Ach! der Menge gefällt, was auf den Marktplatz taugt,
Und es ehret der Knecht nur den Gewaltsamen;
An das Göttliche glauben
Die allein, die es selber sind.

Hölderlin

SONNENUNTERGANG

Wo bist du? trunken dämmert die Seele mir
Von aller deiner Wonne; denn eben ists,
Daß ich gelauscht, wie, goldner Töne
Voll, der entzückende Sonnenjüngling

Sein Abendlied auf himmlischer Leier spielt':
Es tönten rings die Wälder und Hügel nach,
Doch fern ist er zu frommen Völkern,
Die ihn noch ehren, hinweg gegangen.

Hölderlin

ABBITTE

Heilig Wesen! gestört hab ich die goldene
Götterruhe dir oft, und der geheimeren,
Tiefern Schmerzen des Lebens
Hast du manche gelernt von mir.

O vergiß es, vergib! gleich dem Gewölke dort
Vor dem friedlichen Mond, geh ich dahin, und du
Ruhst und glänzest in deiner
Schöne wieder, du süßes Licht!

Hölderlin

DIE KÜRZE

„Warum bist du so kurz? liebst du, wie vormals, denn
Nun nicht mehr den Gesang? fandst du, als Jüngling, doch
In den Tagen der Hoffnung,
Wenn du sangest, das Ende nie?"

Wie mein Glück, ist mein Lied. — Willst du im Abendrot
Froh dich baden? Hinweg ists, und die Erde ist kalt,
Und der Vogel der Nacht schwirrt
Unbequem vor das Auge dir.

Hölderlin

MEIN EIGENTUM

In seiner Fülle ruhet der Herbsttag nun,
Geläutert ist die Traub, und der Hain ist rot
Von Obst, wenn schon der holden Blüten
Manche der Erde zum Danke fielen.

Und rings im Felde, wo ich den Pfad hinaus,
Den stillen, wandle, ist den Zufriedenen
Ihr Gut gereift, und viel der frohen
Mühe gewähret der Reichtum ihnen.

Vom Himmel lächelt zu den Geschäftigen
Durch ihre Bäume milde das Licht herab,

Die Freude teilend, denn es wuchs durch
Hände der Menschen allein die Frucht nicht.

Und leuchtest du, o Goldnes, auch mir, und wehst
Auch du mir wieder, Lüftchen, als segnetest
Du eine Freude mir, wie einst, und
Irrst, wie um Glückliche, mir am Busen?

Einst war ichs; doch, wie Rosen, vergänglich war
Das fromme Leben, ach! und es mahnen noch
Die blühend mir geblieben sind, die
Holden Gestirne zu oft mich dessen.

Beglückt, wer ruhig, liebend ein frommes Weib,
Am eignen Herd in friedlicher Heimat lebt,
Es leuchtet über festem Boden
Schöner dem sicheren Mann sein Himmel.

Denn, wie die Pflanze, wurzelt auf eignem Grund
Sie nicht, verglüht die Seele des Sterblichen,
Der mit dem Tageslichte nur, ein
Armer, auf heiliger Erde wandelt.

Zu mächtig, ach! ihr himmlischen Höhen, zieht
Ihr mich empor; bei Stürmen, am heitern Tag
Fühl ich verzehrend euch im Busen
Wechseln, ihr wandlenden Götterkräfte.

Doch heute laßt mich stille den trauten Pfad
Zum Haine gehn, dem golden die Wipfel schmückt
Sein sterbend Laub, und kränzt auch mir die
Stirne, ihr holden Erinnerungen!

Und daß doch mir, zu retten mein sterblich Herz,
Wie andern, eine bleibende Stätte sei,

Und heimatlos die Seele mir nicht
Über das Leben hinweg sich sehne,

Sei du, Gesang! mein freundlich Asyl! sei du,
Beglückender! mit sorgender Liebe mir
Gepflegt, du Garten, wo ich, wandelnd
Unter den Blüten, den immerjungen,

In sichrer Einfalt wohne, wenn draußen mir
Mit ihren Wellen allen die mächtge Zeit,
Die wandelbare, fern rauscht, und die
Stillere Sonne mein Wirken fördert.

Ihr segnet gütig über den Sterblichen,
Ihr Himmelskräfte, jedem sein Eigentum,
O segnet meines auch, und daß zu
Frühe die Parze den Traum nicht ende.

Hölderlin

ABENDPHANTASIE

Vor seiner Hütte ruhig im Schatten sitzt
Der Pflüger, dem Genügsamen raucht sein Herd,
Gastfreundlich tönt dem Wanderer im
Friedlichen Dorfe die Abendglocke.

Wohl kehren jetzt die Schiffer zum Hafen auch,
In fernen Städten fröhlich verrauscht des Markts
Geschäftiger Lärm; in stiller Laube
Glänzt das gesellige Mahl den Freunden.

Wohin denn ich? Es leben die Sterblichen
Von Lohn und Arbeit; wechselnd in Müh und Ruh,
Ist alles freudig; warum schläft denn
Nimmer nur mir in der Brust der Stachel?

Am Abendhimmel blühet ein Frühling auf;
Unzählig blühen die Rosen, und ruhig scheint
Die goldne Welt; o dorthin nehmt mich,
Purpurne Wolken! und möge droben

In Licht und Luft zerrinnen mir Lieb und Leid! —
Doch, wie verscheucht von törichter Bitte, flieht
Der Zauber; dunkel wirds, und einsam
Unter dem Himmel, wie immer, bin ich —

Komm du nun, sanfter Schlummer! zu viel begehrt
Das Herz; doch endlich, Jugend! verglühst du ja,
Du ruhelose, träumerische!
Friedlich und heiter ist dann das Alter.

Hölderlin

DIE HEIMAT

Froh kehrt der Schiffer heim an den stillen Strom,
Von Inseln fernher, wenn er geerntet hat;
So käm auch ich zur Heimat, hätt ich
Güter so viele wie Leid geerntet.

Ihr teuern Ufer, die mich erzogen einst,
Stillt ihr der Liebe Leiden, versprecht ihr mir,
Ihr Wälder meiner Jugend, wenn ich
Komme, die Ruhe noch einmal wieder?

Am kühlen Bache, wo ich der Wellen Spiel,
Am Strome, wo ich gleiten die Schiffe sah,
Dort bin ich bald; euch, traute Berge,
Die mich behüteten einst, der Heimat

Verehrte sichre Grenzen, der Mutter Haus,
Und liebender Geschwister Umarmungen
Begrüß ich bald, und ihr umschließt mich,
Daß, wie in Banden, das Herz mir heile,

Ihr treu gebliebenen! aber ich weiß, ich weiß,
Der Liebe Leid, dies heilet so bald mir nicht,
Dies singt kein Wiegensang, den tröstend
Sterbliche singen, mir aus dem Busen.

Denn sie, die uns das himmlische Feuer leihn,
Die Götter, schenken heiliges Leid uns auch.
Drum bleibe dies. Ein Sohn der Erde
Schein ich: zu lieben gemacht, zu leiden.

Hölderlin

HEIDELBERG

Lange lieb ich dich schon, möchte dich, mir zur Lust
Mutter nennen und dir schenken ein kunstlos Lied,
Du, der Vaterlandsstädte
Ländlich schönste, soviel ich sah.

Wie der Vogel des Walds über die Gipfel fliegt,
Schwingt sich über den Strom, wo er vorbei dir glänzt,
Leicht und kräftig die Brücke,
Die von Wagen und Menschen tönt.

Wie von Göttern gesandt, fesselt' ein Zauber einst
Auf der Brücke mich an, da ich vorüber ging,
Und herein in die Berge
Mir die reizende Ferne schien,

Und der Jüngling, der Strom, fort in die Ebne zog,
Traurig froh, wie das Herz, wenn es, sich selbst zu schön,
Liebend unterzugehen,
In die Fluten der Zeit sich wirft.

Quellen hattest du ihm, hattest dem Flüchtigen
Kühle Schatten geschenkt, und die Gestade sahn
All ihm nach, und es bebte
Aus den Wellen ihr lieblich Bild.

Aber schwer in das Tal hing die gigantische
Schicksalskundige Burg, nieder bis auf den Grund
Von den Wettern zerrissen;
Doch die ewige Sonne goß

Ihr verjüngendes Licht über das alternde
Riesenbild, und umher grünte lebendiger
Efeu; freundliche Wälder
Rauschten über die Burg herab.

Sträuche blühten herab, bis wo im heitern Tal,
An den Hügel gelehnt oder dem Ufer hold,
Deine fröhlichen Gassen
Unter duftenden Gärten ruhn.

Hölderlin

AN DIE PARZEN

Nur einen Sommer gönnt, ihr Gewaltigen!
Und einen Herbst zu reifem Gesange mir,
Daß williger mein Herz, vom süßen
Spiele gesättiget, dann mir sterbe!

Die Seele, der im Leben ihr göttlich Recht
Nicht ward, sie ruht auch drunten im Orkus nicht;

Doch ist mir einst das heilige, das am
Herzen mir liegt, das Gedicht gelungen:

Willkommen dann, o Stille der Schattenwelt!
Zufrieden bin ich, wenn auch mein Saitenspiel
Mich nicht hinabgeleitet; einmal
Lebt ich wie Götter, und mehr bedarfs nicht.
Hölderlin

DER WANDERER

Einsam stand ich und sah in die afrikanischen dürren
Ebnen hinaus; vom Olymp regnete Feuer herab,
Reißendes! milder kaum wie damals, da das Gebirg hier
Spaltend mit Strahlen der Gott Höhen und Tiefen gebaut.
Aber auf denen springt kein frischaufgrünender Wald nicht
In die tönende Luft üppig und herrlich empor.
Unbekränzt ist die Stirne des Bergs und beredsame Bäche
Kennet er kaum, es erreicht selten die Quelle das Tal.
Keiner Herde vergeht am plätschernden Brunnen der Mittag,
Freundlich aus Bäumen hervor blickte kein gastliches Dach.
Unter dem Strauche saß ein ernsthafter Vogel gesanglos,
Aber wie Wanderer flohn eilend die Störche vorbei.
Da bat ich um Wasser dich nicht, Natur, in der Wüste,
Wasser bewahrte mir treulich das fromme Kamel.

Um der Haine Gesang, ach! um die Gärten des Vaters
Bat ich, vom wandernden Vogel der Heimat gemahnt.
Aber du sprachst zu mir: auch hier sind Götter und walten,
Groß ist ihr Maß, doch es mißt gern mit der Spanne der Mensch.
Und es trieb die Rede mich an, noch andres zu suchen,
Fern zum nördlichen Pol kam ich in Schiffen herauf.
Still in der Hülse von Schnee schlief da das gefesselte Leben,
Und der eiserne Schlaf harrte seit Jahren des Tags.
Denn zu lang nicht schlang um die Erde den Arm der Olymp hier,
Wie Pygmalions Arm um die Geliebte sich schlang.
Hier bewegt' er ihr nicht mit dem Sonnenblicke den Busen,
Und in Regen und Tau sprach er nicht freundlich zu ihr;
Und mich wunderte des, und töricht sprach ich: O Mutter
Erde! verlierst du denn immer, als Witwe, die Zeit?
Nichts zu erzeugen ist ja und nichts zu pflegen in Liebe,
Alternd im Kinde sich nicht wieder zu sehn, ist der Tod.
Aber vielleicht erwarmst du dereinst am Strahle des Himmels,
Aus dem dürftigen Schlaf schmeichelt sein Othem dich auf;
Daß, wie ein Samkorn, du die eiserne Schale zersprengest,

Los sich reißt und das Licht grüßt die entbundene Welt,
All die gesammelte Kraft aufflammt in üppigem Frühling,
Rosen glühen und Wein sprudelt im kärglichen Nord.

Also sagt ich und jetzt kehr ich an den Rhein, in die Heimat,
Zärtlich, wie vormals, wehn Lüfte der Jugend mich an;
Und das strebende Herz besänftigen mir die vertrauten
Offnen Bäume, die einst mich in den Armen gewiegt,
Und das heilige Grün, der Zeuge des seligen, tiefen
Lebens der Welt, es erfrischt, wandelt zum Jüngling mich um.
Alt bin ich geworden indes, mich bleichte der Eispol,
Und im Feuer des Süds fielen die Locken mir aus.
Aber wenn einer auch am letzten der sterblichen Tage,
Fernher kommend und müd bis in die Seele, noch jetzt
Wiedersähe dies Land, noch einmal müßte die Wang ihm
Blühn, und erloschen fast glänzte sein Auge noch auf.
Seliges Tal des Rheins! kein Hügel ist ohne den Weinstock,
Und mit der Traube Laub Mauer und Garten bekränzt,
Und des heiligen Tranks sind voll im Strome die Schiffe,
Städt' und Inseln, sie sind trunken von Weinen und Obst.

Aber lächelnd und ernst ruht droben der Alte, der Taunus,
Und mit Eichen bekränzt neiget der Freie das Haupt.

Und jetzt kommt vom Walde der Hirsch, aus Wolken das Tagslicht,
Hoch in heiterer Luft siehet der Falke sich um.
Aber unten im Tal, wo die Blume sich nähret von Quellen,
Streckt das Dörfchen bequem über die Wiese sich aus.
Still ists hier. Fern rauscht die immer geschäftige Mühle,
Aber das Neigen des Tags künden die Glocken mir an.
Lieblich tönt die gehämmerte Sens' und die Stimme des Landmanns,
Der heimkehrend dem Stier gerne die Schritte gebeut,
Lieblich der Mutter Gesang, die im Grase sitzt mit dem Söhnlein;
Satt vom Sehen entschlief's; aber die Wolken sind rot,
Und am glänzenden See, wo der Hain das offene Hoftor
Übergrünt und das Licht golden die Fenster umspielt,
Dort empfängt mich das Haus und des Gartens heimliches Dunkel,
Wo mit den Pflanzen mich einst liebend der Vater erzog;
Wo ich frei, wie Geflügelte, spielt auf luftigen Ästen,
Oder ins treue Blau blickte vom Gipfel des Hains.

Treu auch bist du von je, treu auch dem Flüchtlinge blieben,
Freundlich nimmst du, wie einst, Himmel der Heimat, mich auf.
Noch gedeihn die Pfirsiche mir, mich wundern die Blüten,
Fast, wie die Bäume, steht herrlich mit Rosen der Strauch.
Schwer ist worden indes von Früchten dunkel mein Kirschbaum,
Und der pflückenden Hand reichen die Zweige sich selbst.
Auch zum Walde zieht mich, wie sonst, in die freiere Laube
Aus dem Garten der Pfad oder hinab an den Bach,
Wo ich lag, und den Mut erfreut' am Ruhme der Männer,
Ahnender Schiffer; und das konnten die Sagen von euch,
Daß in die Meer' ich fort, in die Wüsten mußt, ihr Gewaltigen!
Ach! indes mich umsonst Vater und Mutter gesucht.
Aber wo sind sie? du schweigst? du zögerst, Hüter des Hauses!
Hab ich gezögert doch auch! habe die Schritte gezählt,
Da ich nahet, und bin, gleich Pilgern, stille gestanden.
Aber gehe hinein, melde den Fremden, den Sohn,
Daß sich öffnen die Arm' und mir ihr Segnen begegne,
Daß ich geweiht, und gegönnt wieder die Schwelle mir sei!
Aber ich ahnd es schon, in heilige Fremden dahin sind
Nun auch sie mir, und nie kehret ihr Lieben zurück.

Vater und Mutter! und wenn noch Freunde leben, sie haben
Andres gewonnen, sie sind nimmer die Meinigen mehr.
Kommen werd ich, wie sonst, und die alten, die Namen der Liebe
Nennen, beschwören das Herz, ob es noch schlage, wie sonst,
Aber stille werden sie sein. So bindet und scheidet
Manches die Zeit. Ich dünk ihnen gestorben, sie mir.
Und so bin ich allein. Du aber, über den Wolken,
Vater des Vaterlands! mächtiger Äther! und du,
Erd und Licht! ihr einigen drei, die walten und lieben,
Ewige Götter! mit euch brechen die Bande mir nie.
Ausgegangen von euch, mit euch auch bin ich gewandert,
Euch, ihr Freudigen, euch bring ich erfahrner zurück.
Darum reiche mir nun, bis oben an von des Rheines
Warmen Bergen mit Wein reiche den Becher gefüllt!
Daß ich den Göttern zuerst und das Angedenken der Helden
Trinke, der Schiffer, und dann eures, ihr Trautesten! auch,
Eltern und Freund'! und der Mühn und aller Leiden vergesse
Heut und morgen und schnell unter den Heimischen sei.

Hölderlin

MENONS KLAGEN UM DIOTIMA

1

Täglich geh ich heraus und such ein anderes immer,
Habe längst sie befragt, alle die Pfade des Lands;
Droben die kühlenden Höhn, die Schatten alle besuch ich,
Und die Quellen; hinauf irret der Geist und hinab,
Ruh erbittend: so flieht das getroffene Wild in die Wälder,
Wo es um Mittag sonst sicher im Dunkel geruht;
Aber nimmer erquickt sein grünes Lager das Herz ihm,
Jammernd und schlummerlos treibt es der Stachel umher;
Nicht die Wärme des Lichts und nicht die Kühle der Nacht hilft,
Und in Wogen des Stroms taucht es die Wunden umsonst.
Und wie ihm vergebens die Erd ihr fröhliches Heilkraut
Reicht und das gärende Blut keiner der Zephyre stillt,
So, ihr Lieben, auch mir, so will es scheinen, und niemand
Kann von der Stirne mir nehmen den traurigen Traum?

2

Ja! es frommet auch nicht, ihr Todesgötter! wenn einmal
Ihr ihn haltet und fest habt den bezwungenen Mann,

Wenn ihr Bösen hinab in die schaurige Nacht ihn genommen,
Dann zu suchen, zu flehn oder zu zürnen mit euch,
Oder geduldig auch wohl im furchtsamen Banne zu wohnen,
Und mit Lächeln von euch hören das nüchterne Lied.
Soll es sein, so vergiß dein Heil, und schlummere klanglos!
Aber doch quillt ein Laut hoffend im Busen dir auf;
Immer kannst du noch nicht, o meine Seele, noch kannst dus
Nicht gewohnen und träumst mitten im eisernen Schlaf!
Festzeit hab ich nicht, doch möcht ich die Locke bekränzen;
Bin ich allein denn nicht? aber ein Freundliches muß
Fernher nahe mir sein, und lächeln muß ich und staunen,
Wie so selig doch auch mitten im Leide mir ist.

3

Licht der Liebe! scheinest du denn auch Toten, du goldnes?
Bilder aus hellerer Zeit, leuchtet ihr mir in die Nacht?
Liebliche Gärten, seid, ihr abendrötlichen Berge,
Seid willkommen und ihr, schweigende Pfade des Hains!
Zeugen himmlischen Glücks und ihr, hochschauende Sterne,

Die mir damals oft segnende Blicke gegönnt!
Euch, ihr Liebenden, auch, ihr schönen Kinder des Maitags,
Stille Rosen und euch, Lilien, nenn ich noch oft!
Ihr Vertrauten! ihr Lebenden all, einst nahe dem Herzen,
Einst wahrhaftiger, einst heller und schöner gesehn.
Wohl gehn Frühlinge fort, ein Jahr verdränget das andre,
Wechselnd und streitend, so tost droben vorüber die Zeit
Über sterblichem Haupt, doch nicht vor seligen Augen,
Und den Liebenden ist anderes Leben geschenkt.
Denn sie alle, die Tag' und die Jahre der Sterne, sie waren
Diotima! um uns innig und ewig vereint.

4

Aber wir, zufrieden gesellt wie die liebenden Schwäne,
Wenn sie ruhen am See oder auf Wellen gewiegt
Niedersehn in die Wasser, wo silberne Wolken sich spiegeln
Und ätherisches Blau unter den Schiffenden wallt,
So auf Erden wandelten wir. Und drohte der Nord auch,
Er, der Liebenden Feind, klagenbereitend, und fiel
Von den Ästen das Laub und flog im Winde der Regen,
Ruhig lächelten wir, fühlten den eigenen Gott

Unter trautem Gespräch, in *einem* Seelengesange,
Ganz in Frieden mit uns, kindlich und freudig allein.
Aber das Haus ist öde mir nun, und sie haben mein Auge
Mir genommen, auch mich hab ich verloren mit ihr.
Darum irr ich umher und wohl wie die Schatten, so muß ich
Leben, und sinnlos dünkt lange das übrige mir.

5

Feiern möcht ich, aber wofür? und singen mit andern,
Aber so einsam fehlt jegliches Göttliche mir.
Dies ists, dies mein Gebrechen; ich weiß, es lähmet ein Fluch mir
Darum die Sehnen und wirft, wo ich beginne, mich hin,
Daß ich fühllos sitze den Tag und stumm wie die Kinder,
Nur vom Auge mir kalt öfters die Träne noch schleicht,
Und die Pflanze des Felds und der Vögel Singen mich trüb macht,
Weil mit Freuden auch sie Boten des Himmlischen sind,
Aber mir in schaudernder Brust die beseelende Sonne
Kühl und fruchtlos mir dämmert wie Strahlen der Nacht,
Ach! und nichtig und leer wie Gefängniswände der Himmel,
Eine beugende Last, über dem Haupte mir hängt!

6

Sonst mir anders bekannt! o Jugend! und bringen Gebete
Dich nicht wieder, dich nie? führet kein Pfad mich zurück?
Soll es werden auch mir wie den Götterlosen, die vormals
Glänzenden Auges doch auch saßen an seligem Tisch,
Aber übersättiget bald, die schwärmenden Gäste,
Nun verstummet und nun, unter der Lüfte Gesang,
Unter blühender Erd entschlafen sind, bis dereinst sie
Eines Wunders Gewalt, sie, die Versunkenen, zwingt
Wiederzukehren und neu auf grünendem Boden zu wandeln?
Heiliger Odem durchströmt göttlich die lichte Gestalt,
Wenn das Fest sich beseelt und Fluten der Liebe sich regen
Und vom Himmel getränkt rauscht der lebendige Strom,
Wenn es drunten ertönt, und ihre Schätze die Nacht zollt,
Und aus Bächen herauf glänzt das begrabene Gold.

7

Aber o du! die schon am Scheidewege mir damals,
Da ich versank vor dir, tröstend ein Schöneres wies;
Du, die Großes zu sehn und froher die Götter zu singen,
Schweigend wie sie, mich einst stille begeisternd gelehrt:

Götterkind! erscheinest du mir und grüßest wie einst mich,
Redest wieder wie einst höhere Dinge mir zu?
Siehe! weinen vor dir und klagen muß ich, wenn schon noch,
Denkend edlerer Zeit, dessen die Seele sich schämt.
Denn so lange, so lang auf matten Pfaden der Erde
Hab ich, deiner gewohnt, dich in der Irre gesucht,
Freudiger Schutzgeist! aber umsonst, und Jahre zerrannen,
Seit wir ahnend um uns glänzend die Abende sahn.

8

So will ich, ihr Himmlischen! denn auch danken, und endlich
Atmet aus leichter Brust wieder des Sängers Gebet.
Und wie wenn ich mit ihr, auf sonniger Höhe mit ihr stand,
Spricht belebend ein Gott innen vom Tempel mich an.
Leben will ich denn auch! schon grünts! wie von heiliger Leier
Ruft es von silbernen Bergen Apollons voran!
Komm! es war wie ein Traum! Die blutigen Fittiche sind ja
Schon genesen, verjüngt leben die Hoffnungen all!
Großes zu finden ist viel, ist viel noch übrig, und wer so
Liebte, gehet, er muß, gehet zu Göttern die Bahn!

Und geleitet ihr uns, ihr Weihestunden! ihr ernsten,
Jugendlichen! O bleibt, heilige Ahnungen, ihr,
Fromme Bitten, und ihr, Begeisterungen, und all ihr
Guten Genien, die gerne bei Liebenden sind;
Bleibt so lange mit uns, bis wir auf gemeinsamem Boden
Dort, wo die Seligen all niederzukehren bereit,
Dort, wo die Adler sind, die Gestirne, die Boten des Vaters,
Dort, wo die Musen, woher Helden und Liebende sind,
Dort uns, oder auch hier, auf tauender Insel begegnen,
Wo die Unsrigen erst, blühend in Gärten gesellt,
Wo die Gesänge wahr und länger die Frühlinge schön sind,
Und von neuem ein Jahr unserer Seele beginnt!

Hölderlin

BROT UND WEIN

An Heinse

Rings um ruhet die Stadt; still wird die erleuchtete Gasse,
Und mit Fackeln geschmückt, rauschen die Wagen hinweg.
Satt gehn heim von Freuden des Tags zu ruhen die Menschen,
Und Gewinn und Verlust wäget ein sinniges Haupt
Wohlzufrieden zu Haus; leer steht von Trauben und Blumen
Und von Werken der Hand ruht der geschäftige Markt.

Aber das Saitenspiel tönt fern aus Gärten; vielleicht, daß
Dort ein Liebendes spielt oder ein einsamer Mann
Ferner Freunde gedenkt und der Jugendzeit; und die Brunnen,
Immerquillend und frisch, rauschen an duftendem Beet.
Still in dämmriger Luft ertönen geläutete Glocken,
Und der Stunden gedenk rufet ein Wächter die Zahl.
Jetzt auch kommt ein Wehn und regt die Gipfel des Hains auf,
Sieh! und das Schattenbild unserer Erde, der Mond,
Kommet geheim nun auch; die Schwärmerische, die Nacht kommt,
Voll mit Sternen, und wohl wenig bekümmert um uns,
Glänzt die Erstaunende dort, die Fremdlingin unter den Menschen,
Über Gebirgeshöhn traurig und prächtig herauf.

Hölderlin

HÄLFTE DES LEBENS

Mit gelben Birnen hänget
Und voll mit wilden Rosen
Das Land in den See,
Ihr holden Schwäne,
Und trunken von Küssen
Tunkt ihr das Haupt
Ins heilignüchterne Wasser.

Weh mir, wo nehm ich, wenn
Es Winter ist, die Blumen, und wo

Den Sonnenschein
Und Schatten der Erde?
Die Mauern stehn
Sprachlos und kalt, im Winde
Klirren die Fahnen.

Hölderlin

ANDENKEN

Der Nordost wehet,
Der liebste unter den Winden
Mir, weil er feurigen Geist
Und gute Fahrt verheißet den Schiffern.
Geh aber nun und grüße
Die schöne Garonne
Und die Gärten von Bordeaux,
Dort, wo am schroffen Ufer
Hingehet der Steg und in den Strom
Tief fällt der Bach, darüber aber
Hinschauet ein edel Paar
Von Eichen und Silberpappeln!

Noch denket das mir wohl, und wie
Die breiten Gipfel neiget
Der Ulmwald über die Mühl,
Im Hofe aber wächst ein Feigenbaum.
An Feiertagen gehn
Die braunen Frauen daselbst
Auf seidnem Boden,
Zur Märzenzeit,
Wenn gleich ist Nacht und Tag,
Und über langsamen Stegen,
Von goldenen Träumen schwer
Einwiegende Lüfte ziehen.

Es reiche aber,
Des dunkeln Lichtes voll,
Mir einer den duftenden Becher,
Damit ich ruhen möge; denn süß
Wär unter Schatten der Schlummer.
Nicht ist es gut
Seellos vor sterblichen
Gedanken zu sein, doch gut
Ist ein Gespräch und zu sagen
Des Herzens Meinung, zu hören viel
Von Tagen der Lieb,
Und Taten, welche geschahen.

Hölderlin
(gekürzt)

DER RHEIN

An Isaak Sinclair

Im dunkeln Efeu saß ich, an der Pforte
Des Waldes, eben, da der goldene Mittag,
Den Quell besuchend, herunterkam
Von Treppen des Alpengebirgs,
Das mir die göttlichgebaute,
Die Burg der Himmlischen heißt
Nach alter Meinung, wo aber
Geheim noch manches entschieden
Zu Menschen gelanget; so
Vernahm ich ohne Vermuten
Ein Schicksal, denn noch kaum
War mir, im warmen Schatten
Sich manches beredend, die Seele
Italia zugeschweift
Und fernhin an die Küsten Moreas.

Jetzt aber drin im Gebirg,
Tief unter den silbernen Gipfeln
Und unter fröhlichem Grün,
Wo die Wälder schauernd zu ihm
Und der Felsen Häupter übereinander
Hinabschaun, taglang, dort
Im kältesten Abgrund hört
Ich um Erlösung jammern
Den Jüngling, es hörten ihn, wie er tobt'
Und die Mutter Erd anklagt'
Und den Donnerer, der ihn gezeuget,
Erbarmend die Eltern, doch
Die Sterblichen flohn von dem Ort,
Denn furchtbar war, da lichtlos er
In den Fesseln sich wälzte,
Das Rasen des Halbgotts.

Die Stimme wars des edelsten der Ströme,
Des freigeborenen Rheins,
Und anderes hoffte der, als droben von den Brüdern,
Dem Tessin und dem Rhodanus,
Er schied und wandern wollt, und ungeduldig ihn
Nach Asia trieb die königliche Seele.
Doch unverständig ist
Das Wünschen vor dem Schicksal.
Die Blindesten aber
Sind Göttersöhne. Denn es kennet der Mensch
Sein Haus, und dem Tier ward, wo
Es bauen solle, doch jenen ist
Der Fehl, daß sie nicht wissen, wohin,
In die unerfahrne Seele gegeben.

Ein Rätsel ist Reinentsprungenes. Auch
Der Gesang kaum darf es enthüllen. Denn
Wie du anfingst, wirst du bleiben,

So viel auch wirket die Not
Und die Zucht; das meiste nämlich
Vermag die Geburt,
Und der Lichtstrahl, der
Dem Neugebornen begegnet.
Wo aber ist einer,
Um frei zu bleiben
Sein Leben lang und des Herzens Wunsch
Allein zu erfüllen, so
Aus günstigen Höhn, wie der Rhein,
Und so aus heiligem Schoße
Glücklich geboren, wie jener?

Drum ist ein Jauchzen sein Wort.
Nicht liebt er, wie andere Kinder,
In Wickelbanden zu weinen.
Denn, wo die Ufer zuerst
An die Seit ihm schleichen, die krummen,
Und, durstig umwindend ihn,
Den Unbedachten, zu ziehn
Und wohl zu behüten begehren,
Im eigenen Zahne, lachend
Zerreißt er die Schlangen und stürzt
Mit der Beut, und wenn in der Eil
Ein Größerer ihn nicht zähmt,
Ihn wachsen läßt, wie der Blitz muß er
Die Erde spalten, und wie Bezauberte fliehn
Die Wälder ihm nach und zusammensinkend die Berge.

Ein Gott will aber sparen den Söhnen
Das eilende Leben und lächelt,
Wenn unenthaltsam, aber gehemmt
Von heiligen Alpen, ihm
In der Tiefe, wie jener, zürnen die Ströme.

In solcher Esse wird dann
Auch alles Lautre geschmiedet,
Und schön ists, wie er drauf,
Nachdem er die Berge verlassen,
Stillwandelnd sich im deutschen Lande
Begnüget und das Sehnen stillt
Im guten Geschäfte, wenn er das Land baut.
Der Vater Rhein, und liebe Kinder nährt
In Städten, die er gegründet.

Doch nimmer, nimmer vergißt ers.
Denn eher muß die Wohnung vergehn,
Und die Satzung, und zum Unbild werden
Der Tag der Menschen, ehe vergessen
Ein solcher dürfte den Ursprung
Und die reine Stimme der Jugend.
Wer war es, der zuerst
Die Liebesbande verderbt
Und Stricke von ihnen gemacht hat?
Dann haben des eigenen Rechts
Und gewiß des himmlischen Feuers
Gespottet die Trotzigen, dann erst,
Die sterblichen Pfade verachtend,
Verwegnes erwählt
Und den Göttern gleich zu werden getrachtet.

Es haben aber an eigner
Unsterblichkeit die Götter genug, und bedürfen
Die Himmlischen eines Dings,
So sinds Heroen und Menschen
Und Sterbliche sonst. Denn weil
Die Seligsten nichts fühlen von selbst,
Muß wohl, wenn solches zu sagen
Erlaubt ist, in der Götter Namen
Teilnehmend fühlen ein andrer,

Den brauchen sie; jedoch ihr Gericht
Ist, daß sein eigenes Haus
Zerbreche der und das Liebste
Wie den Feind schelt und sich Vater und Kind
Begrabe unter den Trümmern,
Wenn einer, wie sie, sein will und nicht
Ungleiches dulden, der Schwärmer.

Drum wohl ihm, welcher fand
Ein wohlbeschiedenes Schicksal,
Wo noch der Wanderungen
Und süß der Leiden Erinnerung
Aufrauscht am sichern Gestade,
Daß da und dorthin gern
Er sehn mag bis an die Grenzen,
Die bei der Geburt ihm Gott
Zum Aufenthalte gezeichnet.
Dann ruht er, seligbescheiden,
Denn alles, was er gewollt,
Das Himmlische, von selber umfängt
Es unbezwungen, lächelnd
Jetzt, da er ruhet, den Kühnen.

Halbgötter denk ich jetzt,
Und kennen muß ich die Teuern,
Weil oft ihr Leben so
Die sehnende Brust mir beweget.
Wem aber, wie Rousseau, dir,
Unüberwindlich die Seele,
Die starkausdauernde, ward,
Und sicherer Sinn
Und süße Gabe zu hören,
Zu reden so, daß er aus heiliger Fülle,
Wie der Weingott, törig, göttlich
Und gesetzlos sie, die Sprache der Reinesten, gibt,

Verständlich den Guten, aber mit Recht
Die Achtungslosen mit Blindheit schlägt,
Die entweihenden Knechte, wie nenn ich den
Fremden?

Die Söhne der Erde sind, wie die Mutter,
Alliebend, so empfangen sie auch
Mühlos, die Glücklichen, alles.
Drum überraschet es auch
Und schröckt den sterblichen Mann,
Wenn er den Himmel, den
Er mit den liebenden Armen
Sich auf die Schultern gehäuft,
Und die Last der Freude bedenket;
Dann scheint ihm oft das Beste,
Fast ganz vergessen da,
Wo der Strahl nicht brennt,
Im Schatten des Walds,
Am Bielersee, in frischer Grüne zu sein,
Und sorglos arm an Tönen,
Anfängern gleich, bei Nachtigallen zu lernen.

Und herrlich ist's, aus heiligem Schlafe dann
Erstehen und aus Waldes Kühle,
Erwachend, abends nun
Dem milderen Licht entgegenzugehn,
Wenn, der die Berge gebaut
Und den Pfad der Ströme gezeichnet,
Nachdem er lächelnd auch
Der Menschen geschäftiges Leben,
Das othemarme, wie Segel,
Mit seinen Lüften gelenkt hat,
Auch ruht und zu der Schülerin jetzt,
Versöhnend, zu der Braut
Der Bildner sich,
Zu unserer Erde sich neiget.

Dann feiern ein Brautfest Menschen und Götter,
Es feiern die Lebenden all,
Und ausgeglichen
Ist eine Weile das Schicksal.
Und die Flüchtlinge suchen die Herberg
Und süßen Schlummer die Tapfern,
Die Liebenden aber
Sind, was sie waren, sie sind
Zu Hause, wo die Blume sich freuet
Unschädlicher Glut und die finsteren Bäume
Der Geist umsäuselt, aber die Unversöhnten
Sind umgewandelt und eilen,
Die Hände sich ehe zu reichen,
Bevor das freundliche Licht
Hinuntergeht und die Nacht kommt.

Doch einigen eilt
Dies schnell vorüber, andere
Behalten es länger.
Die ewigen Götter sind
Voll Lebens allzeit; bis in den Tod
Kann aber ein Mensch auch
Im Gedächtnis doch das Beste behalten,
Und dann erlebt er das Höchste.
Nur hat ein jeder sein Maß.
Denn schwer ist zu tragen
Das Unglück, aber schwerer das Glück.
Ein Weiser aber vermocht es,
Vom Mittag bis in die Mitternacht
Und bis der Morgen erglänzte,
Beim Gastmahl helle zu bleiben.

Dir mag auf heißem Pfade unter Tannen oder
Im Dunkel des Eichwalds, gehüllt
Im Stahl, mein Sinclair! Gott erscheinen oder

In Wolken, du kennst ihn, da du kennest
Des Guten Kraft, und nimmer ist dir
Verborgen das Lächeln des Herrschers
Bei Tage, wenn
Es fieberhaft und angekettet das
Lebendige scheinet, oder auch
Bei Nacht, wenn alles gemischt
Ist ordnungslos und wiederkehrt
Uralte Verwirrung.

Hölderlin

PATMOS

Dem Landgrafen von Homburg

Nah ist
Und schwer zu fassen der Gott.
Wo aber Gefahr ist, wächst
Das Rettende auch.
Im Finstern wohnen
Die Adler, und furchtlos gehn
Die Söhne der Alpen über den Abgrund weg
Auf leichtgebaueten Brücken.
Drum, da gehäuft sind rings
Die Gipfel der Zeit,
Und die Liebsten nah wohnen, ermattend auf
Getrenntesten Bergen,
So gib unschuldig Wasser,
O Fittiche gib uns, treuesten Sinns
Hinüberzugehn und wiederzukehren.

So sprach ich, da entführte
Mich schneller, denn ich vermutet,
Und weit, wohin ich nimmer
Zu kommen gedacht, ein Genius mich

Vom eigenen Haus. Es dämmerten
Im Zwielicht, da ich ging,
Der schattige Wald
Und die sehnsüchtigen Bäche
Der Heimat; nimmer kannt ich die Länder;
Doch bald, in frischem Glanze,
Geheimnisvoll
Im goldenen Rauche blühte,
Schnellaufgewachsen,
Mit Schritten der Sonne,
Mit tausend Gipfeln duftend

Mir Asia auf, und geblendet sucht'
Ich eines, das ich kennete, denn ungewohnt
War ich der breiten Gassen, wo herab
Vom Tmolus fährt,
Der goldgeschmückte Paktol,
Und Taurus stehet und Messogis,
Und voll von Blumen der Garten,
Ein stilles Feuer; aber im Lichte
Blüht hoch der silberne Schnee;
Und, Zeug' unsterblichen Lebens,
An unzugangbaren Wänden
Uralt der Efeu wächst, und getragen sind
Von lebenden Säulen, Zedern und Lorbeern,
Die feierlichen,
Die göttlichgebauten Paläste.

Es rauschen aber um Asias Tore
Hinziehend da und dort
In ungewisser Meeresebene
Der schattenlosen Straßen genug,
Doch kennt die Inseln der Schiffer.
Und da ich hörte
Der nahegelegenen eine

Sei Patmos,
Verlangte mich sehr
Dort einzukehren und dort
Der dunkeln Grotte zu nahn.
Denn nicht, wie Cypros,
Die quellenreiche, oder
Der anderen eine,
Wohnt herrlich Patmos.

Gastfreundlich aber ist
Im ärmeren Hause
Sie dennoch,
Und wenn vom Schiffbruch, oder klagend
Um die Heimat oder
Den abgeschiedenen Freund,
Ihr nahet einer
Der Fremden, hört sie es gern; und ihre Kinder,
Die Stimmen des heißen Hains,
Und wo der Sand fällt und sich spaltet
Des Feldes Fläche, die Laute,
Sie hören ihn, und liebend tönt
Es wider von den Klagen des Manns. So pflegte
Sie einst des gottgeliebten,
Des Sehers, der in seliger Jugend war

Gegangen mit
Dem Sohne des Höchsten, unzertrennlich; denn
Es liebte der Gewittertragende die Einfalt
Des Jüngers, und es sahe der achtsame Mann
Das Angesicht des Gottes genau,
Da, beim Geheimnisse des Weinstocks, sie
Zusammensaßen, zu der Stunde des Gastmahls,
Und in der großen Seele, ruhigahnend, den Tod
Aussprach der Herr, und die letzte Liebe, denn nie genug

Hatt' er von Güte zu sagen
Der Worte, damals, und zu erheitern, da
Er's sahe, das Zürnen der Welt.
Denn alles ist gut. Drauf starb er. Vieles wäre
Zu sagen davon. Und es sahn ihn, wie er siegend
blickte,
Den Freudigsten, die Freunde noch zuletzt.

Doch trauerten sie, da nun
Es Abend worden, erstaunt,
Denn Großentschiedenes hatten in der Seele
Die Männer, aber sie liebten unter der Sonne
Das Leben und lassen wollten sie nicht
Vom Angesichte des Herrn
Und der Heimat. Eingetrieben war,
Wie Feuer im Eisen, das, und ihnen ging
Zur Seite der Schatte des Lieben.
Drum sandt er ihnen
Den Geist, und freilich bebte
Das Haus und die Wetter Gottes rollten
Ferndonnernd über
Die ahnenden Häupter, da, schwersinnend,
Versammelt waren die Todeshelden,

Itzt, da er scheidend
Noch einmal ihnen erschien.
Denn itzt erlosch der Sonne Tag,
Der königliche, und zerbrach
Den geradestrahlenden,
Den Zepter, göttlichleidend, von selbst,
Denn wiederkommen sollt es
Zu rechter Zeit. Nicht wär' es gut
Gewesen, später, und schroffabbrechend, untreu,
Der Menschen Werk, und Freude war es
Von nun an,

Zu wohnen in liebender Nacht und bewahren
In einfältigen Augen unverwandt
Abgründe der Weisheit. Und es grünen
Tief an den Bergen auch lebendige Bilder.

Doch furchtbar ist, wie da und dort
Unendlich hin zerstreut das Lebende Gott.
Denn schon das Angesicht
Der teuern Freunde zu lassen
Und fernhin über die Berge zu gehn
Allein, wo zweifach
Erkannt, einstimmig
War himmlischer Geist; und nicht geweissagt war es, sondern
Die Locken ergriff es, gegenwärtig,
Wenn ihnen plötzlich
Ferneilend zurückblickte
Der Gott und schwörend,
Damit er halte, wie an Seilen golden
Gebunden hinfort,
Das Böse nennend, sie die Hände sich reichten —

Wenn aber stirbt alsdenn,
An dem am meisten
Die Schönheit hing, daß an der Gestalt
Ein Wunder war und die Himmlischen gedeutet
Auf ihn, und wenn, ein Rätsel ewig füreinander,
Sie sich nicht fassen können
Einander, die zusammenlebten
Im Gedächtnis, und nicht den Sand nur oder
Die Weiden es hinwegnimmt und die Tempel
Ergreift, wenn die Ehre
Des Halbgotts und der Seinen
Verweht und selber sein Angesicht
Der Höchste wendet,

Darob, daß nirgend ein
Unsterbliches mehr am Himmel zu sehn ist oder
Auf grüner Erde, was ist dies?

Es ist der Wurf des Säemanns, wenn er faßt
Mit der Schaufel den Weizen,
Und wirft dem Klaren zu, ihn schwingend über die Tenne.
Ihm fällt die Schale vor den Füßen, aber
Ans Ende kommet das Korn.
Und nicht ein Übel ists, wenn einiges
Verloren gehet und von der Rede
Verhallet der lebendige Laut,
Denn göttliches Werk auch gleichet dem unsern.
Nicht alles will der Höchste zumal.
Zwar Eisen träget der Schacht,
Und glühende Harze der Ätna,
So hätt ich Reichtum,
Ein Bild zu bilden und ähnlich
Zu schaun, wie er gewesen, den Christ.

Wenn aber einer spornte sich selbst,
Und traurig redend, unterweges, da ich wehrlos wäre,
Mich überfiele, daß ich staunt und von dem Gotte
Das Bild nachahmen möcht ein Knecht —
Im Zorne sichtbar sah ich einmal
Des Himmels Herrn, nicht, daß ich sein sollt etwas, sondern
Zu lernen. Gütig sind sie, ihr Verhaßtestes aber ist,
Solange sie herrschen, das Falsche, und es gilt
Dann Menschliches unter Menschen nicht mehr.
Denn sie nicht walten, es waltet aber
Unsterblicher Schicksal und es wandelt ihr Werk
Von selbst und eilend geht es zu Ende.
Wenn nämlich höher gehet himmlischer

Triumphgang, wird genennet, der Sonne gleich,
Von Starken der frohlockende Sohn des Höchsten,

Ein Losungszeichen, und hier ist der Stab
Des Gesanges, niederwinkend,
Denn nichts ist gemein. Die Toten wecket
Er auf, die noch gefangen nicht
Vom Rohen sind. Es warten aber
Der scheuen Augen viele
Zu schauen das Licht. Nicht gerne wollen
Am scharfen Strahle sie blühn,
Wiewohl den Mut der goldene Zaum hält.
Wenn aber, als
Von schwellenden Augenbraunen
Der Welt vergessen
Stilleuchtende Kraft aus heiliger Schrift fällt, mögen,
Der Gnade sich freuend, sie
Am stillen Blicke sich üben.

Und wenn die Himmlischen jetzt
So, wie ich glaube, mich lieben,
Wie viel mehr dich,
Denn *eines* weiß ich,
Daß nämlich der Wille
Des ewigen Vaters viel
Dir gilt. Still ist sein Zeichen
Am donnernden Himmel. Und einer steht darunter
Sein Leben lang. Denn noch lebt Christus.
Es sind aber die Helden, seine Söhne
Gekommen all und heilige Schriften
Von ihm, und den Blitz erklären
Die Taten der Erde bis itzt,
Ein Wettlauf unaufhaltsam. Er ist aber dabei. Denn seine Werke sind
Ihm alle bewußt von jeher.

Zu lang, zu lang schon ist
Die Ehre der Himmlischen unsichtbar.
Denn fast die Finger müssen sie
Uns führen, und schmählich
Entreißt das Herz uns eine Gewalt.
Denn Opfer will der Himmlischen jedes.
Wenn aber eines versäumt ward,
Nie hat es Gutes gebracht.
Wir haben gedienet der Mutter Erd
Und haben jüngst dem Sonnenlichte gedient,
Unwissend, der Vater aber liebt,
Der über allen waltet,
Am meisten, daß gepfleget werde
Der feste Buchstabe, und Bestehendes gut
Gedeutet. Dem folgt deutscher Gesang.

Hölderlin

DER EINZIGE

Was ist es, das
An die alten seligen Küsten
Mich fesselt, daß ich mehr noch
Sie liebe als mein Vaterland?
Denn wie in himmlische
Gefangenschaft verkauft
Dort bin ich, wo Apollo ging
In Königsgestalt,
Und zu unschuldigen Jünglingen sich
Herabließ Zeus und Söhne in heiliger Art
Und Töchter zeugte,
Der Hohe unter den Menschen.

Der hohen Gedanken
Sind nämlich viel
Entsprungen des Vaters Haupt
Und große Seelen

Von ihm zu Menschen gekommen.
Gehöret hab ich
Von Elis und Olympia, bin
Gestanden oben auf dem Parnaß,
Und über Bergen des Isthmus,
Und drüben auch
Bei Smyrna und hinab
Bei Ephesos bin ich gegangen;
Viel hab ich Schönes gesehn.
Und gesungen Gottes Bild
Hab ich, das lebet unter
Den Menschen. Aber dennoch,
Ihr alten Götter und all
Ihr tapferen Söhne der Götter,
Noch *einen* such ich, den
Ich liebe, unter euch,
Wo ihr den Letzten eures Geschlechts,
Des Hauses Kleinod, mir,
Dem fremden Gaste, verberget.

Mein Meister und Herr!
O du, mein Lehrer!
Was bist du ferne
Geblieben? und da
Ich fragte unter den Alten,
Die Helden und
Die Götter, warum bliebest
Du aus? Und jetzt ist voll
Von Trauern meine Seele,
Als eifertet ihr Himmlischen selbst,
Daß, dien ich einem, mir
Das andere fehlet.

Ich weiß es aber, eigene Schuld
Ists. Denn zu sehr,

O Christus, häng ich an dir,
Wiewohl Herakles' Bruder.
Und kühn bekenn ich, du
Bist Bruder auch des Eviers, der
An den Wagen spannte
Die Tiger und, hinab
Bis an den Indus
Gebietend freudigen Dienst,
Den Weinberg stiftet' und
Den Grimm bezähmte der Völker.

Es hindert aber eine Scham
Mich, dir zu vergleichen
Die weltlichen Männer. Und freilich weiß
Ich, der dich zeugte, dein Vater, ist
Derselbe der . . .
— — —
Denn nimmer herrscht er allein.
— — —
Es hänget aber an einem
Die Liebe. Dieses Mal
Ist mir vom eigenen Herzen
Zu sehr gegangen der Gesang.
Gut will ich aber machen
Den Fehl mit nächstem,
Wenn ich noch andere singe.
Nie treff ich, wie ich wünsche,
Das Maß. Ein Gott weiß aber,
Wenn kommet, was ich wünsche, das Beste.
Denn wie der Meister
Gewandelt auf Erden,

Ein gefangener Aar,
Und viele, die
Ihn sahén, fürchteten sich,

Dieweil sein Äußerstes tat
Der Vater und sein Bestes unter
Den Menschen wirkete wirklich,
Und sehr betrübt war auch
Der Sohn so lange, bis er auf
Gen Himmel fuhr in den Lüften:
Dem gleich ist gefangen die Seele der Helden.
Die Dichter müssen, auch
Die geistigen, weltlich sein.

Hölderlin

ERNTEZEIT

Reif sind, in Feuer getaucht, gekochet
Die Frücht und auf der Erde geprüfet, und ein
Gesetz ist,
Daß alles hineingeht, Schlangen gleich,
Prophetisch, träumend auf
Den Hügeln des Himmels. Und vieles,
Wie auf den Schultern eine
Last von Scheitern, ist
Zu behalten. Aber bös sind
Die Pfade. Nämlich unrecht,
Wie Rosse, gehn die gefangenen
Element' und alten
Gesetze der Erd. Und immer
Ins Ungebundene gehet eine Sehnsucht. Vieles aber ist
Zu behalten. Und not die Treue.
Vorwärts aber und rückwärts wollen wir
Nicht sehn. Uns wiegen lassen, wie
Auf schwankendem Kahne der See.

Hölderlin

DER KIRCHHOF

Du stiller Ort, der grünt mit jungem Grase,
Da liegen Mann und Frau, und Kreuze stehn,
Wohin hinaus geleitet Freunde gehn,
Wo Fenster sind glänzend mit hellem Glase.

Wenn glänzt an dir des Himmels hohe Leuchte
Des Mittags, wann der Frühling dort oft weilt,
Wenn geistige Wolke dort, die graue, feuchte,
Wenn sanft der Tag vorbei mit Schönheit eilt!

Wie still ists nicht an jener grauen Mauer,
Wo drüberher ein Baum mit Früchten hängt;
Mit schwarzen, tauigen, und Laub voll Trauer,
Die Früchte aber sind sehr schön gedrängt.

Dort in der Kirch ist eine dunkle Stille,
Und der Altar ist auch in dieser Nacht geringe.
Noch sind darin einige schöne Dinge,
Im Sommer aber singt auf Feldern manche Grille.

Wenn einer dort Reden des Pfarrherrn hört,
Indes die Schar der Freunde steht daneben,
Die mit dem Toten sind, welch eignes Leben
Und welcher Geist, und fromm sein ungestört.

Hölderlin

DIE LINIEN DES LEBENS

Die Linien des Lebens sind verschieden,
Wie Wege sind und wie der Berge Grenzen.
Was hier wir sind, kann dort ein Gott ergänzen
Mit Harmonien und ewigem Lohn und Frieden.

Hölderlin

DAS ANGENEHME DIESER WELT

Das Angenehme dieser Welt hab ich genossen,
Der Jugend Stunden sind, wie lang! wie lang! verflossen,
April und Mai und Junius sind ferne,
Ich bin nichts mehr, ich lebe nicht mehr gerne!

Hölderlin

VAUCLUSE

Einsam grünender Ölbaum, der am wilden
Moosgesteine sich trauernd hinbeugt, atme
Kühlung über den Fremdling: Sonnengluten
Sprühte der Maitag.

Hier wohnt Stille des Herzens; goldne Bilder
Steigen aus der Gewässer klarem Dunkel.
Hörbar waltet im Quell der leise Fittich
Segnender Geister.

Friedrich von Matthisson

DIE SENDUNG

An Alexis send ich dich,
Er wird, Rose, dich nun pflegen;
Lächle freundlich ihm entgegen,
Daß ihm sei, als säh er mich.

Frisch, wie du der Knosp' entquollst,
Send ich dich; er wird dich küssen;
Dann — jedoch er wird schon wissen,
Was du alles sagen sollst:

Sag ihm leise, wie ein Kuß
Mit halb aufgeschloßnem Munde,
Wo mich um die heiße Stunde
Sein Gedanke suchen muß.

Christoph August Tiedge

ELEGIE AUF DEM SCHLACHTFELD VON KUNERSDORF

Nacht umfängt den Wald. Von jenen Hügeln
Stieg der Tag ins Abendland hinab;
Blumen schlafen, und die Sterne spiegeln
In den Seen ihren Frieden ab.
Mich laßt hier in dieses Waldes Schauern,
Wo der Fichtenschatten mich verbirgt;
Hier soll einsam meine Seele trauern
Um die Menschheit, die der Wahn erwürgt.

Drängt euch um mich her, ihr Fichtenbäume!
Hüllt mich ein wie eine tiefe Gruft!
Seufzend, wie das Atmen schwerer Träume,
Weh um mich die Stimme dieser Luft.
Hier an dieses Hügels dunkler Spitze
Schwebt, wie Geisterwandeln, banges Graun,
Hier, hier will ich vom bemoosten Sitze
Jene Schädelstätten überschaun.

O sie können sich nicht mehr verdammen,
Die hier ruhn; sie ruhen Hand an Hand.
Ihre Seelen gingen ja zusammen,
Gingen über in ein Friedensland.
Haben gern einander dort erwidert,
Was die Liebe gibt und Lieb erhält;
Nur der Sinn der Menschen, noch entbrüdert,
Weist den Himmel weg aus dieser Welt.

Hin eilt dieses Leben, hin zum Ende,
Wo herüber die Zypresse hängt:
Darum reicht einander doch die Hände,
Eh die Gruft euch aneinander drängt!
Aber hier, um diese Menschentrümmer,
Hier auf öder Wildnis ruht ein Fluch.
Durch das Feld hin streckt sich Mondenschimmer
Wie ein weites weißes Leichentuch.

Dort das Dörfchen unter Weidenbäumen.
Seine Väter sahn die grause Schlacht:
O sie schlafen ruhig und verträumen
In den Gräbern jene Flammennacht!
Vor den Hütten, die der Asch entstiegen,
Ragt der alte Kirchenturm empor,
Hält in seinen narbenvollen Zügen
Seine Welt noch unsern Tagen vor.

Lodernd fiel um ihn das Dorf zusammen:
Aber ruhig wie der große Sinn
Seiner Stiftung sah er auf die Flammen
Der umringenden Verwüstung hin.
Finster blickt er, von der Nacht umgrauet
Und von Mondesanblick halb erhellt,
Über diesen Hügel und beschauet
Wie ein dunkler Geist das Leichenfeld.

Hier der See und dort des Stromes Fluten
Spiegelten zurück das Todesschwert,
Dieser Himmel sah die Opfer bluten,
Dieser Hügel war ein Opferherd;
Hier im Bach hat Menschenblut geflossen,
Wo der Halm im Monde zuckend nickt,

Hat vielleicht ein Auge, halb geschlossen,
Nach der Heimatgegend hingeblickt.

War es Klang von einer fernen Quelle,
Was so dumpf zu meinem Herzen sprach?
Oder schwebt Geseufz um jene Stelle,
Wo ein Herz, ein Herz voll Liebe brach?
Ist es Wandeln einer düstern Trauer,
Was am Sumpf dem Hagebusch entrauscht,
Und nun schweigt und wie ein dunkelgrauer
Nebelstreif im Nachtgeflüster lauscht?

Dieser Staub am Wege hing um Seelen.
Wo ich trete, stäubt vielleicht ein Herz.
Gott! und hier aus diesen Augenhöhlen
Starrete zu dir hinauf der Schmerz.
Welch ein Anblick! Hieher, Volksregierer,
Hier, bei dem verwitterten Gebein,
Schwöre, deinem Volk ein sanfter Führer,
Deiner Welt ein Friedensgott zu sein.

Hier schau her, wenn dich nach Ruhme dürstet!
Zähle diese Schädel, Völkerhirt,
Vor dem Ernste, der dein Haupt entfürstet
In die Stille niederlegen wird.
Laß im Traum das Leben dich umwimmern,
Das hier unterging in starres Graun!
Ist es denn so herrlich, sich mit Trümmern
In die Weltgeschichte einzubaun?

Einen Lorbeerkranz verschmähn, ist edel!
Mehr als Heldenruhm ist Menschenglück!
Ein bekränztes Haupt wird auch zum Schädel
Und der Lorbeerkranz zum Rasenstück.

Cäsar fiel an einem dunkeln Tage
Ab vom Leben wie entstürmtes Laub,
Friedrich liegt im engen Sarkophage,
Alexander ist ein wenig Staub.

Fließt das Leben auch aus einer Quelle,
Die durch hochbekränzte Tage rinnt:
Irgendwo erscheint die dunkle Stelle,
Wo das Leben stillesteht und sinnt.
Katharinens Lorbeertaten zögen
Gern verhüllt den Lethestrom hinab;
Bessre retten ihre Gruft und legen
Sanftre Kronen nieder auf ihr Grab.

Dort, dort unten, wo zur letzten Krümme
Wie ein Strahl der Lebensweg sich bricht,
Tönet eine feierliche Stimme,
Die dem Wandrer dumpf entgegenspricht:
Was nicht rein ist, wird in Nacht verschwinden,
Des Verwüsters Hand ist ausgestreckt,
Und die Wahrheit wird den Menschen finden,
Ob ihn Dunkel oder Glanz versteckt!

Tiedge

SONNTAGSFRÜHE

Der Samstig het zum Sunntig gseit:
„Jez hon i alli schlofe gleit;
Sie sind vom Schaffe her und hi
Gar sölli müed und schlöfri gsi,
Und 's goht mer schier gar selber so,
I cha fast uf ke Bei mer stoh."

So seit er, und wo's Zwölfi schlacht,
So sinkt er aben in d' Mitternacht.

Der Sunntig seit: „Jez ischs an mir!“
Gar still und heimli bschließt er d’ Tür.
Er düselet hinter de Sterne no,
Und cha schier gar nit obsi cho.

Doch endlich ribt er d’ Augen us,
Er chunnt der Sunn an Tür und Hus;
Sie schloft im stille Chämmerli;
Er pöpperlet am Lädemli;
Er ruft der Sunne: „d’ Zit isch do!“
Sie seit: „I chumm enanderno.“ —

Und lisli uf de Zeche goht
Und heiter uf de Berge stoht
Der Sunntig, und ’s schloft alles no;
Er sieht und hört en niemes goh;
Er chunnt ins Dorf mit stillem Tritt
Und winkt im Guhl*: „Verrot mi nit!“

Und wemmen endli au erwacht
Und gschlofe hat die ganzi Nacht,
So stoht er do im Sunne-Schi’
Und luegt eine zu de Fenstern i
Mit seinen Auge mild und gut
Und mittem Meyen uffem Hut.

Drum meint ers treu, und was i sag,
Es freut en wemme schlofe mag,
Und meint es seig no dunkel Nacht,
Wenn d’ Sunn am heiteren Himmel lacht.
Drum isch er au so lisli cho,
Drum stoh er au so liebli do.

* Hahn

Wie glitzeret uf Gras und Laub
Vom Morgentau der Silberstaub!
Wie weiht a frische Mayeluft
Voll Chriesi-Bluest und Schleche-Duft!
Und d' Immli sammle flink und frisch,
Sie wüsse nit, aß's Sunntig isch.

Wie pranget nit im Garte-Land
Der Chriesi-Baum im Maye-Gwand,
Gel-Veieli und Tulipa
Und Sterneblume nebe dra
Und gfüllti Zinkli blau und wiiß,
Me meint, me lueg ins Paradies!

Und 's isch so still und heimli do,
Men isch so rüeihig und froh!
Me hört im Dorf kei Hüst und Hott;
E Gute Tag und Dank der Gott,
Und 's git gottlob e schöne Tag
Isch alles, was me hören mag.

Und 's Vögli seit: „Frili jo!
Potz tausig, jo, do isch er scho!
Er dringt jo in si'm Himmels-Glast
Durch Bluest und Laub in Hurst und Nast!"
Und 's Distelzwigli vorne dra
Hets Sunntig-Röckli au scho an.
Sie lüte wegn 's Zeichn schon,
Der Pfarrer, scheints, well zitli cho.
Gang, brechma eis Aurikli ab,
Verwüschet mer der Staub nit drab,
Und Chungeli, leg di weidli a,
Der muesch derno me Meje* ha!

Johann Peter Hebel

* Blumenstrauß

KÜRZE UND LÄNGE DES LEBENS

Dumpf ertönte vom hohen Turm das Trauergeläute
Und der Leichengesang erscholl zum blumigen Hügel,
Wo Bathyll und Damötas, noch beide blühend dem Leben,
Beide kundig des Wechselgesanges, am Abhange saßen.
Dieser schaute jenen, der diesen schweigenden Blicks an,
Bis im stillen Verein, unaufgefordert vom andern,
Also Bathyll begann, und also Damötas ihm folgte.

Bathyll:

Kurz ist dein Leben, o Mensch, in einem Jahre beginnt es,
Und im nämlichen fällts. — Einst sah dort die grünende Eiche
Gustav Adolfs Heer, sieht jetzt des gallischen Cäsars
Siegende Fahnen wehn und harrt noch auf spätes Ereignis.

Damötas:

Lang ist dein Leben, o Mensch. In einem lachenden Monat
Ward die Blume des Hains; der nämliche Monat begräbt sie.
Kinder des lachenden Jahrs, buntfarbige Sylphen, die Ähre
Keimt schon im zarten Gras, doch seht ihr nicht mehr die Ernte.

Bathyll:

Kurz ist dein Leben, o Mensch. Im kühnen Busen entfaltet

Sich ein umfassender Plan. Der wollt unsterbliche Lorbeer
Um die Schläfe sich winden; der Millionen sich häufen.
Kaum noch gekannt entschlief der eine; dürftig der andre.

Damötas:

Lang ist dein Leben, o Mensch. Bescheiden baut sich das Hüttchen
Hier eine fleißige Hand, und ein genügendes Gärtchen.
Arm begann das junge Paar; es spendet das Alter
Reichen Segen des Fleißes den Kindern und blühenden Enkeln.

Bathyll:

Kurz ist dein Leben, o Mensch. Bald ist der Becher der Freude
Ausgeschlürft. Es schwinden die fröhlichen Tage
Unter Gesang und Tanz. Es schwinden die fröhlichen Nächte,
Wie die leichten Wolken ziehn am herbstlichen Himmel.

Damötas:

Lang ist dein Leben, o Mensch. Ihr einsamen Stunden der Trauer
Träufelt in bittern Sekunden langsam vom Dasein hernieder.
Auf dem Krankenlager, im öden stillen Gefängnis
Steht es drückend und schwer, wie das Gewitter im Sommer.

Bathyll:

Kurz ist dein Leben, o Mensch. Am Grabe wendet der Pilger
Ins Vergangne den Blick. Ach über öde Gefilde,

Über verwelkte Blumen,. nur wenige warens und arme,
Sieht er schon nahe dem Grabe noch stehn die verlassene Wiege.

Damötas:

Lang ist dein Leben, o Mensch. Entsteigt der Säugling der Wiege,
Welche Bahnen vor ihm! Es wallt der ahnende Knabe
Blühende Höhen hinan. Weit dehnt sich dort sein Gesichtskreis,
Neues öffnet sich ihm, und ins Unendliche geht er.

Also sangen die Freunde. Es rauscht in dem nahen Gebüsche.
Aus dem Gebüsche trat mit heiteren Blicken Euphronos.
Lieblich, wie das Wiegen der Wipfel im Hauche des Zephyrs,
War mir euer Gesang. Ja kurz, ja lang ist das Leben.
Söhne, genießet es nur! o Söhne, nützet es weise,
Der hat lange gelebt, der froh und weise gelebt hat.

Hebel

ZWEITE HYMNE AN DIE NACHT

Muß immer der Morgen wiederkommen?
Endet nie des Irdischen Gewalt?
Unselige Geschäftigkeit verzehrt
Den himmlischen Anflug der Nacht.

Wird nie der Liebe geheimes Opfer
Ewig brennen?
Zugemessen ward
Dem Lichte seine Zeit;
Aber zeitlos und raumlos ist
Der Nacht Herrschaft. —
Ewig ist die Dauer des Schlafs.
Heiliger Schlaf —
Beglücke zu selten nicht
Der Nacht Geweihte
In diesem irdischen Tagewerk.
Nur die Toren verkennen dich
Und wissen von keinem Schlafe,
Als dem Schatten,
Den du in jener Dämmerung
Der wahrhaften Nacht
Mitleidig auf uns wirfst.
Sie fühlen dich nicht
In der goldnen Flut der Trauben —
In des Mandelbaums
Wunderöl
Und dem braunen Safte des Mohns.
Sie wissen nicht,
Daß du es bist,
Der des zarten Mädchens
Busen umschwebt
Und zum Himmel den Schoß macht —
Ahnden nicht,
Daß aus alten Geschichten
Du himmelöffnend entgegentrittst
Und den Schlüssel trägst
Zu den Wohnungen der Seligen,
Unendlicher Geheimnisse
Schweigender Bote.

Novalis

WENN NICHT MEHR ZAHLEN UND FIGUREN

Wenn nicht mehr Zahlen und Figuren
Sind Schlüssel aller Kreaturen,
Wenn die, so singen oder küssen,
Mehr als die Tiefgelehrten wissen,
Wenn sich die Welt ins freie Leben
Und in die Welt wird zurückbegeben,
Wenn sich wieder Licht und Schatten
Zu echter Klarheit werden gatten
Und man in Märchen und Gedichten
Erkennt die wahren Weltgeschichten,
Dann fliegt vor einem geheimen Wort
Das ganze verkehrte Wesen fort.

Novalis

DAS LIED DES EINSIEDLERS

Gern verweil ich noch im Tale
Lächelnd in der tiefen Nacht,
Denn der Liebe volle Schale
Wird mir täglich dargebracht.

Ihre heilgen Tropfen heben
Meine Seele hoch empor,
Und ich steh in diesem Leben
Trunken an des Himmels Tor.

Eingewiegt in selges Schauen
Ängstigt mein Gemüt kein Schmerz.
O! die Königin der Frauen
Gibt mir ihr getreues Herz.

Bangverweinte Jahre haben
Diesen schlechten Ton verklärt,
Und ein Bild ihm eingegraben,
Das ihm Ewigkeit gewährt.

Jene lange Zahl von Tagen
Dünkt mir nur ein Augenblick;
Werd ich einst von hier getragen
Schau ich dankbar noch zurück.

Novalis

WER EINSAM SITZT IN EINER KAMMER

Wer einsam sitzt in seiner Kammer,
Und schwere, bittre Tränen weint,
Wem nur gefärbt von Not und Jammer
Die Nachbarschaft umher erscheint;

Wer in das Bild vergangner Zeiten
Wie tief in einen Abgrund sieht,
In welchen ihn von allen Seiten
Ein süßes Weh hinunter zieht: —

Es ist, als lägen Wunderschätze
Da unten für ihn aufgehäuft,
Nach deren Schloß in wilder Hetze
Mit atemloser Brust er greift.

Die Zukunft liegt in öder Dürre
Entsetzlich lang und bang vor ihm —
Er schweift umher, allein und irre,
Und sucht sich selbst mit Ungestüm.

Ich fall ihm weinend in die Arme:
Auch mir war einst, wie dir, zu Mut,

Doch ich genas von meinem Harme,
Und weiß nun, wo man ewig ruht.

Dich muß, wie mich, ein Wesen trösten,
Das innig liebte, litt und starb;
Das selbst für die, die ihm am wehsten
Getan, mit tausend Freuden starb.

Er starb, und dennoch alle Tage
Vernimmst du seine Lieb und ihn,
Und kannst getrost in jeder Lage
Ihn zärtlich in die Arme ziehn.

Mit ihm kommt neues Blut und Leben
In dein erstorbenes Gebein —
Und wenn du ihm dein Herz gegeben,
So ist auch seines ewig dein.

Was du verlorst, hat er gefunden;
Du triffst bei ihm, was du geliebt:
Und ewig bleibt mit dir verbunden,
Was seine Hand dir wiedergibt.

Novalis

ES GIBT SO BANGE ZEITEN

Es gibt so bange Zeiten,
Es gibt so trüben Mut,
Wo alles sich von weiten
Gespenstisch zeigen tut.

Es schleichen wilde Schrecken
So ängstlich leise her,
Und tiefe Nächte decken
Die Seele zentnerschwer.

Die sichern Stützen schwanken,
Kein Halt der Zuversicht;
Der Wirbel der Gedanken
Gehorcht dem Willen nicht.

Der Wahnsinn naht und locket
Unwiderstehlich hin.
Der Puls des Lebens stocket,
Und stumpf ist jeder Sinn.

Wer hat das Kreuz erhoben
Zum Schutz für jedes Herz?
Wer wohnt im Himmel droben
Und hilft in Angst und Schmerz?

Geh zu dem Wunderstamme,
Gib stiller Sehnsucht Raum,
Aus ihm geht eine Flamme
Und zehrt den schweren Traum.

Ein Engel zieht dich wieder
Gerettet auf den Strand,
Du schaust voll Freuden nieder
In das gelobte Land.

Novalis

SEHNSUCHT NACH DEM TODE

Hinunter in der Erde Schoß,
Weg aus des Lichtes Reichen,
Der Schmerzen Wut und wilder Stoß
Ist froher Abfahrt Zeichen.
Wir kommen in dem engen Kahn
Geschwind am Himmelsufer an.

Gelobt sei uns die ewge Nacht,
Gelobt der ewge Schlummer.
Wohl hat der Tag uns warm gemacht,
Und welk der lange Kummer.
Die Lust der Fremde ging uns aus,
Zum Vater wollen wir nach Haus.

Was sollen wir auf dieser Welt
Mit unsrer Lieb und Treue?
Das Alte wird hintangestellt,
Was soll uns dann das Neue?
O! einsam steht und tiefbetrübt,
Wer heiß und fromm die Vorzeit liebt.

Die Vorzeit, wo die Sinne licht
In hohen Flammen brannten,
Des Vaters Hand und Angesicht
Die Menschen noch erkannten.
Und hohen Sinns, einfältiglich
Noch mancher seinem Urbild glich.

Die Vorzeit, wo noch blütenreich
Uralte Stämme prangten,
Und Kinder für das Himmelreich
Nach Qual und Tod verlangten.
Und wenn auch Lust und Leben sprach,
Doch manches Herz für Liebe brach.

Die Vorzeit, wo in Jugendglut
Gott selbst sich kundgegeben
Und frühem Tod in Liebesmut
Geweiht sein süßes Leben.
Und Angst und Schmerz nicht von sich trieb,
Damit er uns nur teuer blieb.

Mit banger Sehnsucht sehn wir sie
In dunkle Nacht gehüllet,
In dieser Zeitlichkeit wird nie
Der heiße Durst gestillet.
Wir müssen nach der Heimat gehn,
Um diese heilge Zeit zu sehn.

Was hält noch unsre Rückkehr auf,
Die Liebsten ruhn schon lange.
Ihr Grab schließt unsern Lebenslauf,
Nun wird uns weh und bange.
Zu suchen haben wir nichts mehr —
Das Herz ist satt — die Welt ist leer.

Unendlich und geheimnisvoll
Durchströmt uns süßer Schauer —
Mir däucht, aus tiefen Fernen scholl
Ein Echo unsrer Trauer.
Die Lieben sehnen sich wohl auch
Und sandten uns der Sehnsucht Hauch.

Hinunter zu der süßen Braut,
Zu Jesus, dem Geliebten —
Getrost, die Abenddämmrung graut
Den Liebenden, Betrübten.
Ein Traum bricht unsre Banden los
Und senkt uns in des Vaters Schoß.

Novalis

DAS LIED DER TOTEN

Lobt doch unsre stillen Feste
Unsre Gärten, unsre Zimmer,
Das bequeme Hausgeräte,
Unser Hab und Gut.

Täglich kommen neue Gäste,
Diese früh, die andern späte.
Auf den weiten Herden immer
Lodert neue Lebensglut.

Kinder der Vergangenheiten,
Helden aus den grauen Zeiten,
Der Gestirne Riesengeister
Wunderlich gesellt,
Holde Frauen, ernste Meister,
Kinder und verlebte Greise
Sitzen hier in einem Kreise,
Wohnen in der alten Welt.

Keiner wird sich je beschweren,
Keiner wünschen, fortzugehen,
Wer an unsern vollen Tischen
Einmal fröhlich saß.
Klagen sind nicht mehr zu hören,
Keine Wunden mehr zu sehen,
Keine Tränen abzuwischen;
Ewig läuft das Stundenglas.

Süßer Reiz der Mitternächte,
Stiller Kreis geheimer Mächte,
Wollust rätselhafter Spiele,
Wir nur kennen euch.
Wir nur sind am hohen Ziele,
Bald in Strom uns zu ergießen,
Dann in Tropfen zu zerfließen
Und zu nippen auch zugleich.

Uns ward erst die Liebe Leben;
Innig wie die Elemente

Mischen wir des Daseins Fluten,
Brausend Herz mit Herz.
Lüstern scheiden sich die Fluten,
Denn der Kampf der Elemente
Ist der Liebe höchstes Leben
Und des Herzens eignes Herz.

So in Lieb und hoher Wollust
Sind wir immerdar versunken,
Seit der wilde trübe Funken
Jener Welt erlosch.
Seit der Hügel sich geschlossen
Und der Scheiterhaufen sprühte,
Und dem schaudernden Gemüte
Nun das Erdgesicht zerfloß.

Zauber der Erinnerungen,
Heilger Wehmut, süße Schauer
Haben innig uns durchklungen,
Kühlen unsre Glut.
Wunden gibts, die ewig schmerzen,
Eine göttlich tiefe Trauer
Wohnt in unser aller Herzen
Löst uns auf in *eine* Flut.

Und in dieser Flut ergießen
Wir uns auf geheime Weise
In den Ozean des Lebens
Tief in Gott hinein;
Und aus seinem Herzen fließen
Wir zurück zu unserm Kreise,
Und der Geist des höchsten Strebens
Taucht in unsre Wirbel ein.

Könnten doch die Menschen wissen,
Unsre künftigen Genossen,
Daß bei allen ihren Freuden
Wir geschäftig sind:
Jauchzend würden sie verscheiden,
Gern das bleiche Dasein missen, —
Oh! die Zeit ist bald verflossen,
Kommt, Geliebte, doch geschwind!

Helft uns nur den Erdgeist binden,
Lernt den Sinn des Todes fassen
Und das Wort des Lebens finden;
Einmal kehrt euch um.
Deine Macht muß bald verschwinden,
Dein erborgtes Licht verblassen,
Werden dich in kurzem binden,
Erdgeist, deine Zeit ist um.

Novalis

AN TIECK

Ein Kind voll Wehmut und voll Treue,
Verstoßen in ein fremdes Land,
Ließ gern das Glänzende und Neue,
Und blieb dem Alten zugewandt.

Nach langem Suchen, langem Warten,
Nach manchem mühevollen Gang,
Fand es in einem öden Garten
Auf einer längst verfallnen Bank

Ein altes Buch mit Gold verschlossen,
Und nie gehörte Worte drin;
Und, wie des Frühlings zarte Sprossen,
So wuchs in ihm ein innrer Sinn.

Und wie es sitzt und liest und schauet
In den Kristall der neuen Welt,
An Gras und Sternen sich erbauet,
Und dankbar auf die Kniee fällt:

So hebt sich sacht aus Gras und Kräutern
Bedächtiglich ein alter Mann,
Im schlichten Rock, und kommt mit heitern
Gesicht ans fromme Kind heran.

Bekannt doch heimlich sind die Züge,
So kindlich und so wunderbar;
Es spielt die Frühlingsluft der Wiege
Gar seltsam mit dem Silberhaar.

Das Kind faßt bebend seine Hände,
Es ist des Buches hoher Geist,
Der ihm der sauern Wallfahrt Ende
Und seines Vaters Wohnung weist.

Du kniest auf meinem öden Grabe,
So öffnet sich der heilge Mund,
Du bist der Erbe meiner Habe,
Dir werde Gottes Tiefe kund.

Auf jenem Berg als armer Knabe
Hab ich ein himmlisch Buch gesehn,
Und konnte nun durch diese Gabe
In alle Kreaturen sehn.

Es sind an mir durch Gottes Gnade
Der höchsten Wunder viel geschehn;
Des neuen Bunds geheime Lade
Sahn meine Augen offen stehn.

Ich habe treulich aufgeschrieben,
Was innre Lust mir offenbart,
Und bin verkannt und arm geblieben,
Bis ich zu Gott gerufen ward.

Die Zeit ist da, und nicht verborgen
Soll das Mysterium mehr sein.
In diesem Buche bricht der Morgen
Gewaltig in die Zeit hinein.

Verkündiger der Morgenröte,
Des Friedens Bote sollst du sein.
Sanft wie die Luft in Harf und Flöte
Hauch ich dir meinen Atem ein.

Gott sei mit dir, geh hin und wasche
Die Augen dir mit Morgentau.
Sei treu dem Buch und meiner Asche
Und bade dich im ewgen Blau.

Du wirst das letzte Reich verkünden,
Was tausend Jahre soll bestehn;
Wirst überschwenglich Wesen finden
Und Jakob Böhmen wiedersehn.

Novalis

MARIA

Ich sehe dich in tausend Bildern,
Maria, lieblich ausgedrückt,
Doch keins von allen kann dich schildern,
Wie meine Seele dich erblickt.

Ich weiß nur, daß der Welt Getümmel
Seitdem mir wie ein Traum verweht
Und ein unnennbar süßer Himmel
Mir ewig im Gemüte steht.

Novalis

AN NOVALIS

Wer in den Blumen, Wäldern, Bergesreihen,
Im klaren Fluß, der sich mit Bäumen schmücket,
Nur Endliches, Vergängliches erblicket,
Der traure tief im hellsten Glanz des Maien.

Nur der kann sich der heiligen Schöne freuen,
Den Blume, Wald und Strom zur Tief entrücket,
Wo unvergänglich ihn die Blüt entzücket,
Dem ewgen Glanze keine Schatten dräuen.

Noch schöner deutet nach dem hohen Ziele
Des Menschen Blick, erhabene Gebärde,
Des Busens Ahnden, Sehnsucht nach dem Frieden.

Seit ich dich sah, vertraut ich dem Gefühle,
Du müßtest von uns gehn und dieser Erde.
Du gingst: fahr wohl; wir sind ja nicht geschieden.

Ludwig Tieck

LIEBE

Weht ein Ton vom Feld herüber,
Grüßt mich immerdar ein Freund,
Spricht zu mir: Was weinst du, Lieber?
Sieh, wie Sonne Liebe scheint:
Herz am Herzen stets vereint
Gehn die bösen Stunden über.

Liebe denkt in süßen Tönen,
Denn Gedanken stehn zu fern,
Nur in Tönen mag sie gern
Alles, was sie will, verschönen.
Drum ist ewig uns zugegen,
Wenn Musik mit Klängen spricht,
Ihr die Sprache nicht gebricht,
Holde Lieb auf allen Wegen;
Liebe kann sich nicht bewegen,
Leihet sie den Odem nicht.

Tieck

MONDBEGLÄNZTE ZAUBERNACHT
(Aus »Aufzug der Romanze«)

Liebe

Liebe läßt sich suchen, finden,
Niemals lernen oder lehren;
Wer da will die Flamm entzünden,
Ohne selbst sich zu versehren,
Muß sich reinigen der Sünden.
Alles schläft, weil er noch wacht;
Wann der Stern der Liebe lacht,
Goldne Augen auf ihn blicken,
Schaut er trunken vor Entzücken
Mondbeglänzte Zaubernacht.

Tapferkeit

Aber nie darf er erschrecken,
Wenn sich Wolken dunkel jagen,

Finsternis die Sterne decken,
Kaum der Mond es noch will wagen,
Einen Schimmer aufzuwecken.
Ewig steht der Liebe Zelt,
Von dem eignen Licht erhellt;
Aber Mut nur kann zerbrechen,
Was die Furcht will ewig schwächen,
Die den Sinn gefangen hält.

Scherz

Keiner Liebe hat gefunden,
Dem ein trüber Ernst beschieden;
Flüchtig sind die goldnen Stunden,
Welche immer den vermieden,
Den die bleiche Sorg umwunden.
Wer die Schlange an sich hält,
Dem ist Schatten vorgestellt;
Alles, was die Dichter sangen,
Nennt der Arme, eingefangen,
Wundervolle Märchenwelt.

Glauben

Herz, im Glauben auferblühend,
Fühlt alsbald die goldnen Scheine
Die es lieblich in sich ziehend
Macht zu eigen sich und seine,
In der schönsten Flamme glühend.
Ist das Opfer angefacht,
Wirds dem Himmel dargebracht;
Hat dich Liebe angenommen,
Aus dem Altar hell entglommen
Steig auf in der alten Pracht!

Allgemeines Chor

Mondbeglänzte Zaubernacht,
Die den Sinn gefangenhält,
Wundervolle Märchenwelt,
Steig auf in der alten Pracht!

Tieck

TROST

Wenn alles eben käme,
Wie du gewollt es hast,
Und Gott dir gar nichts nähme
Und gäb dir keine Last,
Wie wärs da um dein Sterben,
Du Menschenkind, bestellt?
Du müßtest fast verderben,
So lieb wär dir die Welt!

Nun fällt — eins nach dem andern —
Manch süßes Band dir ab,
Und heiter kannst du wandern
Gen Himmel durch das Grab;
Dein Zagen ist gebrochen,
Und deine Seele hofft; —
Dies ward schon oft gesprochen,
Doch spricht mans nie zu oft.

Friedrich de la Motte Fouqué

AN DIE KÖNIGIN VON PREUSSEN

Erwäg ich, wie, in jenen Schreckenstagen,
Still deine Brust verschlossen, was sie litt,
Wie du das Unglück, mit der Grazie Tritt,
Auf jungen Schultern herrlich hast getragen,

Wie von des Kriegs zerrißnem Schlachtenwagen
Selbst oft die Schar der Männer zu dir schritt,
Wie trotz der Wunde, die dein Herz durchschnitt,
Du selbst der Hoffnung Fahn uns vorgetragen:

O Herrscherin, die Zeit dann möcht ich segnen!
Wir sahn dich Anmut endlos niederregnen,
Wie groß du warst, das ahndeten wir nicht!

Dein Haupt scheint wie von Strahlen mir
umschimmert;
Du bist der Stern, der voller Pracht erst flimmert,
Wenn er durch finstre Wetterwolken bricht!

Heinrich von Kleist

ABSCHIED VOM LEBEN

(Als er verwundet in einem Gehölz lag
und zu sterben vermeinte)

Die Wunde brennt — die bleichen Lippen beben. —
Ich fühls an meines Herzens matterm Schlage:
Hier steh ich an den Marken meiner Tage. —
Gott, wie du willst! dir hab ich mich ergeben. —

Viel goldne Bilder sah ich um mich schweben;
Das schöne Traumbild wird zur Totenklage. —
Mut! Mut! — Was ich so treu im Herzen trage,
Das muß ja doch dort ewig mit mir leben! —

Und was ich hier als Heiligtum erkannte,
Wofür ich rasch und jugendlich entbrannte,
Ob ichs nun Freiheit, ob ichs Liebe nannte:

Als lichten Seraph seh ichs vor mir stehen; —
Und wie die Sinne langsam mir vergehen,
Trägt mich ein Hauch zu morgenroten Höhen.

Theodor Körner

MIR IST ZU LICHT ZUM SCHLAFEN

Mir ist zu licht zum Schlafen,
Der Tag bricht in die Nacht,
Die Seele ruht im Hafen,
Ich bin so froh erwacht.

Ich hauchte meine Seele
Im ersten Kusse aus,
Was ists, daß ich mich quäle,
Ob sie auch fand ein Haus.

Sie hat es wohl gefunden
Auf ihren Lippen schön,
O welche selge Stunden,
Wie ist mir so geschehn.

Was soll ich nun noch sehen,
Ach, alles ist in ihr,
Was fühlen, was erflehen,
Es ward ja alles mir.

Ich habe was zu sinnen,
Ich hab, was mich beglückt,
In allen meinen Sinnen
Bin ich von ihr entzückt.

Ludwig Achim von Arnim

WIEGENLIED

Goldne Wiegen schwingen
Und die Mücken singen;
Blumen sind die Wiegen,
Kindlein drinnen liegen;
Auf und nieder geht der Wind,
Geht sich warm und geht gelind.

Wie viel Kinder wiegen,
Wie viel soll ich kriegen?
Eins und zwei und dreie,
Und ich zähl aufs neue;
Auf und nieder geht der Wind,
Und ich weine wie ein Kind.

Arnim

WAS REIF IN DIESEN ZEILEN STEHT

Was reif in diesen Zeilen steht,
Was lächelnd winkt und sinnend fleht,
Das soll kein Kind betrüben;
Die Einfalt hat es ausgesät,
Die Schwermut hat hindurch geweht,
Die Sehnsucht hats getrieben.
Und ist das Feld einst abgemäht,
Die Armut durch die Stoppeln geht,
Sucht Ähren, die geblieben;

Sucht Liebe, die für sie untergeht,
Sucht Liebe, die mit ihr aufersteht,
Sucht Liebe, die sie kann lieben.
Und hat sie, einsam und verschmäht,
Die Nacht durch, dankend in Gebet,
Die Körner ausgerieben,
Liest sie, als früh der Hahn gekräht,
Was Lieb erhielt, was Leid verweht,
Ans Feldkreuz angeschrieben:
„O Stern und Blume, Geist und Kleid,
Lieb, Leid und Zeit und Ewigkeit!"

Clemens Brentano

SINGET LEISE

Singet leise, leise, leise,
Singt ein flüsternd Wiegenlied,
Von dem Monde lernt die Weise,
Der so still am Himmel zieht.

Singt ein Lied so süß gelinde,
Wie die Quelle auf den Kieseln,
Wie die Bienen um die Linde
Summen, murmeln, flüstern, rieseln.

Brentano

SPRICH AUS DER FERNE

Sprich aus der Ferne,
Heimliche Welt,
Die sich so gerne
Zu mir gesellt!

Wenn das Abendrot niedergesunken,
Keine freudige Farbe mehr spricht,
Und die Kränze still leuchtender Funken
Die Nacht um die schattichte Stirne flicht:
Wehet der Sterne
Heiliger Sinn
Leis durch die Ferne
Bis zu mir hin.

Wenn des Mondes still lindernde Tränen
Lösen der Nächte verborgenes Weh,
Dann wehet Friede. In goldenen Kähnen
Schiffen die Geister im himmlischen See.
Glänzender Lieder
Klingender Lauf
Ringelt sich nieder,
Wallet hinauf.

Wenn der Mitternacht heiliges Grauen
Bang durch die dunklen Wälder hinschleicht
Und die Bäche gar wundersam schauen,
Alles sich finster, tiefsinnig bezeugt:
Wandelt im Dunkeln
Freundliches Spiel,
Still Lichter funkeln,
Schimmerndes Ziel.

Alles ist freundlich wohlwollend verbunden,
Bietet sich tröstend und trauernd die Hand,
Sind durch die Nächte die Lichter gewunden,
Alles ist ewig im Innern verwandt.
Sprich aus der Ferne,
Heimliche Welt,
Die sich so gerne
Zu mir gesellt!

Brentano

ABENDLIED

Wie so leis die Blätter wehn
In dem lieben, stillen Hain!
Sonne will schon schlafen gehn,
Läßt ihr goldnes Hemdelein
Sinken auf den grünen Rasen,
Wo die schlanken Hirsche grasen
In dem roten Abendschein.

In der Quellen klarer Flut
Treibt kein Fischlein mehr sein Spiel;
Jedes suchet, wo es ruht,
Sein gewöhnlich Ort und Ziel
Und entschlummert überm Lauschen
Auf der Welle leises Rauschen
Zwischen bunten Kieseln kühl.

Schlank schaut auf der Felsenwand
Sich die Glockenblume um;
Denn verspätet über Land
Will ein Bienchen mit Gesumm
Sich zur Nachtherberge melden
In den blauen, zarten Zelten,
Schlüpft hinein und wird ganz stumm.

Vöglein, euer schwaches Nest,
Ist das Abendlicht vollbracht,
Steht wie eine Burg so fest;
Fromme Vöglein schützt zur Nacht
Gegen Katz- und Marderkrallen,
Die im Schlaf sie überfallen,
Gott, der über alle wacht.

Treuer Gott, du bist nicht weit,
Dir vertraun wir ohne Harm
In der wilden Einsamkeit,
Wie in Hofes eitlem Schwarm.
Du wirst uns die Hütte bauen,
Daß wir fromm und voll Vertrauen
Sicher ruhn in deinem Arm.

Brentano

WIEGENLIED EINES JAMMERNDEN HERZENS

O schweig nur, Herz, die drohende Sibylle,
Die dir durch deinen Frieden Wehe kreischt,
Den grimmen Geier, der dich so zerfleischt,
Bannt dir ein mildes Kind und deckt ganz stille
Die schreinde Wunde dir mit Taubenflügeln,
Weckt dir den Morgenstern auf stummen Hügeln.

O schweig nur, Herz! Horch: Klang von Engelschwingen!
Was zuckst du so? Du mußt fein leise tun.
Wo man dir singet: wie so sanft sie ruhn,
Die Seligen, dahin wird man dich bringen.
Sei still! Was schreist du? Einsam ist kein Leben,
Kein Grab. Schlaf süß, die Liebste träumt daneben.

O schweig nur, Herz, du hast ja nichts besessen,
Du läßt ja nichts zurück, wen trauerst du?
Auch deines Himmels Augen fallen zu,
Doch seiner Liebe Licht strahlt ungemessen.

Brentano

FRÜHLINGSSCHREI EINES KNECHTES AUS DER TIEFE

Meister, ohne dein Erbarmen
Muß im Abgrund ich verzagen,
Willst du nicht mit starken Armen
Wieder mich zum Lichte tragen.

Jährlich greifet deine Güte
In die Erde, in die Herzen;
Jährlich weckest du die Blüte,
Weckst in mir die alten Schmerzen.

Einmal nur zum Licht geboren,
Aber tausendmal gestorben,
Bin ich ohne dich verloren,
Ohne dich in mir verdorben.

Wenn sich so die Erde reget,
Wenn die Luft so sonnig wehet,
Dann wird auch die Flut beweget,
Die in Todesbanden stehet.

Und in meinem Herzen schauert
Ein betrübter, bittrer Bronnen;
Wenn der Frühling draußen lauert,
Kommt die Angstflut angeronnen.

Weh! durch giftge Erdenlagen,
Wie die Zeit ist angeschwemmet,
Habe ich den Schacht geschlagen,
Und er ist nur schwach verdämmet.

Wenn nun rings die Quellen schwellen,
Wenn der Grund gebärend ringet,
Brechen her die bittern Wellen,
Die kein Witz, kein Fluch mir zwinget.

Andern ruf ich: Schwimme! schwimme!
Mir kann dieser Ruf nicht taugen,
Denn in mir ja steigt die grimme
Sündflut, bricht aus meinen Augen.

Und dann scheinen bös Gezüchte
Mir die bunten Lämmer alle,
Die ich grüßte, süße Früchte,
Die mir reiften, bittre Galle.

Herr, erbarme du dich meiner,
Daß mein Herz neu blühend werde!
Mein erbarmte sich noch keiner
Von den Frühlingen der Erde.

Meister! wenn dir alle Hände
Nahn mit süß erfüllten Schalen,
Kann ich mit der bittern Spende
Meine Schuld dir nimmer zahlen.

Ach! wie ich auch tiefer wühle,
Wie ich schöpfe, wie ich weine,
Nimmer ich den Schwall erspüle
Zum Kristallgrund fest und reine.

Immer stürzen mir die Wände,
Jede Schicht hat mich belogen,
Und die arbeitblutgen Hände
Brennen in den bittern Wogen.

Weh! der Raum wird immer enger,
Wilder, wüster stets die Wogen,
Herr, o Herr! ich treibs nicht länger —
Schlage deinen Regenbogen!

Herr, ich mahne dich: verschone!
Herr, ich hört in jungen Tagen:
Wunderbare Rettung wohne —
Ach! — in deinem Blute, sagen.

Und so muß ich zu dir schreien,
Schreien aus der bittern Tiefe,
Könntest du auch nie verzeihen,
Daß dein Knecht so kühnlich riefe.

Daß des Lichtes Quelle wieder
Rein und heilig in mir flute,
Träufle einen Tropfen nieder,
Jesus! mir von deinem Blute!

Brentano

BRAUTGESANG

Komm heraus, komm heraus, o du schöne, schöne Braut,
Deine guten Tage sind nun alle, alle aus.
Dein Schleierlein weht so feucht und tränenschwer,
Oh, wie weint die schöne Braut so sehr!
Mußt die Mägdlein lassen stehn,
Mußt nun zu den Frauen gehn.

Lege an, lege an heut auf kurze, kurze Zeit
Dein Seidenröslein, dein reiches Brautgeschmeid.
Dein Schleierlein weht so feucht und tränenschwer,
Oh, wie weinet die schöne Braut so sehr!
Mußt die Zöpflein schließen ein
Unterm goldnen Häubelein.

Lache nicht, lache nicht, deine Gold- und Perlenschuh
Werden dich schön drücken, sind eng genug dazu.

Dein Schleierlein weht so feucht und tränenschwer,
Oh, wie weinet die schöne Braut so sehr!
Wenn die andern tanzen gehn,
Mußt du bei der Wiege stehn.

Winke nur, winke nur, sind gar leichte, leichte Wink'
Bis den Finger drücket der goldne Treuering.
Dein Schleierlein weht so feucht und tränenschwer,
Oh, wie weinet die schöne Braut so sehr!
Ringlein sehn heut lieblich aus,
Morgen werden Fesseln draus.

Springe heut, springe heut deinen letzten, letzten Tanz.
Welken erst die Rosen, stechen Dornen in dem Kranz.
Dein Schleierlein weht so feucht und tränenschwer,
Oh, wie weinet die schöne Braut so sehr!
Mußt die Blümlein lassen stehn,
Mußt nun auf den Acker gehn.

Brentano

SCHWANENLIED

Wenn die Augen brechen,
Wenn die Lippen nicht mehr sprechen,
Wenn das pochende Herz sich stillet
Und der warme Blutstrom nicht mehr quillet:
O, dann sinkt der Traum zum Spiegel nieder,
Und ich hör der Engel Lieder wieder,
Die das Leben mir vorübertrugen,
Die so selig mit den Flügeln schlugen
Ans Geläut der keuschen Maiesglocken,
Daß sie all die Vöglein in den Tempel locken,
Die so süße, wild entbrannte Psalmen sangen:
Daß die Liebe und die Lust so brünstig rangen,

Bis das Leben war gefangen und empfangen;
Bis die Blumen blühten;
Bis die Früchte glühten
Und gereift zum Schoß der Erde fielen,
Rund und bunt zum Spielen;
Bis die goldnen Blätter an der Erde rauschten
Und die Wintersterne sinnend lauschten,
Wo der stürmende Sämann hin sie säet,
Daß ein neuer Frühling schön erstehet.
Stille wirds, es glänzt der Schnee am Hügel,
Und ich kühl im Silberreif den schwülen Flügel,
Möcht ihn hin nach neuem Frühling zücken,
Da erstarret mich ein kalt Entzücken —
Es erfriert mein Herz, ein See voll Wonne,
Auf ihm gleitet still der Mond und sanft die Sonne,
Unter den singenden, denkenden, klugen Sternen
Schau ich mein Sternbild an in Himmelsfernen;
Alle Leiden und Freuden, alle Schmerzen scherzen,
Und das ganze Leben singt aus meinem Herzen:
Süßer Tod, süßer Tod
Zwischen dem Morgen- und Abendrot!

Brentano

DAS WUNDERHORN

Ein Knab auf schnellem Roß
Sprengt auf der Kaisrin Schloß;
Das Roß zur Erd sich neigt,
Der Knab sich zierlich beugt.

Wie lieblich, artig, schön
Die Frauen sich ansehn,
Ein Horn trug seine Hand,
Darin vier goldne Band.

Gar mancher schöne Stein
Gelegt ins Gold hinein,
Viel Perlen und Rubin
Die Augen auf sich ziehn.

Das Horn vom Elefant,
So groß man keinen fand,
So schön man keinen fing,
Und oben dran ein Ring.

Wie Silber blinken kann
Und hundert Glocken dran
Vom feinsten Gold gemacht,
Aus tiefem Meer gebracht.

Von einer Meerfei Hand
Der Kaiserin gesandt,
Zu ihrer Reinheit Preis,
Dieweil sie schön und weis'.

Der schöne Knab sagt auch:
»Dies ist des Horns Gebrauch:
Ein Druck von Eurem Finger,
Ein Druck von Eurem Finger,

Und diese Glocken all,
Sie geben süßen Schall,
Wie nie ein Harfenklang
Und keiner Frauen Sang,

Kein Vogel obenher,
Die Jungfraun nicht im Meer
Nie so was geben an!«
Fort sprengt der Knab bergan.

Ließ in der Kaisrin Hand
Das Horn, so weltbekannt;
Ein Druck von ihrem Finger —
O süßes hell Geklinge!

Volkslied

URLICHT

O Röschen rot,
Der Mensch liegt in größter Not,
Der Mensch liegt in größter Pein,
Je lieber möcht ich im Himmel sein.
Da kam ich auf einen breiten Weg,
Da kam ein Engelein und wollt mich abweisen,
Ach nein, ich ließ mich nicht abweisen.
Ich bin von Gott und will wieder zu Gott,
Der liebe Gott wird mir ein Lichtchen geben,
Wird leuchten mir bis in das ewig selig Leben.

Volkslied

MARIA UND JOSEPH

„Ach Joseph, liebster Joseph mein,
Ich soll gebären ein Kindelein."

Sollst du gebären ein Kindelein,
So geh in diesen Stall hinein.

„Ach Joseph, liebster Joseph mein,
Ich hab ja keine Windelein!“

Da hast du mein Schnupftüchelein,
Da wickle dir das Kind hinein.

„Ach Joseph, liebster Joseph mein,
Wo soll ich hinlegen das Kindelein?“

Dort drüben steht das Krippelein,
Da leg du dir das Kind hinein.

„Ach Joseph, liebster Joseph mein,
Wo soll ich hinlegen die Kirschen mein?“

Da nimm dies alte Körbelein
Und lege deine Kirschen hinein!

„Ach Joseph, liebster Joseph mein,
Alle Welt schaut ja zur Tür herein.“

Laß schauen alle Welt herein,
Es soll der Welterlöser sein!

Volkslied

ALS GOTT DER HERR GEBOREN WAR

Als Gott der Herr geboren war,
Da war es kalt;
Was sieht Maria am Wege stehn?
Ein Feigenbaum.
Maria, laß du die Feigen noch stehn,
Wir haben noch dreißig Meilen zu gehn.
Es wird uns spät.

Und als Maria ins Städtlein kam
Vor eine Tür,
Da sprach sie zu dem Bäuerlein:
„Behalt uns hier,
Wohl um das kleine Kindelein,
Es möcht dich wahrlich sonst gereun,
Die Nacht ist kalt."

Der Bauer sprach: „Von Herzen ja,
Geht in den Stall!"
Als nun die halbe Mitternacht kam,
Stand auf der Mann.
„Wo seid ihr denn, ihr armen Leut?
Daß ihr noch nicht erfroren seid,
Das wundert mich."

Der Bauer ging da wieder ins Haus,
Wohl aus der Scheuer.
„Steh auf, mein Weib, mein liebes Weib,
Und mach ein Feuer,
Und mach ein gutes Feuerlein,
Daß diese armen Leutelein
Erwärmen sich."

Und als Maria ins Haus hin kam,
Da war sie froh.
Joseph, der war ein frommer Mann,
Sein Säcklein holt;
Er nimmt heraus ein Kesselein,
Das Kind tät ein bißchen Schnee hinein:
Und das sei Mehl.

Es tut ein wenig Eis hinein:
Und das sei Zucker;
Es tat ein wenig Wasser drein:
Und das sei Milch;

Sie hingen den Kessel übern Herd,
An einen Haken, ohn Beschwerd,
Das Müslein kocht.

Ein Löffel schnitzt' der fromme Mann
Von einem Span,
Der ward von lauter Helfenbein
Und Diamant,
Maria gab dem Kind den Brei,
Da sah man, daß es Jesus sei,
Unter seinen Augen.

Volkslied

MARIA AUF DEM BERGE

Da droben auf dem Berge, da wehet der Wind,
Da sitzet Maria und wieget ihr Kind.

Sie wiegt es mit ihrer schlohweißen Hand,
Dazu braucht sie kein Wiegenband.

„Ach Joseph, liebster Joseph mein,
Ach hilf mir wiegen mein Kindelein!"

„Wie soll ich dir helfen dein Kindelein wiegen?
Ich kann ja vor Kälten die Finger kaum biegen."

Auf dem Berge, da wehet der Wind,
Da wieget Maria ihr Kind.

Volkslied

DORT OBEN, DORT OBEN AN DER HIMMLISCHEN TÜR

Dort oben, dort oben an der himmlischen Tür,
Und da steht eine arme Seele, schaut traurig herfür.

Arme Seel mein, arme Seel mein, komm zu mir doch herein,
Und da werden deine Kleider ja alle so rein.

So weiß und so rein, und so weiß als wie der Schnee,
Und dann wolln wir miteinander in das Himmelreich eingehn.

In das Himmelreich, in das Himmelreich, in das himmlische Paradies,
Wo Gott Vater, wo Gott Sohne, wo Gott heilger Geist ist.

Volkslied

ERNTELIED

Es ist ein Schnitter, der heißt Tod,
Hat Gewalt vom höchsten Gott,
Heut wetzt er das Messer,
Es schneidt schon viel besser,
Bald wird er dreinschneiden,
Wir müssens nur leiden.
Hüte dich, schöns Blümelein!

Was heut noch grün und frisch dasteht,
Wird morgen schon hinweggemäht:
Die edlen Narzissen,
Die Zierden der Wiesen,
Die schön Hyazinthen,
Die türkischen Binden.
Hüte dich, schöns Blümelein!

Das himmelfarbe Ehrenpreis,
Die Tulipanen gelb und weiß,

Die silbernen Glocken,
Die goldenen Flocken,
Senkt alles zur Erden,
Was wird daraus werden?
Hüte dich, schöns Blümelein!

Ihr hübsch Lavendel, Rosmarein,
Ihr vielfärbige Röselein,
Ihr stolze Schwertlilien,
Ihr krause Basilien,
Ihr zarte Violen,
Man wird euch bald holen.
Hüte dich, schöns Blümelein!

Trotz! Tod, komm her, ich fürcht dich nicht,
Trotz, eil daher in einem Schnitt.
Werd ich nur verletzet,
So werd ich versetzet
In den himmlischen Garten,
Auf den wir alle warten.
Freu dich, o schöns Blümelein!

Volkslied

DER SCHWEIZER

Zu Straßburg auf der Schanz
Da ging mein Trauern an,
Das Alphorn hört ich drüben wohl anstimmen,
Ins Vaterland mußt ich hinüberschwimmen,
Das ging nicht an.

Ein Stunde in der Nacht
Sie haben mich gebracht;
Sie führten mich gleich vor des Hauptmanns Haus,
Ach Gott, sie fischten mich im Strome auf,
Mit mir ists aus.

Früh morgens um zehn Uhr
Stellt man mich vor das Regiment;
Ich soll da bitten um Pardon,
Und ich bekomm doch meinen Lohn,
Das weiß ich schon.

Ihr Brüder allzumal,
Heut seht ihr mich zum letztenmal;
Der Hirtenbub ist doch nur schuld daran,
Das Alphorn hat mir solches angetan,
Das klag ich an.

Ihr Brüder alle drei,
Was ich euch bitt, erschießt mich gleich;
Verschont mein junges Leben nicht,
Schießt zu, daß das Blut 'rausspritzt,
Das bitt ich euch.

O Himmelskönig, Herr!
Nimm du meine arme Seele dahin,
Nimm sie zu dir in den Himmel ein,
Laß sie ewig bei dir sein
Und vergiß nicht mein!

Volkslied

EDELKÖNIGSKINDER

Es waren zwei Königskinder,
Die hatten einander so lieb,
Sie konnten beisammen nicht kommen,
Das Wasser war viel zu tief.

Ach Liebchen, könntest du schwimmen,
Lieb Herze so schwimme zu mir,
Drei Kerzen will ich aufstecken,
Und die sollen leuchten dir.

Da saß ein loses Nönnchen,
Das tat, als wenn es schlief,
Es tät die Kerzen auslöschen,
Der Jüngling ertrank so tief.

Es war am Sonntag morgen,
Die Leut waren alle so froh,
Bis auf die Königstochter,
Die Äuglein saßen ihr zu.

Ach Mutter, herzliebste Mutter!
Wie tut mir mein Häuptchen so weh,
Könnt ich eine kleine Weile
Spazieren gehn längs der See.

Ach Tochter, herzliebste Tochter!
Alleine sollst du nit gehn,
Weck auf deine jüngste Schwester
Und laß sie mit dir gehn. —

Ach Mutter, herzliebste Mutter,
Mein Schwester ist noch ein Kind,
Sie pflückt ja alle die Blumen,
Die in dem grünen Wald sind.

Ach Mutter, herzliebste Mutter!
Wie tut mir mein Häuptchen so weh.
Könnt ich eine kleine Weile
Spazieren gehn längs der See.

Ach Tochter, herzliebste Tochter!
Alleine sollst du nit gehn,
Weck auf deinen jüngsten Bruder
Und laß ihn mit dir gehn.

Ach Mutter, herzliebste Mutter,
Mein Bruder ist noch ein Kind,
Er fängt ja alle die Hasen,
Die in dem grünen Wald sind.

Die Mutter und die ging schlafen,
Die Tochter ging ihren Gang,
Sie ging solange spazieren,
Bis sie einen Fischer fand.

Den Fischer sah sie fischen:
„Fisch dir ein verdientes rot Gold,
Fisch mir doch einen Toten,
Er ist des Edelkönigs Kind."

Der Fischer fischte solange,
Bis er den Toten fand,
Er griff ihn bei den Haaren
Und schleift ihn an das Land.

Sie nahm ihn in die Arme
Und küßt ihm seinen Mund:
Ade mein Vater und Mutter,
Wir sehen uns nimmermehr.

Volkslied

WILLST DU DEIN HERZ MIR SCHENKEN

Willst du dein Herz mir schenken, so fang es heimlich an,
Daß unser beider Denken niemand erraten kann.
Die Liebe muß bei beiden allzeit verschwiegen sein,
Drum schließ die größten Freuden in deinem Herzen ein.

Behutsam sei und schweige und traue keiner Wand,
Lieb innerlich und zeige dich außen unbekannt.
Kein Argwohn muß du geben, Verstellung nötig ist,
Genug, daß du, mein Leben, der Treu versichert bist.

Begehre keine Blicke von meiner Liebe nicht.
Der Neid hat viel Tücke auf unsern Bund gericht.
Du mußt die Brust verschließen, halt deine Neigung ein,
Die Lust, die wir genießen, muß ein Geheimnis sein.

Zu frei sein, sich ergehen, hat oft Gefahr gebracht.
Man muß sich wohl verstehen, weil ein falsch Auge wacht.
Du mußt den Spruch bedenken, den ich vorher getan:
Willst du dein Herz mir schenken, so fang es heimlich an.

Volkslied

BEGRÄBNIS

Zwölf Knaben mit Gold und Silber, die muß ich haben,
Die mir mein Mädchen zur Erde begraben;
Zwölf junge Knaben sind schon bereit,
In Gold und Silber und schwarzem Kleid.

Zwölf junge Mädchen muß ich haben,
Die mir mein Mädchen zur Erde begraben;
Zwölf junge Mädchen sind schon bereit,
In Gold und Silber und weißem Kleid.

Volkslied

HEIMLICH

Dat du myn Leevsten bist,
Dat du wul weest,
Kumm by de Nacht, kumm by de Nacht,
Segg my wo du heest.

Kaem du um Mitternacht,
Kaem du Klock een,
Vader slöpt, Moder slöpt,
Ik slaep alleen.
Klopp an der Kamerdaer,
Klopp an de Klink,
Vader meent, Moder meent,
Dat deit de Wind.

Volkslied

EIN MÄDCHEN SINGT

Wenn der Abend kommt, und kühle
Winde gehen um das Haus,
Bieg ich aus des Zimmers Schwüle
In den Garten mich hinaus.
Blüten, die im Abend glänzen,
Sollen nun mein Haus bekränzen,
Eine Flöte will ich spielen,
Soll mein Liebster zu mir eilen,
Will nach seinem Herzen zielen
Mit den lichten Liebespfeilen.
Komm, o komm, der Tag verrann,
Schönre Nacht ist aufgetan.

Volkslied

SCHÖN IST DIE JUGEND

Schön ist die Jugend bei frohen Zeiten
Schön ist die Jugend, sie kommt nicht mehr.
Drum sag ichs noch einmal,
Schön sind die Jugendjahr,
Schön ist die Jugend, sie kommt nicht mehr.

Es blühen Rosen, es blühen Nelken,
Es blühen Rosen, sie welken ab.

Es blüht ein Weinstock und der trägt Trauben
Und aus den Trauben fließt süßer Wein.

Man liebt ein Mädchen bei frohen Zeiten,
Man liebt die Mädchen zum Zeitvertreib.

Vergangne Zeiten kehren niemals wieder,
Nur einmal blüht des Lebens Mai.

Schöne, junge Mädchen hat Gott erschaffen
Für junge Burschen, für heißes Blut.

Drum bindet Rosen und bindet Kränze,
Schön ist die Jugend, sie kommt nicht mehr.
Drum sag ichs noch einmal:
Schön sind die Jugendjahr,
Schön ist die Jugend, sie kommt nicht mehr.
Schön ist die Jugend, sie kommt nicht mehr.

Volkslied

ADE!

Ade zur guten Nacht!
Jetzt wird der Schluß gemacht,
Daß ich muß scheiden.
Im Sommer wächst der Klee,
Im Winter schneits den Schnee,
Da komm ich wieder.

Es trauern Berg und Tal,
Wo ich viel tausendmal
Bin drüber gangen.
Das hat dein Schönheit gemacht,
Hat mich zum Lieben gebracht
Mit großem Verlangen.

Das Brünnlein rinnt und rauscht
Wohl unterm Holderstrauch,
Wo wir gesessen.
Wie manchen Glockenschlag,
Da Herz bei Herzen lag,
Das hast vergessen!

Die Mädchen in der Welt
Sind falscher als das Geld
Mit ihrem Lieben.
Ade zur guten Nacht!
Jetzt wird der Schluß gemacht,
Daß ich muß scheiden.

Volkslied

TRÜBSINN

Ist alles dunkel, ist alles trübe,
Dieweil mein Schatz ein andern liebt.
Ich hab geglaubt, sie liebet mich,
Aber nein, aber nein, sie hasset mich.

Was nützet mir ein schöner Garten,
Wenn andre drin spazieren gehn
Und pflücken mir die Röslein ab,
Woran ich meine Freude hab.

Was nützet mir ein schönes Mädchen,
Wenn andre mit spazieren gehn
Und küssen ihr die Schönheit ab,
Woran ich meine Freude hab.

Bald kommen nun die schwarzen Brüder
Und tragen mich zum Tor hinaus
Und legen mich ins kühle Grab,
Worin ich ewig Ruhe hab.

Volkslied

GUTE NACHT, O WELT!

Gute Nacht, gute Nacht, o Welt!
Hier is dein Herberigeld!
I dank dir für dein Herberigast,
Daß du mi so lang behalten hast,
Das Grab is scho bestellt, das Grab is schon bestellt.

Gute Nacht, gute Nacht, grüner Baum,
Das Leben is mir nur ein Traum!
I hab gelebt so lange Jahr,
Jetzt sein sie hin, jetzt sein sie gar.

Gute Nacht, gute Nacht, liabs Feld,
Du bist ganz wohl bestellt,
Du bist gewesen meine Augenkraft,
Hast mir viel Müh und Arbeit geschafft,
Hab jetzt mir Ruh erwählt.

Gute Nacht, gute Nacht, liabster Freund,
Weil das Sterben an mir is heunt!
Vielleicht is es morgen a an dir,
So wie es heut is an mir.

Gute Nacht, gute Nacht, liabster Gegenteil,
Mein Dankens kann nicht anders sein,
Du wirst di meiner nehmen an,
Wenn i dir hab was Leids getan,
Bete für die Seele mein.

Gute Nacht, gute Nacht, mein liabes Haus,
I muß von dir hinaus,
I muß jetzt ins kühle Grab, i muß jetzt ins kühle Grab,
Gute Nacht, gute Nacht, mein liabes Haus.

Volkslied

DIE EINE KLAGE

Wer die tiefste aller Wunden
Hat in Geist und Sinn empfunden,
Bittrer Trennung Schmerz;
Wer geliebt, was er verloren,
Lassen muß, was er erkoren,
Das geliebte Herz,

Der versteht in Lust die Tränen
Und der Liebe ewig Sehnen,
Eins in Zwei zu sein,
Eins im Andern sich zu finden,
Daß der Zweiheit Grenzen schwinden
Und des Daseins Pein.

Wer so ganz in Herz und Sinnen
Konnt ein Wesen lieb gewinnen,
O! den tröstets nicht,
Daß für Freuden, die verloren,
Neue werden neugeboren:
Jene sinds doch nicht.

Karoline von Günderode

FRISCHE FAHRT

Laue Luft kommt blau geflossen,
Frühling, Frühling soll es sein!
Waldwärts Hörnerklang geschossen,
Mutger Augen lichter Schein;

Und das Wirren bunt und bunter
Wird ein magisch wilder Fluß,
In die schöne Welt hinunter
Lockt dich dieses Stromes Gruß.

Und ich mag mich nicht bewahren!
Weit von euch treibt mich der Wind,
Auf dem Strome will ich fahren,
Von dem Glanze selig blind!
Tausend Stimmen lockend schlagen,
Hoch Aurora flammend weht,
Fahre zu! ich mag nicht fragen,
Wo die Fahrt zu Ende geht!

Joseph von Eichendorff

SEHNSUCHT

Es schienen so golden die Sterne,
Am Fenster ich einsam stand
Und hörte aus weiter Ferne
Ein Posthorn im stillen Land.
Das Herz mir im Leibe entbrennte,
Da hab ich mir heimlich gedacht:
Ach, wer da mitreisen könnte
In der prächtigen Sommernacht!

Zwei junge Gesellen gingen
Vorüber am Bergeshang,
Ich hörte im Wandern sie singen
Die stille Gegend entlang:
Von schwindelnden Felsenschlüften,
Wo die Wälder rauschen so sacht,
Von Quellen, die von den Klüften
Sich stürzen in die Waldesnacht.

Sie sangen von Marmorbildern,
Von Gärten, die überm Gestein
In dämmernden Lauben verwildern,
Palästen im Mondenschein,
Wo die Mädchen am Fenster lauschen,
Wann der Lauten Klang erwacht,
Und die Brunnen verschlafen rauschen
In der prächtigen Sommernacht.

Eichendorff

MONDNACHT

Es war, als hätt der Himmel
Die Erde still geküßt,
Daß sie im Blütenschimmer
Von ihm nun träumen müßt.

Die Luft ging durch die Felder,
Die Ähren wogten sacht,
Es rauschten leis die Wälder,
So sternklar war die Nacht.

Und meine Seele spannte
Weit ihre Flügel aus,
Flog durch die stillen Lande,
Als flöge sie nach Haus.

Eichendorff

DIE NACHT

Nacht ist wie ein stilles Meer,
Lust und Leid und Liebesklagen
Kommen so verworren her
In dem linden Wellenschlagen.

Wünsche wie die Wolken sind,
Schiffen durch die stillen Räume.
Wer erkennt im lauen Wind,
Obs Gedanken oder Träume? —

Schließ ich nun auch Herz und Mund,
Die so gern den Sternen klagen:
Leise doch im Herzensgrund
Bleibt das linde Wellenschlagen.

Eichendorff

MORGENGEBET

O wunderbares, tiefes Schweigen,
Wie einsam ists noch auf der Welt!
Die Wälder nur sich leise neigen,
Als ging der Herr durchs stille Feld.

Ich fühl mich recht wie neu geschaffen,
Wo ist die Sorge nun und Not?
Was mich noch gestern wollt erschlaffen,
Ich schäm mich des im Morgenrot.

Die Welt mit ihrem Gram und Glücke
Will ich, ein Pilger, frohbereit
Betreten nur wie eine Brücke
Zu dir, Herr, übern Strom der Zeit.

Und buhlt mein Lied, auf Weltgunst lauernd,
Um schnöden Sold der Eitelkeit:
Zerschlag mein Saitenspiel, und schauernd
Schweig ich vor dir in Ewigkeit.

Eichendorff

MEERESSTILLE

Ich seh von des Schiffes Rande
Tief in die Flut hinein:
Gebirge und grüne Lande
Und Trümmer im falben Schein
Und zackige Türme im Grunde,
Wie ichs oft im Traum mir gedacht,
Das dämmert alles da unten,
Als wie eine prächtige Nacht.

Seekönig auf seiner Warte
Sitzt in der Dämmrung tief;
Als ob er mit langem Barte
Über seiner Harfe schlief;
Da kommen und gehen die Schiffe
Darüber, er merkt es kaum,
Von seinem Korallenriffe
Grüßt er sie wie im Traum.

Eichendorff

MITTAGSRUH

Über Bergen, Fluß und Talen
Stiller Lust und tiefen Qualen
Webet heimlich, schillert, Strahlen!
Sinnend ruht des Tags Gewühle
In der dunkelblauen Schwüle,
Und die ewigen Gefühle,
Was dir selber unbewußt,
Treten heimlich, groß und leise
Aus der Wirrung fester Gleise,
Aus der unbewachten Brust,
In die stillen, weiten Kreise.

Eichendorff

ÜBER GELB UND ROTE STREIFEN

Über gelb und rote Streifen
Ziehen hoch die Vögel fort.
Trostlos die Gedanken schweifen,
Ach! sie finden keinen Port,
Und der Hörner dunkle Klagen
Einsam nur ans Herz dir schlagen.

Siehst du blauer Berge Runde
Ferne überm Walde stehn,
Bäche in dem stillen Grunde
Rauschend nach der Ferne gehn?
Wolken, Bäche, Vögel munter,
Alles ziehet mit hinunter.

Golden meine Locken wallen,
Süß mein junger Leib noch blüht —
Bald ist Schönheit auch verfallen,
Wie des Sommers Glanz verglüht,
Jugend muß die Blüten neigen,
Rings die Hörner alle schweigen.

Schlanke Arme, zu umarmen,
Roten Mund, zum süßen Kuß,
Weiße Brust, dran zu erwarmen,
Reichen, vollen Liebesgruß
Bietet dir der Hörner Schallen.
Süßer! Komm, eh sie verhallen.

Eichendorff

WANDERSPRUCH

Der Wandrer, von der Heimat weit,
Wenn rings die Gründe schweigen,
Der Schiffer in Meeres Einsamkeit,
Wenn die Stern aus den Fluten steigen:

Die beide schauern und lesen
In stiller Nacht,
Was sie nicht gedacht,
Da es noch fröhlicher Tag gewesen.

Eichendorff

DER ABEND

Schweigt der Menschen laute Lust:
Rauscht die Erde wie in Träumen
Wunderbar mit allen Bäumen,
Was dem Herzen kaum bewußt,
Alte Zeiten, linde Trauer,
Und es schweifen leise Schauer
Wetterleuchtend durch die Brust.

Eichendorff

ZWIELICHT

Dämmrung will die Flügel spreiten,
Schaurig rühren sich die Bäume,
Wolken ziehn wie schwere Träume —
Was will dieses Graun bedeuten?

Hast ein Reh du lieb vor andern,
Laß es nicht alleine grasen,
Jäger ziehn im Wald und blasen,
Stimmen hin und wieder wandern.

Hast du einen Freund hienieden,
Trau ihm nicht zu dieser Stunde,
Freundlich wohl mit Aug und Munde,
Sinnt er Krieg im tückschen Frieden.

Was heut müde gehet unter,
Hebt sich morgen neugeboren,
Manches bleibt in Nacht verloren —
Hüte dich, bleib wach und munter!

Eichendorff

DER UMKEHRENDE

Es wandelt, was wir schauen,
Tag sinkt ins Abendrot,
Die Lust hat eignes Grauen,
Und alles hat den Tod.

Ins Leben schleicht das Leiden
Sich heimlich wie ein Dieb,
Wir alle müssen scheiden
Von allem, was uns lieb.

Was gäb es doch auf Erden,
Wer hielt den Jammer aus,
Wer möcht geboren werden,
Hieltst du nicht droben haus!

Du bists, der, was wir bauen,
Mild über uns zerbricht,
Daß wir den Himmel schauen —
Darum so klag ich nicht.

Eichendorff

DER KRANKE

Soll ich dich denn nun verlassen,
Erde, heitres Vaterhaus?
Herzlich Lieben, mutig Hassen,
Ist denn alles, alles aus?

Vor dem Fenster durch die Linden
Spielt es wie ein linder Gruß.
Lüfte, wollt ihr mir verkünden,
Daß ich bald hinunter muß? —

Liebe ferne blaue Hügel,
Stiller Fluß im Talesgrün,
Ach, wie oft wünscht' ich mir Flügel,
Über euch hinweg zu ziehn!

Da sich jetzt die Flügel dehnen,
Schaur' ich in mich selbst zurück,
Und ein unbeschreiblich Sehnen
Zieht mich nach der Welt zurück.

Eichendorff

DER SOLDAT

Und wenn es einst dunkelt,
Der Erd bin ich satt,
Durchs Abendrot funkelt
Eine prächtge Stadt:
Von den goldenen Türmen
Singet der Chor,
Wir aber stürmen
Das himmlische Tor.

Eichendorff

DANK

Mein Gott, dir sag ich Dank,
Daß du die Jugend mir bis über alle Wipfel
In Morgenrot getaucht und Klang,
Und auf des Lebens Gipfel,

Bevor der Tag geendet,
Vom Herzen unbewacht
Den falschen Glanz gewendet,
Daß ich nicht taumle ruhmgeblendet,
Da nun herein die Nacht
Dunkelt in ernster Pracht.

Eichendorff

NACHKLÄNGE

Mir träumt', ich ruhte wieder
Vor meines Vaters Haus
Und schaute fröhlich nieder
Ins alte Tal hinaus,
Die Luft mit lindem Spielen,
Ging durch das Frühlingslaub,
Und Blütenflocken fielen
Mir über Brust und Haupt.

Als ich erwacht, da schimmert
Der Mond vom Waldesrand,
Im falben Scheine flimmert
Um mich ein fremdes Land,
Und wie ich ringsher sehe:
Die Flocken waren Eis,
Die Gegend war vom Schnee,
Mein Haar vom Alter weiß.

Eichendorff

WARNUNG

Aus ist dein Urlaub und die Laut' zerschlagen,
Nachts aus der stillen Stadt nun mußt du gehen,
Die Wetterfahnen nur im Wind sich drehen,
Dein Tritt verhallt, mag niemand nach dir fragen.

Doch draußen waldwärts, wo du herstammst, ragen
Die Zinnen noch der goldnen Burg, es gehen
Die Wachen schildernd auf dem Wall, das Wehen
Der Nacht bringt ihren Ruf ins Land getragen.

Der Engel dort mit seinem Flammendegen
Steht blankgerüstet noch, das Tor zu hüten,
Und wird dich mit den ersten Blicken messen,

Die manches Herze schon zu Asche glühten.
Hast du Parol und Feldgeschrei vergessen:
Weh! wo nun willst dein müdes Haupt hinlegen?

Eichendorff

DAS ALTER

Hoch mit den Wolken geht der Vögel Reise,
Die Erde schläfert, kaum noch Astern prangen,
Verstummt die Lieder, die so fröhlich klangen,
Und trüber Winter deckt die weiten Kreise.

Die Wanduhr tickt, im Zimmer singet leise
Waldvöglein noch, so du im Herbst gefangen.
Ein Bilderbuch scheint alles, was vergangen,
Du blätterst drin, geschützt vor Sturm und Eise.

So mild ist oft das Alter mir erschienen:
Wart nur, bald taut es von den Dächern nieder,
Und über Nacht hat sich die Luft gewendet.
Ans Fenster klopft ein Bot' mit frohen Mienen,
Du trittst erstaunt heraus — und kehrst nicht wieder,
Denn endlich kommt der Lenz, der nimmer endet.

Eichendorff

DER EINSIEDLER

Komm, Trost der Welt, du stille Nacht!
Wie steigst du von den Bergen sacht,
Die Lüfte alle schlafen,
Ein Schiffer nur noch, wandermüd,
Singt übers Meer sein Abendlied
Zu Gottes Lob im Hafen.

Die Jahre wie die Wolken gehn
Und lassen mich hier einsam stehn,
Die Welt hat mich vergessen,
Da tratst du wunderbar zu mir,
Wenn ich beim Waldesrauschen hier
Gedankenvoll gesessen.

O Trost der Welt, du stille Nacht!
Der Tag hat mich so müd gemacht,
Das weite Meer schon dunkelt,
Laß ausruhn mich von Lust und Not,
Bis daß das ewge Morgenrot
Den stillen Wald durchfunkelt.

Eichendorff

SCHWESTERLEIN

Schwesterlein, Schwesterlein, wann gehn wir nach Haus?
„Morgen, wenn die Hähne krähn,
Wollen wir nach Hause gehn,
Brüderlein, Brüderlein, dann gehn wir nach Haus."

Schwesterlein, Schwesterlein, wann gehn wir nach Haus?
„Morgen, wenn der Tag anbricht,
Eh' endet die Freude nicht,
Brüderlein, Brüderlein, der fröhliche Braus."

Schwesterlein, Schwesterlein, wohl ist es Zeit?
„Mein Liebster tanzt mit mir.
Geh ich, tanzt er mit ihr.
Brüderlein, Brüderlein, laß du mich heut."

Schwesterlein, Schwesterlein, was bist du blaß?
„Das macht der Morgenschein
Auf meinen Wängelein,
Brüderlein, Brüderlein, die vom Taue naß."

Schwesterlein, Schwesterlein, du wankest so matt?
„Suche die Kammertür,
Suche mein Bettlein mir,
Brüderlein, es wird fein unterm Rasen sein."

Anton Wilhelm von Zuccalmaglio

ES FIEL EIN REIF

Es fiel ein Reif in der Frühlingsnacht,
Er fiel auf die zarten Blaublümelein,
Sie sind verwelket, verdorret.

Ein Jüngling hatte ein Mädchen lieb,
Sie flohen beide von Hause fort,
Es wußt's weder Vater noch Mutter.

Sie sind gewandert hin und her,
Sie haben gehabt weder Glück noch Stern;
Sie sind verdorben, gestorben.

Zuccalmaglio

DER MOHN

Wie dort, gewiegt von Westen,
Des Mohnes Blüte glänzt,
Die Blume, die am besten
Des Traumgotts Schläfe kränzt,
Bald purpurhell, als spiele
Der Abendröte Schein,
Bald weiß und bleich, als fiele
Des Mondes Schimmer ein!

Zur Warnung hört ich sagen,
Daß, wer im Mohne schlief,
Hinunter ward getragen
In Träume schwer und tief;
Dem Wachen selbst geblieben
Sei irren Wahnes Spur,
Die Nahen und die Lieben
Halt er für Schemen nur.

In meiner Tage Morgen,
Da lag auch ich einmal,
Von Blumen ganz verborgen,
In einem schönen Tal.
Sie dufteten so milde;
Da ward, ich fühlt es kaum,
Das Leben mir zum Bilde,
Das Wirkliche zum Traum.

Seitdem ist mir beständig,
Als wäre es so nur recht,
Mein Bild der Welt lebendig,
Mein Traum nur wahr und echt;
Die Schatten, die ich sehe,
Sie sind wie Sterne klar.
O Mohn der Dichtung, wehe
Ums Haupt mir immerdar!

Ludwig Uhland

SCHÄFERS SONNTAGSLIED

Das ist der Tag des Herrn!
Ich bin allein auf weiter Flur;
Noch eine Morgenglocke nur,
Nun Stille nah und fern.

Anbetend knie ich hier.
O süßes Graun, geheimes Wehn,
Als knieten viele ungesehn
Und beteten mit mir.

Der Himmel, nah und fern,
Er ist so klar und feierlich,
So ganz, als wollt er öffnen sich.
Das ist der Tag des Herrn!

Uhland

DIE KAPELLE

Droben stehet die Kapelle,
Schauet still ins Tal hinab,
Drunten singt bei Wies' und Quelle
Froh und hell der Hirtenknab.

Traurig tönt das Glöcklein nieder,
Schauerlich der Leichenchor;
Stille sind die frohen Lieder,
Und der Knabe lauscht empor.

Droben bringt man sie zu Grabe,
Die sich freuten in dem Tal.
Hirtenknabe, Hirtenknabe!
Dir auch singt man dort einmal.

Uhland

AUF WILHELM HAUFFS FRÜHES HINSCHEIDEN

Dem jungen, frischen, farbenhellen Leben,
Dem reichen Frühling, dem kein Herbst gegeben,
Ihm lasset uns zum Totenopfer zollen
Den abgeknickten Zweig, den blütenvollen!

Noch eben war von dieses Frühlings Scheine
Das Vaterland beglänzt. Auf schroffem Steine,
Dem man die Burg gebrochen, hob sich neu
Ein Wolkenschloß, ein zauberhaft Gebäu;

Doch in der Höhle, wo die stille Kraft
Des Erdgeists rätselhafte Formen schafft,
Am Fackellicht der Phantasie entfaltet,
Sahn wir zu Heldenbildern sie gestaltet;
Und jeder Hall in Spalt und Kluft versteckt,
Ward zu beseeltem Menschenwort erweckt.

Mit Heldenfahrten und mit Festestänzen,
Mit Satyrlarven und mit Blumenkränzen
Umkleidete das Altertum den Sarg,
Der heiter die verglühte Asche barg;
So hat auch er, dem unsre Träne taut,
Aus Lebensbildern sich den Sarg erbaut.

Die Asche ruht, der Geist entfleugt auf Bahnen
Des Lebens, dessen Fülle wir nur ahnen,
Wo auch die Kunst ihr himmlisch Ziel erreicht
Und vor dem Urbild jedes Bild erbleicht.

Uhland

AUF DEN TOD EINES KINDES

Du kamst, du gingst mit leiser Spur,
Ein flüchtger Gast im Erdenland;
Woher? wohin? wir wissen nur:
Aus Gottes Hand in Gottes Hand.

Uhland

IN VARNHAGENS STAMMBUCH

Als Phöbus stark mit Mauern, Türmen, Gittern
Die Königsburg von Nisa half bereiten,
Da legt er seiner Lyra goldne Saiten
Auf einen Mauerstein mit leisem Schüttern.

Die Zinne konnte nicht so sehr verwittern,
Daß nicht den Marmor noch in späten Zeiten
Selbst bei des Fingers leichtem Drübergleiten
Durchklungen hätt ein sanft melodisch Zittern.

So legt auch ich auf dies Gedächtnisblatt,
Das du wohl öfters, blätternd, wirst berühren,
Mein Saitenspiel, auch gab es einen Ton.

Und dennoch zweifl ich, ob an dieser Statt
Du jemals einen Nachklang werdest spüren,
Denn ich bin Phöbus nicht, noch Phöbus' Sohn.

Uhland

VERBORGENE TRÄNEN

Als du, vom Schlaf erstanden,
Gewandelt durch die Au,
Da lag ob allen Landen
Der Himmel wunderblau.

Doch als du ohne Sorgen
Schliefest auf weichem Pfühl,
Vergoß er bis zum Morgen
Der schweren Tränen viel.

In stillen Nächten weinet
So mancher aus den Schmerz,
Daß es am Morgen scheinet,
Stets fröhlich sei sein Herz.

Justinus Kerner

ABENDSCHIFFAHRT

Wenn von heiliger Kapelle,
Abendglocke fromm erschallet,
Stiller dann das Schiff auch wallet
Durch die himmelblaue Welle;
Dann sinkt Schiffer betend nieder,
Und wie von dem Himmel helle
Blicken aus den Wogen wieder
Mond und Sterne.
Eines ist dann Wolk und Welle,
Und die Engel tragen gerne,
Umgewandelt zur Kapelle,
So ein Schiff durch Mond und Sterne.

Kerner

WANDERER

Die Straßen, die ich gehe,
So oft ich um mich sehe,
Sie bleiben fremd doch mir.
Herberg, wo ich möcht weilen,
Ich kann sie nicht ereilen,
Weit, weit ist sie von hier.

So fremd mir anzuschauen
Sind diese Städt und Auen,
Die Burgen stumm und tot;
Doch fern Gebirge ragen,
Die meine Heimat tragen,
Ein ewig Morgenrot.

Kerner

DER WANDERER IN DER SÄGEMÜHLE

Dort unten in der Mühle
Saß ich in süßer Ruh
Und sah dem Räderspiele
Und sah den Wassern zu.

Sah zu der blanken Säge,
Es war mir wie ein Traum,
Die bahnte lange Wege
In einen Tannenbaum.

Die Tanne war wie lebend;
In Trauermelodie,
Durch alle Fasern bebend,
Sang diese Worte sie:

Du kehrst zur rechten Stunde,
O Wanderer, hier ein,
Du bists, für den die Wunde
Mir dringt ins Herz hinein;

Du bists, für den wird werden,
Wann kurz gewandert du,
Dies Holz im Schoß der Erden
Ein Schrein zur langen Ruh.

Vier Bretter sah ich fallen,
Mir wards ums Herze schwer,
Ein Wörtlein wollt ich lallen,
Da ging das Rad nicht mehr.

Kerner

REITERS MORGENGESANG

Morgenrot,
Leuchtest mir zum frühen Tod?
Bald wird die Trompete blasen,
Dann muß ich mein Leben lassen,
Ich und mancher Kamerad!

Kaum gedacht,
War der Lust ein End gemacht!
Gestern noch auf stolzen Rossen,
Heute durch die Brust geschossen,
Morgen in das kühle Grab!

Ach, wie bald
Schwindet Schönheit und Gestalt!
Tust du stolz mit deinen Wangen,
Die wie Milch und Purpur prangen?
Ach, die Rosen welken all!

Darum still
Füg ich mich, wie Gott es will.
Nun, so will ich wacker streiten,
Und sollt ich den Tod erleiden,
Stirbt ein braver Reitersmann.

Wilhelm Hauff

SOLDATENLIEBE

Steh ich in finstrer Mitternacht
So einsam auf der stillen Wacht,
So denk ich an mein fernes Lieb,
Ob mirs auch treu und hold verblieb?

Als ich zur Fahne fort gemüßt,
Hat sie so herzlich mich geküßt,
Mit Bändern meinen Hut geschmückt
Und weinend mich ans Herz gedrückt!

Sie liebt mich noch, sie ist mir gut,
Drum bin ich froh und wohlgemut;
Mein Herz schlägt warm in kalter Nacht,
Wenn es ans treue Lieb gedacht.

Jetzt bei der Lampe mildem Schein
Gehst du wohl in dein Kämmerlein,
Und schickst dein Nachtgebet zum Herrn
Auch für den Liebsten in der Fern!

Doch, wenn du traurig bist und weinst,
Mich von Gefahr umringet meinst —
Sei ruhig! bin in Gottes Hut,
Er liebt ein treu Soldatenblut.

Die Glocke schlägt, bald naht die Rund
Und löst mich ab zu dieser Stund;
Schlaf wohl im stillen Kämmerlein
Und denk in deinen Träumen mein!

Hauff

DAS GEWITTER

Urahne, Großmutter, Mutter und Kind
In dumpfer Stube beisammen sind;
Es spielet das Kind, die Mutter sich schmückt,
Großmutter spinnet, Urahne, gebückt,
Sitzt hinter dem Ofen im Pfühl —
Wie wehen die Lüfte so schwül!

Das Kind spricht: „Morgen ist Feiertag,
Wie will ich spielen im grünen Hag,
Wie will ich springen durch Tal und Höh'n,
Wie will ich pflücken viel Blumen schön;
Dem Anger, dem bin ich hold!"
Hört ihr's, wie der Donner grollt?

Die Mutter spricht: „Morgen ist Feiertag,
Da halten wir alle fröhlich Gelag,
Ich selber, ich rüste mein Feierkleid;
Das Leben, es hat auch Lust nach Leid,
Dann scheint die Sonne wie Gold!" —
Hört ihr's, wie der Donner grollt?

Großmutter spricht: „Morgen ist Feiertag,
Großmutter hat keinen Feiertag,
Sie kochet das Mahl, sie spinnet das Kleid,
Das Leben ist Sorg' und viel Arbeit;
Wohl dem, der tat, was er sollt!"
Hört ihr's, wie der Donner grollt?

Urahne spricht: „Morgen ist Feiertag,
Am liebsten morgen ich sterben mag:
Ich kann nicht singen und scherzen mehr,
Ich kann nicht sorgen und schaffen schwer.
Was tu ich noch auf der Welt?" —
Seht ihr, wie der Blitz dort fällt?

Sie hören's nicht, sie sehen's nicht,
Es flammet die Stube wie lauter Licht:
Urahne, Großmutter, Mutter und Kind
Vom Strahl miteinander getroffen sind,
Vier Leben endet ein Schlag —
Und morgen ist's Feiertag.

Gustav Schwab

NACHTGEBET

Müde bin ich, geh zur Ruh,
Schließe beide Äuglein zu:
Vater, laß die Augen dein
Über meinem Bette sein!

Hab ich Unrecht heut getan,
Sieh es, lieber Gott, nicht an!
Deine Gnad und Jesu Blut
Macht ja allen Schaden gut.

Alle, die wir sind verwandt,
Gott, laß ruhn in deiner Hand;
Alle Menschen, groß und klein,
Sollen dir befohlen sein.

Kranken Herzen sende Ruh,
Nasse Augen schließe zu;
Laß den Mond am Himmel stehn
Und die stille Welt besehn!

Luise Hensel

DER LINDENBAUM

Am Brunnen vor dem Tore
Da steht ein Lindenbaum;
Ich träumt in seinem Schatten
So manchen süßen Traum.
Ich schnitt in seine Rinde
So manches liebe Wort;
Es zog in Freud und Leide
Zu ihm mich immer fort.

Ich mußt auch heute wandern
Vorbei in tiefer Nacht,
Da hab ich noch im Dunkel
Die Augen zugemacht.
Und seine Zweige rauschten,
Als riefen sie mir zu:
Komm her zu mir, Geselle,
Hier findst du deine Ruh!

Die kalten Winde bliesen
Mir grad ins Angesicht,
Der Hut flog mir vom Kopfe,
Ich wendete mich nicht.

Nun bin ich manche Stunde
Entfernt von jenem Ort,
Und immer hör ichs rauschen:
Du fändest Ruhe dort!

Wilhelm Müller

DER LETZTE GAST

Ich bin der letzte Gast im Haus;
Komm, leuchte mir zur Tür hinaus,
Und bieten wir uns gute Ruh,
So gib mir einen Kuß dazu.

Du schenktest heut mir trüben Wein
In meinen letzten Becher ein;
Ich schalt dich nicht und trank ihn aus:
Ich war ja letzter Gast im Haus.

Mir gegenüber saßest du,
Es fielen dir die Augen zu;
Ich dacht': Sie wünscht dich wohl hinaus,
Du bist der letzte Gast im Haus.

Ich bin der letzte Gast im Haus;
Der schöne frische Rosenstrauß,
Den ich dir gab beim ersten Glas,
Hängt dir am Busen welk und blaß.

Nun gute Nacht! Nun gute Ruh!
Und morgen früh wann öffnest du?
Ich bin der letzte Gast im Haus,
Und eh es dämmert, wandr ich aus.

Ich bin der letzte Gast im Haus,
Den letzten Tropfen trink ich aus;

Setz mir mein grünes Glas beiseit:
Zerbrächs ein Andrer, tät mirs leid.

Müller

DAS WIRTSHAUS

Auf einen Totenacker
Hat mich mein Weg gebracht.
Allhier will ich einkehren:
Hab ich bei mir gedacht.

Ihr grünen Totenkränze
Könnt wohl die Zeichen sein,
Die müde Wandrer laden
Ins kühle Wirtshaus ein.

Sind denn in diesem Hause
Die Kammern all besetzt?
Bin matt zum Niedersinken
Und tödlich schwer verletzt.

O unbarmherz'ge Schenke,
Doch weisest du mich ab?
Nun weiter denn, nur weiter,
Mein treuer Wanderstab.

Müller

DAS SCHLOSS BONCOURT

Ich träum als Kind mich zurücke
Und schüttle mein greises Haupt;
Wie sucht ihr mich heim, ihr Bilder,
Die lang ich vergessen geglaubt!

Hoch ragt aus schattgen Gehegen
Ein schimmerndes Schloß hervor,
Ich kenne die Türme, die Zinnen,
Die steinerne Brücke, das Tor.

Es schauen vom Wappenschilde
Die Löwen so traulich mich an,
Ich grüße die alten Bekannten
Und eile den Burghof hinan.

Dort liegt die Sphinx am Brunnen,
Dort grünt der Feigenbaum,
Dort, hinter diesen Fenstern,
Verträumt ich den ersten Traum.

Ich tret in die Burgkapelle
Und suche des Ahnherrn Grab;
Dort ists, dort hängt vom Pfeiler
Das alte Gewaffen herab.

Noch lesen umflort die Augen
Die Züge der Inschrift nicht,
Wie hell durch die bunten Scheiben
Das Licht darüber auch bricht.

So stehst du, o Schloß meiner Väter,
Mir treu und fest in dem Sinn,
Und bist von der Erde verschwunden,
Der Pflug geht über dich hin.

Sei fruchtbar, o teurer Boden,
Ich segne dich mild und gerührt,
Und segne ihn zwiefach, wer immer
Den Pflug nun über dich führt.

Ich aber will auf mich raffen,
Mein Saitenspiel in der Hand,
Die Weiten der Erde durchschweifen
Und singen von Land zu Land.

Adelbert von Chamisso

DIE KREUZSCHAU

Der Pilger, der die Höhen überstiegen,
Sah jenseits schon das ausgespannte Tal
In Abendglut vor seinen Füßen liegen.

Auf duft'ges Gras, im milden Sonnenstrahl
Streckt er ermattet sich zur Ruhe nieder,
Indem er seinem Schöpfer sich befahl.

Ihm fielen zu die matten Augenlider,
Doch seinen wachen Geist enthob ein Traum
Der ird'schen Hülle seiner trägen Glieder.

Der Schild der Sonne ward im Himmelsraum
Zu Gottes Angesicht, das Firmament
Zu seinem Kleid, das Land zu dessen Saum.

„Du wirst dem, dessen Herz dich Vater nennt,
Nicht, Herr, im Zorn entziehen deinen Frieden,
Wenn seine Schwächen er vor dir bekennt.

Daß, wen ein Weib gebar, sein Kreuz hienieden
Auch duldend tragen muß, ich weiß es lange,
Doch sind der Menschen Last und Leid verschieden.

Mein Kreuz ist allzuschwer; sieh', ich verlange
Die Last nur angemessen meiner Kraft;
Ich unterliege, Herr, zu hartem Zwange."

Wie er so sprach zum Höchsten kinderhaft,
Kam brausend her ein Sturm, und es geschah,
Daß aufwärts er sich fühlte hingerafft.

Und wie er Boden faßte, fand er da
Sich einsam in der Mitte räum'ger Hallen,
Wo ringsum sonder Zahl er Kreuze sah.

Und eine Stimme hört er dröhnend hallen:
„Hier aufgespeichert ist das Leid; du hast
Zu wählen unter diesen Kreuzen allen."

Versuchend ging er da, unschlüssig fast,
Von einem Kreuz zum anderen umher,
Sich auszuprüfen die bequem're Last.

Dies Kreuz war ihm zu groß und das zu schwer;
So schwer und groß war jenes andre nicht,
Doch scharf von Kanten drückt' es desto mehr.

Das dort, das warf wie Gold ein gleißend Licht,
Das lockt ihn, unversucht es nicht zu lassen;
Dem goldnen Glanz entsprach auch das Gewicht.

Er mochte dieses heben, jenes fassen,
Zu keinem neigte noch sich seine Wahl.
Es wollte keines, keines für ihn passen.

Durchmustert hat er schon die ganze Zahl —
Verlorne Müh! vergebens war's geschehen!
Durchmustern mußt er sie zum andern Mal.

Und nun gewahrt er, früher übersehen,
Ein Kreuz, das leidlicher ihm schien zu sein,
Und bei dem einen blieb er endlich stehen.

Ein schlichtes Marterholz, nicht leicht, allein
Ihm paßlich und gerecht nach Kraft und Maß;
„Herr“, rief er, „so du willst, dies Kreuz sei mein!“

Und wie ers prüfend mit den Augen maß —
Es war dasselbe, das er sonst getragen,
Wogegen er zu murren sich vermaß.
Er lud es auf und trug's nun sonder Klagen.

Chamisso

AMARYLLIS

Amara, bittre, was du tust ist bitter,
Wie du die Füße rührst, die Arme lenkest,
Wie du die Augen hebst, wie du sie senkest,
Die Lippen auftust oder zu, ists bitter.

Ein jeder Gruß ist, den du schenkest, bitter,
Bitter ein jeder Kuß, den du nicht schenkest;
Bitter ist, was du sprichst und was du denkest,
Und was du hast, und was du bist, ist bitter.

Voraus kommt eine Bitterkeit gegangen,
Zwo Bitterkeiten gehn dir zu den Seiten,
Und eine folgt den Spuren deiner Füße.

O du mit Bitterkeiten rings umfangen,
Wer dächte, daß mit all den Bitterkeiten
Du doch mir bist im innern Kern so süße!

Friedrich Rückert

AUS DER JUGENDZEIT

Aus der Jugendzeit, aus der Jugendzeit
Klingt ein Lied mir immerdar;
O wie liegt so weit, o wie liegt so weit,
Was mein einst war!

Was die Schwalbe sang, was die Schwalbe sang,
Die den Herbst und Frühling bringt;
Ob das Dorf entlang, ob das Dorf entlang
Das jetzt noch klingt?

„Als ich Abschied nahm, als ich Abschied nahm,
Waren Kisten und Kasten schwer;
Als ich wieder kam, als ich wieder kam,
War alles leer."

O du Kindermund, o du Kindermund,
Unbewußter Weisheit froh,
Vogelsprachekund, vogelsprachekund,
Wie Salomo!

O du Heimatflur, o du Heimatflur,
Laß zu deinem heilgen Raum
Mich noch einmal nur, mich noch einmal nur
Entfliehn im Traum!

Als ich Abschied nahm, als ich Abschied nahm,
War die Welt mir voll so sehr;
Als ich wieder kam, als ich wieder kam,
War alles leer.

Wohl die Schwalbe kehrt, wohl die Schwalbe kehrt,
Und der leere Kasten schwoll,
Ist das Herz geleert, ist das Herz geleert,
Wirds nie mehr voll.

Keine Schwalbe bringt, keine Schwalbe bringt
Dir zurück, wonach du weinst;
Doch die Schwalbe singt, doch die Schwalbe singt
Im Dorf wie einst:

„Als ich Abschied nahm, als ich Abschied nahm,
Waren Kisten und Kasten schwer;
Als ich wieder kam, als ich wieder kam,
War alles leer."

Rückert

KEHR EIN BEI MIR

Du bist die Ruh,
Der Friede mild,
Die Sehnsucht du
Und was sie stillt.

Ich weihe dir
Voll Lust und Schmerz
Zur Wohnung hier
Mein Aug und Herz.

Kehr ein bei mir,
Und schließe du
Still hinter dir
Die Pforten zu.

Treib andern Schmerz
Aus dieser Brust!
Voll sei dies Herz
Von deiner Lust.

Dies Augenzelt
Von deinem Glanz
Allein erhellt,
O füll es ganz.

Rückert

KINDERTOTENLIEDER

Du bist ein Schatten am Tage
Und in der Nacht ein Licht;
Du lebst in meiner Klage
Und stirbst im Herzen nicht.

Wo ich mein Zelt aufschlage,
Da wohnst du bei mir dicht;
Du bist mein Schatten am Tage
Und in der Nacht mein Licht.

Wo ich auch nach dir frage,
Find ich von dir Bericht,
Du lebst in meiner Klage
Und stirbst im Herzen nicht.

Du bist ein Schatten am Tage
Und in der Nacht ein Licht;
Du lebst in meiner Klage
Und stirbst im Herzen nicht.

*

Oft denk ich, sie sind nur ausgegangen,
Bald werden sie wieder nach Hause gelangen;
Der Tag ist schön, o sei nicht bang,
Sie machen nur einen weiten Gang.

Jawohl, sie sind nur ausgegangen
Und werden jetzt nach Haus gelangen;
O sei nicht bang, der Tag ist schön,
Sie machen den Gang zu jenen Höhn.

Sie sind uns nur vorausgegangen
Und werden nicht hier nach Haus verlangen;

Wir holen sie ein auf jenen Höhn
Im Sonnenschein, der Tag ist schön.

*

Unter des Himmels Blau,
Unter des Maien Tau,
Den Frühlingslüften lau,
Als ihr schliefet im Freien,
Dacht ich, die Bettchen seien
Wohlbestellt euch zweien.

Unter des Himmels Grau,
Den Winterklüften rauh,
Auf der erstorbnen Au,
Nun schlafet ihr im Freien,
Wird es über euch schneien
Nicht Blüten wie im Maien.

Rückert

TRITT HEREIN

Tritt herein zu der Türe
Und erleuchte das Zimmer ganz!
Grüße rings und entführe
Alle Herzen in Himmelsglanz.

Vor dir gehet ein Schweigen,
Um dich anzumelden im Saal,
Und das Feld ist dein eigen,
Eh du noch aufgetreten einmal.

Lösche du des Verstandes
Flackernde Lampe mit deinem Schein,
Und belebenden Brandes
Laß hier Schönheit die Sonne sein.

Sieh, es drehen planetisch
Alle Strahlen sich um dein Licht,
Und du ziehest magnetisch
Alle Blick' an dein Angesicht.

Deine lächelnden Mienen
Sind ein würziger Blumenflor;
Honigsaugende Bienen
Deiner Lippen sind Aug und Ohr.

Sieh, du bist nun die Kerze
Dieser Gesellschaft, hebe das Haupt,
Und dem Schmetterling Scherze
Sei um das Licht sein Kreisen erlaubt.

Wie du sicher und leise
Blickest, zügelt Ordnung den Tanz,
Und sich halten im Gleise
Herzen, welche verwirrt dein Glanz.

Rückert

CHIDHER

Chidher, der ewig junge, sprach:
Ich fuhr an einer Stadt vorbei,
Ein Mann im Garten Früchte brach;
Ich fragte, seit wann die Stadt hier sei?
Er sprach und pflückte die Früchte fort:
„Die Stadt steht ewig an diesem Ort
Und wird so stehen ewig fort."
Und aber nach fünfhundert Jahren
Kam ich desselbigen Wegs gefahren.

Da fand ich keine Spur der Stadt;
Ein einsamer Schäfer blies die Schalmei,
Die Herde weidete Laub und Blatt;
Ich fragte: „Wie lang ist die Stadt vorbei?"

Er sprach und blies auf dem Rohre fort:
„Das eine wächst, wenn das andre dorrt;
Das ist mein ewiger Weideort.“
 Und aber nach fünfhundert Jahren
 Kam ich desselbigen Wegs gefahren.

Da fand ich ein Meer, das Wellen schlug,
Ein Schiffer warf die Netze frei;
Und als er ruhte vom schweren Zug,
Fragt ich, seit wann das Meer hier sei?
Er sprach und lachte meinem Wort:
„So lang als schäumen die Wellen dort,
Fischt man und fischt man in diesem Port.«
 Und aber nach fünfhundert Jahren
 Kam ich desselbigen Wegs gefahren.

Da fand ich einen waldigen Raum
Und einen Mann in der Siedelei,
Er fällte mit der Axt den Baum;
Ich fragte, wie alt der Wald hier sei?
Er sprach: „Der Wald ist ein ewiger Hort;
Schon ewig wohn ich an diesem Ort,
Und ewig wachsen die Bäum hier fort.“
 Und aber nach fünfhundet Jahren
 Kam ich desselbigen Wegs gefahren.

Da fand ich eine Stadt, und laut
Erschallte der Markt vom Volksgeschrei.
Ich fragte: „Seit wann ist die Stadt erbaut?
Wohin ist Wald und Meer und Schalmei?“
Sie schrien und hörten nicht mein Wort:
„So ging es ewig an diesem Ort
Und wird so gehen ewig fort.“
 Und aber nach fünfhundert Jahren
 Will ich desselbigen Weges fahren.

Rückert

HEIM

Gott geleite die armen müden Kranken heim!
Gott geleite die müden irren Gedanken heim!
Gott verleihe dir einen Stab der Geduld, mein Herz!
Müder Wandrer! um am Stabe zu wanken heim.
Gott verleihe dir einen gnädigen Hauch, mein Schiff!
Aus den Wogen des Unbestandes zu schwanken heim.
Alle Triebe, dem dunklen Schoße der Erde entblüht,
Aufwärts ringen sie, sich zum Lichte zu ranken heim.
Alle duftigen Blütenstäubchen der Frühlingsluft,
Rastlos sprühen sie, bis zum Staube sie sanken heim.
Also sehnet Hafisens Seele sich himmelwärts,
Und sein Irdisches zu den irdischen Schranken heim.

Rückert

SCHÖNER LEBENSLAUF

Ich bin geboren schöner, als es euch deuchtet;
Ich bin gestorben schöner, als ihr es denket.
Der Morgenstern hat mir ins Leben geleuchtet,
Der Abendstern mich ins Grab mit Fackeln gesenket.
Das Morgenrot hat Perlentau mir gefeuchtet,
Das Abendrot mir eine Träne geschenket.
Ich bin geboren schöner, als es euch deuchtet;
Ich bin gestorben schöner, als ihr es denket.

Rückert

LETZTES GEDICHT

Verwelkte Blume,
Menschenskind,
Man senkt gelind
Dich in die Erde
Hinunter.

Dann wird ob dir
Der Rasen grün,
Die Blumen blühn
Und du blühst
Mitten drunter.

Rückert

HÖLDERLIN

Den Klugen leiten sicher stets die Horen,
Nur mit dem Genius spielen oft die Winde;
Daß er so Glück wie Unglück früher finde,
Wird er mit Schwingen in die Welt geboren.

Doch bleibt ihm treu die Gottheit zugeschworen;
Sie legt am bösen Tag dem armen Kinde
Mit weicher Hand ums Aug des Wahnsinns Binde,
Daß es nie sehe, was das Herz verloren.

Die Götter haben freundlich dein gedacht,
Die du so fromm gehalten einst in Ehren,
Und lebend schon dich aus der Welt gebracht.

Nichts Irdisches kann fürder dich versehren,
Und reiner, denn ein Stern zum Schoß der Nacht,
Wirst du zurück zur großen Mutter kehren.

Georg Herwegh

AM FISCHERHAUSE

Wir saßen am Fischerhause,
Und schauten nach der See;
Die Abendnebel kamen,
Und stiegen in die Höh.

Im Leuchtturm wurden die Lichter
Allmählich angesteckt,
Und in der weiten Ferne
Ward noch ein Schiff entdeckt.

Wir sprachen von Sturm und Schiffbruch,
Vom Seemann, und wie er lebt,
Und zwischen Himmel und Wasser
Und Angst und Freude schwebt.

Wir sprachen von fernen Küsten,
Vom Süden und vom Nord,
Und von den seltsamen Völkern
Und seltsamen Sitten dort.

Am Ganges duftets und leuchtets,
Und Riesenbäume blühn,
Und schöne, stille Menschen
Vor Lotosblumen knien.

In Lappland sind schmutzige Leute,
Plattköpfig, breitmäulig und klein;
Sie kauern ums Feuer und backen
Sich Fische und quäken und schrein.

Die Mädchen horchten ernsthaft,
Und endlich sprach niemand mehr;
Das Schiff war nicht mehr sichtbar,
Es dunkelte gar zu sehr.

Heinrich Heine

DER ASRA

Täglich ging die wunderschöne
Sultanstochter auf und nieder
Um die Abendzeit am Springbrunn,
Wo die weißen Wasser plätschern.

Täglich stand der junge Sklave
Um die Abendzeit am Springbrunn,
Wo die weißen Wasser plätschern;
Täglich ward er bleich und bleicher.

Eines Abends trat die Fürstin
Auf ihn zu mit raschen Worten:
„Deinen Namen will ich wissen,
Deine Heimat, deine Sippschaft!“

Und der Sklave sprach: „Ich heiße
Mohamed, ich bin aus Yemen,
Und mein Stamm sind jene Asra,
Welche sterben, wenn sie lieben.“

Heine

WO?

Wo wird einst des Wandermüden
Letzte Ruhestätte sein?
Unter Palmen in dem Süden?
Unter Linden an dem Rhein?

Werd ich wo in einer Wüste
Eingescharrt von fremder Hand?
Oder ruh ich an der Küste
Eines Meeres in dem Sand?

Immerhin! Mich wird umgeben
Gotteshimmel, dort wie hier,
Und als Totenlampen schweben
Nachts die Sterne über mir.

Heine

DER TOD, DAS IST DIE KÜHLE NACHT

Der Tod, das ist die kühle Nacht,
Das Leben ist der schwüle Tag.
Es dunkelt schon, mich schläfert,
Der Tag hat mich müd gemacht.

Über mein Bett erhebt sich ein Baum,
Drin singt die junge Nachtigall;
Sie singt von lauter Liebe,
Ich hör es sogar im Traum.

Heine

SONETT

Wie Wahnwitz müssen klingen euch die Worte.
Denn nimmer ist der Ding urmächtiges Prangen
In euren ganz verarmten Sinn gegangen,
Ihr rauft von grünen Wiesen das Verdorrte.

Ihr sitzt beständig in des Hauses Pforte
Und fühlt ein schmerzliches, ein sehnend Bangen,
Ins Innre der Gemächer zu gelangen,
Wollt aber euch nicht rühren von dem Orte.

Ihr seid so ferne jeglichem Genusse,
Daß mir die Zähre kommt, euch zu beweinen,
Wiewohl ihr mich verlacht, wenn ich euch frage:

Ob ihr den Gott genoßt im Brot am Tage?
Ob Engel mochten eurer Nacht erscheinen?
Ob Andacht euch durchschauert hat im Kusse?

Karl Immermann

SCHWANENGESANG

Wie ruhig wallst du
Im Abendlicht, grüngolden schimmernder Strom,
Dem Meere zu, dem wogenverschlingenden Grabe,
Ein schreitender Held!
Heiliger Rhein, vernimm
Die Klage des sterbenden Sängers,
Höre sein Schwanenlied!
Weicher, schneeiger Flaum
Decket dem Schwane die Brust, nie spricht
Seine Zunge, so still
Rudert er auf der spiegelnden Flut.

Aber da löset der Tod
Plötzlich das Siegel;
Tiefe Laute
Schaurigsüß-aufatmender Wehmut
Brechen hervor aus der zuckenden Brust,
Singend neiget der Schwan das Haupt.

Lächelnd schritt ich
Durch den tandumtoseten Jahrmarkt,
Lächelnd dankt ich
Dem Gruße des Schlechten, der Aberwitz
Dichtete mich zu seinem Gesellen,
Ihr glaubtet dem Lächeln,
Mein Mund war stumm.
Aber nun löset, nun löset der Tod
Das strenge Siegel;
Die Leiden künd ich,
Welche mich aufgezehrt unter des Lächelns Flaum.
Singe mein jüngstes Lied, singe den ältesten Schmerz!

Ich sterb am Elend der Welt!
Kein geringerer Gram bricht dieses stolze Herz!
Ich habe geschaut
In die uralte Wunde
Zu kühnen Blicks,
Aus des gespaltenen Abgrunds Kluft
Dräut empor der Medusa Gesicht,
Schlangenumrauscht.

Was nützt dem Geschlechte die heilige Glut,
Die prometheische Flamme?
Des Himmels Geheimnis klingt
Vor tauben Ohren,
Propheten weinen, es lachet das Volk
Der Prophetenträne!
Vergebens stürzte
Der Märtyrer in sein heiliges Blut,
Denn über dem Grabe des Märtyrers wuchs
Stets das neue Geschlecht mit alter Torheit!

So klagte der Sänger,
Vom Söller des Hauses übergebeugt,
Und von unten herauf ernst rauschte der Strom
Wellen-weichen,
Kühlen grundinnigen Trost.
Fischer fanden nach dreien Tagen
Am Meeresgestad
Eine ruhige Leiche;
Aber niemand hat die Leiche gekannt.

Immermann

DER WEIHER

Er liegt so still im Morgenlicht,
So friedlich wie ein fromm Gewissen;
Wenn Weste seinen Spiegel küssen,
Des Ufers Blume fühlt es nicht;

Libellen zittern über ihn,
Blaugoldne Stäbchen und Karmin,
Und auf des Sonnenbildes Glanz
Die Wasserspinne führt den Tanz;
Schwertlilienkranz am Ufer steht
Und horcht des Schilfes Schlummerliede;
Ein lindes Säuseln kommt und geht,
Als flüstr' es: Friede! Friede! Friede!

Annette von Droste-Hülshoff

MONDESAUFGANG

An des Balkones Gitter lehnte ich
Und wartete, du mildes Licht, auf dich!
Hoch über mir, gleich trübem Eiskristalle,
Zerschmolzen schwamm des Firmamentes Halle;
Der See verschimmerte mit leisem Dehnen, —
Zerfloßne Perlen oder Wolkentränen?
Es rieselte, es dämmerte um mich,
Ich wartete, du mildes Licht, auf dich!

Hoch stand ich, neben mir der Linden Kamm,
Tief unter mir Gezweige, Ast und Stamm;
Im Laube summte der Phalänen Reigen,
Die Feuerfliege sah ich glimmend steigen,
Und Blüten taumelten wie halb entschlafen;
Mir war, als treibe hier ein Herz zum Hafen,
Ein Herz, das übervoll von Glück und Leid
Und Bildern seliger Vergangenheit. —

Das Dunkel stieg, die Schatten drangen ein, —
Wo weilst du, weilst du denn, mein milder Schein? —
Sie drangen ein, wie sündige Gedanken,
Des Firmamentes Woge schien zu schwanken,

Verzittert war der Feuerfliege Funken,
Längst die Phaläne an den Grund gesunken,
Nur Bergeshäupter standen hart und nah,
Ein düstrer Richterkreis, im Düster da.

Und Zweige zischelten an meinem Fuß,
Wie Warnungsflüstern oder Todesgruß;
Ein Summen stieg im weiten Wassertale,
Wie Volksgemurmel vor dem Tribunale;
Mir war, als müßte etwas Rechnung geben,
Als stehe zagend ein verlornes Leben,
Als stehe ein verkümmert Herz allein,
Einsam mit seiner Schuld und seiner Pein. —

Da — auf die Wellen sank ein Silberflor,
Und langsam stiegst du, holdes Licht, empor;
Der Alpen finstre Stirnen strichst du leise,
Und aus den Richtern wurden sanfte Greise;
Der Wellen Zucken ward ein lächelnd Winken,
An jedem Zweige sah ich Tropfen blinken,
Und jeder Tropfen schien ein Kämmerlein,
Drin flimmerte der Heimatlampe Schein.

O Mond, du bist mir wie ein später Freund,
Der seine Jugend dem Verarmten eint,
Um seine sterbenden Erinnerungen
Des Lebens zarten Widerschein geschlungen,
Bist keine Sonne, die entzückt und blendet,
In Feuerströmen lebt, in Blute endet, —
Bist, was dem kranken Sänger sein Gedicht,
Ein fremdes, aber o! ein mildes Licht.

Droste-Hülshoff

IM GRASE

Süße Ruh, süßer Taumel im Gras,
Von des Krautes Arom umhaucht,
Tiefe Flut, tief, tieftrunkene Flut,
Wenn die Wolk am Azure verraucht,
Wenn aufs müde, schwimmende Haupt
Süßes Lachen gaukelt herab,
Liebe Stimme säuselt und träuft
Wie die Lindenblüt auf ein Grab.

Wenn im Busen die Toten dann,
Jede Leiche sich streckt und regt,
Leise, leise den Odem zieht,
Die geschloßne Wimper bewegt,
Tote Lieb, tote Lust, tote Zeit,
All die Schätze, im Schutt verwühlt,
Sich berühren mit schüchternem Klang
Gleich den Glöckchen, vom Winde umspielt.

Stunden, flüchtiger ihr als der Kuß
Eines Strahls auf den trauernden See,
Als des ziehenden Vogels Lied,
Das mir niederperlt aus der Höh,
Als des schillernden Käfers Blitz,
Wenn den Sonnenpfad er durcheilt,
Als der heiße Druck einer Hand,
Die zum letzten Male verweilt.

Dennoch, Himmel, immer mir nur
Dieses eine: nur für das Lied
Jedes freien Vogels im Blau
Eine Seele, die mit ihm zieht,
Nur für jeden kärglichen Strahl
Meinen farbigschillernden Saum,

Jeder warmen Hand meinen Druck,
Und für jedes Glück einen Traum.

Droste-Hülshoff

AM TURME

Ich steh auf hohem Balkone am Turm,
Umstrichen vom schreienden Stare,
Und laß gleich einer Mänade den Sturm
Mir wühlen im flatternden Haare;
O wilder Geselle, o toller Fant,
Ich möchte dich kräftig umschlingen,
Und, Sehne an Sehne, zwei Schritte vom Rand
Auf Tod und Leben dann ringen!

Und drunten seh ich am Strande, so frisch
Wie spielende Doggen, die Wellen
Sich tummeln rings mit Geklaff und Gezisch
Und glänzende Flocken schnellen;
O, springen möcht ich hinein alsbald,
Recht in die tobende Meute,
Und jagen durch den korallenen Wald
Das Walroß, die lustige Beute!

Und drüben seh ich ein Wimpel wehn
So keck wie eine Standarte,
Seh auf und nieder den Kiel sich drehn
Von meiner luftigen Warte;
O, sitzen möcht ich im kämpfenden Schiff,
Das Steuerruder ergreifen
Und zischend über das brandende Riff
Wie eine Seemöwe streifen.

Wär ich ein Jäger auf freier Flur,
Ein Stück nur von einem Soldaten,
Wär ich ein Mann doch mindestens nur,
So würde der Himmel mir raten;
Nun muß ich sitzen so fein und klar,
Gleich einem artigen Kinde,
Und darf nur heimlich lösen mein Haar
Und lassen es flattern im Winde!

Droste-Hülshoff

IM MOOSE

Als jüngst die Nacht im sonnenmüden Land
Der Dämmrung leise Boten hat gesandt,
Da lag ich einsam noch in Waldes Moose.
Die dunklen Zweige nickten so vertraut,
An meiner Wange flüsterte das Kraut,
Unsichtbar duftete die Heiderose.

Und flimmern sah ich durch der Linde Raum
Ein mattes Licht, das im Gezweig der Baum
Gleich einem mächtgen Glühwurm schien zu tragen.
Es sah so dämmernd wie ein Traumgesicht,
Doch wußte ich, es war der Heimat Licht,
In meiner eignen Kammer angeschlagen.

Ringsum so still, daß ich vernahm im Laub
Der Raupe Nagen, und wie grüner Staub
Mich leise wirbelnd Blätterflöckchen trafen.
Ich lag und dachte, ach, so manchem nach,
Ich hörte meines eignen Herzens Schlag,
Fast war es mir, als sei ich schon entschlafen.

Gedanken tauchten aus Gedanken auf,
Das Kinderspiel, der frischen Jahre Lauf,

Gesichter, die mir lange fremd geworden;
Vergeßne Töne summten um mein Ohr,
Und endlich trat die Gegenwart hervor,
Da stand die Welle, wie an Ufers Borden.

Dann, gleich dem Brunnen, der verrinnt im Schlund
Und drüben wieder sprudelt aus dem Grund,
So stand ich plötzlich in der Zukunft Lande;
Ich sah mich selber, gar gebückt und klein,
Geschwächten Auges, am ererbten Schrein
Sorgfältig ordnen staubge Liebespfande.

Die Bilder meiner Lieben sah ich klar
In einer Tracht, die jetzt veraltet war,
Mich sorgsam lösen aus verblichnen Hüllen,
Löckchen, vermorscht, zu Staub zerfallen schier,
Sah über die gefurchte Wange mir
Langsam herab die karge Träne quillen.

Und wieder an des Friedhofs Monument,
Dran Namen standen, die mein Lieben kennt,
Da lag ich betend, mit gebrochnen Knieen,
Und — horch, die Wachtel schlug! Kühl strich der Hauch —
Und noch zuletzt sah ich, gleich einem Rauch,
Mich leise in der Erde Poren ziehen.

Ich fuhr empor und schüttelte mich dann,
Wie einer, der dem Scheintod erst entrann,
Und taumelte entlang die dunklen Hage,
Noch immer zweifelnd, ob der Stern am Rain
Sei wirklich meiner Schlummerlampe Schein
Oder das ewge Licht am Sarkophage.

Droste-Hülshoff

DURCHWACHTE NACHT

Wie sank die Sonne glüh und schwer,
Und aus versengter Welle dann
Wie wirbelte der Nebel Heer
Die sternenlose Nacht heran! —
Ich höre ferne Schritte gehn —
Die Uhr schlägt zehn.

Noch ist nicht alles Leben eingenickt,
Der Schlafgemächer letzte Türen knarren;
Vorsichtig in der Rinne Bauch gedrückt,
Schlüpft noch der Iltis an des Giebels Sparren,
Die schlummertrunkne Färse murrend nickt,
Und fern im Stalle dröhnt des Rosses Scharren,
Sein müdes Schnauben, bis, vom Mohn getränkt,
Es schlaff die regungslose Flanke senkt.

Betäubend gleitet Fliederhauch
Durch meines Fensters offnen Spalt,
Und an der Scheibe grauem Rauch
Der Zweige wimmelnd Neigen wallt.
Matt bin ich, matt wie die Natur! —
Elf schlägt die Uhr.

O wunderliches Schlummerwachen, bist
Der zarten Nerve Fluch du oder Segen? —
's ist eine Nacht, vom Taue wach geküßt,
Das Dunkel fühl ich kühl wie feinen Regen
An meine Wange gleiten, das Gerüst
Des Vorhangs scheint sich schaukelnd zu bewegen,
Und dort das Wappen an der Decke Gips
Schwimmt sachte mit dem Schlängeln des Polyps.

Wie mir das Blut im Hirne zuckt!
Am Söller geht Geknister um,
Im Pulte raschelt es und ruckt,
Als drehe sich der Schlüssel um.
Und — horch, der Zeiger hat gewacht!
's ist Mitternacht.

War das ein Geisterlaut? So schwach und leicht
Wie kaum berührten Glases schwirrend Klingen,
Und wieder wie verhaltnes Weinen steigt
Ein langer Klageton aus den Syringen,
Gedämpfter, süßer nun, wie tränenfeucht,
Und selig kämpft verschämter Liebe Ringen; —
O Nachtigall, das ist kein wacher Sang,
Ist nur im Traum gelöster Seele Drang.

Da kollerts nieder vom Gestein!
Des Turmes morsche Trümmer fällt,
Das Käuzlein knackt und hustet drein;
Ein jäher Windesodem schwellt
Gezweig und Kronenschmuck des Hains; —
Die Uhr schlägt eins.

Und drunten das Gewölke rollt und klimmt;
Gleich einer Lampe aus dem Hünenmale
Hervor des Mondes Silbergondel schwimmt,
Verzitternd auf der Gasse blauem Stahle;
An jedem Fliederblatt ein Fünkchen glimmt,
Und hell gezeichnet von dem blassen Strahle
Legt auf mein Lager sich des Fensters Bild,
Vom schwanken Laubgewimmel überhüllt.

Jetzt möcht ich schlafen, schlafen gleich,
Entschlafen unterm Mondeshauch,
Umspielt vom flüsternden Gezweig,
Im Blute Funken, Funk im Strauch,

Und mir im Ohre Melodei; —
Die Uhr schlägt zwei.

Und immer heller wird der süße Klang,
Das liebe Lachen; es beginnt zu ziehen
Gleich Bildern von Daguerre die Deck entlang,
Die aufwärts steigen mit des Pfeiles Fliehen;
Mir ist, als seh ich lichter Locken Hang,
Gleich Feuerwürmern seh ich Augen glühen,
Dann werden feucht sie, werden blau und lind,
Und mir zu Füßen sitzt ein schönes Kind.

Es sieht empor, so froh gespannt,
Die Seele strömend aus dem Blick;
Nun hebt es gaukelnd seine Hand,
Nun zieht es lachend sie zurück;
Und — horch, des Hahnes erster Schrei!
Die Uhr schlägt drei.

Wie bin ich aufgeschreckt, — o süßes Bild,
Du bist dahin, zerflossen mit dem Dunkel!
Die unerfreulich graue Dämmrung quillt,
Verloschen ist des Flieders Taugefunkel,
Verrostet steht des Mondes Silberschild,
Im Walde gleitet ängstliches Gemunkel,
Und meine Schwalbe an des Frieses Saum
Zirpt leise, leise auf im schweren Traum.

Der Tauben Schwärme kreisen scheu,
Wie trunken, in des Hofes Rund,
Und wieder gellt des Hahnes Schrei,
Auf seiner Streue rückt der Hund,
Und langsam knarrt des Stalles Tür —
Die Uhr schlägt vier.

Da flammts im Osten auf, — o Morgenglut!
Sie steigt, sie steigt, und mit dem ersten Strahle
Strömt Wald und Heide vor Gesangesflut,
Das Leben quillt aus schäumendem Pokale,
Es klirrt die Sense, flattert Falkenbrut,
Im nahen Forste schmettern Jagdsignale,
Und wie ein Gletscher sinkt der Träume Land
Zerrinnend in des Horizontes Brand.

Droste-Hülshoff

LEBT WOHL

Lebt wohl, es kann nicht anders sein!
Spannt flatternd eure Segel aus,
Laßt mich in meinem Schloß allein,
Im öden geisterhaften Haus.

Lebt wohl und nehmt mein Herz mit euch
Und meinen letzten Sonnenstrahl;
Er scheide, scheide nur sogleich,
Denn scheiden muß er doch einmal.

Laßt mich an meines Sees Bord,
Mich schaukelnd mit der Wellen Strich,
Allein mit meinem Zauberwort,
Dem Alpengeist und meinem Ich.

Verlassen, aber einsam nicht,
Erschüttert, aber nicht zerdrückt,
Solange noch das heilge Licht
Auf mich mit Liebesaugen blickt;

Solange mir der frische Wald
Aus jedem Blatt Gesänge rauscht
Aus jeder Klippe, jedem Spalt
Befreundet mir der Elfe lauscht;

Solange noch der Arm sich frei
Und waltend mir zum Äther streckt,
Und jedes wilden Geiers Schrei
In mir die wilde Muse weckt.

Droste-Hülshoff

TRISTAN

Wer die Schönheit angeschaut mit Augen,
Ist dem Tode schon anheimgegeben,
Wird für keinen Dienst der Erde taugen,
Und doch wird er vor dem Tode beben,
Wer die Schönheit angeschaut mit Augen!

Ewig währt für ihn der Schmerz der Liebe,
Denn ein Tor nur kann auf Erden hoffen,
Zu genügen einem solchen Triebe:
Wen der Pfeil des Schönen je getroffen,
Ewig währt für ihn der Schmerz der Liebe!

Ach, er möchte wie ein Quell versiechen,
Jedem Hauch der Luft ein Gift entsaugen
Und den Tod aus jeder Blume riechen:
Wer die Schönheit angeschaut mit Augen,
Ach, er möchte wie ein Quell versiechen!

August Graf von Platen-Hallermünde

WIE RAFFT ICH MICH AUF

Wie rafft ich mich auf in der Nacht, in der Nacht,
Und fühlte mich fürder gezogen,
Die Gassen verließ ich, vom Wächter bewacht,
Durchwandelte sacht
In der Nacht, in der Nacht,
Das Tor mit dem gotischen Bogen.

Der Mühlbach rauschte durch felsigen Schacht,
Ich lehnte mich über die Brücke,
Tief unter mir nahm ich der Wogen in Acht,
Die wallten so sacht
In der Nacht, in der Nacht,
Doch wallte nicht Eine zurücke.

Es drehte sich oben, unzählig entfacht,
Melodischer Wandel der Sterne,
Mit ihnen der Mond in beruhigter Pracht,
Sie funkelten sacht
In der Nacht, in der Nacht,
Durch täuschend entlegene Ferne.

Ich blickte hinauf in der Nacht, in der Nacht,
Ich blickte hinunter aufs Neue:
O wehe, wie hast du die Tage verbracht!
Nun stille du sacht
In der Nacht, in der Nacht
Im pochenden Herzen die Reue!

Platen

WER IN DER BRUST EIN WACHSENDES VERLANGEN

Wer in der Brust ein wachsendes Verlangen
Nach schönen Augen fühlt und schönen Haaren,
Den mahn ich ab, der nur zu viel erfahren
Von Schmerz und Qual durch eitles Unterfangen.

Dem jähen Abgrund nur mit Not entgangen,
Was blieb mir aus unendlichen Gefahren?
Im Aug die Spur von hingeweinten Jahren,
Und in der Brust ein ungeheures Bangen.

Naht nicht der jähen Tiefe, junge Herzen!
Des Ufers Lilien glühn von falschem Feuer,
Denn ach, sie locken in das Meer der Schmerzen!

Nur Jenen ist das Leben schön und teuer,
Die frank und ungefesselt mit ihm scherzen,
Und ihnen ruft ein Gott: Die Welt ist euer.

Platen

VENEDIG

Mein Auge ließ das hohe Meer zurücke,
Als aus der Flut Palladics Tempel stiegen,
An deren Staffeln sich die Wellen schmiegen,
Die uns getragen ohne Falsch und Tücke.

Wir landen an, wir danken es dem Glücke,
Und die Lagune scheint zurück zu fliegen,
Der Dogen alte Säulengänge liegen
Vor uns gigantisch mit der Seufzerbrücke.

Venedigs Löwen, sonst Venedigs Wonne,
Mit ehrnen Flügeln sehen wir ihn ragen
Auf seiner kolossalischen Kolonne.

Ich steig ans Land, nicht ohne Furcht und Zagen,
Da glänzt der Markusplatz im Licht der Sonne:
Soll ich ihn wirklich zu betreten wagen?

Wie lieblich ists, wenn sich der Tag verkühlet,
Hinaus zu sehn, wo Schiff und Gondel schweben,
Wenn die Lagune ruhig, spiegeleben,
In sich verfließt, Venedig sanft umspület!

Ins Innre wieder dann gezogen fühlet
Das Auge sich, wo nach den Wolken streben
Palast und Kirche, wo ein lautes Leben
Auf allen Stufen des Rialto wühlet.

Ein frohes Völkchen lieber Müßiggänger,
Es schwärmt umher, es läßt durch nichts sich stören,
Und stört auch niemals einen Grillenfänger.

Des Abends sammelt sichs zu ganzen Chören,
Denn auf dem Markusplatze wills den Sänger,
Und den Erzähler auf der Riva hören.

*

Venedig liegt nur noch im Land der Träume,
Und wirft nur Schatten her aus alten Tagen,
Es liegt der Leu der Republik erschlagen,
Und öde feiern seines Kerkers Räume.

Die ehrnen Hengste, die, durch salzge Schäume
Dahergeschleppt, auf jener Kirche ragen,
Nicht mehr dieselben sind sie, ach, sie tragen
Des korsikanschen Überwinders Zäume.

Wo ist das Volk von Königen geblieben,
Das diese Marmorhäuser durfte bauen,
Die nun verfallen und gemach zerstieben?

Nur selten finden auf der Enkel Brauen
Der Ahnen große Züge sich geschrieben,
An Dogengräbern in den Stein gehauen.

Wenn tiefe Schwermut meine Seele wieget,
Mags um die Buden am Rialto flittern:
Um nicht den Geist im Tande zu zersplittern,
Such ich die Stille, die den Tag besieget.

Dann blick ich oft, an Brücken angeschmieget,
In öde Wellen, die nur leise zittern,
Wo über Mauern, welche halb verwittern,
Ein wilder Lorbeerbusch die Zweige bieget.

Und wann ich, stehend auf versteinten Pfählen,
Den Blick hinaus ins dunkle Meer verliere,
Dem fürder keine Dogen sich vermählen:

Dann stört mich kaum im schweigenden Reviere,
Herschallend aus entlegenen Kanälen,
Von Zeit zu Zeit ein Ruf der Gondoliere.

*

Was läßt im Leben sich zuletzt gewinnen?
Was sichern wir von seinen Schätzen allen?
Das goldne Glück, das süße Wohlgefallen,
Sie eilen — treu ist nur der Schmerz — von hinnen.

Eh mir ins Nichts die letzten Stunden rinnen,
Will noch einmal ich auf und nieder wallen,
Venedigs Meer, Venedigs Marmorhallen
Beschaun mit sehnsuchtsvoll erstaunten Sinnen.

Das Auge schweift mit emsigem Bestreben,
Als ob zurück in seinem Spiegel bliebe,
Was länger nicht vor ihm vermag zu schweben;

Zuletzt, entziehend sich dem letzten Triebe,
Fällt ach! zum letztenmal im kurzen Leben
Auf jenes Angesicht ein Blick der Liebe.

Platen

DAS FISCHERMÄDCHEN IN BURANO

Strickt mir fleißig am Netz, ihr Schwestern! Es solls der Geliebte
Heut noch haben, sobald im besegelten Nachen er heimkehrt.
Weshalb zaudert er heute so lang? Die Lagune verflacht sich
Schon, und es legt sich der Wind; um das leuchtende hohe Venedig,
Wie es den Wassern entsteigt, ausbreitet sich Abendgewölk schon.
Ostwärts fuhren sie heut mit dem Fahrzeug gegen Altino,
Wo in den Schutt hinsank ehmals die bevölkerte Seestadt.
Häufig erbeuten sie dort Goldmünzen und prächtige Steine,
Wenn sie das Netz einziehn, die betagteren Fischer erzählens:
Möchtest du auch, o Geliebter, und recht was Köstliches finden!
Schön wohl ist es, zu fischen am Abende, wann die Lagune
Blitzt und das schimmernde Netz vom hangenden Meergras funkelt,
Jegliche Masche wie Gold, und die zappelnden Fische vergoldet;
Aber ich liebe vor allem den Festtag, wann du daheimbleibst.
Auf dem besuchteren Platz dann wandelt die kräftige Jugend,
Jeder im Staat, mein Freund vor den Übrigen schön und bescheiden.

Oftmals lauschen wir dann dem Erzähler, und wie er verkündigt
Worte der Heiligen uns und die Taten des frommen Albanus,
Welcher gemalt hier steht in der Kirche, des Orts Wohltäter.
Doch als seine Gebeine hieher einst brachten die Schiffer,
Konnten sie nicht ans Ufer den Sarg ziehn, weil er so schwer schien;
Lange bemühten die starken gewaltigen Männer umsonst sich,
Triefend von Schweiß, und zuletzt ließ jeglicher ab von der Arbeit.
Siehe, da kamen heran unmündige lockige Kinder,
Spannten, als wärs zum Scherz, an das Seil sich, zogen den Sarg dann
Leicht an den Strand, ganz ohne Beschwerde, mit freundlichem Lächeln.
Dieses erzählt der bewanderte Greis, dann häufig erzählt er
Weltliche Dinge zumal, und den Raub der venetischen Bräute,
Die nach Olivio gingen zum fröhlichen Fest der Vermählung:
Jede der Jungfraun trug in dem zierlichen Kästchen den Mahlschatz,
Wie es die Sitte gebot. Ach, aber im Schilfe verborgen
Lauert ein Trupp Seeräuber; verwegene Täter der Untat
Stürzen sie plötzlich hervor und ergreifen die bebenden Mädchen,
Schleppen ins Fahrzeug alle, mit hurtigen Rudern entweichend.

Doch vom Geschrei widerhallt schon rings das entsetzte Venedig:
Schon ein bewaffneter Haufe von Jünglingen stürmt in die Schiffe,
Ihnen der Doge voran. Bald holen sie ein die Verruchten,
Bald, nach männlichem Kampfe, zurück im verdienten Triumphzug
Führen sie heim in die jubelnde Stadt die geretteten Jungfraun.
Also berichtet der ehrliche Greis, und es lauscht der Geliebte,
Rüstig und schlank, wohl wert, auch Taten zu tun wie die Vorwelt.

Oft auch rudert hinüber ins nahe Torcello der Freund mich:
Ehemals wars, so erzählt er, von wimmelnden Menschen bevölkert,
Wo sich in Einsamkeit jetzt salzige Wasserkanäle
Hinziehn, alle verschlammt, durch Felder und üppige Reben.
Aber er zeigt mir den Dom und des Attila steinernen Sessel
Auf dem verödeten Platz mit dem alten zertrümmerten Rathaus,
Wo der geflügelte Löwe von Stein aus sonstigen Tagen
Ragt, als diese Lagunen beherrschte der heilige Marcus:
All dies sagt mir der Freund, wies ihm sein Vater gesagt hat.
Rudert er heimwärts mich, dann singt er ein heimisches Lied mir,

Bald „Holdseliges Röschen“ und bald „In der Gondel die Blonde“.
Also vergeht, uns allen zur Freude, der herrliche Festtag.

Strickt mir fleißig am Netz, ihr Schwestern! Es solls der Geliebte
Heut noch haben, sobald im besegelten Nachen er heimkehrt.

Platen

ES LIEGT AN EINES MENSCHEN SCHMERZ

Es liegt an eines Menschen Schmerz, an eines Menschen Wunde nichts,
Es kehrt an das, was Kranke quält, sich ewig der Gesunde nichts.
Und wäre nicht das Leben kurz, das stets der Mensch vom Menschen erbt,
So gäbs Beklagenswerteres aus diesem weiten Runde nichts.
Einförmig stellt Natur sich her, doch tausendförmig ist ihr Tod,
Es fragt die Welt nach meinem Ziel, nach deiner letzten Stunde nichts;
Und wer sich willig nicht ergibt dem ehrnen Lose, das ihm dräut,
Der zürnt ins Grab sich rettungslos, und fühlt in dessen Schlunde nichts.
Dies wissen alle, doch vergißt es jeder gerne jeden Tag,
So komme denn, in diesem Sinn, hinfort aus meinem Munde nichts!
Vergeßt, daß euch die Welt betrügt, und daß ihr Wunsch nur Wünsche zeugt,

Laßt eurer Liebe nichts entgehn, entschlüpfen eurer
Kunde nichts!
Es hoffe jeder, daß die Zeit ihm gebe, was sie keinem
gab,
Denn jeder sucht, ein All zu sein, und jeder ist im
Grunde nichts.
Platen

LEBENSSTIMMUNG

„Wem dein wachsender Schmerz Busen und Geist
beklemmt,
Als Vorbote des Tods, bitterer Menschenhaß,
Dem blühn der Gesang, die Tänze,
Die Gelage der Jugend nicht!

Sein Zeitalter und er scheiden sich feindlich ab,
Ihm mißfällt, was erfreut Tausende, während er
Scharfsichtige, finstre Blicke
In die Seele der Toren wirft.

Weh ihm, wenn die Natur zarteren Bau vielleicht,
Bildungsreicheren lieh seinem Gehör, um durch
Kunstvolle Musik der Worte
Zu verewigen jede Pein!

Wenn unreifes Geschwätz oder Verleumdung ihn
Kleinlich foltert und er, welchen der Pöbel höhnt,
Nicht ohne geheimes Knirschen
Unerträgliche Qual erträgt:

Wenn Wahrheiten er denkt, die er verschweigen muß,
Wenn Wahnsinn dem Verstand schmiedet ein ehrnes
Joch,
Wenn Schwäche des Starken Geißel
Wie ein heiliges Zepter küßt;

Ja, dann wird er gemach müde des bunten Spiels,
Freiheitatmender wehn Lüfte des Heils um ihn,
Weglegt er der Täuschung Mantel,
Und der Sinne gesticktes Kleid."

Ob zwei Seelen es gibt, welche sich ganz verstehn?
Wer antwortet? Der Mensch forsche dem Rätsel nach,
Gleichstimmige Menschen suchend,
Bis er stirbt, bis er sucht und stirbt.

Platen

MORGENKLAGE

Von bebender Wimper tropft der Nacht Zähre mir,
Indes den ersehnten Tag verheißt Hahnenruf:
Wach auf, o betrübte Seele,
Schließ einen Bund mit Gott!

Ich schwöre den schönen Schwur, getreu stets zu sein
Dem hohen Gesetz und will, in Andacht vertieft,
Voll Priestergefühl verwalten
Dein groß Prophetenamt.

Du aber, ein einzigmal vom Geist nimm die Last!
Von Liebe wie außer mir, an gleichwarmer Brust,
Laß fröhlich und selbstvergessen
Mich fühlen, Mensch zu sein!

Vergebens! Die Hand erstarrt, da voll stolzen Frosts
Nach irdischer Frucht sie greift! Es seufzt unter dir,
Schwermütige Wucht, Gedanke,
Mein Nacken tiefgebeugt!

Umnebelt den Blick die Welt, so laß, keusches Licht,
In reinere Lüfte mich emporschwebend gehn!

Wer aber hienieden setzte
Auf Wolken je den Fuß?

O seliger Mann, wofern gelebt Einer, der
In Ruhe die Nacht verbringt, und jedweden Tag,
Dem Rose genügt und Frühling,
Dem Liebe labt das Herz!

Platen

TRINKLIED

Wohl bietet der irdische Tag qualvolle Sekunden genug,
Wenn tief du gedenkend erwägst, was je du verlorst, o Gemüt!
Feuchteren Auges erblickst du
Rings dann die verschleierte Welt.

Weil süßes Vergessen allein aufwägt den unendlichen Schmerz,
Schlürft, Freunde, das goldene Naß, hier wo sich ein Zaubergefild
Breitet um uns und um Bajäs
Rückstrahlende, wonnige Bucht!

Kommt unter des Tempelgewölbs halbdrohenden Rest! — Es vernahm
Hier Cypria Wunsch und Gebet. — Ruht hier! In den hellen Pokal
Träufe der süße Falerner,
Jahrtausende schon so berühmt!

Aus purpurnen Wogen empor ragt manches antike Gestein,

Das Römer voreinst in die Flut, Prachtsäulen zu tragen, gesenkt:
Laßt die Verblichenen leben,
Die mächtige Taten getan!

Anspannend die Kraft des Gemüts, wirkt Gutes und Schönes erschafft,
Auf daß in der werdenden Zeit bei Künftigen töne das Wort:
Selig der Tag und die Räume,
Wo solch ein Berühmter gelebt!

Wann, Freunde, wir steigen hinab, wo dort sich ein mythisches Volk
Weissagende Grotte gebohrt, unweit der zertrümmerten Stadt,
Mag die Sibylle von Cumä
Uns Segen und Ruhm prophezein!

Dort drüben die Höhlen entlang, liegt jenes elysische Feld,
Wo Geister im Felsengebüsch hinwandeln am Ufer des Meers:
Glückliche, die mit Heroen
Hinwandeln am Ufer des Meers!

Wohl ziemt es dem Folgegeschlecht, wo immer ein heiteres Mahl
Gastfreunde vereine, mir auch volltriefende Schale zu weihn,
Der ich erfand in der Seele
Manch liebebeflügeltes Lied.

Platen

ORA PRO NOBIS

Heilge Dämmrung waltet durch der Rotunda
Tausendjährge Wölbung, der Geist des Abends
Mahnt zum Beten, mahnet zur letzten Andacht,
Ora pro nobis.

Auf den Knieen umher in des Tempels hoher
Rundung liegt das gläubige Volk, und Alles
Tönt einstimmig, Jungfrau, dein Lob und flehet:
Ora pro nobis.

Und die Schatten decken auch mich; der Vielen
Sieht mich keiner; wunderbar drängts von Innen;
Widerständ ich? — Zaubrische Macht, ich kniee,
Ora pro nobis.

Immer wiederkehrt der Gesang, der Vorwelt
Schauer kehren wieder mit ihm — o Menschheit,
Sieh mich nicht, ich bin — ich bin dein und flehe:
Ora pro nobis.

Wilhelm Waiblinger

DIE NÄCHTLICHE HEERSCHAU

Nachts um die zwölfte Stunde
Verläßt der Tambour sein Grab,
Macht mit der Trommel die Runde,
Geht wirbelnd auf und ab.

Mit seinen entfleischten Armen
Rührt er die Schlägel zugleich,
Schlägt manchen guten Wirbel,
Reveil und Zapfenstreich.

Die Trommel klinget seltsam,
Hat gar einen starken Ton;
Die alten toten Soldaten
Erwachen im Grabe davon.

Und die im tiefsten Norden
Erstarrt in Schnee und Eis,
Und die in Welschland liegen,
Wo ihnen die Erde zu heiß;

Und die der Nilschlamm decket
Und der arabische Sand,
Sie steigen aus ihren Gräbern
Und nehmen 's Gewehr zur Hand.

Und um die zwölfte Stunde
Verläßt der Trompeter sein Grab,
Und schmettert in die Trompete
Und reitet auf und ab.

Da kommen auf luftigen Pferden
Die toten Reiter herbei,
Die blutgen alten Schwadronen
In Waffen mancherlei.

Es grinsen die weißen Schädel
Wohl unterm Helm hervor,
Es halten die Knochenhände
Die langen Schwerter empor.

Und um die zwölfte Stunde
Verläßt der Feldherr sein Grab,
Kommt langsam hergeritten,
Umgeben von seinem Stab.

Er trägt ein kleines Hütchen,
Er trägt ein einfach Kleid,
Und einen kleinen Degen
Trägt er an seiner Seit.

Der Mond mit gelbem Lichte
Erhellt den weiten Plan,
Der Mann im kleinen Hütchen
Sieht sich die Truppen an.

Die Reihen präsentieren
Und schultern das Gewehr;
Dann zieht mit klingendem Spiele
Vorüber das ganze Heer.

Die Marschäll und Generale
Schließen um ihn einen Kreis,
Der Feldherr sagt dem Nächsten
Ins Ohr ein Wörtlein leis;

Das Wort geht in der Runde,
Klingt wieder fern und nah:
„Frankreich!" heißt die Parole,
Die Losung „Sankt Helena!"

Dies ist die große Parade
Im elyseischen Feld,
Die um die zwölfte Stunde
Der tote Cäsar hält.

Joseph Christian von Zedlitz

ABSCHIED VON GASTEIN

Die Trennungsstunde schlägt, und ich muß scheiden;
So leb denn wohl, mein freundliches Gastein!
Du Trösterin so mancher bittern Leiden;
Auch meine Leiden lulltest du mir ein.

Was Gott mir gab, worum sie mich beneiden,
Und was der Quell doch ist von meiner Pein,
Der Qualen Grund, von wenigen ermessen,
Du ließest michs auf kurze Zeit vergessen.

Denn wie der Baum, auf den der Blitz gefallen,
Mit einemmale strahlend sich verklärt
— Rings hörst du der Verwundrung Ruf erschallen,
Und jedes Aug' ist staunend hingekehrt; —
Indes in dieser Flammen glühndem Wallen
Des Stammes Mark und Leben sich verzehrt;
Der, wie die Lohe steigt vom glühnden Herde,
Um desto tiefer niedersinkt zur Erde.

Und wie die Perlen, die die Schönheit schmücken,
Des Wasserreiches wasserhelle Zier,
Den Finder, nicht die Geberin beglücken,
Das freudenlose stille Muscheltier;
Denn Krankheit nur und langer Schmerz entdrücken
Das heißgesuchte, traur'ge Kleinod ihr.
Und was euch so entzückt mit seinen Strahlen,
Es ward erzeugt in Todesnot und Qualen.

Und wie der Wasserfall, des lautes Wogen
Die Gegend füllt mit Nebel und Getos;
Auf seinem Busen ruht der Regenbogen,
Und Diamanten schütteln rings sich los;
Er wäre gern im stillen Tal gezogen
Gleich seinen Brüdern in der Wiesen Schoß.
Die Klippen, die sich ihm entgegensetzen,
Verschönen ihn, indem sie ihn verletzen.

Der Dichter so; wenn auch vom Glück getragen,
Umjubelt von des Beifalls lautem Schall,
Er ist der welke Baum, vom Blitz geschlagen,
Das arme Muscheltier, der Wasserfall.

Was ihr für Lieder haltet, es sind Klagen,
Gesprochen in ein freudenloses All;
Und Flammen, Perlen, Schmuck, die euch umschweben,
Gelöste Teile sinds von seinem Leben.

Franz Grillparzer

ENTSAGUNG

Eins ist, was altersgraue Zeiten lehren,
Und lehrt die Sonne, die erst heut getagt:
Des Menschen ewges Los, es heißt: Entbehren,
Und kein Genuß, als den du dir versagt.

Die Speise, so erquicklich deinem Munde,
Beim frohen Fest genippter Götterwein,
Des Teuren Kuß auf deinem heißen Munde —
Dein wärs? Sieh zu! ob du vielmehr nicht sein.

Denn der Natur alther notwendge Mächte,
Sie hassen, was sich freie Bahnen zieht,
Als vorenthalten ihrem ewgen Rechte,
Und reißens lauernd in ihr Machtgebiet.

All, was du hältst, davon bist du gehalten,
Und wo du herrschest, bist du auch der Knecht.
Es sieht Genuß sich vom Bedarf gespalten,
Und eine Pflicht knüpft sich an jedes Recht.

Nur was du abweist, kann dir wiederkommen,
Was du verschmähst, naht ewig schmeichelnd sich;
Und in dem Abschied, vom Besitz genommen,
Erhältst du dir das einzig Deine: Dich!

Grillparzer

WAS JE DEN MENSCHEN SCHWER GEFALLEN...

Was je den Menschen schwer gefallen,
Eins ist das Bitterste von allen:
Vermissen, was schon unser war,
Den Kranz verlieren aus dem Haar;
Nachdem man sterben sich gesehen,
Mit seiner eignen Leiche gehen.

Grillparzer

INCUBUS

Fragst du mich, wie er heißt,
Jener finstere Geist,
Der meine Brust hat zum Reich,
Davon ich so düster und bleich?

Unfried ist er genennt,
Weil er den Frieden nicht kennt,
Weil er den Frieden nicht gönnt
Jemals der Brust, wo er brennt.

Der hat im Busen sein Reich,
Der macht mich düster und bleich,
Der läßt mir nimmermehr Rast,
Sieht er mich einmal gefaßt.

Schau ich zum Himmel empor,
Lagert er brütend sich vor,
Zeiget mir Wolken zur Hand,
Wolken — und keinen Bestand.

Flücht ich zu ihr, die mein Glück,
Tadellos jeglichem Blick:
Er findet Tadel mir auf,
Wär's aus der Hölle herauf.

Und auf den Punkt, den er meint,
Hält er die Lichter vereint,
Daß es dem Aug nicht entging,
Wenn es auch Blindheit umfing':

Lacht sie — so nennt er sie leicht,
Weint sie — von Schuld wohl erweicht,
Spricht sie — in heuchelndem Mut,
Schweigt sie — voll anderer Glut.

Und wenn's mir einmal gelang,
Durchzubrechen den Drang,
Frei, mit des Geistes Gewalt,
Durch bis zu Licht und Gestalt.

Unter der Hand es sich bildet und hebt,
Lebendiges Leben, das Tote belebt,
Und es nun dasteht, ein atmendes Bild,
Vom Geiste des Alls und des Bildners erfüllt,

Da stiehlt er hinein sich mit list'gem Bemerk
Und grinset mich an aus dem eigenen Werk:
»Bin's, Meister! nur ich, dem die Wohnung du wölbst,
Sieh! nichtig dein Werklein und nichtig du selbst!«

Und schaudernd seh ich's, entsetzenbetört,
Wie mein eigenes Selbst gen mich selbst sich empört,
Verwünsche mein Werk und mich selber ins Grab —
Dann folgt er auch dahin wohl quälend hinab?

Grillparzer

EPIGRAMM

Hier sitz ich unter Faszikeln dicht,
Ihr glaubt — verdrossen und einsam —
Und doch vielleicht, das glaubt ihr nicht,
Mit den ewigen Göttern gemeinsam.

Grillparzer

DAS HOBELLIED

Da streiten sich die Leut herum
Oft um den Wert des Glücks,
Der eine heißt den andern dumm,
Am End weiß keiner nix.
Da ist der allerärmste Mann
Dem andern viel zu reich,
Das Schicksal setzt den Hobel an
Und hobelt s' beide gleich.

Die Jugend will halt stets mit G'walt
In allem glücklich sein,
Doch wird man nur ein bissel alt,
Da find't man sich schon drein.
Oft zankt mein Weib mit mir, o Graus!
Das bringt mich nicht in Wut,
Da klopf ich meinen Hobel aus
Und denk, du brummst mir gut.

Zeigt sich der Tod einst mit Verlaub,
Und zupft mich: Brüderl, kumm,
Da stell ich mich im Anfang taub,
Und schau mich gar nicht um.
Doch sagt er: Lieber Valentin,
Mach keine Umständ', geh!,
Da leg ich meinen Hobel hin
Und sag der Welt Ade.

Ferdinand Raimund

NACH ALTDEUTSCHER WEISE

Es ist bestimmt in Gottes Rat,
Daß man, was man am liebsten hat,

Muß meiden;
Wiewohl nichts in dem Lauf der Welt
Dem Herzen, ach! so sauer fällt,
Als Scheiden! ja Scheiden!

So dir geschenkt ein Knösplein was,
So tu es in ein Wasserglas, —
Doch wisse:
Blüht morgen dir ein Röslein auf,
Es welkt wohl noch die Nacht darauf;
Das wisse! ja wisse!

Und hat dir Gott ein Lieb beschert,
Und hältst du sie recht innig wert,
Die Deine —
Es werden wohl acht Bretter sein,
Da legst du sie, wie bald! hinein;
Dann weine, ja weine!

Nur mußt du mich auch recht verstehn,
Ja recht verstehn!
Wenn Menschen auseinander gehn,
So sagen sie: auf Wiedersehn!
Ja Wiedersehn!

Ernst von Feuchtersleben

IM HOCHGEBIRGE

Die Wolken, deren stiller Gang
Dort der Gebirge Haupt befeuchtet,
Den untern Wellenrand entlang
Sind sie vom Abendgold beleuchtet,
Wenn oben schon ihr düster Grau
Sich scheidet aus kristallnem Blau.
Sie schwimmen über dunkle Zinnen,
Die westlich unser Tal begrenzen;
Die letzten Purpurstreifen glänzen —

Ein Scheideblick — sie sind von hinnen!
Nun liegt das Dorf in sanfter Feier
Des Sonntags abends vor uns da;
Die Waldgebirge zeigt ein zarter Schleier
Dem Blicke ferner, dem Gemüte nah.
Auf den bestaubten Straßen rollen
Die Wagen ihrer Nachtherberge zu;
Des Tages Klänge sind verschollen,
Der Abend will und spendet Ruh!
Nur aufgestörter Hunde Bellen
Durchs dumpfe Brausen von der Mühle,
Und heimgetriebner Kühe Schellen —
Ein holdes, trauliches Gemenge
Der ländlich-heitern Abendklänge —
Bewegt sich auf den linden Wellen
Der balsamschwangern Abendkühle
An mein geschmeichelt Ohr herüber.
Jetzt wird das Blau im Osten trüber,
Fast violett, die ersten Sterne flimmern,
Und ein entferntes Schimmern
Läßt auf gewohnten, zart umwölkten Bahnen
Des Mondes liebe, leise Schritte ahnen;
Wie Nachtviolen prangt die stille Luft,
Der Wiese holde, tauerquickte Kinder
Verschwenden reicher ihren Schlummerduft;
Die heilige Nacht, die Trösterin, sie ruft —
Der Druck des Lebens scheint gelinder.

Feuchtersleben

SPRUCH

„Ist doch“ — rufen sie vermessen —
„Nichts im Werke, nichts getan!“
Und das Große reift indessen
Still heran.

Es erscheint nun. Niemand sieht es,
Niemand hört es im Geschrei:
Mit bescheidner Trauer zieht es
Still vorbei.

Feuchtersleben

BITTE

Weil auf mir, du dunkles Auge,
Übe deine ganze Macht,
Ernste, milde, träumerische,
Unergründlich süße Nacht!

Nimm mit deinem Zauberdunkel
Diese Welt von hinnen mir,
Daß du über meinem Leben
Einsam schwebest für und für.

Nikolaus Lenau

AN DIE ENTFERNTE

Diese Rose pflückt ich hier,
In der fremden Ferne;
Liebes Mädchen, dir, ach dir
Brächt ich sie so gerne!

Doch bis ich zu dir mag ziehn
Viele weite Meilen,
Ist die Rose längst dahin,
Denn die Rosen eilen.

Nie soll weiter sich ins Land
Lieb von Liebe wagen,
Als sich blühend in der Hand
Läßt die Rose tragen;

Oder als die Nachtigall
Halme bringt zum Neste,
Oder als ihr süßer Schall
Wandert mit dem Weste.

Lenau

SCHILFLIEDER

Drüben geht die Sonne scheiden,
Und der müde Tag entschlief.
Niederhangen hier die Weiden
In den Teich, so still, so tief.

Und ich muß mein Liebstes meiden:
Quill, o Träne, quill hervor!
Traurig säuseln hier die Weiden,
Und im Winde bebt das Rohr.

In mein stilles, tiefes Leiden
Strahlst du, Ferne! hell und mild,
Wie durch Binsen hier und Weiden
Strahlt des Abendsternes Bild.

*

Auf dem Teich, dem regungslosen,
Weilt des Mondes holder Glanz,
Flechtend seine bleichen Rosen
In des Schilfes grünen Kranz.

Hirsche wandeln dort am Hügel,
Blicken in die Nacht empor;
Manchmal regt sich das Geflügel
Träumerisch im tiefen Rohr.

Weinend muß mein Blick sich senken;
Durch die tiefste Seele geht
Mir ein süßes Deingedenken
Wie ein stilles Nachtgebet!

Lenau

DAS MONDLICHT

Dein gedenkend, irr ich einsam
Diesen Strom entlang;
Könnten lauschen wir gemeinsam
Seinem Wellenklang!

Könnten wir zusammen schauen
In den Mond empor,
Der da drüben aus den Auen
Leise taucht hervor!

Freundlich streut er meinem Blicke
Aus dem Silberschein
Stromhinüber eine Brücke
Bis zum stillen Hain. —

Wo des Stromes frohe Wellen
Durch den Schimmer ziehn,
Seh ich, wie hinab die schnellen
Unaufhaltsam fliehn.

Aber wo im schimmerlosen
Dunkel geht die Flut,
Ist sie nur ein dumpfes Tosen,
Das dem Auge ruht.

Daß doch mein Geschick mir brächte
Einen Blick von dir!
Süßes Mondlicht meiner Nächte,
Mädchen, bist du mir!

Wenn nach dir ich oft vergebens
In die Nacht gesehn,
Scheint der dunkle Strom des Lebens
Trauernd still zu stehn;

Wenn du über seinen Wogen
Strahlest zauberhell,
Seh ich sie dahingezogen,
Ach! nur allzuschnell!

Lenau

LIEBESFEIER

An ihren bunten Liedern klettert
Die Lerche selig in die Luft;
Ein Jubelchor von Sängern schmettert
Im Walde voller Blüt und Duft.

Da sind, so weit die Blicke gleiten,
Altäre festlich aufgebaut,
Und all die tausend Herzen läuten
Zur Liebesfeier dringend laut.

Der Lenz hat Rosen angezündet
An Leuchtern von Smaragd im Dom;
Und jede Seele schwillt und mündet
Hinüber in den Opferstrom.

Lenau

DIE BEZAUBERNDE STELLE

Liebende, die weinend mußten scheiden —
Wenn nach heißer Sehnsucht langen Leiden
Sie ans Herz sich endlich dürften pressen,
Würden sich zu küssen hier vergessen.

Lenau

HIMMELSTRAUER

Am Himmelsantlitz wandelt ein Gedanke,
Die düstre Wolke dort, so bang, so schwer;
Wie auf dem Lager sich der Seelenkranke,
Wirft sich der Strauch im Winde hin und her.

Vom Himmel tönt ein schwermutmattes Grollen,
Die dunkle Wimper blinzet manches Mal
— So blinzen Augen, wenn sie weinen wollen, —
Und aus der Wimper zuckt ein schwacher Strahl. —

Nun schleichen aus dem Moore kühle Schauer
Und leise Nebel übers Heideland;
Der Himmel ließ, nachsinnend seiner Trauer,
Die Sonne lässig fallen aus der Hand.

Lenau

STIMME DES KINDES

Ein schlafend Kind! o still! in diesen Zügen
Könnt ihr das Paradies zurückbeschwören;
Es lächelt süß, als lauscht es Engelschören,
Den Mund umsäuselt himmlisches Vergnügen.

O schweige, Welt, mit deinen lauten Lügen,
Die Wahrheit dieses Traumes nicht zu stören!
Laß mich das Kind im Traume sprechen hören
Und mich, vergessend, in die Unschuld fügen!

Das Kind, nicht ahnend mein bewegtes Lauschen,
Mit dunklen Lauten hat mein Herz gesegnet,
Mehr als im stillen Wald des Baumes Rauschen;

Ein tiefres Heimweh hat mich überfallen,
Als wenn es auf die stille Heide regnet,
Wenn im Gebirg die fernen Glocken hallen.

Lenau

EINSAMKEIT

Der Wind ist fremd, du kannst ihn nicht umfassen,
Der Stein ist tot, du wirst beim kalten, derben
Umsonst um eine Trosteskunde werben,
So fühlst du auch bei Rosen dich verlassen;

Bald siehst du sie, dein ungewahr, erblassen,
Beschäftigt nur mit ihrem eignen Sterben.
Geh weiter: überall grüßt dich Verderben
In der Geschöpfe langen, dunklen Gassen;

Siehst hier und dort sie aus den Hütten schauen,
Dann schlagen sie vor dir die Fenster zu,
Die Hütten stürzen, und du fühlst ein Grauen.
Lieblos und ohne Gott! der Weg ist schaurig,
Der Zugwind in den Gassen kalt; und du? —
Die ganze Welt ist zum Verzweifeln traurig.

Lenau

WINTERNACHT

Vor Kälte ist die Luft erstarrt,
Es kracht der Schnee von meinen Tritten,
Es dampft mein Hauch, es klirrt mein Bart;
Nur fort, nur immer fortgeschritten!

Wie feierlich die Gegend schweigt!
Der Mond bescheint die alten Fichten,
Die, sehnsuchtsvoll zum Tod geneigt,
Den Zweig zurück zur Erde richten.

Frost! friere mir ins Herz hinein,
Tief in das heißbewegte, wilde!
Daß einmal Ruh mag drinnen sein,
Wie hier im nächtlichen Gefilde!

Lenau

DER SCHWARZE SEE

Die Tannenberge rings den tiefen See umklammen
Und schütten in den See die Schatten schwarz zusammen.

Der Himmel ist bedeckt mit dunklen Wetterlasten,
Doch ruhig starrt das Rohr, und alle Lüfte rasten.

Sehr ernst ist hier die Welt und stumm in sich versunken,
Als wär ihr letzter Laut im finstern See ertrunken.

Als wie ein Scheidegruß erscheint mir diese Stille,
Ein stummes Lebewohl, ein düstrer letzter Wille.

Sehr ernst ist hier die Welt und mahnt, das Erdenweh,
Des Herzens letzten Wunsch zu werfen in den See.

O Hoffnungen, hinab! zerrißne Traumgeflechte!
O Liebe, süßer Schmerz der schlummerlosen Nächte!

Ihr habt mein Herz getäuscht; nicht heilen wird die Wunde,
Doch hab ich noch die Kraft, zu stoßen euch zum Grunde. —

Der Wind wacht auf, ich seh ihn durchs Gewässer streichen;
Will denn sein Hauch das Herz mir noch einmal erweichen?

Das Schilf am Ufer bebt und flüstert mir so bange,
Im Winde bebt der Wald am steilen Uferhange.

Ich höre kommen dich, Natur! dein Mantel rauscht,
Wie der Geliebten Kleid, wenn ich nach ihr gelauscht;

Willst du denn noch einmal an meinen Hals dich hängen?
Ins Elend locken mich mit schmeichelnden Gesängen?

Es schwillt der Wind zum Sturm, es zucken Blitze wild,
Den schwarzen See durchglüht ihr schnell verzitternd Bild;

Sie leuchten durch den See, wie aus beglückten Tagen
Durch mein verfinstert Herz Erinnerungen jagen.

Sie rufen mir: „O Tor! was hat dein Wahn beschlossen!
Die Hoffnung kannst und sollst du in das Grab hier stoßen;

Doch willst in diesem See die Liebe du ertränken,
So mußt du selber dich in seine Fluten senken!"

Lenau

TRAUMGEWALTEN

Der Traum war so wild, der Traum war so schaurig,
So tief erschütternd, unendlich traurig.
Ich möchte gerne mir sagen:
Daß ich ja fest geschlafen hab,
Daß ich ja nicht geträumet hab;
Doch rinnen mir noch die Tränen herab,
Ich höre mein Herz noch schlagen.

Ich bin erwacht in banger Ermattung,
Ich finde mein Tuch durchnäßt am Kissen,
Wie mans heimbringt nach einer Bestattung;
Hab ichs im Traume hervorgerissen
Und mir getrocknet das Gesicht?
Ich weiß es nicht.
Doch waren sie da, die schlimmen Gäste,
Sie waren da zum nächtlichen Feste.

Ich schlief, mein Haus war preisgegeben,
Sie führten darin ein wüstes Leben.
Nun sind sie fort, die wilden Naturen;
In diesen Tränen find ich die Spuren,
Wie sie mir alles zusammengerüttet,
Und über den Tisch den Wein geschüttet.

Lenau

DA BLÜEHÁDÖ KERSCHBAM

Ollweil kreuzlusti
Und trauri gar nie,
I steh da wier da Kerschbam
In ewiga Blüe.

Franz Stelzhamer

'S HEUMAHDÁGSANG

D' Sengs üba d' Achsl,
'n Kopf af da Seit,
Roas mar aui af d' Wiesen,
Mir Heumahdaleut.

As is nuh nix auf
Als was 's Vögerl und d' Sunn,
Und as gang nuh koan Seel,
Wann nöt 's Bacherl fürrunn.

Und 's Vögerl und 's Bacherl
Oans mit den ohan'n plauscht,
Und mir wötzen aft d' Sengs,
Daß da Klang davanrauscht.

Wann ma d' Sengs a so schwingan
Und d' Mahd umidrahn,

Wißts es, daß mar 'n Taod
Sanö G'hilfen aft san!

Dö zaunsperen Ranken
Und d' Bleamel danöben,
Rutengsund und voll Saft,
Müassen 's Löbn hergöbn.

Oft iabl a Bleamel,
Das stirbt nöt gern,
Und i glaub, daß d' as bitten —
Wann 's kinnat! — kunnst hern.

Dö zinnliachten Zaherl
Siagst schwimmar in Augn,
Weil eahm 's Löbn nuh so wohl tat
Und 's Blüahn a so taugn.

Ös Bleamel, ös arma,
Ös habts es zwia mir;
Denn oft, eh ma 's umtraun,
Steht da Taod vo da Tür.

Damalt an, und wann d' froast:
„Wer is daust?", soat er: „I!"
Und dassell, das eahm aftuat,
Dakimmt und stürzt hi.

Awa trest mar is na,
Wird so lang nöt hergehn,
Stehn mar all wieda af
Und blüahn dreimal so schen.

Stelzhamer

'S GLÄUT

's Praminga Gläut
Hat bei weitn nöt den Klang
Az wie d' Glocken vo Zell
Oda dö z' Ampflwang.

's Kirerl is klain,
Wier a Mensch mit vier Schue,
Da is d' Ausstimm und 's Gläut
A leicht ausgibi gnue.

Do für mi hat das Gläut
So an wunnasam Klang,
Daß i main, wann is her,
I vernimm dös schen Gsang

Vo da Muada — gro lang!
Bin in Wiegerl nu glägn —
Weil s' mi aners schier go nöt
Hat einschläffern mögn.

Und dö ganze klain Jugat
Aft kimmt ma für's Gsicht,
Wiar a Kartengebäu,
Das von anpfnausen bricht. —

An andersmal machts mar
An andächtign Muet,
Und dar Arm von iehrn selm
Glangt in d' Heh um an Huet.

An andane Kira
Mag läuten, wie s' will,
Föst im Huet stöckt der Kopf
Wier in Eisstock da Stiel.

Und wieda wie d' Mueda
Rurfts: „Bet, Franzl, bet!
Weil kain andana Wög
Für uns himmelwärts geht.

Denn zum Almosen göbn
Waiß mar ehnta, wos ghört —
Und a zwungana Fasttag
Is a nöt viel wert!"

Aft bet i 'n Glaubn
Und 's Grüeßeseistusmarie,
Und schlog fleißi bon „Christas"
An's Herz und boig 's Knie.

Und wieda für d' Augn,
Kimmt ma d' Schulbuemazeit,
Wo mi go nix so gro
Az wie 's Beten hat gfreut.

Langeinzig aft lueg i
Und los vo mir hi,
Und kanns schier nöt daglaubn,
Daß i ölta worn bi.

Awa gählings singts Glöckerl
A Gsang, das mi wöckt —
Mein Gott! 's Zügüglöckli is 's,
Das mi ollmol daschröckt.

In Wirtshaus wirds stad,
Ölls verricht't sein Gebet,
Aft geht's Fragn an rundum,
Wen 's denn heut meh angeht?

„Das und das!“ heißt — „Ja, geh,
Kann ja dena nöt sein!
Ham in Sunda nu bacht’t —
Awa mir föllts aft ein:

Daß ich ölta worn bi,
Meine Leut nimma hab,
Und ma Huimat is z Schildern
In Freidhof iehn Grab!

Drum macht ma das Läuten
Mein Herz aft so schwar,
Daß ich allmol schier wünsch,
Wann dort — i gstoribn war!

Awa olls nimmt an End’,
Und jeds findt sein Ziel,
Und so trag i holds Löbn,
So lang’s Gott habn will.

Duetta ains war mein Wunsch
Und a Wunsch is ja frei:
I mecht z’ Schildern bograbn
Lögn bon Müederl hiebei!

Dö wöckt mi, wann s’ blasn,
Und laßt mi nöt hint,
Suecht alle neun Himmel
Aus, bis s’ mi findt!

Stelzhamer

DIE NACHT

Aus dem Walde tritt die Nacht,
An den Bäumen schleicht sie leise,
Schaut sich um im weiten Kreise —
Nun gib acht!

Alle Lichter dieser Welt,
Alle Blumen, alle Farben
Löscht sie aus und stiehlt die Garben
Weg vom Feld.

Alles nimmt sie, was nur hold,
Nimmt das Silber weg des Stromes,
Nimmt vom Kupferdach des Domes
Weg das Gold.

Ausgeplündert steht der Strauch —
Rücke näher, Seel' an Seele!
O die Nacht, mir bangt, sie stehle
Dich mir auch.

Hermann von Gilm

ALLERSEELEN

Stell auf den Tisch die duftenden Reseden,
Die letzten roten Astern trag herbei,
Und laß uns wieder von der Liebe reden
Wie einst im Mai.

Gib mir die Hand, daß ich sie heimlich drücke,
Und wenn man's sieht, mir ist es einerlei;
Gib mir nur einen deiner süßen Blicke
Wie einst im Mai.

Es blüht und funkelt heut auf jedem Grabe,
Ein Tag im Jahre ist den Toten frei;
Komm an mein Herz, daß ich dich wieder habe,
Wie einst im Mai.

Gilm

NACHTLIED

Quellende, schwellende Nacht,
Voll von Lichtern und Sternen:
In den ewigen Fernen,
Sage, was ist da erwacht!

Herz in der Brust wird beengt,
Steigendes, neigendes Leben,
Riesenhaft fühle ichs weben,
Welches das meine verdrängt.

Schlaf, da nahst du dich leis,
Wie dem Kinde die Amme,
Und um die dürftige Flamme
Ziehst du den schützenden Kreis.

Friedrich Hebbel

DÄMMEREMPFINDUNG

Was treibt mich hier von hinnen?
Was lockt mich dort geheimnisvoll?
Was ists, das ich gewinnen,
Und was, womit ichs kaufen soll?

Trat unsichtbar mein Erbe,
Ein Geist, ein luftger, schon heran
Und drängt mich, daß ich sterbe,
Weil er nicht eher leben kann?

Und winkt mir aus der Ferne
Die Traube schon, die mir gereift
Auf einem andern Sterne,
Und will, daß meine Hand sie streift?

Hebbel

DIE WEIHE DER NACHT

Nächtliche Stille!
Heilige Fülle,
Wie von göttlichem Segen schwer,
Säuselt aus ewiger Ferne daher.

Was da lebte,
Was aus engem Kreise
Auf ins Weitste strebte,
Sanft und leise
Sank es in sich selbst zurück
Und quillt auf in unbewußtem Glück.

Und von allen Sternen nieder
Strömt ein wunderbarer Segen,
Daß die müden Kräfte wieder
Sich in neuer Frische regen,

Und aus seinen Finsternissen
Tritt der Herr, so weit er kann,
Und die Fäden, die zerrissen,
Knüpft er alle wieder an.

Hebbel

AUF EINE UNBEKANNTE

Die Dämmerung war längst hereingebrochen,
Ich hatt dich nie gesehn, du tratst heran,
Da hat dein Mund manch mildes Wort gesprochen
In heilgem Ernst, der dir mein Herz gewann.
Still, wie du nahtest, hast du dich erhoben
Und sanft uns allen gute Nacht gesagt,
Dein Bild war tief von Finsternis umwoben,
Nach deinem Namen hab ich nicht gefragt.

Nun wird mein Auge nimmer dich erkennen,
Wenn du auch einst vorübergehst an mir,
Und hör ich dich von fremder Lippe nennen,
So sagt dein Name selbst mir nichts von dir.
Und dennoch wirst du ewig in mir leben,
Gleichwie ein Ton lebt in der stillen Luft,
Und kann ich Form dir und Gestalt nicht geben,
So reißt auch keine Form dich in die Gruft.

Das Leben hat geheimnisvolle Stunden,
Drin tut, selbstherrschend, die Natur sich kund;
Da bluten wir und fühlen keine Wunden,
Da freun wir uns und freun uns ohne Grund.
Vielleicht wird dann zu flüchtigstem Vereine
Verwandtes dem Verwandten nah gerückt,
Vielleicht, ich schaudre, jauchze oder weine,
Ists dein Empfinden, welches mich durchzückt!

Hebbel

ICH UND DU

Wir träumten voneinander
Und sind davon erwacht,
Wir leben, um uns zu lieben,
Und sinken zurück in die Nacht.

Du tratst aus meinem Traume,
Aus deinem trat ich hervor,
Wir sterben, wenn sich Eines
Im Andern ganz verlor.

Auf einer Lilie zittern
Zwei Tropfen rein und rund,
Zerfließen in eins und rollen
Hinab in des Kelches Grund.

Hebbel

SOMMERBILD

Ich sah des Sommers letzte Rose stehn,
Sie war, als ob sie bluten könne, rot;
Da sprach ich schaudernd im Vorübergehn:
So weit im Leben ist zu nah am Tod!
Es regte sich kein Hauch am heißen Tag,
Nur leise strich ein weißer Schmetterling;
Doch, ob auch kaum die Luft sein Flügelschlag
Bewegte, sie empfand es und verging.

Hebbel

HERBSTBILD

Dies ist ein Herbsttag, wie ich keinen sah!
Die Luft ist still, als atmete man kaum,
Und dennoch fallen raschelnd, fern und nah,
Die schönsten Früchte ab von jedem Baum.

O stört sie nicht, die Feier der Natur!
Dies ist die Lese, die sie selber hält,
Denn heute löst sich von den Zweigen nur,
Was vor dem milden Strahl der Sonne fällt.

Hebbel

EIN BILD AUS REICHENAU

Auf einer Blume, rot und brennend, saß
Ein Schmetterling, der ihren Honig sog
Und sich in seiner Wollust so vergaß,
Daß er vor mir nicht einmal weiter flog.

Ich wollte sehn, wie süß die Blume war,
Und brach sie ab: er blieb an seinem Ort;
Ich flocht sie der Geliebten in das Haar:
Er sog, wie aufgelöst in Wonne, fort!

Hebbel

DAS MÄDCHEN

„Ich bin nicht schön“, so sprach das Mädchen leise
Und überwand im stillen ihre Qual;
Und als sie nun in ihrer Schwestern Kreise
Zurücktrat, war sie es zum erstenmal.

Hebbel

EPIGRAMME

An den Menschen

Wünsche dir nicht zu scharf das Auge, denn wenn du die Toten
In der Erde erst siehst, siehst du die Blumen nicht mehr!

Die Scham

Scham bezeichnet im Menschen die innere Grenze der Sünde;
Wo er errötet, beginnt eben sein edleres Selbst.

Dareios

Daß Dareios das Meer von seinen sklavischen Horden
Peitschen lassen, erfährt jeder Pennal und belachts;
Daß er den blühendsten Baum mit einer goldenen Kette
Schmückte, entzückt wie ein Kind, weiß die Geschichte allein.

Shakespeares Testament

Titus Andronikus war sein Anfang und Timon sein Ende,
Und ein dunkleres Wort spricht die Geschichte nicht aus.
In der Mitte zwar prangt die schönste der Welten, doch ringelt
Sich die Schlange der Nacht um sie herum, als ihr Band.

Hebbel

DEM SCHMERZ SEIN RECHT

Schlafen, Schlafen, nichts als Schlafen!
Kein Erwachen, keinen Traum!
Jener Wehen, die mich trafen,
Leisestes Erinnern kaum.
Daß ich, wenn des Lebens Fülle
Niederklingt in meine Ruh,
Nur noch tiefer mich verhülle,
Fester zu die Augen tu!

Hebbel

DER FALLENDE STERN

Klagen erreichen dich nicht;
Tränen benetzen dich nicht;
Wünsche zerrinnen vergebens
Droben wie Wölkchen am Himmel.

Nichts mehr hab ich mit dir,
Nichts mehr hast du mit mir;
Zwischen uns brauset die Schöpfung,
Die ich erzürnt anschweige.

Als wir uns liebten — o was
War uns die Welt da, die Welt,
Jene im Fliehen so schöne
Seifenblase der Götter!

U n s e r e Welt floh hin!
Niemals kehrst du zurück,
Nicht ein Veilchen, ein Lüftchen
Unsrer zerstobenen Tage.

Mir, mir blieb nur das Leid,
Einsamer Lebensherbst
Und das zerrißne Entzücken:
„Einst . . . einst warst du die Meine."

Das ist wie ewig her!
Das war ein fallender Stern,
Der einmal in der Urzeit
Wieder auf ewig auslosch.

Leopold Schefer

VOR JENA

Auf den Bergen die Burgen,
Im Tale die Saale,
Die Mädchen im Städtchen:
Einst alles wie heut!
Ihr werten Gefährten,
Wo seid ihr zur Zeit mir,
Ihr lieben, geblieben?
Ach, alle zerstreut!

Die einen, sie weinen,
Die andern, sie wandern,
Die dritten noch mitten

Im Wechsel der Zeit;
Auch viele am Ziele,
Zu den Toten entboten,
Verdorben, gestorben
In Lust und in Leid.

Ich alleine, der eine,
Schau' wieder hernieder
Zur Saale im Tale,
Doch traurig und stumm:
Eine Linde im Winde,
Die wiegt sich und biegt sich,
Rauscht schaurig und traurig.
Ich weiß wohl, warum!

Lebrecht Dreves

MIRZA SCHAFFY

Es hat die Rose sich beklagt,
Daß gar zu schnell der Duft vergehe,
Den ihr der Lenz gegeben habe —

Da hab ich ihr zum Trost gesagt,
Daß er durch meine Lieder wehe
Und dort ein ewiges Leben habe.

Friedrich von Bodenstedt

O LIEB, SOLANG DU LIEBEN KANNST

O lieb, solang du lieben kannst!
O lieb, solang du lieben magst!
Die Stunde kommt, die Stunde kommt,
Wo du an Gräbern stehst und klagst!

Und sorge, daß dein Herze glüht
Und Liebe hegt und Liebe trägt,
Solang ihm noch ein ander Herz
In Liebe warm entgegenschlägt!

Und wer dir seine Brust erschließt,
O tu ihm, was du kannst, zulieb!
Und mach ihm jede Stunde froh,
Und mach ihm keine Stunde trüb!

Und hüte deine Zunge wohl,
Bald ist ein böses Wort gesagt!
O Gott, es war nicht bös gemeint —
Der andre aber geht und klagt.

O lieb, solang du lieben kannst!
O lieb, solang du lieben magst!
Die Stunde kommt, die Stunde kommt,
Wo du an Gräbern stehst und klagst!

Dann kniest du nieder an der Gruft,
Und birgst die Augen, trüb und naß,
— Sie sehn den andern nimmermehr —
Ins lange, feuchte Kirchhofsgras.

Und sprichst: O schau auf mich herab,
Der hier an deinem Grabe weint!
Vergib, daß ich gekränkt dich hab!
O Gott, es war nicht bös gemeint!

Er aber sieht und hört dich nicht,
Kommt nicht, daß du ihn froh umfängst;
Der Mund, der oft dich küßte, spricht
Nie wieder: Ich vergab dir längst!

Er tats, vergab dir lange schon,
Doch manche heiße Träne fiel
Um dich und um dein herbes Wort —
Doch still — er ruht, er ist am Ziel!

O lieb, solang du lieben kannst!
O lieb, solang du lieben magst!
Die Stunde kommt, die Stunde kommt,
Wo du an Gräbern stehst und klagst!

Ferdinand Freiligrath

DIE AUSWANDERER

Ich kann den Blick nicht von euch wenden,
Ich muß euch anschaun immerdar:
Wie reicht ihr mit geschäftigen Händen
Dem Schiffer eure Habe dar!

Ihr Männer, die ihr von dem Nacken
Die Körbe langt, mit Brot beschwert,
Das ihr aus deutschem Korn gebacken,
Geröstet habt auf deutschem Herd;

Und ihr, im Schmuck der langen Zöpfe,
Ihr Schwarzwaldmädchen, braun und schlank,
Wie sorgsam stellt ihr Krüg' und Töpfe
Auf der Schaluppe grüne Bank!

Das sind dieselben Töpf' und Krüge,
Oft an der Heimat Born gefüllt!
Wenn am Missouri alles schwiege,
S i e malten euch der Heimat Bild:

Des Dorfes steingefaßte Quelle,
Zu der ihr schöpfend euch gebückt,
Des Herdes traute Feuerstelle,
Das Wandgesims, das sie geschmückt.

Bald zieren sie im fernen Westen
Des leichten Bretterhauses Wand;
Bald reicht sie müden braunen Gästen
Voll frischen Trunkes eure Hand.

Es trinkt daraus der Tscherokese,
Ermattet, von der Jagd bestaubt;
Nicht mehr von deutscher Rebenlese
Tragt ihr sie heim, mit Grün belaubt.

O sprecht! warum zogt ihr von dannen?
Das Neckartal hat Wein und Korn;
Der Schwarzwald steht voll finstrer Tannen;
Im Spessart klingt des Älplers Horn.

Wie wird es in den fremden Wäldern
Euch nach der Heimatberge Grün,
Nach Deutschlands gelben Weizenfeldern,
Nach seinen Rebenhügeln ziehn!

Wie wird das Bild der alten Tage
Durch eure Träume glänzend wehn!
Gleich einer stillen, frommen Sage
Wird es euch vor der Seele stehn.

Der Bootsmann winkt! — Zieht hin in Frieden:
Gott schütz euch, Mann und Weib und Greis!
Sei Freude eurer Brust beschieden
Und euren Feldern Reis und Mais!

Freiligrath

HOFERS TOD

Zu Mantua in Banden
Der treue Hofer war,

In Mantua zum Tode
Führt ihn der Feinde Schar.
Es blutete der Brüder Herz,
Ganz Deutschland, ach! in Schmach und Schmerz,
Mit ihm das Land Tirol.

Die Hände auf dem Rücken,
Der Sandwirt Hofer ging
Mit ruhig festen Schritten,
Ihm schien der Tod gering;
Der Tod, den er so manches Mal
Vom Iselberg geschickt ins Tal,
Im heilgen Land Tirol.

Doch als aus Kerkergittern
Im festen Mantua
Die treuen Waffenbrüder
Die Händ er strecken sah,
Da rief er laut: „Gott sei mit euch,
Mit dem verratnen Deutschen Reich
Und mit dem Land Tirol!“

Dem Tambour will der Wirbel
Nicht unterm Schlägel vor,
Als nun Andreas Hofer
Schritt durch das finstre Tor;
Andreas, noch in Banden frei,
Dort stand er fest auf der Bastei,
Der Mann vom Land Tirol.

Dort sollt er niederknien;
Er sprach: „Das tu ich nit!
Will sterben wie ich stehe,
Will sterben wie ich stritt,

So wie ich steh auf dieser Schanz;
Es leb mein guter Kaiser Franz,
Mit ihm sein Land Tirol!“

Und von der Hand die Binde
Nimmt ihm der Korporal;
Andreas Hofer betet
Allhier zum letztenmal,
Dann ruft er: „Nun, so trefft mich recht!
Gebt Feuer! — Ach, wie schießt ihr schlecht!
Ade, mein Land Tirol!“

Julius Mosen

DER MÖNCH VON HEISTERBACH

Ein junger Mönch im Kloster Heisterbach
Lustwandelt an des Gartens fernstem Ort;
Der Ewigkeit sinnt still und tief er nach
Und forscht dabei in Gottes heilgem Wort.

Er liest, was Petrus, der Apostel, sprach:
„Dem Herren ist ein Tag wie tausend Jahr,
Und tausend Jahre sind ihm wie ein Tag.“ —
Doch wie er sinnt, es wird ihm nimmer klar.

Und er verliert sich zweifelnd in den Wald;
Was um ihn vorgeht, hört und sieht er nicht; —
Erst wie die frohe Vesperglocke schallt,
Gemahnt es ihn der ernsten Klosterpflicht.

Im Lauf erreichet er den Garten schnell;
Ein Unbekannter öffnet ihm das Tor.
Er stutzt — doch sieh, schon glänzt die Kirche hell,
Und draus ertönt der Brüder heilger Chor.

Nach seinem Stuhle eilend tritt er ein, —
Doch wunderbar, ein andrer sitzet dort.
Er überblickt der Mönche lange Reihn,
Nur Unbekannte findet er am Ort.

Der Staunende wird angestaunt ringsum,
Man fragt nach Namen, fragt nach dem Begehr.
Er sagts, da murmelt man durchs Heiligum:
„Dreihundert Jahre hieß so niemand mehr."

Der letzte dieses Namens, tönt es dann,
Er war ein Zweifler und verschwand im Wald;
Man gab den Namen keinem mehr fortan! —
Er hört das Wort, es überläuft ihn kalt.

Er nennet nun den Abt und nennt das Jahr;
Man nimmt das alte Klosterbuch zur Hand,
Da wird ein großes Gotteswunder klar:
Er ists, der drei Jahrhunderte verschwand.

Ha, welche Lösung! Plötzlich graut sein Haar,
Er sinkt dahin und ist dem Tod geweiht,
Und sterbend mahnt er seiner Brüder Schar:
„Gott ist erhaben über Ort und Zeit!

Was er verhüllt, macht nur ein Wunder klar!
Drum grübelt nicht, denkt meinem Schicksal nach!
Ich weiß: ihm ist ein Tag wie tausend Jahr,
Und tausend Jahre sind ihm wie ein Tag!"

Wolfgang Müller von Königswinter

IM FRÜHLING

Hier lieg ich auf dem Frühlingshügel:
Die Wolke wird mein Flügel,
Ein Vogel fliegt mir voraus.
Ach, sag mir, alleinzige Liebe,
Wo du bleibst, daß ich bei dir bliebe!
Doch du und die Lüfte, ihr habt kein Haus.

Der Sonnenblume gleich steht mein Gemüte offen,
Sehnend,
Sich dehnend
In Lieben und Hoffen.
Frühling, was bist du gewillt?
Wann werd ich gestillt?

Die Wolke seh ich wandeln und den Fluß,
Es dringt der Sonne goldner Kuß
Mir tief bis ins Geblüt hinein;
Die Augen, wunderbar berauschet,
Tun, als schliefen sie ein,
Nur noch das Ohr dem Ton der Biene lauschet.

Ich denke dies und denke das,
Ich sehne mich und weiß nicht recht, nach was:
Halb ist es Lust, halb ist es Klage;
Mein Herz, o sage,

Was webst du für Erinnerung
In golden grüner Zweige Dämmerung!
Alte unnennbare Tage!

Eduard Mörike

PEREGRINA

I

Der Spiegel dieser treuen braunen Augen
Ist wie von innerm Gold ein Widerschein;
Tief aus dem Busen scheint er's anzusaugen,
Dort mag solch Gold in heilgem Gram gedeihn.
In diese Nacht des Blickes mich zu tauchen,
Unwissend Kind, du selber lädst mich ein:
Willst, ich soll kecklich mich und dich entzünden,
Reichst lächelnd mir den Tod im Kelch der Sünden.

II

Aufgeschmückt ist der Freudensaal:
Lichterhell, bunt in laulicher Sommernacht
Stehet das offene Gartengezelte;
Säulengleich steigen, gepaart,
Grünumranket, eherne Schlangen,
Zwölf, mit verschlungenen Hälsen,
Tragend und stützend das
Leicht gegitterte Dach.

Aber die Braut noch wartet verborgen
In dem Kämmerlein ihres Hauses.
Endlich bewegt sich der Zug der Hochzeit,
Fackeln tragend,
Feierlich stumm.

Und in der Mitte,
Mich an der rechten Hand,
Schwarz gekleidet, geht einfach die Braut;
Schöngefaltet ein Scharlachtuch
Liegt um den zierlichen Kopf geschlagen.
Lächelnd geht sie dahin; das Mahl schon duftet.

Später im Lärmen des Fests
Stahlen wir seitwärts uns beide
Weg, nach den Schatten des Gartens wandelnd,
Wo im Gebüsche die Rosen brannten,
Wo der Mondstrahl um Lilien zuckte,
Wo die Weymouthsfichte mit schwarzem Haar
Den Spiegel des Teiches halb verhängt.

Auf seidnem Rasen dort, ach, Herz am Herzen,
Wie verschlangen, erstickten meine Küsse den scheueren Kuß,
Indes der Springquell, unteilnehmend
An überschwenglicher Liebe Geflüster,
Sich ewig des eigenen Plätscherns freute!
Uns aber neckten von fern und lockten
Freundliche Stimmen,
Flöten und Saiten umsonst.

Ermüdet lag, zu bald für mein Verlangen,
Das leichte, liebe Haupt auf meinem Schoß.
Spielender Weise mein Aug auf ihres drückend,
Fühlt ich ein Weilchen die langen Wimpern,
Bis der Schlaf sie stellte,
Wie Schmetterlingsgefieder auf und nieder gehn.

Eh das Frührot schien,
Eh das Lämpchen erlosch im Brautgemache,
Weckt ich die Schläferin,
Führte das seltsame Kind in mein Haus ein.

III

Warum, Geliebte, denk ich dein
Auf einmal nun mit tausend Tränen
Und kann gar nicht zufrieden sein
Und will die Brust in alle Weite dehnen?

Ach, gestern in den hellen Kindersaal
Beim Flimmer zierlich aufgesteckter Kerzen,
Wo ich mein selbst vergaß in Lärm und Scherzen,
Tratst du, o Bildnis mitleid-schöner Qual:
Es war dein Geist, er setzte sich ans Mahl,
Fremd saßen wir mit stumm verhaltnen Schmerzen;
Zuletzt brach ich in lautes Schluchzen aus,
Und Hand in Hand verließen wir das Haus.

IV

Die Liebe, sagt man, steht am Pfahl gebunden,
Geht endlich arm, zerrüttet, unbeschuht;
Dies edle Haupt hat nicht mehr, wo es ruht,
Mit Tränen netzet sie der Füße Wunden.

Ach, Peregrinen hab ich so gefunden!
Schön war ihr Wahnsinn, ihrer Wange Glut,
Noch scherzend in der Frühlingsstürme Wut
Und wilde Kränze in das Haar gewunden.

Wars möglich, solche Schönheit zu verlassen? —
So kehrt nur reizender das alte Glück.
O komm, in diese Arme dich zu fassen!

Doch weh! o weh! was soll mir dieser Blick?
Sie küßt mich zwischen Lieben noch und Hassen,
Sie kehrt sich ab und kehrt mir nie zurück.

Mörike

DAS VERLASSENE MÄGDLEIN

Früh, wann die Hähne krähn,
Eh die Sternlein verschwinden,
Muß ich am Herde stehn,
Muß Feuer zünden.

Schön ist der Flammen Schein,
Es springen die Funken;
Ich schaue so drein,
In Leid versunken.

Plötzlich da kommt es mir,
Treuloser Knabe,
Daß ich die Nacht von dir
Geträumet habe.

Träne auf Träne dann
Stürzet hernieder:
So kommt der Tag heran —
O ging er wieder!

Mörike

FRAGE UND ANTWORT

Fragst du mich, woher die bange
Liebe mir zum Herzen kam,
Und warum ich ihr nicht lange
Schon den bittern Stachel nahm?

Sprich, warum mit Geisterschnelle
Wohl der Wind die Flügel rührt,
Und woher die süße Quelle
Die verborgnen Wasser führt!

Banne du auf seiner Fährte
Mir den Wind in vollem Lauf!
Halte mit der Zaubergerte
Du die süßen Quellen auf!

Mörike

ERSTES LIEBESLIED EINES MÄDCHENS

Was im Netze? Schau einmal!
Aber ich bin bange;
Greif ich einen süßen Aal?
Greif ich eine Schlange?

Lieb ist blinde
Fischerin;
Sag dem Kinde,
Wo greifts hin?

Schon schnellt mirs in Händen.
Ach Jammer! o Lust!
Mit Schmiegen und Wenden
Mir schlüpfts an die Brust.

Es beißt sich, o Wunder!
Mir keck durch die Haut,
Schießts Herze hinunter.
O Liebe, mir graut!

Was tun, was beginnen?
Das schaurige Ding,
Es schnalzet da drinnen,
Es legt sich im Ring.

Gift muß ich haben. —
Hier schleicht es herum,
Tut wonniglich graben
Und bringt mich noch um.

Mörike

GESANG WEYLAS

Du bist Orplid, mein Land,
Das ferne leuchtet!
Vom Meere dampfet dein besonnter Strand
Den Nebel, so der Götter Wange feuchtet.

Uralte Wasser steigen
Verjüngt um deine Hüften, Kind!
Vor deiner Gottheit beugen
Sich Könige, die deine Wärter sind.

Mörike

UM MITTERNACHT

Gelassen stieg die Nacht ans Land,
Lehnt träumend an der Berge Wand;
Ihr Auge sieht die goldne Waage nun
Der Zeit in gleichen Schalen stille ruhn.
Und kecker rauschen die Quellen hervor,
Sie singen der Mutter, der Nacht, ins Ohr
Vom Tage,
Vom heute gewesenen Tage.

Das uralt alte Schlummerlied —
Sie achtets nicht, sie ist es müd;
Ihr klingt des Himmels Bläue süßer noch,
Der flüchtgen Stunden gleichgeschwungnes Joch.
Doch immer behalten die Quellen das Wort,
Es singen die Wasser im Schlafe noch fort
Vom Tage,
Vom heute gewesenen Tage.

Mörike

GESANG ZU ZWEIEN IN DER NACHT

S i e :

Wie süß der Nachtwind nun die Wiese streift
Und klingend jetzt den jungen Hain durchläuft!
Da noch der freche Tag verstummt,
Hört man der Erdenkräfte flüsterndes Gedränge,
Das aufwärts in die zärtlichen Gesänge
Der reingestimmten Lüfte summt.

E r :

Vernehm ich doch die wunderbarsten Stimmen,
Vom lauen Wind wollüstig hingeschleift,
Indes, mit ungewissem Licht gestreift,
Der Himmel selber scheinet hinzuschwimmen.

S i e :

Wie ein Gewebe zuckt die Luft manchmal,
Durchsichtiger und heller aufzuwehen;
Dazwischen hört man weiche Töne gehen
Von selgen Feen, die im blauen Saal
Zum Sphärenklang
Und fleißig mit Gesang,
Silberne Spindeln hin und wider drehen.

E r :

O holde Nacht, du gehst mit leisem Tritt
Auf schwarzem Samt, der nur am Tage grünet,
Und luftig schwirrender Musik bedienet
Sich nun dein Fuß zum leichten Schritt,
Womit du Stund um Stunde missest,
Dich lieblich in dir selbst vergissest —
Du schwärmst, es schwärmt der Schöpfung Seele mit.

Mörike

NACHTS

Horch! auf der Erde feuchtem Grund gelegen,
Arbeitet schwer die Nacht der Dämmerung entgegen,
Indessen dort in blauer Luft gezogen,
Die Fäden leicht, unhörbar fließen
Und hin und wieder mit gestähltem Bogen
Die lustgen Sterne goldne Pfeile schießen.

Im Erdenschoß, im Hain und auf der Flur,
Wie wühlt es jetzo rings in der Natur
Von nimmersatter Kräfte Gärung!
Und welche Ruhe doch! und welch ein Wohlbedacht!
Mir aber in geheimer Brust erwacht
Ein peinlich Widerspiel von Fülle und Entbehrung
Vor diesem Bild, so schweigend und so groß.

Mein Herz, wie gerne machtest du dich los!
Du schwankendes, dem jeder Halt gebricht,
Willst, kaum entflohn, zurück zu deinesgleichen.
Trägst du der Schönheit Götterstille nicht,
So beuge dich! Denn hier ist kein Entweichen.

Mörike

SEPTEMBERMORGEN

Im Nebel ruhet noch die Welt,
Noch träumen Wald und Wiesen:
Bald siehst du, wenn der Schleier fällt,
Den blauen Himmel unverstellt,
Herbstkräftig die gedämpfte Welt
In warmem Golde fließen.

Mörike

AN EINEM WINTERMORGEN VOR SONNENAUFGANG

O flaumenleichte Zeit der dunkeln Frühe!
Welch neue Welt bewegest du in mir?
Was ists, daß ich auf einmal nun in dir
Von sanfter Wollust meines Daseins glühe?

Einem Kristall gleicht meine Seele nun,
Den noch kein falscher Strahl des Lichts getroffen;
Zu fluten scheint mein Geist, er scheint zu ruhn,
Dem Eindruck naher Wunderkräfte offen,
Die aus dem klaren Gürtel blauer Luft
Zuletzt ein Zauberwort vor meine Sinne ruft.

Bei hellen Augen glaub ich doch zu schwanken:
Ich schließe sie, daß nicht der Traum entweiche.
Seh ich hinab in lichte Feenreiche?
Wer hat den bunten Schwarm von Bildern und Gedanken
Zur Pforte meines Herzens hergeladen,
Die glänzend sich in diesem Busen baden,
Goldfarbgen Fischlein gleich im Gartenteiche?
Ich höre bald der Hirtenflöten Klänge,
Wie um die Krippe jener Wundernacht,
Bald weinbekränzter Jugend Lustgesänge;
Wer hat das friedenselige Gedränge
In meine traurigen Wände hergebracht?

Und welch Gefühl entzückter Stärke,
Indem mein Sinn sich frisch zur Ferne lenkt!
Vom ersten Mark des heutgen Tags getränkt,
Fühl ich mir Mut zu jedem frommen Werke.
Die Seele fliegt, soweit der Himmel reicht,
Der Genius jauchzt in mir. Doch sage!
Warum wird jetzt der Blick von Wehmut feucht?

Ists ein verloren Glück, was mich erweicht?
Ist es ein werdendes, was ich im Herzen trage? —
Hinweg, mein Geist! hier gilt kein Stillestehn:
Es ist ein Augenblick, und alles wird verwehn.

Dort, sieh! am Horizont lüpft sich der Vorhang schon.
Es träumt der Tag, nun sei die Nacht entflohn;
Die Purpurlippe, die geschlossen lag,
Haucht, halb geöffnet, süße Atemzüge:
Auf einmal blitzt das Aug, und, wie ein Gott, der Tag
Beginnt im Sprung die königlichen Flüge.

Mörike

VERBORGENHEIT

Laß, o Welt, o laß mich sein!
Locket nicht mit Liebesgaben!
Laß dies Herz alleine haben
Seine Wonne, seine Pein!

Was ich traure, weiß ich nicht:
Es ist unbekanntes Wehe;
Immerdar durch Tränen sehe
Ich der Sonne liebes Licht.

Oft bin ich mir kaum bewußt,
Und die helle Freude zücket
Durch die Schwere, so mich drücket,
Wonniglich in meiner Brust.

Laß, o Welt, o laß mich sein!
Locket nicht mit Liebesgaben!
Laßt dies Herz alleine haben
Seine Wonne, seine Pein!

Mörike

AUF EINER WANDERUNG

In ein freundliches Städtchen tret ich ein,
In den Straßen liegt roter Abendschein.
Aus einem offenen Fenster eben,
Über den reichsten Blumenflor
Hinweg hört man Goldglockentöne schweben,
Und eine Stimme scheint ein Nachtigallenchor,
Daß die Blüten beben,
Daß die Lüfte leben,
Daß in höherm Rot die Rosen leuchten vor.

Lang hielt ich staunend, luftbeklommen.
Wie ich hinaus vors Tor gekommen,
Ich weiß es wahrlich selber nicht.
Ach hier, wie liegt die Welt so licht!
Der Himmel wogt in purpurnem Gewühle,
Rückwärts die Stadt in goldnem Rauch;
Wie rauscht der Erlenbach, wie rauscht im Grund die Mühle!

Ich bin wie trunken, irrgeführt:
O Muse, du hast mein Herz berührt
Mit einem Liebeshauch.

Mörike

VERSUCHUNG

Wenn sie in silberner Schale mit Wein uns würzet die Erdbeern,
Dicht mit Zucker noch erst streuet die Kinder des Walds:
O wie schmacht ich hinauf zu den duftigern Lippen, wie dürstet
Nach des gebogenen Arms schimmernder Weiße mein Mund!

Mörike

AN DIE GELIEBTE

Wenn ich, von deinem Anschaun tief gestillt,
Mich stumm an deinem heilgen Wert vergnüge,
Dann hör ich recht die leisen Atemzüge
Des Engels, welcher sich in dir verhüllt.

Und ein erstaunt, ein fragend Lächeln quillt
Auf meinem Mund, ob mich kein Traum betrüge,
Daß nun in dir, zu ewiger Genüge,
Mein kühnster Wunsch, mein einzger, sich erfüllt.

Von Tiefe dann zu Tiefen stürzt mein Sinn,
Ich höre aus der Gottheit nächtger Ferne
Die Quellen des Geschicks melodisch rauschen.

Betäubt kehr ich den Blick nach oben hin,
Zum Himmel auf — da lächeln alle Sterne:
Ich kniee, ihrem Lichtgesang zu lauschen.

Mörike

ZU VIEL

Der Himmel glänzt vom reinsten Frühlingslichte,
Ihm schwillt der Hügel sehnsuchtsvoll entgegen,
Die starre Welt zerfließt in Liebessegen
Und schmiegt sich rund zum zärtlichsten Gedichte.

Am Dorfeshang, dort bei der luftgen Fichte
Ist meiner Liebsten kleines Haus gelegen —
O Herz, was hilft dein Wiegen und dein Wägen,
Daß all der Wonnestreit in dir sich schlichte!

Du, Liebe, hilf den süßen Zauber lösen,
Womit Natur in meinem Innern wühlet!
Und du, o Frühling, hilf die Liebe beugen!
Lisch aus, o Tag! Laß mich in Nacht genesen!
Indes ihr sanften Sterne göttlich kühlet,
Will ich zum Abgrund der Betrachtung steigen.

Mörike

AUF EIN ALTES BILD

In grüner Landschaft Sommerflor,
Bei kühlem Wasser, Schilf und Rohr,
Schau, wie das Knäblein Sündelos
Frei spielet auf der Jungfrau Schoß!
Und dort im Walde wonnesam,
Ach, grünet schon des Kreuzes Stamm!

Mörike

ERINNA AN SAPPHO

„Vielfach sind zum Hades die Pfade“, heißt ein
Altes Liedchen, „und einen gehst du selber,
Zweifle nicht! Wer, süßeste Sappho, zweifelt?“
Sagt es nicht jeglicher Tag?
Doch den Lebenden haftet nur leicht im Busen
Solch ein Wort, und dem Meer anwohnend ein Fischer von Kind auf
Hört im stumpferen Ohr der Wogen Geräusch nicht mehr. —
Wundersam aber erschrak mir heute das Herz. Vernimm!

Sonniger Morgenglanz im Garten,
Ergossen um der Bäume Wipfel,
Lockte die Langschläferin (denn so schaltest du jüngst Erinna!)
Früh vom schwüligen Lager hinweg.
Stille war mein Gemüt; in den Adern aber
Unstet klopfte das Blut bei der Wangen Blässe.
Als ich am Putztisch jetzo die Flechten löste,

Dann mit nardeduftendem Kamm vor der Stirn den Haar-
Schleier teilte: seltsam betraf mich im Spiegel Blick in Blick.
Augen, sagt ich, ihr Augen, was wollt ihr?
Du, mein Geist, heute noch sicher behaust da drinne,
Lebendigen Sinnen traulich vermählt,
Wie mit fremdendem Ernst, lächelnd halb, ein Dämon,
Nickst du mich an, Tod weissagend! —
— Ha, da mit eins durchzuckt es mich
Wie Wetterschein! wie wenn schwarzgefiedert ein tödlicher Pfeil
Streifte die Schläfe hart vorbei,
Daß ich, die Hände gedeckt aufs Antlitz, lange
Staunend blieb, in die nachtschaurige Kluft schwindelnd hinab.
Und das eigene Todesgeschick erwog ich,
Trockenen Augs noch erst,
Bis da ich dein, o Sappho, dachte
Und der Freundinnen all
Und anmutiger Musenkunst:
Gleich da quollen die Tränen mir.

Und dort blinkte vom Tisch das schöne Kopfnetz, dein Geschenk,
Köstliches Byssosgeweb, von goldnen Bienlein schwärmend;
Dieses, wenn wir demnächst das blumige Fest
Feiern der herrlichen Tochter Demeters,
Möcht ich i h r weihen für meinen Teil und deinen,
Daß sie hold uns bleibe (denn viel vermag sie),
Daß du zu früh dir nicht die braune Locke mögest
Für Erinna vom lieben Haupte trennen.

Mörike

AN EINE LIEBLINGSBUCHE MEINES GARTENS,
in deren Stamm ich Höltys Namen schnitt

Holdeste Dryas, halte mir still! es schmerzet nur wenig:
Mit wollüstigem Reiz schließt sich die Wunde geschwind.
Eines Dichters Namen zu tragen bist du gewürdigt,
Keinen Lieberen hat Wiese noch Wald mir genannt.
Sei du künftig von allen deinen Geschwistern die erste,
Welche der kommende Lenz wecket und reichlich belaubt!
Und ein liebendes Mädchen, von deinem Dunkel umduftet,
Sehe den Namen, der, halb nur verborgen, ihr winkt.
Leise drückt sie, gedankenvoll, die Lippen auf diese
Lettern: es dringet ihr Kuß dir an das innerste Mark.
Wehe der Hand, die dich zu schädigen waget! Ihr glücke
Nimmer, in Feld und Haus, nimmer ein friedliches Werk!

Mörike

AUF EINE LAMPE

Noch unverrückt, o schöne Lampe, schmückest du,
An leichten Ketten zierlich aufgehangen hier,
Die Decke des nun fast vergeßnen Lustgemachs.
Auf deiner weißen Marmorschale, deren Rand
Der Epheukranz von goldengrünem Erz umflicht,
Schlingt fröhlich eine Kinderschar den Ringelreihn.

Wie reizend alles! lachend, und ein sanfter Geist
Des Ernstes doch ergossen um die ganze Form —
Ein Kunstgebild der echten Art. Wer achtet sein?
Was aber schön ist, selig scheint es in ihm selbst.

Mörike

AN EINE CHRISTBLUME

Im Winterboden schläft, ein Blumenkeim,
Der Schmetterling, der einst um Busch und Hügel
In Frühlingsnächten wiegt den samtnen Flügel;
Nie soll er kosten deinen Honigseim.

Wer aber weiß, ob nicht sein holder Geist,
Wenn jede Zier des Sommers hingesunken,
Dereinst, von deinem leisen Dufte trunken,
Mir unsichtbar, dich Blühende umkreist?

Mörike

DENK ES, O SEELE!

Ein Tännlein grünet wo,
Wer weiß? im Walde,
Ein Rosenstrauch, wer sagt,
In welchem Garten?
Sie sind erlesen schon,
Denk es, o Seele,
Auf deinem Grab zu wurzeln
Und zu wachsen.

Zwei schwarze Rößlein weiden
Auf der Wiese,
Sie kehren heim zur Stadt
In muntern Sprüngen.

Sie werden schrittweis gehn
Mit deiner Leiche,
Vielleicht, vielleicht noch eh
An ihren Hufen
Das Eisen los wird,
Das ich blitzen sehe!

Mörike

DISTICHEN VOM STRANDE DER SEE

Jetzt erst bin ich zu Haus, ihr erquickt mir wieder die Seele,
Laubduft, Wipfelgebraus, kühlender Atem des Meers.

Dir, o Brandung, vergleich ich das Distichon, wie du heranrollst,
Spritzend dich brichst und zurückbrausend dich selber verschlingst.

Nicht mit Gedanken erfüllt der Natur vieldeutiger Laut mich,
Aber er schwellt mir die Kraft, die den Gedanken erzeugt.

Rasch wie der Wind umspringt, so wechseln das Herz und die Welle,
Heut weitleuchtende Ruh, morgen chaotischer Sturm.

Ob wie ein Spiegel die Woge sich dehnt, ob rasend emporschäumt,
Ihre gewiesene Bahn wandeln die Sterne dahin.

Well auf Welle zerrinnt, in die See rücktriefend, doch endlich
Kommt die Siegerin auch, welche den Felsen zerbricht.
Was langjährig ersehnt sich bereitet im Schoß der Gesamtheit,
Plötzlich am Tag des Geschicks führt es der Genius aus.

Mächtig getürmt aufs Meer hinschaun die Mäler der Hünen,
Doch nicht Rune noch Lied nennt dir die Schläfer im Grund.

Wie die Welle verrauscht, so sind sie vorübergezogen;
Von der verschollenen Zeit wissen die Gräber allein.

Der mit der Steinaxt hier einstand für die Götter der Heimat,
War er des Heldengesangs weniger wert als Achill?

Auch die Kränze des Ruhms sind Gunst und Gnade der Götter,
Die sie dem Glücklichen nur unter den Würdigen leihn.

Schlaft, ihr Starken, in Ruh! Wohl hat euch die Muse vergessen,
Aber das ewige Meer rauscht euch den Schlummergesang.

Unter dem Seegras blinkt die gediegene Träne des Bernsteins,
Wie sie an Thules Gestad golden die Fichte geweint.

Sinnend les' ich sie auf, die geronnenen Tropfen; so bliebt ihr
Mir, zum Liede versteint, Tränen der Liebe, zurück.

Jeglichem wurde das Recht zu lieben. *Glücklich* zu lieben,
Ist ein göttlich Geschick, das du aus Gnaden empfängst.

Sonne der Liebe, du sankst; doch blieb dein dämmernder Abglanz
Sanft mir, wie Mondesgeleucht, in der erinnernden Brust.

Froh noch weiß ich zu sein; doch heimlich in jegliche Freude
Mischt sich der Schmerz: nicht mehr kann ich sie teilen mit dir.

Gern bei sinkendem Tag lustwandl' ich am Strande des Meeres,
Weit und weiter hinaus lockt mich der Wellengesang.

In dem Gebrause des Winds und der Flut eintönigem Rauschen
Ahn ich der Weltmelodie dunkel verhallenden Laut.

Wie die Woge sich hebt und senkt mit wechselndem Schalle,
Tut sich die stille Gewalt ewiger Rhythmen mir kund.

Blieb ein Klang in der Tiefe zurück von der Leier des Orpheus,
Als an Lesbos' Gestad einst sie die Woge gespült?

Siehe die Schwalbe der See! Rasch abwärts schießend, im Schaume
Netzt sie die Flügel und schwingt wonnig gekühlt sich empor.

Immer verwegener streift sie die Tiefe — sie gleicht dem Gedanken,
Der mit schauernder Lust an das Unendliche rührt.

Tiefer dämmerts, die Ferne des Meeres zerfließt mit dem Luftkreis;
Im Abgrunde des Raums glaubst du betroffen zu stehn.

Aber der Vollmond steigt, er enthüllt dir die Grenzen des Himmels
Und aus brennendem Gold baut er die Brücke dir auf.

Sieh, jetzt löst er sich ab, und gleich der zerschnittenen Goldfrucht
Voll in der Luft und im Meer schwebt das gedoppelte Rund.

Höher und höher entrückt, wird strahlendes Silber der Glutball,
Steigend gewinnt er an Licht, was er an Feuer verlor.

Ist er des Genius Bild, der wild in Flammen der Jugend
Lodert, bevor er die Welt füllt mit geläutertem Glanz?

Leuchtturmsfeuer und Vollmondsglanz und der Reigen der Sterne
Über der brandenden See — welche bezaubernde Nacht!

Wahrlich, sie gleicht dem Dichtergemüt, drin himmlische Strahlen
Durcheinander versöhnt spielen mit irdischer Glut.

Schwer nur reiß ich mich los — doch seis drum! Morgen im Frührot
Weckst du zu neuem Gesang, baltische Muse, mich auf.

Emanuel Geibel

LETZTE BITTE

Immer leiser wird mein Schlummer,
Nur wie Schleier liegt mein Kummer
Zitternd über mir.
Oft im Traume hör ich dich
Rufen drauß vor meiner Tür,
Niemand wacht und öffnet dir,
Ich erwach und weine bitterlich.

Ja, ich werde sterben müssen,
Eine andre wirst du küssen,

Wenn ich bleich und kalt,
Eh die Maienlüfte wehen,
Eh die Drossel singt im Wald;
Willst du mich noch einmal sehen,
Komm, o komme bald!

Hermann Lingg

RISPETTI

Mir wars, ich hört es an der Türe pochen,
Und fuhr empor, als wärst du wieder da
Und sprächest wieder, wie du oft gesprochen
Mit Schmeichelton: Darf ich hinein, Papa?

Und da ich abends ging am steilen Strand,
Fühlt ich dein Händchen warm in meiner Hand.

Und wo die Flut Gestein herangewälzt,
Sagt ich ganz laut: Gib acht, daß du nicht fällst!

Paul Heyse

DIE SCHLANGE

Wenn ich das Tollkraut dir vom Munde pflücke,
Das mir den Sinn verwirrt, und so, umgraut
Von Nacht und Glück, mich treffen deine Blicke,

Frag' ich mich oft: Wo hab ich doch geschaut
Ein Auge, so wie dies, nicht zu ergründen?
Ein Auge war's, das nie ein Gram betaut,

Ein Blick, wie aus den tiefsten Todesschlünden,
Der, seelenlos, die Seele magisch zwang,
Kalt, und doch mächtig, Fieber zu entzünden,

Daß man hinein sich tauchte stundenlang,
Als leucht' ein Weltgeheimnis draus entgegen,
Unheimlich, unaussprechlich groß und bang:

Wie tote Flammen im Smaragd sich regen,
Wie Meeresleuchten aus der Tiefe sprüht,
Goldadern glühn auf unterirdschen Wegen.

Und heute, da ich einsam im Gemüt
Zurückesann, stand mir's auf einem Schlag
Vor Augen wieder, was mich lang bemüht.

Ich hatt' am heißen Frühlingsnachmittag
In Roms Campagna schweifend mich verirrt,
Da ein Gewitter schwer in Lüften lag.

Kein Schattendach, nicht Herde, Hund und Hirt,
Kein Vogelruf, kein Laut, als der Zikade
Eintönig Ritornell, das heiser schwirrt.

Und ich, erschöpft vom Wandern, wo sich grade
Ein Sitz mir bot, streck' ich die Glieder hin,
Erwartend, daß die Schwüle sich entlade.

Mir war so weltentrückt, so fremd zu Sinn,
So fern von allem Heimlichen und Schönen;
Vergehn und Nichtsein schien allein Gewinn.

Und plötzlich weckte mich ein heftig Dröhnen;
In Flammen lodernd stand das Firmament,
Und Sturm fuhr übers öde Feld mit Stöhnen.

Und wie ein neuer Blitz die Wolken trennt,
Seh ich, dicht vor mir, eine braune Schlange
Auf dornumranktem Felsen-Postament.

Geringelt lag sie da — wer sagt, wie lange?
Die grauen Augen traurig und erstaunt
Auf mich geheftet, die geschuppte Wange

Dicht auf den Stein gedrückt, nicht wohl gelaunt,
Doch müde, schien's, und ohne Mordbegier,
Vielleicht vom Donnerton in Schlaf geraunt.

Und ich blieb still. Der Atem stockte mir;
Ich mußt' in dies gefeite Auge schauen,
Und so wohl eine Stunde ruhten wir.

Da erst begann die Wolkennacht zu tauen.
Sacht stand ich auf, Sie aber, regungslos,
Blieb, wo sie war. Ich wandte mich voll Grauen.

Furchtbar vom Himmel rauschte das Getos
Des Lenzorkans. Doch wie die Blitze flammten,
Ich sah im Geist das Schlangenauge bloß.

So, dacht, ich, glühn die Augen der Verdammten,
Die niederfahren aller Hoffnung bar,
Für immer fern dem Licht, dem sie entstammten;

So blickt, Erlösung hoffend immerdar,
Die niedre Kreatur mit stummem Flehn,
Der eine Seele nicht erschaffen war. —

Und erst bei milder Herbsteslüfte Wehn,
Sooft auch früher ein Gelüst sich regte,
Konnt' ich hinaus, die Stätte wiedersehn.

Ich fand den Ort, wo ich mich niederlegte,
Und — wundersam! da ruhte noch das Tier,
Das Auge offen, das sich nicht bewegte.

Mich faßt' ein Schauer. Hat die Feindin hier
Gelauert sommerlang, mich doch zu fassen?
Und wieder Aug' in Auge staunten wir.

Und feige schien mir's, ihr das Feld zu lassen.
Ich schlug nach ihr; da fielen ihre Ringe
In Staub. Nur aus dem Auge, das gelassen

Ins Leere stierte, war mir's, als entschwinge
Sich ein gefangner Blitz. Da ließ ich sie,
Daß sie nicht noch im Tode mich bezwinge,

Und ihren Scheideblick vergeß ich nie.

Heyse

WALDERDBEEREN

Tragt mir die Schale fort mit Walderdbeeren:
So schmerzlich süße Bilder wecken sie,
Daß ich der Tränen kaum mich kann erwehren.

Saß nicht beim Nachtisch stets auf meinem Knie
Das liebe Kind, mit ungeduldiger Bitte,
Als ich der Schmeichlerin den Teller lieh?

Und dann mit spitzen Fingern aus der Mitte
Die schönsten Beeren lesend, immer zwei
Für sich erwählte sie, für mich die dritte.

Oft zweifelt' ich bei mir, was röter sei,
Die Waldfrucht oder meines Kindes Lippen;
Was süßer, wußt' ich wohl, das ist vorbei.

Nie wirst du mehr an meinem Glase nippen,
Nie mehr von meinem Teller mit mir naschen,
Nie mehr, Bachstelzchen, auf dem Schoß mir wippen.

Von meiner Zunge nicht hinweg gewaschen
Ist dieser bittre Schmack. Die Süßigkeit
Der Welt wird mir im Mund zu Salz und Aschen.

Denn, wenn ein Mahl begann in Fröhlichkeit,
Zum Nachtisch schleicht ein kleiner Gast ins Zimmer
Und stellt sich leise bittend mir zur Seit.
Und Nacht umdunkelt jeden Freudenschimmer.

Heyse

MEERESSTRAND

Ans Haff nun fliegt die Möwe,
Und Dämmrung bricht herein;
Über die feuchten Watten
Spiegelt der Abendschein.

Graues Geflügel huschet
Neben dem Wasser her;
Wie Träume liegen die Inseln
Im Nebel auf dem Meer.

Ich höre des gärenden Schlammes
Geheimnisvollen Ton,
Einsames Vogelrufen —
So war es immer schon.

Noch einmal schauert leise
Und schweiget dann der Wind;
Vernehmlich werden die Stimmen,
Die über der Tiefe sind.

Theodor Storm

DIE STADT

Am grauen Strand, am grauen Meer
Und seitab liegt die Stadt;
Der Nebel drückt die Dächer schwer,
Und durch die Stille braust das Meer
Eintönig um die Stadt.

Es rauscht kein Wald, es schlägt im Mai
Kein Vogel ohn Unterlaß;
Die Wandergans mit hartem Schrei
Nur fliegt in Herbstesnacht vorbei,
Am Strande weht das Gras.

Doch hängt mein ganzes Herz an dir,
Du graue Stadt am Meer;
Der Jugend Zauber für und für
Ruht lächelnd doch auf dir, auf dir,
Du graue Stadt am Meer.

Storm

SCHLAFLOS

Aus Träumen in Ängsten bin ich erwacht;
Was singt doch die Lerche so tief in der Nacht?

Der Tag ist gegangen, der Morgen ist fern,
Aufs Kissen hernieder scheinen die Stern.

Und immer hör ich den Lerchengesang:
O Stimme des Tages, mein Herz ist bang.

Storm

FRAUEN-RITORNELLE

Blühende Myrthe —
Ich hoffte, süße Frucht von dir zu pflücken;
Die Blüte fiel, nun seh ich, daß ich irrte.

Schnell welkende Winden —
Die Spur von meinen Kinderfüßen such ich
An eurem Zaun, doch kann ich sie nicht finden.

Dunkle Zypressen —
Die Welt ist gar zu lustig:
Es wird doch alles vergessen.

Storm

GODE NACHT

Över de stillen Straten
Geit klar de Klokkenslag;
God Nacht! din Hart will slapen,
Und morgen is ok en Dag.

Din Kind liggt in de Weegen,
Und ik bün ok bi di;
Din Sorgen und din Leven
Is allens um und bi.

Noch eenmal lat uns spräken:
Goden Abend, gode Nacht!
De Maand schient ob de Däken,
Uns' Herrgott hält de Wacht.

Storm

FELDEINSAMKEIT

Ich ruhe still im hohen grünen Gras
Und sende lange meinen Blick nach oben,
Von Grillen rings umschwirrt ohn Unterlaß,
Von Himmelsbläue wundersam umwoben.

Und schöne weiße Wolken ziehn dahin
Durchs tiefe Blau, wie schöne stille Träume: —
Mir ist, als ob ich längst gestorben bin,
Und ziehe selig mit durch ewge Räume.

Hermann Allmers

KINDERLAND

O wüßt ich doch den Weg zurück,
Den lieben Weg zum Kinderland!
O warum sucht ich nach dem Glück
Und ließ der Mutter Hand?

O wie mich sehnet auszuruhn,
Von keinem Streben aufgeweckt,
Die müden Augen zuzutun,
Von Liebe sanft bedeckt!

Und nichts zu forschen, nichts zu spähn
Und nur noch träumen leicht und lind;
Der Zeiten Wandel nicht zu sehn,
Zum zweiten Mal ein Kind!

O zeigt mir doch den Weg zurück,
Den lieben Weg zum Kinderland!
Vergebens such ich nach dem Glück,
Ringsum ist öder Strand.

Klaus Groth

REGENLIED

Walle, Regen, walle nieder,
Wecke mir die Träume wieder,
Die ich in der Kindheit träumte,
Wenn das Naß im Sande schäumte!

Wenn die matte Sommerschwüle
Lässig stritt mit frischer Kühle
Und die blanken Blätter tauten
Und die Saaten dunkler blauten.

Welche Wonne, in dem Fließen
Dann zu stehn mit nackten Füßen!
An dem Grase hinzustreifen
Und den Schaum mit Händen greifen.

Oder mit den heißen Wangen
Kalte Tropfen aufzufangen
Und den neuerwachten Düften
Seine Kinderbrust zu lüften!

Wie die Kelche, die da troffen,
Stand die Seele atmend offen,
Wie die Blumen düftetrunken
In den Himmelstau versunken.

Schauernd kühlte jeder Tropfen
Tief bis an des Herzens Klopfen,
Und der Schöpfung heilig Weben
Drang bis ins verborgne Leben. —

Walle, Regen, walle nieder,
Wecke meine alten Lieder,
Die wir in der Türe sangen,
Wenn die Tropfen draußen klangen!

Möchte ihnen wieder lauschen,
Ihrem süßen feuchten Rauschen,
Meine Seele sanft betauen
Mit dem frommen Kindergrauen.

Groth

HE SÄ MI SO VEL

He sä mi so vel, un ik sä em keen Wort,
Und all wat ik sä, weer: Jehann, ik mutt fort!

He sä mi vun Lev un vun Himmel un Eer,
He sä mi vun allens — ik went ni mal mehr!

He sä mi so vel, un ik sä em keen Wort,
Un all wat ik sä, weer: Jehann, ik mutt fort!

He heel mi de Hann, un he be mi so dull,
Ik schull em doch gut wen, un ob ik ni wull?

Ik weer je ni bös, awer sä doch keen Wort,
Un all wat ik sä, weer: Jehann, ik mutt fort!

Nu sitt ik un denk, un denk jümmer deran,
Mi düch, ik muß seggt hebbn: Wa geern, min Jehann!

Un doch, kumt dat wedder, so segg ik keen Wort,
Und hollt he mi, segg ik: Jehann, ik mutt fort!

Groth

MIN JEHANN

Ik wull, wi weern noch kleen, Jehann,
Do weer de Welt so grot!
Wi seten op den Steen, Jehann,
Weest noch? bi Nawers Sot.
An Heben seil de stille Maan,
Wi segen, wa he leep,
Un snacken, wa de Himmel hoch
Un wa de Sot wul deep.

Weest noch, wa still dat weer, Jehann?
Dar röhr keen Blatt an Bom.
So is dat nu ni mehr, Jehann,
As höchstens noch in Drom.
Och ne, wenn do de Scheper sung,
Alleen int wide Feld:
Ni wahr, Jehann? dat weer en Ton!
De eenzige op de Welt.

Mitünner inne Schummerntid
Denn ward mi so to Mot.
Denn löppt mi't langs den Rügg so hitt,
As domals bi den Sot.
Denn dreih ik mi so hasti üm,
As weer ik nich alleen:
Doch allens, wat ik finn, Jehann,
Dat is — ik sta un ween.

Groth

VOM SCHLAFENDEN APFEL

Im Baum, im grünen Bettchen,
Hoch oben sich ein Apfel wiegt,
Der hat so rote Bäckchen,
Man siehts, daß er im Schlafe liegt.

Ein Kind steht unterm Baume,
Das schaut und schaut und ruft hinauf:
„Ach, Apfel, komm herunter!
Hör endlich doch mit Schlafen auf!"

Es hat ihn so gebeten, —
Glaubt ihr, er wäre aufgewacht?
Er rührt sich nicht im Bette,
Sieht aus, als ob im Schlaf er lacht.

Da kommt die liebe Sonne
Am Himmel hoch daherspaziert.
„Ach Sonne, liebe Sonne,
Mach du, daß sich der Apfel rührt!“

Die Sonne spricht: „Warum nicht?“
Und wirft ihm Strahlen ins Gesicht,
Küßt ihn dazu so freundlich;
Der Apfel aber rührt sich nicht.

Nun schau! Da kommt ein Vogel
Und setzt sich auf den Baum hinauf.
„Ei, Vogel, du mußt singen,
Gewiß, gewiß, das weckt ihn auf!“

Der Vogel wetzt den Schnabel
Und singt ein Lied so wundernett
Und singt aus voller Kehle;
Der Apfel rührt sich nicht im Bett.

Und wer kam nun gegangen?
Es war der Wind, den kenn ich schon,
Der küßt nicht und der singt nicht,
Der pfeift aus einem andern Ton.

Er stemmt in beide Seiten
Die Arme, bläst die Backen auf
Und bläst und bläst; und richtig,
Der Apfel wacht erschrocken auf

Und springt vom Baum herunter
Grad in die Schürze von dem Kind;
Das hebt ihn auf und freut sich
Und ruft: „Ich danke schön, Herr Wind!“

Robert Reinick

WEISST DU, WIEVIEL STERNE STEHEN

Weißt du, wieviel Sterne stehen
An dem blauen Himmelszelt?
Weißt du, wieviel Wolken gehen
Weithin über alle Welt?
Gott der Herr hat sie gezählet,
Daß ihm auch nicht eines fehlet
An der ganzen großen Zahl.

Weißt du, wieviel Mücklein spielen
In der hellen Sonnenglut?
Wieviel Fischlein auch sich kühlen
In der hellen Wasserflut?
Gott der Herr rief sie mit Namen,
Daß sie all ins Leben kamen,
Daß sie nun so fröhlich sind.

Weißt du, wieviel Kinder frühe
Stehn aus ihren Bettlein auf,
Daß sie ohne Sorg und Mühe
Fröhlich sind im Tageslauf?
Gott im Himmel hat an allen
Seine Lust, sein Wohlgefallen,
Kennt auch dich und hat dich lieb.

Wilhelm Hey

SEI MITLEIDSVOLL

Sei mitleidsvoll, o Mensch! Zerdrücke
Dem Käfer nicht die goldne Brust
Und gönne selbst der kleinen Mücke
Den Sonnentanz, die kurze Lust.

Ein langes mütterliches Bilden
Hat rührend in der Larve Nacht
Gereift an diesen Flügelschilden
Den Schmelz von grün metallner Pracht.

Er muß nach einem Sommer sterben,
Wo du dich siebzig Jahre sonnst;
O laß ihn laufen, fliegen, werben,
Er sei so prachtvoll nicht umsonst.

Ein Wasserwürmchen lag im Moore,
Vom Himmel träumend, fußlos, blind.
Da wächst ihm Fuß und Aug; am Rohre
Ersteigt es Lüfte warm und lind.

Von Sommerglut getrocknet springen
Die Gliederschalen; blaue Höhn
Erstrebts auf zart gewobnen Schwingen
Und summt: Wie schön! wie wunderschön!

Nun ists in seinen Himmelreichen;
Sein höchstes Glück — ein Tag umspannts.
So gönn ihm nun mit seinesgleichen
Den Elfenchor im Abendglanz.

Sei mitleidsvoll! Was wir erfuhren,
Das schläft im Stein, das webt im Baum.
Das zuckt in allen Kreaturen
Als Dämmerlicht, als Fragetraum.

Sei mitleidsvoll! Du bist gewesen,
Was todesbang vor dir entrinnt.
Sei mitleidsvoll! Du wirst verwesen
Und wieder werden, was sie sind.

Sei mitleidsvoll, o Mensch! Zerdrücke
Dem Käfer nicht die goldne Brust
Und gönne selbst der kleinen Mücke
Den Sonnentanz, die kurze Lust!

Wilhelm Jordan

WINTERANFANG

Die Wolken treiben dunkel und schwer.
Ein letztes Verdämmern und bald nichts mehr.

Ich schreit im herbstlichen Feld einher.
Ein letztes Verwelken und bald nichts mehr.

Die Welt ist einsam, die Zukunft leer.
Ein letztes Gedenken und bald nichts mehr.

Ein Stein, wo ein Herz geschlagen; umher
Verwilderndes Unkraut und dann nichts mehr.

Wilhelm Jensen

MORGENGANG

Ich geh auf stillen Wegen
Frühtags ins grüne Feld,
Wie lacht mir da entgegen
Die junge Morgenwelt!

Wohl tausend Blüten schauen
Von Wald und Wiesen her,
Die alle tropfend tauen
Von edlen Perlen schwer.

Ich brech mir ein Geschmeide
Von nassen Rosen ab:
Wärst du an meiner Seite,
Von der geträumt ich hab!

Ich hing dirs in die Locken
Als deinen Hochzeitskranz —
Da gehn die Morgenglocken,
Ich steh in Tränen ganz.

Martin Greif

HOCHSOMMERNACHT

Stille ruht die weite Welt,
Schlummer füllt des Mondes Horn,
Das der Herr in Händen hält.
Nur am Berge rauscht der Born —
Zu der Ernte Hut bestellt
Wallen Engel durch das Korn.

Greif

VOR DER ERNTE

Nun rühret die Ähren im Felde
Ein leiser Hauch.
Wenn eine sich beugt, so bebet
Die andere auch.

Es ist, als ahnten sie alle
Der Sichel Schnitt —
Die Blumen und fremden Halme
Erzittern mit.

Greif

ERHELLTE FERNE

Nach entladnem Wetterregen
Hat die Ferne sich erhellt,
Und der Alpen Zug entgegen
Siehst du einsam dich gestellt.

Die im Wolkenduft verschwammen,
Tief erblauend stehn sie da,
Und so eng geschart zusammen,
Wie sie nie dein Auge sah.

Vor den wildgetürmten Massen
Hebt ein Dorf sich friedlich ab. —
Deinem Sehnen überlassen,
Lehnst du still am Wanderstab.

Greif

HAUSZAUBER

Es ist, als müßt ein Zauber
Dabei im Spiele sein,
Daß alles ist so sauber
Im Hause und so rein:
Die Dielen und die Wände,
Das Holzgerät und Glas —
Und sind doch nur zwei Hände,
Nur die bewirken das.

Ertritt man nur die Schwelle,
So fühlt man sich schon froh.
Es waltet eine Helle
Im Haus, die schmückt es so.

Viel Pracht nicht würde taugen
Dazu und Reichtum nicht —
Es ist nur ein Paar Augen,
Das spendet so viel Licht.

So ruhig ist es drinnen,
Man hört kein lautes Wort,
Wer Hader denkt zu spinnen,
Bleibt von der Türe fort.
Es ist so eine Stille
Im Hause allerwärts —
Und diese ganze Fülle
Des Friedens schafft ein Herz.

Johannes Trojan

SEHNSUCHT

Sehnsucht, auf den Knieen
Schauest du himmelwärts.
Einzelne Wolken ziehen,
Kommen und entfliehen,
Ewig hofft das Herz.

Liebe, himmlisch Wallen
Goldener Jugendzeit.
Einzelne Strahlen fallen
Wie durch Pfeilerhallen
In das Leben weit.

Einsam in alten Tagen
Lächelt Erinnerung;
Einzelne Wellen schlagen,
Rauschen herauf wie Sagen:
Herz, auch du warst jung! —

Julius Grosse

NUR TRAUM

Wie hoch die Welt sich bäumet,
Wie laut auf breiter Spur
Das Leben schäumet:
Uns alle träumet
Der Weltgeist nur.

Friedrich Theodor Vischer

VIA MALA

Wie einst die Tochter Pharaos
Im grünen Schilf des Niles ging,
Des Auge hell, verwundrungsgroß
An ihren dunkeln Augen hing;
Wie sie ihr Haupt, das goldumreifte,
Sehnsüchtig leicht flutüber bog,
Um ihren Fuß das Wasser schweifte
Und silberne Ringe zog:

So seh ich dich, du träumrisch Kind,
Am abendlichen Rheine stehn,
Wo seine schönsten Borde sind
Und seine grünsten Wellen gehn.
Schwarz sind dein Aug und deine Haare,
Und deine Magd, die Sonne, flicht
Darüber eine wunderbare
Krone von Abendlicht.

Ich aber wandle im Gestein
Und wolkenhoch auf schmalem Steg,
Im Abgrund schäumt der weiße Rhein
Und Via mala heißt mein Weg!
Dir gilt das Tosen in den Klüften,
Nach dir schreit dieses Tannenwehn,
Bis hoch aus kalten Eiseslüften
Die Wasser jenseits niedergehn!

Gottfried Keller

WINTERNACHT

Nicht ein Flügelschlag ging durch die Welt,
Still und blendend lag der weiße Schnee.
Nicht ein Wölklein hing am Sternenzelt,
Keine Welle schlug im starren See.

Aus der Tiefe stieg der Seebaum auf,
Bis sein Wipfel in dem Eis gefror;
An den Ästen klomm die Nix herauf,
Schaute durch das grüne Eis empor.

Auf dem dünnen Glase stand ich da,
Das die schwarze Tiefe von mir schied;
Dicht ich unter meinen Füßen sah
Ihre weiße Schönheit Glied um Glied.

Mit ersticktem Jammer tastet sie
An der harten Decke her und hin.
Ich vergeß das dunkle Antlitz nie,
Immer, immer liegt es mir im Sinn!

Keller

TRAUERWEIDE

I

Es schneit und eist den ganzen Tag,
Der Frost erklirret scharf und blank,
Und wie ich mich gebärden mag —
Es liegt ein Mägdlein ernstlich krank.

Das Rosengärtlein ist verschneit,
Das blühte als ihr Angesicht.
Noch glimmt, wie aus der Ferne weit,
Der Augen mildes Sternenlicht.

Noch ziert den Mund ein blasses Rot
Und immer eines Kusses wert;
Sie läßts geschehen, weil die Not
Die Menschenkinder beten lehrt.

„Ich lieb auch deinen lieben Mund,
Lieb deine Seele nicht allein —
Im Frühling wollen wir gesund
Und beide wieder fröhlich sein!

Ich lieb auch deiner Füße Paar,
Wenn sie in Gras und Blumen gehn;
In einem Bächlein sommerklar
Möcht ich sie wieder baden sehn!

Auf dem besonnten Kieselgrund
Stehn sie wahrhaftig wie ein Turm,
Obgleich der Knöchel zartes Rund
Bedroht ein kleiner Wellensturm!“

Da scheint die Wintersonne bleich
Durchs Fenster in den stillen Raum,
Und auf dem Glase, Zweig an Zweig,
Erglänzt ein Trauerweidenbaum!

2

O Erde, du gedrängtes Meer
Unzähliger Gräberwogen,
Wie viele Schifflein kummerschwer
Hast du hinunter gezogen,
Hinab in die wellige, grünende Flut,
Die reglos starrt und doch nie ruht!

Ich sah einen Nachen von Tannenholz,
Sechs Bretter von Blumen umwunden,
Drin lag eine Schifferin bleich und stolz,
Sie ist versunken, verschwunden!
Die Leiche fuhr so tief hinein,
Und oben blieb der schwere Stein!

Ich wandle wie Christ auf den Wellen frei,
Als die zagenden Jünger ihn riefen;
Ich senke mein Herz wie des Lotsen Blei
Hinab in die schweigenden Tiefen;
Ein schmales Gitter von feinem Gebein,
Das liegt dort unten und schließt es ein.

Die Trauerweide umhüllt mich dicht,
Rings fließt ihr Haar aufs Gelände,
Verstrickt mir die Füße mit Kettengewicht
Und bindet mir Arme und Hände:
Das ist jene Weide von Eis und Glas.
Hier steht sie und würgt mich im grünen Gras.

Keller

ABENDLIED

Augen, meine lieben Fensterlein,
Gebt mir schon so lange holden Schein,
Lasset freundlich Bild um Bild herein:
Einmal werdet ihr verdunkelt sein!

Fallen einst die müden Lider zu,
Löscht ihr aus, dann hat die Seele Ruh;
Tastend streift sie ab die Wanderschuh,
Legt sich auch in ihre finstre Truh.

Noch zwei Fünklein sieht sie glimmend stehn
Wie zwei Sternlein, innerlich zu sehn,
Bis sie schwanken und dann auch vergehn,
Wie von eines Falters Flügelwehn.

Doch noch wandl ich auf dem Abendfeld,
Nur dem sinkenden Gestirn gesellt;
Trinkt, o Augen, was die Wimper hält,
Von dem goldnen Überfluß der Welt!

Keller

DER RÖMISCHE BRUNNEN

Aufsteigt der Strahl und fallend gießt
Er voll der Marmorschale Rund,
Die, sich verschleiernd, überfließt
In einer zweiten Schale Grund;

Die zweite gibt, sie wird zu reich,
Der dritten wallend ihre Flut,
Und jede nimmt und gibt zugleich
Und strömt und ruht.

Conrad Ferdinand Meyer

TRAUMBESITZ

„Fremdling, unter diesem Schutte
Wölbt sich eine weite Halle,
Blüht des Inka goldner Garten,
Prangt der Sessel meines Ahns!

Alles Laub und alle Früchte
Und die Vögel auf den Ästen
Und die Fischlein in den Teichen
Sind vom allerfeinsten Gold."

— „Knabe, du bist zart und dürftig,
Deine greisen Eltern darben —
Warum gräbst du nicht die nahen
Schätze, die dein Erbe sind?"

„Solches, Fremdling, wäre sündlich!
Nein, ich lasse mir genügen
An dem kleinen Weizenfelde,
Das mir oben übrig blieb.

Im Geheimen meines Herzens,
Mit den Augen meines Geistes
Schwelg ich in den lichten Wundern,
In dem unermeßnen Hort:

O des Glanzes! O der Fülle!
Siehst du dort die Büschel Maises
Mit den schöngeformten Kolben?
Siehst du dort den goldnen Thron?"

Meyer

MÖWENFLUG

Möwen sah um einen Felsen kreisen
Ich in unermüdlich gleichen Gleisen,
Auf gespannter Schwinge schweben bleibend,
Eine schimmernd weiße Bahn beschreibend,
Und zugleich in grünem Meeresspiegel
Sah ich um dieselben Felsenspitzen
Eine helle Jagd gestreckter Flügel
Unermüdlich durch die Tiefe blitzen.
Und der Spiegel hatte solche Klarheit,
Daß sich anders nicht die Flügel hoben
Tief im Meer als hoch in Lüften oben;
Daß sich völlig glichen Trug und Wahrheit.
Allgemach beschlich es mich wie Grauen,
Schein und Wesen so verwandt zu schauen,
Und ich fragte mich, am Strand verharrend,
Ins gespenstische Geflatter starrend:
Und du selber? Bist du echt beflügelt?
Oder nur gemalt und abgespiegelt?
Gaukelst du im Kreis mit Fabeldingen?
Oder hast du Blut in deinen Schwingen?

Meyer

WEIHGESCHENK

Heute deiner zu gedenken,
Deren Grab die Nacht betaut,
Nahen wir mit Weihgeschenken
Und gedämpftem Klagelaut!

Warum war dirs nicht gegeben,
Mutig deinen Tag zu leben?

Chor:
Warum schwandst du vor dem Ziel,
Allerlieblichstes Gespiel?

Braune, schwermutvolle Augen,
Öffnet euch ein letztes Mal!
Laßt aus euren Tiefen saugen
Mich noch einen süßen Strahl!
O wie hatt ich euch so gerne,
Traute, träumerische Sterne —

Chor:
Sanften Schlummer, gute Ruh!
Tu die Augen wieder zu!

Wie das Schüttern zarter Saiten
Schlichen sich in jedes Herz
Deine stillen Lieblichkeiten,
Deiner Züge leiser Schmerz!
Feuchte Waldesschatten lagen
Über dir in Lenzestagen —

Chor:
Schwermut, Königin der Nacht,
Hat ihr Mägdlein umgebracht!

Wie ein Reh dem Wald entronnen,
Das ein üppig Tal entdeckt,
Nahtest schüchtern du dem Bronnen,
Bebst, vom eignen Bild erschreckt!
Ängstlich, wo sich Wege teilen,
Seh ich zweifeln dich und weilen —

Chor:
Ohne Glauben an das Glück,
Flohst ins Dunkel du zurück!

Zeigte jung ein arger Spiegel
Dir den Wurm in jeder Frucht?
Schwebte nahen Todes Flügel
Über dir mit Eifersucht?
Nie hat dich ein Arm umschlossen,
Liebe hast du nie genossen —

Chor:
In der Selgen keuschen Hain
Tratest unvermählt du ein.

Willig stiegest du die Stufen
Nieder in dein frühes Grab,
Wandtest dich, von uns gerufen,
Lächelnd um — und stiegst hinab!
Mit gelassener Gebärde
Schiedest du vom Grün der Erde —

Chor:
Ließest du das süße Licht,
Doch vergessen bist du nicht!

Meyer

SCHWARZSCHATTENDE KASTANIE

Schwarzschattende Kastanie,
Mein windgeregtes Sommerzelt,
Du senkst zur Flut dein weit Geäst,
Dein Laub, es durstet und es trinkt,
Schwarzschattende Kastanie!

Im Porte badet junge Brut
Mit Hader oder Lustgeschrei,
Und Kinder schwimmen leuchtend weiß
Im Gitter deines Blätterwerks,
Schwarzschattende Kastanie!
Und dämmern See und Ufer ein
Und rauscht vorbei das Abendboot,
So zuckt aus roter Schiffslatern
Ein Blitz und wandert auf dem Schwung
Der Flut, gebrochnen Lettern gleich,
Bis unter deinem Laub erlischt
Die rätselhafte Flammenschrift,
Schwarzschattende Kastanie!

Meyer

NEUJAHRSGLOCKEN

In den Lüften schwellendes Gedröhne,
Leicht wie Halme beugt der Wind die Töne.

Leis verhallen, die zum ersten riefen,
Neu Geläute hebt sich aus den Tiefen.

Große Heere, nicht ein einzler Rufer!
Wohllaut flutet ohne Strand und Ufer.

Meyer

NACHTGERÄUSCHE

Melde mir die Nachtgeräusche, Muse,
Die ans Ohr des Schlummerlosen fluten! —
Erst das traute Wachtgebell der Hunde,
Dann der abgezählte Schlag der Stunde,
Dann ein Fischer-Zwiegespräch am Ufer,

Dann? Nichts weiter als der ungewisse
Geisterlaut der ungebrochnen Stille,
Wie das Atmen eines jungen Busens,
Wie das Murmeln eines tiefen Brunnens,
Wie das Schlagen eines dumpfen Ruders,
Dann der ungehörte Tritt des Schlummers.

Meyer

STAPFEN

In jungen Jahren wars. Ich brachte dich
Zurück ins Nachbarhaus, wo du zu Gast,
Durch das Gehölz. Der Nebel rieselte,
Du zogst des Reisekleids Kapuze vor
Und blicktest traulich mit verhüllter Stirn.
Naß war der Pfad. Die Sohlen prägten sich
Dem feuchten Waldesboden deutlich ein,
Die wandernden. Du schrittest auf dem Bord,
Von deiner Reise sprechend. Eine noch,
Die längre, folge drauf, so sagtest du.
Dann scherzten wir, der nahen Trennung klug
Das Angesicht verhüllend, und du schiedst,
Dort wo der First sich über Ulmen hebt.
Ich ging denselben Pfad gemach zurück,
Leis schwelgend noch in deiner Lieblichkeit,
In deiner wilden Scheu, und wohlgemut
Vertrauend auf ein baldig Wiedersehn.
Vergnüglich schlendernd, sah ich auf dem Rain
Den Umriß deiner Sohlen deutlich noch
Dem feuchten Waldesboden eingeprägt,
Die kleinste Spur von dir, die flüchtigste,
Schlank, rein, walddunkel, aber o wie süß!
Die Stapfen schritten jetzt entgegen dem
Zurück dieselbe Strecke Wandernden;

Aus deinen Stapfen hobst du dich empor
Vor meinem innern Auge. Deinen Wuchs
Erblickt ich mit des Busens zartem Bug.
Vorüber gingst du, eine Traumgestalt.
Die Stapfen wurden jetzt undeutlicher,
Vom Regen halb gelöscht, der stärker fiel.
Da überschlich mich eine Traurigkeit:
Fast unter meinem Blick verwischten sich
Die Spuren deines letzten Gangs mit mir.

Meyer

HOCHZEITSLIED

Aus der Eltern Macht und Haus
Tritt die züchtige Braut heraus
An des Lebens Scheide —
Geh und lieb und leide!

Freigesprochen, unterjocht,
Wie der junge Busen pocht
Im Gewand von Seide —
Geh und lieb und leide!

Frommer Augen helle Lust
Überstrahlt an voller Brust
Blitzendes Geschmeide —
Geh und lieb und leide!

Merke dirs, du blondes Haar:
Schmerz und Lust Geschwisterpaar;
Unzertrennlich beide —
Geh und lieb und leide!

Meyer

DAS ENDE DES FESTES

Da mit Sokrates die Freunde tranken,
Und die Häupter auf die Polster sanken,
Kam ein Jüngling, kann ich mich entsinnen,
Mit zwei schlanken Flötenbläserinnen.

Aus den Kelchen schütten wir die Neigen.
Die gesprächesmüden Lippen schweigen.
Um die welken Kränze zieht ein Singen . . .
Still, des Todes Schlummerflöten klingen.

Meyer

ALLE

Es sprach der Geist: Sieh auf! Es war im Traume.
Ich hob den Blick. In lichtem Wolkenraume
Sah ich den Herrn das Brot den Zwölfen brechen
Und ahnungsvolle Liebesworte sprechen.
Weit über ihre Häupter lud die Erde
Er ein mit allumarmender Gebärde.

Es sprach der Geist: Sieh auf! Ein Linnen schweben
Sah ich und vielen schon das Mahl gegeben,
Da breiteten sich unter tausend Händen
Die Tische, doch verdämmerten die Enden
In grauem Nebel, drin auf bleichen Stufen
Kummergestalten saßen ungerufen.

Es sprach der Geist: Sieh auf! Die Luft umblaute
Ein unermeßlich Mahl, so weit ich schaute,
Da sprangen reich die Brunnen auf des Lebens,
Da streckte keine Schale sich vergebens,
Da lag das ganze Volk auf vollen Garben,
Kein Platz war leer und keiner durfte darben.

Meyer

DER WALDSEE

Wie bist du schön, du tiefer, blauer See!
Es zagt der laue West, dich anzuhauchen,
Und nur der Wasserlilie reiner Schnee
Wagt schüchtern aus der stillen Flut zu tauchen.

Hier wirft kein Fischer seine Angelschnur.
Kein Nachen wird auf deinem Spiegel gleiten.
Wie Chorgesang der feiernden Natur
Rauscht nur der Wald in diesen Einsamkeiten.

Wildrosen streun dir ihren Weihrauch aus
Und würzige Tannen, die dich rings umragen
Und die wie Säulen eines Tempelbaus
Das wolkenlose Blau des Himmels tragen.

Einst kannt ich eine Seele, ernst, voll Ruh,
Die sich der Welt verschloß mit sieben Siegeln,
Die, rein und tief, geschaffen schien wie du,
Nur um den Himmel in sich abzuspiegeln.

Heinrich Leuthold

SAPPHISCHE ODE

Rosen brach ich nachts mir am dunklen Hage;
Süßer hauchten Duft sie als je am Tage,
Doch verstreuten reich die bewegten Äste,
    Tau, der mich näßte.

Auch der Küsse Hauch mich wie nie berückte,
Den ich nachts vom Strauch deiner Lippen pflückte:
Doch auch dir, bewegt im Gemüt, gleich jenen,
    Tauten die Tränen.

Hans Schmidt

BITTE

Sei nicht so mild mit mir, so gut —
Denn Liebe wird durch leises Hoffen,
Und wallt auch stiller schon mein Blut:
Noch bin ich süßer Täuschung offen.

Noch kann ein holdes Angesicht
Der Ruhe tiefes Glück mir rauben,
Und weiß ich auch, du liebst mich nicht —
Ich könnte doch vielleicht es glauben.

Sei nicht so mild mit mir, so gut —
Noch bin ich süßer Täuschung offen,
Und wallt auch stiller schon mein Blut:
Die Liebe wird durch leises Hoffen.

Ferdinand von Saar

HERBST

Der du die Wälder färbst,
Sonniger, milder Herbst,
Schöner als Rosenblühn
Dünkt mir dein sanftes Glühn.

Nimmermehr Sturm und Drang,
Nimmermehr Sehnsuchtsklang;
Leise nur atmest du
Tiefer Erfüllung Ruh.

Aber vernehmbar auch
Klaget ein scheuer Hauch,
Der durch die Blätter weht,
Daß es zu Ende geht.

Saar

LANDSCHAFT IM SPÄTHERBST

Über kahle, fahle Hügel
Streicht der Dämmrung kühler Flügel;
Dunkel, wie erstarrte Träume,
Stehn im Tal entlaubt die Bäume.

Tiefe Stille, tiefes Lauschen:
Keine Welle hörst du rauschen,
Keine Stimme hörst du klingen,
Dir des Lebens Gruß zu bringen.

Nur als stummes Bild der Gnade
Siehst du dort am steingen Pfade,
Von des Kreuzes Holz getragen,
Durch die Nacht den Heiland ragen.

Saar

OTTILIE

Es hat der ernste Gang der Jahre
Dein Antlitz leise schon gekerbt
Und dir die dunkelbraunen Haare
Zu mattem Silber fast entfärbt.

Doch hold und schlank sind noch die Glieder,
Die du so leicht im Gange regst,
Und reich hängt deine Flechte nieder,
Wenn du sie tief im Nacken trägst.

Und Stunden gibt es, wo die ganze
Zurückgedrängte Jugend bricht
Aus deinem Aug mit scheuem Glanze,
Der von verlornem Leben spricht.

So bebt des Herbstes letzte Traube,
Vergessen von des Winzers Hand,
Mit letzter Glut im fahlen Laube,
Wenn sie ein später Wandrer fand.

Saar

BEI EMPFANG EINER ANANAS

Schon verrät mir der Duft, was ein liebender Sinn aus der Ferne,
Mich zu erfreuen, gesandt, sorglich und zärtlich verpackt.
Hastig behutsam entfern ich die Hülle — da blinkt mir entgegen,
Leis umknistert vom Schmuck zackiger Blätter, die Frucht,
Stachlig gekerbt; doch golden und Düfte verhauchend, wie keine
Goldner und süßern Aroms, fern am Äquator gereift.
Wohin stell ich sie nur? Ans Fenster — wie gleißet und schimmert
Dort das tropische Kind, schlichten Reseden gesellt!
Ei, schon wagt sich ein Spatz neugierig auf das Gesimse,
Während das fremde Gewächs längst mir die Fliege benascht. —
Und nun trägt mich mein Geist in das Land, wo es üppig und zahllos,
Leuchtender Blumen Genoß, Kolben an Kolben sich drängt.
Kreischend läßt sich herab und bunten Gefieders der Ara,
An den schwebenden Arm einer Liane gekrallt.

Also hängt er verkehrt und, sich schaukelnd, hackt er des Schnabels
Spitzige Krümmung mit Gier tief in die schwellendste Frucht.
Und wo diese, zerfleischt, ihr Leben vertrieft, dort nippt sich
Einen Tropfen sodann, flatternd, der Kolibri weg,
Während von Faltern ein Schwarm, breitflüglig, azuren und purpurn,
Lüstern die Wunde umkreist, die ihn mit Düften betrügt!

Saar

ALTER

Das aber ist des Alters Schöne,
Daß es die Saiten reiner stimmt,
Daß es der Lust die grellen Töne,
Dem Schmerz den herbsten Stachel nimmt.

Ermessen läßt sich und verstehen
Die eigne mit der fremden Schuld,
Und wie auch rings die Dinge gehen,
Du lernst dich fassen in Geduld.

Die Ruhe kommt erfüllten Strebens,
Es schwindet des Verfehlten Pein —
Und also wird der Rest des Lebens
Ein sanftes Rückerinnern sein.

Saar

DAS SCHIFF

Das eilende Schiff, es kommt durch die Wogen
Wie Sturmwind geflogen.

Voll Jubel ertönt's vom Mast und vom Kiele:
„Wir nahen dem Ziele."

Der Fährmann am Steuer spricht traurig und leise:
„Wir segeln im Kreise."

Marie von Ebner-Eschenbach

AUS „WALDGANG IM HERBST"

Hellfarbig hängen an den Bergen die Wälder,
Drinnen aber, wo
Von stürzenden Wassern
Donnert die Schlucht und unter Nordwinden
Die Wipfel krachen
Und niedergeht von gelben Blättern ein Schauer,
Und wo zwischen Ästen rauchen die Nebel,
Herunterhängend
Vom triefenden Himmel
In die Pfade des Waldes: da wandr' ich
Einsame Nachmittage lang
Zwischen Eichen und Tannen,
Hoch oben bald, wo Raben krächzen,
Und wo, Felsgipfeln entstürzt,
Gesammelt in granitnen Schalen, der Bergquell,
Und hinab dann über Trümmer und entwurzelte Baumstämme,
Bis unter mir erbrauset das Tal,
Und zum Gießbach geworden der Bergquell,
Der, entführend die letzten der Waldblumen,
Breit und furchtbar durchs hallende Tal hin
Wälzt den gelben Strom, den regengeschwellten,
Daß unschlüssig eine Weile
Zaudert der Fuß und erschrocken
Der Pilger steht und bestaunt den heiser brausenden
Inmitten der Waldesstille:

Dem aber folg ich
Gedankenvoll
Bis an die Schlucht
Und bis der Abend kommt,
Wo ineinander rinnen
Mit des Nebels Bildern
Die Schatten der Nacht.

Robert Hamerling

EWIGES LEBEN

Was die Erde mir geliehen,
Fordert jetzt sie schon zurück.
Naht sich, mir vom Leib zu ziehen,
Sanft entwindend, Stück für Stück —
Um so mehr, als ich gelitten,
Um so schöner ward die Welt;
Seltsam, daß, was ich erstritten,
Sachte aus der Hand mir fällt. —
Um so leichter, als ich werde,
Um so schwerer trag ich mich.
Kannst du mich, du reiche Erde,
Nicht entbehren? frag ich dich. —
„Nein, ich kann dich nicht entbehren,
Muß aus dir ein andern baun.
Muß mit dir ein andern nähren.
Soll sich auch die Welt anschaun.
Doch getröste dich in Ruh,
Auch der andre, der bist du!"

Peter Rosegger

DAS LETZTE GEDICHT

Gute Nacht, ihr Freunde!
Ach, wie lebt' ich gern!

Daß die Welt so schön ist,
Dank ich Gott, dem Herrn.
Daß die Welt so schön ist,
Tut mir bitter weh,
Wenn ich schlafen geh.

Ach, wie möcht ich einmal
Noch von Bergeshöhn
Meine süße Heimat
Sonnbeleuchtet sehn!
Und den Herrn umarmen
In des Himmels Näh,
Eh ich schlafen geh.

Wie man abends Kinder
Ernst zu Bette ruft,
Führt der Herr mich schweigend
In die dunkle Gruft.
Meine Lust ist Leben!
Doch sein Will gescheh,
Daß ich schlafen geh.

Rosegger

DER WALD VON GAINFARN

Ist das ein Schreien und ein Rufen
Von Fuhrwerk; weiße Ochsen vor,
Zieht's schwerbeladen Felsenstufen
Zu einem kahlen Berg empor.
In Lederhosen, dunkeln Jacken,
Mit blauem Vortuch, grünem Latz
Gehn Bauern, unter Peitschenknacken,
Langsam hinauf zum öden Platz.

Der Regen hat, der Stürme Toben
Das Erdreich mälig weggefegt;
Jetzt führen neues sie nach oben.
Was wohl das Volk dazu bewegt?
Die Ältesten im Dorf berichten,
In ihrer Jugend hörten sie's:
Vor Zeiten stand ein Wald von Fichten
Frisch wipfelnd, wo jetzt harter Kies.

Als hier gehaust die Türkenhorden,
Da haben sie den Wald verbrannt,
Der später abgestockt geworden
Von der verarmten Dörfler Hand.
Nicht lang' her ist's, da sprach ein Bauer:
„Laßt wieder pflanzen uns den Wald,
Ein Denkmal ist er uns von Dauer,
Einsinkt das Kreuz am Friedhof bald."

Der Alte sprach's zu guter Stunde
Im Krug beim jungen roten Wein,
Und alle, wie aus einem Munde,
Sie sagten drauf: „So soll es sein!"
Sie führen, ohne nur zu rasten,
Bei Frühlingsschein und Lerchenschlag
Von schwarzer Erde tausend Lasten
Hinauf zum Berge, Tag um Tag.

Und der zum Bau gemahnt beim Kruge,
Der Alte zieht die Furchen dann,
In sich vergnügt mit einem Pfluge,
Voran ein Ochsen-Viergespann.
Und endlich lohnt das Werk die Mühe;
Da ziehn die Dörfler allesamt
In Sonntagsstaat bei Morgenfrühe
Hinan, als ging's zum heil'gen Amt.

Es gehn die ältesten der Greise
Den Bergesrücken langsam ab,
Aus blauem Vortuch in die Gleise
Waldsamen streuen sie hinab;
Die jungen Bursche treiben Rinder
Mit scharfen Eggen hinterdrein,
Nach ihnen glätten lust'ge Kinder
Mit Rechen noch die Furchen rein.

Und da die Arbeit nun zu Ende,
Tritt auf des Berges höchsten Grat
Ein Mann und hebt empor die Hände:
„Laßt jetzt uns beten für die Saat!"
Die Dörfler alle knieen nieder,
Und der als Richter treu sie führt,
Barhaupt, erhebt die Stimme wieder
Und spricht zur Erde, tief gerührt:

„So sei mit frommem Segensspruche
Dir anvertraut, was wir gesä't;
Wir werden ruhn im Leichentuche,
Bis hier ein Wald mit Wipfeln weht.
Laß weilen, Herr! in seinem Schatten
Ein starkes friedliches Geschlecht;
Auf Rebenhügeln, blüh'nden Matten
Soll dann kein Herr sein und kein Knecht.

Laß Fische in den kalten Bächen,
Das edle Wild im Wald gedeihn,
Die goldne Ernte in den Flächen
Und auf den Höh'n den roten Wein.
Gib Vieh dem Stall und Flachs dem Rocken,
Der Jugend frohen Sinn und Scherz,
Und tönen zum Gebet die Glocken,
Laß fromm bewegt sein auch ihr Herz.

Und wenn wir auferstehen sollen
Und des Gerichts Posaune schallt,
Weck, Herr! uns nicht mit Donnerrollen,
Laß rauschen, brausen diesen Wald!"
Jetzt schweigend steht er auf dem Steine,
Das greise Haupt im Sonnenstrahl:
Und „Amen" betet die Gemeinde,
Und „Amen" hallt's durch Berg und Tal.

Ludwig August Frankl

DIE ZIKADEN

In der Gondel steuernd nach Torcello,
Hatt ich noch zwei kleine Passagiere
Zu der Morgenseefahrt eingeladen,
Dürre, braune, winzige Passagiere:
Silberstimmig zirpende Zikaden
In dem messingdrahtgeflochtnen Käfig!
Zu den vielen eingebornen Grillen
Hab ich diese käuflich noch erstanden
Auf dem Grillenmarkt an dem Rialto.

Nun, so singt doch, lustige Kornfeldwesen,
Zirperinnen, Wiesennachtigallen,
Wohnend sonst auf blühenden Apfelbäumen,
Götterlieblinge von alters her schon!
Hoffe doch, ihr werdet mir nicht seekrank!
Oder liebt ihr stillere Vergnügung,
Grüne Blätter duftenden Salates
Mit großmäuligem Behagen schlingend?

Horch, sie singen! und ich lehne lässig
In den Lederkissen meines Bootes;
Unter mir das träumerische Plätschern

Der Lagune, meine ich: zu liegen
Tief in Gras und flüsterndem Getreide.
Vor der schläfrig halbgeschloßnen Wimper
Gaukeln Pfauenaugen, und es tönen
Sommersonnige Zikadensänge.

Heinrich Vierordt

DAS UNAUSSPRECHLICHE

Dein Werk mag dauern in des Ruhmes Scheine,
In Erz und Marmor mag dein Antlitz bleiben,
Dein Letztes wird in keine Spur sich schreiben.
Wer nennt das preislos unersetzlich Eine?

Das, was im Lauf der irdischen Geschicke
Nur einmal war und nimmer kehrt zur Sonne,
Was tausend Fäden mit Bedacht gesponnen,
Vom Weltbeginn zu diesem Augenblicke.

Sich selber fremd, in Tiefen unergründlich
Hat es den Sitz und kann sich nie enthüllen,
Das gleiche stets, wie sich die Stunden füllen,
Verborgen stirbt es und gebiert sich stündlich.

O Ich, du Klausner tiefster Einsamkeiten,
Kein Forscheraug hat je zu dir gefunden,
Und kaum daß in der Liebe höchsten Stunden
Dein Schleier sank — um schnell sich neu zu breiten.

Geheimnis, nur dein Schöpfer kann dich lesen,
Dann haucht er lächelnd über deine Züge,
Verwischt im Nu sein künstliches Gefüge,
Es lischt — und niemand sagts, wie du gewesen.

Isolde Kurz

DIE ERSTE NACHT

Jetzt kommt die Nacht, die erste Nacht im Grab.
O wo ist aller Glanz, der dich umgab?
In kalter Erde ist dein Bett gemacht,
Wie wirst du schlummern diese Nacht?

Vom letzten Regen ist dein Kissen feucht.
Nachtvögel schrein, vom Wind emporgescheucht.
Kein Lämpchen brennt dir mehr, nur kalt und fahl
Spielt auf der Schlummerstatt der Mondenstrahl.

Die Stunden schleichen — schläfst du bis zum Tag?
Horchst du wie ich auf jeden Glockenschlag?

Kurz

WESTWÄRTS

Wir waren suchend durch die Furt geschritten,
Zum Uferrand das Haupt vorsichtig beugend,
Da sahen wir in eines Waldtals Mitten
Ein Rudel Rotwild, langsam um sich äugend.

Das Schlangenaug — so hieß mein Jagdgenosse —
Bog sich zum Staub, ein Beutefest erwitternd,
Er sprach, und griff das schärfste der Geschosse,
Des feiner Schaft von Flugbegier erzitternd:

Der Tag verweht, dann zieht das Wild zu Tale.
Hin zu den Teichen, daß es satt sich trinke,
Der Leithirsch doch folgt stets dem Abendstrahle,
Er will es wehren, daß die Sonne sinke.

Ich hab erspäht, wo tief im Waldgestelle
Er Durchgang bricht; längst folgt ich seinen Wegen.
Er liebt das Licht, und dürstend nach der Helle,
Zieht er dem Pfeil aus roter Faust entgegen.

Verleuchtend wich zu ferner Felsenzacke
Der Feuerball, heiß flammend in die Weite;
Da zog der Hirsch, als ob ihn Unrast packe,
Der Sonne nach, in zürnendem Geleite.

Die rotbestrahlten Heidegräser flogen,
Die Sonne sank, ihr Glutenbett zu graben.
Ich sah den Hirsch durch der Savanne Wogen
Dem Tod entgegen wild gen Westen traben.

*

Die schwarzen Berge treiben ihre Festen
Weit ins Nebraskaland, das wilde, leere,
Der Oregon schäumt frühlingsgrün gen Westen,
Der Kolorado zieht zum großen Meere.

In jenem Bergland, jenem sturmerfüllten,
Erklommen wir, entschloßne Höhenmesser,
Ein schroffes Grat; tief in den Schluchten brüllten
Befreiter Gletscher fahle Sturzgewässer.

Hand fest in Hand, so zwang den Weg ein jeder,
Gewagten Sprungs aufklimmend am Gelände,
Im nervgen Arm den Strang von Büffelleder,
Den Nagelschuh einwetzend dem Gelände.

Dort bot ein Fels die graue Brust den Weiten,
Ein Obelisk, den Steinschutt überschrägend.
Wir fällten Holz, um Hütten zu bereiten,
Und hielten Rast, ein Werk, ein ernstes, wägend.

Wir huben an, quer durch den Fels zu schreiben
Im Sonnenschein, als Frühlingsstürme wehten,
Ein Jubelwort von Glanz und großem Bleiben,
Ein Wort, das Gott geredet dem Propheten:

„Spräch ich mit Menschen- und mit Engelzungen,
Hätt Wissen ich und alle Glaubenshelle,
Wär also von Erkenntnis ich durchdrungen,
Daß einen Berg ich höbe von der Stelle,

Wär alles mein, und hätt ich nicht der Liebe,
Ich glich der Schelle, die geschwätzig tönend,
Ich wär ein Nichts, das ewig nichtig bliebe,
Ich wär ein Erz, das leer und qualvoll dröhnend."

Vier Monde fügten in des Felsens Adern
Wir breit wie Blitzspur die gewaltgen Lettern,
Vier Monde pflügten emsig wir die Quadern,
Das Lebenswort tief ins Gestein zu schmettern.

Doch eines Tages brachen wir die Zelte;
Im dunklen Osten hub es an zu dämmern,
Der Morgen trieb, der frische, winddurchwellte,
Die Wolken heim, gleich roten Opferlämmern.

Und über uns, ein Weiser, aufwärtsragend,
Hob sich der Fels, getaucht in Frührotschauer,
An seiner Stirn die Gottesbotschaft tragend,
Das Wort der Liebe, die von ewger Dauer.

Der Blitzschlag wird den Felsgrat übersausen,
Schnee wird begürten jener Inschrift Zeichen,
Es werden Lenze blühen und verbrausen,
Die Liebe bleibt, es mögen Berge weichen.

Den Erdball werden ringend überschreiten
Cäsaren, Büßer, Glaubensprozessionen;
Der Menschheit Los bleibt ewges Flügelspreiten,
Bleibt Kampf ums Licht mit feindlichen Dämonen.

Geschlechter, Völker werden auferstehen,
Ihr zeitlich Gut zu hüten, zu begraben,
Vieltausend Jahre werden kommen, gehen,
Die Liebe mag und wird kein Ende haben.

Emil Prinz zu Schönaich-Carolath

IM GARTEN

Die hohen Himbeerwände
Trennten dich und mich,
Doch im Laubwerk unsre Hände
Fanden von selber sich.

Die Hecke konnt es nicht wehren,
Wie hoch sie immer stund,
Ich reichte dir die Beeren,
Und du reichtest mir den Mund.

Ach, schrittest du durch den Garten
Noch einmal im raschen Gang,
Wie gerne wollt ich warten,
Warten stundenlang!

Theodor Fontane

BARBARA ALLEN

Es war im Herbst, im bunten Herbst,
Wenn die rotgelben Blätter fallen.
Da wurde John Graham vor Liebe krank,
Vor Liebe zu Barbara Allen.

Seine Läufer liefen hinab zur Stadt
Und suchten, bis sie gefunden:
„Ach, unser Herr ist krank nach dir,
Komm, Lady, und mach ihn gesunden."

Die Lady schritt zum Schloß hinan,
Schritt über die marmornen Stufen,
Sie trat ans Bett, sie sah ihn an:
„John Graham, du ließest mich rufen."

„Ich ließ dich rufen, ich bin im Herbst,
Und die rotgelben Blätter fallen —
Hast du kein letztes Wort für mich?
Ich sterbe, Barbara Allen."

„John Graham, ich habe ein letztes Wort —
Du warst mein all und eines;
Du teiltest Pfänder und Bänder aus,
Mir aber gönntest du keines.

John Graham, und ob du mich lieben magst,
Ich weiß, ich hatte dich lieber,
Ich sah nach dir, du lachtest mich an
Und gingest lachend vorüber.

Wir haben gewechselt, ich und du,
Die Sprossen der Liebesleiter.
Du bist nun unten, du hast es gewollt,
Ich aber bin oben und heiter."

Sie ging zurück. Eine Meil' oder zwei,
Da hörte sie Glocken schallen.
Sie sprach: „Die Glocken klingen für ihn,
Für ihn und für Barbara Allen —

Liebe Mutter, mach ein Bett für mich,
Unter Weiden und Eschen geborgen;
John Graham ist heute gestorben um mich
Und ich sterbe um ihn morgen."

Fontane

MEINE GRÄBER

Kein Erbbegräbnis mich stolz erfreut:
Meine Gräber liegen weit zerstreut,
Weit zerstreut über Stadt und Land,
Aber alle im märkischen Sand.
Verfallne Hügel, die Schwalben ziehn,
Vorüber schlängelt sich der Rhin,
Über weiße Steine, zerbröckelt all,
Blickt der alte Ruppiner Wall.
Die Buchen stehn, die Eichen rauschen,
Die Gräberbüsche Zwiesprach tauschen,
Und Haferfelder weit auf und ab —
Da ist meiner Mutter Grab.

Und ein anderer Platz, dem verbunden ich bin:
Berglehnen, die Oder fließt dran hin,
Zieht vorüber im trägen Lauf,
Gelbe Mummeln schwimmen darauf;
Am Ufer Werft und Schilf und Rohr,
Und am Abhange schimmern Kreuze hervor,
Auf eines fällt heller Sonnenschein —
Da hat mein Vater seinen Stein.

Der Dritte, seines Todes froh,
Liegt auf dem weiten Teltowplateau;
Dächer von Ziegel, Dächer von Schiefer,
Dann und wann eine Krüppelkiefer,

Ein stiller Graben die Wasserscheide,
Birken hier und da eine Weide,
Zuletzt eine Pappel am Horizont —
Im Abendstrahle sie sich sonnt.
Auf den Gräbern Blumen und Aschenkrüge,
Vorüber in Ferne rasseln die Züge —
Still bleibt das Grab und der Schläfer drin —
Der Wind, der Wind geht drüber hin.

Fontane

VEREINSAMT

Die Krähen schrein
Und ziehen schwirren Flugs zur Stadt:
Bald wird es schnein, —
Wohl dem, der jetzt noch — Heimat hat!

Nun stehst du starr,
Schaust rückwärts, ach! wie lange schon!
Was bist du Narr
Vor Winters in die Welt entflohn?

Die Welt — ein Tor
Zu tausend Wüsten stumm und kalt!
Wer das verlor,
Was du verlorst, macht nirgends halt.

Nun stehst du bleich,
Zur Winter-Wanderschaft verflucht,
Dem Rauche gleich,
Der stets nach kältern Himmeln sucht.

Flieg, Vogel, schnarr
Dein Lied im Wüstenvogel-Ton! —
Versteck, du Narr,
Dein blutend Herz in Eis und Hohn!

Die Krähen schrein
Und ziehen schwirren Flugs zur Stadt:
Bald wird es schnein, —
Weh dem, der keine Heimat hat!

Friedrich Nietzsche

DER HERBST

Dies ist der Herbst: der — bricht dir noch das Herz!
Fliege fort! fliege fort!
Die Sonne schleicht zum Berg
Und steigt und steigt
Und ruht bei jedem Schritt.

Was ward die Welt so welk!
Auf müd gespannten Fäden spielt
Der Wind sein Lied.
Die Hoffnung floh —
Er klagt ihr nach.

Dies ist der Herbst: der — bricht dir noch das Herz!
Fliege fort! fliege fort!
O Frucht des Baums,
Du zitterst, fällst?

Welch ein Geheimnis lehrte dich
Die Nacht,
Daß eisger Schauder deine Wange,
Die Purpurwange deckt? —
Du schweigst, antwortest nicht?
Wer redet noch? — —

Dies ist der Herbst: der — bricht dir noch das Herz!
Fliege fort! fliege fort!

Nietzsche

HEITERKEIT, GÜLDENE, KOMM!

Heiterkeit, güldene, komm!
Du des Todes
Heimlichster, süßester Vorgenuß!
— Lief ich zu rasch meines Wegs?
Jetzt erst, wo der Fuß müde ward,
Holt dein Blick mich noch ein,
Holt dein Glück mich noch ein.

*

Rings nur Welle und Spiel.
Was je schwer war,
Sank in blaue Vergessenheit —
Müßig steht nun mein Kahn.
Sturm und Fahrt — wie verlernt' er das!
Wunsch und Hoffen ertrank,
Glatt liegt Seele und Meer.

Siebente Einsamkeit!
Nie empfindlich
Näher mir süße Sicherheit,
Wärmer der Sonne Blick.

— Glüht nicht das Eis meiner Gipfel noch?
Silbern, leicht, ein Fisch
Schwimmt nun mein Nachen hinaus . . .

Nietzsche

DAS TRUNKNE LIED

O Mensch! Gib acht!
Was spricht die tiefe Mitternacht?
„Ich schlief, ich schlief —,
Aus tiefem Traum bin ich erwacht: —
Die Welt ist tief,
Und tiefer als der Tag gedacht.
Tief ist ihr Weh —,
Lust — tiefer noch als Herzeleid:
Weh spricht: Vergeh!
Doch alle Lust will Ewigkeit —,
— Will tiefe, tiefe Ewigkeit!"

Nietzsche

DER GUTE BESUCH

Abends, wenn der letzte Strahl vom Gipfel leuchtet,
Und der blaue Nebelduft das Tal befeuchtet,
Kommen im Verstohlenen mit leisen Schritten
Aus dem Föhrenwald zwei Mägdlein angeritten,
Hängen ihre luft'gen Schleier an mein Gärtchen,
Springen leichten Schwungs behende von den Pferdchen,
Schmiegen sich am Tor behaglich in die Ecke,
Allda plaudern sie im sonnigen Verstecke:
Während in mein Stübchen durch die Blumentöpfe
Beide Rößlein schieben ihre klugen Köpfe.

Plötzlich, wenn die Dämmerung schreitet durch die
Tannen,
Stehn sie hurtig auf und sprengen rasch von dannen.
Was sie sich erzählen, konnt ich nie ermessen,
Doch am Zaun die Schleier haben sie vergessen.

Carl Spitteler

WALDESSTIMME

Wie deine grüngoldnen Augen funkeln,
Wald, du moosiger Träumer!
Wie deine Gedanken dunkeln,
Einsiedel, schwer von Leben,
Saftseufzender Tagesversäumer!

Über der Wipfel Hin- und Wiederschweben
Wies Atem holt und voller wogt und braust
Und weiter zieht —
und stille wird —
und saust.

Über der Wipfel Hin- und Wiederschweben
Hoch droben steht ein ernster Ton,
Dem lauschten tausend Jahre schon
Und werden tausend Jahre lauschen . . .
Und immer dieses starke, donnerdunkle Rauschen.

Peter Hille

HEIMGANG IN DER FRÜHE

In der Dämmerung,
Um Glock zwei, Glock dreie,
Trat ich aus der Tür
In die Morgenweihe.

Klanglos liegt der Weg,
Und die Bäume schweigen,
Und das Vogellied
Schläft noch in den Zweigen.

Hör ich hinter mir
Sacht ein Fenster schließen.
Will mein strömend Herz
Übers Ufer fließen?

Sieht mein Sehnen nur
Blond und blaue Farben?
Himmelsrot und grün
Samt den andern starben.

Ihrer Augen Blau
Küßt die Wölkchenherde,
Und ihr blondes Haar
Deckt die ganze Erde.

Detlev von Liliencron

EINEN SOMMER LANG

Zwischen Roggenfeld und Hecken
Führt ein schmaler Gang;
Süßes, seliges Verstecken
Einen Sommer lang.

Wenn wir uns von ferne sehen,
Zögert sie den Schritt,
Rupft ein Hälmchen sich im Gehen,
Nimmt ein Blättchen mit.

Hat mit Ähren sich das Mieder
Unschuldig geschmückt,
Sich den Hut verbogen nieder
In die Stirn gedrückt.

Finster kommt sie langsam näher,
Färbt sich rot wie Mohn;
Doch ich bin ein feiner Späher,
Kenn die Schelmin schon.

Noch ein Blick in Weg und Weite,
Ruhig liegt die Welt,
Und es hat an ihre Seite
Mich der Sturm gesellt.

Zwischen Roggenfeld und Hecken
Führt ein schmaler Gang;
Süßes, seliges Verstecken
Einen Sommer lang.

Liliencron

WER WEISS WO

Auf Blut und Leichen, Schutt und Qualm,
Auf roßzerstampften Sommerhalm
Die Sonne schien.
Es sank die Nacht. Die Schlacht ist aus,
Und mancher kehrte nicht nach Haus
Einst von Kolin.

Ein Junker auch, ein Knabe noch,
Der heut das erste Pulver roch,
Er mußte dahin.
Wie hoch er auch die Fahne schwang,
Der Tod in seinen Arm ihn zwang,
Er mußte dahin.

Ihm nahe lag ein frommes Buch,
Das stets der Junker bei sich trug,

Am Degenknauf.
Ein Grenadier von Bevern fand
Den kleinen erdbeschmutzten Band
Und hob ihn auf.

Und brachte heim mit schnellem Fuß
Dem Vater diesen letzten Gruß,
Der klang nicht froh.
Dann schrieb hinein die Zitterhand:
„Kolin. Mein Sohn verscharrt im Sand.
Wer weiß wo.“

Und der gesungen dieses Lied,
Und der es liest, im Leben zieht
Noch frisch und froh.
Doch einst bin ich, und bist auch du,
Verscharrt im Sand, zur ewigen Ruh,
Wer weiß wo.

Liliencron

AUF DEM KIRCHHOF

Der Tag ging regenschwer und sturmbewegt,
Ich war an manch vergeßnem Grab gewesen.
Verwittert Stein und Kreuz, die Kränze alt,
Die Namen überwachsen, kaum zu lesen.

Der Tag ging sturmbewegt und regenschwer,
Auf allen Gräbern fror das Wort: Gewesen.
Wie sturmestot die Särge schlummerten,
Auf allen Gräbern taute still: Genesen!

Liliencron

MANCHE NACHT

Wenn die Felder sich verdunkeln,
Fühl ich, wird mein Auge heller;
Schon versucht ein Stern zu funkeln,
Und die Grillen wispern schneller.

Jeder Laut wird bilderreicher,
Das Gewohnte sonderbarer,
Hinterm Wald der Himmel bleicher,
Jeder Wipfel hebt sich klarer.

Und du merkst es nicht im Schreiten,
Wie das Licht verhundertfältigt
Sich entringt den Dunkelheiten.
Plötzlich stehst du überwältigt.

Richard Dehmel

DIE STILLE STADT

Liegt eine Stadt im Tale,
Ein blasser Tag vergeht;
Es wird nicht lange dauern mehr,
Bis weder Mond noch Sterne,
Nur Nacht am Himmel steht.

Von allen Bergen drücken
Nebel auf die Stadt;
Es dringt kein Dach, nicht Hof noch Haus,
Kein Laut aus ihrem Rauch heraus,
Kaum Türme noch und Brücken.

Doch als den Wandrer graute,
Da ging ein Lichtlein auf im Grund;
Und durch den Rauch und Nebel
Begann ein leiser Lobgesang,
Aus Kindermund.

Dehmel

HEIMAT

Und auch im alten Elternhause
Und noch am Abend keine Ruh?
Sehnsüchtig hör ich dem Gebrause
Der hohen Pappeln draußen zu.

Und höre sacht die Türe klinken,
Mutter tritt mit der Lampe ein,
Und alle Sehnsüchte versinken,
O Mutter, in dein Licht hinein.

Dehmel

GLEICHNIS

Es ist ein Brunnen, der heißt Leid;
Draus fließt die lautre Seligkeit.
Doch wer nur in den Brunnen schaut,
    Den graut.

Er sieht im tiefen Wasserschacht
Sein lichtes Bild umrahmt von Nacht.
O trinke! da zerrinnt dein Bild:
    Licht quillt.

Dehmel

BANGER ABEND

Nacht neigt sich auf die Gassen;
Ich fühl mich so verlassen,
Bin nirgendwo zu Haus.
Die Zimmer werden helle;
Mir winkt hier keine Schwelle,
Ich geh zum kleinen Flusse, der zwischen Wiesen fließt, hinaus.

Sein Fließen ist so leise;
Im weiten Wiesenkreise
Liegt graue Stummheit schwer.
Ich seh mein Leben fließen;
Flach zwischen fahlen Wiesen
Verrinnt es ohne Klingen müd in ein tiefes, graues Meer.

Otto Julius Bierbaum

PHANTASUS

Über die Welt hin ziehen die Wolken.
Grün durch die Wälder
Fließt ihr Licht.
Herz, vergiß!
In stiller Sonne
Webt linderndster Zauber,
Unter wehenden Blumen blüht tausend Trost.
Vergiß! Vergiß!

Aus fernem Grund pfeift, horch, ein Vogel ...
Er singt sein Lied.
Das Lied vom Glück!

*

Vor meinem Fenster
Singt ein Vogel.
Still hör ich zu; mein Herz vergeht.

Er singt,
Was ich als Kind besaß
Und dann — vergessen.

Arno Holz

GESANG DER ENGEL
(Aus „Hanneles Himmelfahrt")

Auf jenen Hügeln die Sonne,
Sie hat dir ihr Gold nicht gegeben;
Das wehende Grün in den Tälern,
Es hat sich für dich nicht gebreitet.

Das goldene Brot auf den Äckern,
Dir wollt es den Hunger nicht stillen;
Die Milch der weidenden Rinder,
Dir schäumte sie nicht in den Krug.

Die Blumen und Blüten der Erde,
Gesogen voll Duft und voll Süße,
Voll Purpur und himmlischer Bläue,
Dir säumten sie nicht deinen Weg.

Wir bringen ein erstes Grüßen
Durch Finsternisse getragen;
Wir haben auf unsern Federn
Ein erstes Hauchen von Glück.

Wir führen am Saum unsrer Kleider
Ein erstes Duften des Frühlings;
Es blühet von unseren Lippen
Die erste Röte des Tags.

Es leuchtet von unsern Füßen
Der grüne Schein unsrer Heimat;
Es blitzen im Grund unsrer Augen
Die Zinnen der ewigen Stadt.

Gerhart Hauptmann

WIDMUNG

Ich kam vom Pflug der Erde
Zum Flug ins weite All —
Und vom Gebrüll der Herde
Zum Sang der Nachtigall.

Die Welt hat manche Straße,
Und jede gilt mir gleich;
Ob ich ins Erdreich fasse,
Ob ins Gedankenreich.

Es wiegt mit gleicher Schwere
Auf Erden jedes Glied —
Ihr gabt mir eure Ähre,
Ich gebe euch mein Lied.

Hauptmann

SONETT

Die Lüfte grollen schwere Düsternisse.
Voll rauscht die Milch der Berge durch die Schlünde.
Erhabnes murren dunkle Wolkenmünde,
Und bleich und tropfend duftet die Narzisse.

Ich harre, was ein Leuchten mir verkünde:
Ob Tod im Licht, von eines Cherubs Schwinge? —
Verstummen, oder daß ich neu erklinge
Im Jubelchor erfrischter Wiesengründe? —

Da, aus Erstickungs-Nächten frei gerungen,
Beginnt ein Tanz! Glanzfiebernd drängt der Himmel
Sich in der Erde kranke Dämmerungen.

Das Ohr erbebt vom Götter-Kampf-Getümmel,
Doch dann, von goldnen Fäusten aufgerissen,
Klafft weit ein Spalt: mich blendet Lichtgewimmel,

Und Freude bricht aus allen Finsternissen.

Hauptmann

IN STILLER SOMMERLUFT

Das grüne Gold der Blätter, das die Sonne malt —
Ich seh es noch, wie's dir vom weißen Kleide blitzt,
Und fühle deine Hände noch auf meinem Haar ...
Die wilden Blumen dufteten so stark und süß.

Was sprachst du doch? — Ich höre deine Stimme nicht.
Vergebens sinn ich ihrem fernen Klange nach.
Ich bin allein — in meine offnen Hände fällt
Das grüne Gold der Blätter, das die Sonne malt.

Otto Erich Hartleben

SO REGNET ES SICH LANGSAM EIN

So regnet es sich langsam ein,
Und immer kürzer wird der Tag und immer
Seltener der Sonnenschein.
Ich sah am Waldrand gestern ein paar Rosen stehn.
Gib mir die Hand und komm — wir wollen sie uns pflücken gehn.
Es werden wohl die letzten sein.

Cäsar Flaischlen

ABEND AUF DEM SEE

Golden glänzt die Abendflut
Von der Purpurwolkenglut.

Ruhig zieht mein Boot die Bahn,
Farbenfurchend schwenkt der Schwan.

Holde Dame goldverklärt
Schwanenstill vorüberfährt.

Karl Henckell

DEN FRAUEN

Wahr ist's, die Liebe wechselt ihre Farben,
Kornblumen werden weiß im Wasserglas.
Man mißt die Stunden nicht mit gleichem Maß,
Erinnerung macht schöner die, die starben.

Und anders ist es uns am Tag der Garben,
Als da wir säten — wer das je vergaß,
Ist unwert, daß er je ein Weib besaß! —
Das Antlitz bleibt nicht stehn, das wir umwarben.

Doch noch der letzte Rest ist voller Wonne,
Weint nicht, ihr Frauen, haltet gierig fest,
Was jemals zu euch sprach: Ich liebe dich!

Und spendet nicht den Kindern alle Sonne,
Sie lassen bald euch einsam in dem Nest,
Aus dem die Liebe heimlich schon entwich.

Herbert Eulenberg

DEM ANDENKEN EINES GEFALLENEN TONDICHTERS

Wir hatten musiziert und schwiegen jetzt
Und starrten vor uns hin und lauschten leise
Dem Nachklang der von dir erdachten Weise,
Als hättest du dich still zu uns gesetzt:

Nicht als ein Toter, blutend und zerfetzt,
Nein, wie du warst in unserem Freundeskreise,
Verliebt, verträumt, wie einer auf der Reise,
Den alles wundert und den nichts verletzt.

Wir sahen deine braunen Augen wieder,
Die für das Große dieser Welt gefunkelt,
Und dachten, welch ein Schicksal sie verdunkelt:

Wildfremder Haß riß dich zur Grube nieder.
Wenn er dich je gekannt, der dich erschossen,
Er hätte dich wie wir ins Herz geschlossen.

Eulenberg

DIE FUSSWASCHUNG

Ich danke dir, du stummer Stein,
Und neige mich zu dir hernieder:
Ich schulde dir mein Pflanzensein.

Ich danke euch, ihr Grund und Flor,
Und bücke mich zu euch hernieder:
Ihr halft zum Tiere mir empor.

Ich danke euch, Stein, Kraut und Tier,
Und beuge mich zu euch hernieder:
Ihr halft mir alle drei zu Mir.

Wir danken dir, du Menschenkind,
Und lassen fromm uns vor dir nieder:
Weil dadurch, daß du bist, wir sind.

Es dankt aus aller Gottheit Ein-
Und aller Gottheit Vielfalt wieder.
Im Dank verschlingt sich alles Sein.

Christian Morgenstern

VICE VERSA

Ein Hase sitzt auf einer Wiese,
Des Glaubens, niemand sähe diese.

Doch im Besitze eines Zeißes,
Betrachtet voll gehaltnen Fleißes

Vom vis-a-vis gelegnen Berg
Ein Mensch den kleinen Löffelzwerg.

Ihn aber blickt hinwiederum
Ein Gott von fern an, mild und stumm.

Morgenstern

ANEMONEN AM OSTERSONNTAG

Wie die Frauen
Zions wohl dereinst beim matten Grauen
Jenes Trauertags beisammen standen,
Nicht mehr Worte, nur mehr Tränen fanden,

So noch heute
Stehen als in ferne Zeit verstreute
Bleiche Zionstöchter, Anemonen
In des Nordens winterlichen Zonen.

Vom Gewimmel
Dichter Flocken ist ganz trüb der Himmel,
Traurig stehen sie, die Köpfchen hängend
Und in Gruppen sich zusammendrängend.

Also einsam,
Zehn und zwölfe hier so leidgemeinsam
Da und dort verstreut auf grauer Öde,
Weiße Tüchlein aufgebunden jede.

Also trauernd,
Innerlich vor Frost zusammenschauernd,
Stehn alljährlich sie als Klagebildnis
In des winterlichen Waldes Wildnis.

Christian Wagner

EIN HAUS

Ein Haus . . . nur der Grille Stimme klang
In die stillen Bereiche.
Manchmal eines Mädchens kühler Sang,
Der wellengleiche.
Und ein Kind, ein Knabe lag tagelang
Am zitternden Teiche.

Alfred Mombert

ALTES GRAB

Hier im Tal der Tale,
Hier im Hain der Haine,
Unter kühlen Eichen, Ahornbäumen,
Alter Vater, steht dein Grab.

Vater aller Menschen,
Vater vieler Völker:

Sommer ist, es glüht die Zeit der Rosen,
Herrlich schlägt die Nachtigall.

Hier bei dir zu lagern
Mit Gesang und Tänzen,
Kommen wir aus ruhelosen Landen.
Festlich nimmt uns an dein Grab.

Pauke tönt und Geige
Von den Wander-Zelten.
Frauen drehen sich im Anmut-Reigen,
Kinder, Greise, um dein Grab.

Ist ein kurzes Rasten
Und ein schnell Verschwinden.
Nach uns eine Herde wilder Rosse
Weidet dann an deinem Grab.

Du wirst weiter leben,
Wenn wir alle gingen.
Unter alten Eichen, Ahornbäumen
Sommer-glüht und -blüht dein Grab.

Mombert

AUS „TANZPLÄTZE IM OSTEN“

Wegen des Schattens und Düftens dieser Haine,
Wegen der Quelle, die hier fröhlich springt.
Wegen dieser Myrten, dieser Eichen:
Möchte ich leben, möcht ich noch leben.

Wegen der Herde weidend in diesem Tale,
Wegen der Jungfrau, die hier sitzt und sinnt.
Wegen dieser Wolke, weiß im Blauen:
Möchte ich leben, möcht ich noch leben.

Wegen des Pilgers hier auf diesem Pfad.
Wegen der Fische in diesem klaren See.
Wegen des Zitterlaubes auf diesen Büschen,
Und wegen des Abend-Regens, der jetzt säuselt,
Möchte ich leben, möcht ich noch leben.

Mombert

EIN SCHWERES DUNKEL SANK HERAB, O SCHWESTER

Ein schweres Dunkel sank herab, o Schwester,
Auf allen Wegen liegen große Schatten,
So gib mir deine Hand doch, liebe Schwester,
Ich sehe keine Wege in den Schatten.

O reiche mir die Hand: ich werde finden,
Im ganzen Dunkel find' ich deine Hände,
Weil deine frommen Hände immer leuchten,
Sie leuchten wie ein weißes Licht, o Schwester.

So gib mir deine Hand doch, wo ich rufe,
Mir ist nicht froh im Herzen, liebe Schwester.
Mein ganzes Herz ist mir nicht froh, o Schwester,
Du redest nicht? und bist du denn gegangen?
Du bist doch nicht gegangen, liebe Schwester?

Walter Calé

LETZTES GEDICHT

Wohl ist es spät, doch ist es nicht zu spät:
Denn einen Schritt vom schweigedunklen Sode,
Will sagen: eine Stunde vor dem Tode
Ist zeitig noch ein tiefes Wort gesät.

Ich habe teil am Geiste, der wie Wind
Die Samen wirbelt, die die Narben kitten,
Und habe drum von manchen mehr gelitten,
Als manche wissen, die mir über sind.

Das jagt und wirbelt, streut und spielt und weht
Und weiß von Same nichts und nichts von Narbe;
Und unversehens schwillts in Korn und Garbe,
Bis übers Leere sich der Wind ergeht.

Der Unzweck war es, der den Zweck gebar —
Was suchst du lang und bang an dir das Himmels-
siegel?
Des Teufels böseste Erfindung ist der Spiegel.
Vergleiche nicht und frage nicht! Alles ist wahr.

Moritz Heimann

TSCHUANG-TSES TRAUM

Tschuang-tse träumte sich als Schmetterling,
Der bunt an Blumen hing,
Mit anderen bunten Faltern wirbelnd flog
Und flatternd Nektar sog,
Ein seliges, juwelenhaftes Ding.

Als er erwachte, war es offenbar,
Daß er kein Falter war,
Daß er im Schlaf auf seinem Bett geruht,
Ein Mensch von Fleisch und Blut.
Klar schiens; doch seinem Geiste schiens nicht klar.

War es Tschuang-tse, der geträumt, daß er
Ein froher Falter wär?
War es der Schmetterling, der traumumspielt
Sich für Tschuang-tse hielt?
Der Weise fand die Antwort nimmermehr.

Eduard Stucken

DEN FLUSS HINAB

Im Mittagsschein
Fahr ich im Boot allein
Den Fluß hinab, der mit mir sinnt und träumt.
Kein Laut im Kreis;
Der Kiel gluckst schläfrig, leis;
Von Linden ist das Ufer hoch umsäumt.

Der Sonne Glut
Strahlt wider aus der Flut
Mit Bäumen, deren Kronen abwärts stehn.
Im Fluß erhellt
Sich eine Spiegelwelt,
Wieviel auch Wellen kommen und vergehn.

Metallen blank,
Stahlblau und zierlich schlank
Fliegt die Libelle auf der Spiegelung.
So leichtbeschwingt,
Von Sonnengold umringt,
Flog meine Seele einst, sehnsuchtsvoll, jung.

Zu jung vielleicht,
Getäuscht, enttäuscht so leicht,
Genoß sie Hoffnung nur, wenn sie genoß;
Verfolgte wild
Ihr eignes Spiegelbild
In einer Welt, die wie ein Fluß zerfloß.

Stucken

SEHNSUCHT

Um bei dir zu sein,
Trüg ich Not und Fährde,
Ließ ich Freund und Haus
Und die Fülle der Erde.

Mich verlangt nach dir
Wie die Flut nach dem Strande,
Wie die Schwalbe im Herbst
Nach dem südlichen Lande.

Wie den Alpsohn heim,
Wenn er denkt, nachts alleine,
An die Berge voll Schnee
Im Mondenscheine.

Ricarda Huch

BESTIMMUNG

Was ist in deiner Seele,
Was ist in meiner Brust,
Daß ich mich dir befehle,
Daß du mich lieben mußt?
Vom Haus, wo ich gewohnt
Und zart behütet bin,
Ziehst du mich wie der Mond
Nachtwandelnd zu dir hin.

Huch

LIEBESGEDICHTE

Du kamst zu mir, mein Abgott, meine Schlange,
In dunkler Nacht, die um dich her erglühte.
Ich diente dir mit Liebesüberschwange
Und trank das Feuer, das dein Atem sprühte.
Du flohst, ich suchte lang in Finsternissen,
Da kannten mich die Götter und Dämonen
An jenem Glanze, den ich dir entrissen,
Und führten mich ins Licht, mit dir zu thronen.

*

Wo hast du all die Schönheit hergenommen,
Du Liebesangesicht, du Wohlgestalt!
Um dich ist alle Welt zu kurz gekommen.
Weil du die Jugend hast, wird alles alt,
Weil du das Leben hast, muß alles sterben,
Weil du Kraft hast, ist die Welt kein Hort,
Weil du vollkommen bist, ist sie ein Scherben,
Weil du der Himmel bist, gibt's keinen dort!

*

Du reichtest mir den Kelch voll bittrer Flammen
Und ließest mich in dunklen Labyrinthen
Allein, vergessen Heimat und Entstammen,
Erlitt ich Dienst und Kampf bei Fremdgesinnten.
Ich wanderte verhüllt am Todesflusse
Im Schrei des dürren Laubs und hoffte nichts.
Da trittst du vor mich hin, ein Gott des Lichts,
Und glühst mich jung mit diamantnem Kusse.

Huch

KOMM IN DEN TOTGESAGTEN PARK UND SCHAU

Komm in den totgesagten park und schau:
Der schimmer ferner lächelnder gestade
Der reinen wolken unverhofftes blau
Erhellt die weiher und die bunten pfade.

Dort nimm das tiefe gelb, das weiche grau
Von birken und von buchs, der wind ist lau,
Die späten rosen welkten noch nicht ganz,
Erlese küsse sie und flicht den kranz.

Vergiß auch diese letzten astern nicht,
Den purpur um die ranken wilder reben
Und auch was übrig blieb von grünem leben
Verwinde leicht im herbstlichen gesicht.

Stefan George

WIR SCHREITEN AUF UND AB IM REICHEN FLITTER

Wir schreiten auf und ab im reichen flitter
Des buchenganges beinah bis zum tore
Und sehen außen in dem feld vom gitter
Den mandelbaum zum zweitenmal im flore.

Wir suchen nach den schattenfreien bänken
Dort wo uns niemals fremde stimmen scheuchten.
In träumen unsre arme sich verschränken.
Wir laben uns am langen milden leuchten

Wir fühlen dankbar wie zu leisem brausen
Von wipfeln strahlenspuren auf uns tropfen
Und blicken nur und horchen wenn in pausen
Die reifen früchte an den boden klopfen.

George

WALLER IM SCHNEE

Die steine die in meiner straße staken
Verschwanden alle in dem weichen schooß
Der in der ferne bis zum himmel schwillt.
Die flocken weben noch am bleichen laken

Und treibt an meine wimper sie ein stoß
So zittert sie wie wenn die träne quillt . . .
Zu sternen schau ich führerlos hinan.
Sie lassen mich mit grauser nacht allein.

Ich möchte langsam auf dem weißen plan
Mir selber unbewußt gebettet sein.
Doch wenn die wirbel mich zum abgrund trügen,
Ihr todeswinde mich gelinde träft:

Ich suchte noch einmal nach tor und dach.
Wie leicht daß hinter jenen höhenzügen
Verborgen eine junge hoffnung schläft!
Beim ersten lauen hauche wird sie wach.

George

GEMAHNT DICH NOCH DAS SCHÖNE BILDNIS DESSEN

Gemahnt dich noch das schöne bildnis dessen
Der nach den schluchten-rosen kühn gehascht,
Der über seiner jagd den tag vergessen,
Der von der dolden vollem seim genascht?

Der nach dem parke sich zur ruhe wandte,
Trieb ihn ein flügelschillern allzuweit,
Der sinnend saß an jenes weihers kante
Und lauschte in die tiefe heimlichkeit.

Und von der insel moosgekrönter steine
Verließ der schwan das spiel des wasserfalls
Und legte in die kinderhand die feine
Die schmeichelnde den schlanken hals.

George

SIEH MEIN KIND ICH GEHE

Sieh mein kind ich gehe.
Denn du darfst nicht kennen
Nicht einmal durch nennen,
Menschen müh und wehe.

Mir ist um dich bange.
Sieh mein kind ich gehe
Daß auf deiner wange
Nicht der duft verwehe.

Würde dich belehren.
Müßte dich versehren
Und das macht mir wehe.
Sieh mein kind ich gehe.

George

DER HÜGEL WO WIR WANDELN LIEGT IM SCHATTEN

Der hügel wo wir wandeln liegt im schatten,
Indes der drüben noch im lichte webt
Der mond auf seinen zarten grünen matten
Nur erst als kleine weiße wolke schwebt.

Die straßen weithin-deutend werden blasser,
Den wandrern bietet ein gelispel halt.
Ist es vom berg ein unsichtbares wasser
Ist es ein vogel der sein schlaflied lallt?

Der dunkelfalter zwei die sich verfrühten
Verfolgen sich von halm zu halm im scherz . . .
Der rain bereitet aus gesträuch und blüten
Den duft des abends für gedämpften schmerz.

George

EIN ANGELICO

Auf zierliche kapitel der legende
— Den erdenstreit bewacht vom ewgen rat —
Des strengen ahnen wirkungsvolles ende —
Errichtet er die glorreich große tat:

Er nahm das gold von heiligen pokalen.
Zu hellem haar das reife weizenstroh.
Das rosa kindern die mit schiefer malen.
Der wäscherin vom bach den indigo.

Der herr im glanze reinen königtumes
Zur seite sanfte sänger seines ruhmes
Und sieger der Chariten und Medusen.

Die braut mit immer stillem kindesbusen
Voll demut aber froh mit ihrem lohne
Empfängt aus seiner hand die erste krone.

George

URLANDSCHAFT

Aus dunklen fichten flog ins blau der aar
Und drunten aus der lichtung trat ein paar
Von wölfen, schlürften an der flachen flut
Bewachten starr und trieben ihre brut.

Drauf huschte aus der glatten nadeln streu
Die schar der hinde trank und kehrte scheu
Zur waldnacht. eines blieb nur das im ried
Sein end erwartend still den rudel mied.

Hier litt das fette gras noch nie die schur
Doch lagen stämme starker arme spur.
Denn drunten dehnte der gefurchte bruch
Wo in der scholle zeugendem geruch

Und in der weißen sonne scharfem glühn
Des ackers froh des segens neuer mühn
Erzvater grub erzmutter molk
Das schicksal nährend für ein ganzes volk.

George

DER FREUND DER FLUREN

Kurz vor dem frührot sieht man in den fähren
Ihn schreiten, in der hand die blanke hippe
Und wägend greifen in die vollen ähren
die gelben körner prüfend mit der lippe.

Dann sieht man zwischen reben ihn mit basten
Die losen binden an die starken schäfte
Die harten grünen herlinge betasten
Und brechen einer ranke überkräfte.

Er schüttelt dann ob er dem wetter trutze
Den jungen baum und mißt der wolken schieben
Er gibt dem liebling einen pfahl zum schutze
Und lächelt ihm dem erste früchte trieben.

Er schöpft und gießt mit einem kürbisnapfe
Er beugt sich oft die quecken auszuharken
Und üppig blühen unter seinem stapfe
Und reifend schwellen um ihn die gemarken.

George

ES LACHT IN DEM STEIGENDEN JAHR DIR

Es lacht in dem steigenden jahr dir
Der duft aus dem garten noch leis.
Flicht in dem flatternden haar dir
Eppich und ehrenpreis.

Die wehende saat ist wie gold noch,
Vielleicht nicht so hoch mehr und reich,
Rosen begrüßen dich hold noch,
Ward auch ihr glanz etwas bleich.

Verschweigen wir was uns verwehrt ist,
Geloben wir glücklich zu sein
Wenn auch nicht mehr uns beschert ist
Als noch ein rundgang zu zwein.

George

DU SCHLANK UND REIN WIE EINE FLAMME

Du schlank und rein wie eine flamme
Du wie der morgen zart und licht
Du blühend reis vom edlen stamme
Du wie ein quell geheim und schlicht

Begleitest mich auf sonnigen matten
Umschauerst mich im abendrauch
Erleuchtest meinen weg im schatten
Du kühler wind du heißer hauch

Du bist mein wunsch und mein gedanke
Ich atme dich mit jeder luft
Ich schlürfe dich mit jedem tranke
Ich küsse dich mit jedem duft

Du blühend reis vom edlen stamme
Du wie ein quell geheim und schlicht
Du schlank und rein wie eine flamme
Du wie der morgen zart und licht.

George

LEO XIII

Heut da sich schranzen auf den thronen brüsten
Mit wechslermienen und unedlem klirren:
Dreht unser geist begierig nach verehrung
Und schauernd vor der wahren majestät
Zum ernsten väterlichen angesicht
Des Dreigekrönten wirklichen Gesalbten
Der hundertjährig von der ewigen burg
Hinabsieht: schatten schön erfüllten daseins.

Nach einem sorgenwerk für alle welten
Freut ihn sein rebengarten: freundlich greifen
In volle trauben seine weißen hände.
Sein mahl ist brot und wein und leichte malve
Und seine schlummerlosen nächte füllt
Kein wahn der ehrsucht, denn er sinnt auf hymnen
An die holdselige Frau, der schöpfung wonne,
Und an ihr strahlendes allmächtiges kind.

‚Komm, heiliger knabe! hilf der welt die birst
Daß sie nicht elend falle! einziger retter!
In deinem schutze blühe mildre zeit
Die rein aus diesen freveln sich erhebe . . .
Es kehre lang erwünschter friede heim
Und brüderliche bande schlinge liebe!'
So singt der dichter und der seher weiß:
Das neue heil kommt nur aus neuer liebe.

Wenn angetan mit allen würdezeichen
Getragen mit dem baldachin — ein vorbild
Erhabnen prunks und göttlicher verwaltung —
Er eingehüllt von weihrauch und von lichtern
Dem ganzen erdball seinen segen spendet:
So sinken wir als gläubige zu boden
Verschmolzen mit der tausendköpfigen menge
Die schön wird wenn das wunder sie ergreift.

George

PARZIVAL

Nun wird mein Leben mit jedem Tag
Stiller und blässer.
Kaum daß ich noch Stunden vernehmen mag
Wie unterirdischen Tropfenschlag
Verlorner Gewässer.

Wie dämpft sich das Laute mit einem Mal?
Wie ist das Gewimmel
Der bunten Tage verhüllt und fahl
Und Morgen und Mittag vom steten Opal
Ewiger Abendhimmel?

Und wie ist es, daß Dinge jetzt einfach geschehn,
Die unfaßbar deuchten:
Schwarze Teiche mir im Vorübergehn
Und Frauen, welche ich nie gesehn,
Ganz plötzlich leuchten?

Und Zerrißnes sich bindet? Und sagt mir, was
Macht jetzt meine Lider
Von lange vergessenen Tränen naß?
Ganz alte Worte, die ich vergaß,
Finde ich wieder.

O mein Gott, die Zeit ist Wunders voll:
Es fallen und steigen
Die Wasser uralter Liebe, und bald
Wird Altes zu Neuem und Neues alt —
Mich schläfert eigen.

Es spinnt sich ein dunkel verworrener Traum
Vom Unbekannten
Hinüber zum unbekannten Raum:
Dazwischen leb ich und hab es kaum
Einmal verstanden.

Karl Vollmöller

DER DURANT

Der Durant
hebt an:
Liebe von Weib und Mann

Meint ein Kind von den beiden.
Wer das nicht will, soll leiden.

Darum bedenke ein jeder
Welcher ohne Aares Feder
Oder Schweif von Kometen,
Irdisch Erde, will Erde treten,
Daraus sein Ahn gekeimet
Und die ihm angeleimet
Bleibt an seinen Fußsohlen, —
Ja, die ständig verhohlen,
An dem Fuß ihm schon klebt,
Den er hebt, — und nur hebt,
Um ihn wieder zu senken —
— Ja, er soll sich bedenken,
Wie hoch er fahren wolle,
Und wieviel Last der Scholle
Er sich traue zu tragen:
Jenseits aller der Klagen,
Mit denen das Gemeine
Seinen Schaden beweine,
Ordnet die Minne ihr Los:
Besser: er tut nicht groß,
Als daß ihn darnach reute,
Daß er nicht wie die Leute
Mit Leben und Lieben
Lieblich traurig getrieben:
Daß sich suchen zur Ehen
Zwei, die sich gerne sehen —
Die sich am Halse hangen,
Sich vertraulich verlangen
Und vertraulich ergeben
All durch ein zweiflig Leben,
Und daß Kinder es halten
Wiederum wie die Alten

Und daß also ein rechter
Sohn menschlicher Geschlechter
Hin wandele nicht vergebens
Durch ein Alter des Lebens.

Rudolf Borchardt

ELYSIUM

III

Wenn sie wandeln, drückt dem Wiesenrain
Sich der schattenhafte Fuß nicht ein.

Wenn sie ruhn, so ist der leichte Gast
Seiner Lagerstätte keine Last.

Wenn sie wünschen, das ist flüchtig auch,
Kaum ein Traum, ein Atemzug, ein Hauch.

Wenn sie lieben, das ist kaum ein Blick,
Kaum ein Gruß. So leicht ist dort das Glück.

Alles ist ja leicht im untern Reich.
Leichte Schatten, wir begrüßen euch.

IX

Laß sie leise ihren Reigen führen,
Ohne ihre Schwermut anzurühren;
Laß sie träumend dir vorüberhasten,
Ohne ihre Leere zu belasten.
Sorge nicht, sie heute zu verstehn,
Denn dir wird wie ihnen bald geschehn.
Freue dich, daß sie dich nicht erreichen,
Morgen, morgen bist du ihresgleichen.

XII

Die Ruhe, die wir meinen,
War nur ein Truggesicht.
Sie wohnet bei den Steinen,
Doch bei den Schatten nicht.

Sie hielten gern am strengen Tor
Ein Weilchen noch mit Schaudern inne,
Denn jeder weiß, was er verlor,
Und keiner weiß, was er gewinne.

Rudolf Alexander Schröder

UND IMMER UND IMMER EIN DUFT

Und immer und immer ein Duft,
Als wäre noch nichts gelebt,
Noch hier in der Winterluft,
Wo Herbst den Herbst begräbt.

Und immer und immer der Traum,
Als winkte, von keinem erreicht,
Ein Ziel an jeglichem Saum
Der Welt, und der Weg wär leicht.

Und immer in jeglicher Ruh
Der stumme, der strenge Befehl:
Geh weiter, Bewanderter du,
Geh fehl, sonst gingest du fehl.

Geh weiter, bewanderter Gast:
Allein geht keiner allein.
Und je müder, je leichter die Last
Und je klarer das Ja und das Nein.

Schröder

SEPTEMBER-ODE

I

Mir ist noch immer, wie mir vor Zeiten war,
Als durch den Garten, unter den hangenden,
Fruchtüberladenen Apfelbäumen
Mitten ins Schattengewirr der Vollmond

Aufs Rasenfeld verlorene Zeichen schrieb,
Die sich verschoben, wenn aus dem knorrichten,
Umfinsterten Genist ein Apfel
Fiel und die raschelnden Zweige wankten.

Der Nußbaum stand vor breiter Dämmerung
Und barg in Blätterbuchten die reife Tracht,
Da schon ins Gras vereinzelt schwarzer,
Bitterer, beizender Abfall hinlag

Und modrig barst, und aus dem zerschlißnen Balg
Die Kerngehäuse kollerten. — Apfelruch
Und brauner Würzgeschmack der Walnuß
Lief mit dem Atem der Spätjahrsrose

Durch schalen Heuduft sterbender Sommerzeit
Und schräger Mond, der drüben im schlummernden,
Im Strom den schmalen Spiegelstreifen
Zog, den die Schleier des Schilfrohrs säumten.

September war's und heitere Nacht und warm,
Warm wie die Nacht hier droben und hell, wie hier
Der volle Mond durch Apfelbäume
Blickt und am Grunde die Schatten sprenkelt.

IV

Mond und Gewölk und Schatten in Gras und Nacht.
Und stehst und kennst dich, daß du der Alte bist
Und nicht das Kind. Und kennst die Freunde
Fern und verschollen und weißt, die leben,

Nicht minder einsam, als es die Toten sind;
Einsam wie du. Kränkt jeden der gleiche Raub.
Ah, wahrlich, rascher denn die Jahreszeit
Altern und wandeln die Menschenherzen!

Willst's angedenken? Alles Gedenken trügt.
Willst in das Deine kehren? Die Lampe winkt
Wie sonst vom Fenster; zwar die gleiche
Nimmer, und nimmer das Haus, das eine,

Das dir zu eigen gehörte, das Heimathaus,
Dein erst Gesicht. — So sage nur: Mein; du lügst.
Es ist geliehn, ist wie der Wechsel
Sonnen und Monden; und auch die Treue

Fährt mit dem Wind, läuft schneller denn Wind. Ein Sand
Verschluckt den Wassertropfen. — Der Mensch gewahrt
Nur wenig Jahre. Wohl, sein Herz faßt
Auch von den wenigen kaum ein Wenigs.

Und doch. Hier dies begreift er und hat und hält's,
Ein unabdingbar Eigenes: Ewigkeit
Gilt hier vor meinem Fuß, der Mondlicht
Malen und Gartengezweig, der Schatten.

Schröder

ZWEI STIMMEN HALTEN ZWIESPRACH IN DER NACHT …

Zwei Stimmen halten Zwiesprach in der Nacht.
Die eine sagt: laß mich nach Hause gehn,
Die zweite spricht: die Tür steht immer offen …
Dann nur Geräusch des Windes in der Nacht.

Und wieder geht ein Flüstern durch die Nacht.
Die eine sagt: ich will dich bei mir sehn,
Die zweite fragt: hast du mich nicht getroffen?
Schon folg ich deinem Rufen durch die Nacht.

Und tiefer dunkelt es im Kreis der Nacht.
Was sind wir beide? Seele oder Licht?
Wär ich das eine, würdest du mich ahnen,
Und jenes wär ein Führer durch die Nacht.

Ich ahnte dich und fand dich in der Nacht.
Du hast gerufen, nun verlaß mich nicht …
Und schon verklingen fern auf dunklen Bahnen
Die beiden leisen Stimmen in der Nacht.

Henry von Heiseler

LEERE TRUHEN, LEERE HALLEN …

Leere Truhen, leere Hallen
Mögen deinen Sinn nicht schrecken,
Denn du magst in ihnen allen
Die verhüllten Wunder wecken.
Zauberlampen, Zaubergerten
Sind in unsre Hand gegeben,
Daß wir spielend die gesperrten
Schätze aus der Tiefe heben.
Laß den Schein der Lampe blinkend
Über alle Wände gehen,
Deine Gerte steigend, sinkend
Nach verborgnen Wassern spähen,

Bald zu seligem Erschauern
Wird das Wunder dir gelingen,
Golden leuchten alle Mauern,
Und die reinen Quellen springen.

Heiseler

SCHLAF

Nun schläfst du hinter den großen Toren der Welt,
Wandelnd in deinem ureigenen Paradies.
Auf silbernen Wiesen bleibst du bei Rehen stehn,
In blauen Wüsten lagerst du zwischen Löwen.

Großäugiges Einhorn tritt dich in Wäldern an.
Ruhvoll umrauscht dich Fittich verzauberten Schwans.
Neben den Sphinxen sitzest du gleichen Gewichts,
Badest die Knöchel im Strom am Rande des Alls.

Süße Fessel des Atems allein noch hält
Zart dich vom Tod zurück. — Wenn sie zerrisse,
Kehrtest du niemals wieder. Wie halt ich dich?
Daß du nicht nach jener Seite erwachest?

Ich kann die Rehe nicht töten auf deinen Wiesen,
Die Sphinxe nicht stürzen ins Meer, den Schwan entzaubern.
Des Einhorns Auge kann ich nicht von dir wenden,
Den Strom des Alls nicht bannen von deinen Knöcheln.

Rudolf G. Binding

ATTISCHE DÄMMERUNG

Frührot über den finstern, erstorbenen Ebnen — du duldest
Immer noch, sterbendes, aus, schluchzendes, da du doch weißt:

Nimmermehr wirst du wie einst den Gott mit den goldenen Rädern,
Nimmermehr führen nach oben den Gott?

Horch! In die offenen Gräber erschrocken versunken, erhebt sich
Schaudernd der einsame Wind, irrend im düsteren Feld;
Richtet sich auf, noch bestürzt, und sucht zur ewigen Ruhstatt
Bröckelnde Nische und brechendes Dach.

Feierlich aber noch steigt ein Odem; es müssen noch Spuren
Stehn in dem uralten Sand, Spuren von Mensch oder Gott;
Hangen noch Staub von den Flügeln der abgeschiedenen Seelen,
Veilchenduftend von Halmen des Felds.

Einsamer Giebel im Frührot, du schwarze verdorrete Schulter,
Dauerst du ewig denn aus? Ging doch zur Ruhe der Wind,
Stirbt doch im Froste der Dämmrung die zitternde Blume des Himmels . . .
Hellas! — Still! es seufzte der Stein.

Ruhe, entschlafener Fluß im Schilfe! Kein träumender Knabe
Schneidet das tönende Rohr. Bald in der endlosen Nacht
Knistert der bröckelnde Marmor allein, wenn es dröhnt aus der Ferne,
Wenn die Säule des Memnon klagt.

Albrecht Schaeffer

GRAUENDER MORGEN

Schlaftrunken, was zog mich zum Fenster? — Morgen ergraute.
Seltsam im Innern mir
Erwogt' es, — Hora singender Brüder Schar,
Hinziehend unterirdischen Kreuzgang, Gewölbe
Lösend in Lauschen melodisch, — da bebt ich und wachte.

Über noch dunklen Höfen, der Gärten noch farblosem Grün,
Hoch oben stand ein weißes Gold.
Flüchtiges Leuchten kühl, — und verhaltenen Fittichs,
Unregsam, schwebte die Dämmergestalt einer Stille
Verschlossenen Auges hernieder, die Hände gefaltet.
Aber ein heisres Flöten drang in mein schlafend
Gehör, verdämpft aus nahem Stall,
Des eingeschlossenen jungen Hahnes Stimme,
Einmal und zweimal ... Und plötzlich im Leeren tat
Das Unsichtbare sich auf, und ich hörte die Drossel.
War es ein Knistern der ewigen Tür, die sich drehte?
Angel am Hoftor geläutreich der himmlischen Siedler?
Auf fernen Bergen ein güldener Morgenquell — oder
Brach leise auf der Mund eines Morgensterns rieselnd
Mit Amselstimme, lang pausend im grauenden Schweigen?

Morgenkühle ... O dämmrige Stunde des Wachseins!
Drosselgesang, ab tropfend, zerging in der Leere.
Goldinsel im Ozean schmolz ... Ach, wie wußt ich da, schauernd:
Verwandter Seele wandelnder Morgentraum
Rührte mit Küssen mich an, mit Gesang mir im Innern.

Einsam war ich; es schwieg auch die Amsel. Noch
einmal
Seeletiefen leis dröhnten vom Mönchechor . . .
Schlummernd
Schon wieder, blinderen Auges, das Lager erreicht ich.
Goldübertropfend eine Zinne im Raume
Erhob sich wunderbar, da ich einging ins Dunkel.

Schaeffer

BESUCH DER TOTEN

Jeder hat zu tun von früh bis spät,
Und keiner hat an sie gedacht.
Aber wer seine Toten am Tage nicht lädt,
Den suchen sie auf bei Nacht.

Ihr sitzt um den Traumtisch, da kommen sie heim,
Sie vergaßen, daß sie gestorben sind.
Um alles, haltet es ihnen geheim!
Schnell geräumt ihren Platz, ihr Gedeck aus dem
Spind!

Wie alletag gesessen, geredet, gegessen,
Damit sie nicht merken: sie sind tot!
Ich möchte es selber so gerne vergessen —
Wenn's euch einfällt, werdet ihr schon rot.

Und manchmal: auch ihr wißt nichts davon
Und ihr geht wie mit Lebendigen um,
Aber etwas ist in ihrem Blick und ihrem Ton,
Das macht mitten im Reden stumm.

Etwas ist, das die Träume lockt
Und macht plötzlich im Lächeln blaß,
Etwas ist, und euer Herzschlag stockt,
Und ihr wißt nicht, was.

Ludwig Strauß

O GRILLE, SING

O Grille, sing,
Die Nacht ist lang.
Ich weiß nicht, ob ich leben darf
Bis an das End von deinem Sang.

Die Fenster stehen aufgemacht.
Ich weiß nicht, ob ich schauen darf
Bis an das End von dieser Nacht.

O Grille, sing, sing unbedacht,
Die Lust geht hin,
Und Leid erwacht.
Und Lust im Leid —
Mehr bringt sie nicht, die lange Nacht.

Maximilian Dauthendey

OBEN AM BERG

Kein Baum glänzte am Abend mehr, alle Blätter
löschten aus,
Ein paar Stimmen im Felde gingen nebenher,
sprachen vom Wetter und zogen nach Haus.
Oben am Berg, auf einem offenen Acker, frisch gepflügt,
Stand ein Leiterwagen und war schwarz an den gelblichen Himmel gefügt.
Drinnen im Wagen, rot wie ein Rostklumpen, die
Sonne als Fracht.
Ein Bauer hat mit der Peitsche laut geschlagen, die
Deichsel hat gekracht,
Zwei Gäule haben angezogen und fuhren die Sonne
in die Nacht.

Dauthendey

JETZT IST ES HERBST

Jetzt ist es Herbst,
Die Welt ward weit,
Die Berge öffnen ihre Arme
Und reichen dir Unendlichkeit.

Kein Wunsch, kein Wuchs ist mehr im Laub,
Die Bäume sehen in den Staub,
Sie lauschen auf den Schritt der Zeit.
Jetzt ist es Herbst, das Herz ward weit.

Das Herz, das viel gewandert ist,
Das sich verjüngt mit Lust und List,
Das Herz muß gleich den Bäumen lauschen
Und Blicke mit dem Staube tauschen.
Es hat geküßt, ahnt seine Frist,
Das Laub fällt hin, das Herz vergißt.

Dauthendey

WEISSER FLIEDER

Naß war der Tag — die schwarzen Schnecken krochen —,
Doch als die Nacht schlich durch die Gärten her,
Da war der weiße Flieder aufgebrochen,
Und über alle Mauern hing er schwer.

Und über alle Mauern tropften leise
Von bleichen Trauben Tropfen groß und klar,
Und war ein Duften rings, durch das die Weise
Der Nachtigall wie Gold geflochten war.

Börries Freiherr von Münchhausen

DER TANZ

Der Schritt der letzten Gäste klang im Flur,
Dann wurde dumpf die Haustür zugeschlagen,
Und in die Sturmnacht fuhr der letzte Wagen.

Des Hauses junge Töchter blieben nur
Allein im Saal, im traumhaft goldnen Glanze
Herabgebrannter Kerzen, deren Duft
Wie Weihrauchqualm durchzitterte die Luft,
So schwül und schwer noch von dem wilden Tanze.
Die älteste der schlanken Schwestern stand
An dem Klavier, und ihre Lippen sangen
Die Walzerweisen, die ihr Herz durchklangen,
Bis Ton auf Ton die schmale Rechte fand.

Die müden blonden Zwillingsschwestern kamen
Langsam herbei und sangen leise mit
Und wiegten lächelnd sich im Walzerschritt,
Als ihre Lieblingsweise sie vernahmen.
Die jüngste aber zog aus ihrem Strauß
Langsam der roten Nelke Glut heraus
Und steckte sie in ihre Gürtelspange,
Und raffte schweigend, wie im tiefen Traum,
Ihr weißes Kleid und schien's zu merken kaum,
Daß sie schon tanzte nach der Schwestern Sange;
Mit großen Augen schwebte sie dahin,
Langsam und feierlich, als ob sie lauschte,
Wie schwer und starr die weiße Seide rauschte
Bei jedem Schritt der blassen Tänzerin.

Sie gab nicht acht, daß allgemach verhallten
Der Schwestern Stimmen, und sie sah es nicht,
Wie leise qualmend auslosch Licht um Licht,
Vor ihren Ohren tausend Geigen hallten,

Auf ihrem Scheitel lag der Schönheit Glanz
Strahlend und heiß, bis rot wie Apfelblüten
Die weichen runden Mädchenwangen glühten.
Und immer schneller ward der stille Tanz
Und immer wilder. — Ihre Arme hoben
In Seligkeit und Sehnsucht sich nach oben,
Um ihre heiße Kinderstirne flog
Das langgelöste Haar in blonden Strähnen,
In ihren Augen brannten heiße Tränen,
Und tief ihr Haupt sich in den Nacken bog.

Lautknisternd losch die letzte Kerze aus,
Die Schwestern riefen fern aus ihrem Zimmer —
Hoch atmend aber stand das Kind noch immer
Und horchte, wie der Nordsturm fuhr ums Haus.

Agnes Miegel

MAINACHT

Noch denke ich manche Stunde
Jener Tage am Ostseestrand,
Wenn in den grauen Schluchten
Jeder Baum in Blüte stand.

Ich denke der stillen Nächte,
Am offenen Fenster durchwacht.
Ferne Gewitter rollten
Im Westen die ganze Nacht.

Und über die Lindenwipfel
Führten im Blitzesschein
Die alten Prussengötter
Ihren ersten Frühlingsreihn.

Herden und Saaten segnend,
Schwanden sie über das Meer,
Ihre hohen Bernsteinkronen
Blitzten noch lange her.

Miegel

DIE SCHWESTER

Meine Schwester hat Hochzeit — die Glocken gehn,
Alle Leute nach meiner Schwester sehn,
Meine Schwester trägt Schleier und Myrtenkranz,
Ihre seidne Schleppe fliegt im Tanz.

Der Bräutigam redet und lacht so laut,
Er küßt die zitternden Hände der Braut —
Meine schmale Hand hat noch niemand geküßt,
Nicht weiß meine Lippe, was Liebe ist.

Kein heißes Begehren trat vor mich hin,
Es freite mich keiner, wie schön ich auch bin,
Ich bin's, die nicht Liebe noch Liebsten kennt —
Und mein Blut ist jung und mein Mund, der brennt!

Miegel

GRÜNE ZEIT

Oben am Berge sangen alle Buchen heut.
Grüne Zeit! Die eine: grüne, grüne Zeit!
Schwestern! rauschte die zweite und wiegte den Wipfel hoch,
Wißt ihr die weißen Nächte, die Nächte des Todes noch?
Wir streckten die nackten Äste in Frost und bebten sehr,
Die Sonne war längst gestorben und lebte kein Quellchen mehr! —

Wir wissen, sangen die andern, doch die weißen Nächte sind weit,
Grüne Zeit, Schwester Buche, grüne, grüne Zeit!

Und wißt ihr die schwarzen Vögel, die knarrten böse und rauh
Über den bleichen Feldern ins frühe Abendgrau?
Ihre schreienden Schwärme machten dunkler den dunkelsten Tag,
Es krachte in unsern Ästen ihr streitender Flügelschlag!
Wir kennen die schwarzen Vögel, aber sie flogen weit!
Grüne Zeit, Schwester Buche, grüne, grüne Zeit!

Sonne, hohe Sonne! eine Schlanke sang in den Wind,
Deiner grünen rauschenden Kinder, siehe, wie viele es sind!
Wipfel wiegt sich an Wipfel hinauf die wogende Wand,
Unser sind alle Berge, die blauen über dem Land!
Gell über unsern Kronen jauchzt der wilde Weih,
Hoch schwimmen die weißen Wolken zu Häupten uns vorbei,
Höher als Weih und Wolke, Flammende, schreitest du
Aus roten Toren der Frühe rotem Abend zu!
Wir brennen in grünen Feuern entgegen deinem Brand,
Wir winken mit tausend Blättern dir nach ins Abendland,
Wir neigen singende Kronen deinem Angesicht:
Gelobt sei die hohe Sonne! Gelobt das heilige Licht!

Tausend Buchen am Berge hielten den Atem an,
Auf silbernem Stamm die höchste wie träumend begann,

Und auf einmal sangen sie alle, und rauschten wälderweit:
Gelobt sei die hohe Sonne! Grüne, grüne Zeit!

Lulu von Strauß und Torney

EINER TOTEN

So lege ab, was von der Erde war,
Den schweren Mantel und die kleinen Schuhe,
Lang ausgestreckt, so wird den Füßen Ruhe,
Und nimm vom Haupt den Schleier zart und klar,
Der oft im Wind gespielt um deine Wangen,
Wenn Abendtau an seinen Fäden hing ...
Frei bist du nun, mein dunkler Schmetterling,
Und Menschenhände können dich nicht fangen ...

So lege hin, was von der Erde war ...
So manche Liebe, die zu leicht befunden,
Und manchen Kranz, den irrend du gewunden,
Und deiner Hände traurig Schwesternpaar;
Die schwere Last heimsuchender Gedanken,
Getäuschter Liebe feingeschliffnen Stahl
Und die Empörung, die so manches Mal
Zu Asche sank vor rätselhaften Schranken.

Nun gib zurück, was von der Erde war,
Die dunklen Stunden und die hellen Stunden,
Die Rosen tiefgewurzelt in den Wunden,
Der Arbeit Krone auf gebleichtem Haar ...
Der Schönheit Hornruf, zauberndes Geläute,
Der Wahrheit Schauern, ihren Geisterschritt,
Die Glut der Seele, die gefangen litt ...
Das Unvergeßne ... und das Unbereute.

Irene Forbes-Mosse

REUE

Den, jenen seh' ich nun ins Künftige nicht.
Sie gingen still und lautlos aus dem Licht.
Wir grüßten uns, doch waren kaum bekannt;
Man hat mir ihre Namen erst genannt,
Als wir uns Jahre schon begegnet waren
Und uns auch zugelächelt schon seit Jahren.

Die Straße zwischen Häusern, Toren, Läden,
Auf der die Hast und Unrast rollt, die jeden
Einmal des Tags hinauszieht in das Laufen
Der vielen Menschen, die hier schwatzen, kaufen,
Hinschlendern, stehen, lachen. Straße Leben
Ist ärmer um die zwei — die mich nicht eben
Viel angingen. Wie das doch seltsam ist:
Die beiden hab' ich niemals hier vermißt,
Wenn ich sie ein paar Wochen nicht gesehn.
Ich dachte kaum an sie. Nun ist's geschehn,
Sie sind gestorben! Niemandem fällt's auf.
Das Dasein geht täglich den alten Lauf.
Die Leute kommen gleichmütig daher.
Doch seit ich's weiß, dünkt mich die Straße leer,
Nur weil zwei Wanderer das Feld geräumt!

Mir ist fast so, als hätt' ich es versäumt,
Für sie den Weg einmal zu unterbrechen,
Mit ihnen rasch ein gutes Wort zu sprechen.
Sie schelten mich wohl aus der Ewigkeit
Und sagen: „Manches Jahr hattest du Zeit.
Wir hätten uns gefreut über ein Wort
Und gerne dir gedankt. Nun sind wir fort.
Sei du nur froh, wenn du's nicht gleich erfahren
Mit anderen Menschen, die dir näher waren,

Ob achtlos du vorbei an Liebe eiltest
Ob mit dem Freund, der litt, das Herz nicht teiltest!"
Als sprächen wirklich sie, erwidr' ich leis:
Es quält mich, daß ich das nicht sicher weiß.

Wilhelm von Scholz

PAAR IM DUNKEL

Dunkel löscht der Dämmerschein
Vor dem Wirtshaus an der Straße,
Wandelt Menschen, Tisch und Wein.
Schatten steht in unserm Glase,
Und ich gieße Schatten ein.

Wie wird alles schattenleicht!
Dieses Glas, das ich dir gebe,
Diese Hand, die es dir reicht,
So, als ob sie mit ihm schwebe,
So, wie Hauch und Luft hinstreicht.

Still ins Nichts stellst du das Glas.
Hand und Hand will sich nicht lassen.
Kühle weht von Baum und Gras.
Daß wir dunkel uns umfassen,
Trink das unsichtbare Glas!

Scholz

UNBESTIMMTE ERWARTUNG

Wen noch erwart' ich doch? Es ist schon Nacht.
Es kommt kein Brief um diese Stunde mehr.
Viel weniger ein Gast. Kein Fernruf findet her.
Zu spät ist's heut. An wen hab' ich gedacht?

Ich weiß es nicht. Doch jeder Tritt,
Der auf der Treppe laut vorübergeht,
Bringt irgendeinen Menschen mit,
Der noch vor meiner Türe wartend steht,
Wenn in sein Stockwerk längst fortstieg der Schritt.

Ich öffne dir die Pforte, Gast, tritt ein!
Ich seh' dich nicht und höre nicht ein Wort.
Das tut mir wohl. Ich bitte, setz dich dort.
Ich schaffe fort und bin doch nicht allein.
Ich sage dir, was durch den Sinn mir fährt,
Du schweigst und horchst, wie es sich langsam klärt.

Noch namenloser unsichtbarer Gast,
Ich weiß, du pochst; ich weiß, du bist nicht weit.
Zwei Tage — und du trittst in Raum und Zeit,
Die du unwissend heut betreten hast.

Scholz

AMARYLLE

O stille Amarylle,
Du blühst, wenn Herbst schon leer.
Von Frucht- und Blütenfülle
Bliebst du nur und nichts mehr.

Ich trug dich in mein Zimmer,
Balkon war schon zu kalt.
Leucht Sommers letzten Schimmer
Du mir. Das Jahr ist alt.

Und alt ist auch mein Herz schon,
Und weiß ist schon mein Haar.
Sei du mein letzter Herbstlohn —
Stumm traurig. Und was mir war

An Herbstblühn und Geistfruchtzeit
Ist abgewelkt, wurmtaub,
Auf Schmerz und Mühn und Sucht streut
Enttäuschung totes Laub.

Ach, wenn auf meinem Grab nur
Die stille Flamme ständ:
O Amaryll, ich hab nur
Das Licht, das jenseits brennt.

Otto zur Linde

FRAG ADAM

Befohlen wird uns. Das fühlen wir. Aber von wem?
Gespielt wird mit uns. Das fühlen wir. Aber von wem?
Bunt sind die Fahnen, grausig die Waffen, herrlich
Die Tage der Geschichte. Aber gut ist auch die Stille,
Die der Biene gehört zur Bereitung des Honigs. Die Blumen
Gedeihen im Tau der Frühe und sehnen sich schon am Mittag
Ins Licht des Mondes zurück. Die ernsten Tannen freilich
Setzen Ring an Ring und schaffen ihr Harz, das macht sie
Stark und geschmeidig und voll Rauschens im Wind
Und den ganzen Wald, wenn auch die Axt blitzt,
Völlig zum Dach des pfadsuchenden Gehers,
Dem Wild auch und dem Jäger, der ja nicht immer kommt.

Geh weit in fremdes Land, bis die Gletscher hinter dir sind,
Wo die gewaltige Gobi träg ihre Dünen wälzt

Und ihr Sand wie Wasser nochmals am Fels sich bricht,
An roten Mauern um den salzrandigen See.
Es bietet sich die Forelle dem Griff
Der Reiterhände. Feuer lodert aus Dung.
Adler speisen an deinem Herd.
Steig ein und schwebe, am donnernden Bolzen hängend,
In den Wolkensaal, der leer steht zum Fest.
Der Gestalten, die in der Ferne zögern in Glanzgewändern.
Das ist nur Estrich da oben, alabastern und glatt wie Schnee,
Wenn auch gewichtslos, so daß eine Feder abwärts wehend
Die Schicht durchschlüge.
Die Sonne steht goldenheiß triumphierend im blauen Nichts,
Drin der Erdball sich dreht. Sein Helles, Belichtetes sinkt
Klaglos ins Dunkle. Dem Dunkeln aber scheinen Sterne,
Die dem Blick der Sonne nicht sichtbar sind.
Weißt du, ob du je schon gestorben bist?
Weißt du sicheren Trost?
Ists nicht das erstemal, daß du stirbst?
Also hebe den Becher mit blassem Wein,
Den gläsernen schönen Becher, und faß ein Herz,
Frag Adam, der in dir ist, frage den alten Mann
Von Millionen Jahren. Den alten Dunkeln frage,
Der in dir haust und saust und braust,
Den Erstgeborenen, Tiefverlornen,
Dem die Augen funkeln.
Frag ihn, den Selbstgerechten, der dem Bruder,

Dem Heimgekehrten, nicht verzeiht
Und ihn verklagt und ihn bespeit
Und an das Kreuz ihn schlägt
Und auf sein Grab das Siegel legt.
Frag ihn, der tausendmal gestorben ist,
In Lust verlodert und in Haß vermodert,
Leib, Seel und Geist! Frag ihn, ob er dir weist
Ein Grab, das stärker als der Auferstandne ist.
Frag ihn: was sagt dir Christ und Gegenchrist?
Wer einmal sterbend war und die Ölung empfing und genas,
Bleibt kein Lebender wie die andern.
Auch zu den Toten ging er noch nicht.
Er blieb im Schatten, eigentümlich dem Zwischenland,
Schon zugesprochen dem andern Reich. Dennoch gehört
Auch das Seltsame, was ihm geschieht,
Jenem Reich noch nicht an.
Sondern diesem. Er ist umwittert und außer Verbindung hier.
Außer Verbindung dort. Er lebt in Perlmutter
Der ungewohnten Dinge. Ist denn kein andres Jenseits,
Als das in uns? Nein. In ein andres
Haben wir keine Voraussicht. Keine.
Weder die Sandwüste, noch auch der Wolkensaal
Sind für dich oder nicht für dich. Am Ende erst
Ahnst du Allgegenwart. Ahnst du, was alles Einem geschieht.

Herr, Allgrausamer — Herr, Allgütiger, so erbarme
Dich des Gefangenen auf seinem Schemel in kahler Zelle.
Des Verstoßenen gedenke in seiner Einzelhaft. Gedenke derer,

Die mit Entsetzen lauschen dem schleifenden Schritt
im Gang
Und dem Kettenklirren in der Nachbarzelle.
Herr, höre nachts im Schweigen aller Wälder,
Aller Städte, aller Eisenbahnstrecken, überm Meer
noch,
Was da aufsteigt aus den Klöstern, aus dem kalten
Stein
Düsterer Kirchen, das ewige Gebet, die unablässige
Brandung
Und die schreienden, murmelnden, schluchzenden
Einzelstimmen in ihr, den Ferngesang.
Herr, der Brennenden nimm dich an in der Hölle,
Der Schuldigen, die verurteilt sind mit kurzer Frist.
Ihnen schenkst du freilich Gewaltiges: den Fluch der
Bilder,
Dem Verbrecher den Kelch mit dem vergossenen Blut,
Die Sättigung am gemordeten Leib,
Die Schreckenslust am sprühenden Blick
Des Opfers. Das weicht lange nicht. Das steht.
Herr, gedenke der Reichen, die mehr als andre zittern
In ihren großen Hotels, daß ein Erdbeben alles
Auf seine Riesenschultern nehme und schüttle.
Auch der Unschuldigen erbarme dich, die ohne Bilder
Und ohne Ängste schlafen. Ihrer vor allem. Rühre sie
nicht an.

Befohlen wird uns. Du, horche auch du ein wenig.
Gespielt wird mit uns. Du, laß uns den Blick
Gebannt auf das kleine sausende Spiel
Und den ermatteten Sprung der Kugel,
Und nach dem Schweigen, das Dumpfes sammelt,
Die elektrische Lust des neuen Anfangs.
Durch die Tür der Träume
Tritt ein in die Zwillingswelt unsrer Stuben,

Wo das Bett steht, wo das Wasser läuft, wo der Kräuter-Ofen,
Der alte, glüht und raucht. Dort scheide denn
Arznei und Asche.

Alfons Paquet

STRASSE, DU STROM

Straße, du Strom, breit rollend in Schotter und Sand,
Weither in grauem Glanz, fließest du weit ins Land.

Uferhin wechseln die Wiese und Fels, Weinhang und Hof, Buchenwald und Kapelle;
Immer in gleichem Maß, windunbewegt, treibst du die erdene Welle.

Und es geschieht, daß einer am Abend vom Fenster schaut,
Wie drunten dein Lauf dämmernd vorübergraut,

Und er blickt, und er horcht, und er neigt das Haupt, um zu lauschen,
Und erschrickt tief ins Herz, denn er hört, Straße, du Strom, dich laut durch die Ebene rauschen.

Ernst Lissauer

ANKLAGE

Doch oft bist du mir unerreichbar weit,
Du Gott, fern wohnend in Unendlichkeit,
Du bist so groß,
Wie Flocken schmilzt vor dir des Menschen Los,
Klein sind vor dir der Drosseln Leide,
Die schreiend sterben in des Uhus Krallen,
Die Not des Wurms im Mund der Nachtigallen.

Geschöpf schlägt das Geschöpf. Es wird genährt
Leben von Leben. Wer da atmet, zehrt.
Wer atmet, frißt.
Es nährt sich, was da ist, von dem, was ist.
Blutsterne seh ich durch das All gesprengt,
Ich seh den Glanz der Welt mit Schein und Blut durchrötet,
Denn du hast das Gesetz verhängt:
Wer lebt, der tötet.

Wir Menschen müssen mit und ohne Willen
Dein Urgesetz aus Sein und Mord
Ohn' Unterlaß erfahren und erfüllen,
Wir leben und wir töten fort und fort.
Wir aber sind nicht groß.
Mitleidend leiden wir des Menschen Los,
Der hinstirbt mit zerfreßnem Eingeweide,
Gewaltig sind vor uns der Drosseln Leide,
Die schreiend sterben in des Uhus Krallen,
Des Hasen Angst, von Hund und Fuchs bedroht,
Des Wurmes Not
Im süßen Mund der Nachtigallen.

Lissauer

SCHLAF

Vorraum des Sterbens. Seltsame Garderobe,
Wo wir abtun das tägliche Gewand,
Zum letzten Spiel die stets erneute Probe.
Die Szene: jenes finstre fremde Land,
Da wir für immer hausen, bald —
Wir wandeln uns in düstre Ungestalt.
Am Morgen aber schließt das Stück.
Doch ein Mal, — die wir eben noch besessen,
Die Zauberformel haben wir vergessen
Und finden nicht zurück.

Lissauer

DER WALD

Ob ich, du Finstrer, einzutreten wage?
Wirst du nicht zürnen der Vermessenheit,
Daß ich den unruhvollen Funken Zeit
Unter das Dach des ewigen Schattens trage?

Wird nicht das Rauschen im verdorrten Laub
Dich aus versteinerter Erhebung schrecken,
Wenn meine Füße deinen eignen Staub,
Uralte Herbste aus dem Schlafe wecken?

Du starrst gedächtnislos aus hohlen Kronen
Hinab auf deinen hundertfachen Tod
Und schauderst nicht, und deine Wipfel wohnen
Der Erde fern im kalten Abendrot.

Ich aber bin der Mensch, des Todes Raub,
Bin Zeit und Glut, bin Schmerz und wilde Blüten!
In dunkler Brust will ich den Funken hüten,
Sonst brächst du brennend hinter mir in Staub.

Leo Greiner

JAKOB UND ESAU

Rebekkas Magd ist eine himmlische Fremde,
Aus Rosenblättern trägt die Engelin ein Hemde
Und einen Stern im Angesicht.

Und immer blickt sie auf zum Licht,
Und ihre sanften Hände lesen
Aus goldnen Linsen ein Gericht.

Jakob und Esau blühn an ihrem Wesen
Und streiten um die Süßigkeiten nicht,
Die sie in ihrem Schoß zum Mahle bricht.

Der Bruder läßt dem jüngeren die Jagd
Und all sein Erbe für den Dienst der Magd:
Um seine Schultern schlägt er wild das Dickicht.

Else Lasker-Schüler

ESTHER

Esther ist schlank wie die Feldpalme,
Nach ihren Lippen duften die Weizenhalme
Und die Feiertage, die in Juda fallen.

Nachts ruht ihr Herz auf einem Psalme,
Die Götzen lauschen in den Hallen.

Der König lächelt ihrem Nahen entgegen —
Denn überall blickt Gott auf Esther.

Die jungen Juden dichten Lieder an die Schwester,
Die sie in Säulen ihres Vorraums prägen.

Lasker-Schüler

DÄMMERSTUNDE

Sprich nur, sprich!
Ich höre die Rede rinnen,
Ich höre dich.

Durch das Ohr nach innen
Gleitet die Welle;
Frieden trägt sie und Helle
Tönend mit sich.

Ich höre die Worte rinnen —
Ich will mich auf keins besinnen:
Ich höre dich.

Friedrich Adler

ACHERONTISCHE SIZILIANE

Als wir nun niederstiegen an den Strand,
Dran wellenlos die stygischen Wasser rinnen,
Wir saßen nieder in dem bleichen Sand
Und zogen fröstelnd enger unsere Linnen; —
Wir sehn uns an, vom Zweifel übermannt,
Und können uns doch nimmermehr besinnen:
Soll nun an dieses Strandes schmalem Rand
Das Träumen enden oder erst beginnen?

Hugo Salus

AN DEN HERRN

Du, in den wir münden,
Du, aus dem wir erwacht:
Wer, wer darf dich verkünden,
Der du dich selbst erdacht!

Der du über den Zeiten
Thronst in Unendlichkeit:
Über die Meere gleiten
Schatten von deinem Kleid.

Tage und Nächte schleichen
Unten an seinem Saum.
Erblühen und Verbleichen
Gabst du uns als Traum.

Richard von Schaukal

DER GESANDTE

Als der Gesandte schied, ging meine Königin
— Sie barg es hinterm Fächer, doch ich sahs —
Tränen verwindend zur Fontäne hin.
Die Übereifrige vergaß

Das Kleid zu schürzen in dem feuchten Gras . . .
Er aber, braun und schlank, voll edler Art,
Hat jeden Blick in seiner Macht bewahrt,
Hat ehrerbietig sich verneigt und schritt
Dem Gitter zu und nahm in seinem Auge mit
Das leise Beben ihrer schmalen Schultern.

Schaukal

DICHTER SPRECHEN

Nicht zu der Sonne frühen Reise,
Nicht, wenn die Abendwolken landen,
Euch, Kindern, weder laut noch leise,
Ja, kaum uns selber sei's gestanden,
Auf welch geheimnisvolle Weise
Dem Leben wir den Traum entwanden
Und ihn mit Weingewinden leise
An unsres Gartens Brunnen banden.

Hugo von Hofmannsthal

ERLEBNIS

Mit silbergrauem Dufte war das Tal
Der Dämmerung erfüllt, wie wenn der Mond
Durch Wolken sickert. Doch es war nicht Nacht.
Mit silbergrauem Duft des dunklen Tales
Verschwammen meine dämmernden Gedanken,

Und still versank ich in dem webenden,
Durchsichtigen Meere und verließ das Leben.
Wie wunderbare Blumen waren da
Mit Kelchen dunkelglühend! Pflanzendickicht,
Durch das ein gelbrot Licht wie von Topasen
In warmen Strömen drang und glomm. Das Ganze
War angefüllt mit einem tiefen Schwellen
Schwermütiger Musik. Und dieses wußt ich,
Obgleich ichs nicht begreife, doch ich wußt es:
Das ist der Tod. Der ist Musik geworden,
Gewaltig sehnend, süß und dunkelglühend,
Verwandt der tiefsten Schwermut.
Aber seltsam!
Ein namenloses Heimweh weinte lautlos
In meiner Seele nach dem Leben, weinte,
Wie einer weint, wenn er auf großem Seeschiff
Mit gelben Riesensegeln gegen Abend
Auf dunkelblauem Wasser an der Stadt,
Der Vaterstadt, vorüberfährt. Da sieht er
Die Gassen, hört die Brunnen rauschen, riecht
Den Duft der Fliederbüsche, sieht sich selber,
Ein Kind, am Ufer stehn, mit Kindesaugen,
Die ängstlich sind und weinen wollen, sieht
Durchs offene Fenster Licht in seinem Zimmer —
Das große Seeschiff aber trägt ihn weiter
Auf dunkelblauem Wasser lautlos gleitend
Mit gelben fremdgeformten Riesensegeln.

Hofmannsthal

DIE BEIDEN

Sie trug den Becher in der Hand
— Ihr Kinn und Mund glich seinem Rand —
So leicht und sicher war ihr Gang,
Kein Tropfen aus dem Becher sprang.

So leicht und fest war seine Hand:
Er ritt auf einem jungen Pferde,
Und mit nachlässiger Gebärde
Erzwang er, daß es zitternd stand.

Jedoch, wenn er aus ihrer Hand
Den leichten Becher nehmen sollte,
So war es beiden allzu schwer:
Denn beide bebten sie so sehr,
Daß keine Hand die andre fand
Und dunkler Wein am Boden rollte.

Hofmannsthal

VORFRÜHLING

Es läuft der Frühlingswind
Durch kahle Alleen,
Seltsame Dinge sind
In seinem Wehn.

Er hat sich gewiegt,
Wo Weinen war,
Und hat sich geschmiegt
In zerrüttetes Haar.

Er schüttelte nieder
Akazienblüten
Und kühlte die Glieder,
Die atmend glühten.

Lippen im Lachen
Hat er berührt,
Die weichen und wachen
Fluren durchspürt.

Er glitt durch die Flöte
Als schluchzender Schrei,
An dämmernder Röte
Flog er vorbei.

Er flog mit Schweigen
Durch flüsternde Zimmer
Und löschte im Neigen
Der Ampel Schimmer.

Es läuft der Frühlingswind
Durch kahle Alleen,
Seltsame Dinge sind
In seinem Wehn.

Durch die glatten
Kahlen Alleen
Treibt sein Wehn
Blasse Schatten.

Und den Duft,
Den er gebracht,
Von wo er gekommen
Seit gestern nacht.

Hofmannsthal

REISELIED

Wasser stürzt, uns zu verschlingen,
Rollt der Fels, uns zu erschlagen,
Kommen schon auf starken Schwingen
Vögel her, uns fortzutragen.

Aber unten liegt ein Land,
Früchte spiegelnd ohne Ende
In den alterslosen Seen.

Marmorstirn und Brunnenrand
Steigt aus blumigem Gelände,
Und die leichten Winde wehn.

Hofmannsthal

MANCHE FREILICH ...

Manche freilich müssen drunten sterben,
Wo die schweren Ruder der Schiffe streifen,
Andre wohnen bei dem Steuer droben,
Kennen Vogelflug und Länder der Sterne.

Manche liegen immer mit schweren Gliedern
Bei den Wurzeln des verworrenen Lebens,
Andern sind die Stühle gerichtet
Bei den Sibyllen, den Königinnen,
Und da sitzen sie wie zu Hause,
Leichten Hauptes und leichter Hände.

Doch ein Schatten fällt von jenen Leben
In die anderen Leben hinüber,
Und die leichten sind an die schweren
Wie an Luft und Erde gebunden:

Ganz vergessener Völker Müdigkeiten
Kann ich nicht abtun von meinen Lidern,
Noch weghalten von der erschrockenen Seele
Stummes Niederfallen ferner Sterne.

Viele Geschicke weben neben dem meinen,
Durcheinander spielt sie alle das Dasein,
Und mein Teil ist mehr als dieses Lebens
Schlanke Flamme oder schmale Leier.

Hofmannsthal

BALLADE DES ÄUSSEREN LEBENS

Und Kinder wachsen auf mit tiefen Augen,
Die von nichts wissen, wachsen auf und sterben,
Und alle Menschen gehen ihrer Wege.

Und süße Früchte werden aus den herben
Und fallen nachts wie tote Vögel nieder
Und liegen wenig Tage und verderben.

Und immer weht der Wind, und immer wieder
Vernehmen wir und reden viele Worte
Und spüren Lust und Müdigkeit der Glieder.

Und Straßen laufen durch das Gras und Orte
Sind da und dort, voll Fackeln, Bäumen, Teichen,
Und drohende, und totenhaft verdorrte ...

Wozu sind diese aufgebaut? und gleichen
Einander nie? und sind unzählig viele?
Was wechselt Lachen, Weinen und Erbleichen?

Was frommt das alles uns und diese Spiele,
Die wir doch groß und ewig einsam sind
Und wandernd nimmer suchen irgend Ziele?

Was frommts, dergleichen viel gesehen haben?
Und dennoch sagt der viel, der „Abend" sagt,
Ein Wort, daraus Tiefsinn und Trauer rinnt

Wie schwerer Honig aus den hohlen Waben.

Hofmannsthal

GROSSMUTTER UND ENKEL

„Ferne ist dein Sinn, dein Fuß
Nur in meiner Tür!"
Woher weißt du's gleich beim Gruß?
„Kind, weil ich es spür."

Was? „Wie S i e aus süßer Ruh
Süß durch dich erschrickt." —
Sonderbar, wie S i e hast du
Vor dich hingenickt.

„Einst ..." Nein: jetzt im Augenblick!
Mich beglückt der Schein —
„Kind, was haucht dein Wort und Blick
Jetzt in mich hinein?

Meine Mädchenzeit voll Glanz
Mit verstohlnem Hauch
Öffnet mir die Seele ganz!"
Ja, ich spür es auch:

Und ich bin bei dir und bin
Wie auf fremdem Stern:
Ihr und dir mit wachem Sinn
Schwankend nah und fern!

„Als ich dem Großvater dein
Mich fürs Leben gab,
Trat ich so verwirrt nicht ein
Wie nun in mein Grab."

Grab? Was redest du von dem?
Das ist weit von dir!
Sitzest plaudernd und bequem
Mit dem Enkel hier.

Deine Augen frisch und reg,
Deine Wangen hell —
„Flog nicht überm kleinen Weg
Etwas schwarz und schnell?“

Etwas ist, das wie im Traum
Mich Verliebten hält.
Wie der enge, schwüle Raum
Seltsam mich umstellt!

„Fühlst du, was jetzt mich umblitzt
Und mein stockend Herz?
Wenn du bei dem Mädchen sitzt
Unter Kuß und Scherz,

Fühl es fort und denk an mich,
Aber ohne Graun:
Denk, wie ich im Sterben glich
Jungen, jungen Fraun.“

Hofmannsthal

ZUM GEDÄCHTNIS DES SCHAUSPIELERS MITTERWURZER

Er losch auf einmal aus so wie ein Licht.
Wir trugen alle wie von einem Blitz
Den Widerschein als Blässe im Gesicht.

Er fiel: da fielen alle Puppen hin,
In deren Adern er sein Lebensblut
Gegossen hatte; lautlos starben sie,
Und wo er lag, da lag ein Haufen Leichen,
Wüst hingestreckt: das Knie von einem Säufer
In eines Königs Aug gedrückt, Don Philipp
Mit Caliban als Alp um seinen Hals,
Und jeder tot.

Da wußten wir, wer uns gestorben war:
Der Zauberer, der große, große Gaukler!
Und aus den Häusern traten wir heraus
Und fingen an zu reden, wer er war.
Wer aber war er und wer war er nicht?

Er kroch von einer Larve in die andre,
Sprang aus des Vaters in des Sohnes Leib
Und tauschte wie Gewänder die Gestalten.

Mit Schwertern, die er kreisen ließ so schnell,
Daß niemand ihre Klinge funkeln sah,
Hieb er sich selbst in Stücke: Jago war
Vielleicht das eine, und die andre Hälfte
Gab einen süßen Narren oder Träumer.
Sein ganzer Leib war wie der Zauberschleier,
In dessen Falten alle Dinge wohnen:

Er holte Tiere aus sich selbst hervor:
Das Schaf, den Löwen, einen dummen Teufel
Und einen schrecklichen, und den, und jenen,
Und dich und mich. Sein ganzer Leib war glühend,
Von innerlichem Schicksal durch und durch
Wie Kohle glühend, und er lebte drin
Und sah auf uns, die wir in Häusern wohnen,
Mit jenem undurchdringlich fremden Blick
Des Salamanders, der im Feuer wohnt.

Er war ein wilder König. Um die Hüften
Trug er wie bunte Muscheln aufgereiht
Die Wahrheit und die Lüge von uns allen.
In seinen Augen flogen unsre Träume
Vorüber, wie von Scharen wilder Vögel
Das Spiegelbild in einem tiefen Wasser.

Hier trat er her, auf ebendiesen Fleck,
Wo ich jetzt steh, und wie im Tritonshorn
Der Lärm des Meeres eingefangen ist,
So war in ihm die Stimme alles Lebens:
Er wurde groß. Er war der ganze Wald,
Er war das Land, durch das die Straßen laufen.

Mit Augen wie die Kinder saßen wir
Und sahn an ihm hinauf wie an den Hängen
Von einem großen Berg: in seinem Mund
War eine Bucht, drin brandete das Meer.

Denn in ihm war etwas, das viele Türen
Aufschloß und viele Räume überflog:
Gewalt des Lebens, diese war in ihm.
Und über ihn bekam der Tod Gewalt!
Blies aus die Augen, deren innerer Kern
Bedeckt war mit geheimnisvollen Zeichen,
Erwürgte in der Kehle tausend Stimmen
Und tötete den Leib, der Glied für Glied
Beladen war mit ungebornem Leben.

Hier stand er. Wann kommt einer, der ihm gleicht?
Ein Geist, der uns das Labyrinth der Brust
Bevölkert mit verständlichen Gestalten,
Erschließt aufs neu zu schauerlicher Lust?
Die er uns gab, wir können sie nicht halten
Und starren nun bei seines Namens Klang
Hinab den Abgrund, der sie uns verschlang.

Hofmannsthal

INSCHRIFT

Entzieh dich nicht dem einzigen Geschäfte!
Vor dem dich schaudert: dieses ist das deine;
Nicht anders sagt das Leben, was es meine,
Und schnell verwirft das Chaos deine Kräfte.

Hofmannsthal

ICH LÖSCH DAS LICHT

Ich lösch das Licht
Mit purpurner Hand,
Streif ab die Welt
Wie ein buntes Gewand

Und tauch ins Dunkel
Nackt und allein,
Das tiefe Reich
Wird mein, ich sein.

Groß' Wunder huschen
Durch Dickicht hin,
Quelladern springen
Im tiefsten Sinn,

O spräng noch manche,
Ich käm in' Kern,
Ins Herz der Welt
Allem nah, allem fern.

Hofmannsthal

WELT UND ICH

Geh hin, mein Lied, zum Riesen Atlas, der
Den Bau der Welt mit Arm und Nacken stützt,
Und sag: „Du magst ins Hesperidenland
Jetzt gehn und Äpfel pflücken, wenn dirs nützt.

Mein Herr will untertreten deiner Last,
Wie einer eine leichte Laute hält,
Die murmelnde, wie eine Schüssel Obst,
So trägt er auf den Armen diese Welt.
Das tiefe Meer mit Ungeheuern drin,

Die alles Lebens dumpfe Larven sind;
Die Bäume, deren Wurzel dunkel saugt
Und deren Krone voller Duft und Wind;
Und Mondlicht, das durch Laub zur Erde trieft,
Und Rasen, drauf der Schlaf die Menschen legt,
Gleich stummen Krügen, jeder angefüllt
Mit einer ganzen Welt: . . .
das alles trägt
Mein Herr auf seinen Armen dir zu Dienst
Und zittert nicht und hält es gerne gut,
So wie ein Silberbecken, angefüllt
Mit leise redender, lebendger Flut."

Tritt hin, mein Lied, zum Atlas, sag ihm dies,
Und wenn der Riese Atlas dir nicht glaubt,
Sprich: „Wie ertrüg er sie im Arme nicht,
Mein Herr, da er sie lächelnd trägt im Haupt?"

Hofmannsthal

DER BESCHWÖRER

Schatten beschwor ich all mein Leben lang!
Ans Licht rief ich, was längst in dunkles Reich
gesunken —
Ich — Herr und Knecht der Schatten, der mit ihnen
rang,
Mit seinem Blut sie tränkte, bis sie trunken
Anstimmten dröhnend ihres Lebens einstigen Sang. —
Wie lange währts — ist dieser auch verhallt — —
ein Leben
Ward für verhallenden Gesang von Schatten
hingegeben!

Richard Beer-Hofmann

DIE LANDSCHAFT

Ich will dir die Landschaft beschreiben,
In der mich das Wunder ergriff;
Und nicht länger war hier mein Erleben
Als die Lüfte vom Schwingenschlag beben
Der Vögel, die sich erheben.
Als die Spuren im Wasser bleiben
Von einem zierlichen Schiff.

Das Rund von gewaltigen Bäumen
War geballt vor des Himmels Blau.
Die Wiese blumenbesponnen,
Von blitzenden Quellen durchronnen,
Und drüber war Fußspur von Träumen
Wie vom seligen Schritt einer Frau.

Und ich sagte: Hier darfst du nicht wohnen,
Gib dich hin, und das sei genug!
Denn es dienten diese Narzissen
Einer irrenden Göttin zum Kissen.
Und es hängt in den mächtigen Kronen
Von Göttern und von Dämonen
Noch Feueratem und Flug.

Max Mell

DER GAST

Du kommst zu einem, liebes Kind,
Der die Ebene immer bewohnt.
Ganz durchläuft sie immer der Wind,
Ganz umkreist sie der Mond.
Die wenigen Dinge, die hier sind,
Sind ihm lieb und gewohnt.

Denn wer das Flachland zum Wohnen erkor,
Der liebt den einsamen Baum.
Und weither, über Steppe und Moor,
Kommt gewandert sein Traum.

Das bist du vielleicht. Stumm tratst du ein.
Ich sinne: wo kommst du her?
Es muß dort ein anderes Endloses sein,
Der Urwald oder das Meer.

Mell

DIE STADT AUF DEM HÜGEL

Haben die Haine, die stolzgeschwellten
Lehnen der Berge so viel Sinn,
Gaben die nackten, die halberhellten
Abstürze dazu die Steine hin,

Daß sich ein Hügel mit Häusern behängte,
Daß sich ein Hügel mit Türmen bekrönt,
Wie ein Antlitz voll Ernst und Strenge
Sich mit seinem Schicksal verschönt?

Diese Stadt muß erbaut sein im Fluge:
Tief in einer wolkigen Nacht,
Satyrn nahten in lärmendem Zuge
Und Zentauren mit stampfender Macht.

Und Dryaden mit grünlichen Händen,
Vögel vielleicht mit Gefiedern aus Stahl
Halfen dem Hügel, sich zu vollenden,
Und er war es mit einemmal.

Denn wo ein Schicksal sich kündet, erheben
Hundert göttliche Hände sich flink,
Formen es, reißen es in das Leben,
Und es steht dann, ein fremdes Ding,

Kann nicht erfühlt, nicht gedeutet werden,
Wie diese Stadt zwischen Hängen und Hain,
Und sie lassen es dann auf Erden
Mit seiner Schönheit und sich allein.

Mell

BALLADE VOM SOMMER

Er kam in das blühende Land,
Wo Fruchtbaum an Fruchtbaum stand,
In die Quellen hielt er die Hand
Und schloß ihren Ursprung mit glühend versiegelndem Brand.

Die Sonne auf sein Geheiß
Schärft den unentfliehbaren Strahl,
Und die endlose Straße stäubt weiß,
Und die Felder seufzen gebräunt und strecken sich ganz übers Tal.

Den Schlauch der Winde, er band
Seine duftenden Bänder auf,
Und der Sturm ergriff das Gewand
Der schlummernden Berge und wühlte es brünstiger auf.

Der Wolken fröhlicher Zug
Ward schwer zusammengeschnürt,
Es stöhnte der Berg, der sie trug,
Eh sie stürzend den Boden verdunkelter Täler berührt.

Und wie kams, daß er sich besann?
Denn er nahm das lauterste Gold
Der Sonne weg, und es rann
In die Frucht, die wegspringt und nacktem Fuße
hinrollt.

Unter Garben, mächtig gefügt,
Liegt er still, bis die Sonne sinkt,
Und schweigt, und lächelt vergnügt,
Wenn die Grille betäubend schreit und die
Heuschrecke über ihn springt.

Und mit dem Wagen, der schwer
Sich am Abend mit Garben belud,
Geht er müd und stolpernd einher
Und geht ihm durchs Scheunentor nach und schließt es
hinter sich gut.

Mell

DER MILDE HERBST VON ANNO 45

Ich Uralter kanns erzählen, wie der Herbst durch
jenes Jahr
Wie ein Strom rann und ein Spiegel hundert Abend-
röten war.

An Obstbäumen lehnten Leitern, knackten unter Eil
und Fleiß,
Und die Kinder schmausten immer, und die Kranken
lachten leis.

Auf dem Boden rochs nach Äpfeln, in den Kellern
feucht nach Wein,
Und wer eine Sense ansah, dem fiel doch der Tod
nicht ein.

War ein Herbst so lang wie jener; Sonne sinkt und
Stunde schlägt;
Doch an jedes Leben, schien uns, war ein Kleines
zugelegt.

Mell

DAS ABENDESSEN

Seh ich euch anders heut als täglich?
Des Vaters Kopf ist schon so grau.
Mutter legt vor. Lieb und beweglich . . .
Wie lang noch: eine alte Frau!
Zwei kleine Schwestern noch am Tisch
Voll Unart, beineschlenkernd, laut und frisch.

Mich lieben sie so sehr und spüren
Nicht, wie ich täglich weniger sprech.
Und das ist gut. Schließt nur die Türen,
Daß ihr nicht seht, wie ich zerbrech.
Da kommt aus Mutters Aug ein Wink,
Daß ich mich gleich zum Lachen zwing.

Aus Tiefen, die an mir gebildet,
Kam dieser Blick — und ahnungslos
Ist schon der nächste abgemildet
Und er deutet Ruh den Mädchen bloß.
Gaslampe, sing! Klappre, Geschirr!
Nichts rettet mich. Ich bin am Leben irr.

Und eß hier wie in Kindertagen
Noch reiner Gabe reines Brot,
Und hat doch Gier mein Herz geschlagen
Mit Lebenswahn, mit Sündennot.
Nur fort, eingraben dieses Weh!
Ich küß die Hand, steh auf, und grüß und geh.

Mell

SUSETTE GONTARD, DEN HYPERION LESEND

O Wintertage! von des Liebsten Gaben
Zu hundertfachem Frühlingsblühn verklärt,
Wie seid ihr weit! ... Du sprachst: die Götter haben
Ein andres Leben Liebenden gewährt.

Wir pflückten Blumen von vereisten Scheiben,
Das Feld voll Schnee gab uns den Erntekranz,
Und aus den Ländern, wo die Blüten bleiben,
Brach auch durch Wolken heiligender Glanz.

Bist du nicht nah? Es tasten meine Hände
Auf diese Blätter, die voll Tränen sind,
Als ob ich drinnen allen Sommer fände,
Der meinem Herzen zu entfliehn beginnt.

Weh mir, wo nehm ich, will es Winter werden,
Die Blumen, die mir sonst dein Lieben fand?
Wo Sonnenschein und Schatten dieser Erden?
Einsiedlerin ... nicht nur in Griechenland.

Mell

KÜHLER HAUCH

Und sie ernteten im Tale
Und die Felder wurden leer;
Schöner Früchte volle Schale
Stellten sie mir freundlich her.
Duftend rinnts aus kleinen Rissen,
Letzte Wespe lockt das auch,
Kletternd nagt sie — hingerissen
Trägt sie's plötzlich hin in kühlen Hauch!

Kühler Hauch, von wo entsendet?
Wohl vom Wald, der sich wie blind
In sein stilles Innre wendet
Und es heimlich dicht verspinnt;
Wohl von Stoppeln, ihren hohlen,
Scharfen Bruch enthaucht vom Grund,
Heimatlosen Volkes Sohlen
Wandern nächtlich sich auf ihnen wund!

Mahnst mich, daß ich einst verlösche?
Oh, mich nähms vom Lebensfest
Nie ermüdet, wie die Esche
Unverfärbt ihr Laub entläßt!
Ringelt dennoch sternenfarben
Eines sich im dunklern Haar,
Ists um jene, die mir starben,
Eh es noch ihr Winterabend war,
Eh es noch ihr Winterabend war!

Mell

DUNKLE ROSE

Blumen, wessen sind sie Zeichen
In den Händen, die sie reichen?
„Freude wollen sie bezeugen
Und ein heimliches Vergleichen."

Welch Vergleichen? Willst du's sagen?
„Daß sie in beglückten Tagen
Gleichem holden Blick entgegen
Ihre Augen aufgeschlagen."

So die Primeln, die Narzissen!
Doch die Rose, laß michs wissen!
Läßt sie nicht den sanften Aufblick
Der mich freuen soll, vermissen?

Diese, die ein schwer und samten
Dunkel birgt, wo die entflammten
Blätter nichts als Hülle runden
An dem Grund, dem sie entstammten,
Und nur seine Nacht uns künden?

„Dieses Dunkel, nur mit Beben
Denk ich es. Nach unserm Leben
Werden wir dahin noch reichen,
Und ob längst der Nacht gegeben,
Dort bewahren unser Zeichen.“

Mell

DIE TREUE MAGD

Wie sorgtest du für Hof und Haus!
Du bücktest dich um jeden Span.
Du hobst mit Gott dein Tagwerk an
Und löschtest spät dein Lämplein aus.

Was gab dem schwachen Herzen Mut?
Oft staunte ich, wie fröhlich du
Die Nacht hingabst der kranken Kuh,
Dich sorgtest um der Entlein Brut.

Kein Halm war dein. Und doch, wie stolz
Hieltst du vorm Ruf des Hauses Wacht.
Du gabst auf jeden Pfennig acht,
Du wuschest, nähtest, sägtest Holz,

Du bukst das Brot, du fingst die Maus,
Du zogst uns Kindern an die Schuh,
Du fandest keine Stunde Ruh,
Du gingst ins Feld trotz Sturmgebraus.

Du standst wie in geheimer Haft.
Du klagtest kaum. Du murrtest nie.
Es war, als ob all seine Kraft
Der Herrgott deinen Armen lieh.

Richard Billinger

VORM SCHLAFENGEHEN

O Herz, nimm deine Stunde wahr!
Wie Honig schon der Schlummer quillt.
Die Schwester kämmet traumgewillt
Mit güldnem Kamm ihr scheues Haar.

Wie glänzt aus mondner Dämmerung
Des vollen Armes Edelschwung!
Ein Ringlein sie vom Finger tut,
Im Auge tief ein Leuchten ruht.

Der Tag verging. Nun, Herz, genug!
Vorm Tor verblinkt der müde Pflug.
Die Kerze und den Wasserkrug
Die treue Magd zur Stube trug.

Doch Rosen blühen wild zuhauf!
Mein Herz, das schon wie schlummernd schlug,
Wacht einmal noch vor Wonne auf,
Tut letzten, trunknen Atemzug.

Billinger

MARIÄ VERKÜNDIGUNG

Und blicken die Fenster noch winterblind,
Schon singt in der Stube des Bruders Kind,
In der Kammer kämmt sich die Magd,
Die Schwalbe den Frühling ansagt.

Die Mutter zieht an ihr seidenes Kleid.
Die Mutter vergißt heut Sorge und Leid.
Was nützet die Sorge? Was bringet die Plag?
Auf goldenen Glocken schwanket der Tag.

Aus ehernen Schalen der Weihrauch steigt.
Der Priester die Monstranze zeigt.
Am Turm der Sturm die Fahnen schwellt.
In höllische Flammen der Satan fällt.

Billinger

VOLKSWEISE

Mich rührt so sehr
Böhmischen Volkes Weise,
Schleicht sie ins Herz sich leise,
Macht sie es schwer.

Wenn ein Kind sacht
Singt beim Kartoffeljäten,
Klingt dir sein Lied im späten
Traum noch der Nacht.

Magst du auch sein
Weit über Land gefahren,
Fällt es dir doch nach Jahren
Stets wieder ein.

Rainer Maria Rilke

ARME HEILIGE AUS HOLZ

Arme Heilige aus Holz
Kam meine Mutter beschenken;
Und sie staunten stumm und stolz
Hinter den harten Bänken.
Haben ihrem heißen Mühn
Sicher den Dank vergessen,
Kannten nur das Kerzenglühn
Ihrer kalten Messen.

Aber meine Mutter kam
Ihnen Blumen geben.
Meine Mutter die Blumen nahm
Alle aus meinem Leben.

Rilke

KINDHEIT

Da rinnt der Schule lange Angst und Zeit
Mit Warten hin, mit lauter dumpfen Dingen.
O Einsamkeit, o schweres Zeitverbringen . . .
Und dann hinaus: die Straßen sprühn und klingen,
Und auf den Plätzen die Fontänen springen,
Und in den Gärten wird die Welt so weit. —
Und durch das alles gehn im kleinen Kleid,
Ganz anders als die andern gehn und gingen —:
O wunderliche Zeit, o Zeitverbringen,
O Einsamkeit.

Und in das alles fern hinauszuschauen:
Männer und Frauen; Männer, Männer, Frauen
Und Kinder, welche anders sind und bunt;
Und da ein Haus und dann und wann ein Hund

Und Schrecken lautlos wechselnd mit Vertrauen —:
O Trauer ohne Sinn, o Traum, o Grauen,
O Tiefe ohne Grund.

Und so zu spielen: Ball und Ring und Reifen
In einem Garten, welcher sanft verblaßt,
Und manchmal die Erwachsenen zu streifen,
Blind und verwildert in des Haschens Hast,
Aber am Abend still, mit kleinen steifen
Schritten nach Haus zu gehn, fest angefaßt —:
O immer mehr entweichendes Begreifen,
O Angst, o Last.

Und stundenlang am großen grauen Teiche
Mit einem kleinen Segelschiff zu knien;
Es zu vergessen, weil noch andre gleiche
Und schönere Segel durch die Ringe ziehn,
Und denken müssen an das kleine bleiche
Gesicht, das sinkend aus dem Teiche schien —:
O Kindheit, o entgleitende Vergleiche.
Wohin? Wohin?

Rilke

AUS EINER KINDHEIT

Das Dunkeln war wie Reichtum in dem Raume,
Darin der Knabe, sehr verheimlicht, saß.
Und als die Mutter eintrat wie im Traume,
Erzitterte im stillen Schrank ein Glas.

Sie fühlte, wie das Zimmer sie verriet,
Und küßte ihren Knaben: Bist du hier? . . .
Dann schauten beide bang nach dem Klavier.
Denn manchen Abend hatte sie ein Lied,
Darin das Kind sich seltsam tief verfing.

Es saß sehr still. Sein großes Schauen hing
An ihrer Hand, die, ganz gebeugt vom Ringe,
Als ob sie schwer in Schneewehn ginge,
Über die weißen Tasten ging.

Rilke

SELBSTBILDNIS AUS DEM JAHRE 1906

Des alten lange adligen Geschlechtes
Feststehendes im Augenbogenpaar.
Im Blicke noch der Kindheit Angst und Blau
Und Demut da und dort, nicht eines Knechtes,
Doch eines Dienenden und einer Frau.
Der Mund als Mund gemacht, groß und genau,
Nicht überredend, aber ein Gerechtes
Aussagendes. Die Stirne ohne Schlechtes
Und gern im Schatten stiller Niederschau.

Das, als Zusammenhang, erst nur geahnt;
Noch nie im Leiden oder im Gelingen
Zusammgefaßt zu dauerndem Durchdringen,
Doch so, als wäre mit zerstreuten Dingen
Von fern ein Ernstes, Wirkliches geplant.

Rilke

HERBSTTAG

Herr: es ist Zeit. Der Sommer war sehr groß.
Leg deinen Schatten auf die Sonnenuhren,
Und auf den Fluren laß die Winde los.

Befiehl den letzten Früchten, voll zu sein;
Gib ihnen noch zwei südlichere Tage,
Dränge sie zur Vollendung hin und jage
Die letzte Süße in den schweren Wein.

Wer jetzt kein Haus hat, baut sich keines mehr.
Wer jetzt allein ist, wird es lange bleiben,
Wird wachen, lesen, lange Briefe schreiben
Und wird in den Alleen hin und her
Unruhig wandern, wenn die Blätter treiben.

Rilke

DAS KARUSSELL
(Jardin du Luxembourg)

Mit einem Dach und seinem Schatten dreht
Sich eine kleine Weile der Bestand
Von bunten Pferden, alle aus dem Land,
Das lange zögert, eh es untergeht.
Zwar manche sind an Wagen angespannt,
Doch alle haben Mut in ihren Mienen;
Ein böser roter Löwe geht mit ihnen
Und dann und wann ein weißer Elefant.

Sogar ein Hirsch ist da ganz wie im Wald,
Nur daß er einen Sattel trägt und drüber
Ein kleines blaues Mädchen aufgeschnallt.

Und auf dem Löwen reitet weiß ein Junge
Und hält sich mit der kleinen heißen Hand,
Dieweil der Löwe Zähne zeigt und Zunge.

Und dann und wann ein weißer Elefant.

Und auf den Pferden kommen sie vorüber,
Auch Mädchen, helle, diesem Pferdesprunge
Fast schon entwachsen; mitten in dem Schwunge
Schauen sie auf, irgendwohin, herüber —

Und dann und wann ein weißer Elefant.

Und das geht hin und eilt sich, daß es endet,
Und kreist und dreht sich nur und hat kein Ziel.
Ein Rot, ein Grün, ein Grau vorbeigesendet,
Ein kleines kaum begonnenes Profil.
Und manchesmal ein Lächeln, hergewendet,
Ein seliges, das blendet und verschwendet,
An dieses atemlose blinde Spiel.

Rilke

DES ARMEN HAUS
(Aus dem „Stundenbuch")

Des Armen Haus ist wie ein Altarschrein,
Drin wandelt sich das Ewige zur Speise,
Und wenn der Abend kommt, so kehrt es leise
Zu sich zurück in einem weiten Kreise
Und geht voll Nachklang langsam in sich ein.
Des Armen Haus ist wie ein Altarschrein.

Des Armen Haus ist wie des Kindes Hand.
Sie nimmt nicht, was Erwachsene verlangen;
Nur einen Käfer mit verzierten Zangen,
Den runden Stein, der durch den Bach gegangen,
Den Sand, der rann, und Muscheln, welche klangen;
Sie ist wie eine Waage aufgehangen
Und sagt das allerleiseste Empfangen
Langschwankend an mit ihrer Schalen Stand.
Des Armen Haus ist wie des Kindes Hand.

Und wie die Erde ist des Armen Haus:
Der Splitter eines künftigen Kristalles,
Bald licht, bald dunkel in der Flucht des Falles;
Arm wie die warme Armut eines Stalles, —
Und doch sind Abende: da ist sie alles,
Und alle Sterne gehen von ihr aus.

Rilke

DER PANTHER
(Im Jardin des Plantes, Paris)

Sein Blick ist vom Vorübergehn der Stäbe
So müd geworden, daß er nichts mehr hält.
Ihm ist, als ob es tausend Stäbe gäbe
Und hinter tausend Stäben keine Welt.

Der weiche Gang geschmeidig starker Schritte,
Der sich im allerkleinsten Kreise dreht,
Ist wie ein Tanz von Kraft um eine Mitte,
In der betäubt ein großer Wille steht.

Nur manchmal schiebt der Vorhang der Pupille
Sich lautlos auf. — Dann geht ein Bild hinein,
Geht durch der Glieder angespannte Stille —
Und hört im Herzen auf zu sein.

Rilke

DER SCHWAN

Diese Mühsal, durch noch Ungetanes
Schwer und wie gebunden hinzugehn,
Gleicht dem ungeschaffnen Gang des Schwanes.

Und das Sterben, dieses Nichtmehrfassen
Jenes Grunds, auf dem wir täglich stehn,
Seinem ängstlichen Sich-Niederlassen —:

In die Wasser, die ihn sanft empfangen
Und die sich, wie glücklich und vergangen,
Unter ihm zurückziehn, Flut um Flut;
Während er unendlich still und sicher
Immer mündiger und königlicher
Und gelassener zu ziehn geruht.

Rilke

DIE FLAMINGOS

In Spiegelbildern wie von Fragonard
Ist doch von ihrem Weiß und ihrer Röte
Nicht mehr gegeben, als dir einer böte,
Wenn er von seiner Freundin sagt: sie war

Noch sanft von Schlaf. Denn steigen sie ins Grüne
Und stehn, auf rosa Stielen leicht gedreht,
Beisammen, blühend, wie in einem Beet,
Verführen sie verführender als Phryne

Sich selber; bis sie ihres Auges Bleiche
Hinhalsend bergen in der eignen Weiche,
In welcher Schwarz und Fruchtrot sich versteckt.

Auf einmal kreischt ein Neid durch die Voliere;
Sie aber haben sich erstaunt gestreckt
Und schreiten einzeln ins Imaginäre.

Rilke

LIEBESLIED

Wie soll ich meine Seele halten, daß
Sie nicht an deine rührt? Wie soll ich sie
Hinheben über dich zu andern Dingen?
Ach gerne möcht ich sie bei irgendwas
Verlorenem im Dunkel unterbringen
An einer fremden stillen Stelle, die
Nicht weiterschwingt, wenn deine Tiefen schwingen.

Doch alles, was uns anrührt, dich und mich,
Nimmt uns zusammen wie ein Bogenstrich,
Der aus zwei Saiten *eine* Stimme zieht.
Auf welches Instrument sind wir gespannt?
Und welcher Spieler hat uns in der Hand?
O süßes Lied.

Rilke

DER TOD DER GELIEBTEN

Er wußte nur vom Tod, was alle wissen:
Daß er uns nimmt und in das Stumme stößt.
Als aber sie, nicht von ihm fortgerissen,
Nein, leis aus seinen Augen ausgelöst,

Hinüberglitt zu unbekannten Schatten,
Und als er fühlte, daß sie drüben nun
Wie einen Mond ihr Mädchenlächeln hatten
Und ihre Weise wohlzutun:

Da wurden ihm die Toten so bekannt,
Als wäre er durch sie mit einem jeden
Ganz nah verwandt; er ließ die andern reden

Und glaubte nicht und nannte jenes Land
Das gutgelegene, das immersüße —.
Und tastete es ab für ihre Füße.

Rilke

DER TOD DES DICHTERS

Er lag. Sein aufgestelltes Antlitz war
Bleich und verweigernd in den steilen Kissen,
Seitdem die Welt und dieses von ihr Wissen,
Von seinen Sinnen abgerissen,
Zurückfiel an das teilnahmslose Jahr.

Die, so ihn leben sahen, wußten nicht,
Wie sehr er *eines* war mit allem diesen,
Denn dieses: diese Tiefen, diese Wiesen
Und diese Wasser waren sein Gesicht.

O sein Gesicht war diese ganze Weite,
Die jetzt noch zu ihm will und um ihn wirbt;
Und seine Maske, die nun bang verstirbt,
Ist zart und offen wie die Innenseite
Von einer Frucht, die an der Luft verdirbt.

Rilke

RÖMISCHE CAMPAGNA

Aus der vollgestellten Stadt, die lieber
Schliefe, träumend von den hohen Thermen,
Geht der grade Gräberweg ins Fieber;
Und die Fenster in den letzten Fermen

Sehn ihm nach mit einem bösen Blick.
Und er hat sie immer im Genick,
Wenn er hingeht, rechts und links zerstörend,
Bis er draußen atemlos beschwörend

Seine Leere zu den Himmeln hebt,
Hastig um sich schauend, ob ihn keine
Fenster treffen. Während er den weiten

Aquädukten zuwinkt, herzuschreiten,
Geben ihm die Himmel für die seine
Ihre Leere, die ihn überlebt.

Rilke

LIED VOM MEER
(Capri, Piccola Marina)

Uraltes Wehn vom Meer,
Meerwind bei Nacht:
Du kommst zu keinem her;
Wenn einer wacht,

So muß er sehn, wie er
Dich übersteht:
Uraltes Wehn vom Meer,
Welches weht
Nur wie für Urgestein,
Lauter Raum
Reißend von weit herein.
O wie fühlt dich ein
Treibender Feigenbaum
Oben im Mondschein.

Rilke

AUFERSTEHUNG

Der Graf vernimmt die Töne,
Er sieht einen lichten Riß;
Er weckt seine dreizehn Söhne
Im Erbbegräbnis.

Er grüßt seine beiden Frauen
Ehrerbietig von weit —;
Und alle voll Vertrauen
Stehn auf zur Ewigkeit

Und warten nur noch auf Erich
Und Ulriken Dorotheen,
Die sieben- und dreizehnjährig
(sechszehnhundertzehn)
Verstorben sind in Flandern,
Um heute vor den andern
Unbeirrt herzugehn.

Rilke

SONETTE AN ORPHEUS

IX

Nur wer die Leier schon hob
Auch unter Schatten,
Darf das unendliche Lob
Ahnend erstatten.

Nur wer mit Toten vom Mohn
Aß, von dem ihren,
Wird nicht den leisesten Ton
Wieder verlieren.

Mag auch die Spieglung im Teich
Oft uns verschwimmen:
Wisse das Bild.

Erst in dem Doppelbereich
Werden die Stimmen
Ewig und mild.

XVII

Zu unterst der Alte, verworrn,
All der Erbauten
Wurzel, verborgener Born,
Den sie nie schauten.

Sturmhelm und Jägerhorn,
Spruch von Ergrauten,
Männer im Bruderzorn,
Frauen wie Lauten . . .

Drängender Zweig an Zweig,
Nirgends ein freier . . .
Einer! o steig . . . o steig . . .

Aber sie brechen noch.
Dieser erst oben doch
Biegt sich zur Leier.

XIX

Wandelt sich rasch auch die Welt
Wie Wolkengestalten,
Alles Vollendete fällt
Heim zum Uralten.

Über dem Wandel und Gang,
Weiter und freier,
Währt noch dein Vor-Gesang,
Gott mit der Leier.

Nicht sind die Länder erkannt,
Nicht ist die Liebe gelernt,
Und was im Tod uns entfernt,

Ist nicht entschleiert.
Einzig das Lied überm Land
Heiligt und feiert.

Rilke

DIE NEUNTE DUINESER ELEGIE

Warum, wenn es angeht, also die Frist des Daseins
Hinzubringen, als Lorbeer, ein wenig dunkler als alles
Andere Grün, mit kleinen Wellen an jedem

Blattrand (wie eines Windes Lächeln) —: warum
dann
Menschliches müssen — und, Schicksal vermeidend,
sich sehnen nach Schicksal? . . .
O nicht, weil Glück ist,
Dieser voreilige Vorteil eines nahen Verlusts.
Nicht aus Neugier, oder zur Übung des Herzens,
Das auch im Lorbeer *wäre* . . .
Aber weil Hiersein viel ist, und weil uns scheinbar
Alles das Hiesige braucht, dieses Schwindende, das
Seltsam uns angeht. Uns, die Schwindendsten. *Einmal*
Jedes, nur *ein*mal. *Ein*mal und nicht mehr. Und
wir auch
*Ein*mal. Nie wieder. Aber dieses
Einmal gewesen zu sein, wenn auch nur einmal:
Irdisch gewesen zu sein, scheint nicht widerrufbar.
Und so drängen wir uns und wollen es leisten,
Wollens enthalten in unseren einfachen Händen,
Im überfüllteren Blick und im sprachlosen Herzen.
Wollen es werden. Wem es geben? Am liebsten
Alles behalten für immer . . . Ach, in den anderen
Bezug,
Wehe, was nimmt man hinüber? Nicht das Anschaun,
das hier
Langsam erlernte, und kein hier Ereignetes. Keins.
Also die Schmerzen. Also vor allem das Schwersein,
Also der Liebe lange Erfahrung, — also
Lauter Unsägliches. Aber später,
Unter den Sternen, was solls: die sind *besser*
unsäglich.
Bringt doch der Wanderer auch vom Hange des
Bergrands
Nicht eine Handvoll Erde ins Tal, die allen
unsägliche, sondern
Ein erworbenes Wort, reines, den gelben und blaun

Enzian. Sind wir vielleicht *hier,* um zu sagen: Haus,
Brücke, Brunnen, Tor, Krug, Obstbaum, Fenster, —
Höchstens: Säule, Turm ... aber zu *sagen,* verstehs,
O zu sagen *so,* wie selber die Dinge niemals
Innig meinten zu sein. Ist nicht die heimliche List
Dieser verschwiegenen Erde, wenn sie die Liebenden drängt,
Daß sich in ihrem Gefühl jedes und jedes entzückt?
Schwelle: was ists für zwei
Liebende, daß sie die eigne ältere Schwelle der Tür
ein wenig verbrauchen, auch sie, nach den vielen vorher
Und vor den künftigen ... leicht.
Hier ist des *Säglichen* Zeit, *hier* seine Heimat.
Sprich und bekenn. Mehr als je
Fallen die Dinge dahin, die erlebbaren, denn,
Was sie verdrängend ersetzt, ist ein Tun ohne Bild.
Tun unter Krusten, die willig zerspringen, sobald
Innen das Handeln entwächst und sich anders begrenzt.
Zwischen den Hämmern besteht
Unser Herz, wie die Zunge
Zwischen den Zähnen, die doch
Dennoch die preisende bleibt.

Preise dem Engel die Welt, nicht die unsägliche, ihm
Kannst du nicht großtun mit herrlich Erfühltem; im Weltall,
Wo er fühlender fühlt, bist du ein Neuling. Drum zeig
Ihm das Einfache, das, von Geschlecht zu Geschlechtern gestaltet,
Als ein Unsriges lebt neben der Hand und im Blick,
Sag ihm die Dinge. Er wird staunender stehn; wie du standest

Bei dem Seiler in Rom oder beim Töpfer am Nil.
Zeig ihm, wie glücklich ein Ding sein kann, wie schuldlos und unser,
Wie selbst das klagende Leid rein zur Gestalt sich entschließt,
Dient als ein Ding oder stirbt als ein Ding —, und jenseits
Selig der Geige entgeht. Und diese, von Hingang
Lebenden Dinge verstehn, daß du sie rühmst, vergänglich,
Traun sie ein Rettendes uns, den Vergänglichsten, zu.
Wollen, wir sollen sie ganz im unsichtbarn Herzen verwandeln
In — o unendlich — in uns! wer wir am Ende auch seien.

Erde, ist es nicht dies, was du willst: *unsichtbar*
In uns erstehn? — Ist es dein Traum nicht,
Einmal unsichtbar zu sein? — Erde! unsichtbar!
Was, wenn Verwandlung nicht, ist dein drängender Auftrag?
Erde, du liebe, ich will. O glaub, es bedürfte
Nicht deiner Frühlinge mehr, mich dir zu gewinnen, einer,
Ach, ein einziger ist schon dem Blute zu viel.
Namenlos bin ich zu dir entschlossen, von weit her.
Immer warst du im Recht, und dein heiliger Einfall
Ist der vertrauliche Tod.
Siehe, ich lebe. Woraus? Weder Kindheit noch Zukunft
Werden weniger . . . Überzähliges Dasein
Entspringt mir im Herzen.

Rilke

AUSGESETZT AUF DEN BERGEN DES HERZENS

Ausgesetzt auf den Bergen des Herzens. Siehe, wie klein dort,
Siehe: die letzte Ortschaft der Worte, und höher,
Aber wie klein auch, noch ein letztes
Gehöft von Gefühl. Erkennst du's? —
Ausgesetzt auf den Bergen des Herzens. Steingrund
Unter den Händen. Hier blüht wohl
Einiges auf; aus stummem Absturz
Blüht ein unwissendes Kraut singend hervor.
Aber der Wissende? Ach, der zu wissen begann,
Und schweigt nun, ausgesetzt auf den Bergen des Herzens.

Da geht wohl, heilen Bewußtseins,
Manches umher, manches gesicherte Bergtier,
Wechselt und weilt. Und der große geborgene Vogel
Kreist um der Gipfel reine Verweigerung. — Aber
Ungeborgen, hier auf den Bergen des Herzens . . .

Rilke

DER SUMPFIGE GARTEN

Wie ein Sumpf warst du
Und schlecht nur gedeckt,
Und Dünste giftigen Hauchs
Stiegen auf noch aus dir,
Als du zum Garten schon
Verwandelt warst!

Und wenn tags die Falter flogen
Und wie Blumen
Sich auf Blumen wiegend
Ihre Süße sogen:

Nachts kamen Libellen zu dir,
Als wärst du noch Teich,
An das Land.

Und wo sich tags die Pfaue zeigten
Prächtigen Gangs,
Als wärst du des Überflusses
Und der Freude geheiligter Boden,

Nachts kam aus den Wäldern,
Den nahen, das borstige Wild
Und wühlte auf seinen Grund.

Regina Ullmann

O SAG ES NICHT!

O sag es meinen Augen nicht,
Daß du sie suchst — sonst könnt es sein,
Indes der Herbst schon Kränze flicht,
Bräch' einmal noch der Lenz herein!

O sag es meinen Träumen nicht,
Daß du sie kennst — sonst könnt es sein,
Nach allem lächelnden Verzicht
Käm einmal noch des Wunsches Pein!

O sag es meinem Herzen nicht,
Daß du mich liebst — sonst könnt es sein,
Ich ließ noch spät im Abendlicht
Des Glückes ganze Torheit ein!

Gisela von Berger

DIE SCHWÄNE

Seitdem die schweigsame Kaiserin starb,
Sagt man, sind die Schwäne krank;
Sie nehmen nicht Speise noch Trank.

Sie schlummern kauernd am toten Gestad,
Man läßt sie nun still, man weiß nicht Rat.

Doch was ein Diener weiter erzählt:

Um Mitternacht kommt der Mond hervor,
Die Bäume sind blau, der Teich ist blau,
Es scharrt kein Tritt, es knarrt kein Tor ...
Da steht am Teich eine hohe Frau.
Die Schwäne schwärmen am Wasserrand,
Sie speist sie alle aus weißer Hand.
Man hat sie nun oft und oft gesehn,
Doch niemand sah sie kommen und gehn.

Camill Hoffmann

LETZTES GEDICHT

Wie danke ich dafür,
Daß Gott die Träume schuf!
Durch diese einzige Tür
Kommst du, Geliebteste, zu mir
Auf meines Herzens Ruf.

Was soll mir das Gedränge
Des Tags und alle Pein,
Was soll mir noch die Enge
Der Mauern im Exil?
Die Nacht, die Nacht allein
Verheißt mir Sinn und Ziel,
Du kommst, Geliebteste, zu mir
Durch diese leise Tür.

Heute nacht, mein Herz vergaß
Zu schlagen, du tratst ein
Mit wunden Händen, blaß
Vom langen Einsamsein.

Geliebteste, mein Kind,
Sieh, wie wir elend sind.
Ich warf mich hin vor dir,
Beschämt von deinen Wunden.
Da warst du schon entschwunden
Durch die geheime Tür.

Hoffmann

REICHE ERNTE

Die Garben sind schon reif zum Binden,
Die Teiche liegen kühl und klar.
In dunstverhüllten Ackergründen
Entzündet sich ein reiches Jahr.

Wetz deine Sensen, feg die Tenne;
Der Sommer flieht schon wälderwärts.
Schür deine Heizglut, daß sie brenne,
Der Winter naht, mein Sommerherz.

Denn ist die Garbenpracht geschnitten
Und eingeheimst von brauner Hand,
Rütteln die Winde die Wipfel und schütten
Rostrote Blätter auf das Land.

Dann kommt der Herbst herab vom Hügel
Und reitet, reitet sonder Rast
Und ist davon, eh du der Bügel
Goldblitzen aufgetrunken hast.

Dein Haus ist groß. Die Speicher tragen.
Du bautest alles hoch und breit.
Drum wärm dich, Herz, in diesen Tagen
An deiner reichen Erntezeit.

Max Fleischer

EPITAPH

Die lodernde Lilie war meine Flamme,
Die goldene Einsamkeit war mein Brevier,
Der Sommer mein Pate, die Welt meine Amme,
Die ewige Sehnsucht mein lichtes Panier.

Ein Schößling mit düfteverstreuenden Zweigen
Entwuchs meinem Herzen ins leuchtende Blau,
Als wollt er für mich in den Himmel steigen
Und bitten bei Unserer lieben Frau.

Die Blätter verneigen sich fromm und erzählen
Einander so liebliche Wunder von ihr,
Daß wie in Blüten verzaubert die Seelen
Betend knien an der Himmelstür.

Fleischer

BRÜGGE

Hier sind die Häuser wie alte Paläste,
Der Abend hüllt sie in traurigen Flor.
Die Straßen sind leer wie nach einem Feste,
Wenn sich die Schar der lärmenden Gäste
Schon fern in die schweigende Nacht verlor.

Die prunkenden Tore mit rostigen Klinken
Sind längst nicht mehr zum Empfange bereit,
Verstaubt und verwittert die Kirchturmzinken,
Die in den trüben Nebel versinken,
Tief in das Meer ihrer Traurigkeit.

Und in den Nischen an dunkelnden Wänden,
Da lehnen Gestalten aus bröckelndem Stein,
Und schweigend, in heimlichen Wortespenden,
Sprechen sie leise die alten Legenden
In die tiefe Schwermut der Straßen hinein.

Stefan Zweig

VORGEFÜHL

Linder schwebt der Stunden Reigen
Über schon ergrautem Haar,
Denn erst an des Bechers Neige
Wird der Grund, der goldne, klar.

Vorgefühl des nahen Nachtens,
Es verstört nicht . . . es entschwert.
Reine Lust des Weltbetrachtens
Kennt nur, wer nichts mehr begehrt,

Nicht mehr fragt, was er erreichte,
Nicht mehr klagt, was er gemißt,
Und dem Altern nur der leichte
Anfang seines Abschieds ist.

Niemals glänzt der Ausblick freier
Als im Geist des Scheidelichts,
Nie liebt man das Leben treuer
Als im Schatten des Verzichts.

Zweig

AN ALTEN GRÄBERN

Was du im Herzen birgst
An Glück und Leid,
Es stirbt mit dir.

Die Treue, die ein andrer dir gewährt,
Sie stirbt mit dir.

Was du ihm warst,
Erbleicht, verblaßt,
Und wärst du ihm wie keiner wert.
Aus seinen Augen sickert in zwei Tränen
All seine Liebe.
Die Tränen fallen
Ins offene Grab.
Der Totengräber schaufelt zu.
Die leeren Wagen rasseln heim.

Die Kränze welken,
Rasen deckt den Hügel,
Und auch der Hügel sinkt
Allmählich ein.

Kurt Frieberger

SCHWARZE SCHEIBEN

Schwarze Scheiben sind in meinen Fenstern;
Eines dämmert um Vergangenheiten,
In das Heute starr' ich aus dem zweiten,
Eins ist trüb von werdenden Gespenstern.

Rundum rückt in finstersten Geschwadern
Dräuendes zu meinen öden Horsten.
Wolken über kahlen Winterforsten
Wölben eine Gruft von grauen Quadern.

Keine Sonne kann den Schatten wehren;
Ihre schwarzen Schleier hebt kein Wille.
Klingen Stunden aus in dieser Stille,
Ist ihr Trost, daß sie nicht wiederkehren.

Frieberger

TANGENTE

Ich bin von Anbeginn. Mein Weg ist weit,
Und meine Sehnsucht heißt Unendlichkeit.
Nun ich an diesen Kreis geschlossen bin,
Teilt sich mein Sinn in Sinn und Widersinn.

Er, der da lächelt in Vollendungsglück,
Wie kehrt er selig in sich selbst zurück.
Ihn quält kein Ziel, ihm ist kein Weg zu weit,
Und jede Zeit ist ihm Unendlichkeit.

Mir aber bleibt es unermeßlich fern,
Das holde Ziel. Es eilt von Stern zu Stern.
Und früher nicht vollendet sich die Reise,
Bis nicht Unendlichkeit sich schließt zum Kreise.

Franz Karl Ginzkey

DIE EWIGE FREMDE

Es wird der Mond zu den Dächern kommen,
Und der Uhu läßt sein dumpfes Versteck.
Ich aber schlafe mit dem silbernen Kreuze,
Das man mir zwischen die Finger gelegt.

Der Priester, der mich gestärkt mit sanftem Ölwerk,
Heimkehrend schließt er die rostige Tür auf.
Über die Bretter gebeugt noch hustet hobelnd der Schreiner,
Hammer und Sargnägel liegen bereit.

Oh, mit der Fledermaus, die traurig flattert,
Sucht meine Seele den Weg sich.
Siehe, von der Glut des erkalteten Körpers
Schmilzt in den Händen das silberne Kreuz.

So ist eingeschlafen der Priester
Und seine Lampe löschet der Tischler auch aus.
Es schlafen die Rehe unter dem braunen Laubwerk,
Über den Nestern der Schwalben wandern die Uhren
dahin.

Otto Zoff

DER NACHEN

Gelinde schleift im Schatten der Kanäle
Der schwarze Nachen auf der toten Flut
Und lauscht, was oben im Verfall der Säle
Das greise Volk der Adeligen tut.

Einst gingen Fürstensöhne, gingen Grafen
zu reichen Lustbarkeiten in das Haus;
Die morschen Dielen und Gewölbe schlafen,
Im Hause wohnt des Dunkels starrer Graus.

Vielleicht verkehren heiser mit den Scherben
Des alten Ruhmes, der verwesten Pracht
Die Traumgestalten hochbetagter Erben.

Ein Volk hat feiernd seine Zeit verbracht.
Die Namen schwinden. Die Gebäude sterben.
Der schwarze Nachen gleitet durch die Nacht.

Benno Geiger

DAS PENSIONAT IM SCHLOSSE ZU RODAUN

Erinnerst du dich, Gastfreund, entsinnst du dich,
Wie wir am Abend, nicht ohne Vorbedacht,
Auf krummen Wegen hinter Bäumen
Uns in die Gegend des Schlosses schlichen?

Es war zu trübe, drückend und regnerisch
Der Tag gewesen, greulich erfindungslos!
Und eine milde Langeweile
Träumte Gespielinnen, vierzehnjährig.

Ich sagte damals: Laß uns hinübergehn;
Man kann nicht wissen, etwas begegnet uns.
Im Schloß, das sie bewohnen, zittert
Eine Gardine von Tüll mitunter.

Der Abend graute. Schatten entrollten sich.
Wir sahn von Nonnen weiß einen Haubenschein.
Zu dem verschloßnen Licht im Zimmer
Scholl eine dünne Klavierbegleitung.

Daß von uns beiden einer das stille Licht
Gewesen wäre, scheinend am Notenpult
Und über reizend falsche Töne
Eines vergänglichen Walzers wachsam!

Im Dunkeln standen wir eine Weile lang.
Auf unsre Hände tropfte die Regennacht.
Es schlug der Wind dir auf die Wange,
Kühlend den Streich eines nassen Blattes.

Geiger

BEIM WERK

„Nun tut es not, daß man beim Werk verharre",
Sprach Mutter wohlgemut und schob entschlossen
Den Rost mit Pflaumen in die Trockendarre.

„Du hast des Guten wahrlich viel genossen,
Mein Sohn! Schau her: du darfst dich nicht entfernen,
Noch andres tun, bis nicht der Tag verflossen.

Ich geh, den Rest der Pflaumen auszukernen,
Um noch heut selbst beizeiten einzumachen:
Du wirst zusehends von der Wirtschaft lernen."

Drum unterhielt ich immer einen schwachen
Und mäßig gleichen Brand und spähte flüchtig
Von Zeit zu Zeit in den geheizten Rachen.

Doch in der Küche saß die Mutter züchtig
Am offnen Herd und rührte mit dem Stock
Das braune Mus herum, gestreng und tüchtig.

Vom hohen Schemel hing der Küchenrock.
Die Lohe züngelte. Am Tisch zerrieb
Die Magd zu Pulver einen Zuckerblock.

Der Zucker schneite durch das härne Sieb
Auf das Gemisch herab, indes er hier,
Vor dem Zergehn, versponnen hängenblieb.

Nun schlug es drei vom Turm, nun schlug es vier,
Nun fünf. Du liebe Zeit! Der Brei schien dicht
Und ließ kein Wasser durch auf Löschpapier.

Vier starke Fäuste hoben das Gewicht
Des Kessels von dem Feuer. In den Töpfen
Von Stein verschrumpfte glucksend das Gericht.

„Laß uns das Darrobst sehn, dann Atem schöpfen",
Sprach Mutter wohlgemut. O! Auf dem Rost
Lag es verbuttet und in dicken Zöpfen.

Sechs Tage währte das Geschäft der Kost.

Geiger

VENEZIANISCHE NEUMONDSERENADE

Alsdann kam in der Nacht mitsamt den Sternen
Die heitre Sanftmut jener Nachtgesänge,
Die gern den Tag aus jedem Ding entfernen.

Und fand auf unserm Kahn uns im Gedränge
Der andern Kähne, von der See getragen,
Im Kranz der Lämpchen und der Lautenklänge.

Allein — der Mond vergaß an jenen Tagen
Sein Wächterauge in die Nacht zu bringen:
Wir fuhren, ohne nach dem Mond zu fragen;

Und hörten ringsherum ein Lied verklingen,
Das sich in Worte nicht zu kleiden braucht,
Um in das Herz der Liebenden zu dringen.

Du leises Lied, von Mund zu Mund gehaucht,
Vielleicht im Traum von trauter Frau gesungen,
Bis es verträllernd in das Wasser taucht!

Der Ruderer, den wir zur Fahrt gedungen,
War eingenickt und ließ sein Steuer treiben.
Wir hielten schlummernd uns im Kahn verschlungen.

Wenn Wellen oben einen Kreis beschreiben,
Gibt es mitunter Wellen, welche tief
Und wie vergeßlich unterm Spiegel bleiben.

Der Nachen schaukelte, bald grad, bald schief,
Je nach den Wellen schaukelte der Nachen,
Dieweil der Mond im Grund des Meeres schlief.

Und aus der Ferne sandten einen schwachen
Und milden Glanz auf uns herab die Sterne
Und schienen blindlings über uns zu wachen.

Wir blickten schwindelnd in dieselbe Ferne,
Wir tanzten selig in demselben Kahn:
Im Kahne leuchteten vier Augensterne,

Die nach den Sternen durch den Schatten sahn.

Geiger

ABSCHIED VOM ORION

Da den Birnbaum am Hang
Schon das Brautgewand schmückt
Und der Grasmücke Sang
Süß die Büsche verzückt,

Ist es Zeit, vor der Nacht
Auf den Hügel zu gehn,
Um noch einmal die Pracht
Des Orion zu sehn.

Aus dem Zaubergefild
Zartverdämmernden Blaus
Taucht sein sinkendes Bild
Immer reiner heraus.

O du schimmernder Stab,
Der so lichtes Geleit
Unsern Herzwegen gab
In adventdunkler Zeit!

Beteigeuze, o Stern,
Der sein innigstes Rot
Zu der Krippe des Herrn
Uns als Pilgerlicht bot!

Überm Jahreschoral
Der Turmbläserschar
Schwang, Bellatrix, dein Strahl
Heldisch hell, sieghaft klar.

Und du, riesiger Punkt,
Der das Wunderbild hält,
Wie doch hast du geprunkt
In der Winternachtswelt!

Und jetzt rührt an den Wald
Schon, o Rigel, dein Rand,
Nur ein Funken ist bald
Dein demantener Brand!

Ja, Orion vergeht.
Und kommt morgen vielleicht
Schon die Wolke geweht,
Die den Regen uns reicht,

Ruft kein Wort mehr zurück
In die Sternfrühlingsflur
Das erhabene Glück
Seiner leuchtenden Spur,

Die erst wieder uns naht,
Wann der Sommer schon müd,
Wann nach jahrspäter Mahd
Still die Zeitlose blüht.

Und wer weiß, ob wir dann
In der Nachmitternacht,
Wann sein Funkelgespann
Sich im Osten aufmacht,

In den himmlischen Saal
Selig Schauende sind,
Wie noch heut überm Tal
Im Aprilabendwind!

Darum ist es ja Zeit,
Wann der Buschsänger schlägt
Und sein bräutliches Kleid
Hold der Birnbaum schon trägt,

In der wachsenden Nacht
Auf dem Hügel zu stehn,
Um noch einmal die Pracht
Des Orion zu sehn.

Arthur Fischer-Colbrie

DAS LÄCHELN

Eine Frühlingsballade

Wie doch die Menschen sind! Sie sorgen,
Was morgen werden wird und übermorgen —
Und ihre Seelen bleiben blind und arm;
An Gärten wandern sie vorbei, an Gittern,
Die von dem Drängen junger Sträucher zittern,
Und ihre Seelen füllt der ewig gleiche Harm.

Daß über Nacht ein Wunder neu geboren,
Daß aus der alten Häuser tiefen Toren

Nun wieder Kinderlaut und Kühle weht,
Und daß sich Wölkchen bilden in den Lüften
Von Zigaretten- und Orangendüften
Oder Parfum, wenn eine schöne Frau vorübergeht —

Sie fühlen dieses nicht, und nicht das Neigen
Der Abende, wenn sich in langem Reigen
Müd-armes Volk die Straßen heimwärts drängt,
Sie sehen nicht, wie diese bleichen Wangen
Der jungen Mädchen vor dem Frühling bangen,
Der soviel Sehnsucht und Gefahr verhängt . . .

In meinem Leben weiß ich einen Kranken,
Gelähmt an Gliedern, Willen und Gedanken,
Nur seine Seele war dem Wunder heil;
Der konnte lächeln, wenn der erste Schimmer
Der Frühlingssonne in sein traurig Zimmer
Sich leise schob, ein goldner, zarter Keil.

Der konnte lächeln über jede Blüte,
Daß dieses Lächelns wundervolle Güte
Dem toten Auge flüchtig Leben gab;
Der konnte weinen über Kinderlieder
Und tiefer atmen, wenn der Duft vom Flieder
Ihn grüßen kam in seiner Kissen Grab.

Und dieses Lächeln, diese Tränen waren
So überreich an jenem Wunderbaren,
Des alle darben, die so dumpf-gesund.
Und ich hielt dieses Mannes Hand im Sterben
Und ward zu seines Lächelns Erben,
Das wie ein Blühen lag um seinen blassen Mund.

Drum faß ich diese Menschen nicht, die sorgen,
Was morgen werden wird und übermorgen,

Und ihre Seelen bleiben blind und arm;
An Gärten wandern sie vorbei, an Gittern,
Die von dem Drängen junger Sträucher zittern,
Und ihre Seelen füllt der ewig gleiche Harm.

Anton Wildgans

DIENSTBOTENURLAUB

Es gibt ihr niemand ein herbes Wort,
Die Arbeit ist auch nicht zu schwer,
Sie ist nur so lang schon vom Hause fort,
Die Stadt ist ja doch nur irgend ein Ort,
Und die Mutter, die Heimat ist mehr!

Da plötzlich Freisein, Reisen, allein! —
Ans eilende Fenster geruht,
In das Land, in die Welt, in die Sonne hinein!
Es steigen viel Fremde aus und ein
Und grüßen freundlich und reden so fein
Mit dem Fräulein — die Welt ist so gut!

Und endlich daheim! Das ganze Haus
Gibt Wärme und Zärtlichkeit.
Die Mutter geht oft in die Küche hinaus,
Und der Vater in seinem Sonntagsflaus
Sieht wie ein später Bräutigam aus
Vor froher Verlegenheit.

Und sie bleiben beisammen bis tief in die Nacht
Und wissen einander so viel,
Und morgens, ehe der Gast erwacht,
Da hat schon der Vater Feuer gemacht
Und die Mutter das Frühstück zum Bett gebracht,
Heut fordert ja keiner Klingel Geschrill,
Heut darf sie ja liegen, solang sie will,
Und alles um sie ist so sacht.

Und wohlig erwärmt sich der liebe Raum
Vom knisternden Tannenreis,
Und in den dämmernden Morgentraum
Duftets holdselig wie Weihnachtsbaum;
Und fernher vom Kindheitswolkensaum
Läuten viel Glocken leis.

Und im großen Ornat der Herr Katechet
Scheint milde in ihren Schlaf
Und hält was, wovon ein Leuchten geht,
Ein Weißes, darein geschrieben steht
Mit einem goldenen Alphabet:
Treu, fleißig, ehrlich und brav.

Treu, fleißig und ehrlich, du Zeugnisspruch,
Du heilig durch uralten Brauch,
In meiner Mutter Dienstbotenbuch
Stehst du geschrieben auch.

Wildgans

FRÜHLING

(Aus »Armut«)

Hänge hat er schon angehaucht.
Südlichen Odems die Schwingen schwer,
Flügelt der Wind vom Gebirge her,
Und die Gärten erschauern.
Und die Gärten ahnen das Meer,
Bruderpalmen im Sonnenschein,
Blühende Winden und blühenden Wein
Auf göttlich verwitterten Mauern.

Alle Zweige sind golden bestickt.
Weidengegitter und Haselgestrüppe:
Blühende Lippe an blühender Lippe.

Alles Gestämme voll treibendem Most.
Unersinnbar und unbeschreiblich:
Blütenstäubchen, Männlich zu Weiblich,
Taumeln durch die gesegneten Lüfte,
Leben in Leben, Düfte in Düfte,
Und die blaugeschatteten Klüfte
Sind von stürzender Schmelze durchtost.

Wildgans

ELEGIE VOM ROSENBERG

Graz

Ist nicht der Sommer schon lange vergangen?
Ist noch die Jungfrau des Mondes Regent?
Schmiegender Grüne, flüsternd umfangen,
Schatten die Bäume, und Sonne brennt
Rot auf die Äpfel und braun auf die Wangen.

Freilich, als blaue und goldgelbe Rüschen
Hängen schon Trauben in Fenstern am Draht,
Und auf der Wiese schimmernden Plüschen
Weiden die Herden, vorbei ist die Mahd,
Und die Beerenfrucht glänzt aus Gebüschen.

Edelkastanien prallen auf Bänke,
Und die fallende Eichel zerspringt,
Und die Esche trägt Scharlachgehenke,
Und das wilde Weinlaub durchschlingt
Feurig den Efeu am Eingang der Schenke.

Ja, es ist Herbst und der Sommer nur Wähnen
Törichten Wünschens, das gern sich belügt!
Aber schon morgen fällt es wie Tränen,
Ach, eine einzige Reifnacht genügt,
Daß sich die Blätter zur Erde sehnen . . .

Wundergebiete hab ich betreten,
Sah die erlauchtesten Orte der Welt:
Blumenwirrnis im Land der Asketen
Und das gewendete Sonnengezelt
Über den Palmen der Propheten.

Und ich kenne die Ozeane,
Eilande, blühend aus schillernder Flut.
Und ich schaute die Karawane
In der verkühlenden Wüstenglut
Und das Märchen der Fata Morgane.

Aber nirgends bewältigte Rührung
Sinn und Seele dem staunenden Gast,
Nirgends verlockte Duftes Verführung
Seine Glieder zu erdnaher Rast,
Denn ihn schauderte die Berührung.

Aber hier auf verschlungenen Pfaden,
Die zwischen Hecken und Wiesen ziehn,
Will er die Füße im Herbsttau baden
Und die Steine berühren mit Knien,
Denn hier ist die Erde ihm voll der Gnaden ...

Purpurne Gluten des Abends verbranden
An Gewölken aus Obsidian,
In den Stuben und in den Veranden
Zünden die Menschen jetzt Lichter an,
Einsame Geige übt Sarabanden.

Junger Stimmen Koloraturen
Trällern verliebt einen Hohlweg hinab,
Unten in Straßen noch einzelne Fuhren,
Und ein Lastzug geht irgendwo ab,
Fernhinrollend. Dann nur mehr die Uhren ...

Aber morgen! — Stille doch, stille!
Menschlein, was weißt du von morgen schon?
Ist es der Götter, der ewigen, Wille,
Löst dir vom Ufer des Acheron
Heut noch der Ferge die Schattenzille.

Wildgans

RAST IM MITTAG

Gefällte Stämme, blankgeschält,
Sind aufgehäuft am Straßenrande,
Ein Duft von Harz und Hitze schwelt
Von ihnen auf im Sonnenbrande.

Da bett' ich mich und liege hart
Und liege doch so weich in Träumen,
Hoch oben stille Wolkenfahrt,
Tief unten Sturzbachs dumpfes Schäumen.

So ist mir zwiefach auch zumut:
Im Haupt Gedanken, klarbeschwingte,
Doch tiefer unten rauscht das Blut,
Das finsternis- und erdbedingte.

Es rauscht das alte Schicksalslied
Vom Abgrund, der die Welten scheidet,
Vom Leben, das den Geist verriet,
Vom Geiste, der das Leben meidet.

Und ist doch, der es tiefer kennt,
Dem Lauscher in der Stürze Toben
Ein und dasselbe Element;
Der Urlaut unten und die Stille oben.

Wildgans

ZWIEGESPRÄCH

Sag mir, was ich bin und was ich werde —?
Erde!
Sag mir, was ich wollte und getan —?
Wahn!
Sag, was bleibt mir, bar des Sonnenlichts —?
Nichts!
Sag, wofür war es dann wert zu leben —?
Um zu leiden! Um zu träumen! Um zu geben!

Franz Theodor Csokor

DIE BERUFUNG DES MATTHÄUS

(Evang. Matthäi 8, 9)

Du da, steh auf!
Du hast mitzugehen!
Man braucht dich.

Du häufst deine Habe?
Sie war niemals dein.
Du rühmst deine Werke?
Vergiß sie!

Dein Weib umhalst dich?
Es wird dich verschmerzen.
Dein Kind schreit?
Dort, wo du not tust, schreit mehr.

Fällt dich Schlaf an?
Wachen sollst du!
Freut dich Friede?
Streiten mußt du!
Glück begehrst du?
Elend wirst du.

Frag nicht, wofür?
Die Erwählten gehorchen.

Du bist gemeint!
Nicht der neben dir.
Komm!

Csokor

ABSCHIED DER LIEBENDEN

Blattgewirr greift in die Nacht,
Hält alle Sterne fest.
Zwei starren auf ins Geäst,
Heiß und überwacht.

Hundertmal: „Denk an mich!“
Hundertmal ihr: „Ja!“
Hände verlieren sich,
Schweigen ist da.

Plötzlich hebt er das Haupt,
Sieht ihre Augen so weit,
Weg über sich, ohne Zeit —
Und er weiß sich beraubt.

Nur ein Wort: Und sie neigt
Weinend sich wieder und wirbt,
Aber ihr Heimlichstes schweigt,
Wenn er auch tausendfach stirbt.

Es wird vorübergehn,
Andere wachsen heran,
Glühn an ihr und verwehn —
Nichts rührt ihr Wesen an.

Nie hat der Acker gefragt,
Wer ihm den Samen gestreut,
Der nur kämpft unverzagt,
Der nichts verläßt, noch bereut.

Schmerzmüde schlummert sie schon.
Sachte läßt er sie los,
Legt ihr den Ring in den Schoß
Und schleicht leise davon.

Csokor

LIEBESLIED

So schön wie du ist die Birke nicht,
Aber sie hat doch dein Gesicht,
Wenn sie nachts aus dem Laube schaut,
Ganz von Liebe und Licht betaut.
Ach, wär ich ein Vogel, in ihrem grünen Haar
Würde ich singen die tausend Jahr.

Alfons Petzold

DER KORBFLECHTER

Erst klopfe ich die rauhe Rinde
Herab vom Weidenstammgezweige,
Daß sich das fertige Gebinde
Den Blicken weiß und glänzend zeige.

Dann fügt sich unter meinen Händen
Das gute Holz so wie das schlechte,
Wenn ich es mit den harten Enden
Verbinden muß zum Korbgeflechte.

Die feinen Ruten flach gezogen,
Ich muß sie auseinanderlenken
Auf daß sie im gespannten Bogen
Sich um so inniger verschränken.

Und will mir eine Rute streben
Aus des Geflechtes festen Gängen,
So muß ich sie — wie mich das Leben —
Mit sichrem Griffe niederzwängen.

Petzold

AUGUST

Nun ist die Zeit, wo die Marien aus Stein
Von ihren Altären und Sockeln steigen.
Sie gehn in die wartenden Felder hinein,
Und allenthalben ist reifendes Schweigen.

Sie schreiten von Ähre zu Ähre dahin,
Befühlen die Körner nach Größe und Schwere,
Als wäre die Ernte ihr eigner Gewinn,
Und tiefer erglänzen das Korn und die Beere.

Wo irgendein Christus in hölzerner Ruh
Blickt über die Felder mit strahlenden Wunden,
Da wandeln die steinernen Frauen herzu
Mit Kränzen aus flirrenden Ähren gewunden.

Sie beugen die goldigen Scheitel im Kreis
Und wollen die Freuden des Sommers entbehren.
Der blutende Gott lächelt heimlich, er weiß
Sich ewig in jeder der tanzenden Ähren.

Petzold

ZITRONENFALTER NOCH SO SPÄT IM JAHR?

Zitronenfalter noch so spät im Jahr?
Ich staune, wie sie vor dem Fenster schwärmen,
Während wir hier das Zimmer schon erwärmen ...
Zitronenfalter noch so spät im Jahr?

Nein, nicht Zitronenfalter sinds, so spät im Jahr.
Goldene Blätter von dem Ast der Linde
Schweben in Kreisen im Novemberwinde.
Liebliche Täuschung noch so spät im Jahr!

O Glück der Täuschung noch so spät im Jahr!
Und wehn sie kalt auch im Novemberwinde,
Ich hab vor meinem Aug die Frühlingsbinde!
O Glück der Täuschung noch so spät im Jahr.

Käthe Braun-Prager

EINE SCHWERKRANKE AM MONTAG

Am Samstag bin ich vielleicht schon begraben ...
Und brennt nicht die Sonne so heiß wie immer
Ins überhelle Familienzimmer?
Aber auf mich warten andere Gaben ...

Ich bin schon weit fort und immer noch seh
Ich prüfenden Auges das liebliche Kind:
Ob seine Haare geordnet sind
Und daß es sauber zur Schule geh.

Und ob nur dem Mann sein Zeug in dem Schrank
Noch so liegt, wie ich es eingeräumt?
Wars gestern? Da hab ich böse geträumt,
Wie ich mit der Fremden im Türrahmen rang.

Öfter schon kam diese fremde Frau.
Ich habe sie früher nie gesehn.
Nur manchesmal im Vorübergehn
Auf der Straße, vor Jahren, doch ungenau.

Viel zu nah ist sie dem Kind jetzt beim Spiel!
Zu nahe dem Manne und immer im Haus!
Doch Sonntag, da tragen sie mich ja hinaus ...
Vielleicht erst am Montag? Ein Tag mehr ist viel!

Grausam nah schillert das hart-fremde Ziel!
Ich muß ja noch so viele Wünsche aufschreiben!
Werde ich nur bis Montag bleiben?
Vielleicht gar bis Dienstag? — Ein Tag mehr ist viel!

Braun-Prager

KÖCHIN IN DER FREMDE

Streu ich Zucker auf die Speise,
Bin ich wieder auf der Reise
Ins Gebirge voller Schnee;

Wasch ich vom Salat die Blätter,
Wander ich bei Frühlingswetter
Wiesenwege überm See.

Brennt die Flamme blau im Herde,
Beug ich nieder mich zur Erde,
Weil ich soviel Enzian seh.

Braun-Prager

BEIM LESEN CHINESISCHER GEDICHTE

Herbst und ferne Jadeflöte
Weiden, Wein und Abendröte,
Blättergleiten im gelben Fluß

Lotosblüten neben Schwänen,
Mädchen, die den Mond ersehnen,
Der die Liebe bringen muß.

Lächelnd sitzen Kaiserinnen
In dem Park, und sinnend spinnen
Goldne Fäden sie zum Schal;

Ist ihr Tag doch nur ein Warten
— in dem Pavillon im Garten —
Auf den Kaiser, den Gemahl!

Dichter singend niederschreibend
Verse, daß sie ewig bleiben,
Wissend, daß sie ewig sind;

Daß die Zeichen, die sie malten,
Nie verbleichen, nie veralten,
Nie verwehen mit dem Wind!

Braun-Prager

MEINE GRABSCHRIFT

Was ich je gedacht und ausgesprochen,
Hat mein dünnes Lebensglas zerbrochen.
Was ich nie gesagt, nie aufgeschrieben,
Ist als Glanz von mir zurückgeblieben.

Braun-Prager

GEBET

Laß mich Vergängliches verwinden, Herr.
Laß mich den Geist und deine Güte finden, Herr.
Laß Licht mich tragen zu den Blinden, Herr.

Laß Rosen aufglühn aus den Wunden, Herr.
Verzicht erblühn aus schweren Stunden, Herr,
Der Ewigkeit und dir verbunden, Herr.

Laß Hoffnung finden, die da knien, Herr,
So wie du mir die Hoffnung hast geliehen, Herr,
Und mich gesegnet hast — und mir verziehen, Herr.

Alma Johanna Koenig

WEIHNACHTEN 1941

Mein Herz ist so bedrückt, ist so beklommen,
Mein schwarzer Sonntag will schier endlos scheinen.
Denn heute trag ich fremde Last zur meinen.
Ich hab ein fremdes Kreuz auf mich genommen.

Ich sah die Alte in der Kirche weinen,
Ein Trauerschatten, rührend und verschwommen.
Sie wagte bittend kaum vor Gott zu kommen,
Wie Diener, die gerufen nur erscheinen.

Sie betete so ungeschickt, so matt.
Gott mochte im Gewühl sie übersehen.
Da warf ich meine Kraft für sie ins Flehen:
»Herr, nimm als Opfer mich an ihrer Statt!«

Da knickste sie und war auch schon entschwunden.
Und ich — ich weine mich durch zage Stunden.

Koenig

PERSISCHE VIERZEILE

Sieh, was dir heute nicht gelingt, kann morgen schon gelungen sein.
Der Feind, der heute dich bezwingt, kann morgen schon bezwungen sein.

Ein jeglich Ding ist wandelbar, und wandelbar ist dein Gemüt.
Was heute noch wie Seufzen klingt, kann morgen schon gesungen sein.

Alfred Grünewald

SCHON FLACKT DAS LICHT

Schon flackt das Licht in deiner Hand.
Bald wirst du ganz vergessen sein.
Rasch ist die Kerze ausgebrannt.
Bald wirst du ganz vergessen sein.

Hast du getreu dein Teil getan?
Du fragst dich selbst und weißt es nicht,
So mancher hat dich Freund genannt.
Bald wirst du ganz vergessen sein.

Du fühltest, und du hast bereut.
In Wirrsal hast du dich verstrickt.
Du löstest manches, das dich band.
Bald wirst du ganz vergessen sein.

So wurde mählich bleich dein Haar
Und hast du auch der Liebe Glück
Und besser noch ihr Leid gekannt.
Bald wirst du ganz vergessen sein.

Denn was du warst, das muß verwehn,
Und auch den Fels zernagt die Zeit.
Du wandelst am verlornen Strand.
Bald wirst du ganz vergessen sein.

Dann ist verschollen dein Gesang
Und deinen Namen nennt kein Mund.
Denn sieh, du schriebst ihn in den Sand.
Bald wirst du ganz vergessen sein.

Grünewald

WAND AN WAND

Müde bin ich, geh zur Ruh,
Nebenan dein Atmen, du, —
Wenn dein Mund im Schlaf mich nennt,
Weiß ich, daß dich Sehnsucht brennt.

Deines Blutes roter Gang
Geht mein Herz im Traum entlang.
Blüht die Wiese, weites Land,
Pflückt die Blumen meine Hand.

Strömst du weit in Flüssen hin,
Weißt, daß ich zur Seite bin,
Naht sich dir Gefahr und Not,
Teile ich mit dir den Tod.

Dehne deiner Arme Rund
Weich entgegen meinem Mund,
Nimm das aufgebrochne Wort
Zart von meinen Lippen fort.

Müde bin ich, geh zur Ruh,
Nebenan dein Atmen, du, —
Bette deinen Kopf zur Wand,
Nah, dann fühlst du meine Hand.

Elisabeth von Janstein

DER BLICK

Zwischen halbgesenkten Lidern,
Aus ganz schmalen Augenritzen,
Kommt mir zu ein warmes Blitzen,
Und im Gegenübersitzen
Muß ich lächelnd es erwidern.

Wie auf Zauberwort entschweben
Geisteskühle, Geistespfand,
Mir zu Füßen grünt ein Land,
Plötzlich so wie Hand in Hand,
Schließt der Blick mich ein ins Leben.

Aber so wie wahrgenommen,
Flüchtigt, was mich kurz belebt.
Unterm Lide, das sich hebt,
Ist schon wieder, kaum bewegt,
Geisteskühle aufgeglommen.

Herma Gunert

WAS ABER DANN . . .?

Wird weise, wer auf Erden lange lebt?
Soll das denn alles sein, was ich erfahre,
Daß eines in der Anzahl der gelebten Jahre
Mir immer das erworbne Wissen untergräbt?

Soll keine Zeit so ganz die meine sein,
In der ich völlig sicher könnte weilen,
Vertrauend, daß sie alles müßte heilen,
Was noch nicht heil ward in des Reifens Pein?

Was aber dann, wenn lang geübte Mühe
Sich plötzlich nahe findet hingestoßen
Zur Ungewißheit erster Anfangsfrühe?

Nur das darf ich mit Sicherheit erwarten:
Vollziehen wird sich nun an mir im großen
Das Maß der Mühen, der mir noch ersparten.

Gunert

BEGEGNUNG MIT DEM MELOS

Wie ein Geisterlaut
Durch die Stille geht,
Wie am Mittag Pan
In den Feldern steht:
Also unvertraut —
Und ich stand und sann —
Sah dein Auge mich
An.

Da du kamst von fern,
Aus verborgnem Land,
Deine Sprache war
Mir so unbekannt:
Deiner Stirne Stern
Aber bot so klar
Wie ein Spiegel dich
Dar.

Eine Ewigkeit,
Einen Augenblick
Hat mein Herz gebebt
Vor dem großen Glück.
In die bittre Zeit
Ist die Spur verschwebt,
Wie ein Windhauch sich
Hebt.

Weinheber

STILL ZU WISSEN ...

Still zu wissen, du gehst
Bald hinab zu den Vätern.
Oben im heiligen Blau
Fahren die Wolken im Wind.

Beug dich über die Strömung,
Höre die Wasser schweigen!
Hast du je vorher
Ähnlich wie diesmal geliebt?

Wer noch Zeit hat, der weiß nichts.
Tiefes Leben! O Abschied,
Bittre Schwäche des Herzens
Unter der Blumengewalt.

Nicht zu fassen und traurig.
Süße, süße Gestalten!
Ach, mit Blüten beschwert ihm
Nicht seine letzte Fahrt!

Dunklerer, brauner Herbst,
Laß dich noch einmal umarmen!
Fallen die Früchte, vielleicht
Bricht gefaßter das Herz.

Fortgehn im Frühling ist schwer.
Wachsam sind aber die Toten.
Schöne Blume, ich darf nicht.
Strenge Mutter, ich geh.

Weinheber

WAS NOCH LEBT, IST TRAUM

Was noch lebt, ist Traum,
Ach, wie war es schön!
Jüngre werden kaum
Jene Zeit verstehn,
Wo das Kirchlein stand
Und die Häuser blank
Unterm Giebelrand
Hatten Weingerank.

Und vom Herbste gar,
Wenn der Maische Duft
Hing im blauen Klar
Der beschwingten Luft!
Von den Hügeln schlicht
Kam der Hauer Sang,
Da die Stadt noch nicht
Grau ins Grüne drang.

Heut ein Steinbezirk
Wie ein andrer auch,
Und nur sanft Gebirg
Schickt wie einst den Hauch,
Hauch von Obst und Wein
In die Gassen aus,
Und der Sonnenschein
Liegt auf altem Haus.

Da und dort ein Tor
Hat noch breiten Schwung,
Buschen grün davor
Lädt wie einst zum Trunk,

Und im Abend wird
Längst Vergangnes nah,
Spielt ein Bursch gerührt
Ziehharmonika.

Weinheber

GEIGERIN

Ein tiefes Bitten, Beben
Im Singen deiner Geige:
Du willst dich mir ergeben,
O junges, heißes Leben.
Ich aber weiß und schweige.

Ein Wohltrank ohne Neige,
Ein Wohltraum ohne Ende
Dein Lied, solang ich schweige.
Ich liebe deine Geige
Vielleicht noch deine Hände.

Heinrich Suso Waldeck

HINABGANG

Oh, voll vieler Sommertage Müdigkeiten
Den braunen Knisterweg zur Quelle hinabzuschreiten,
Entlang uralte Fichten, im roten Dämmer, allein!
Über mein Antlitz geht ein Spiel von Schatten und Schein.
Dumpf in großes Schweigen fällt die schuppige Frucht,
Klatscht der schwarze Waldfrosch hin auf plumper Flucht.

Leise keucht und taumelt der kranke Hirsch vorbei,
Tief das Haupt gesenkt vom riesigen Geweih.
Letzter Sommer, o brauner Bruder, der uns verglüht.
Wie sind wir allen Schmucks und aller Waffe müd.

Gestein, wo blau die Quelle funkelt und träumerisch ruft,
Wird sich regen, türmen, wölben; Kapelle und Gruft.
Dort will ich an den Erdenmund mich betten und liegen
Wie einer, der die Mutter wußte, ihn einzuwiegen.
Und süße Kälte soll auf Haupt und Brust sich gießen,
Ruhe und Traum und Gott wird über mich fließen.

Waldeck

DEINE HÄNDE

„Schläfst du?“ — „Nein, ich schlafe nicht.
Draußen weht der Wind so sehr.“ —
„Willst du Wasser? Willst du Licht?“ —
„Deine Hände gib mir her.

Deine Hände lieb ich so.
Sind so still und sind so kühl.
Halt ich sie, so werd ich froh.
Bin getrost, wenn ich sie fühl.

Hold wird noch der bittre Tod
Lächeln mir, tritt er mich an,
Wenn ich in der letzten Not
Deine Hände halten kann.“

Paula von Preradović

NACHTRITT AUF DAS VORGEBIRGE

Es klagt aus der versunknen Meeresbucht
Der Ruf der Fischer, nächtig, sagenalt;
Doch älter noch, verrucht und hungrig, schallt
Die Antwort der Schakale aus der Schlucht.

Als Josef und die Jungfrau auf der Flucht
Das Kind verbargen, Wüste war und Wald
Nicht öder da, noch schauriger durchhallt
Denn dieses Felstals gnadelose Wucht.

Auf steilem Paßweg schweift mit seinen Schafen
Ein scheuer Hirt. Die Eselinnen gehen
Ganz sacht durchs Steinicht, drin die Vipern schlafen.

Bald aber werden, frei von Graus und Mühe,
Vom Bergeskamm wir lichte Inseln sehen
Im blassen Vorweltblau der ersten Frühe.

Preradović

NACH DEM TODE

Aller Küsse Rausch,
Aller Lichter Schein,
Alle Glorie wird vergangen sein.

Wie ein alter Traum,
Wie ein schlechtes Kleid
Wird verblassen alle Herrlichkeit.

Daß gerauscht der Wald,
Daß geglänzt das Meer,
Ach, wie ist es lange, lange her!

Daß du mich geküßt
Stumm im Sonnenschein,
Wird verschollen und vergessen sein.

Preradović

ELEGIE VOM MITLEID

Hast du des Mitleids Gewalt in dir und die tollkühne Liebe,
Helfenwollender, der du für einen Christen dich ausgibst?
Willst du dem Klagenden nicht fortschwatzen die Nacht seiner Trauer,
Eifrig einredend ihm, es sei sein Gram ein Geringes,
Irrtum nur sei seine Trübsal, sein Bettlertum fröhliche Habe?
Sind seine Qual und sein Mangel nicht lästige Last dir gewesen,
Dich verpflichtend, wozu du zu träge bist und zu lieblos?
Bist mit dem Weinenden du getaucht an den Born seiner Tränen,
In seines pfadlosen Leides tiefschwarze und fremde Vermauerung,
Wahrhaft leidend mit ihm vielliebend verströmenden Herzens,
Wenn keine Hilfe mehr war und alle Hoffnung geschwunden?

Hast du den schwatzenden Alten gelauscht; von verlassenen Mädchen
Angehört in Geduld das trübselige Lied ihrer Liebe,
Immer zu redlichem Mitschmerz bereit, deine Seele verwandelnd
In die gequälte der Klagenden; vor ihre Leiden dich stellend,

Ausgebreiteten Arms, auf daß sie sie nimmer gewahrten?
Hast du die frierende Angst im Auge von Kindern gesehen,
Die man in lieblosem Hause herumstieß und neidisch ernährte;
Bist du gekniet bei den Scheuen und Schreckhaften, Vater und Mutter
Wieder ihnen erschaffend aus deinem großen Erbarmen?
Hast beim vergessenen Dichter im grau verstaubenden Zimmer
Hell und still du gesessen, aus innerstem Herzen ihn ehrend,
Um sein verjährendes Werk dich gemüht und Sonne entzündet
An verschüttetem Ort, umlastet von eisigem Schweigen?
War der Verstorbene, den sie versenkt an nebligem Abend,
War er dir Bruder, und hast du beweint ihn getreu mit den Eltern
Nachts im verödeten Haus, das gähnte von hallender Leere,
Eilig am Friedhofstor nicht schon abgeschüttelt die Trauer,
Wandelnd stramm deines Wegs, ein Unbetroffner und Kühler,
Der von den Tränen sich losgekauft mit dem Kranz und der Schleife?
Hast du nicht die Ergebung in Gottes urewigen Willen
Gerne jenen gemalt als ein Billiges, Nahes und Leichtes,

Während sie bitter und schwer ist, ein Letztes und schrecklich Erhabnes,
Das man mühseligsten Weges durch tödliche Wildnis erwandert?
Wohl, so erlote es ihnen, erspür es, ergrab es, erflieg es,
Mensch du, Getaufter, Erlöster, das Kleinod der wahren Ergebung,
Ach, der geläuterten Lust, zu tun, was der Meister verhängte,
Ohne Gestöhne zu leeren die Becher, die bitter bereitstehn,
Auszuschreiten die Wege des Leidlands, die ewig geplanten.
Aber dir sei es kund, dir, dem das Mit-Leid gegeben,
Der du die Ärmsten belehrst, sich in Gottes Willen zu fügen,
Daß Gottes Wille für *dich* ist, im fremden Leide zu wohnen,
So, und so ganz allein, entfesselnd die Quellen des Trostes,
Daß es die Weinenden wissen: *hier ist ein Mensch, der uns liebt.*
Blut vom Blute der Armut sei, Fleisch vom Fleische des Jammers!
So wie der Eine gehangen am Kreuz für die Sünden der vielen,
Also hange auch du an der Ratlosen zehrender Marter,
Sei an die Peinen genagelt der Siechen in dumpfigem Bette,
Trinke den Essig der Qual mit allen treulos Verratnen,
Lieg mit den Toten im Grab und steige zur Vorhölle nieder.

Endlich tauche empor ins Licht der wahrhaftigen Hoffnung,
Sei du schimmernd von Trost, sternfunkelnd von lauterer Freude.
Schwer ist das Mitleid, und lange nicht lernt sich die tragende Güte,
Wohlgefällig und niedlich nicht kleidet Erbarmen den Tröster.
Erst bis du tapfer geschultert die ganze Fülle der Schmerzen,
Erst bis einwohnend im Wehsal, im fremden, dein Ich du verstoßen,
Dann erst erblüht dir die Liebe, zu der dich dein Name verpflichtet,
Helfenwollender, der du für einen Christen dich ausgibst.

Preradović

DEN FRAUEN

Innig Wirkliches ist uns beschieden,
Ehe wir vergehn im Trug der Schlacht.
Eure Augen: Abende voll Frieden,
Himmel ihr der Heimat und der Nacht

Schönstes Sternbild, das die wehen Süchte
Still verwandelt in die reine Glut;
Und dann euer Mund, die Frucht der Früchte,
Wie die Erde selber warm und gut;

Eure Stimme: dieser Weg nach Hause!
Eure Arme: dieses End der Welt!
Und der Kuß: die unermeßne Pause
In der Zeit, die nicht mehr innehält!

Josef Leitgeb

IN EINEM FERNEN PARK

Wenn am Morgen die Herrin
Fernen Gesichts durch die Felder ritt,
Neigte der Bauer das Haupt, die Bäurin
Schlug über Stirn und Brust dreimal das Kreuz.
Fürstlich glänzte das Zaumzeug, weithin silbern
Blitzte der Peitschengriff.

Unter den Sonnenblumen
Blühten die Mädchen und sangen. Süß
Blaute der Tag. Fern über dem Strome
Hob eine Wolke aus Reitern golden sich auf,
Stieg und zerging in das Licht. O Glanz, o Sage,
Sprachlos ums schweigende Dorf!

Über die Birken am Hügel
Ragte von Kreuzen ein Wald empor,
Dreimal balkengequert. Kein Name,
Keine Blume, kein Kranz. Die Erde selbst
Schlang um die Toten den Arm, die dunkle Mutter,
Feier und Liebe genug.

Leitgeb

HERBSTGESANG

Denke meiner dereinst, wenn ich nicht mehr bin
  Und der Herbst in die Wälder herabkommt,
Das taunasse Moos von Pilzen quillt,
  Wenn der Farn sich bräunt und die Brombeern
Fast platzen vor Saft, wenn der Holler glänzt
  Von Tropfen schwarz stockenden Erdbluts,
Die Berberitze den Steig entlang
  Weinfarbene Träubchen ins Laub spritzt,
Wenn die Hagebutt glüht, wenn der Kirschbaum brennt
  Und der Ahorn zu golden beginnt.

Der Wein ist gewimmt, und die Pergeln stehn leer,
Es blaut durch das schüttere Laubnetz
Jenseitiger Himmel, unirdisches Blau,
Entschwundenes geistert im Weinberg.
Es flirrt in den Eschen ein goldener Wind,
Und es streicht durch die Dörfer der Gärdunst;
Doch im Anger, da hängen die Äpfel noch schwer,
Fast seufzend vor seligem Schwersein,
Die Kastanien fallen, und Schritt auf Tritt
Springt die funkelnde Frucht aus dem Pelz.

Wenn wie Rauch aus dem Abend der Weiher steigt
Und hinter dem nachtenden Hochwald
Das brennende Gold zu Stein ergraut
Und über die Täler der Schlaf kommt,
Dann zündet das Licht in den Stuben an,
Macht ein Feuer aus Reisig und Rebholz
Und legt den Reizker ins rauchende Öl
Und beizt ihn mit Pfeffer und würzt ihn
Mit Zwieblauch und Petersilienkraut
Und holt aus dem Keller den Wein!

Ihr redet vom Jahr, wie es alt wird und stirbt
Und wie innig das Sterben euch anrührt,
Ihr redet vom Obst und vom Wein und vom Wild
Und wie innig das Leben euch anrührt,
Und schweigt ihr auf einmal und wißt nicht, warum
(Als löschte der Nachtwind ein Licht aus) —,
So wisset denn, Freunde, dies Schweigen bin ich.
O schweigt und laßt mich bei euch sein
So lange nur, wie man zum Nachschenken braucht
Und im Lächeln sich stumm zu verstehn!

Leitgeb

DER ALTE HIRT

Ein Hirt mit lichten Schafen
Zieht still ins Abendrot hinein
Und spielt ein Lied, da schlafen
Die Wälder ein.

Und wie sie leise rauschend
Im weiten Rund zur Ruh sich wehn,
Bleibt müd ein Wanderer lauschend
Am Wege stehn.

Die Wolken glühn versunken
Am dämmerblauen Gipfelsaum.
Ihm wird, er wäre trunken
Und alles Traum.

Er sieht ins Dunkelklare
Wie tief in Sagenzeit hinein,
Als müßts die wunderbare
Urheimat sein.

Es zieht geheime Kreise
Das Lied aus Mondesferne her.
Er folgt der alten Weise
Und kehrt nicht mehr.

Hans von Hammerstein

DIE REUE

Der Himmel ist so kalt und schwer.
Nun fängt es bald zu schneien an.
Was ich dir auch zuleid getan:
Mir tat ich mehr.

Die Flocken decken manches ein,
Es schneit so fein, es schneit so dicht.
Ein Schleier hüllt dein Angesicht.
Ich bin allein.

Ich möchte rufen: Komm zu mir!
Es ist so still. Es schneit so dicht.
Ich will zu dir.
Und kann's doch nicht ...

Es schwebt und webt und wiegt mich ein.
Dein Antlitz hebt und wendet sich
In tausend Flocken über mich.
Einst warst du mein.

Der Himmel lastet kalt und schwer.
Einst warst du mein.
Was ich auch tat, mir tat ich mehr.
Ich bin allein.

Gustav von Festenberg

FINSTERNISSE ...

Finsternisse fallen dichter
Auf Gebirge, Stadt und Tal.
Doch schon flimmern kleine Lichter
Tief aus Fenstern ohne Zahl.

Immer klarer, immer milder
Längs des Stroms gebognem Lauf,
Blinken irdische Sternenbilder
Nun zu himmlischen hinauf.

Hans Carossa

DIE AHNFRAU

Wage dich wieder hervor,
Silbernes Mittagsgesicht!
Alle sind außen im Korn,
Alles ist, wie es war.

Noch gurren die Turteln am Dach
In purpurfüßigen Reihn.
Und Blumen, blau wie die Luft,
Umwehen im Bogen die Tür.

Sprich zu dem jungen Baum
Bei dem immer murmelnden Bronn,
Und an dem Fenstergeweb
Der heiligen Spinne vorbei

Husch in dein Sterbegemach!
Denk nicht vermoderter Pein!
Sieh, wo du seufzend vergingst,
Atmet das blühende Kind.

Oh, wie es ruhig schwebt
Im leichten blutlösenden Schlaf!
Es regt seine Händchen, es spürt
Des Wachstums nahen Quell.

Umfließ es mit Geisterglück!
Nun öffnet es Augen voll Traum.
Es blinzelt durch dich in den Tag.
Es lächelt und schläft wie du ein.

Grüße die Natter im Flur!
Noch reicht man den Milchnapf ihr fromm.
Dort schleicht sie gesättigt hinaus.
Sie fühlt und fürchtet sich.

Klug folgt sie verborgener Spur
Hinab in ihr dunkles Gebiet.
Da liegt unter höhligem Stein
Der Schatz, den du vergrubst.

Du sahst in die ferne Zeit,
Du wahrsagtest Krieg und Verfall.
Treu hast du gedarbt und bewahrt,
Die Schlange weiß darum.

Sie hegt auf dem Hort ihre Brut,
Sie biegt sich um ihn jede Nacht
Zum zauberverstärkenden Ring.
Oft klingt unbändig das Gold.

Carossa

BARBARATAG

(4. Dezember)

Kirschenzweige bringt ein Mädchen
Über kahle, kalte Heide,
Dämmertag ist Nacht geworden.
Dörfchen blinkt wie Lichtgeschmeide.

Engelstimme singt vom Himmel:
Dunkle Reiser, seid erkoren,
Staubverweht sind lang die Blumen,
Feld und Garten eingefroren.

Ihr nur werdet grünend leben,
Wenn der Erde Pflanzen fehlen.
Heilige Nacht wird Blüten treiben
Und ein Glück kommt in die Seelen.

Letztes Rot verlischt am Walde,
Ton in Lüften bebt entschwindend.
Über die verhüllte Heide
Haucht der Bergwind, Schnee verkündend.

Carossa

VON LUST ZU LUST

Liebe fordert letzte Beugung,
Und ich trau dem dunklen Rufe.
Noch im tiefen Graun der Zeugung
Fühl ich Sehnsucht, ahn' ich Stufe.

Einmal muß ich Welle werden,
Muß im Rausch des Tiers zerfließen.
Erst aus ganz gelösten Erden
Kann der Stern zusammenschießen.

Seele rast hinab zum Schoße,
Dort wird sie von Lust verschlungen.
Auf den Geistern liegen große
Glühende Verfinsterungen.

Dann verbrenne unser Schauer,
Und ich darf zur Welt genesen.
Wer gezeugt hat, fällt in Trauer.
Aus der Trauer steigt das Wesen.

Diesem stehn die Sphären offen,
Es zieht Leuchtkraft aus dem Trüben.
Mit Pleromas reinsten Stoffen
Wird es neue Zeugung üben.

Goldne Schlange, schnell vermodert
An der Wollust nacktem Strande,
Fliegt als Vogel, hell umlodert,
Über morgendlichem Lande.

Liebend lös ich mich vom Weibe,
Laß die Freudenflut verrinnen.
Den kristallnen Leib im Leibe
Laß ich langsam Glanz gewinnen.

Carossa

DER ALTE BRUNNEN

Lösch aus dein Licht und schlaf! Das immer wache
Geplätscher nur vom alten Brunnen tönt.
Wer aber Gast war unter meinem Dache,
Hat sich stets bald an diesen Ton gewöhnt.

Zwar kann es einmal sein, wenn du schon mitten
Im Traume bist, daß Unruh geht ums Haus,
Der Kies beim Brunnen knirscht von harten Tritten,
Das helle Plätschern setzt auf einmal aus.

Und du erwachst — drum mußt du nicht erschrecken!
Die Sterne stehn vollzählig überm Land,
Und nur ein Wandrer trat ans Marmorbecken,
Der schöpft vom Brunnen mit der hohlen Hand.

Er geht gleich weiter. Und es rauscht wie immer.
O freue dich, du bleibst nicht einsam hier.
Viel Wandrer gehen fort im Sternenschimmer,
Und mancher noch ist auf dem Weg zu dir.

Carossa

HEIMLICHE LANDSCHAFT

Rauh verstreute Tempeltrümmer
Glühen gelb im Sonnenbrand,
Ginsterbüsche zwischen Säulen
Ziehen Gold aus heißem Sand.

Edle Schmetterlinge zieren
Marmorhaupt und Marmorschoß.
In des Gottes Achselhöhle
Wuchert blühend grünes Moos.

Eine silbergrüne Schlange
Liegt zerbrochen starr im Staub;
Kinder knien zu ihr nieder,
Decken sie mit Walnußlaub.

Und schon steigen aus dem Boden
Harte Käfer scharenweis.
Toten Leib zurückzutragen
In der Wesen heißen Kreis.

Carossa

FRÜHER KIND, JETZT NUR NOCH GAST DES HAUSES

Früher Kind, jetzt nur noch Gast des Hauses,
Halt ich Treue doch dem alten starken Hausgeist.
Und der Schlange bleib ich bis zum Tod befreundet.
Oft, auf Reisen, tafl' ich an dem Tisch des Königs,
Lausche auch am heiligen Berg den Sprüchen des Propheten;
Beide hoffen, daß ich künftig ihnen diene.
Aber Gold und Kleinod, Königs-Gastgeschenke,
Ungeschmälert überliefr' ich sie der frommen Schlange,
Und das mächtige Geheimnis des Propheten,
Ungesäumt verrat ich es dem stillen Hausgeist.
Keines Lohns bedarf ich, fordre jährlich einmal nur das Gastrecht.
Immer dann im Herbst, wenn ich den Bergweg niedersteige,
Pflügt ein Mann mit jungen Stieren harten Acker,

Greiser Hirte weidet braungefleckte Herde.
Drinnen wirken Töchter farbenblumige Gewebe,
Brot und Milch bringt eine schöne große Mutter,
Knaben kommen, daß ich ihnen Pfeile schnitze.
Traulich zischt im Flur die Schlange, Hausgeist singt im Feuer.
Keines dient dem König, keines dem Propheten;
Einem ungebornen Herrn der Geister dienen alle.

Carossa

O VERLERNE DIE ZEIT

O verlerne die Zeit,
Daß nicht dein Antlitz verkümmer
Und mit dem Antlitz das Herz!
Leg ab deine Namen!
Verhänge die Spiegel!
Weihe dich einer Gefahr.

Wer einem Wink folgt im Sein,
Vieles zu Einem erbaut,
Stündlich prägt ihn der Sturm.
Und nach glühenden Jahren,
Wenn wir irdisch erblinden,
Reift eine größ're Natur.

Carossa

RAUHES LAND

Die Stadt verdämmert weit in unsrem Rücken,
Der letzte sanfte Rebenhügel schwand.
Wir fahren über hohe Eisenbrücken,
Wir nähern uns dem rauhen Heimatland.

Verspätet reift am Hang die Vogelbeere,
Wacholderschatten fällt auf Urgestein.
Der Sperling rüttelt an der magern Ähre,
Die Bergschlucht atmet Wolken aus und ein.

Hier schrumpfen alle Dome zu Kapellen,
Verziert mit Gnadenbildern feurig bunt,
Und draußen im Geröll entspringen Quellen,
Die gehn zum schwarzen See im Fichtengrund.

O bald sind alle Steige schneeverweht,
Ungangbar auch der Weg zum fernen Grabe.
Wir trösten uns: in jedem Hause steht
Ein guter Sarg bei andrer lieber Habe.

Vielleicht um Ostern, wenn in unserm Norden
Die Heide blüht, wird einer fromm versenkt,
Und bald ist Staub und Geist aus ihm geworden —
Wohl dem, der dann noch freundlich an ihn denkt.

Noch sind wir stark. Die Luft blinkt von Kristallen,
Und Hoffnung lebt im Greis wie einst im Kinde.
Land ohne Wein und ohne Nachtigallen.
Daß er in dir den Stein der Weisen finde.

Carossa

AMOR FATI

Die Frucht, den Stein zieht treu die Erde
Ans Herz, daß keins ins Leere fällt.
Wie wäre da dem Geist Gefährde,
Dem zu entgehn, der alles hält?

Und ob du Adlerschwingen schlügest
Und ob du werkest oder ruhst,
Ob du dich stemmst, ob du dich fügest,
Es ist ein Wille, den du tust.

Ein jeder Wind und jede Welle
Trägt dich entgegen deinem Los.
Und fielst du in den Grund der Hölle,
Du fielest nur in Gottes Schoß.

Robert Faesi

WAS FIEL MIR EIN?

Was fiel mir ein?
Wie kühl ist mit der Zeit das Herz
Mir geworden! Hab ich den Schmerz vergessen,
Der eigentlich das Sonnigste des Lebens ist?
Woran ich mich erquickt, wie ich noch an keinem
Vergnügen hing? Wann ging die feine Stäubung
Dem Schmetterling in mir verloren?
Wann fing es an, wann, wo begann, was mich
Entfärbte? Weshalb war's mir eines Tages nicht
Mehr möglich, süß um sie zu sterben, so
Wie Liebende den blumenduftenden
Tod verstehn? Sieht für mich nun alles wie
Entzaubert aus? Doch müssen nicht die anderen
Auch lieblos durch das lange Leben wandern?
Was fiel mir schönheitstrunkner Seele ein?

Robert Walser

WIE IMMER

Die Lampe ist noch da,
Der Tisch ist auch noch da,
Und ich bin noch im Zimmer
Und meine Sehnsucht, ah,
Seufzt noch wie immer.

Feigheit, bist du noch da?
Und Lüge, auch du?
Ich hör' ein dunkles Ja:
Das Unglück ist noch da,
Und ich bin noch im Zimmer
Wie immer.

Walser

DER SCHNITTER

Der Schnitter hat genug getan.
Das Roggenfeld ist abgemäht.
Er legt sich auf den Wiesenplan
Zu Sensenblatt und Wetzgerät.

Er träumt, es wär der Wald entlaubt
Und eine Schlange schlich hervor.
Ein Engel sichelte ihr Haupt,
Es saust der Hieb in seinem Ohr.

Die Gattin ruft am Gartenzaun:
Warum bleibst du so lange fern?
Jählings schreckt er aus seinem Schaun.
Es funkelt schon der Abendstern.

Albert Steffen

WEGZEHRUNG

Aus dem Häuschen in den Garten
Zu dem Apfelbaum,
Denn du kennst die guten Arten,
Rot mit blauem Flaum,
Bis zum Bach verfolgt von Wespen,
Beiße nicht hinein,
Erst im Schatten dieser Espen
Lassen sie uns sein.

Schau dort auf dem Wipfelneste
Jene schwarze Kräh,
Schenk ihr schnell die Schalenreste,
Daß sie uns nicht schmäh,
Und die Fischlein in den Wellen
Locke mit dem Kern,
O die sonnigen Forellen,
O die nehmens gern!

Steffen

ELISABETH

Ich soll erzählen,
Die Nacht ist schon spät.
Willst du mich quälen,
Schöne Elisabeth?

Daran ich dichte
Und du dazu,
Meine Liebesgeschichte
Ist dieser Abend und du.

Du mußt nicht stören,
Die Reime verwehn.
Bald wirst du sie hören,
Hören und nicht verstehn.

Hermann Hesse

IM NEBEL

Seltsam, im Nebel zu wandern!
Einsam ist jeder Busch und Stein.
Kein Baum sieht den andern,
Jeder ist allein.

Voll von Freunden war mir die Welt,
Als noch mein Leben licht war,
Nun, da der Nebel fällt,
Ist keiner mehr sichtbar.

Wahrlich, keiner ist weise,
Der nicht das Dunkel kennt,
Das unentrinnbar und leise
Von allen ihn trennt.

Seltsam, im Nebel zu wandern!
Leben ist einsam sein.
Kein Mensch kennt den andern,
Jeder ist allein.

Hesse

WANDERSCHAFT

Im Walde blüht der Seidelbast,
Im Graben liegt noch Schnee;
Das du mir heut geschrieben hast,
Das Brieflein tut mir weh.

Jetzt schneid ich einen Stab im Holz,
Ich weiß ein ander Land,
Da sind die Jungfern nicht so stolz,
Der Liebe abgewandt.

Im Walde blüht der Seidelbast,
Kein Brieflein tut mir weh,
Und das du mir geschrieben hast,
Schwimmt draußen auf dem See,
Schwimmt draußen auf dem Bodensee,
Ja, draußen auf dem See.

Hesse

LANDSTREICHERHERBERGE

Wie fremd und wunderlich das ist,
Daß immerfort in jeder Nacht
Der leise Brunnen weiterfließt,
Vom Ahornschatten kühl bewacht.

Und immer wieder wie ein Duft
Der Mondschein auf den Giebeln liegt
Und durch die kühle, dunkle Luft
Die leichte Schar der Wolken fliegt!

Daß alles steht und hat Bestand,
Wir aber ruhen eine Nacht
Und gehen weiter über Land,
Wird uns von niemand nachgedacht.

Und dann, vielleicht nach manchem Jahr,
Fällt uns im Traum der Brunnen ein
Und Tor und Giebel, wie es war
Und jetzt noch und noch lang wird sein.

Wie Heimatahnen glänzt es her,
Und war doch nur zu kurzer Rast
Ein fremdes Dach dem fremden Gast,
Er weiß nicht Stadt, nicht Namen mehr.

Wie fremd und wunderlich das ist,
Daß immerfort in jeder Nacht
Der leise Brunnen weiterfließt,
Vom Ahornschatten kühl bewacht!

Hesse

REGEN IM HERBST

O Regen, Regen im Herbst,
Grau verschleierte Berge,
Bäume mit müde sinkendem Spätlaub!
Durch beschlagene Fenster blickt
Abschiedsschwer das krankende Jahr.
Fröstelnd im triefenden Mantel
Gehst du hinaus. Am Waldrand
Tappt aus entfärbtem Laub
Kröte und trunkner Salamander.
Alle Wege hinab
Rinnt und gurgelt unendlich Gewässer,
Bleibt im Grase beim Feigenbaum
In geduldigen Teichen stehn.
Und vom Kirchturm im Tale
Tropfen zögernde müde
Glockentöne für Einen vom Dorf,
Den sie begraben.

Du aber traure, Lieber,
Nicht dem begrabenen Alten,
Nicht dem Sommerglück länger nach
Noch den Festen der Jugend!
Alles hat Dauer in frommer Erinnrung,
Bleibt im Wort, im Bild, im Liede bewahrt,
Ewig bereit zur Feier der Rückkehr
Im erneuten, erhöhten Gewand.
Hilf bewahren du, hilf verwandeln,
Und es geht dir die Blume
Gläubiger Freude im Herzen auf.

Hesse

KLAGE UND TROST

Jenes Licht, das einst in den Stuben
Unserer Jugend am Abend so sanft gebrannt,
Ist nirgend mehr. Und die wir gekannt
Und geliebt als hübsche Mädchen und Buben,
Sind hingewelkt und in Gräbern vermodert.
Das Licht, das heut über den Straßen
So kühlgrell und so über die Maßen
Verschwenderisch gleißt und lodert,
Ist anders als alle Lichter waren
In den Städten unserer Kinderzeit,
Und anders geworden sind Plätze und Gassen,
So neu, so steinern, so breit.
Auch was die Kriege übrig gelassen,
Städtchen und Dörfer, heimatlich altvertraut,
Aus andern, erschreckten Augen schaut,
Es dröhnt und stöhnt von ungeduldigen Motoren,
Kirche und Friedhof stehn im Gewühl
Altgeworden, verschüchtert, verloren,
Die Leute am Steuer blicken versorgt und kühl.

Aber der Regen, wenn er in Frühlingserde
Leise sinkt oder ins Sommerlaub rauscht,
Klingt und riecht noch wie einst, und der lautlosen Natter Gebärde,
Wenn sie mit eckigem Köpfchen wittert und lauscht,
Oder des halben Mondes heimliche Trauer,
Wie er so fremd und verstohlen sich hebt
Über der nächtlichen Berge zackige Mauer,
Und der Weide Gezweig, wenn es im Föhnwind bebt,
O und der Abendberge inniges Glühen
Oder der ersten Krokus schüchtern-schelmisches Blühen
Sind noch wie immer, ihr Zauber ist ungebrochen.

Wie sie vor Zeiten in jener versunkenen Welt
Uns begrüßt und freundlich zu uns gesprochen
Und uns die Seele mit Trost und Freude erhellt,
Sprechen sie heut noch und geben Antwort dem Herzen,
Dem die Jahre wie Tage vorüberfliehn,
Gleich dem Lampenlicht und dem sanften Schimmer der Kerzen,
Der die Abende unserer Kindheit beschien.

Hesse

EIN TRAUM JOSEF KNECHTS

In einem Kloster im Gebirg zu Gast,
Trat ich, da alle beten gangen waren,
In einen Büchersaal. Im Abendsonnenglast
Still glänzten an der Wand mit wunderbaren
Inschriften tausend pergamentene Rücken.
Voll Wißbegierde griff ich und Entzücken
Ein erstes Buch zur Probe, nahm und las:
„Zur Zirkelquadratur der letzte Schritt."
Dies Buch, so dacht' ich rasch, nehm' ich mir mit!
Ein andres Buch, goldlederner Quartant,
Auf dessen Rücken klein geschrieben stand:
„Wie Adam auch vom andern Baume aß . . ."
Vom andern Baum? Von welchem? Dem des Lebens!
So ist Adam unsterblich? Nicht vergebens,
So sah ich, war ich hier, und einen Folianten
Erblickt' ich, der an Rücken, Schnitt und Kanten
In regenbogenfarbenen Tönen strahlte,
Sein Titel lautete, der handgemalte:
„Der Farben und der Töne Sinn-Entsprechung,
Nachweis, wie jeder Farb' und Farbenbrechung
Als Antwort eine Tonart zugehöre."

O wie verheißungsvoll die Farbenchöre
Mir funkelten! Und ich begann zu ahnen,
Und jeder Griff nach einem Buch bewies es:
Dies war die Bücherei des Paradieses,
Auf alle Fragen, die mich je bedrängten,
Alle Erkenntnisdürste, die mich je versengten,
War Antwort hier und jedem Hunger Brot
Des Geistes aufbewahrt. Denn wo ich einen Band
Mit schnellem Blick befragte, jedem stand
Ein Titel angeschrieben voll Versprechen;
Es war hier vorgesorgt für jede Not,
Es waren alle Früchte hier zu brechen,
Nach welchen je ein Schüler ahnend bangte,
Nach welchen je ein Meister wagend langte.
Es war der Sinn, der innerste und reinste
Jedweder Weisheit, Dichtung, Wissenschaft,
War jeder Fragestellung Zauberkraft
Samt Schlüssel und Vokabular, es war die feinste
Essenz des Geistes hier in unerhörten,
Geheimen Meisterbüchern aufgewahrt,
Die Schlüssel lagen hier zu jeder Art
Von Frage und Geheimnis, und gehörten
Dem, dem der Zauberstunde Gunst sie bot.

So legt' ich denn, mir zitterten die Hände,
Aufs Lesepult mir einen dieser Bände,
Entzifferte die magische Bilderschrift,
So wie im Traum man oft das Niegelernte
Halb spielend unternimmt und glücklich trifft.
Und alsbald war beschwingt ich in besternte
Geisträume unterwegs, dem Tierkreis eingebaut,
In welchen alles, was an Offenbarung
Der Völker Ahnung bildlich je erschaut,
Erbe jahrtausendalter Welterfahrung,

Harmonisch sich zu immer neuen Bindungen
Begegnete und eins aufs andre rückbezog,
Alten Erkenntnissen, Sinnbildern, Findungen
Stets neue, höhere Frage jung entflog,
So daß ich lesend, in Minuten oder Stunden,
Der ganzen Menschheit Weg noch einmal ging
Und ihrer ältesten und jüngsten Kunden
Geheimsam inneren Sinn in mir empfing.
Ich las und sah der Bilderschrift Gestalten
Sich mit einander paaren, rückentfalten,
Zu Reigen ordnen, auseinanderfließen
Und sich in neue Bildungen ergießen,
Kaleidoskop sinnbildlicher Figuren,
Die unerschöpflich neuen Sinn erfuhren.

Und wie ich so, von Schauungen geblendet,
Vom Buch aufsah zu kurzer Augenrast,
Sah ich: ich war hier nicht der einzige Gast.
Es stand im Saal, den Büchern zugewendet,
Ein alter Mann, vielleicht der Archivar,
Den sah ich ernsthaft, seines Amts beflissen,
Beschäftigt bei den Büchern, und es war,
Der eifrigen Arbeit Art und Sinn zu wissen,
Mir seltsam wichtig. Dieser alte Mann,
So sah ich, nahm mit zarter Greisenhand
Ein Buch heraus, las, was auf Buches Rücken
Geschrieben stand, hauchte aus blassem Munde
Den Titel an — ein Titel zum Entzücken,
Gewähr für manche köstliche Lesestunde! —,
Löscht' ihn mit wischendem Finger leise fort,
Schrieb lächelnd einen neuen, einen andern,
Ganz andern Titel drauf, begann zu wandern,
Und griff nach einem Buch bald da, bald dort,
Löscht' seinen Titel aus, schrieb einen andern.

Verwirrt sah ich ihm lange zu, und kehrte,
Da mein Verstand sich zu begreifen wehrte,
Zurück zum Buch, drin ich erst wenig Zeilen
Gelesen hatte; doch die Bilderfolgen,
Die eben mich beseligt, fand ich nimmer,
Es löste sich und schien mir zu enteilen
Die Zeichenwelt, in der ich kaum gewandelt
Und die so reich vom Sinn der Welt gehandelt;
Sie wankte, kreiste, schien sich zu verwolken,
Und im Zerfließen ließ sie nichts zurück
Als leeren Pergamentes grauen Schimmer.
Auf meiner Schulter spürt' ich eine Hand
Und blickte auf, der fleißige Alte stand
Bei mir, und ich erhob mich. Lächelnd nahm
Er nun mein Buch, ein Schauer überkam
Mich wie ein Frieren, und sein Finger glitt
Wie Schwamm darüber; auf das leere Leder
Schrieb neue Titel, Fragen und Versprechungen,
Schrieb ältester Fragen neuste, jüngste Brechungen
Sorgfältig buchstabierend seine Feder,
Dann nahm er Buch und Feder schweigend mit.

Hesse

ALTER MALER IN DER WERKSTATT

Vom großen Fenster scheint Dezemberlicht
Auf blaues Leinen, rosigen Damast,
Goldrahmenspiegel mit dem Himmel spricht,
Blaubauchiger Tonkrug hält den Strauß umfaßt
Vielfarbiger Anemonen, gelber Kressen.
Inmitten sitzt, von seinem Spiel besessen,
Der alte Meister, der sein Antlitz malt,
Wie es der Spiegel ihm entgegen strahlt.

Vielleicht hat er für Enkel es begonnen.
Ein Testament, vielleicht der eigenen Jugend Spur
Gesucht im Spiegelglas. Doch das ist längst vergessen,
War eine Laune, war ein Anlaß nur.
Er sieht und malt nicht sich; er wägt besonnen
Das Licht auf Wange, Stirne, Knie, das Blau
Und Weiß im Bart, er läßt die Wange glühen
Und blumenschöne Farben aus dem Grau
Des Vorhangs und der alten Jacke blühen,
Er wölbt die Schulter, baut den Schädel rund
Ins Übergroße, gibt dem vollen Mund
Ein tief Karmin. Vom edlen Spiel besessen
Malt er, als wären's Luft, Gebirg und Bäume,
Malt er gleich Anemonen oder Kressen
Sein Bildnis in imaginäre Räume,
Um nichts besorgt als um das Gleichgewicht
Von Rot und Braun und Gelb, die Harmonie
Im Kräftespiel der Farben, das im Licht
Der Schöpferstunde strahlt, schön wie noch nie.

Hesse

KNARREN EINES GEKNICKTEN ASTES

Dritte Fassung
(Letztes Gedicht)

Splittrig geknickter Ast,
Hangend schon Jahr um Jahr,
Trocken knarrt er im Wind sein Lied,
Ohne Laub, ohne Rinde,
Kahl, fahl, zu langen Lebens,
Zu langen Sterbens müd.
Hart klingt und zäh sein Gesang,
Klingt trotzig, klingt heimlich bang
Noch einen Sommer,
Noch einen Winter lang.

Hesse

MEIN JUGENDHIMMEL

Mein Jugendhimmel, eine Glocke aus Glas.
Wir trugen Florentinerhüte.
Auf Kinderhände fiel Kirschenblüte.
Schneeflocken fielen, weich und naß.

Die Berge Jütlands und blaue Heide.
Und in Vaters Hof fielen manchmal die Sterne.
Da erzählte der Seemann von einer Taverne
Und bunten Mädchen in leuchtender Seide.

»Sag, Kleine, willst du mit? Sag ja ...«
Matrose gab mir einen Kuß.
»Weil ich noch heute reisen muß ...«
Schön sind die Mädchen von Batavia.

Emmy Ball-Hennings

BEIM LESEN

Im stillen Raum spielt schon die Nacht
Und lockt und löst die Dämmerweiten:
Der Dinge Form vergleitet sacht,
Doch ihre dunklen Wesenheiten
Sind seltsam nah um mich erwacht.

Ich lehn am Fenster, auf den Knien
Ein rätselvolles Buch. Noch immer
Hält mich im letzten Tagesfliehn
Der schmalen, blassen Seiten Schimmer,
Indes die Schatten näher ziehn.

Da plötzlich ists, als welke hin
Der schwere Satz, den ich gelesen,
Und breche hüllenloser Sinn,
Wie er dereinst in Gott gewesen,
Aus ihm hervor gleich Anbeginn

Und ein Erinnern zeitlos-alt
Fühl ich aus meiner Seele steigen
An einer Einheit Urgewalt,
An tiefes, tiefes Liebesschweigen
Vor jedem Ausgang der Gestalt.

Ich les, als läs ich nicht. Mein Geist
Weiß nichts von Schranken mehr, die trennen,
Er weiß nur dies: Verstehen heißt:
Aus einer ewgen Heimat kennen,
Und nichts ist hoffnungslos verwaist.

Gertrud von Le Fort

DIE ÜBERLEBENDE

Geh doch hinüber — es ist ja so nah,
Geh doch hinaus — du bist ja fast da:
Alle Türen sind aufgesprengt,
Alle Räume sind weit entschränkt.

Brauchst nicht erst sterben, um dort zu sein,
Brauchst nicht erst scheiden, bist ja allein,
Brauchst nicht erst brechen mit Wunsch und Welt:
Alles Vergängliche ist zerschellt.

Die du geliebt hast, stieß man ins Grab,
Leer ist die Hand und zerbrochen der Stab,
Offene Fenster im wüsten Gemach —
Nichts steht mehr als das himmlische Dach.

Geh doch hinüber, geh sanft und still,
Laß doch fallen, was fallen will,
Laß doch verwehen, was da verweht:
Nur der einige Gott besteht.

Geh doch — geh noch ein kleines Stück:
Alle Zeit ist kurz wie das Glück,
Kreuz und Kummer, die trägst du nicht weit —
Ewig ist nur die Ewigkeit.

Le Fort

KASCHUBISCHES WEIHNACHTSLIED

Wärst du, Kindchen, im Kaschubenlande,
Wärst du, Kindchen, doch bei uns geboren!
Sieh, du hättest nicht auf Heu gelegen,
Wärst auf Daunen weich gebettet worden.

Nimmer wärst du in den Stall gekommen,
Dicht am Ofen stünde warm dein Bettchen,
Der Herr Pfarrer käme selbst gelaufen,
Dich und deine Mutter zu verehren.

Kindchen, wie wir dich gekleidet hätten!
Müßtest eine Schaffellmütze tragen,
Blauen Mantel von kaschubischem Tuche,
Pelzgefüttert und mit Bänderschleifen.

Hätten dir den eignen Gurt gegeben,
Rote Schuhchen für die kleinen Füße,
Fest und blank mit Nägelchen beschlagen!
Kindchen, wie wir dich gekleidet hätten!

Kindchen, wie wir dich gefüttert hätten!
Früh am Morgen weißes Brot mit Honig,
Frische Butter, wunderweiches Schmorfleisch,
Mittags Gerstengrütze, gelbe Tunke,

Gänsefleisch und Kuttelfleck mit Ingwer,
Fette Wurst und goldnen Eierkuchen,

Krug um Krug das starke Bier aus Putzig!
Kindchen, wie wir dich gefüttert hätten!

Und wie wir das Herz dir schenken wollten!
Sieh, wir wären alle fromm geworden,
Alle Kniee würden sich dir beugen,
Alle Füße Himmelswege gehen.

Niemals würde eine Scheune brennen,
Sonntags nie ein trunkner Schädel bluten, —
Wärst du, Kindchen, im Kaschubenlande,
Wärst du, Kindchen, doch bei uns geboren!

Werner Bergengruen

KEHR UM, GEH HEIM

Der Herd erlosch. Das Elend spricht dich los,
Das Dach zerfiel.
Kehr um, geh heim in deiner Mutter Schoß.

Mensch, du verlorner Sohn der ersten Zeit,
Kehr um, geh heim.
Das Vaterhaus heißt Ungeborenheit.

Du drangst ans Licht, hast dich zu sein erkühnt,
Kehr um. Wohin?
Wo kühl im Dunkel ewige Hausung grünt.

Bergengruen

ZU LEHEN

Ich bin nicht mein, du bist nicht dein,
Keiner kann sein eigen sein:

Ich bin nicht dein, du bist nicht mein.
Keiner kann des andern sein.

Hast mich nur zu Lehn genommen,
Hab zu Lehn dich überkommen.

Also mag's geschehn:
Hilf mir, liebstes Lehn,

Daß ich alle meine Tage
Treulich dich zu Lehen trage
Und dich einstmals vor der letzten Schwelle
Unversehrt dem Lehnsherrn wiederstelle.

Bergengruen

SCHWER RINGT DER MORGEN VON DER NACHT SICH LOS

Schwer ringt der Morgen von der Nacht sich los,
Es will das Licht nicht auf den Bergen weilen,
Das Dunkel steigt, und alle Quellen eilen
Sehnsüchtig wieder in des Abgrunds Schoß.

Ach, so viel teure Tote deckt das Moos,
Die im Verborgnen unser Leben teilen.
Und über heiligen Schmerzen, die nicht heilen,
Webt sich die Schwermut unerbittlich groß.

Da stürzt das Licht aus hochentrückten Weiten
Tief in die Tiefen der vererbten Nacht
Und strömt und zeugt sich unerschöpflich fort.

Es ruft der Geist in Herzen und den Zeiten
Den Abgrund an mit unerhörter Macht,
Und aus des Schicksals Tiefe steigt das Wort.

Reinhold Schneider

ZWISCHEN OSTERN UND HIMMELFAHRT

Die ist die Zeit, da Gott sich von den Fluren
Der teuern Erde noch nicht trennt. Die Frauen
Und Jünger dürfen den Verklärten schauen,
Auf seines Leids geheimnisvollen Spuren.

Er steht am See, den sie des Nachts befuhren,
Der Gottheit Glanz, verhüllt vom Morgengrauen,
Und schwindet abends schimmernd in die Auen,
Ins Lichte wandelnd alle Kreaturen.

Dies sind der Erde wunderbarste Zeiten,
Da Ihn die Gräser spüren und die Ähren,
Und Sträucher beben von verborgenen Schritten.

Schon will der Himmel glänzend sich bereiten,
Er aber zögert, segnend zu verklären
Die arme Welt, wo Er den Tod erlitten.

Schneider

DIE LETZTEN TAGE

Ihr toten Freunde, ihr gebrochnen Mauern,
Verwirkte Kronen, ihr gesunknen Fahnen!
Aus Nacht und Trümmern dringt ein stürmisch Mahnen,
Euch dankzusagen unter Todesschauern.

Nun ist das größte ein untröstlich Trauern
Ums Haus der Väter, um das Gut der Ahnen,
Wer bildet stürzend auf verrufnen Bahnen?
Uns bleibt die Klage, uns zu überdauern.

Nichts sterbe unbeweint. Der klare Schein
Zu flüchtiger Stirnen schimmre uns noch fort,
Der Sommertag, den Mitternacht verdarb,

Der Bäume Friede, der verklärte Stein
Der letzten Türme — ach, kein Abschiedswort
Sagt, was wir sterben sahn, was mit uns starb.

Schneider

AUS „KLEINE PASSION"

Was alles auch vernichtet —
Das Kreuz bleibt aufgerichtet
Hoch überm Trümmerfeld.
Wenn alle Lichter bleichen,
Erhöhter steht das Zeichen
Und gießt sein Licht in dunkle Welt.

O Erde, die erbebte,
Als sich das, was da lebte,
Zerfleischt, die Kreatur!
Es schweigt das Weltgewissen,
Obwohl wir selbst zerrissen
Den Tempel, nicht den Vorhang nur.

Des Göttlichen Verräter,
Wir sinds, die Missetäter
Voll Haß und voller Hohn:
Wir haben Dich geschlagen
An einen blutgen Schragen,
Das Menschenbild, den Menschensohn.

Und eh wir übergeben
Der Pein, dem Tod das Leben,

In dieser bangen Frist,
Ja, vor dem Dorngekrönten,
Gegeißelten, Verhöhnten,
Wir fragen noch, was Wahrheit ist?

Du bist herabgekommen
Und hast auf Dich genommen,
Selbst ohne Zeit, die Zeit,
Den Tod, Du selbst unsterblich,
Die Schuld, Du unverderblich,
Den Menschenleib, das Menschenleid.

Laß ihn vorübergehen,
Den Kelch! wir dürfen flehen
Mit Dir, vor Ängsten matt.
Wir dürfen mit Dir jammern
In schweißgen Todesklammern,
Warum uns Gott verlassen hat.

Und eh Du zwischen Schächern,
Und Mördern und Verbrechern,
Ausseufzst, in Gott zu ruhn,
Aus kreuzgereckten Armen
Trifft himmlisches Erbarmen
Uns, die nicht wissen, was sie tun —

Hans Brandenburg

ES IST SO SPÄTE NACHT

Es ist so späte Nacht —
Sieh, unsre Lichter brennen
Schon aus und alles still.
Nie wollen wir uns trennen.

Es ist so späte Nacht —
Komm, lehne dich hinaus,
Wie schwer die Luft und schwül.
Der Mond steht überm Haus.

Es ist so späte Nacht —
Hörst du das Käuzchen schreien?
Mir war, als rief es uns;
Es will uns prophezeien.

Es ist so späte Nacht —
Kannst du den Ruf verstehen?
Mir graut — horch! Du, wir wollen
Nie auseinander gehen!

Es ist so späte Nacht —
Nein, laß mir deine Hände!
Wir müssen wachsam sein,
Die Nacht ist ohne Ende.

Alexander von Bernus

GESANG WEIT HER

Ich finde längst den Weg nicht mehr,
Den Weg am Weidenwald entlang;
Es waren graue Weiden.
Von irgendwoher kam Gesang.

Ich glaube, er kam weit weit her,
Wo sich die Herzen scheiden
In Winterschnee getaucht, in Wintereis erstarrt.
Noch fühl ich deine Gegenwart,
Den Atem deines Munds —
Dann haben wir es zugescharrt,
Der Liebe Grab in uns.

Du lehntest an dem Weidenbaum,
Durchs Haar strich dir der Wind;
Du sprachst: „Ich weiß, es war ein Traum
Und kurz wie Träume sind."

Noch sehe ich dich stehn vor mir.
So lange ist das her, so lang,
Am Weidenbaum wie du da sprachst,
Wo du den Wasserschierling brachst
An jenem Abendgang.

O Weidenbaum! O Wasserwelt!
Die Nebel ziehn und spinnen alles ein und ziehn —
Schon seh ich dein Gesicht nicht mehr,
Nur der Gesang noch weit weit her,
Wir beide hören ihn.

Bernus

LIEBESGARTEN

Wo sind noch unbetretne Länder?
Wo ist noch unbefahrnes Meer?
Wo schreitet noch der Sechzehnender
Vor Königen und Helden her?

Wo tritt das Einhorn aus den Tannen
Noch vor die Jungfrau hin und kniet?
Wo sind noch Schemen, sie zu bannen?
Wo ist noch heiliges Gebiet?

Wo zünden noch beschworne Feuer
Vom Himmel, wie es einst geschehn?
Wo gibt es heut noch Abenteuer,
Die es sich lohnte zu bestehn?

Wo ist das Wunder noch lebendig?
Warum erreicht es uns nicht mehr?
Die Ferne ist so unbeständig,
Die Nähe ohne Gegenwehr.

Wir aber, die im Walde warten,
Bis sich die Zeit erfülle, sehn
Noch manchmal fern den Liebesgarten
Hell durch das Rosendickicht wehn,

Und fangen dann und wann von drüben
Wohl einen Ton ein im Verziehn,
Aber noch während wir ihn üben,
Fällt Laub und wir verlieren ihn . . .

Bernus

DER SEE

Ruhig atmet der See, kindergesichtig, fromm
Glänzend. Du aber weißt, was in der Tiefe haust:
Schwarze Fische, der Waller
Und der mächtige Raubfisch Hecht.

Manchmal steigt aus der Flut silbern die Blase auf,
Manchmal rührt in der Bucht singend das Schilfrohr sich:
Jagt jetzt unten am Grunde
Lautlos hetzend der Raubfisch Hecht?

Georg Britting

AN DEN LESER

Mein einziger Wunsch ist, dir, o Mensch verwandt zu sein!
Bist du Neger, Akrobat, oder ruhst du noch in tiefer Mutterhut,
Klingt dein Mädchenlied über den Hof, lenkst du dein Floß im Abendschein,
Bist du Soldat oder Aviatiker, voll Ausdauer und Mut.
Trugst du als Kind auch ein Gewehr in grüner Armschlinge?
Wenn es losging, entflog ein angebundener Stöpsel dem Lauf.
Mein Mensch, wenn ich Erinnerung singe,
Sei nicht hart, und löse dich mit mir in Tränen auf!

Denn ich habe alle Schicksale mitgemacht. Ich weiß
Das Gefühl von einsamen Harfenistinnen in Kurkapellen,
Das Gefühl von schüchternen Gouvernanten im fremden Familienkreis,
Das Gefühl von Debutanten, die sich zitternd vor den Souffleurkasten stellen.

Ich lebte im Walde, hatte ein Bahnhofsamt,
Saß gebeugt über Kassabücher und bediente
ungeduldige Gäste.
Als Heizer stand ich vor Kesseln, das Antlitz
grellüberflammt,
Und als Kuli aß ich Abfall und Küchenreste.

So gehörte ich dir und allen!
Wolle mir, bitte, nicht widerstehn!
O könnte es einmal geschehn,
Daß wir uns, Bruder, in die Arme fallen!

Franz Werfel

KINDHEIT

Einmal, einmal,
Wir waren rein.
Saßen klein auf einem Feldstein
Mit vielen lieben alten Fraun.
Wir waren ein Indenhimmelschaun,
Ein kleiner Wind im Wind
Vor einem Friedhof, wo die Toten leicht sind.
Sahen auf ein halbzerstürztes Tor,
Hummel tönte durch Hagedorn,
Der Grillen-Abend trat groß ins Ohr.
Ein Mädchen flocht einen weißen Kranz,
Da fühlten wir Tod und einen süßen Schmerz,
Unsere Augen wurden ganz blau ...
Wir waren auf der Erde und in Gottes Herz.
Unsre Stimme sang noch ohne Geschlecht,
Unser Leib war rein und recht,
Schlaf trug uns durch grünen Gang,
Wir ruhten auf Liebe, heiligem Geflecht,
Die Zeit war wie Jenseits, wandelnd und lang.

Werfel

SCHWERMUT

Es steht eine Sägemühle im Wald.
Ich bin als Kind vorübergefahren.
War das vor hundert Jahren?
Jetzt bin ich nicht jung und nicht alt.
Doch ich weiß in der Straßen Lärmgefahren:
Ein Wasser schellt und schallt
Und wirft mit raschen, mit blauen Haaren
Übers Rad seine heilige Gewalt.

Heut ist der Holunderbaum schon abgeblüht
Und knarrte erst gestern in Frost und Schnee!
Wer rechnet das aus? Ich habe Heimweh,
Während ich doch in der Heimat steh.
Ich sprang ja kaum aus dem Bett und bin schon müd.
Knaben rennen und wälzen sich wild durchs Gras.
Sie halten unter die alte Pumpe ihr brennendes Gesicht.
Das sind nicht meine Kameraden, ich kenne sie nicht,
Und doch ist mein Mund vom Trunk noch tropfnaß.

Ich bin ein Same, hieher verweht
Aus einer fremden Welt.
Dies ist nicht mein Planet.
Doch hab ich meinen Halm in die Sonne gestellt,
Und manchmal faßt ihn solcher Wonne Gewalt,
Als neigten sich durch einen Spalt
Seine wahren Brüder und Eltern vom Zelt.
Tau fällt.
Aber in einem alten Wald
Heiliges Wasser schallt, schellt.

Nun steh ich vor dem Gehöft der Nacht.
Der Wächter fragt: Was hast du tagsüber gemacht?

Ich habe mit meinen Küssen versengt,
Die mir am meisten Liebe geschenkt.
Der Wächter fragt: Was bringst du in der Hand?
Einer Lerche Asche, die sich im Morgenfeuer
verbrannt.

Der Wächter fragt: Was weißt du zu berichten,
Undeutliche Gestalt?
Dies blieb mir von allen Geschichten und Gesichten:
Eine Sägemühle steht im Wald.

Werfel

MÜDIGKEIT

Tiefe Schwester der Welt
Weilt auf bewimpeltem Bord,
Schützt ihren Krug vor dem Glanz,
Der schon im Westen zerstürzt.

Mit dem Gelächter des Volks
Löst sich das Schifflein und schäumt.
Aber die Göttin und Gold
Rollt mit den Wellen noch lang.

Herz und Atem versinkt,
Woge, in welchen Schlag?
Mischt schon die Fledermaus
Elemente und Mohn?

Abendgestade und Blick
Schwinden hin, Kiel und Delphin.
Lebt noch über der Bucht
Maulbeer, Limone und Öl?

Werfel

DAS BLEIBENDE

Solang noch der Tatrawind leicht
Slowakische Blumen bestreicht,
Solang wirken Mädchen sie ein
In trauliche Buntstickerein.

Solang noch im bayrischen Wald
Die Axt im Morgengraun hallt,
Solang noch der Einsame sitzt,
Der Gott und die Heiligen schnitzt.

Solang auf ligurischer Fahrt
Das Meer seine Fischer gewahrt,
Solang wird am Strande es schaun
Die spitzenklöppelnden Fraun.

Ihr Völker der Erde, mich rührt
Das Bleibende, das ihr vollführt.
Ich, ohne Volk, ohne Land,
Stütz meine Stirn in die Hand.

Werfel

DORT UND HIER

Ja, wir werden sein und uns erkennen,
Nicht mehr machtlos zu einander brennen.

Dumpfer Druck von Unempfindlichkeiten
Dünkt uns dann der Kuß der Erdenzeiten.

Wir erwachen weinend aus dem Wahne,
Daß die Leiber Lust sind, die Organe.

Uns erschüttert trunkene Erfahrung:
Nur die Flamme lebt, nicht ihre Nahrung.

Hier berühr ich dich. Dort wird gelingen,
Flamme, daß wir Flammen uns durchdringen.

Und ich brenne tief, was wir hier litten,
Dort im Geisterkuß dir abzubitten.

Werfel

VOR DEM SCHLAF

So spät ist es, so späte,
Was werden wird, das weiß ich nicht.
Es dauert nicht mehr lange.
Mir wird so bange,
Und seh in der Tapete
Ein klagendes Gesicht.

Allein bin ich, alleine,
Was außerhalb, ich weiß es nicht.
Ach, daß mir's noch gelänge,
Mir wird so enge,
Und seh in jedem Scheine
Ein fragendes Gesicht.

Nun bin ich schon entrissen,
Was da und dann, ich weiß es nicht.
Ich kann sie nicht behalten,
Die Wahngestalten,
Und fühl in Finsternissen
Das sagende Gesicht.

Karl Kraus

HEIMKEHR

Wo sind deine alten Wellen, o Fluß,
Und wo sind eure runden Blätter,
Ihr Akazienbäume der Jugend,
Und wo der frische Schnee der entwanderten Winter?
Heim kehr ich und finde nicht heim,
Es haben die Häuser sich anders gekleidet,
Schamlos versammelt sind sie zu unkenntlichen Straßen,
Es haben die zopftragenden Mädchen meiner scheuesten Liebe
Kinder bekommen.

Albert Ehrenstein

DER TEMPEL

Ich blieb allein im Tempel, ein geweihter Knabe.
Da sang ich griechisch meine schönen Sonnensänge.
Ich weiß, daß ich noch nie so hold gesungen habe,
Ich sang, ich sang mich glücklich durch die Säulengänge.

Theodor Däubler

GRÜNES ELYSIUM

Die Pflanzen lehren uns der Heiden sanftes Sterben,
Die Leisen reichen ihre Hand, ein Blatt, herüber.
Wie kalt du bist! Du willst um meine Flamme werben?
Verhauch im Grün: auch meine Strahlen werden trüber!

Die Toten treffen sich in frommer Bienenstille.
Wie selig bleibt doch jeder Strauch, sich selbst beschieden.
Wie wartet da ein Blatt: — kein Hauch! Kein Regungswille! —
Und doch, — ein goldnes Kommen sammelt süßen Frieden.

Wie herrlich sterben Menschen hin in ihr Empfinden!
Die Seele mag an Märchenblätter sich ergeben.
Mit Taten müssen wir die Ahnungen umrinden,
Bis die Erfüllungsblüten sich verzückt erheben.

Wie einfach alle die Entfaltungen geschehen:
Ich sterbe, ja, ich sterbe in mein nahes Wesen!
Wir weilen nicht, da wir bereits vorherbestehen,
Die Zuflucht ist in uns: die Zukunft nie gewesen!

Däubler

DIE DROSCHKE

Ein Wagen steht vor einer finstern Schenke.
Das viele Mondlicht wird dem Pferd zu schwer.
Die Droschke und die Gassenflucht sind leer;
Oft stampft das Tier, daß seiner wer gedenke.

Es halten diese Mähre halb nur die Gelenke,
Denn an der Deichsel hängt sie immer mehr.
Sie baumelt mit dem Kopfe hin und her,
Daß sie zum Warten sich zusammenrenke.

Aus ihrem Traume scheucht sie das Gezänke
Und oft das geile Lachen aus der Schenke.
Da macht sie einen Schritt, zur Fahrt bereit.

Dann meint sie schlafhaft, daß sie heimwärts lenke,
Und hängt sich an sich selbst aus Schläfrigkeit.
Noch einmal poltern da die Droschkenbänke.

Däubler

DÄMMERUNG

Am Himmel steht der erste Stern,
Die Wesen wähnen Gott den Herrn,
Und Boote laufen sprachlos aus,
Ein Licht erscheint bei mir zu Haus.

Die Wogen steigen weiß empor,
Es kommt mir alles heilig vor.
Was zieht in mich bedeutsam ein?
Du sollst nicht immer traurig sein.

Däubler

GOLDENES SONETT

Der Tag ist wie ein Kindlein eingeschlafen,
Sein Lächeln überspiegelt goldnes Träumen,
Der Wiegenwind vereinsamt sich in Bäumen,
Und Bäume überrauschen blau den Hafen.

Entzweite Schwestern, die einander trafen,
Beplätschern sich im heitern Abendschäumen,
Dann nahen sie als Schwan mit Feuerschäumen
Und landen unter Marmorarchitraven.

Auch meine Segeleinfalt ist versunken.
Ich warte stumm auf dunkelm Stufendamme
Und staune, daß die Brandung blau verblutet.

Mein Blick. Ein Stern. Des Meeres Purpurfunken.
Wie gut die Nacht durch meine Seele flutet.
Bedachtsam wandelt sich die Hafenflamme.

Däubler

GEISTLICHES LIED

Zeichen, seltne Stickerein
Malt ein flatternd Blumenbeet.
Gottes blauer Odem weht
In den Gartensaal herein,
Heiter ein.
Ragt ein Kreuz im wilden Wein.

Hör im Dorf sich viele freun,
Gärtner an der Mauer mäht,
Leise eine Orgel geht,
Mischet Klang und goldnen Schein,
Klang und Schein.
Liebe segnet Brot und Wein.

Mädchen kommen auch herein
Und der Hahn zum letzten kräht.
Sacht ein morsches Gitter geht,
Und in Rosen Kranz und Reihn,

Rosenreihn,
Ruht Maria weiß und fein.

Bettler dort am alten Stein
Scheint verstorben im Gebet,
Sanft ein Hirt vom Hügel geht,
Und ein Engel singt im Hain,
Nah im Hain,
Kinder in den Schlaf hinein.

Georg Trakl

EIN WINTERABEND

Wenn der Schnee ans Fenster fällt,
Lang die Abendglocke läutet,
Vielen ist der Tisch bereitet
Und das Haus ist wohlbestellt.

Mancher auf der Wanderschaft
Kommt ans Tor auf dunklen Pfaden.
Golden blüht der Baum der Gnaden
Aus der Erde kühlem Saft.

Wanderer tritt still herein;
Schmerz versteinerte die Schwelle.
Da erglänzt in reiner Helle
Auf dem Tische Brot und Wein.

Trakl

ABENDMUSE

Ans Blumenfenster wieder kehrt des Kirchturms Schatten
Und Goldnes. Die heiße Stirn verglüht in Ruh und Schweigen.
Ein Brunnen fällt im Dunkel von Kastanienzweigen —
Da fühlst du: es ist gut! in schmerzlichem Ermatten.

Der Markt ist leer von Sommerfrüchten und
Gewinden.
Einträchtig stimmt der Tore schwärzliches Gepränge.
In einem Garten tönen sanften Spieles Klänge,
Wo Freunde nach dem Mahle sich zusammenfinden.

Des weißen Magiers Märchen lauscht die Seele gerne.
Rund saust das Korn, das Mäher nachmittags
geschnitten.
Geduldig schweigt das harte Leben in den Hütten.
Der Kühe linden Schlaf bescheint die Stallaterne.

Von Lüften trunken sinken balde ein die Lider
Und öffnen leise sich zu fremden Sternenzeichen.
Endymion taucht aus dem Dunkel alter Eichen
Und beugt sich über trauervolle Wasser nieder.

Trakl

DER HERBST DES EINSAMEN

Der dunkle Herbst kehrt ein voll Frucht und Fülle,
Vergilbter Glanz von schönen Sommertagen.
Ein reines Blau tritt aus verfallner Hülle;
Der Flug der Vögel tönt von alten Sagen.
Gekeltert ist der Wein, die milde Stille
Erfüllt von leiser Antwort dunkler Fragen.

Und hier und dort ein Kreuz auf ödem Hügel;
Im roten Wald verliert sich eine Herde.
Die Wolke wandert übern Weiherspiegel;
Es ruht des Landmanns ruhige Gebärde.
Sehr leise rührt des Abends blauer Flügel
Ein Dach von dürrem Stroh, die schwarze Erde.

Bald nisten Sterne in des Müden Brauen;
In kühle Stuben kehrt ein still Bescheiden,
Und Engel treten leise aus den blauen
Augen der Liebenden, die sanfter leiden.
Es rauscht das Rohr; anfällt ein knöchern Grauen,
Wenn schwarz der Tau tropft von den kahlen Weiden.

Trakl

IN EIN ALTES STAMMBUCH

Immer wieder kehrst du, Melancholie,
O Sanftmut der einsamen Seele.
Zu Ende glüht ein goldener Tag.

Demutsvoll beugt sich dem Schmerz der Geduldige,
Tönend von Wohllaut und weichem Wahnsinn.
Siehe! es dämmert schon.

Wieder kehrt die Nacht und klagt ein Sterbliches,
Und es leidet ein anderes mit.

Schaudernd unter herbstlichen Sternen
Neigt sich jährlich tiefer das Haupt.

Trakl

VERFALL

Am Abend, wenn die Glocken Frieden läuten,
Folg ich der Vögel wundervollen Flügen,
Die, lang geschart, gleich frommen Pilgerzügen,
Entschwinden in den herbstlich klaren Weiten.

Hinwandelnd durch den dämmervollen Garten,
Träum ich nach ihren helleren Geschicken
Und fühl der Stunden Weiser kaum mehr rücken.
So folg ich über Wolken ihren Fahrten.

Da macht ein Hauch mich von Verfall erzittern.
Die Amsel klagt in den entlaubten Zweigen.
Es schwankt der rote Wein an rostigen Gittern,

Indes wie blasser Kinder Todesreigen
Um dunkle Brunnenränder, die verwittern,
Im Wind sich fröstelnd blaue Astern neigen.

Trakl

AN DEN KNABEN ELIS

Elis, wenn die Amsel im schwarzen Wald ruft,
Dieses ist dein Untergang.
Deine Lippen trinken die Kühle des blauen Felsenquells.

Laß, wenn deine Stirne leise blutet,
Uralte Legenden
Und dunkle Deutung des Vogelflugs.

Du aber gehst mit weichen Schritten in die Nacht,
Die voll purpurner Trauben hängt.
Und du regst die Arme schöner im Blau.

Ein Dornbusch tönt,
Wo deine mondenen Augen sind.
O, wie lange bist, Elis, du verstorben.

Dein Leib ist eine Hyazinthe,
In die ein Mönch die wächsernen Finger taucht.
Eine schwarze Höhle ist unser Schweigen,

Daraus bisweilen ein sanftes Tier tritt
Und langsam die schweren Lider senkt.
Auf deine Schläfen tropft schwarzer Tau,

Das letzte Gold verfallener Sterne.

Trakl

GRODEK

Am Abend tönen die herbstlichen Wälder
Von tödlichen Waffen, die goldnen Ebenen
Und blauen Seen, darüber die Sonne
Düstrer hinrollt; umfängt die Nacht
Sterbende Krieger, die wilde Klage

Ihrer zerbrochenen Münder.
Doch stille sammelt im Weidengrund
Rotes Gewölk, darin ein zürnender Gott wohnt,
Das vergoßne Blut sich, mondne Kühle;
Alle Straßen münden in schwarze Verwesung.
Unter goldnem Gezweig der Nacht und Sternen.
Es schwankt der Schwester Schatten durch den schweigenden Hain,
Zu grüßen die Geister der Helden, die blutenden Häupter;
Und leise tönen im Rohr die dunklen Flöten des Herbstes.
O stolzere Trauer! ihr ehernen Altäre,
Die heiße Flamme des Geistes nährt heute ein gewaltiger Schmerz,
Die ungebornen Enkel.

Trakl

DAS KIND

Als wir das Kind scheu in den ersten Nächten wünschten,
Fiel es uns ein, daß es unsterblich sei.
Ein Strom, verfließend in unsagbare Weiten,
Botschaft ausgeschickt in alle Zeiten:
Es waren zwei, die liebten sich! Es waren zwei.

Ich sah den Mond still übers Tal hinschweben
Und sprach zu ihr: „Sieh dort den Mond!
Er wird die Wiege unsres Kinds bescheinen,
In seinem Licht wird es die erste Nacht durchweinen.“
Sie lachte leis: „Du siehst den Mond!“

Sie hörte auf das Gehn der Uhr im Zimmer
Und sprach zu mir: „Hörst du die Uhr?
Sie wird mir meine schweren Stunden messen,
Auf keinen Augenblick wird sie vergessen!“
Ich lachte leis: „Du hörst die Uhr!“

Wir wollten unsre Liebe lebend haben,
Wir dachten uns schon Kinderlieder aus!
Sie hub schon an, das Wäschezeug zu nähen,
Wir mußten oft uns in die Augen sehen
Und wußten schon: So sieht es aus.

Der Winter ist zu zeitig angekommen,
Der Mond scheint noch, die Uhr tickt noch durchs Haus:
Wir aber haben viel zu tun. Es ist viel kälter.
Wir gehen langsamer. Wir sind viel älter.
Wir lachen nicht. — Das Kind blieb aus.

Guido Zernatto

ALLE LANDSCHAFTEN HABEN ...

Alle Landschaften haben
Sich mit Blau erfüllt,
Alle Büsche und Bäume des Stromes,
Der weit in den Norden schwillt.

Leichte Geschwader, Wolken,
Weiße Segel dicht,
Die Gestade des Himmels dahinter
Zergehen in Wind und Licht.

Wenn die Abende sinken
Und wir schlafen ein,
Gehen die Träume, die schönen,
Mit leichten Füßen herein.

Zimbeln lassen sie klingen
In den Händen licht.
Manche flüstern und halten
Kerzen vor ihr Gesicht.

Georg Heym

MOND

Den blutrot dort der Horizont gebiert,
Der aus der Hölle großen Schlünden steigt,
Sein Purpurhaupt mit Wolken schwarz verziert,
Wie um der Götter Stirn Akanthus schweigt,

Er setzt den großen goldnen Fuß voran
Und spannt die breite Brust wie ein Athlet,
Und wie ein Partherfürst zieht er bergan,
Des Schläfe goldenes Gelock umweht.

Hoch über Sardes und der schwarzen Nacht,
Auf Silbertürmen und der Zinnen Meer,
Wo mit Posaunen schon der Wächter wacht,
Der ruft vom Pontos bald den Morgen her.

Zu seinem Fuße schlummert Asia weit
Im blauen Schatten, unterm Ararat,
Des Schneehaupt schimmert durch die Einsamkeit,
Bis wo Arabia in das weiche Bad

Der Meere mit den weißen Füßen steigt
Und fern im Süden, wie ein großer Schwan,
Sein Haupt der Sirius auf die Wasser neigt
Und singend schwimmt hinab den Ozean.

Mit großen Brücken, blau wie blanker Stahl,
Mit Mauern, weiß wie Marmor, ruhet aus
Die große Ninive im schwarzen Tal,
Und wenig Fackeln werfen noch hinaus

Ihr Licht, wie Sterne weit, wo dunkel braust
Der Euphrat, der sein Haupt in Wüsten taucht.
Die Susa ruht, um ihre Stirne saust
Ein Schwarm von Träumen, die vom Wein noch raucht.

Hoch auf der Kuppel, auf dem dunklen Strom
Belauscht allein der bösen Sterne Bahn
In weißem Faltenkleid ein Astronom,
Der neigt sein Zepter dem Aldebaran,

Der mit dem Monde kämpft um weißen Glanz,
Wo ewig strahlt die Nacht und ferne stehn
Am Wüstenrand im blauen Lichte ganz
Einsame Brunnen und die Winde wehn

Ölwälder fern um leere Tempel lind,
Ein See von Silber, und in schmaler Schlucht
Uralter Berge tief im Grunde rinnt
Ein Wasser sanft um dunkler Ulmen Bucht.

Heym

RÖMISCHE NACHT

Im Garten lagen wir. Um die Zisterne
Grasten die Mäuler. Und Gesang erscholl
Zum Klang der Mandolinen süß und voll.
Ein Lichtstumpf stand im Fenster der Taverne.

Pans leisem Echo gleich in waldiger Ferne
Ein Lautenspiel. Und wenn die Gläser klangen,
Der Mandolinen Saiten zitternd schwangen.
Am Himmel glänzten groß Italiens Sterne.

Ein Klang von Schellen weckte auf die Nacht.
Ein alter Priester kam mit seinem Knaben.
Das Sakrament ward in ein Haus gebracht.

Indes die andern ihm die Ehre gaben,
Sah ich des schwarzen Colosseums Pracht
Im Tor der Ulmen einsam und erhaben.

Heym

MIT DEN FAHRENDEN SCHIFFEN

Mit den fahrenden Schiffen
Sind wir vorübergeschweift,
Die wir ewig herunter
Durch glänzende Winter gestreift.
Ferner kamen wir immer
Und tanzten im insligen Meer,
Weit ging die Flut uns vorbei,
Und Himmel war schallend und leer.

Sage die Stadt,
Wo ich nicht saß im Tor.
Ging dein Fuß da hindurch,
Der die Locke ich schor?
Unter dem sterbenden Abend
Das suchende Licht
Hielt ich, wer kam da hinab,
Ach, ewig in ein fremdes Gesicht.

Bei den Toten ich rief,
Im abgeschiedenen Ort,
Wo die Begrabenen wohnen;
Du, ach, warest nicht dort.
Und ich ging über Feld,
Und die wehenden Bäume zu Haupt
Standen im frierenden Himmel
Und waren im Winter entlaubt.

Raben und Krähen
Habe ich ausgesandt,
Und sie stoben im Grauen
Über das ziehende Land.
Aber sie fielen wie Steine
Zur Nacht mit traurigem Laut
Und hielten im eisernen Schnabel
Die Kränze von Stroh und Kraut.

Manchmal ist deine Stimme,
Die im Winde verstreicht,
Deine Hand, die im Traume
Rühret die Schläfe mir leicht;
Alles war schon vorzeiten.
Und kehret wieder sich um,
Gehet in Trauer gehüllet,
Streuet Asche herum.

Heym

DER TOD DER LIEBENDEN

Durch hohe Tore wird das Meer gezogen
Und goldne Wolkensäulen, wo noch säumt
Der späte Tag am hellen Himmelsbogen
Und fern hinab des Meeres Weite träumt.

„Vergiß der Traurigkeit, die sich verlor
Ins ferne Spiel der Wasser, und der Zeit
Versunkner Tage. Singt der Wind ins Ohr
Dir seine Schwermut, höre nicht sein Leid.

Laß ab vom Weinen. Bei den Toten unten
Im Schattenlande werden wir bald wohnen
Und ewig schlafen in den Tiefen drunten,
In den verborgnen Städten der Dämonen.

Dort wird uns Einsamkeit die Lider schließen.
Wir hören nichts in unsrer Hallen Räumen.
Die Fische nur, die durch die Fenster schießen,
Und leisen Wind in den Korallenbäumen.

Wir werden immer beieinander bleiben
Im schattenhaften Walde auf dem Grunde.
Die gleiche Woge wird uns dunkel treiben,
Und gleiche Träume trinkt der Kuß vom Munde.

Der Tod ist sanft. Und die uns niemand gab,
Er gibt uns Heimat, und er trägt uns weich
In seinem Mantel in das dunkle Grab,
Wo viele schlafen schon im stillen Reich."

Des Meeres Seele singt am leeren Kahn.
Er treibt davon, ein Spiel den tauben Winden
In Meeres Einsamkeit. Der Ozean
Türmt fern sich auf zu schwarzer Nacht der Blinden.

In hohen Wogen schweift ein Kormoran
Mit grünen Fittichs dunkler Träumerei.
Darunter ziehn die Toten ihre Bahn.
Wie blasse Blumen treiben sie vorbei.

Sie sinken tief. Das Meer schließt seinen Mund
Und schillert weiß. Der Horizont nur bebt
Wie eines Adlers Flug, der von dem Sund
Ins Abendmeer die blaue Schwinge hebt.

Heym

PANSMUSIK

Ein Floß schwimmt aus dem fernen Himmelsrande,
Drauf tönt es dünn und blaß
Wie eine alte süße Sarabande.
Das Auge wird mir naß.

Es ist, wie wenn den weiten Horizonten
Die Seele übergeht,
Der Himmel auf den Ebnen, den besonnten,
Aufhorcht wie ein Prophet

Und eine arme Weise in die Ohren
Der höhern Himmel spricht:
Das Spielen wankt, im Spielen unverloren,
Das Licht wankt durch das Licht.

Heut fährt der Gott der Welt auf einem Floße,
Er sitzt auf Schilf und Rohr,
Und spielt die sanfte, abendliche, große,
Und spielt die Welt sich vor.

Er spielt das große Licht der Welt zur Neige,
Tief aus sich her den Strom
Durch Ebnen mit der Schwermut langer Steige
Und Ewigkeitsarom.

Er baut die Ebenen und ihre Städte
Mit weichen Mundes Ton
Und alles Werden bis in dieses späte
Verspieltsein und Verlohn.

Doch alles wie zu stillendem Genusse
Den Augen bloß, dem Ohr.
So fährt er selig auf dem großen Flusse
Und spielt die Welt sich vor.

So fährt sein Licht und ist bald bei den größern
Orion, Schwan und Bär:
Sie alle scheinen Flöße schon mit Flößern
Der Welt ins leere Meer.

Bald wird die Grundharmonika verhallen,
Die Seele schläft mir ein,
Bald wird der Wind aus seiner Höhe fallen,
Die Tiefe nicht mehr sein.

Oskar Loerke

DAS SEGELSCHIFF DES KNABEN

Es stand im elterlichen Birkenschranke
Hinter Kram und Glas,
Aber seine Planke
War vom Räubermeere naß.

Durch Bauernmohn und Balsaminen
Glückselig schwebend, schnitt sein Kiel.
Ihm nachzustaunen, war im Knabenspiel
Dein erstes ernstes Dienen.

Und saß dein Kinderschopf gefangen
In Staub- und Schulgeruch —
Schon wieder: die Matrosen sangen
Durch das Vokabelbuch.

Und einmal waren alle tot.
So kam das Schiff gezogen,
Als um dein ländlich frühes Abendbrot
Septemberwespen flogen.

Es fuhr, wo es nicht mehr den Wal gelüstet
Zu schwimmen, aber da bliebst du bei ihm,
Die Segel brausten, in den Wind gebrüstet,
Wie weiße Cherubim.

— Noch fliegt die Wespe. Noch bist du bereit,
Den alten Segler heimzusteuern
In dichte, wilde Ewigkeit.
Du hörst dorther ganz fern Salute feuern.

Loerke

HAUS DES DICHTERS

(Pompeji)

Schau, wie Nesselkraut weht
Um zerbrochene Mühlensteine
Mit der verwitterten Rinne
Des nährenden Getreides,
Und wie die Narbe, geglättet, vergeht —
So vergessen die Sinne
Den Weg des Leides,
Doch hört mein Leid nicht auf in dir.

Komm durch Umnachtetes!
Eine Handvoll Sand
Wie das Verweste
Deines eigenen Leibes, —
Staune, wie es vorbei dir fliegt!
Und wie die scheinende Sonne,
Ein Geschlachtetes,
Auf brauner Bank verblutend liegt!
Doch hört mein Glück nicht auf in dir.

Loerke

STROM

Du rinnst wie melodische Zeit, entrückst mich den Zeiten,
Fern schlafen mir Fuß und Hand, sie schlafen an meinem Phantom,
Doch die Seele wächst hinab, beginnt schon zu gleiten,
Zu fahren, zu tragen — und nun ist sie der Strom,
Beginnt schon im Grundsand, im grauen,
Zu tasten mit schwebend gedrängtem Gewicht,
Beginnt schon die Ufer, die auf sie schauen,
Spiegelnd zu heben und weiß es nicht.

In mir werden Eschen mit langen Haaren,
Voll mönchischer Windlitanei,
Und Felder mit Rindern, die sich paaren,
Und balzender Vögel Geschrei.
Und über Gehöft, Wiese und Baum
Ist viel hoher Raum;
Fische und Wasserratten und Lurche
Ziehn, seine Träume, durch ihn hin —,
So rausch ich in wärmender Erdenfurche,
Ich spüre schon fast, daß ich b i n :

Wie messe ich, ohne zu messen, den Flug der Tauben,
So hoch und tief er blitzt, so tief und hoch in mich
ein!

Alles ist an ein Jenseits nur Glauben,
Und Du bist Ich, gewiß und rein.

Zuletzt steigen Nebel und Wolkenzinnen
In mir auf wie die göttliche Kaiserpfalz.
Ich ahne: die Ewigkeit will beginnen
Mit einem Duft von Salz.

Loerke

GEDENKZEIT

Auf meinem Grabe halte nichts die Wacht,
Kein Stein, kein Erz. Die zählen falsche Stunden.
Denn ehern, steinern hab ich nie gedacht.
Was ich empfand wie Hauch, ist ausempfunden.

Von einer bitteren Orangenschale
Ein wenig auf die Fingerkuppen reiben,
Man mags, mein eingedenk.
Wie man mich rief, kann man zu einem andern Male
Verlöschlich auf die Schiefertafel schreiben:
Für mich ein kleines Weihgeschenk.

Loerke

AUF SOMMERLICHEM FRIEDHOF

In memoriam Oskar Loerke

Der Fliegenschnäpper, steinauf, steinab.
Der Rosenduft begräbt dein Grab;

Es könnte nirgend stiller sein:
Der darin liegt, erschein, erschein!

Der Eisenhut blitzt blaues Licht.
Komm, wisch den Schweiß mir vom Gesicht.
Der Tag ist süß und ladet ein,
Noch einmal säßen wir zu zwein.

Sirene heult, Geschützmaul bellt.
Sie morden sich: es ist die Welt.
Komm nicht! Komm nicht! Laß mich allein,
Der Erdentag lädt nicht mehr ein.
Ins Qualenlose flohest du,
O Grab, halt deine Tür fest zu!

Wilhelm Lehmann

ATEMHOLEN

Der Duft des zweiten Heus schwebt auf dem Wege,
Es ist August. Kein Wolkenzug.
Kein grober Wind ist auf den Gängen rege,
Nur Distelsame wiegt ihm leicht genug.

Der Krieg der Welt ist hier verklungene Geschichte,
Ein Spiel der Schmetterlinge, weilt die Zeit.
Mozart hat komponiert, und Shakespeare schrieb
Gedichte,
So sei zu hören sie bereit.

Ein Apfel fällt. Die Kühe rupfen.
Im Heckenausschnitt blaut das Meer.
Die Zither hör ich Don Giovanni zupfen,
Bassanio rudert Portia von Belmont her.

Auch die Empörten lassen sich erbitten,
Auch Timon von Athen und König Lear.
Vor dem Vergessen schützt sie, was sie litten.
Sie sprechen schon. Sie setzen sich zu dir.

Die Zeit steht still. Die Zirkelschnecke bändert
Ihr Haus. Kordelias leises Lachen hallt
Durch die Jahrhunderte. Es hat sich nicht geändert.
Jung bin mit ihr ich, mit dem König alt.

Lehmann

VERWEHT

O letzte Lebens-Wiederkehr!
Will mich ein Glück erwarten?
Ich suche mich. Wo bin ich? Wer?
Der Herbst fällt langsam in den Garten.

Und alte Winde wehn mich an.
So sangen sie schon über meinen Ahnen,
Die lebten irgendwo und irgendwann
Unter vergessenen Schicksalsfahnen.

Gewürm kriecht durch verfaultes Holz.
Das leuchtet. Und mit schöner Treue
Schwingt sich der Vögel Flügelstolz
Heimwärts, in südliche Bläue.

Ich stehe immer am Wegesrand,
Wo Leben im Traum untergeht.
Mein Zeichen schreib ich in den Sand:
Ungedeutet, und verweht.

Hermann Kasack

EIN LICHT GEHT NACH DEM ANDERN AUS

Ein Licht geht nach dem andern aus
Und immer dunkler wird das Haus.
Ich bin allein beim Lampenschein,
Ein Leuchtturmsgeist in all der Nacht,
Der in dem Schlaf der andern wacht
Und Angst hat, auf dem Meer zu sein.

Schon liegen sie, wie Tote tun,
Als probten sie, im Grab zu ruhn,
Und nur ihr Atem flackert sacht.
Ich fürchte dieses Schlafes Bann,
Der mich für immer halten kann,
Und bleibe wach in all der Nacht.

Für immer schloß vielleicht das Tor,
Von dem der Schlüssel sich verlor,
Bin ich vom Feind umstellt.
Verfallen ist mein Vaterhaus,
Ein Licht geht nach dem andern aus,
Und immer dunkler wird die Welt.

Max Herrmann-Neiße

ECCLESIA UND SYNAGOGE

(Straßburger Münster)

Zuletzt, da alles Werk verrichtet, meinen Gott zu loben,
Hat meine Hand die beiden Frauenbilder aus dem Stein gehoben.
Die eine aufgerichtet, frei und unerschrocken —
Ihr Blick ist Sieg, ihr Schreiten glänzt Frohlocken.

Zu zeigen, wie sie freudig über allem Erdenmühsal throne,
Gab ich ihr Kelch und Kreuzesfahne und die Krone.
Aber meine Seele, Schönheit ferner Kindertage und mein tiefverstecktes Leben
Hab ich der Besiegten, der Verstoßenen gegeben.
Und was ich in mir trug an Stille, sanfter Trauer und demütigem Verlangen,
Hab ich sehnsüchtig über ihren Kinderleib gehangen:
Die schlanken Hüften ausgebuchtet, die der lockre Gürtel hält,
Die Hügel ihrer Brüste zärtlich aus dem Linnen ausgewellt,
Ließ ihre Haare über ihre Schultern hin wie einen blonden Regen fließen,
Liebkoste ihre Hände, die das alte Buch und den zerknickten Schaft umschließen,
Gab ihren schlaffen Armen die gebeugte Schwermut gelber Weizenfelder, die in Julisonne schwellen,
Dem Wandeln ihrer Füße die Musik von Orgeln, die an Sonntagen aus Kirchentüren quellen.
Die süßen Augen mußten eine Binde tragen,
Daß rührender durch dünne Seide wehe ihre Wimpern schlagen.
Und Lieblichkeit der Glieder, die ihr weiches Hemd erfüllt,
Hab ich mit Demut ganz und gar umhüllt,
Daß wunderbar in Gottes Brudernähe
Von Niedrigkeit umglänzt ihr reines Bildnis stehe.

Ernst Stadler

WIDMUNG

In dieser Zeit, wo wir so glücklich sind,
Erinnere ich mich oft an Jugendtage,

An die ich lange nicht gedacht. Es ist im Konvikt
Und nach dem Abendessen. Wir waren erst im Hof,
Der vier lange Reihen von Kastanienbäumen hat,
Und spielten Fußball auf den weißen Kieseln.
Jetzt lehnen wir an unseren Pulten, in den blauen Fenstern
Liegt der Widerschein der großen Hängelampen.
Wenn einer durch das Zimmer geht, verfolgen wir sein Bild,
Das sich im Himmelblau, im grünen Dickicht
Der Bäume draußen und in Spritzern gelben Lichts bewegt.
Die grünen Lampenschirme hängen in den Bäumen wie Lampions.
Und da es dunkler wird, scheint's gar,
Als ob wir alle draußen säßen.
Man denkt: in vier Wochen sind die Ferien. „Und in den Ferien",
Denkt man ... Und man ist herrlich müde.
Der Studienmeister klopft. Wir legen Buch und Hefte fort.
Gleich wird zur Nacht gebetet. Doch bevor wir auf die Bänke knien,
Stützt jeder erst den Deckel seines Pultes auf
Und ordnet den Altar im Innern, einen kleinen,
Aus Büchern, einem Taschentuch, dem Kreuz und kleinen Kerzen
Gebildeten Altar, auf dem die Lieblingsheiligen und die Madonna
Aus Glanzpapier mit Spitzenrand und goldnen Lettern stehn.
Und die Minuten jetzt, wo wir um ihre schöne Ordnung sehr bemüht,
Erschöpfen sich in ernster Sanftmut, sind des Tages müdes Summen

Und wunderlich Sichlösen, Wiegen und ein etwas,
Das sich im Dunkelwarmen fein zusammenrollt.
Die Hände, die voll Zärtlichkeit im Engen walten,
Ein Bildchen rückend, eine Falte glättend,
Sehr sorgsam, daß das Ganze nicht zusammenfällt,
Gehn hin und her und sammeln unsere Schätze.
Man hat den ganzen Abend sich darauf gefreut.
Wir zünden Kerzen an in unsren Herzen, richten's ein,
Um es in guter Ordnung zu verschenken . . .

An dieses Glück der Vierzehnjährigen muß ich nun denken,
Da ich an einem Sommerabend,
Der einen blonden Glorienschein von Mond
In dem noch sternenlosen Himmel trägt,
Die Blätter dieses Buches zueinander füge,
Das ich dir schenken will.

René Schickele

LIED

In ihrem Herzen hat
Für mich die Stunde schon geschlagen.
In ihren Augen hat
Man mich zu Grabe schon getragen.

Von ihrem Körper sind
Meine Umarmungen geglitten.
Die schwarzen Ritter sind
Im Licht über mein Grab geritten.

Schickele

DER HAUER

Die breite Brust schweratmend hingestemmt,
Hämmert er Schlag für Schlag die Eisenpflöcke
In das Gestein, bis aus dem Sprung der Blöcke
Staub sprudelt und den Kriechgang überschwemmt.

Im schwanken Flackerblitz des Grubenlichts
Blänkert der nackte Körper wie metallen;
Schweißtropfen stürzen, perlenrund im Fallen,
Aus den weit offenen Poren des Gesichts.

Der Hauer summt ein dummes Lied zum Takt
Des Hammers und zum Spiel der spitzen Eisen
Und stockt nur, wie vom jähen Schreck gepackt,

Wenn hinten weit im abgeteuften Stollen
Sprengschüsse dumpf wie Donnerschläge rollen,
Und stockt — und läßt die Lampe dreimal kreisen.

Paul Zech

DIE MUTTERGOTTES IM SCHÜTZENGRABEN

Muttergottes, ich denke daran, wie dich damals die Menschen so schmählich verlassen,
Als du nach Bethlehem mußtest gehn, um dich anschreiben zu lassen.
In diesem Jahr, so bitt ich dich, kehr ein bei uns, in unserem Schützengraben
Sollst du den besten und wärmsten Unterstand haben.

Auch braucht der heilige Joseph sich nicht um Essen und Trinken zu sorgen,
Denn unsere Küche und die Feldpost kommen am frühesten Morgen.

Alles, was wir haben, wollen wir euch so gerne geben,
Wir stellen eine Wache vor eure Tür und schützen
euch mit unserem Leben.

Das werden wir tun, du brauchst nie Angst vor uns
zu haben,
Wir sterben für unsere Frauen, lieben unsere Mütter
und beten für unsere Knaben,
Wir leben ja immer und ganz in deinem heiligen
Gottessohne,
Auch unsere Seele trägt der Liebe schmerzliche
Dornenkrone.

Muttergottes, wenn du kommst, wir falten um die
Gewehre die Hände,
Denn du bringst uns den König des Friedens, der
macht allen Leiden ein Ende,
Wir vertrauen auf dich so sehr, denn du und dein
Sohn werden den Frieden uns bringen,
Unsere Seelen werden vor Glück schöner als damals
die himmlischen Heerscharen singen.

Und in der Heiligen Nacht — dann werden die
Gewehre in unserer Hand zu grünen Zweigen, daran
die Patronen wie Blüten blinken,
Die Granaten zu singenden Vögeln, die Geschütze
werden tief in die Erde versinken,
Und du machst, daß den Führern der Feinde der Haß
wird aus den Herzen genommen,
Daß die Gelben, Schwarzen und Weißen wie die
Heiligen Drei Könige anbetend zu dir kommen.

O Muttergottes, du kannst ja nicht in die prächtigen
Häuser der Reichen gehen,
Komm du nur zu uns, wir können die große Gottes-
liebe verstehen.

Du willst ja nur die Armen, Reinen und Frommen,
nur liebende Menschen um dich haben:
O Muttergottes, dann komm zu uns, zu uns in den
vordersten Schützengraben.
Heinrich Lersch

EIN HERBSTLICHES LIED

Auch diesem Stieglitz da im Blätterfall
Tickt wunderbar in seinem Federball
Ein schüchtern schluchzend Herz, ein kleines,
Ein Herz wie meins und deines.

Der Vogel singt, weil ihn sein Herz bezwingt
Und große Sonnenluft ihn frisch durchdringt —
Er muß von seinem Herzen zehren.

Und jedes Flüsterbäumchen, uns vertraut,
Trägt unter seiner weichen Rindenhaut
Ein horchend Neugierherz, ein wachsend kleines,
Ein Herz wie deins und meines.

Der Baum verzweigt, und weiter zweigt er still,
Weil frei sein Herz ins Blaue schauen will —
Er muß von seinem Herzen zehren.

Wer spürt, wie bald das nächtge Schweigen naht —
Du hast mich lieb und gehst denselben Pfad,
Wir leben zu einander warm und still,
Wie unser ruhlos, wunschgroß Herz es will.

Einmal ist Schauerstille um uns her,
Das Herz klopft aus, ist tot und leer —
Wir müssen all von unserm Herzen zehren.
Gerrit Engelke

DAS LETZTE HAUS

Du letztes Haus in meinem Leben,
Ich kniee auf der Schwelle still,
Mir ist, als wolltest du mir geben,
Was nur noch Gott mir geben will.

Ob ich nun schlafe oder wache,
Ich bin mit dir jetzt ganz allein,
Allein mit deinem dunklen Dache,
Allein mit deinem Brot und Wein . . .

Am Abend pocht zu unsrem Lauschen
Im alten Holz die Totenuhr,
Und Regen wird am Fenster rauschen
Auf meine letzte Erdenspur.

Die Toten an den dunklen Wänden,
Sie winken mir so freundlich zu,
Ich nehme still sie bei den Händen
Und sage still: „Auch du . . . auch du . . .“

Ach, alles, was wir lieb einst hatten,
Tritt leise nun ins Lampenlicht,
Und Freunde treten aus den Schatten,
Und das geliebte Angesicht.

Sie alle neigen sich mit Gaben,
Und einer spricht dem andern nach:
„Ach, möchtest du doch Frieden haben,
Nur Frieden unter diesem Dach!“

Ich weiß nicht, was ich haben werde,
Noch trägt dies Herz sein Leid und Glück,
Doch einmal kehrt zur guten Erde
Dies Herz wohl wie ein Kind zurück.

Du blickst, an deinen Ort gebunden,
Wie eine Mutter still mir nach . . .

Hab Dank für alle guten Stunden!
Hab Dank, du gutes, dunkles Dach!

Du letztes Haus in meinem Leben,
Ich kniee auf der Schwelle still . . .
Ach, möchten alle mir vergeben,
Wie allen ich vergeben will!

Ernst Wiechert

WEHENDES GRAS

Wehendes Gras,
Gras auf den Inseln im Heidemeer,
Schwankende Halme, von Düften schwer,
Wiegend im Winde, wehendes Gras.

Wehendes Gras,
Silberner Wald im gelben Sand,
Flüsterndes Leben im einsamen Land,
Leben der Erde, wehendes Gras.

Wehendes Gras,
Ersten Kuß ich von dir empfing,
Da ich dir nackt in den Armen hing,
Klein und verlassen, wehendes Gras.

Wehendes Gras,
Streichst mir über mein Angesicht,
Meine Augen glänzen im Licht,
Glänzen wie Tau im wehenden Gras.

Hans Leifhelm

IM REGEN

Unterm Holzdach hocken,
Wenn die Wasser rauschen, wenn die Regenfrauen
Murmelnd wandern durch die nassen Auen,
Triefend wehen ihre Wasserlocken —
Unterm Holzdach ist es gut zu warten,
Einmal wieder wohl
Pfeift der Goldpirol,
Und die Rosen leuchten heiß im Garten.

Hör die Tropfen fallen, hör die Tropfen fallen,
Rings im Kreise singt das Regenlied,
Abwärts geht die Wasserflut mit Schallen,
Die die Erde saugend niederzieht,
Hier im Regenwebstuhl sitzen wir gefangen,
Nässe steht in Fäden steil und schwer,
Nässe flackert wie der Einschuß quer,
Den die Regenweberschifflein schwangen,
Aber müder wehen schon die Strähnen,
Aber ferner wird schon der Gesang,
Wie ein leises Echo nur zu wähnen
Von des talwärts ziehnden Wassers Gang.

Warten noch und lauschen,
Letzte Tropfen fallen, leise durch die Ruhe
Geht schon wieder Takt der Wanderschuhe,
Und die regenschweren Wipfel rauschen.
Unterm Holzdach warten wir noch gerne,
Dampfend liegt das Tal —
Da mit einemmal
Leuchtet hoch am Passe blau die Ferne.

Leifhelm

NÄHE DES HERBSTES

Schwarze Gewölke in dämmernder Frühe
Wandelt sich kupfrig im Morgenstrahl,
Gleich als wenn er schon herbstlich verblühe,
Bleicht des verfallenen Mondes Fanal.
Dumpf aus dem Dorfe brüllen die Kühe,

Vogelbeeren locken der Näscher
Schwirrende Schwärme, im Wasser streift
Heimwärts der Otter, der scheue Häscher,
Und wo der Bach das Gehöft umschweift,
Schallt von der Tenne der Dreiklang der Drescher.

Sommerlich will noch der Morgen entbrennen,
Aber der Tau liegt wie Reif so schwer,
Weiter Umkreis ist klar zu erkennen,
Und aus der Ferne schreitet schon her
Der, den die Lippen nur flüsternd nennen.

Doch durch den Mittag wie flutende Wogen
Gehen die Düfte von Erde und Frucht,
Und am schimmernden Himmelsbogen
Kommen in Scharen aus ferner Bucht
Weiß und leuchtend die Wolken gezogen.

Fahl an dem Fensterkreuz hängen die Zöpfe
Blätternder Zwiebel und rascheln gelind,
Über die Ställe neigen die Schöpfe
Tuschelnd Holunder, und ragend im Wind
Bleichen am Giebel die Pferdeköpfe.

Und durch die Klappe schlüpft ein in die Tenne
Heimlich die Katze, und, lockend die Schar,
Wandelt mit ihren Küchlein die Henne,
Sichernd und äugend nach Sperbergefahr,
Daß nicht der Räuber die Beute gewänne.

Stahlblaue Tauben suchen nach Krumen
Hinter dem Hause, der Sperling pickt
Ölige Kerne der Sonnenblumen,
Drüben am Teiche, mit Silber bestickt,
Hocken die Weiden, gebleichte Muhmen.

Weintrauben reifen mit gärendem Blute
Spät an der Südwand, im Obstbaum hängt
Vogelscheuche mit nickendem Hute,
Und in der Koppel das Fohlen drängt
Furchtsam sich nah an die weidende Stute.

Sieh, in dem Garten die Georginen
Glänzen metallisch, das Bohnenblatt dorrt,
Wehend in glitzernden Serpentinen
Segeln die flüchtigen Herbstfäden fort,
Letzten Gewinst tragen heimwärts die Bienen.

Nah ist die Zeit, da wie jähes Erschrecken
Fremd und verwirrend der Weststurm geht,
Geisterhaft wirbelt es auf an den Ecken,
Flatternd im kreisenden Taumel verweht
Falbes Laub, und es knistern die Hecken.

Leifhelm

HERBSTBEGINN

Es leuchten die Winden am Wege schneeweiß,
Es strotzen die Kolben am gilbenden Mais,
Wie schwellende Kugeln aus Kupfer und Gold
Sind die Früchte des Kürbis dem Acker entrollt.

Schon webt im Gehölze ein gelbliches Licht,
Bleichflammend die Herbstzeitlose aufbricht,
Vom nächtigen Grün des Blattes umkränzt,
In Ebenholzschwärze die Einbeere glänzt.

September, September — wildgellend hallt
Der Schrei des Falken über dem Wald,
Die Schlange, noch einmal abstreift sie ihr Kleid,
Zum letzten Empfange der Sonne bereit.

Die Hummel zieht tönend die trächtige Bahn
Im Honigklee und im Thymian,
Die Baldachinspinne ihr Silberwerk spinnt,
Der süße Seim aus den Birnen rinnt.

Mit panischem Warnruf die Drossel entflieht,
Verzaubert steht die Libelle im Ried,
Der Wein auf Mittagshügeln kocht,
Es gilbt der Kranz, den der Sommer flocht.

Schon morgen klirren die Blätter wie Glas,
Schon morgen prallen die Früchte ins Gras,
Schon morgen richten aus kreisendem Flug
Die Schwalben zum Süden den pfeilenden Zug.

Leifhelm

HERBSTELEGIE

Schon zerblättert das Maisrohr im Wind,
Schon geht sirrend die Sense durchs Feld,
Aus dem Walde der Elsterruf gellt,
Wenn der nebelnde Morgen beginnt,
Und die Sonne kommt blutend herauf
Aus den kämpfenden Tiefen der Nacht,
Wo das lautlose Wintertier wacht
Und sich anschickt zum eisigen Lauf.

Doch der Tag will noch einmal erblühn,
Dieses Tal hält noch sommerlich Rast,
Wo das prangende Leben verblaßt,
Eh die Steinnelken purpurn versprühn.
O du Mittag am glühenden Rain,
Wenn die Grille den Geistertakt spinnt,

Wenn die Weinbeere drängend verrinnt,
Wenn die Eidechse zuckt im Gestein.

Aus der Ferne das Windrad erklingt
Wie Musik im verlassenen Land,
Immerzu als ein tönendes Band,
Das den fliehenden Sommer umschlingt.
In verträumter Kadenz perlt der Klang,
Wie ein Lied aus vergessener Zeit,
Hügelab, hügelan, nah und weit,
Wandelt magischen Echos Gesang.

Frühe Dämmerung grenzenlos fällt,
Grüne Schlange entflieht in den Wald,
Glück und Leid sinken hin ohne Halt,
Unter Herbststernen wandelt die Welt.
In den Farben des Untergangs brennt
Des Gebirges opalener Kreis,
Bis der Reif alles deckt still und weiß,
Bis das Herz keine Stätte mehr kennt.

Leifhelm

DER SCHMETTERLING

Ein Falter wird das Schachbrett genannt,
Der kommt im Sommer über das Land
Herauf in mein Thymianreich,
So lautlos wie nur ein Schmetterling fliegt,
Wenn ihn die taumelnde Schwinge wiegt,
Einer wehenden Blüte gleich.

Und flackernd kreist er in engem Ring,
Als ob sich ein Netz um uns verfing,
Dem er nimmer entrinnen mag,
Wie Schatten so schwarz, wie Licht so weiß
Von der Sommersonne, die hoch und heiß
Durchflutet den Julitag.

Und über uns in Zweigeshöhn
Der summenden Wespen, der Bienen Getön,
Der wilden, im Lärchenbaum.
Das Land wie ein Meer so wogend weit
Und fern ein verlorenes Almgeläut
Vom dunkelnden Waldessaum.

Und näher zieht seinen Zauberring
Um mich der flatternde Schmetterling,
Er setzt sich auf meine Hand,
Die gefalteten Schwingen umschließen ihn,
Es glänzen schwarz wie Turmalin
Die Augen an Hauptes Rand.

Er entrollt den spiraligen Rüssel, der leis
Mich betastet, wie Tau sich senkt auf ein Reis,
Und dann sitzt er regungslos.
Ich nehme des Grases zartestes Haar
Und entbreite das doppelte Flügelpaar
Und schaue ihn nah und groß.

Ein Bote aus unterirdischer Gruft,
So trägt die Schwärze der Felsenkluft
Der Falter, golden besonnt,
Darinnen der schneeigen Monde Kreis
Wie Sommerwolken, die fern und weiß
Verharren am Horizont.

Mit meinem Grase enthüll ich die Welt,
Solang es dem flüchtigen Falter gefällt,
Und halte den Sommer gebannt —
Da flattert er auf, da entschwebt er im Tanz,
Da weht aus des Sommers leuchtendem Kranz
Die Blüte davon übers Land.

Leifhelm

VOM HOFFENDEN LEBEN

Beim Schmelzen des Schnees, bei den lauen
Lüften des Februar
Wollen wir wieder vertrauen
Auf das grünende Jahr.
Sieh, den Amseln, den kleinen,
Schwillt das singende Herz,
Und an den nackten Rainen
Glänzt die Scholle wie Erz.

Schau des Landmanns Beginnen,
Der Schnee um den Obstbaum häuft,
Daß nicht zu früh nach innen
Lösend das Tauwasser träuft,
Daß nicht aus ruhendem Schweigen
Aufbricht, was nicht gedeiht,
Und die Säfte nicht steigen
In der gefährdeten Zeit.

Nichts ist auf Erden verloren,
Was wir dem Leben getan.
Darum sind wir geboren,
Daß wir auf unserer Bahn
Dienen dem hoffenden Leben
Zu des Gestirnes Ruhm,
Das uns zu Lehen gegeben,
Doch nicht zum Eigentum.

Leifhelm

MAHNUNG

O Mensch,
Zu schnell ist über dir ein Dach
Und nah ein Herd.

Und du vergißt das Urgebirg,
Das finstere Hochland unterm Wolkenzug,
Woher du kamst.

Geh hin,
Wo frei der Ausblick reicht ins wellige Land,
Vor dir im Stein
Sich Eichgestrüppe festgeklammert hat,
Und fern
Berglehnen blauen, und du siehst
Am Hang Geschiefer eingesprengt,
Versinkend im Geröll.

Gib acht,
Wie unter dir ein Bach verhallt,
Der Wipfel eines Baumes flüsternd rauscht,
Der einsame,
Der Alles fühlt, die Sonnenaufgangsluft,
Die laue Luft des Tags, die Dämmerluft
Und jedes Strömen in der finsteren Nacht.

Robert Braun

HERBSTGEBOREN

Du gleichst so sehr den Gold-Astern, den stillen,
Die im Oktober erst zu voller Form sich füllen.
Sie stehn allein im Beet, vom Nebellicht beschienen,
Vom Falter nicht besucht und nicht umsummt von Bienen.
Und während ihnen Kelch und Schimmerschmuck gedeihen,
Fällt der Winter ein mit Frösten, Schlaf und Schneien.

Wer weiß, wie oft wir schon zusammenkamen,
In welch vergeßner Tracht, mit welch' fremden Namen,

In welcher Sonnenstadt, an welchen Küstenländern,
Wo es Kristalle gibt mit flammenfarbenen Rändern,
In welchen Grotten wir, in welchem Wald wir schliefen,
Und welche Glocken uns zu einem Eingang riefen.

Braun

WENN DU NACH WIEN KOMMST

Wenn du nach Wien kommst, wird es Abend sein.
Da leuchten sicher golden die Laternen
In warmen Nebel still hinein
Und unsre Türme schweigen zu den Sternen.
Stell dich zum Fenster, warte auf die Nacht,
Und lausch hinaus. Und schreib mir keinen Brief.
Du kannst es doch nicht sagen,
Wie schön bei Nacht in Wien die Uhren schlagen.

Wenn du nach Wien kommst, wirst du traurig sein.
Da gehen viele müde durch die Gassen
Und fühlen sich vergessen, arm und klein.
Du möchtest alle bei den Händen fassen.
Tu's nicht! Geh schweigend! Deine Hand ist jung,
Und Leid macht alt. Und schreib mir nicht davon.
Du brauchst mir nichts berichten.
Ich weiß, wie stolz wir arm sind und verzichten.

Wenn du nach Wien kommst, geh du vor die Stadt,
Und frag, wie heuer wohl der Wein gedieh,
Und sieh: die Reben hängen süß und satt
Und durch das Grün klingt alte Melodie.
Sei so wie sie ist: diene deiner Stadt
Und gib und gib! Und hab nicht Zeit für mich.
Du brauchst mir's nicht erst künden:
Gott läßt in Leid uns Lied und Heimat finden.

Georg Terramare

DER BESUCH

Die andern sind heut aus dem Haus.
Die Nacht verwischt die Stufen.
Ich strecke weit die Arme aus,
Dich Bruder heimzurufen.
Ich strecke weit die Arme aus,
Dich Toten heimzurufen.
Ich bin allein im weiten Haus.
Die Nacht verwischt die Stufen.

Der kleinen Lampe Spiegellicht
Kämpft mit dem Mond im Fenster.
Setz dich zu mir! Ich fürchte nicht
Die Toten als Gespenster.
Setz dich ganz nah! Ich fürchte nicht
Die Liebsten als Gespenster.
Mild mischt der kleinen Lampe Licht
Sich mit dem Mond im Fenster.

Die Stirn hinab fällt dir die Hand,
Du herzlos Eingescharrter:
Dort ist's, wo dich die Kugel fand,
Ersehnter und Erharrter.
Dort ist's, wo dich die Kugel fand,
Von Bangenden Erharrter.
Vom dunklen Einschuß sinkt die Hand,
In fremdem Grund Verscharrter.

Du lächelst leise, wie im Spott,
Ums Kinn erlittne Härte
Und Knabenüberschwang, den Gott
Zur Maske dir verklärte,

Den unergründlich dunkel Gott
Dir maskenstarr verklärte.
Du lächelst leise, wie im Spott,
Ums Kinn erlebte Härte.

Der Nachruhm hat euch nicht bekränzt,
All ihr umsonst Verlornen,
Jedoch die reine Träne glänzt
Euch wie nur je Erkornen,
Das scharfe Naß der Trauer glänzt
Euch wie nur je Erkornen,
Wenn euch auch nicht der Ruhm bekränzt,
Ihr ganz umsonst Verlornen.

Du bist mit mir allein im Haus.
Hörst du den Nachtwind wehen?
Ich strecke weit die Arme aus,
Ich lasse dich nicht gehen!
Ich spanne weit die Arme aus
Und lasse dich nicht gehen —
Und bin allein in Raum und Haus
Und hör den Nachtwind wehen.

Josef Marschall

INNIGE BITTE

Bring mich doch heim, sagt mein Herz zu mir, bring mich doch bitte nach Hause,
Wie man sein Weib im grauenden Morgen vom Tanze nach Hause bringt,
Wie man unter den weißen Lichtern des Bahnhofs jemanden abholt,
Der den Takt des Waggons wie hämmernde Jazzband noch lange im Ohr hat,
Oder vielleicht sogar, wie man Kranke aus dem Spital nimmt,

Aufgegebne, damit sie im Nest ihrer Wände erlöschen —
Geh, bring mich heim, sagt mein Herz, ich bitte dich, bring mich nach Hause.

Wo ist die Zeit, sagt mein Herz, da in Sonnenrosen der Schnee fiel,
Wo ist die Zeit, da Xylophone von Äxten uns schreckten,
Als wär die Endzeit gekommen, verkündigt vom steigenden Stern Betageuze,
Wo ist die Einsamkeit mit den Unbegrabnen im gilbenden Sumpfwald?
Damals schrie ich in dir, sagt mein Herz, nach dem Mahle des Lebens,
Und unterm Pfauenradhimmel der eisig verdeutlichten Sterne
Träumte ich fröhliche Bilder von summendem Bienengedränge.

Laß mich rasten, so bittet mein Herz, laß mich ausruhn, ich will nicht
Hassen, wovon ich wegzukommen mich sehne, ich will nicht,
Daß es jemals vergolten werde, was wenig gut mir getan hat,
Selbst der schwärzeste Undank, der aus dem Munde mein Stöhnen dir drängte,
Sei vergessen wie irgendein Windstoß auf nächtlicher Straße —
Aber hole mich heim, sagt mein Herz, hol mich heim in den Frieden,
Daß ich zurück mich gesunde in neues Verlangen nach draußen.

Josef Marschall

SOMMERLICHES ZWIEGESPRÄCH

Er:
Heut sieh mit mir die Sommerwolken gehn!
Heut laß uns nichts bedenken als den leisen
Wind, der nach Süden weht. In ihm zu kreisen!
Wie dort der Bussard hoch im Licht zu stehn!

Er kann die höchsten unsrer Berge sehn.
Er braucht nur mit dem Zug der Luft zu reisen,
Es wird ihn tragen, ihm die Richtung weisen,
Dann wird er aufgetane Länder sehn.

Das Meer! und unter gelbem Segeltuch
Ein Schiff, das zu den fernsten Ufern trage,
Gewölk zerronnen und der Himmel klar.

So schlägt die Welt sich auf, ein Fabelbuch.
Was gäb ich, daß ichs lese und befrage!
Und doch, was fänd ich, das nicht hier schon war?

Sie:
Wo du hingehst, da will ich auch hingehn.
Du würdest mir die gleiche Gunst erweisen,
So wird mir's leicht, zu bleiben und zu reisen,
So wird mir Trost, dich immer nah zu sehn.

Laß mich in keines Baumes Schatten stehn,
Der nicht auch dich beschattet. Vogelweisen,
Die hoch im Laub den Herrn des Sommers preisen,
Laß mich sie hören und mit dir verstehn.

Hier blüht ein Feld. Dort weht ein Waldgeruch.
O warmes Licht am guten Sommertage!
Es geht uns Wind des Himmels übers Haar.

Die Schöpfung singt und singt den gleichen Spruch
In immer neuem Ton, den ich dir sage:
O Liebe, Liebe, die von Anfang war.

Bernt von Heiseler

IN MEINES VATERS HAUS

Ich hör es sprechen: Glaub,
Ich lebe mit euch, bin unverjährt,
Wie das Grün in der Linde, das wiederkehrt
Mit immer lebendigem Laub.
Und bin drinnen im Haus;
Im Flur, auf dem Weg
Über die Treppe zur Bibliothek
Geh ich dir manchmal voraus.

Heiseler

OPHELIA

Auf dunkler Flut, wo Sterne ruhn, wie eine schmale
Und lange weiße Lilie schwimmt Ophelia hin,
Von fernen Wäldern, Jagden, Feiern kommen Horn-
signale,
In ihren Schleiern langsam schwimmt Ophelia hin.

So ist es schon seit mehr als tausend Jahren,
So zieht ihr bleicher Leib den Strom entlang,
Zweistimmig tönen schon seit tausend Jahren
Der Abendwind und ihres Wahnsinns sanfter Sang.

Die Luft küßt ihre Brüste, und wie Blüten bauschen
Die weiten Schleier sich, das Schilfrohr biegt
Sich weinend nieder zu der hohen Stirn, die Weiden
rauschen
Auf ihre Schultern nieder, die das Wasser wiegt.

Sie streift die Wasserrosen, seufzend hingekauert,
Sie weckt im schlummernden Erlenbaum ein Nest,
Daraus ein kurzes Flügelflattern schauert,
Indes Musik aus hohem Raum sich hören läßt.

Alfred Wolfenstein

SCHMETTERLING

Welch schönes Jenseits
Ist in deinen Staub gemalt.
Durch den Flammenkern der Erde,
Durch ihre steinerne Schale
Wurdest du gereicht.
Abschiedsgewebe in der Vergänglichkeiten Maß.

Schmetterling
Aller Wesen gute Nacht!
Die Gewichte von Leben und Tod
Senken sich mit deinen Flügeln
Auf die Rose nieder
Die mit dem heimwärts reifenden Licht welkt.

Welch schönes Jenseits
Ist in deinen Staub gemalt.
Welch Königszeichen
Im Geheimnis der Luft.

Nelly Sachs

WELT, FRAGE NICHT . . .

Welt, frage nicht die Todentrissenen,
Wohin sie gehen,
Sie gehen immer ihrem Grabe zu.
Das Pflaster der fremden Stadt
War nicht für die Musik von Flüchtlingsschritten
Gelegt worden —

Die Fenster der Häuser, die eine Erdenzeit spiegeln
Mit den wandernden Gabentischen der Bilderbuchhimmel —
Wurden nicht für Augen geschliffen,
Die den Schrecken an seiner Quelle tranken.

Welt, die Falte ihres Lächelns hat ihnen ein starkes Eisen ausgebrannt;
Sie möchten so gerne zu dir kommen
Um deiner Schönheit wegen,
Aber wer heimatlos ist, dem welken alle Wege
Wie Schnittblumen hin —

Sachs

ASTERN

Astern — schwelende Tage,
Alte Beschwörung, Bann,
Die Götter halten die Waage
Eine zögernde Stunde an.

Noch einmal die goldenen Herden
Der Himmel, das Licht, der Flor,
Was brütet das alte Werden
Unter den sterbenden Flügeln vor?

Noch einmal das Ersehnte,
Den Rausch der Rosen Du —
Der Sommer stand und lehnte
Und sah den Schwalben zu.

Noch einmal ein Vermuten,
Wo längst Gewißheit wacht:
Die Schwalben streifen die Fluten
Und trinken Fahrt und Nacht.

Gottfried Benn

SIEH DIE STERNE, DIE FÄNGE

Sieh die Sterne, die Fänge
Lichts und Himmel und Meer,
Welche Hirtengesänge,
Dämmernde, treiben sie her,
Du auch, die Stimmen gerufen
Und deinen Kreis durchdacht,
Folge die schweigenden Stufen
Abwärts dem Boten der Nacht.

Wenn du die Mythen und Worte
Entleert hast, sollst du gehn,
Eine neue Götterkohorte
Wirst du nicht mehr sehn,
Nicht ihre Euphratthrone,
Nicht ihre Schrift und Wand —
Gieße, Myrmidone,
Den dunklen Wein ins Land.

Wie dann die Stunden auch hießen,
Qual und Tränen des Seins,
Alles blüht im Verfließen
Dieses nächtigen Weins,
Schweigend strömt die Äone,
Kaum noch von Ufern ein Stück —
Gib nun dem Boten die Krone,
Traum und Götter zurück.

Benn

DANN —

Wenn ein Gesicht, das man als junges kannte
Und dem man Glanz und Tränen fortgeküßt,
Sich in den ersten Zug des Alters wandte,
Den frühen Zauber lebend eingebüßt.

Der Bogen einst, dem jeder Pfeil gelungen,
Purpurgefiedert lag das Rohr im Blau,
Die Cymbel auch, die jedes Lied gesungen:
— „Funkelnde Schale“ — „Wiesen im Dämmergrau“ —,

Dem ersten Zug der zweite schon im Bunde,
Ach, an der Stirne hält sie schon die Wacht,
Die einsame, die letzte Stunde —,
Das ganze liebe Antlitz dann in Nacht.

Benn

WIE LANGE NOCH —

Wie lange noch, dann fassen
Wir weder Gram noch Joch,
Du kannst mich doch nicht lassen,
Du weißt es doch,
Die Tage, die uns einten,
Ihr Immer und ihr Nie,
Die Nächte, die wir weinten,
Vergißt du die?

Wenn du bei Sommerende
Durch diese Landschaft gehst,
Die Felder, das Gelände
Und schon im Dämmer stehst,
Ist es nicht doch die Leere,
Das Dunkel, das du fliehst,
Ist es nicht doch das Schwere,
Wenn du mich gar nicht siehst?

Die Falten und der Kummer
Auf meinen Zügen tief,
Das ist doch auch der Schlummer,
Den hier das Leben schlief,

Die eingeglühten Zeichen,
Die Male dort und hier
Sind doch aus *unseren* Reichen,
Die litten *wir*.

Ja, gehst du denn zu Grabe,
Daß es nun gar nichts gibt,
So gehe — ach, ich habe
Dich so geliebt,
Doch ist es eine Wende,
Vergiß auch nie,
Es gibt ein Sommerende
Und Nächte, die

Das Herz umfassen
Mit Gram und Joch,
— die du verlassen,
Sie atmen noch —
Mit Schmerzen, hämmernden
Verlusten, wo
Du suchst die dämmernden
Entfernten so!

Benn

WIEPERSDORF — DIE ARNIMSCHEN GRÄBER

Die Rosen am Verwildern,
Verwachsen Weg und Zaun,
In unverwelkten Bildern
Bleibt noch die Welt zu schaun.

Tönt noch das Unkenläuten
Zart durch den Krähenschrei,
Will es dem Ohr bedeuten
Den Hauch der Zauberei.

Umspinnt die Gräberhügel
Geißblatt und Rosendorn,
Hört im Libellenflügel
Des Knaben Wunderhorn.

Die Gräser atmen Kühle
Im gelben Mittagslicht.
Dem wilden Laubgefühle
Versank die Stunde nicht.

Im Vogelruf gefangen,
Im Kiefernwind vertauscht
. . . Der Schritt, den sie gegangen
Das Wort, dem sie gelauscht

. . . Dem Leben, wie sie's litten
Aufs Grab der Blumen Lohn
Für Achim Margeriten
Und für Bettina Mohn!

Nicht unter Stein und Ranke
Schläft oder schlägt ihr Herz
Ein ahnender Gedanke
Weht her von anderwärts.

Verstummen uns die Zeichen
Wenn Lärch und Krähe schwieg,
Hallt aus den Sternenreichen
Die andere Musik.

Günter Eich

GEDICHT IM MÄRZ UND OKTOBER

Endloser Regen und Erinnern
An flache Landschaft oder Tal und Meer.
Und dies, was spricht und spricht im Innern,
Bist du es, irgendein du oder wer?

Es rührt sich die Luft von einem schwachen Gesange
Über und unter mir.
Stimmen, Umarmung, Berühren der Wange,
Wo warst du, überall oder hier?

Geweckt von dem ewigen Rinnen,
Setzen Tote sich zu mir, müde und blind,
Nicht wissend, ob sie das Leben beginnen
Oder Phantome sind.

Unterm Wehen des Nebelrauches
Trinken sie meinen Wein.
Erkennen sich wieder im Gang meines Atemhauches,
Und ihre Stimmen sind mein.

Nichts anderes mehr kann ich reden,
Als was ihr Mund vorher sprach.
Ich gehe ein in jeden
Und spreche mir selber nach.

Herbst und endloser Regen
Voll Salz, der uns vereint.
Ich neig mich der wartenden Schar entgegen,
Die mich begräbt und beweint.

Eich

LEGENDE VON DER ENTSTEHUNG DES BUCHES TAOTEKING AUF DEM WEG DES LAOTSE IN DIE EMIGRATION

Als er siebzig war und war gebrechlich,
Drängte es den Lehrer doch nach Ruh,
Denn die Güte war im Lande wieder einmal
schwächlich,

Und die Bosheit nahm an Kräften wieder einmal zu.
Und er gürtete den Schuh.

Und er packte ein, was er so brauchte:
Wenig. Doch es wurde dies und das.
So die Pfeife, die er immer abends rauchte,
Und das Büchlein, das er immer las.
Weißbrot nach dem Augenmaß.

Freute sich des Tals noch einmal und vergaß es,
Als er ins Gebirg den Weg einschlug.
Und sein Ochse freute sich des frischen Grases
Kauend, während er den Alten trug.
Denn dem ging es schnell genug.

Doch am vierten Tag im Felsgesteine
Hat ein Zöllner ihm den Weg verwehrt:
„Kostbarkeiten zu verzollen?" — „Keine."
Und der Knabe, der den Ochsen führte, sprach: „Er hat gelehrt."
Und so war auch das erklärt.

Doch der Mann, in einer heitren Regung,
Fragte noch: „Hat er was rausgekriegt?"
Sprach der Knabe: „Daß das weiche Wasser in Bewegung
Mit der Zeit den mächtigen Stein besiegt.
Du verstehst, das Harte unterliegt."

Daß er nicht das letzte Tageslicht verlöre,
Trieb der Knabe nun den Ochsen an.
Und die drei verschwanden schon um eine schwarze Föhre,
Da kam plötzlich Fahrt in unsern Mann
Und er schrie: „He, du! Halt an!"

„Was ist das mit diesem Wasser, Alter?"
Hielt der Alte: „Interessiert es dich?"
Sprach der Mann: „Ich bin nur Zollverwalter,
Doch wer wen besiegt, das interessiert auch mich.
Wenn du weißt, dann sprich!

Schreib mir's auf! Diktier es diesem Kinde!
So was nimmt man doch nicht mit sich fort.
Da gibt's doch Papier bei uns und Tinte
Und ein Nachtmahl gibt es auch: ich wohne dort.
Nun, ist das ein Wort?"

Über seine Schulter sah der Alte
Auf den Mann: Flickjoppe. Keine Schuh.
Und die Stirne eine einzige Falte.
Ach, kein Sieger trat da auf ihn zu.
Und er murmelte: „Auch du?"

Eine höfliche Bitte abzuschlagen
War der Alte, wie es schien, zu alt.
Denn er sagte laut: „Die etwas fragen,
Die verdienen Antwort." Sprach der Knabe: „Es wird auch schon kalt."
„Gut, ein kleiner Aufenthalt."

Und von seinem Ochsen stieg der Weise,
Sieben Tage schrieben sie zu zweit,
Und der Zöllner brachte Essen (und er fluchte nur noch leise
Mit den Schmugglern in der ganzen Zeit),
Und dann war's so weit.

Und dem Zöllner händigte der Knabe
Eines Morgens einundachtzig Sprüche ein
Und mit Dank für eine kleine Reisegabe

Bogen sie um jene Föhre ins Gestein.
Sagt jetzt: kann man höflicher sein?

Aber rühmen wir nicht nur den Weisen,
Dessen Name auf dem Buche prangt!
Denn man muß dem Weisen seine Weisheit erst entreißen.
Darum sei der Zöllner auch bedankt:
Er hat sie ihm abverlangt.

Bertolt Brecht

ERINNERUNG AN DIE MARIE A.

An jenem Tag im blauen Mond September
Still unter einem jungen Pflaumenbaum,
Da hielt ich dich, die stille bleiche Liebe,
In meinem Arm wie einen holden Traum.
Und über uns im schönen Sommerhimmel
War eine Wolke, die ich lange sah.
Sie war sehr weiß und ungeheuer oben,
Und als ich aufsah, war sie nimmer da.

Seit jenem Tag sind viele, viele Monde
Geschwommen still hinunter und vorbei.
Die Pflaumenbäume sind wohl abgehauen,
Und fragst du mich, was mit der Liebe sei?
So sag ich dir: Ich kann mich nicht erinnern,
Und doch, gewiß, ich weiß schon, was du meinst.
Doch ihr Gesicht, das weiß ich wirklich nimmer.
Ich weiß nur mehr: Ich küßte es dereinst.

Und auch den Kuß, ich hätt' ihn längst vergessen,
Wenn nicht die Wolke dagewesen wär'.
Die weiß ich noch und werd ich immer wissen.
Sie war sehr weiß und kam von oben her.

Die Pflaumenbäume blühn vielleicht noch immer
Und jene Frau hat jetzt vielleicht das siebte Kind.
Doch jene Wolke blühte nur Minuten,
Und als ich aufsah, schwand sie schon im Wind.

Brecht

TERZINEN ÜBER DIE LIEBE

Sieh jene Kraniche in großem Bogen!
Die Wolken, welche ihnen beigegeben,
Zogen mit ihnen schon, als sie entflogen

Aus einem Leben in ein andres Leben.
In gleicher Höhe und in gleicher Eile
Scheinen sie alle beide nur daneben.

Daß also keines länger hier verweile,
Daß so der Kranich mit der Wolke teile
Den schönen Himmel, den sie kurz befliegen,

Und keines Andres sehe als das Wiegen
Des Andren in den Wind, den beide spüren,
Die jetzt im Fluge beieinander liegen.

So mag der Wind sie in das Nichts entführen:
Wenn sie nur nicht vergehen und sich bleiben,
So lange kann sie beide nichts berühren,

So lange kann man sie von jedem Ort vertreiben,
Wo Regen drohen oder Schüsse schallen.
So unter Sonn und Monds wenig verschiedenen
Scheiben

Fliegen sie hin, einander ganz verfallen.
Wohin ihr?
        Nirgendhin.
Von wem entfernt?
        Von allen.
Ihr fragt, wie lange sind sie schon beisammen?
Seit kurzem.
        Und wann werden sie sich trennen?
                                                  Bald.
So scheint die Liebe Liebenden ein Halt.

Brecht

GEGEN VERFÜHRUNG

1

Laßt euch nicht verführen!
Es gibt keine Wiederkehr.
Der Tag steht in den Türen;
Ihr könnt schon Nachtwind spüren:
Es kommt kein Morgen mehr.

2

Laßt euch nicht betrügen!
Das Leben wenig ist.
Schlürft es in vollen Zügen!
Es wird euch nicht genügen
Wenn ihr es lassen müßt!

3

Laßt euch nicht vertrösten!
Ihr habt nicht zu viel Zeit!
Laßt Moder den Erlösten?
Das Leben ist am größten:
Es steht nicht mehr bereit.

4

Laßt euch nicht verführren!
Zu Fron und Ausgezehr!
Was kann euch Angst noch rühren?
Ihr sterbt mit allen Tieren
Und es kommt nichts nachher.

Brecht

DER BÖHMISCHE KNECHT

Mit der Rotte hab ich Korn geschnitten
Und mich so von Gut zu Gut getrieben;
Sense hat mich in den Fuß geschnitten
Und — geheilt — bin ich im Land geblieben.
Vielen Bauern hab ich Roß und Kühe
Abgewirtet und das Holz gebunden;
Und ich hab mich nur für meine Mühe
Neu gewandet jedes Jahr gefunden.

Immer hat im Wirtshaus sich beim Zechen
Wer gemuckt, der mir mein Bier nicht gönnte;
Und ein andrer hat mir vorgerechnet,
Was ich am Tabak ersparen könnte.
Doch der Rausch ist mir mein Recht gewesen
Und der Pfeifenrauch die eigne Hütte;
Sehr entbehr ich beides, seit ich Besen
Binden muß und schon den Napf verschütte.

Meine Lungen sind belegt und heiser,
Niemand wird mich also freundlich pflegen,
Wie sie hierzuland die Paradeiser
Zwischen Doppelfenstern reifen legen.
Drum im Sonntagsstaat bei voller Flasche
Laß ich wiederum die Pfeife qualmen,
Weiß die Rebschnur in der Außentasche
Und ein Holzkreuz vor den Schachtelhalmen.

Theodor Kramer

DER KAKTUS

Ich geh schon lange nicht mehr aus dem Haus,
Nur selten bringt mir jemand einen Strauß;
Drum steht im Kistchen, hinter meinem Bett,
Ein kleiner Kaktus auf dem Fensterbrett.

Er steht in einem irdnen Gartentopf,
Gezahnte Blüten treibt sein Stachelkopf;
Sein stumpfes Grün ist derb und dauert an,
Die Zier ersetzt mir Wiese, Feld und Tann.

Ich bring dem Kaktus, der sich ruhsam baucht,
Das bißchen Wasser, das er täglich braucht,
Und Salmiak ab und zu der Tropfen drei;
So trag ich etwas zum Gedeihen bei.

Sein Anblick labt mich, trink ich meinen Tee,
Sein Grün hält an und ist wie Leder zäh;
So leben wir, ein jeder still für sich,
Zu zweit dahin, mein grüner Freund und ich.

Kramer

AUF DIE ALTEN TAGE

Sacht im Lichthof schlägt die dürre Esche
An die Wand, zu Ende geht der Tag;
Auf der Leine bläht sich schwach die Wäsche,
Still und finster wird es im Verschlag.
Leise findet meine Hand im kleinen
Schimmer unsrer Bettstatt zu der deinen.

Draußen bei den Kindern ist schon Ruhe
Und der Größte bleibt heut lange aus;
Durch den Türspalt schimmern schwarz die Schuhe,
Die vorm Herd zum Putzen stehn. Im Haus

Kann man uns jetzt sicher nicht mehr hören,
Und kein Klopfen wird uns heut noch stören.

Langsam sinkt mein Kopf auf deine Seite,
Schiebt sich meine Hand dir unters Kinn;
Deine Augen glänzen feucht, und gleite
Sacht ich tiefer, leuchtet alles drin:
Nacht im Kaipark. Wandern, Weh'n der Haare,
Kummer, schlechte und auch gute Jahre.

Wenn ich so bei dir mich kaum bewege,
Wird entspannt mir so vertraut zumut,
Als ob still ich auf dem Rücken läge,
Wach im Schlaf; wie ist das schön und gut.
Und ich weiß nach aller Müh und Plage
Beßres nicht auf unsre alten Tage.

Kramer

AN MEIN KAFFEEHAUS

Wo schwere Wagen fahren
Vorüber in der Näh,
Beim Zollamt, steht seit Jahren
Mein kleines Volkscafé.
Das Glas ist abgeschlagen,
In ihre Fugen fliehn
Die Asseln; schon seit Tagen
Geh ich nun nicht mehr hin.

Sacht tropft die Wasserleitung,
Es stützt sich gut aufs Kinn;
Ein andrer liest die Zeitung,
Es steht auch wenig drin.

Ich war, wenn dort die Wände
Mich bargen, erst zu Haus;
Dort schrieb ich viele Bände,
Damit ist es nun aus.

Ich mach mir keine Zeichen,
Längst bleibt mein Merkheft leer;
Ein Mensch wie meinesgleichen
Hat nichts zu schreiben mehr.
Er braucht auch nicht zu lesen,
Es gilt nicht, was er tut;
Kaum kehrt wie Staub der Besen
Ihn fort mit schwarzem Sud.

Jetzt schlägt es draußen sieben,
Ich will bald schlafen gehn;
Von dem, was ich geschrieben,
Bleibt dies und das wohl stehn.
Wenn zwei sich's weitergeben
Bei einer Schale Tee,
Dann sitz ich still daneben
Im himmlischen Café.

Kramer

AUS DER SOMMERFRISCHE

Die Frau des Krämers ist eine Dämonin.
Dämonisch ist die Krämerfrau . . .
Wie Eulenflügel ihr Haar an den Schläfen;
Die Augen umschattet: braun und blau.

Zwar umspannt ihre Hüften nur billiges Tuch
Und umgibt ihren Leib leichter Küchengeruch . . .
Doch die Frau des Krämers ist eine Dämonin!
Dämonisch ist die Krämerfrau!

Wohl wahr, daß sie einfache Kost genießt —
Wohl wahr, daß sie fromme Geschichten liest.
Ganz alltäglich tut sie und zugeknöpft —
Und bleibt ihr Leben lang doch der Brunn,
Der da wartet, wer aus ihm schöpft.

Ja, wäre nur einer so kalt und kühn!
Draus möchte so leuchtendes Laster blühn:
Sie wankte von Herd und Wiege davon
Zu der schrecklichsten Liebe Fron . . .

Doch hält sie langweiliger Anstand umgittert.
Kein Dörfler weiß, wie sie nach Sünde zittert.
Kaum mögen das sommers die Städter sehn,
Wenn sie um Ansichtskarten gehn . . .
Der Laden haucht Blaudruck, Tabak und Kaffee.
Und wie ich den Kartenständer dreh,
Da bebt mir ihr zorniger Tierblick zu
Beim Seifewägen, beim Zuckerverpacken:

Eine Tochter der Lilith bin ich . . . und du?
Mein Stadtblut aber, voll Winterschlacken,
Will urlaubüber gern seine Ruh.
Geh aus dem Laden mit barschem Gruß.
Schluß. —

Aber wenn ich dann wo auf der Wiese liege,
Selber verspottend so halbe Siege,
Hämmert plötzlich mein Herz in das brennende Blau:
Die Frau des Krämers . . . ist eine Dämonin . . .
Dämonisch ist die Krämerfrau . . .

Ernst Scheibelreiter

EIN FRAUENGEWAND

Tastend lebt noch die Tote darin,
Raunende Duftatemstimme:

„. . . Spürst du mich so?
Ich kann nicht anders
Aus meinem Wurzelgefängnis zu dir!
Dein bißchen Augenwasser belastet mich,
Schwemmt mich trotzdem nicht näher an dich heran.
Wehe ich manchmal durch deine
Wehrlosen Nachtgedanken, gehört dieser Traum,
Dieser Raum, weder dir noch mir.
Bleibt nur der letzte Rest meiner Liebe —
Dir leise wehtun . . .“

Scheibelreiter

ZERSTÖRTES MARCHFELDSCHLOSS

Ja, tot ist alles hier:
Im Busch der Küchenbau, darin die Leere
Nur Ruß und Kalkstaub für sich selber zubereitet;
Das Schloß mit aufgerißner Kuppel, wo ein Rest
Gemalter Vögel und Girlanden wartet,
Die Traufe an die brandgeschwärzte Mauer schlägt,
Verstört und krächzend, um sich loszureißen —
Ja selbst das Gras hier führt dich zu den Toten.

So muß es sein:
Verwiesen von der Brandstatt dieses Lebens,
Verheert und ausgehöhlt, undeutlich schon
Im jähen Regendunst der Unterwelt,
Den Weg dir zu ertasten durch das Totengras,
Hinabgesenkt zum Dickicht grauer Wasserbäume,

Die Totentreppe niedersteigen, deren Stufen klaffen,
Vorbei an eingestürzten Postamenten,
An dem zerfallnen Wasserbecken voller Nesseln,
An einer Steinhand, ausgespreizt im Sumpfgras
Und einem Fuß in steinerner Sandale,
Zum Gittertore, das der Rost zerbrach
Unter dem ausgelöschten Wappen.

Und dort, wo alles wäßrig wird und stockt und gärt,
Hinauszuspähen in ein Land der Leere:
Von flachem Strand zu flachem Strand bebuschter Öde,
Die dicht erfüllt scheint von durchsichtigen Gestalten,
Hinwehenden, am breiten, bleichen, wellenlosen Strom,
Der in die Nebeldämmerung sich weitet,
Drin letzte Schattenhügel geistern
Und Wolken, fernbesonnt, ins Nichts vergehen,

Indes das Leben einmal noch, schon fremd, sich zeigt:
Ein großer Vogel, aufmerksam durchs Wasser steigend,
Um dann und wann mit jähem Halse
Den langen, spitzen Schnabel in die Flut zu stoßen.

Rudolf Felmayer

CHINESISCH LERNEN

Chinesisch lernen — ein Entzücken,
Und Europäern sehr bekömmlich:
Sie brauchen nur Geduld dazu,
Bescheidenheit und schlechtes Wetter.
Dann wird die ganze Welt zu Bildern
Und jedes Bild das Glück der Welt.

Wie lustig ist Chinesisch lernen
Im Hochgebirge, wenn es regnet:
Man ruht im Schutze der Veranda
Gut zugedeckt in feuchter Frische,
Das Zimmer ländlich hinter sich;
Nun fängt man an — und man ist ratlos.

Denn draußen qualmt ein Nebelgraus,
Drin alle Mugel untergehen,
Ein Rieseln, Plätschern drängt ums Haus
Zum eifrigen Getös der Ache.
Es tropft von Schindeln, Fichtenzweigen
Die obre in die untre Nässe.

Das aber soll dich nicht verdrießen:
Es ist die alte Bilderseide,
Schon für den Pinselzug entrollt.
Durch sie gewinnt er Tiefe, Weite,
Und ihre unbeschriebne Leere
Weist dich auf seine Fülle hin:

Im Nichts verloren, auf den Felskamm,
Hier auf der Berge schönen Fuß,
Fern auf den Wald, nah auf ein Dach,
Den Vogel, klein im Fichtenturm,
Der bunt sich mit dem Zweige wiegt,
Den Tropfen, wie er gläsern fällt.

Das kommt, verraucht, und hundert Bilder
Läßt dich die eine Landschaft schauen
Im Nebelwehn, im Regenwandern:
Das Wörterbuch ist aufgeschlagen,
Beglückend fügt sich Satz an Satz
Zur Bilderschrift des ganzen Lebens.

Im Regen liest du nun zufrieden
Und immer fließender den Text
Aus Wipfeln, Felsen, Wassern, Wiesen,
Der die Jahrtausende durchdauert;
Er dringt durchs Aug dir in das Herz.
Da weiß dein Herz sich endlich auszudrücken ...
Chinesisch lernen — ein Entzücken.

Felmayer

ABENDBILD DES HIROSHIGE

In solchem Bild geborgen sein,
Wo sich seit mehr als hundert Jahren
Der Vollmond in den Abend hebt
Über den sanften Herbstwald-Hügeln —

Am Ufer des schilfigen Flusses
Der Träumenden einer zu sein:
Gelehnt an den Bogen des Brückengeländers,
Zwischen Röhricht vom raunenden Boote gewiegt,
Oder dort drüben auf dem Balkon
Reglos unterm geschwungenen Dach
Nachschau'n dem nachtdunklen Wildentenzug,
Jener Girlande aus Schwirren und Rufen,
Entrückt schon in die Leere des Monds.

Was brauchst du dazu?
Ein Faltenkleid, drin dich die Kühle umbadet,
Ein Antlitz, geglättet und östlich gestillt
— nur ein paar Striche und farbige Flecken —
Und schon wärst du selig
Einer von ihnen, der oder der,
Auf der Brücke, im Boot, unterm Dach,
Unkenntlich, verzaubert und wie überstäubt
Vom Vollmond, der hier ein Jahrhundert lang aufschwebt.

Felmayer

ZU OFT...

Zu oft geschah an einem Tag
Der Sturz ins Nichts;
Was mir zuinnerst reifen mag
Im Strahl des Lichts —

Verlor ich halb aus Ungefähr;
Kühl abendlich
Der goldne Sternenraum ist leer:
Was finstert mich?

Wer ruft mich in der Dunkelheit?
Wen ahnt mein Sinn?
Wann mündet Zeit in Ewigkeit?
Wie wach ich bin!

Hineingestundet ist das Jahr
Ins Schweigen hier;
Ein andres, fremd und eisigklar,
Blaut über mir.

Anna Maria Achenrainer

HERBSTZEITLOSEN

Wiedergekehrt sind auf den frostigen Wiesen
Schattenblaß die kränkelnden Herbstzeitlosen:
Jene heimlichen Mondwesen im Grase,
Anvertraut dem fahrigen Bergwind.

Ausgesetzt in die nebelfeuchte Verbannung,
Flämmert ihr, Durchsichtige, noch einmal
Hin über die fruchtberaubte Erde,
Leidend, umschauert von Kühle und Schlaf.

Nicht ein Strahl der späten Oktobersonne,
Nicht der Federwolken weiße Spule
Noch des Tages schwebendes Entgleiten
Läßt euch abends atmen in Verzückung.

Hundertfach vom Moosgrund steigt der
Schwarze Tod in eure violetten Blütenkelche,
Sanfte Dunkelheit aus giftiger Wurzel:
Schnee fällt ein, und nah ist der Abschied.

Achenrainer

DIE LEIER IM SILBERZWEIG

Wenn aus dem gilbenden Buche
Alte Form und das Wort
Taucht — die hohen Versuche
Alle den einen Hort

Preisen und tastend erspüren.
Quellen, die fort und fort
Mit lallendem Rauschen führen
Das unendliche Wort —

Wirrt uns ein Zwielichtgram?
Lockt uns abseitiger Steig?
Siehe, die Wasser verführen

Den, der sie wahrhaft vernahm,
Nimmer. So laßt uns berühren
Die Leier im Silberzweig.

Edith Siegl

BITTERNIS

Was soll geschehen
Mit dem Becher von Bitternis,
Der eingegossen am Tisch steht
Zwischen uns beiden?

Laß ich ihn stehen,
So löst sich in Dunst,
Was ihn füllte —
Bald treiben Wolken
Mit dunklen Gesichtern
Über dich hin.

Gieß ich ihn aus,
Versickert sein Inhalt
Im Boden —
Bald wachsen Blumen
Mit dunklen Gesichtern
Vor dir am Weg.

Ich will ihn trinken,
Den Becher voll Bitternis,
Bis auf den Grund
Und meines Herzens Wand ziehn
Zwischen dich und das Dunkel.

Lilly von Sauter

VOR DEM PATERNOSTER-AUFZUG

Es hallen viel Schritte den steinernen Gang im Rathaus entlang,
Viel eilig geschäftige Schritte.
Es warten mit mir auf Parteien-Empfang
Zwei andre — und ich bin der Dritte.

So habe ich Zeit und so schau ich in Ruh'
Dem dauernden senkrechten Reigen
Der Zellen des ewigen Fahrstuhles zu
Und sehe im seltsamen Schweigen
Die Menschen sinken und steigen.

Da wachsen Gesichter herauf in den Raum,
noch seh ich sie kaum,
Und seh sie schon wieder entschweben.
Und andre von oben herab, wie im Traum,
Versinken im Boden daneben.

Ein jedes Paar Augen, ein jedes Gesicht
Im Bannkreis der heimlichen Welle
Sieht groß auf mich her und erblickt mich doch nicht
Aus seiner verdunkelten Zelle;
Es schaut ja doch nur in die Helle.

Nur manchmal, da geht's durch die Maschinerie sehr
unheimlich, wie
Ein schauerndes, schütterndes Beben
Von wirkend verhaltener Urenergie ...
Ich seh es und denk an das Leben.

Ich denke ... Und da nun der Ruf zu mir drang,
So geh ich in freundlichem Schweigen —
Und sehe auch drüben noch, sehe noch lang
Im Geiste den ewigen Reigen
Der Menschen, die sinken und steigen.

Konrad Paulis

WINDSTILLE

Wie eine Amsel, trunken sehr und blind,
Sich ausruht im Geäst und träumt und bebt,
So schläft an Baum und Strauch verlorn der Wind
Im Mittag ein, wo sich der Waldrand hebt.

Ringsum ist Gold, und Brombeerruch und Grün.
Schlafwandelnd regt ein Falter seine Flügel.
Am Quell die blauen Enziane blühn.
Die heißen Farne sirren hell am Hügel.

Und alle Tiere, alle Wolken ruhen
Für diese Stunde, wie der Wind im Wald,
Nur aus dem Dickicht wie aus Dämmertruhen
Hebt sich der Viper schimmernde Gestalt.

Die Steine glühn. In schwarzer Wollust gleitet
Sie zwischen Disteln hin, verharrt und äugt.
Wacholder seine Stacheläste breitet,
Im Bau die Füchsin ihre Jungen säugt.

Herbert Zand

MEHR NICHT ALS DIES

Siehe, mehr nicht wünschen als dies: nicht mehr als
Gehen in die Tore des Abends, mehr nicht
Als die Bruderschaft mit dem Gras am Rand des
Wegs in die Stille.

Mehr nicht als behutsam den grauen Staub aus
Dem Gesicht der Schafgarbe streichen,
mehr nicht
Als das Duften ihrer erlauchten Armut
Atmen und schweigen

Nichts als Fernesein. Von den Menschen
nichts mehr
Sehen, nichts mehr wollen und wissen,
nicht mehr
Weit her ihre leisen Gesänge hören —
Mehr nicht als dieses.

Gerhard Fritsch

HAST DU ANGST

Hast du ein Fenster —
Nachts klopft es dran.
Grauer Gespenster
Grausamer Bann
Macht dir Angst,
Macht dir Angst
Und du bangst.

Hast du kein Dach, doch
Liegst unter Brücken
Lang du wach noch,
Seufzer und Krücken
Hörst du wandern,
Hörst du wandern,
Von den andern.

Tags sind die Straßen
Hell, doch dir graut,
Du bist verlassen,
Mitten im Laut
Hast du Angst,
Hast du Angst —
Und du bangst.

Wälder und Wände
Starren so stumm,
Wünsche und Hände,
Die gehen um,
Bist du allein,
Bist du allein,
Hörst du sie schrein.

Mitten im Leben
Schmerz, Lust und Not,
Du gehst daneben —
Und nur der Tod
Ist ohne Angst,
Ist ohne Angst,
Aber du bangst.

Wolfgang Borchert

SILCHERS GRAB

Zur Seite, vor der Mauer die Ruhebank,
Im Blätterschatten, über dem Grabe Kreuz
Und Bäumchen: in der langen Stille,
Die nach den Liedern der Freundschaft anhob

Und aussang Zeit und Namen. Es ist ein Rest
Von toten Stimmen, Hände, wie in den Schoß
Gesunken, ungeöffnet. Keine
Frage gehört mehr, erwidert keine.

Johannes Bobrowski

AN KLOPSTOCK

Wenn ich das Wirkliche nicht
Wollte, dieses: ich sag
Strom und Wald,
Ich hab in die Sinne, aber
Gebunden die Finsternis,
Stimme des eilenden Vogels, den Pfeilstoß
Licht um den Abhang

Und die tönenden Wasser —
Wie wollt ich
Sagen deinen Namen,
Wenn mich ein kleiner Ruhm
Fände — ich hab
Aufgehoben, dran ich vorüberging,
Schattenfabel von den Verschuldungen
Und der Sühnung:
So als den Taten
Trau ich — du führtest sie — trau ich
Der Vergeßlichen Sprache,
Sag ich hinab in die Winter
Ungeflügelt, aus Röhricht
Ihr Wort.

Bobrowski

ANTWORT

Über dem Zaun
Deine Rede:
Von den Bäumen fällt die Last,
Der Schnee.

Auch im gestürzten Holunder
Das Schwirrlied der Amseln, der Grille
Gräserstimme
Kerbt Risse ins Mauerwerk, Schwalbenflug
Steil
Gegen den Regen, Sternbilder
Gehn auf dem Himmel,
Im Reif.

Die mich einscharren
Unter die Wurzeln,
Hören:

Er redet
Zum Sand,
Der ihm den Mund füllt — so wird
Reden der Sand, und wird
Schreien der Stein, und wird
Fliegen das Wasser.

Bobrowski

DIE GRAUE ZEIT

Ich fühle, wie die graue Zeit durch mich zieht.
Sie höhlt mich aus.
Sie bleicht meine Träume.
Sie zieht schon lange durch mich.
Ich liege am Strand eines ausgeflossenen Meeres,
Am Rand einer ungeheuren Muschel.
Es zerbröckelt, es verwittert um mich
Und rinnt in die Tiefe.
Langsam zerfällt der Raum.
Ich liege am Strand eines ausgeflossenen Meeres,
Am Rand einer ungeheuren Muschel.
Ein Mond glänzt darin.
Ein großes Auge,
Eine große Perle,
Eine große Träne glänzt darin.
Ich fühle, wie die graue Zeit durch mich zieht.
Sie zieht schon so lange durch mich.
Sie höhlt mich aus.
Sie bleicht meine Träume.
Ich erschauere und bebe.
Ich verwittere.
Wie verlassene, fahle Bauten stehen meine
Träume am Strand
Eines ausgeflossenen Meeres,
Am Rand einer ungeheuren Muschel.

Die Monde, Augen, Perlen, Tränen zerfallen.
Ich fühle, wie die graue Zeit durch mich zieht.
Ich träume schon so lange.
Ich träume mich grau in graue Tiefe.

Hans Arp

TODESFUGE

Schwarze Milch der Frühe wir trinken sie abends
Wir trinken sie mittags und morgens wir trinken sie nachts
Wir trinken und trinken
Wir schaufeln ein Grab in den Lüften da liegt man nicht eng
Ein Mann wohnt im Haus der spielt mit den Schlangen der schreibt
Der schreibt wenn es dunkelt nach Deutschland dein goldenes Haar
Margarete
Er schreibt es und tritt vor das Haus und es blitzen die Sterne
Er pfeift seine Rüden herbei
Er pfeift seine Juden hervor läßt schaufeln ein Grab in der Erde
Er befiehlt uns spielt auf nun zum Tanz.

Schwarze Milch der Frühe wir trinken dich nachts
Wir trinken dich morgens und mittags wir trinken dich abends
Wir trinken und trinken
Ein Mann wohnt im Haus der spielt mit den Schlangen der schreibt
Der schreibt wenn es dunkelt nach Deutschland dein goldenes Haar

Margarete
Dein aschenes Haar Sulamith wir schaufeln ein Grab in den Lüften da
Liegt man nicht eng

Er ruft stecht tiefer ins Erdreich ihr einen ihr andern singet und
Spielt
Er greift nach dem Eisen im Gurt er schwingts seine Augen sind blau
Stecht tiefer die Spaten ihr einen ihr andern spielt weiter zum Tanz
Auf
Schwarze Milch der Frühe wir trinken dich nachts
Wir trinken dich mittags und morgens wir trinken dich abends
Wir trinken und trinken
Ein Mann wohnt im Haus dein goldenes Haar Margarete
Dein aschenes Haar Sulamith er spielt mit den Schlangen

Er ruft spielt süßer den Tod der Tod ist ein Meister aus Deutschland
Er ruft streicht dunkler die Geigen dann steigt ihr als Rauch in
Die Luft
Dann habt ihr ein Grab in den Wolken da liegt man nicht eng
Schwarze Milch der Frühe wir trinken dich nachts
Wir trinken dich mittags der Tod ist ein Meister aus Deutschland
Wir trinken dich abends und morgens wir trinken und trinken

Der Tod ist ein Meister aus Deutschland und sein Aug
ist blau
Er trifft dich mit bleierner Kugel er trifft dich genau
Ein Mann wohnt im Haus dein goldenes Haar Margarete
Er hetzt seine Rüden auf uns er schenkt uns ein Grab
in der Luft
Er spielt mit den Schlangen und träumt der Tod ist
ein Meister
Aus Deutschland

Dein goldenes Haar Margarete
Dein aschenes Haar Sulamith

Paul Celan

MEINE MUTTER

Espenbaum, dein Laub blickt weiß ins Dunkel.
Meiner Mutter Haar ward nimmer weiß.

Löwenzahn, so grün ist die Ukraine.
Meine blonde Mutter kam nicht heim.

Regenwolke, säumst du an den Brunnen?
Meine leise Mutter weint für alle.

Runder Stern, du schlingst die goldne Schleife.
Meiner Mutter Herz ward wund von Blei.

Eichne Tür, wer hob dich aus den Angeln?
Meine sanfte Mutter kann nicht kommen.

Celan

SO SCHLAFE

So schlafe, und mein Aug wird offen bleiben.
Der Regen füllt den Krug, wir leerten ihn.
Es wird die Nacht ein Herz, das Herz ein Hälmlein treiben —
Doch ist's zu spät zum Mähen, Schnitterin.
So schneeig weiß sind Nachtwind, deine Haare
Weiß, was mir bleibt und weiß, was ich verlier!
Sie zählt die Stunden und ich zähl die Jahre.
Wir tranken Regen. Regen tranken wir.

Celan

KLAGE IN DER CAMPAGNA

Mit blauer und gelber Iris stehst du, oh Gestern,
Am feuchten Rand des Bachs,
Der vergangenheitwärts die Felder durchmurmelt.
Oh, wendete sich
Doch einmal die Zeit und käm' sie zurück,
Wie Einer, der was vergessen, zu sagen!
Und holte sie nur einen unvollkommenen Augenblick nach!
Welch' Wiedersehen wär' dies
Und welche Lehre!
Dann glaub' ich, wagten wir nie mehr ein Versäumnis,
Nie mehr ein liebloses Wort,
Nie mehr ein Bündnis mit dem Feind.
Aber, ach, das Leben hat an unserer Vollendung keinen Anteil.
Zum Tode eilt's, den es nicht fürchtet,
So wie es von sich selbst nicht weiß.
Nur wir Unglückselig-Erwachte
Sollen uns im Flüchtigen festigen,
Am Ungenügenden bewähren,

Und sehen doch den Meister nie, den tröstlichen,
Der's vermochte, denn:
Entweder hat ihn die ewge Unzeit dahingerafft,
Oder ein unbekannter Raum verschüttet.

Albert Paris Gütersloh

ICH GEH UNTER LAUTER SCHATTEN

Was ist denn das für eine Zeit —?
Die Wälder sind voll Traumgetier.
Wenn ich nur wüßte, wer immer so schreit.
Weiß nicht einmal, ob es regnet oder schneit,
Ob du erfrierst auf dem Weg zu mir —

Die Wälder sind voll von Traumgetier,
Ich geh unter lauter Schatten —
Es sind Netze gespannt von dir zu mir,
Und was sich drin fängt, ist nicht von hier,
Ist, was wir längst vergessen hatten.

Wenn ich nur wüßte, wer immer so schreit —
Ich sucht' ihm ein wenig zu geben
Von jenem stillen Trunk zu zweit:
Voll Taumel und voll von Seligkeit
Würd ich den Becher ihm heben.

Weiß nicht einmal, ob es schneit oder regnet . . .
Sah die Sterne nicht mehr, seit ich dich verließ,
Kenn den Weg nicht mehr, den du mir begegnet —
Wer war denn das, der mich gehen hieß?

Aber du findest doch her zu mir —?
Sieh, es wird Zeit, daß ich ende.
Die Wälder sind voll von Traumgetier,
Und ich darunter bin nicht von hier . . .
Ich gäb alles, wenn ich dich fände!

Alexander Xaver Gwerder

RONDO

Ich bin wie schon gestorben.
Geh, es hat keinen Zweck!
Ich wiege mit der Ähre,
Niemand weiß mein Versteck.

Ja, wenn ich wieder wäre …

Doch es hat keinen Zweck —
Jetzt wieg ich mit der Ähre,
Fahr in des Windes Fähre,
Im Wind ist mein Versteck.

Gwerder

NACHWORT ZUR NEUAUSGABE 1973

Der Kenner der ersten Ausgabe des »Tausendjährigen Rosenstrauchs« wird einiges ihm vielleicht Liebgewordenes nicht wiederfinden. Nach so vielen Jahren hat sich auch für den Herausgeber der Anthologie deutscher Lyrik der Blick auf das Gedicht gewandelt, und da von den Dichtungen seither verstorbener Lyriker Schönes eingefügt werden mußte, war die Notwendigkeit, auf manches nunmehr geringer Scheinendes zu verzichten, nicht abzuweisen.

Den Leser wird es freuen, in der neuen Auswahl geliebte Verse von Hans Carossa, Hermann Hesse, Max Mell dem dauernden Besitz deutscher Dichtkunst eingegliedert zu wissen; und er wird auch von jüngsten Dichtern Gültiges mitaufgenommen sehen, wie die »Todesfuge« von Paul Celan oder Poesien von Gerhard Fritsch und Alexander Xaver Gwerder. Ein besonderes Geschenk ist ein bisher ungedruckt gebliebenes nachgelassenes Gedicht »Die dunkle Rose« von Max Mell, das in diesem Rosenstrauß zum erstenmal erscheint. Ich verdanke den Schwestern des Dichters die Erlaubnis der Erstveröffentlichung. Die Gedichte Georg von der Vrings konnten aus technischen Gründen nicht aufgenommen werden.

Felix Braun

Wien, Ostern 1973

VERZEICHNIS DER DICHTER UND GEDICHTE

Wir danken allen Verlagen, die uns die Aufnahme von Gedichten freundlich gestatteten, und möchten besonders erwähnen: Bellaria Verlag und Pustet Verlag: Anton Wildgans; S. Fischer Verlag: Richard Beer-Hofmann, Gerhart Hauptmann, Hugo von Hofmannsthal, Franz Werfel, Stefan Zweig; Cotta'sche Verlagsbuchhandlung: Paul Heyse; Verlag Kurt Desch: Ernst Wiechert; Diederichs Verlag: Gerrit Engelke, Heinrich Lersch, Ernst Lissauer; Genius-Kurt Wolff Verlag: Georg Heym, Ernst Stadler; Insel Verlag: Rainer Maria Rilke; Helmut Küpper Verlag vormals Georg Bondi: Stefan George; Otto Müller Verlag: Josef Weinheber; Musarion Verlag: Paul Zech; Österreichische Verlagsanstalt Innsbruck: Paula von Preradović („Schicksalsland", 1952); R. Piper & Co. Verlag: Christian Morgenstern; Karl Rauch Verlag, Bad Salzig und Düsseldorf: Henry von Heiseler („Ausgewählte Werke"); L. Staackmann Verlag: Peter Rosegger, Guido Zernatto; Verlagsanstalt Tyrolia: Heinrich Suso Waldeck; Rainer Wunderlich Verlag: Isolde Kurz.

Für die in die Neuausgabe erstmals aufgenommenen Gedichte danken wir nachstehenden Rechteinhabern:

Atlantis Verlag, Zürich: Robert Faesi; Hildegard Bauer: Reinhold Schneider; Bergland Verlag, Wien: Alfred Grünewald, Albert Paris Gütersloh; Johann von Bellersheim: Gustav von Festenberg; Verlagsgruppe Bertelsmann GmbH: Wilhelm Lehmann; Charlotte Blombach-Brandenburg: Hans Brandenburg; Marietta Böhm: Ricarda Huch; Ottilie Braun: Robert Braun; Prof. Dr. Erwin Chvojka: Theodor Kramer; J. G. Cotta'sche Buchhandlung, Stuttgart: Paul Heyse; Deutsche Verlagsanstalt, Stuttgart: Paul Celan, Alfons Paquet; Eugen Diederichs Verlag, Düsseldorf: Ernst Lissauer, Agnes Miegel, Lulu von Strauß und Torney; Franz Ehrenwirth Verlag KG, München: Gertrud von Le Fort („Gedichte", 1970); Europa Verlag, Wien: Herbert Zand; Erna Felmayer: Rudolf Felmayer; S. Fischer Verlag GmbH, Frankfurt: Oskar Loerke, Stefan Zweig; Dr. Christian Frieberger: Kurt Frieberger; Dr. Christian Gerhardus: Franz Karl Ginzkey; Gertrud von Heiseler: Bernt von Heiseler; Hohenstaufen Verlag, Bodman: Wilhelm von Scholz („Paar im Dunkel"); Insel Verlag, Frankfurt: Hans Carossa; Helmut Kossodc Verlag: Robert Walser; Kösel-Verlag GmbH & Co., München: Ludwig Strauß („Dichtungen und Schriften", Hrsg. v. W. Kraft, 1963); Limes Verlag, Wiesbaden: Hans Arp, Gottfried Benn („Sieh die Sterne, die Fänge", „Wie lange noch"); Paula und Lilli Mell: Max Mell; Otto Müller Verlag, Salzburg: Gerhard Fritsch, Josef Weinheber; Nymphenburger Verlagshandlung, München: Georg Britting; Oberösterreichischer Landesverlag, Linz/Donau: Arthur Fischer-Colbrie; Österreichische Verlagsanstalt, Wien: Anna Maria Achenrainer, Franz Theodor Csokor, Josef Marschall, Edith Siegl, Georg Terramare; Ulrike Popović: Käthe Braun-Prager; Rowohlt Verlag GmbH, Reinbek: Wolfgang Borchert; Bertha Scheibelreiter: Ernst Scheibelreiter; Lambert Schneider Verlag, Heidelberg: Alexander von Bernus, Otto Zoff; Gertie von Scholz: Wilhelm von Scholz („Reue" und „Unbestimmte Erwartung"); Komm.-Rat Wilfried Schütz: Konrad Paulis; Suhrkamp Verlag, Frankfurt: Bertold Brecht,

DANK

Günter Eich, Hermann Hesse, Hermann Kasack, Nelly Sachs, Rudolf Alexander Schröder; Verlag Ullstein GmbH, Frankfurt/Main—Berlin / Propyläen Verlag: Gerhart Hauptmann; Verlag der Arche Peter Schifferli, Zürich: Gottfried Benn („Astern" und „Dann —" aus „Statische Gedichte", 1948), Werner Bergengruen („Kaschubisches Weihnachtslied I" aus „Figur und Schatten, 1958, „Kehr um, geh heim" und „Zu Lehen" aus „Die heile Welt", 1952), Alexander Xaver Gwerder (aus „Dämmerklee", 1955); Verlag Klaus Wagenbach, Berlin: Johannes Bobrowski; Otto Walchshofer: Richard Billinger.